O DIREITO
DA **LIBERDADE**

Axel Honneth

O DIREITO DA **LIBERDADE**

tradução SAULO KRIEGER

martins fontes
selo martins

© 2015 Martins Editora Livraria Ltda., São Paulo, para a presente edição.
© 2011, Suhrkamp Verlag, Berlim.
Todos os direitos reservados e controlados por Suhrkamp Verlag, Berlim.
Esta obra foi originalmente publicada em alemão sob o título *Das Recht der Freiheit*
por Suhrkamp Verlag, Berlim.

Publisher *Evandro Mendonça Martins Fontes*
Coordenação editorial *Vanessa Faleck*
Produção editorial *Susana Leal*
Capa *Paula de Melo*
Preparação *Ellen Barros*
Revisão *Juliana Amato*
Renata Sangeon
Danielle Costa
Diagramação *Megaarte Design*

Dados Internacionais de Catalogação na Publicação (CIP)
(Câmara Brasileira do Livro, SP, Brasil)

Honneth, Axel
O direito da liberdade / Axel Honneth ; tradução Saulo Krieger. – São Paulo : Martins Fontes – selo Martins, 2015.

Título original: *Das Recht der Freiheit*.
ISBN 978-85-8063-237-8

1. Democracia 2. Direito – Filosofia 3. Justiça (Filosofia) 4. Justiça social 5. Liberdade 6. Liberdade (Filosofia) I. Título.

15-06174 CDD-123.5

Índices para catálogo sistemático:
1. Liberdade : Filosofia 123.5

Todos os direitos desta edição reservados à
Martins Editora Livraria Ltda.
Av. Dr. Arnaldo, 2076
01255-000 São Paulo SP Brasil
Tel.: (11) 3116 0000
info@emartinsfontes.com.br
www.emartinsfontes.com.br

SUMÁRIO

Prefácio 9

Introdução: A teoria da justiça como análise da sociedade .. 15

A. *Atualização histórica: o direito da liberdade* 34
   I. A liberdade negativa e sua construção contratual 43
   II. A liberdade reflexiva e sua concepção de justiça 58
   III. A liberdade social e sua eticidade 81
   Transição: A ideia da eticidade democrática 120

B. *A possibilidade da liberdade* 128
   I. Liberdade jurídica 128
      1. Razão de ser da liberdade jurídica 132
      2. Limites da liberdade jurídica 147
      3. Patologias da liberdade jurídica 157
   II. Liberdade moral 175
      1. Razão de ser da liberdade moral 178
      2. Limites da liberdade moral 193
      3. Patologias da liberdade moral 209

C. *A realidade da liberdade* 224
   III. Liberdade social 236
      1. O "nós" das relações pessoais 237
         (a) Amizade 242
         (b) Relações íntimas 257
         (c) Famílias 283

2. O "nós" do agir em economia de mercado 325
   (a) Mercado e moral. Um esclarecimento preliminar necessário 328
   (b) Esfera do consumo 371
   (c) O mercado de trabalho 423
3. O "nós" da formação da vontade democrática 485
   (a) Vida pública democrática 489
   (b) Estado democrático de direito 584
   (c) Cultura política: uma perspectiva 630

Índice remissivo 643

*Para Christine Pries-Honneth,
em agradecimento por vinte anos
de amor, amizade e discussão*

PREFÁCIO

O trabalho que apresento neste livro exigiu de mim quase cinco anos. Durante sua escrita, nunca deixei de ser tomado pela sensação de que teria de contribuir com ainda mais argumentos e comprovações empíricas futuramente. Essa impressão de algo inacabado, apesar de todos os esforços, até hoje não se dissipou; na verdade, ainda não sei de que modo eu, sozinho, posso superá-la. Penso que isso está relacionado a uma desmedida pretensão que, desde o início, eu atrelara ao meu propósito. Valendo-me do modelo da "filosofia do direito" de Hegel, minha intenção era desenvolver os princípios de justiça social diretamente sob a forma de uma análise da sociedade. Como eu havia deixado claro em um trabalho de alguns anos antes[1], isso só poderia ser conseguido se as esferas constitutivas de nossa sociedade fossem conceituadas como materializações institucionais de determinados valores, cuja imanente pretensão à realização pudesse servir para indicar os princípios de justiça específicos de cada esfera. É evidente que tal procedimento exigia que se garantisse, antes, a clareza quanto aos valores que deveriam ser representados nos diferentes âmbitos de nossa vida social.

1 Axel Honneth, *Leiden an Unbestimmtheit. Eine Reaktualisierung der Hegelschen "Rechtsphilosophie"*, Stuttgart, 2001 [*Sofrimento de indeterminação*: uma reatualização da filosofia do direito de Hegel. São Paulo, Singular/Esfera Pública, 2007, 145 p.].

Minha "introdução" pretende apresentar — e nisso também me alinho a Hegel — que esses valores vigentes nas sociedades liberal-democráticas modernas fundem-se em um único valor — a liberdade —, nos inúmeros significados com que estamos familiarizados. Segundo a premissa inicial de meu estudo, toda e qualquer esfera constitutiva de nossa sociedade materializa institucionalmente um determinado aspecto de nossa experiência de liberdade individual. Assim, a noção moderna de justiça divide-se em múltiplos pontos de vista, tão múltiplos quanto as esferas institucionalizadas de uma promessa de liberdade passível de legitimação em nossas sociedades contemporâneas. Em cada um desses sistemas de ação, sob a ideia de se comportar reciprocamente "de maneira justa", entende-se outra coisa, uma vez que para a realização da prometida liberdade são sempre necessárias precondições sociais especiais e considerações recíprocas entre os indivíduos. A partir dessa noção fundamental, foi necessário um momento de análise, realmente central e muito abrangente, que se debruçasse sobre o que passei a chamar de "reconstrução normativa", com o intuito de verificar, na implementação tipificante do desenvolvimento histórico das esferas individuais, em que medida se atingiu a compreensão da liberdade institucionalizada na realização social ocorrida nesse ínterim.

A essa altura de minha investigação — mais precisamente, no ponto em que inicio, com a busca de uma reconstrução normativa —, surgem dificuldades que vêm acompanhadas da sensação de inevitável completude. Eu menosprezava, sobretudo, o fato de Hegel, em certa medida, ter vivido os primórdios da formação das sociedades caracteristicamente modernas, razão pela qual ele foi capaz de determinar os princípios de legitimação que subjaziam às respectivas esferas de maneira realmente independente de suas consequências futuras, recorrendo unicamente a algumas ciências individuais. Já eu estou em meio a um processo em que já se passaram dois séculos de uma conflituosa — e certamente não linear — realização desses princípios, que devo reconstruir de maneira normativa para chegar ao momento de nossa atualidade a partir do qual posso mensurar as oportunidades, os riscos e as patologias de nossas liberdades específicas de determinadas esferas. Da disciplina de uma estrita ciência histórica, esses modos de proceder, de forte tipificação sociológica, distinguem-se pela maior margem de manobra em relação ao material histórico; mas aqui, da mesma forma, e a partir de diferentes esferas do saber, somos confrontados com a tarefa de produzir resultados e comprovações que estejam à sua altura, uma vez que o sentido do desenvolvimento que afirmei e as consequências resultantes pareceriam plausíveis também aos leitores de orientação menos normativa. Um olhar retrospectivo me leva a afirmar que também nesse sentido ainda há muito a fazer, já que todos os transcursos de desenvolvimento, aqui apenas sugeridos, teriam de ser contemplados com diferenciações mais precisas de acordo com peculiaridades nacionais; além disso, o diagnóstico da atualidade certamente deve ser aprofundado. Não obstante, espero que, como resultado de meu estudo, a soma das análises das diferentes esferas de liberdade revele que hoje só podemos ter consciência clara das exigências futuras de justiça social se garantirmos a nós mesmos uma reminiscência comum às lutas reivindicatórias que, travadas no solo normativo da modernidade, ainda não foram satisfeitas no processo histórico de demanda social mediante promessa de liberdade institucionalizada.

Sem o prestativo auxílio de uma série de pessoas e sem o imenso amparo de determinadas instituições, este livro não existiria. Uma vez que a universidade alemã, como lamentavelmente se sabe, destina pouco tempo ao trabalho de pesquisa, a dedicação a este livro dependeu de eventuais liberações das atividades rotineiras do semestre letivo. Para o início deste trabalho, foi essencial o semestre em que pude me dedicar inteiramente à pesquisa, possibilitado pelo generoso incentivo da Fundação Volkswagen, concedido ao projeto de pesquisa interdisciplinar, que realizei no Instituto para Pesquisa Social, sob o tema "Mudanças estruturais de reconhecimento no século XXI". Também foi bastante proveitosa a estada de um mês como pesquisador convidado na Universidade Sorbonne, Paris I, e na Escola Normal Superior, também em Paris, onde, graças à atmosfera amistosa e reservada, pude lograr avanços consideráveis em minha reflexão num curto espaço de tempo. Mais recentemente, para a conclusão de meu estudo também me foi bastante útil a concessão de mais um semestre exclusivamente dedicado à pesquisa, e isso devo ao *cluster* de excelência "A formação dos ordenamentos normativos" da Universidade Johann Wolfgang von Goethe, de Frankfurt. Ainda mais do que essas liberações, foram-me realmente proveitosos os *workshops* nos quais, durante vários dias, pude expor partes de meu trabalho em grupos de discussão preparados por colegas e estudantes; especialmente frutífero foi o seminário organizado por Christoph Menke e Juliane Rebentisch no Instituto de Filosofia da Universidade de Potsdam e o curso de mestrado organizado pelo Instituto de Pesquisa em Filosofia de Hannover, ministrado em Goslar. Também foi bastante proveitoso o colóquio organizado pelo Instituto de Filosofia da Universidade de Marburg, realizado juntamente à minha participação na aula magna sobre

Christian Wolff. Devo a minha gratidão a todos que participaram da preparação e realização dos *workshops*, possibilitando minha estada como professor convidado. E sou tanto mais grato, é claro, aos colegas que propiciaram um salto qualitativo do meu trabalho com observações críticas, indicações de leitura e conselhos teóricos. Entre esses, destaco Titus Stahl, assistente científico no Instituto de Filosofia da Universidade Goethe, que, durante dois anos, muito me impressionou com sua inteligência analítica e obstinação; nem tudo que ele me sugeriu quanto às diferenciações eu pude trazer à versão final. Além disso, foi especialmente importante, em diferentes momentos, o auxílio das seguintes pessoas: Martin Dornes, Andreas Eckl, Lisa Herzog, Rahel Jaeggi, Christoph Menke, Fred Neuhouser e, pelas muitas conversas sobre fontes literárias, Barbara Determann e Gottfried Kößler. Com relação ao campo de trabalho que me possibilitou escrever este livro, fui extremamente feliz. Frauke Köhler deu o melhor de si para decifrar minha caligrafia, para garantir a visão geral sobre as diferentes partes e trazer tudo a uma forma correta. Stephan Altemeier foi realmente providencial na organização da bibliografia e, junto a Nora Sieverding, trabalhou na preparação do índice remissivo — aos três, agradeço pela boa cooperação. A Eva Gilmer sou grato pelos anos mais intensivos e felizes de colaboração; nela encontrei uma leitora que eu pensava só haver nas correspondências ou autobiografias de autores mais antigos. Ela leu o manuscrito linha por linha, fez muitas propostas e melhorias e pressionou-me para que eu conseguisse entregar no prazo. Quanto à minha esposa, que discutiu comigo por muitas horas e se aprofundou no manuscrito, eu não conseguiria agradecê--la em palavras — a ela devo este livro.

Axel Honneth, abril de 2011

INTRODUÇÃO:
A TEORIA DA JUSTIÇA COMO ANÁLISE DA SOCIEDADE

Uma das grandes limitações de que padece a filosofia política da atualidade é estar distante da análise da sociedade e, desse modo, fixada em princípios puramente normativos. Não que não seja tarefa de uma teoria da justiça formular regras normativas pelas quais se possa mensurar a legitimidade moral do ordenamento social; porém, muitas vezes esses princípios são hoje estabelecidos isoladamente em relação à eticidade de práticas e instituições dadas, para então serem "aplicados" de maneira apenas secundária à realidade social. A oposição daí advinda, entre ser e dever, ou, em outras palavras, o rebaixamento filosófico da facticidade moral, é resultado de um desenvolvimento teórico de longa data e está vinculado ao destino da *filosofia do direito* de Hegel de um modo que não se pode negligenciar. Após a morte do filósofo, sua intenção de reconstruir normativamente as instituições racionais valendo-se das relações sociais de seu tempo, isto é, garantidoras da liberdade, foi entendida, por um lado, no sentido de uma doutrina da restauração conservadora e, por outro, somente como uma teoria da revolução. Essa cisão entre uma direita hegeliana e uma esquerda[1] hegeliana possibilitou às gerações futuras,

---

1 Cf., sobre a origem e a lógica dessa distinção, Karl Löwith, *Von Hegel zu Nietzsche. Der revolutionäre Bruch im Denken des 19. Jahrhunderts*, Hamburgo, 1978, 7. ed., p. 65.

depois de praticamente excluídos todos os ideais revolucionários, imprimir à filosofia do direito de Hegel o rótulo do conservadorismo. Desse modo, no entendimento disseminado sobre as ideias de Hegel (que teria posto a teoria da justiça em patamares inteiramente novos) persiste apenas a ideia, bastante primitiva, de outorgar a aura de legitimidade moral às dadas instituições. Mas, assim, a marcha triunfal de uma teoria da justiça alinhada em última instância por Kant (ou, pela via anglo-saxônica, por Locke) se vê quase vitoriosa: os princípios normativos, pelos quais se deve mensurar a legitimidade moral do ordenamento social, não devem ser desenvolvidos com base nas estruturas institucionais existentes, mas devem se dar por dispositivos independentes delas, de maneira autônoma – e, nesse quadro, hoje, pouco ou nada se alterou em sua essência.

É certo que, contra essa posição dominante do kantismo no campo da teoria da justiça, sempre surgem objeções e também contrapropostas. Na segunda metade do século XIX, na filosofia política do neo-hegelianismo britânico — que, por razões político-culturais, jamais encontrou eco na Alemanha —, a tentativa de um renascimento dos motivos hegelianos foi empreendida visando a uma teoria da justiça[2]; no passado recente, os trabalhos de Michael Walzer, David Miller e Alasdair MacIntyre contribuíram para comprovar que o impulso para a superação de teorias da justiça puramente normativas e, assim, de esforços para a reaproximação a análises da sociedade jamais se deteriam

---

2 Cf. Thomas H. Green, *Lectures on the Principles of Political Obligation*, Cambridge, 1986; Francis H. Bradley, *Ethical Studies*, Oxford, 1967; uma boa visão geral é proporcionada por Peter Nicholson, *The Political Philosophy of the British Idealists*, Cambridge, 1990.

completamente³. Mas foram bem essas investidas que evidenciaram quão longe estamos hoje da imagem da *filosofia do direito* de Hegel. O que hoje nos estimula a superar as deficiências de uma teoria da justiça kantiana, esquecida das instituições, consiste quase sempre na adaptação hermenêutica retroativa dos princípios normativos a estruturas institucionais existentes ou convicções morais dominantes, sem que com isso se possa dar o passo adicional de identificar o seu próprio conteúdo como racional ou justificável. Assim, dada a sua tendência à acomodação, esses intentos são impotentes e ineficazes diante de teorias oficiais que, se não têm ao seu lado a realidade social, ao menos podem contar com a racionalidade moral.

Já Hegel, ao contrário, em sua *Filosofia do direito*⁴, conseguia fazer que ambas convergissem em uma unidade, apresentando a realidade institucional de sua época como sendo, ela própria, racional em seus traços decisivos e, inversamente, comprovando a racionalidade moral como realizada nas instituições nucleares modernas. O conceito do direito, empregado por ele com esse intuito, deveria dar um nome a tudo que se fizesse presente na realidade social e possuísse, para tanto, consistência e legitimidade moral, para, assim, possibilitar e realizar de maneira universal a liberdade individual⁵.

---

3   Cf. Michael Walzer, *Sphären der Gerechtigkeit*, Frankfurt/Nova York, 1992; David Miller, *Grundsätze sozialer Gerechtigkeit*, Frankfurt/Nova York, 2008 (a esse respeito, cf. Axel Honneth, "Philosophie als Sozialforschung. Die Gerechtigkeit von David Miller", p. 7-25); Alasdair MacIntyre, *Der Verlust der Tugend. Zur moralischen Krise der Gegenwart*, Frankfurt/Nova York, 1987.
4   Em todas as referências a seguir, cita-se segundo G. W. F. Hegel, "Grundlinien der Philosophie der Rechts", in idem, *Werke in zwanzig Bänden*, Frankfurt am Main, 1970, vol. 7 [*Princípios da filosofia do direito*, São Paulo, Martins Fontes, 1997].
5   Sobre esse conceito de direito, cf. Ludwig Siep, "Vernunftrecht und Rechtsgeschichte. Kontext und Konzept der Grundlinien im Blick auf die Vorrede", in Ludwig Siep (org.), *G. W. F. Hegel, Grundlinien im Blick auf die Vorrede*, in Ludwig Siep (org.), *G. W. F. Hegel. Grundlinien der Philosophie des Rechts*, Berlin, 1997, p. 5-35; Axel Honneth, *Leiden an Unbestimmtheit. Eine Reaktualisierung der Hegelschen Rechtsphilosophie*, Stuttgart, 2001, p. 2.

Se eu retomo esse projeto hegeliano hoje, mais de duzentos anos depois, obviamente o faço consciente de que tanto as relações sociais como as condições da argumentação filosófica mudaram consideravelmente. De lá para cá, tornou-se impossível um puro e simples renascimento da intenção e do raciocínio da "filosofia do direito". Por um lado, a realidade social, da qual se deve demonstrar quais instituições e práticas possuem o estatuto de facticidade moral, é uma sociedade completamente diferente da sociedade constitucional-monárquica dos primórdios da industrialização, no início do século XIX; no contexto de sua modernização acelerada, chamada de "reflexiva", todas as condições institucionais, em cuja estabilidade normativa Hegel poderia ter confiado de maneira quase evidente, perderam sua forma original e em grande parte foram substituídas por estruturas e organizações novas e desigualmente abertas a relações. Além disso, a experiência de uma "quebra da civilização", isto é, a presentificação da possibilidade do holocausto em meio a sociedades civilizadas, acrescentou um decisivo freio nas esperanças que Hegel ainda podia depositar no desenvolvimento contínuo e contido nos parâmetros da razão nas sociedades modernas. Por outro lado, as premissas teóricas do debate filosófico e as condições contextuais da possibilidade do pensar em última instância também passaram por considerável deslocamento em relação ao que se tinha à época de Hegel: para nós, filhos de um período esclarecido em termos materiais, o pressuposto de um monismo idealista, no qual se ancorava seu conceito dialético do espírito[6],

---

6 Cf., por exemplo, Dina Emudnts/Rolf-Peter Horstmann, *G. W. F. Hegel. Eine Einführung*, Stuttgart, 2002, sobretudo p. 32.

já não é algo que pode ser imaginado, de modo que é preciso buscar outros fundamentos também para a sua noção de um espírito objetivo, realizado nas instituições sociais.

Ao mesmo tempo, no entanto, parece-me fazer sentido que a intenção hegeliana de esboçar uma teoria da justiça a partir de pressupostos estruturais da sociedade contemporânea deva ser retomada mais uma vez. De antemão, não é possível fundamentar as premissas necessárias a tal empreendimento com facilidade; na verdade, é no curso da investigação que elas deverão se comprovar justificadas. No entanto, desde já, é quase inevitável esboçar de maneira abstrata as precondições que tornam compreensíveis a construção e o andamento do estudo. Não seria adequado compreender o motivo de se posicionar o esboço de tal teoria da justiça como um todo sob a ideia de liberdade se não fossem aclaradas, antes, ao menos as premissas gerais pelas quais vou me conduzir de agora em diante. A intenção de elaborar uma teoria da justiça como análise da sociedade coincide com a *primeira premissa*, uma vez que a reprodução das sociedades até hoje está ligada à condição de uma orientação comum por ideias e valores basilares. Essas normas éticas não apenas determinam "de cima", sob a forma de "*ultimate values*" (Parsons), quais medidas ou desenvolvimentos sociais podem ser concebidos, mas também são determinadas de baixo, precisamente como objetivos de educação mais ou menos institucionalizados, pelos quais se organizaria a vida do indivíduo no seio da sociedade. Até hoje, o melhor exemplo para uma concepção de sociedade é dado pelo modelo de Talcott Parsons de um sistema da teoria da ação, que se coloca expressamente como sucessor do idealismo alemão e, portanto, de Hegel, Kant, Marx e Max Weber.

Segundo Parsons, os valores éticos, constituídos na "realidade última" de toda sociedade, incorporam o sistema cultural ao âmbito de partes subordinadas, no qual, quanto aos mecanismos de expectativas de valores, são cunhadas obrigações implícitas e ideais socializados; em suma, uma estrutura de práticas sociais e de orientações para a ação de seus membros. Essas subjetividades, que Parsons, no sentido de Freud, entende como integradas conflituosamente, orientam nos casos normais sua ação pelas normas que se cristalizaram sob a forma de uma objetivação dos valores mais elevados, forma esta que é específica a um determinado âmbito. Essa penetração "ética" de todas as esferas da sociedade é tomada por Parsons, ao contrário de Luhmann ou de Habermas, como uma esfera de ação normativamente integrada, que hoje pode ser entendida, sobretudo, como vinculada ao princípio de desempenho. O que há de especial nesse modelo de sociedade, que se faz especialmente adequado à atualização das intenções hegelianas, é o fato de que todos os ordenamentos sociais, sem exceção, encontram-se vinculados ao pressuposto de uma legitimação por meio de valores éticos, de ideais dignos de serem buscados: "nenhum ordenamento normativo (e entenda-se aqui a sociedade) se autolegitima no sentido de que as formas de vida aprovadas ou proibidas seriam simplesmente verdadeiras ou falsas, sem exigir questionamento. Tampouco esse ordenamento está suficientemente legitimado por necessidades impostas nos níveis mais baixos da hierarquia de controle, como a necessidade de que algo *deve* acontecer de um modo *específico* pelo fato de a estabilidade ou mesmo a sobrevivência do sistema estarem em jogo"[7].

---

7 Talcott Parsons, *Gesellschaften*, Frankfurt am Main, 1975, p. 22.

Assim, tampouco o fato de sociedades "heterogêneas", portanto comunidades diversificadas do ponto de vista étnico ou religioso, pouco mudarem nesse pressuposto "transcendental" de coação para a integração normativa: com efeito, surge assim uma pressão para que os valores éticos possam se tornar mais abrangentes e gerais, podendo, então, abrigar também os ideais de culturas minoritárias, mas a inevitabilidade de a reprodução material e a socialização cultural se organizarem segundo as exigências de normas compartilhadas de maneira comum é mantida.

Em sentido semelhante, que de início é um sentido meramente fraco, toda sociedade é, em certa medida, uma encarnação do espírito objetivo, porque suas instituições, suas práticas e rotinas sociais refletem convicções normativas compartilhadas quanto aos objetivos de interação cooperativa. Mais tarde demonstrou-se que esse conceito de "espírito objetivo" deveria ser ainda mais enriquecido para poder fundamentar efetivamente todas as intenções que associo à ideia de uma teoria da justiça como análise da sociedade.

Com essa ideia, introduz-se como *segunda premissa* a proposta segundo a qual se deve tomar apenas os valores ou ideais como ponto de referência moral de uma justiça que, como pretensões normativas, a um só tempo constitui reivindicações normativas e condições de reprodução de cada sociedade. Para Hegel e também para outros autores de sua tradição — como Marx —, a ideia de justiça de modo algum é uma grandeza independente, explicável em si mesma e, portanto, autônoma. Esse também pode ser o motivo pelo qual tais pensadores raramente encontram uso construtivo e não polêmico para esses conceitos. Em autores da Antiguidade clássica, o sentido literal tradicional de "justiça" vem a ser "intenção vinculativa e duradoura de dar a cada um o que lhe cabe" (Justiniano, Cícero e Tomás de Aquino); no cerne dessa definição, a exigência de lidar com cada pessoa é pensada de um modo que seja compatível com sua personalidade individual, o que pode resultar em um tratamento tanto igual como desigual dos demais. Ora, Hegel está convencido de que, para o tipo de adequação exigido pela justiça, não pode haver nenhum critério independente, criado pelo próprio conceito de justiça. Não podemos assumir um ponto de vista neutro a partir do qual se possa analisar os atributos da outra pessoa, uma vez que nossa relação com ela está sempre marcada pelas práticas em que nos encontramos, de modo comum, enredados. Nessa medida resulta que, para Hegel, "dar a cada um o que lhe cabe" tem seu significado atrelado sempre ao sentido interno de práticas de ação estabelecidas. Uma vez que também esse sentido (ou esse significado) advém do valor ético possuído pela respectiva esfera na inteira estrutura ideal da sociedade, em última instância os critérios de justiça são analisáveis somente por meio da referência a ideais faticamente institucionalizados naquela sociedade. Consequentemente, deve-se considerar justo o que, em diferentes esferas sociais, é feito para promover um tratamento abrangente no sentido do papel que lhe é efetivamente destinado na divisão ética de tarefas de uma sociedade.

A exigência de uma análise realizada de maneira imanente não basta para assinalar a diferença em relação às versões convencionais de uma teoria da justiça, as quais denomino "kantianas", uma vez que tais versões não raro se esforçam para apresentar seus princípios obtidos "construtivamente" ao mesmo tempo como expressão de uma dada orientação de valor. Tanto a teoria da justiça de Rawls[8] como a teoria da justiça de Habermas[9] são bons exemplos de contribuições que partem de uma congruência histórica entre princípios de justiça obtidos de maneira independente e os ideais normativos das sociedades modernas. A diferença para teorias desse tipo, segundo Hegel, consiste na necessidade de não apresentar uma justificação autônoma e construtiva de normas de justiça. Tal justificação adicional é repetitiva se, já na reconstrução do significado dos valores dominantes, for possível comprovar que esses valores são superiores aos ideais históricos de sociedade ou "ultimate values". É claro que um procedimento imanente desse tipo recorre a um pensamento histórico-teleológico; porém, esse tipo de teleologia da história pode ser evitado à medida que pressupõe as teorias da justiça que partem de uma congruência entre a razão prática e a sociedade existente.

A distinção assim esboçada tampouco basta para que se caracterize a particularidade da ideia de desenvolver uma teoria da justiça diretamente pela via de uma análise da sociedade, uma vez que também se poderia entender que os princípios obtidos de maneira puramente imanente só se aplicam de modo secundário à realidade social, na qual desempenha o papel de diretrizes para a verificação da qualidade moral de instituições e práticas. Nesse caso, nada teria mudado; apenas teríamos pressuposto

---

8 Cf. John Rawls, *Politischer Liberalismus*, Frankfurt am Main, 1998 [*O liberalismo político*, 2. ed., São Paulo, Ática, 2000]; sobre os motivos hegelianos presentes na teoria do direito e Rawls, cf. Jörg Schaub, *Gerechtigkeit als Versöhnung John Rawls' politischer Liberalismus*, Frankfurt am Main, 2009.
9 Jürgen Habermas, *Faktizität und Geltung. Beiträge zur Diskurstheorie des Rechts und des demokratischen Rechtstaates*, Frankfurt am Main, 1992 [*Direito e democracia: entre facticidade e validade*, 4. ed., Rio de Janeiro, Tempo Brasileiro, 1997].

uma certa realidade estabelecida por uma terceira via, à qual se aplicariam padrões normativos apenas *a posteriori*. A divisão do trabalho entre ciências sociais e teorias normativas, entre ciências individuais empíricas e análise filosófica, foi justificada do mesmo modo, já conhecido por nós, das concepções tradicionais de justiça. Hegel, ao contrário, em sua "filosofia do direito", não queria deixar que se impusesse de fora a maneira como é criada a realidade social cujo ordenamento justo ele intentava especificar. Marx, que nesse aspecto foi seu fiel discípulo, da mesma forma mostrou-se bem pouco disposto a simplesmente deixar que as ciências sociais empíricas (ciência política, economia política) se ocupassem da análise da sociedade. O que Hegel contrapunha como procedimento metodológico à tradicional divisão do trabalho pode ser entendido tomando-se por base as premissas idealistas em que ele funda sua análise só com muito esforço[10]. A respeito dessa estratégia, notoriamente conhecida, devo me abster de reproduzir aqui discussões complicadas, por isso vou recorrer apenas à expressão da "reconstrução normativa". Por "reconstrução normativa" entende-se o processo pelo qual se procura implantar as intenções normativas de uma teoria da justiça mediante a teoria da sociedade, já que valores justificados de modo imanente são, de maneira direta, tomados como fio condutor da elaboração e classificação do material empírico. Tendo em vista seus esforços normativos, as instituições e práticas são analisadas e apresentadas à medida que se mostram

---

[10]   Cf., por exemplo, Herbert Schnädelbach, "Zum Verhältnis von Logik und Gesellschaftstheorie bei Hegel", in Oskar Negt (org.), *Aktualität und Folgen der Philosophie Hegels*, Frankfurt am Main, 1970, p. 58-80; Hans-Friedrich Fulda, *Das Recht der Philosophie in Hegels Philosophie des Rechts*, Frankfurt am Main, 1968.

importantes para a materialização e realização de valores socialmente legitimados. Com relação a esse processo, "reconstrução" deve significar que, tomando-se o conjunto das rotinas e instituições sociais, são escolhidas e representadas unicamente as que possam ser consideradas indispensáveis para a reprodução social. E uma vez que os objetivos da reprodução devem ser estabelecidos em grande parte de acordo com os valores aceitos, a reconstrução "normativa" implica necessariamente ordenar as rotinas e instituições sob o ponto de vista da força de sua contribuição quanto à divisão do trabalho, para a estabilização e implantação daqueles valores.

Por mais que isso possa parecer afastado do procedimento escolhido por Hegel para dar conta das exigências de uma teoria da sociedade, há surpreendentes sobreposições com os projetos de alguns expoentes clássicos. Tanto Durkheim quanto Parsons, para citar apenas dois dos autores mais significativos, classificaram o material de seus estudos sobre a sociedade moderna não apenas de acordo com alguns pontos de vista relacionados às imposições materiais ou técnicas da reprodução social. Em vez disso, concentraram-se nas esferas ou subsistemas investidos de maior significado, uma vez que em grande medida contribuem para a garantia e realização dos valores institucionalizados na modernidade[11]. Pode-se dizer que os dois sociólogos servem-se de um procedimento de reconstrução normativa, pois investigam de que modo, mediante o ciclo da reprodução social, conservam

---

11 Émile Durkheim, Über die Teilung der sozialen Arbeit, Frankfurt am Main, 1977 [Da divisão do trabalho social, 2. ed., São Paulo, Martins Fontes, 1999]; Talcott Parsons, Das System moderner Gesellschaften, Munique, 1972 [O sistema das sociedades modernas, São Paulo, Livraria Pioneira Editora, 1974].

valores e ideais já socialmente aceitos. De modo semelhante ao de Hegel, em sua *filosofia do direito*, as esferas sociais ordenam-se de acordo com sua importância funcional para a estabilização e realização da moderna hierarquia de valores. No entanto, é claro que nem Durkheim, nem Parsons, com suas análises estruturais sociológicas, estão interessados em esboçar uma teoria da justiça; ambos se limitam a diferenciar o transcurso e os possíveis riscos da integração normativa, enquanto Hegel busca encontrar nesses processos as condições sociais que, tomadas em conjunto, constituem o princípio da justiça na modernidade.

No intento de desenvolver uma teoria da justiça sob a forma de uma análise da sociedade, como *terceira premissa* deve-se validar o procedimento metodológico de reconstrução normativa. Para evitar o risco de voltar a aplicar a uma dada realidade princípios obtidos de maneira imanente, a realidade social não deve ser pressuposta como objeto suficientemente analisado. Em vez disso, seus traços e suas propriedades essenciais deveriam antes ser ressaltados, demonstrando-se quais esferas sociais produzem determinadas contribuições à garantia e à realização dos valores já institucionalizados na sociedade. A imagem que assim surge das sociedades contemporâneas e ultramodernas pode se distanciar muito do que hoje está disseminado nas ciências sociais, porque surgem dispositivos e práticas que de modo geral podem não atrair a atenção, ao mesmo tempo que outros incidentes, passíveis de suscitar grande interesse, na verdade são relegados a um segundo plano. Mas nas ciências sociais esse tipo de deslocamento, entre primeiro e segundo planos, entre o que é significativo e o que é de pouca importância, não é raridade nas disciplinas desta área, que, essencialmente, conhecem apenas conceitos controversos¹². Neste estudo, tais deslocamentos serão contemplados tão somente à luz das práticas e instituições sociais cuja constituição normativa vem servir à realização de valores socialmente institucionalizados. Na tentativa de fazer emergir tais condições estruturais das sociedades contemporâneas, surge um esboço sistemático do que Hegel chamou, à sua época, de "eticidade" *(Sittlichkeit)*. Esse conceito, juntamente com sua "filosofia do direito", caiu em descrédito após a morte do filósofo. Em círculos ilustrados, de orientação progressista, passou a ser considerado por ele um evidente indicador da intenção de conservar nas sociedades somente as práticas e disposições morais que pareciam talhadas para conservar a ordem dominante. Hegel, ao contrário, escolheu-o primeiramente para, no sentido contrário ao da tendência até então prevalecente em filosofia moral, ir contra a rede de rotinas e obrigações institucionalizadas, nas quais as atitudes morais estavam inseridas não sob a forma de orientação por princípios, mas de práticas sociais; para ele, que em seu método continuava a ser aristotélico nos contextos da filosofia prática, não havia dúvida de que os hábitos praticados de modo intersubjetivo – e não as convicções cognitivas – constituíam o âmbito da moral¹³. Entretanto, Hegel não queria que seu conceito de eticidade fosse entendido no sentido de uma mera descrição de formas de vida existentes. Já o processo escolhido por ele, portanto, aquela "reconstrução normativa" previamente descrita, evidencia a busca por uma abordagem muito mais seletiva, tipificadora e normativa do que

---

12 Cf. Bernard W. Gallie, "Essentially Contested Concepts", in *Proceedings of the Aristotelian Society*, 1955, n. 56, p. 167-98.
13 Cf., por exemplo, Allen W. Wood, *Hegel's Ethical Thoughts*, Cambridge, 1990, parte IV.

o permitia o positivismo aristotélico. Para Hegel, a multiplicidade de formas éticas de vida só era aceita em sua filosofia do direito se estivessem sob o conceito de "eticidade", o que comprovadamente poderia servir para auxiliar na realização dos valores e ideais universais das sociedades modernas. E deixaria de ser justificado como objeto da reconstrução normativa tudo o que se chocasse com essas exigências normativas e tudo o que representasse valores particulares ou materializasse ideais ultrapassados.

Também em virtude dessa limitação, o conceito de eticidade certamente parece tender à afirmação do já existente, pois só pode ser considerado "ético" o que tem validade nas formas de vida social e se materializa no sentido de um valor universal incorporado, uma vez que, tendo em vista essa realização, práticas apropriadas já terão assumido uma forma social. Porém, se o procedimento hegeliano for contemplado de maneira mais atenta, veremos que, para além de intenções confirmadoras e afirmativas, ele está associado a objetivos de caráter corretivo e mutável. Na execução da reconstrução normativa tem-se o critério prescrito, o qual, na realidade social, se considera "racional" o que serve à implementação de valores universais não apenas sob a forma de um desvelamento a fim de evidenciar práticas já existentes, mas também no sentido da crítica a práticas existentes ou do esboço preliminar de vias de desenvolvimento ainda não esgotadas. Para esse aspecto corretivo, ou melhor, crítico do conceito hegeliano de eticidade, é difícil encontrar uma caracterização adequada; afinal, para tanto, não se trata simplesmente de esboçar certo estado desejado, isto é, proceder de maneira puramente normativa, mas de interpretar a realidade existente em seus potenciais de incentivar práticas nas quais os valores gerais poderiam se realizar melhor, de maneira mais ampla ou mais adequada. Com tais antecipações e correções, de modo algum Hegel pretende simplesmente deixar para trás o círculo da realidade da vida social; as formas existentes da eticidade devem se manter sempre como diretrizes de todas as deliberações normativas, uma vez que não são exigências feitas de maneira abstrata, assim irrealizáveis, ao comportamento social. Por isso, Hegel exerce a crítica em nome da justiça ou, do mesmo modo, propõe reformas onde ele procede em sua reconstrução normativa de um modo que vai um pouco mais além do horizonte da eticidade existente, a fim de encontrar tantas alterações quanto se pode esperar de uma consideração realista de todas as circunstâncias. Desse modo, provavelmente não seria incorreto lembrar agora do conceito de "possibilidade objetiva", que Max Weber metodologicamente esboçou quando pretendeu descrever, de maneira empírica, os caminhos controlados de um esboço antecipado dos desenvolvimentos sociais[14].

Uma *quarta premissa* de nossa tentativa de desdobrar uma teoria da justiça em forma de uma análise da sociedade deve consistir na tese de que o procedimento de reconstrução normativa oferece também a oportunidade de uma aplicação crítica: não pode se tratar apenas de desvelar, pela via reconstrutiva, as instâncias da eticidade já existentes, mas deve também ser possível criticá-las à luz dos valores incorporados em cada caso. Os padrões em que se ampara tal forma de crítica são precisamente aqueles que

---

14 Max Weber, "Objektive Möglichkeit und adäquate Verursachung in der historischen Kausalbetrachtung", in idem, *Gesammelte Aufsätze zur Wissenschaftslehre*, Tübingen, 1968, (3. ed.), p. 266-90 ["Possibilidade objetiva e causação adequada na consideração causal da história", in idem, *Metodologia das ciências sociais*, 4. ed., São Paulo/Campinas, Cortez/Editora da Unicamp, 2001, p. 192-210].

servem de diretriz à reconstrução normativa. Se na condição de uma instância de eticidade conta o que representa valores ou ideias gerais mediante um conjunto de práticas institucionalizadas, então se poderia recorrer aos mesmos valores para criticar aquelas práticas consideradas ainda inadequadas quanto a seus esforços representativos. Assim, em tal "crítica reconstrutiva", as instituições e práticas dadas simplesmente não se contrapõem a padrões externos; em vez disso, esses mesmos padrões, com cujo auxílio aquelas instituições e práticas foram distinguidas do caos da realidade social, são usados para criticar uma incorporação deficiente, ainda inacabada, de todos os valores geralmente aceitos. Assim, os juízos normativos que se emitem nesse contexto não possuem um caráter categórico, mas gradual: considerando que uma instituição "eticamente" conceituada poderia representar os valores de modo melhor, mais completo ou mais abrangente, critica-se sempre os valores que, de algum modo, servem à reconstrução da eticidade como diretriz abrangente. Um bom exemplo dessa intenção "crítica", que associa Hegel a seu conceito de eticidade, é proporcionado por sua imagem das corporações, que se encontra ao final da seção dedicada à "sociedade civil". Hegel mostra-se convencido de que, ao realizar os valores abrangentes, seguindo a divisão do trabalho, essas corporações assumem a tarefa de dotar as classes industriais de uma consciência ética de sua contribuição constitutiva para a reprodução mediada pelo mercado. Para isso é necessária uma série de práticas sociais cuja função é, internamente, estimular um sentido de honra por pertencer a determinada classe e, externamente, proclamar a intenção de servir ao bem-estar geral. No parágrafo 253 de seu *Princípios da filosofia do direito*, Hegel faz atentar para os fenômenos da decadência ética, cujo embrião estaria no fato de as corporações não cumprirem sua tarefa de maneira plena:

Se há motivos para lamentar o luxo e a dissipação das classes industriais, que originam e desenvolvem uma plebe (§ 244), também não se deve menosprezar a causa moral objetiva que indicamos nas observações anteriores e que atua ao lado de outras causas, como a mecanização contínua do trabalho. Se não for membro de uma corporação legítima (e só quando uma corporação é legítima é que pode nascer dela uma comunidade), o indivíduo não tem honra profissional. O isolamento o reduziu ao aspecto egoísta da indústria, a subsistência e o ócio nada terão de permanente. Procurará, então, reconhecimento nas manifestações exteriores do êxito que obtenha na indústria. Ora, tais manifestações são ilimitadas, pois não poderá haver uma vida conforme a hierarquia social onde não houver hierarquia social.

Essa crítica ao consumo ostensivo das camadas burguesas está visivelmente fundamentada na tese de que a instituição ética do sistema de guildas não está incluída no total de membros, como exige a sua função de divisão do trabalho. Aqui não se adota nenhum padrão externo, mas se critica apenas "reconstrutivamente", ao fazer atentar para um potencial negligenciado de desenvolvimento das instituições já existentes.

Com essas quatro premissas é possível delinear os pressupostos metodológicos mais gerais da investigação que faço neste livro: na tentativa de desenvolver uma concepção de justiça pela via da teoria social, deve-se pressupor numa *primeira premissa*, antes de tudo, que a forma da reprodução social de uma sociedade é determinada por valores e ideais comuns compartilhados e universais; em última instância, tanto os objetivos da produção social como os de integração cultural são regulados por normas que possuem um caráter ético, já que contêm representações do bem compartilhado. Na *segunda premissa*, como primeira aproximação, afirma-se que o conceito de justiça não pode ser entendido independentemente desses valores que abarcam todo o âmbito do social: como "justo" deve-se considerar o que, nas práticas e instituições da sociedade, tende a realizar os valores que são aceitos como gerais em cada uma delas. Somente com a *terceira premissa* entra em cena o que mais precisamente significa implementar uma teoria da justiça como análise da sociedade com base em ambas as determinações precedentes. Assim se tem em mente que, a partir da diversidade da realidade social, são selecionados, ou, em termos metodológicos, reconstruídos normativamente os valores que seriam capazes de assegurar e realizar os valores universais. Com essa *quarta premissa* deve-se, por fim, garantir que a aplicação de tal procedimento metodológico não leve a afirmar a existência de instâncias da eticidade; mediante sua estrita execução, a reconstrução normativa tem de ser desenvolvida até o ponto em que, se for necessário, pode se tornar evidente em que medida as instituições e práticas éticas deixam de representar, de maneira suficientemente abrangente ou completa, os valores gerais que elas incorporam.

Obviamente, não basta reunir essas quatro premissas para poder reconhecer o que se deve entender por "justiça" neste estudo. A apresentação feita aqui pretendeu simplesmente delinear o contexto teórico no qual faz sentido esboçar uma teoria da justiça como análise da sociedade. Não obstante, já ficou evidente que tal projeto, do primeiro ao último passo, depende do quanto os valores mais gerais de nossas sociedades atuais precisam ser determinados. Somente depois de ser resolvida essa tarefa, é possível começar a se ocupar seriamente com a reconstrução normativa de nossa atual eticidade pós-tradicional.

A.
ATUALIZAÇÃO HISTÓRICA: O DIREITO DA LIBERDADE

Entre todos os valores éticos que intentam vingar na sociedade moderna, e, ao vingar, tornam-se hegemônicos, apenas um deles mostra-se apto a caracterizar o ordenamento institucional da sociedade de modo efetivamente duradouro: a liberdade no sentido da autonomia do indivíduo. Todas as outras representações do bem, desde o deísmo do ordenamento natural até o expressivismo romântico[1], têm enriquecido há mais de dois séculos as experiências do si mesmo e de suas relações com realces sempre novos. Porém, nas esferas em que devem se tornar socialmente eficazes, onde se libertam do estreito círculo de vanguardas estéticas ou filosóficas e, nessa medida, nos contextos em que poderiam inspirar o espaço da imaginação do mundo da vida, logo se enredam no pensamento da autonomia, que ao final lhes rende apenas outras camadas profundas. Hoje, no início do século XXI, é quase impossível articular algum desses outros valores da

---

[1] Charles Taylor, *Quellen des Selbst, Die Entstehung der neuzeitlichen Identität*, Frankfurt am Main, 1994, partes III e IV [*As fontes do self*: formação da identidade moderna, 2. ed., São Paulo, Loyola, 1997]. Na continuidade, não vou considerar a ideia de "igualdade", certamente influente e eficaz, como um valor independente, uma vez que só pode ser entendida se conceituada como elucidação do valor da liberdade individual: o seu exercício compete em igual medida a todos os membros das sociedades modernas. Tudo o que se pode afirmar sobre a exigência de igualdade social, por essa razão, tem sentido somente mediante a referência à liberdade individual.

modernidade sem ao mesmo tempo compreendê-lo como faceta da ideia constitutiva da autonomia individual. Quer se trate da evocação de um ordenamento natural ou da idealização da voz interior, tendo em vista o valor da comunidade ou o louvor da autenticidade, sempre se deverá contar com seus componentes de significação adicional, e isso quer dizer que sempre se vai falar em autodeterminação individual. Como que por mágica atração, todos os ideais éticos da modernidade entram na esfera de influência de uma representação, por vezes se aprofundam, por vezes adquirem novas ênfases, mas a eles já não se contrapõe uma alternativa autônoma[2].

Esse enorme efeito de sucção do pensamento da autonomia explica-se por sua capacidade de produzir uma associação sistemática entre o si mesmo individual e o ordenamento social. Enquanto todos os demais valores da modernidade relacionam-se ou ao horizonte de orientação do indivíduo, ou ao contexto normativo da sociedade como um todo, a ideia da liberdade individual suscita uma ligação entre as duas grandezas de referência: sua representação do que é bom para o indivíduo contém ao mesmo tempo indicações para a instituição de um ordenamento social legítimo. Com as ideias que apenas gradativamente se impõem, uma vez que o valor do sujeito humano reside em sua capacidade de autodeterminação, também se altera a perspectiva para as regras de convívio social; a sua legitimidade normativa então depende cada vez mais de poder ser assim representada, pois ou ela expressa a autodeterminação individual em sua soma, ou pode adequadamente realizar essa autodeterminação em seus

---

2 Nesse sentido, é válida a argumentação de Taylor, op. cit., p. 868.

pressupostos. Então, o princípio da autonomia individual já não se separa da ideia de justiça social e das reflexões sobre como ela deve ser instituída na sociedade para tornar justos os interesses e necessidades de seus membros. Por maior que seja a importância de tudo o que, como perspectivas éticas, vier a se acrescentar ao discurso sobre justiça, sempre ficará à sombra do significado do valor desfrutado pela liberdade do indivíduo no ordenamento social moderno. O amálgama entre representação da justiça e pensamento da liberdade avançou de tal modo com o passar do tempo que hoje quase não se pode reconhecer em que ponto esse ou aquele projeto posicionam a censura ao valor central da liberdade individual. Somente uma árdua reconstrução retrospectiva poderá evidenciar que essas teorias da justiça, em meio a muitas outras contribuições suas para a ética, também trouxeram a autonomia individual para o ponto central[3]. Foram necessários anos para que a ética supostamente crítica ao sujeito da geração "pós-moderna" revelasse sua verdadeira natureza, qual seja, de uma variante profunda da ideia moderna de liberdade: mediante a comprovação da origem a partir das disposições culturais, deve ser simplesmente descartado o que era até então considerado fronteira natural da autodeterminação individual, como a identidade biológica de gêneros ou determinadas concepções do corpo humano[4]. Hoje em dia, nem ética, nem crítica sociais podem fingir transcender o horizonte de pensamento que, há mais de dois séculos na modernidade, instaurou-se

---

3   Essa posição central da liberdade individual se torna magnífica em Will Kymlicka, *Politische Philosophie Heute. Eine Einführung*. Frankfurt/Nova York, 1996.
4   Cf. o trabalho ilustrativo quanto a esse aspecto: Judith Butler, *Das Unbehagen der Geschlechter*, Frankfurt am Main, 1991. Para o complexo temático considerado de maneira integral, cf. Johanna Oksala, *Foucault on Freedom*, Cambridge, 2005.

mediante a associação da representação de justiça com as ideias de autonomia.

O que se pode dizer sobre a face filosófica dos esforços em ética social vale igualmente para os movimentos de aspiração social em conformidade com a justiça, próprios à era moderna. Não fosse o lema da liberdade individual inscrito em suas insígnias, dificilmente existiriam quaisquer dos agrupamentos sociais que, após a Revolução Francesa, se engalfinharam em embates visando o reconhecimento social. Os adeptos dos movimentos nacional-revolucionários e as defensoras da emancipação feminina, os membros dos movimentos trabalhistas e os combatentes dos *Civil Rights Movement* combateram as formações jurídicas e sociais de desrespeito, que consideravam inconciliáveis com as reivindicações de autoestima e autonomia individual. Até nos sensores de sua percepção moral os adeptos desses movimentos sociais estavam convencidos de que a justiça exigia que fossem concedidas a cada indivíduo as mesmas chances de liberdade. E, mesmo ali, onde se deveria tratar do objetivo segundo uma restrição da liberdade individual, o postulado da liberdade deveria servir para emprestar aparência de justiça aos objetivos do movimento. Na sociedade moderna vemos que a exigência de justiça só pode se legitimar se, de um modo ou de outro, a autonomia da referência individual for mantida. Não é a vontade da comunidade ou a ordem natural que se constituem pedra fundamental normativa de todas as ideias de justiça, mas a liberdade individual.

Essa engrenagem composta de justiça e liberdade individual certamente é mais do que apenas um fato histórico. É verdade que, na fusão desses dois conceitos, o resultado se aplica a um processo de aprendizagem amplamente recessivo, em cujo curso o direito natural clássico deve ser, antes de tudo, isento de contextos teológicos, para que o sujeito individual possa ser inserido no papel de autor equitativo em relação a todas as leis e normas sociais: de Tomás de Aquino, passando por Grotius e Hobbes até Locke e Rousseau, percorreu-se o caminho árduo e conflituoso em que, paulatinamente, a autodeterminação individual fez-se ponto de referência de todas as representações de justiça[5]. Mas o resultado dessa liga ética representa mais do que o mero acaso feliz de uma reunião de dois planos conceituais independentes. Nessa liga ética importa muito mais, e de maneira irreversível, que o projeto de normas justas venha a confiar tão somente na força dada ao espírito humano de cada indivíduo. Nessa medida, entre nossa contínua insistência para que um ordenamento social seja "justo" e a autodeterminação individual, há um vínculo indissolúvel, uma vez que a orientação pela justiça é mera expressão de nossa capacidade subjetiva de justiça. A capacidade individual de questionar os ordenamentos sociais e de exigir em conformidade com a sua legitimação moral é a sedimentação do meio no qual a perspectiva de justiça, segundo a sua estrutura tomada como um todo, está domiciliada. Por isso, o espírito humano, na autodeterminação individual, na força para chegar aos próprios juízos, não apenas descobre a essência de sua atividade prático-normativa: perguntar pela justiça, na intenção de validar o ponto de vista correspondente, resulta em querer (co)determinar as regras normativas às quais a vida comum em sociedade deve

[5] Cf. Jerome B. Schneewind, *The Invention of Autonomy. A History of Modern Moral Philosophy*, Cambridge, 1998 [*A invenção da autonomia*, São Leopoldo, Editora Unisinos, 2001].

obedecer⁶. Mas tão logo essa conexão interna seja descoberta e um saber consista em justiça e autodeterminação individual, de modo que uma remeta circularmente à outra, teremos que todo recurso a fontes de legitimação mais antigas, pré-modernas, vão aparecer como obliteração da perspectiva da justiça. Assim já não se torna mais compreensível o significado de exigir segundo um ordenamento justo, sem que simultaneamente se acione também a autodeterminação individual. Nessa medida, a fusão da representação de justiça às ideias sobre a autonomia vão se constituir numa irreversível aquisição da modernidade, que só pode regredir ao preço da barbarização cognitiva. E, onde uma regressão desse tipo efetivamente acontece, ela suscita indignação moral "nos humores de todos os que a presenciarem (que não estejam eles próprios envolvidos em tal jogo)"⁷.

Com essa perspectiva teleológica, que se constitui em um elemento inevitável da autoconcepção da modernidade⁸, o fato até aqui delineado perde seu caráter histórico contingente. Como ponto de referência normativo de todas as concepções de justiça

---

6 Nessa vinculação de toda justiça à condição de justificabilidade recíproca reside o verdadeiro núcleo do pensamento, que trata de elucidar o conceito de "justiça" com o auxílio de um "direito à justificação" (de maneira ilustrativa, em relação com John Rawls e Thomas Scanlon, cf. Rainer Forst, *Das Recht auf Rechtfertigung. Elemente einer konstruktivistischen Theorie der Gerechtigkeit*, Frankfurt am Main, 2007). É claro que com essa determinação fundamental de caráter analítico dificilmente há algum ganho, já que o gênero e o alcance da justificabilidade assim provida só podem ser analisados, em cada caso, por condições sociais e históricas que, por sua vez, determinam somente o que em cada caso pode valer como "justificado". Sem uma consideração dessas condições normativamente limitadoras — objetos de uma reconstrução normativa —, a justiça se manteria completamente vazia.
7 Immanuel Kant, "Der Streit der Fakultäten", in idem, *Werke in zwölf Bänden*, Frankfurt am Main, 1964, vol. xi, p. 265-393, aqui p. 358.
8 Sobre isso, cf. Axel Honneth, "Die Unhintergehbarkeit des Fortschritts. Kant Bestimmung des Verhältnisses von Moral und Geschichte", in idem, *Pathologien der Vernunft, Geschichte und Gegenwart der Kritischen Theorie*, Frankfurt am Main, 2007.

na modernidade, podemos considerar a ideia da autodeterminação individual: deve valer como justo o que garante a proteção, o incentivo ou a realização da autonomia de todos os membros da sociedade. Não obstante, com essa vinculação ética da justiça a um bem superior, ainda não foi dito o mínimo sobre como deverá estar efetivamente constituído um ordenamento social que mereça a qualificação de "justo". Para uma sucessiva determinação da justiça, tudo, realmente tudo, dependerá de como o valor da liberdade individual será compreendido com mais detalhes. A ideia de autonomia enquanto tal é muito heterogênea e tem níveis demais para que só a partir de si mesma possa determinar em que consiste a medida de justiça. Nem a forma metódica, nem as especificações de conteúdo de tal concepção estão suficientemente fixadas ao relacioná-la eticamente à garantia de liberdade individual. Ainda que o bem da liberdade se constitua na "questão" ou no "objetivo" da justiça[9], a relação entre o objetivo ético e os princípios da justiça, entre o bem e o correto, ainda não é determinada de modo algum; para tal é necessário, primeiramente, um esclarecimento racional não apenas da extensão, mas também do modo de exercício da liberdade individual que deve servir de guia ao projeto como um todo.

Desde os tempos de Hobbes, a categoria da liberdade individual, tanto em seu conteúdo como em sua estrutura lógica, é um dos conceitos mais controversos da modernidade social. Desde o início, nas controvérsias que versam sobre sua definição semân-

---

[9] A esse respeito, cf. a formulação quase clássica presente em John Rawls, "Der Vorrang der Rechten und die Ideen des Guten", in idem, *Die Idee des politischen Liberalismus. Aufsätze 1978-1989*, Frankfurt am Main, 1992, p. 364-97, esp. p. 364. A formulação central é a seguinte: "A justiça estabelece os limites, o bem estabelece a meta".

tica, não apenas filósofos, juristas e teóricos da sociedade tomaram parte, mas também ativistas de movimentos sociais, para os quais era importante articular publicamente suas experiências específicas de discriminação, degradação e exclusão[10]. No curso desse debate, ficou claro que com a ideia de liberdade propaga-se sempre a imagem que modifica a ideia metodológica de justiça: uma ampliação de tudo aquilo que deve pertencer ao "eu" da autodeterminação individual altera não apenas os fundamentos de conteúdo, mas também as leis de construção do ordenamento justo, pois, quanto mais faculdades e condições são consideradas necessárias para de fato possibilitar a autonomia do indivíduo, com tanto mais força a perspectiva daqueles para os quais deverão valer esses princípios deverá se integrar no estabelecimento dos princípios. E, assim, para poder fundamentar de qual ideia de justiça se deve partir no texto subsequente, é necessária uma distinção entre os diferentes modelos de liberdade individual. À luz de tais diferenciações seria o caso de selecionar o modelo de liberdade pelo qual nossa concepção de justiça deverá se orientar. Como ponto de partida pode-se tomar a observação de que no discurso moral da modernidade foram constituídos três modelos claramente delimitados para os exasperantes conflitos em torno do significado da liberdade: numa análise mais detalhada, deve-se revelar que a diferença entre essas ideias de

---

[10] Infelizmente, não conheço nenhuma pesquisa histórica que tenha rastreado o desenvolvimento do conceito de liberdade em sociedades modernas, que incluiria também as intervenções de representantes de movimentos sociais e partidos políticos. Mas, para a Alemanha, cf. Peter Blickle, *Von der Leibeigenschaft zu den Menschenrechte. Eine Geschichte der Freiheit in Deutschland*, Munique, 2003. Também na grandiosa história mundial do século XIX, de Jürgen Osterhammel (*Die Verwandlung der Welt. Eine Geschichte des 19. Jahrhunderts*, Munique, 2009), falta o tratamento dos grandes temas cruciais inerentes ao conceito de liberdade, o que é de se lamentar.

forte impacto na história da liberdade individual estão conectadas, essencialmente, a diferentes ideias sobre como entender, em cada um dos casos, a constituição e o caráter das intenções individuais[11]. Seguindo o grau de sua complexidade, podemos falar de um modelo de liberdade *negativo* (I), de um modelo *reflexivo* (II) e de um *social* (III); nessa divisão, compreendida de maneira tripartite, apenas indiretamente se reflete a célebre distinção pela qual Isaiah Berlin opôs uma liberdade definida simplesmente como "negativa" a uma liberdade entendida como "positiva"[12].

---

[11] Uma proposta interessante (mas que diverge da minha) que diferencia três modelos de liberdade foi desenvolvida por Philippe d'Iribarne ("Trois figures de la liberte", in *Annales HSS*, 2003, n. 5, p. 953-78). D'Iribarne parte da concepção de que as características das três ideias de liberdade individual (ou seja, liberdade negativa, comunicativa e reflexiva) resultam dos hábitos culturais da respectiva nação de origem (Inglaterra, Alemanha, França). Não me deterei nessas relações.

[12] Isaiah Berlin, "Zwei Freiheitsbegriffe", in idem, *Freiheit. Vier Versuche*, Frankfurt am Main, p. 197-256.

I
A LIBERDADE NEGATIVA E SUA CONSTRUÇÃO CONTRATUAL

O momento do nascimento da ideia de uma liberdade negativa do sujeito coincide com o período das guerras civis religiosas dos séculos XVI e XVII. Embora os encarniçados confrontos já olhassem para a reflexividade da liberdade, isto é, para a ideia de que os sujeitos só podem querer o que tomarem por correto reflexivamente, foi um ato visionário de Hobbes conduzir as partes em conflito para a via de uma ideia apenas negativa de autodeterminação individual: "Liberdade ou independência", enuncia em célebre passagem do *Leviatã*, "significa, em sentido próprio, a ausência de oposição (entendendo por oposição os impedimentos externos ao movimento"[13]). Em seu nível mais elementar, a "liberdade" para Hobbes é a ausência de resistências externas, que poderiam obstruir os movimentos possíveis aos corpos naturais; por essa razão, obstáculos internos que, no caso de corpos simples, poderiam ter sua origem na composição de sua matéria, não deveriam ser considerados restrições à liberdade, já que pertencem às disposições individuais; portanto, poder-se-ia dizer que são autogerados. Dessa primeira determinação, ainda puramente naturalista, Hobbes traça uma inferência para a liberdade de seres que, como os homens, diferentemente dos meros corpos, possuem uma "vontade"; assim, sua liberdade consiste em não ser obstruído por resistências externas na busca de realizar seus objetivos que se

---

[13] Thomas Hobbes, *Leviathan oder Stoff, Form und Gewalt eines bürgerlichen und kirchlichen Staates*, Frankfurt am Main, 1984, p. 163 [*Leviatã ou matéria, forma e poder de uma república eclesiástica e civil*, 3. ed., São Paulo, Martins Fontes, 2014, p. 179].

impõem para ele: segundo o que se pode entender como definição, "um homem livre é aquele que não é impedido de fazer o que tem vontade de fazer naquelas coisas que é capaz de fazer graças à sua força e ao seu engenho"[14]. Também aqui, isto é, no caso humano, obstáculos interiores não devem ser tidos como impedimentos à liberdade, pois tais fatores psíquicos, como o medo, a fraqueza da vontade ou a falta de autoconfiança, representariam um fardo somente para a capacidade individual e, por isso, não deveriam ser considerados resistências. Mas Hobbes sobretudo deseja evitar que, quando se questiona a possibilidade de qualificar determinada ação como "livre", tenha relevância o tipo de objetivos perseguidos pelo indivíduo; todas as ações que os homens acreditam, com base em seu entendimento, "ser para ele mais vantajosas" podem ser consideradas intenções cuja execução lhes pode ser impedida por restrições externas à liberdade[15].

Com essas especificações, poucas e deficientes, Hobbes oferece uma caracterização abrangente do que ele tem por "liberdade natural"[16] do homem. O vínculo interno que se constrói aqui, quase imperceptível, entre a exclusão de obstáculos internos e os possíveis objetivos de ações livres, é decisivo para a sua exposição: uma vez que a liberdade do homem deve consistir em fazer tudo o que seja de seu interesse próprio imediato, não devem ser tomadas como restrições às ações livres mesmo as complicações motivacionais que resultam, no mais amplo sentido, de uma falta de clareza sobre suas próprias intenções[17]. A ideia de que a satis-

---

14 Idem.
15 Idem, p. 181.
16 Ibidem.
17 Cf. Charles Taylor, "Der Irrtum der negativen Freiheit", in idem, *Negative Freiheit? Zur Kritik des neuzeitlichen Individualismus*, Frankfurt am Main, 1988, p. 118-44, sobretudo p. 124.

fação de todo desejo possa já constituir o objetivo da liberdade, enquanto esse desejo, pela perspectiva do sujeito, serve apenas à sua autoafirmação, permite a Hobbes, em sua definição, limitar-se completamente às oposições externas. Afinal, turvações, extravios ou limitações do querer humano não podem ser levados em conta na determinação da liberdade natural, pois, na condição de observadores, não nos compete julgar sobre o que o sujeito deve querer.

Antes de prosseguir com a questão sobre quais consequências resultam dessa determinação mínima de liberdade para nossa ideia de justiça, devemos, em primeiro lugar, elucidar brevemente quais seriam as razões de seu triunfo na história. Pois ainda que a definição de Hobbes passe a impressão de ser bastante simples, quase primitiva, ela sobreviveu a todas as resistências teóricas e veio a se tornar, sob formulação ampliada, o embrião de uma ideia de liberdade de alto impacto. A partir das investigações de Quentin Skinner, soubemos que o próprio Hobbes pretendeu oferecer com sua doutrina, antes de tudo, uma oposição à crescente influência do republicanismo na Guerra Civil Inglesa: com a proposta de entender por liberdade somente a realização de seus próprios objetivos sem impedimentos externos, ele tratou de se opor às ideias de liberdade que poderiam impulsionar o desejo de constituir associações civis com habilidade teórica e brilho retórico[18]. Mas esse sentido político-estratégico da ideia hobbesiana de liberdade logo se esgotou, restando apenas

---

18 Quentin Skinner, *Liberty before Liberalism*, Cambridge, 1998, p. 7-11 [*Liberdade antes do liberalismo*, São Paulo, Editora Unesp, 1995]; cf. também: idem, *Freiheit und Pflicht. Thomas Hobbes' politische Theorie. Frankfurter Adorno-Vorlesungen 2005*. Frankfurt am Main, 2008, sobretudo cap. 3.

a formulação bastante exígua e puramente negativa. Para que tal ideia pudesse persistir, como até hoje tem resistido a questionamentos normativos, ela deve estar relacionada a um núcleo de correção intuitiva que virtualmente transcende todos os usos políticos que dela se possa fazer. Em que consiste essa duradoura força de atração, se a ideia de liberdade negativa ultrapassa muito seu ponto de partida hobbesiano, para compor seu conjunto com as estações subsequentes[19]? Por mais que os pensamentos originais e posteriores de John Locke, John Stuart Mill ou Robert Nozick a tenham aperfeiçoado teoricamente, a ideia de assegurar aos sujeitos uma margem de ação protegida para ações egocêntricas, liberadas de pressões por responsabilidade, sempre foi determinante. Se os indivíduos, em suas infinitas especificidades, não pudessem apelar sempre à ideia de liberdade negativa, não haveria nenhum futuro à teoria hobbesiana.

A ideia de que a liberdade do indivíduo consiste na busca de seus próprios interesses sem que haja impedimentos "de fora" repousa numa arraigada intuição do individualismo moderno. Segundo essa ideia, o próprio sujeito detém um direito à especificidade, à qual ele se apega por seus desejos e intenções que não estão submetidos a nenhum controle de princípios de graus mais elevados[20]. Por essa razão, em Hobbes, o livre estabelecimento de objetivos, que podem valer como fins legítimos de ações livres, inspirou, no sentido contrário ao de suas próprias convicções, o surgimento de um pensamento da liberdade cuja principal preocupação é a defesa das idiossincrasias. No entanto, esse traço

---

19   Cf. Berlin, " Zwei Freiheitsbegriffe ", op. cit.
20   Cf. Albrecht Wellmer, "Freiheitsmodelle in der modernen Welt", in idem, *Endspiele. Die unversöhnliche Moderne*, Frankfurt am Main, 1993, p. 15-53, sobretudo p. 38 s.

da liberdade negativa aparece com mais nitidez à medida que a especificação individual é despida de seu caráter elitista e se converte numa conquista cultural das massas[21]. Hoje, no século XXI, no apogeu da individualização[22], evidencia-se que a doutrina hobbesiana expressa também a tendência a conceder aos sujeitos a possibilidade de personalismo e excentricidade. Tanto o existencialismo de Sartre quanto o libertarismo de Nozick são variantes dessa corrente de significado da liberdade negativa.

O conceito de liberdade que Sartre desenvolveu em sua principal obra filosófica na verdade não se amolda à questão que está no cerne da filosofia política dos novos tempos; se esta aborda o problema normativo, que versa sobre até que ponto e sob que forma a liberdade aos indivíduos deve ser garantida, a liberdade em Sartre orienta sua atenção basicamente à constituição ontológica da liberdade[23]. Porém, acima desse nível de investigação, onde os argumentos sartrianos tocam o horizonte de ideias do mundo da vida, seu conceito de liberdade exibe traços que parecem ser de uma radicalização da concepção hobbesiana. Para Sartre, também, a falta de vontade ou os encargos psíquicos, ainda que por motivos diferentes dos de Hobbes, não devem contar como limitações da liberdade, já que tais obstáculos internos em si já "expressam" uma escolha pela qual o homem estabelece a que possibilidade de existência ele deve se agarrar.

21 Cf., por exemplo, Undine Eberlein, *Einzigartigkeit. Das romantische Individualitätskonzept der Moderne*, Frankfurt am Main, 2000, sobretudo cap. v; Charles Taylor, *Das Unbehagen an der Moderne*, Frankfurt am Main, 1995.
22 Novamente, apenas a título de exemplo: Ulrich Beck, *Risikogesellschaft. Auf dem Weg in eine andere Moderne*, Frankfurt am Main, 1986 [*Sociedade de risco. Rumo a uma outra modernidade*, 2. ed., São Paulo, Editora 34, 2011].
23 Jean-Paul Sartre, *Das Sein und das Nichts*, Reinbek, 1993, parte IV, capítulo 1 [*O ser e o nada*, 13. ed., Petrópolis, Vozes, 2005].

Num sentido absoluto, o querer, que se realiza nesse plano fundamental, encontra-se livre de toda e qualquer vinculação: nem a biografia pessoal, nem quaisquer princípios que sejam, nem a própria identidade, nem a consideração a outras pessoas limitam o sujeito no momento em que ele se detém para se decidir por um modo de realização da vida. Nessa medida, segundo Sartre, no momento da escolha existencial não há à nossa disposição quaisquer critérios que permitiriam "justificarmo-nos" diante de nós mesmos ou de outrem[24]. Nesses momentos nos distanciamos muito mais de maneira espontânea, portanto sem pausa reflexiva, das incontáveis possibilidades de existência que nos são oferecidas pela margem de ação da vida humana.

Faz-se necessária apenas uma sutil mudança de perspectiva para que, nessa concepção, se possa vislumbrar uma superação do conceito de liberdade negativa, tal como Hobbes o desenvolveu três séculos antes, com meios puramente naturalistas. Se entendermos que a principal ideia no cerne de tal concepção negativa não é a de que impedimentos externos possam se interpor a uma ação livre, mas a de que o tipo de fins nada diz sobre a existência de liberdade, revela-se, então, na concepção de Sartre, a mesma tendência à eliminação de toda a reflexividade: assim como Hobbes, Sartre também parte da consideração de que uma determinada medida de ponderação de objetivos não deve ser inerente ao conceito de

---

[24] Idem, p. 805. *Zur Kritik an Sartres Freiheitskonzeption*, cf., por exemplo, Charles Taylor, "Was ist menschliches Handeln?", in idem, *Negative Freiheit?*, op. cit., p. 9-51, sobretudo p. 29-35; Peter Bieri*, *Das Handwerk der Freiheit. Über die Entdeckung des eigenen Willens*, Munique/Viena, 2001, cap. vi, Über die Entdeckung des eigenen Willens, Munique/Viena, 2001, cap. vi.
* Nome de batismo de Pascal Mercier, sob cujo pseudônimo publicou *Trem noturno para Lisboa* [Rio de Janeiro, Record, 2009]. (N. E.)

liberdade individual; ele enxerga esse desacoplamento como uma coerção existencial, enquanto Hobbes o apresenta como um fato normativo. Assim sendo, para ambos os pensadores a liberdade do indivíduo consiste apenas em se aferrar aos objetivos que o indivíduo põe para si, que podem provir tanto das fontes da "consciência espontânea"[25] como de desejos fácticos. Não é necessário nenhum passo adicional na reflexão, uma vez que para a realização da liberdade não cabe uma justificação dos propósitos em virtude de pontos de vista de grau superior. "Negativa" é essa classe de liberdade, já que não se deve voltar a questionar seus objetivos quanto à sua capacidade de satisfazer ou não suas condições de liberdade; tampouco o devem ser quanto à escolha existencial e aos desejos que serão satisfeitos, bastando o ato puro e desimpedido do decidir para que a ação resultante seja qualificada como "livre".

Essa comprovação de um parentesco subterrâneo entre Hobbes e Sartre deve aqui apenas amparar a tese segundo a qual a ideia de uma liberdade negativa poderia se tornar um elemento inquebrantável da moderna representação de mundo, por ter proporcionado um direito à aspiração de especificação individual. Ao contrário de sua intenção original, Hobbes contribuiu com sua proposta de determinar a liberdade individual unicamente pela via externa, para a formação de uma tradição na qual hoje toda ação é designada "livre" à medida que pode ser compreendida apenas como expressão de uma escolha própria. No *páthos* existencialista, a liberdade incondicionada chega a um fim, num processo que se iniciou já com a determinação imperceptível pela qual apenas impedimentos externos poderiam limitar as

---

25 Sartre, *Das Sein und das Nichts*, op. cit., p. 819.

ações de um homem. Ainda mais clara que a doutrina de Sartre, a teoria de Robert Nozick trouxe à luz o significado radical que a concepção hobbesiana de liberdade negativa involuntariamente viria a assumir; no livro de Nozick, *Anarquia, Estado e Utopia*, investiga-se de que modo se chegou à perspectiva metodológica sob a qual, a partir da liberdade negativa, deve-se ter em vista o ordenamento justo de uma sociedade[26].

Em sua teoria da justiça, Nozick ateve-se uniformemente ao mesmo conceito de liberdade que Hobbes e Locke também haviam tomado como base para seus projetos de um ordenamento de Estado justo. Consequentemente, Nozick também concebeu a liberdade individual somente como oportunidade de realizar seus próprios desejos e intenções sem impedimentos exteriores. Mas, diferentemente dos dois filósofos ingleses, ele não está pensando no cidadão de um Estado monárquico que luta por sua liberdade de credo, mas no individualista radical do século XX; para um ator assim caracterizado, ser livre significa poder realizar todos os objetivos de vida egocêntricos e caprichosos que forem compatíveis com a liberdade de seus cidadãos. Já a expectativa de manter um plano de vida racional mediante a realização de seus próprios desejos deve ser entendida, do ponto de vista do individualista, como uma afronta, pois assim se impõe um limite racional à sua liberdade[27]. O fato de os homens, em sua "existência individual"[28], terem de se manter por si próprios e o fato de, pela "enorme complexidade" de seus

---

26 Robert Nozick, *Anarchie, Staat, Utopie*, Munique, 2006 [*Anarquia, Estado e utopia*, Rio de Janeiro, Jorge Zahar Editor, 1991].
27 Idem, p. 80 s.
28 Idem, p. 66.

impulsos, inclinações e ligações[29], eles se tornarem impenetráveis uns aos outros farão a compatibilidade externa com os objetivos de todos os demais sujeitos ser o critério único para a avaliação dos objetivos de vida. Essas poucas determinações já permitem reconhecer a intensidade com que a liberdade negativa em Nozick foi adaptada às condições que prevalecem nas sociedades pluralistas e extremamente individualizadas; como limitação "externa" da liberdade deve-se considerar o confronto dos sujeitos com a expectativa de submissão de seus desejos ou intenções a padrões mínimos de racionalidade. Para Hobbes, o molde vazio, usado para representar a liberdade individual, é limitado para o interior ainda pela condição de uma racionalidade do interesse próprio, enquanto para o próprio Nozick essa condição mínima é abandonada: todos os objetivos de vida, por mais irresponsáveis, autodestrutivos ou idiossincráticos que sejam, devem valer como objetivos da realização da liberdade; bastando que não violem o direito das outras pessoas.

Essa intensificação do conteúdo de significado da liberdade negativa e sua gradativa dissociação de toda e qualquer condição limitadora interna, por certo, não alteram o fato de a perspectiva metodológica para a concepção da liberdade, de Hobbes a Nozick, ter se mantido a mesma, em ampla medida. Como ponto de partida para a tentativa de se chegar a uma ideia de um ordenamento justo do Estado, quase todas essas teorias utilizam como instrumento a ficção de um estado de natureza: com uma tendência ao ornamento, por vezes mais forte, por vezes mais débil, apresenta-se como poderia ter sido o convívio social se não

[29] Idem, p. 410.

houvesse a força coercitiva do Estado[30]. Porém, mesmo antes de descrições desse tipo assumirem uma função metodológica em sentido estrito, muitas vezes tornam plausível a premissa de uma liberdade apenas negativa, que está longe de ser autoevidente. Ora, os indivíduos que devem ter vivido nesse ordenamento anterior ao Estado são sempre munidos ficticiamente do desejo de agir, na medida do possível, com o mínimo de restrições, fazendo-o puramente segundo o seu parecer[31]. A ideia de liberdade expressamente rarefeita com as quais operam as teorias da justiça que remontam a Hobbes é projetada como uma aspiração no estado de natureza, de modo que a alternativa de sair das vinculações originais e da atenção recíproca é algo impensável. Como resultado, o homem é apresentado, sem dúvida, como um ser atômico, que não possui interesse além de agir sem restrições segundo suas próprias preferências circunstanciais[32].

No entanto, para além desse núcleo duro, existem representações nas diferentes teorias que, em alguns casos e certos aspectos, são cada vez mais divergentes quanto ao modo como deve ser concebido o estado fictício de partida. Quanto mais se distanciam da abordagem de Hobbes, mais a sua tendência a limitar de fora o sujeito natural em sua ânsia para a liberdade se fortalece — e externamente aqui significa por meio de suas leis

---

30 Hobbes, *Leviatã*, op. cit., cap. 13-5; John Locke, Über *die Regierung (The Second Treatise of Government)*, cap. II [*Dois tratados sobre o governo*, 2. ed., São Paulo, Martins Fontes, 2005]; Nozick, *Anarchie, Staat, Utopie*, op. cit., parte I, cap. 1.
31 Pela tradução alemã, a célebre formulação de John Locke enuncia: "über seine Person so zu verfügen, wie es einem am besten scheint" ["dispor de sua pessoa como melhor lhe parecer"] (Locke, Über *die Regierung*, op. cit., p. 5).
32 Cf. a respeito, como reflexão crítica: G. W. F. Hegel, "Über die wissenschaftliche Behandlungsart des Naturrechts", in idem, *Werke in zwanzig Bänden*, Frankfurt am Main, 1970, vol. 2, p. 434-530.

morais. Se a ideia de que os seres humanos naturalmente aspiram à realização mais irrestrita possível de seus próprios interesses permanece intacta, a esse anseio egocêntrico impõem-se limites externos, que devem provir da automática operação do direito natural[33]. Até hoje não está bem claro de que modo tal imperativo do direito natural deve ser conciliado com a aspiração, em conformidade com a liberdade negativa de realizar seus próprios desejos com o mínimo de impedimentos. Ou a observância dos fundamentos morais teria de ser, ela própria, compreendida como um momento interno do impulso à liberdade, de modo que já não estaria relacionada a um conceito puramente negativo, ou a referida observância seria descrita como mera reação a circunstâncias externas, o que resultaria em pesadas restrições à liberdade negativa já no estado de natureza. Toda tentativa de deixar ao estado fictício de natureza a drástica belicosidade hobbesiana, na qual são implantadas restrições de caráter moral, conduz aos limites do modelo de liberdade negativa; afinal, a efetividade daquela moral só poderia ser compreendida sem contradições como uma espécie de autorrestrição individual, de modo que, já de início, a liberdade seria provida de um elemento de reflexividade[34].

Quaisquer que sejam as maneiras particulares em que sejam

---

33 Locke, Über die Regierung, op. cit., sobretudo p. 6 s; Nozick, *Anarchie, Staat, Utopie*, op. cit., p. 23-7.
34 Cf. a delatora formulação de Robert Nozick: "Seria mais pertinente [...] voltar a atenção para uma situação sem Estado, na qual os homens universalmente observam as restrições morais e universalmente agem como devem agir" (idem, p. 25). Para John Rawls, no caso de John Locke as contradições só se esclarecem quando se considera uma premissa religiosa fundamental, segundo a qual nós, homens, somos propriedade de Deus. John Rawls, *Geschichte der politischen Philosophie*, Frankfurt am Main.

vencidas essas dificuldades conceituais, a ficção de um estado natural deve sempre assumir um papel central na teoria da liberdade negativa. A determinação dos princípios que devem prevalecer numa sociedade ordenada segundo um Estado é realizada sempre do mesmo modo, sob a forma de um questionamento experimental intelectual dos sujeitos em estado de natureza: como ordenamento jurídico, assim se formularia a questão orientada ficticiamente e viria a ter a aceitação dos indivíduos naturalmente livres, por ser promessa de duradoura melhoria de sua condição? É fácil ver que esse procedimento de justificação, que em última instância se dá no âmbito teórico-contratual, também opera com um princípio de consenso, pois a resposta à referida questão e, portanto, o projeto de um determinado ordenamento jurídico só podem ter validade jurídica se for demonstrado hipoteticamente que no estado pré-contratual todos os sujeitos poderiam tê-lo aceitado. Também se pode reconhecer que as variantes do ordenamento jurídico assim legitimado são sempre mensuradas de acordo com os princípios morais que se projetam antecipadamente no estado de natureza fictício. O espectro de alternativas chega assim ao Estado de coerção hobbesiano, cuja justificação ocorre sem a fundamentação assentada em princípios morais, até o "Estado mínimo" de Robert Nozick, que em sua fundamentação normativa é muito dependente de restrições morais no estado de natureza. Em nosso contexto, é extremamente significativo que os procedimentos de justificação assim delineados permitam evidenciar a que tipo de justiça social é possível visar sob a perspectiva da liberdade negativa.

É evidente que o conceito negativo de liberdade, do qual partem todas as teorias aqui esboçadas, afeta igualmente o estatuto e a extensão das concepções de justiça desenvolvidas, a começar pelo fato de o experimento intelectual do estado de natureza deixar, como única opção aos sujeitos interrogados, que se promovam cálculos de utilidade puramente individuais; todas as reflexões, que recorreriam a outras por prudência, já são antecipadamente filtradas nessa medida, ao se estabelecer por definição que os indivíduos podem ter interesse tão somente na proteção e garantia de sua própria margem de liberdade. Essa restrição primeiramente se transfere, então, ao resultado da interrogação experimental intelectual, que, para efeito de sua validade futura, mantém-se dependente apenas da aceitação puramente estratégica dos sujeitos. O inteiro ordenamento jurídico que tenha sido alcançado da maneira sugerida só poderá obter a aprovação de seus súditos quando estiver em condições de satisfazer às expectativas individuais de cada um deles. Em tal ordenamento jurídico, aos sujeitos não é dada a oportunidade de conjuntamente verificar e renovar sua anuência às medidas de Estado, por estarem incluídos no processo de criação e revisão dos princípios jurídicos. Trata-se, sim, de restringir o papel que conceitualmente lhes é atribuído ao ato de um *placet* original e único, de modo que possam a todo tempo mensurar individualmente a legitimidade do ordenamento estatal com base em seus próprios interesses. Partir de uma liberdade apenas negativa não permite que os cidadãos do Estado sejam apreendidos como autores e renovadores de seus próprios princípios jurídicos; para isso seria necessário que, na aspiração à liberdade pelo indivíduo, em termos conceituais, se justificasse um ponto de vista adicional e de grau mais elevado que lhe atribuísse um interesse na cooperação com todos os demais³⁵.

Porém, mesmo essas duas consequências ainda não derrubaram a concepção dos fundamentos da justiça como investigamos aqui, pois o conceito de liberdade negativa continua a se refletir na extensão, mesmo no corte dos princípios de justiça que se estabeleceram. Uma vez que se considerou apropriado restringir a vontade de liberdade individual ao agir como lhe convém, com o mínimo de impedimentos, os princípios de um ordenamento justo também só podem expressar o valor da liberdade se mantiverem aberta, tanto quanto possível, a margem de manobra para decisões. A tarefa que cabe a essa concepção liberal de justiça consiste, portanto, em justificar uma liberdade individual que permita as restrições necessárias para uma convivência pacífica de todos os sujeitos individuais.

O direito que aqui é socialmente concedido à liberdade individual reduz-se a uma determinada esfera de perseguição irrestrita dos próprios objetivos, que eventualmente são também arbitrários e idiossincráticos; tal direito não se estende nem à cooperação para a regulamentação estatal, nem a qualquer interação com os demais cidadãos, seus pares no direito. Portanto, da determinação meramente negativa da liberdade tem-se, de certo modo, uma transição contínua para o negativismo da concepção de justiça que dela resulta: aquilo a que normativamente se visa é uma restrição, por uma política de segurança, daquela liberdade negativa cuja manutenção é seu eixo gravitacional e

---

35 Jürgen Habermas, *Faktizität und Geltung. Beiträge zur Diskurstheorie des Rechts und des demokratischen Rechsstaats*, Frankfurt am Main, 1992. John Rawls quis ver solucionado o problema tratado aqui, uma vez que para a celebração do contrato ele permite que se faça valer o célebre "véu da ignorância". Cf. a esse respeito sua crítica a John Locke em *Geschichte der politischen Philosophie*, op. cit., p. 234-40.

ponto cardeal.

Todas as insuficiências reveladas pela ideia de liberdade negativa remetem, em última instância, ao fato de ela cessar antes do limiar legítimo da autodeterminação individual. Para se conceber um tipo de liberdade que contivesse um elemento de "autodeterminação", seria necessário apreender também o objetivo do agir como um rebento da liberdade: o que o indivíduo realiza, quando age "livremente", poderia ser visto como resultado de uma determinação, que ele próprio realiza para si. Entretanto, o conceito de liberdade negativa se refere inteiramente à liberação "externa" da ação, enquanto seus objetivos são confiados às forças que operam de maneira causal: em Hobbes era a natureza contingente do interesse próprio individual; em Sartre, a espontaneidade da consciência pré-reflexiva; e em Nozick, por fim, o acaso de desejos e preferências pessoais que decidem por quais objetivos o sujeito vai orientar sua ação. Em nenhum desses casos a liberdade do sujeito adentra a possibilidade de estabelecer seus próprios fins, que ele deseja realizar no mundo; é sempre a causalidade, seja da natureza interna, seja do espírito anônimo que conduz o sujeito, que está em suas costas, à escolha de seus objetivos de ação. Só mesmo para além das fronteiras assim caracterizadas que se começa a delinear o conceito a que se faz referência na modernidade, quando se fala em autodeterminação individual; de sua parte, tal conceito abarca duas formas diferentes, sendo a primeira delas a liberdade reflexiva.

II
A LIBERDADE REFLEXIVA E SUA CONCEPÇÃO DE JUSTIÇA

Enquanto a ideia de liberdade negativa quase não possui antecedentes no pensamento das Idades Antiga e Média, as raízes da ideia de uma liberdade reflexiva remontam à pré-história intelectual da Idade Moderna: desde Aristóteles, muitos sábios e filósofos do mundo antigo já sabiam que, para ser livre, o indivíduo tinha de chegar às suas próprias decisões e poder realizar sua vontade[36]. Essa assimetria entre esses dois conceitos de liberdade na história das ideias evidencia que a ideia de liberdade reflexiva não deve ser considerada meramente uma ampliação ou aprofundamento do ideal de liberdade negativa. Seria imprudente visualizar na ideia de um âmbito de liberdade do indivíduo externamente assegurado apenas um pré-estágio primitivo de um modelo de liberdade, que consequentemente teria de se concentrar numa interioridade. A liberdade negativa é elemento originário e indispensável da autoconcepção moral da modernidade; nela se expressa a ideia de que o indivíduo deve desfrutar do direito de agir sem restrição externa e sem depender de coerção para provar os motivos de "seu bel-prazer" enquanto não violar os mesmos direitos de seus concidadãos[37]. Ao contrário do que se tem aí, na verdade a ideia de liberdade reflexiva se estabelece, antes de tudo, somente pela relação do sujeito consigo mesmo; segundo essa ideia, é livre o indivíduo que consegue se

---

[36] Para essa continuidade, que remonta a Aristóteles, cf., por exemplo, Ernst Tugendhat, "Der Begriff der Willensfreiheit", in idem, *Philosophische Aufsätze*, Frankfurt am Main, 1992, p. 334-51.

[37] A ideia de um caráter insubstituível da liberdade negativa foi realçada sobretudo por Albrecht Wellmer, idem, "Freiheitsmodelle in der modernen Welt", op. cit., p. 38 s.

relacionar consigo mesmo de modo que em seu agir ele se deixe conduzir apenas por suas próprias intenções.

No entanto, essa definição geral já revela que ideias bem diferentes podem estar ligadas à noção de uma liberdade reflexiva assim entendida, uma vez que tanto o que designamos como "próprio" quanto o que significa "deixar-se conduzir" podem ser interpretados de diferentes maneiras, e assim se pode pensar toda uma miríade de combinações de significados. Isaiah Berlin, em vez de falar em "reflexividade" de liberdade "positiva", distingue duas versões de um mesmo tipo de liberdade, de "orientação interna": segundo sua convicção, a ideia de que o sujeito só é livre à medida que pode determinar a ele mesmo se desenvolveu em ambas as direções da ideia de "autonomia" e de "autorrealização"[38]. Raymond Geuss, alinhado a Berlin, chegou a propor uma distinção entre cinco variantes do conceito de liberdade "positiva" ou "reflexiva"; para ele, uma ideia se divide em diferentes complexos de significados, que levam em conta todos os diferentes aspectos ou modos do que significa agir seguindo sua própria vontade[39].

O cerne da ideia de liberdade reflexiva historicamente surgiu, em primeiro lugar, na proposta de diferenciação entre ações autônomas e heterônomas. Com essa contraposição, que teve Rousseau como precursor, o peso da liberdade individual foi, de um só golpe, completamente transferido: uma ação só pode ser livre se for realizada no mundo exterior sem deparar com resistências, devendo acontecer no momento em que a intenção de

---

38 Berlin, "Zwei Freiheitsbegriffe", op. cit., p. 215 ss.
39 Raymond Geuss, "Auffassungen der Freiheit", in *Zeitschrift für philosophische Forschung*, 1995, n. 49, H. 1, p. 1-14.

executá-la tiver origem em sua própria vontade. As modificações no conceito de natureza humana, necessárias para que se pudesse justificar tal diferenciação, são realizadas por Rousseau em seu *Emílio ou da educação*. Nessa obra dedicada à educação, a "Profissão de fé do vigário saboiano" desenvolve ideias sobre a vontade moral antecipando o que Kant afirmaria, três décadas depois, sobre a autonomia moral[40].

Já em seu *O contrato social*, publicado poucos meses antes de Emílio, Rousseau tinha afirmado que o homem não pode ser considerado livre enquanto depender da "ânsia dos meros apetites": ele só alcança liberdade à medida que exerce a "obediência às leis que ele próprio se impôs"[41]. Mas, no próprio Contrato social, Rousseau não se aprofunda na investigação dessa cisão da natureza humana, na qual a "liberdade ética" entra em conflito com os "apetites". Ela é tematizada de fato pela primeira vez em Emílio, onde o filósofo se questiona como seu discípulo pode estar em condições de exercer a autodeterminação. As reflexões que Rousseau faz pela boca de seu vigário iniciam com uma afirmação que soa como crítica à representação da liberdade puramente negativa: "Se me deixo levar pelas tentações, fico nas mãos dos objetos externos... Sou escravo de meus vícios"[42]. Uma ação que acontece dessa maneira por reação a estímulos sensoriais não

---

40 Jean-Jacques Rousseau, *Emil oder Über die Erziehung*, Paderborn, 1998, p. 275-334 [*Emílio ou da educação*, 4. ed., São Paulo, Martins Fontes, 2014]; sobre isso, cf. Schneewind, *The Invention of Autonomy*, op. cit., cap. 21, p. 474-7.

41 Jean-Jacques Rousseau, *Vom Gesellschaftsvertrag oder Grundsätze des Staatsrechts*, in idem Sozialphilosophische und politische Schriften, Munique, 1981, p. 269-391 [*O contrato social*: princípios do direito público, 4. ed., São Paulo, Martins Fontes, 2006]. Uma interpretação altamente convincente do papel da autolegislação individual no *Contrato social* foi proposta por Frederick Neuhouser: *Rousseau's Theodicy of Self-Love. Evil, Rationality, and the Drive for Recognition*, Oxford, 2008, sobretudo p. 214-7.

42 Rousseau, *Emil oder Über die Erziehung*, op. cit., p. 292.

pode ser descrita como "livre", pois nela continua a se fazer, na atividade humana, a "lei do corpo" — portanto, a causalidade natural, sem ser interrompida em momento algum. Diferentemente de tais ações heterônomas às quais o sujeito se vê impelido, no caso de ações reais "sente-se" que elas ocorrem de outra maneira; na verdade, percebe-se que, em sua atividade, precisamente, ele conseguiu realizar o que tinha originalmente desejado. Rousseau entende a distinção entre ações heterônomas e autônomas primeiramente como uma diferença na autopercepção do sujeito ativo: "Se consinto ou se me oponho, se me submeto ou se triunfo, com muita nitidez sinto em mim se fiz o que desejava fazer ou se apenas cedi a minhas paixões"[43]. À medida que um homem realiza no mundo o que lhe impõe a sua vontade, e não seus apetites, ele pode sentir-se livre; ele interrompe o regime natural de seus impulsos sensíveis, uma vez que obedece não ao impulso exterior, mas ao mandamento de uma resolução anterior. No entanto, Rousseau pouco faz para explicar as propriedades dessa enigmática magnitude da "vontade". Alinhando-se a Leibniz, quer entendê-la como uma "substância imaterial"[44], pela qual o sujeito deve estar em condições de fazer que discernimentos racionais ou impressões da consciência se tornem os reais motivos de seu agir. Ao mesmo tempo, no entanto, ele assume que o agente não é automaticamente capaz de uma vontade racional ou moral desse tipo, pois para tanto teria de se sobrepor ao assédio de suas inclinações naturais. Por um lado, deve-se ter por definição que a "vontade livre", em toda parte onde está presente, pode originar

---

[43] Idem.
[44] Idem, p. 295.

também a ação que lhe corresponde. Por outro lado, ainda uma vez é o sujeito que parece possuir o poder de dar a primazia à sua vontade ou a suas próprias paixões. Rousseau ainda não conta com os meios conceituais que poderiam dar cabo dessas dificuldades, tampouco está totalmente claro o que realmente se poderia entender por "vontade", como não se pode vislumbrar suficientemente o que seria em si "fraqueza da vontade". Suas reflexões tateantes sobre autolegislação e sua definição do livre agir, contudo, apontam o caminho e são suficientemente frutíferas para, a um só tempo, estabelecer o fundamento das duas versões da noção moderna de liberdade reflexiva.

Foi necessário apenas um quarto de século para que Kant se dedicasse às análises de Rousseau para elaborar, valendo-se delas, seu conceito de autodeterminação. Dos apontamentos de Rousseau, ele volta sua atenção especialmente à seção dedicada à liberdade como resultado de uma autolegislação[45]. No mesmo período, porém, a teoria da liberdade de Rousseau se manifestou ainda numa segunda corrente, que tratava menos da razão e mais da verossimilhança da autodeterminação. Para esse grupo, formado pelos pré-românticos e pelos adeptos marginais do idealismo alemão, os elementos de seus escritos, nos quais se revela que a liberdade depende da articulação de desejos genuínos ou autênticos, são fundamentais[46]. Assim, as análises engenhosas

---

[45] Sobre a influência de Rousseau na ideia kantiana de autolegislação moral, cf. Schneewind, *The Invention of Autonomy*, op. cit., p. 487-92; Susan Meld Shell, *Kant and the Limits of Autonomy*, Cambridge/Mass., 2009, cap. II.

[46] Sobre a história dos efeitos literários do ideal de autenticidade de Rousseau, cf. Lionel Trilling, *Das Ende der Aufrichtigkeit*, Munique/Viena, 1980, p. 61-79; para a história dos efeitos filosóficos, cf. Cristophe Menke, *Tragödie im Sittlichen. Gerechtigkeit und Freiheit nach Hegel*, Frankfurt am Main, 1996, cap. IVC.

mas nem sempre coerentes que Rousseau dedica à distinção entre ações autônomas e heterônomas desdobram um efeito intelectual em duas direções; ocorre que em ambos os casos trata-se de explorar a estrutura reflexiva da liberdade individual. Porém, é preciso recorrer ao mesmo autor de maneiras quase opostas para saber em que deve consistir essa reflexividade, que constitui a sua particularidade.

Como aqui foi dito, Kant acrescenta aos elementos da teoria da liberdade de Rousseau a interpretação da liberdade individual segundo um modelo de autolegislação: o sujeito humano deve ser considerado "livre" uma vez que possui fortuna e à medida que tem a capacidade de se dar as leis de seu agir e se fazer ativo em conformidade a elas. Enquanto Rousseau não decide se essas leis são simples propósitos empíricos ou, de algum modo, princípios racionais, Kant confere a elas uma decisiva clivagem para o transcendental. Para ele, é evidente que tais leis autopromulgadas só poderiam gerar liberdade se fossem tributárias de um exame dos motivos corretos e racionais[47]. Kant se convence disso ao eliminar, em três audaciosos passos, as obscuridades que envolviam o conceito de "vontade" de Rousseau. Em primeiro lugar, ele deixa claro que, para o ser racional, o querer deve significar não simplesmente seguir o que lhe é exigido pelas inclinações dadas facticamente: ele deve, já de maneira implícita, formular uma intenção de se contrapor à regularidade com que a natureza atua sobre nossas aspirações. Nessa medida, para Kant já basta o puro fato da volição humana para comprovar que o homem está facultado

---

47 Immanuel Kant, "Grundlegung zur Metaphysik der Sitten", in idem, *Werke in zwölf Bänden*, Frankfurt am Main, 1968, vol. VII, p. 7-102.

a ser livre. Mas somente com o passo seguinte Kant atinge o objetivo a que desejava chegar em relação a Rousseau. A fim de demonstrar que, com sua volição, o homem nada pode além de se apegar à lei racional, ele argumenta da seguinte forma: uma vez que o indivíduo, por ter uma premonição, se pergunta pela diretriz de seu agir e a situa como critério de generalização possível, ele só pode adotar tal princípio se ao mesmo tempo puder desejar que tal princípio fosse seguido por todos os outros seres racionais: "Visto que privei a vontade de todos os impulsos que poderiam resultar da observância de uma lei qualquer, nada mais resta senão a legalidade universal das ações que sirva sozinha de princípio à vontade, isto é, nunca devo proceder de outra maneira de tal sorte que eu possa também querer que a minha máxima se torne uma lei universal. Aqui, pois, é a mera conformidade a leis em geral (sem se basear em qualquer lei determinada para certas ações), o que serve e tem de servir de princípio à vontade [...]; com isso concorda a razão humana comum em seu ajuizamento prático, tendo sempre diante dos olhos o mencionado princípio"[48].

Numa última ampliação de seu argumento, Kant finalmente afirma que tal princípio da legalidade (ou da generalização) expressa ao mesmo tempo uma atitude de respeito universal; à medida que eu me pergunto se a máxima de ação poderia encontrar a anuência de todos os semelhantes, eu os respeito em sua racionalidade e os trato como fins em si mesmos. Na célebre fórmula final do imperativo categórico, Kant conseguiu condensar o resultado moral de sua argumentação talvez para sua máxima convergência; o imperativo categórico prescreve que se deva agir

---

[48] Idem, p. 28 s.

"de tal maneira que tomes a humanidade, tanto em tua pessoa quanto na pessoa de qualquer outro, sempre ao mesmo tempo como fim, nunca meramente como meio"[49]. Nessa medida, o homem é realmente livre ao orientar sua ação por leis morais que ele se deu no exercício de sua vontade. Desse modo, Kant conclui que a autodeterminação individual coincide com o cumprimento do princípio moral racional necessário: "Na condição de ser racional, portanto pertencente a um mundo inteligível, o homem só pode pensar a causalidade de sua própria vontade mediante a ideia da liberdade; pois a independência das causas determinantes do mundo sensível [...] é liberdade. Com a ideia de liberdade estão inseparavelmente ligados o conceito de autonomia e o princípio universal da moralidade, que serve de fundamento à ideia de todas as ações de seres racionais assim como a lei natural serve de fundamento a todos os fenômenos"[50]. A liberdade reflexiva, que Kant tem em vista, consiste na implementação da perspectiva segundo a qual eu tenho o dever moral de tratar todos os demais sujeitos da mesma maneira, como autônomos, como eu próprio esperaria ser tratado por eles.

Outro caminho abrem aqueles que não veem em Rousseau um teórico da autolegislação, mas o defensor da sinceridade; para eles, a reflexividade da liberdade individual consiste em, primeiramente, tornar-se um indivíduo real, que se apropria de sua vontade própria e autêntica — e a articula —, num corajoso processo de reflexão. Essa segunda corrente do legado de Rousseau também pode, e com bons motivos, remeter a aspectos de sua

---

49 Idem, p. 61.
50 Idem, p. 88 s.

doutrina da liberdade; afinal, já em Emílio, mas sobretudo na "Profissão de fé do vigário saboiano" ou em *Júlia ou a nova Heloísa*, sempre se ressaltou que o exercício da liberdade só termina com o "sentimento" de haver realizado precisamente os desejos e as intenções que verdadeiramente residem em si mesmo[51]. Esse ideal de autorrealização, que se opõe à ideia kantiana de autonomia moral ao antepor normativamente o bem próprio ao bem universal[52], também é visto nos escritos de Johann Gottfried Herder; na seção "Do conhecer e do sentir da alma humana"[53], delineia-se o processo reflexivo no qual o indivíduo paulatinamente aprende a realizar "seu eu interior"[54] por "meio" da "linguagem"[55] pública. Herder está convencido de que todo indivíduo naturalmente possui uma alma que lhe é própria e intransferível, e que necessita cuidados assim como um "embrião", para crescer e prosperar em conformidade a suas condições. No sentido dessa analogia ao organismo vivo, o indivíduo chega ao ponto de sua perfeição à medida que expressa suas forças e impressões internas, de modo que pode vivenciar seu agir como exercício da autêntica liberdade. "Quanto mais profundamente alguém descer em si mesmo,

---

51 Sobre o ideal de autenticidade em Rousseau, *Julie oder die neue Héloïse* [*Júlia ou a nova Heloísa*, Campinas, Editora da Unicamp, 1994], cf. Alessandro Ferrara, *Modernity und Authenticity. A Study of the Social and Ethical Thought of Jean-Jacques Rousseau*, Albany, 1993, cap. 5.
52 A esse respeito, cf. *Tragödie im Sittlichen*, op. cit., cap. IV; Taylor, *Das Unbehagen an der Modern*, op. cit., cap. III.
53 Johann Gottfried Herder, "Vom Erkennen und Empfinden der menschlichen Seele", in *Herders Werke in fünf Bänden*, 6. ed., Berlim/Weimar, 1982, vol. III, p. 341-405. Uma impressionante reinterpretação desse escrito foi proposta por Christoph Menke em *Kraft. Ein Grundbegriff ästhetischer Anthropologie*, Frankfurt am Main, 2008, cap. III; para a relação de Herder com Rousseau, cf. ainda Hermann A. Korff, *Geist der Goetzeit. Versuch einer ideellen Entwicklung der klassisch-romantischen Literaturgeschichte*, 5 vol., Leipzig, 1923, vol. I, primeira parte, cap. I. 2.
54 Idem, p. 355.
55 Idem, p. 370.

na construção e na origem de seus pensamentos mais antigos, mais ele cobrirá os olhos e pés e dirá: eu sou o que eu me tornei.⁵⁶" A liberdade reflexiva que Herder tem em vista consiste na execução de uma apropriação em cujo transcurso aprendo a articular o que constitui o autêntico cerne de minha personalidade ao passar pela generalidade da linguagem.

Esses modelos de liberdade, ambos surgidos em fins do século XVIII com Rousseau, apresentam cada um sua versão da concepção segundo a qual a liberdade individual pode ser sempre mero produto de um esforço reflexivo. Tanto Kant quanto Herder estão convencidos de que a determinação negativa da liberdade é apreendida filosoficamente de maneira bastante abreviada por não penetrar no âmbito do estabelecimento de objetivos ou finalidade: é de uma perspectiva externa que o sujeito é representado como livre sem considerar se as intenções por ele realizadas chegam a satisfazer as próprias condições da liberdade. Para remediar essa grave omissão, os dois pensadores se apropriam da ideia, já desenvolvida por Rousseau, segundo a qual a liberdade individual está atrelada ao requisito de uma vontade livre: o sujeito só é realmente livre sob a condição de, em seu agir, ele se limitar a intenções ou fins livres de qualquer coação. Mas ao explicar como se realiza tal purificação, os caminhos de um e outro pensador se separam: enquanto Kant se propõe a interpretar a vontade livre como produto de uma autolegislação racional, Herder considera que a depuração da vontade é questão da descoberta de desejos que lhe sejam próprios e autênticos. Com essa contraposição entre autodeterminação e autorrealização, entre auto-

---

56 Idem, p. 372.

nomia e autenticidade, delimita-se o caminho que será trilhado pela ideia de liberdade reflexiva nos desdobramentos do discurso filosófico da modernidade. Os esforços reflexivos, que sempre são levados em conta quando se fala de liberdade individual, também segundo Kant e Herder, são compreendidos ou segundo o modelo de uma autodelimitação racional, ou segundo o padrão de um autodesvelamento diacrônico. Contudo, com o avanço do debate, essas duas representações do modelo são talhadas segundo um molde mais contido em relação aos de Kant e Herder.

A despotenciação sofrida pelo conceito de autonomia transcendental de Kant decorre ou de uma reinterpretação empírica ou, no âmbito da teoria da intersubjetividade, de uma correção dos esforços reflexivos. O primeiro caso, que Kant ainda havia conceituado como uma capacidade racional do sujeito numênico, é interpretado no sentido de um conjunto de capacidades empíricas: os esforços reflexivos, necessários para o exercício da liberdade individual, passam a ser descritos como resultado de um processo de socialização, no qual o sujeito aprende a se entender como coautor de leis de validade moral. Tais concepções da autonomia moral reduzidas ao empírico encontram-se hoje num amplo espectro de posições que concorrem entre si: num momento Freud recorre a especulações e psicologia moral[57] e noutro Piaget, com suas investigações teórico-evolutivas[58], para

---

57 John Deigh, *The Sources of Moral Agency. Essays in Moral Psychology and Freudian Theory*, Cambridge, 1996; David Vellemann, *Self to Self. Selected Essays*, Cambridge, 2006, em especial cap. 5, 6 e 12.

58 Além do estudo pioneiro de Jean Piaget, *Das moralische Urteil beim Kinde*, Frankfurt am Main, 1973 [1932] [*O juízo moral na criança*, São Paulo, Summus Editorial, 1994], sobretudo Lawrence Kohlberg realizou estudos empíricos sobre o desenvolvimento moral segundo o espírito de Kant: idem, *Die Psychologie der Moralentwicklung*, Frankfurt am Main, 1995.

mostrar, à luz de comprovações empíricas, de que modo a criança pouco a pouco chega a uma compreensão de sua própria condição de ator de plena responsabilidade moral. Além disso, interpretações desse tipo, que outrora foram esforços transcendentais, passaram a existir também em análises de filosofia moral; surge a comprovação segundo a qual coações de caráter quase existencial, que necessitam do sujeito para tanto, assumem espontaneamente uma perspectiva de autonomia moral[59].

Hoje em dia, no entanto, a concepção original de Kant, se transposta em enunciados empíricos, nem por isso está livre de seus traços transcendentais. Também dessa forma mantém-se uma via para reformulá-la pela teoria da intersubjetividade. Dessa rota, que é a de uma descentralização, partiram Karl-Otto Apel e Jürgen Habermas quando, juntamente a Peirce e Mead, passaram a identificar o sujeito moral no mundo a toda uma comunidade de comunicação[60]. O que até então devia ser o esforço de um sujeito solitário, autorreferente, passa a ser interpretado mediante uma viragem teórico-linguística, como produto comunicativo dos membros de uma comunidade linguística: o indivíduo se vê forçado por pressuposições que atuam por trás da linguagem, de modo que a si mesmo ele concebe como parte numa conversa em que todos os demais têm de se respeitar como pessoas autônomas.

---

59   Christine M. Korsgaard, *The Sources of Normativity*, Cambridge, 1996.
60   Cf. Karl-Otto Apel, *Transformation der Philosophie*, vol. II, *Das Apriori der Kommunikationsgemeinschaft*, Frankfurt am Main, 1973 [*Transformação da filosofia II. O a priori da comunidade de comunicação*, São Paulo, Loyola, 2000]; Jürgen Habermas, *Moralbewußtsein und kommunikatives Handeln*, Frankfurt am Main, 1983, aqui especialmente cap. III e IV [*Consciência moral e agir comunicativo*, Rio de Janeiro, Tempo Brasileiro, 1989].

A ideia da liberdade reflexiva, que em Kant é inteiramente monológica, adquire assim um significado teórico-intersubjetivo que lhe permite estar mais fortemente ancorada nas estruturas sociais do mundo real, já que o sujeito individual só chega à autonomia da autolegislação ao socializar-se numa comunidade comunicativa na qual aprende a se compreender como destinatário das normas gerais que, simultaneamente, foi ele próprio que constituiu com todos os demais. Entretanto, mais adiante veremos que tal ampliação do "eu" para o "nós" da autolegislação ainda não basta para que efetivamente se abarque em toda a sua extensão as reflexões sobre uma liberdade intersubjetiva; ora, o que se mantém oculto é que tanto o "eu" como também o "nós" só poderiam realizar sua autodeterminação se encontrarem, na realidade social, as condições institucionais que proporcionem a seus objetivos uma oportunidade de realização.

O mesmo destino que o conceito kantiano de autodeterminação assumiu mais tarde, no século xx, foi o que sucedeu à ideia de autorrealização de Herder logo após a sua morte. Essa ideia também veio a ser gradativamente descolada de suas premissas metafísicas e acabou por se adaptar às condições conceituais que pouco a pouco se impunham numa modernidade desencantada. Segundo Nietzsche, e também Freud, tornou-se cada vez mais difícil representar-se no processo de autorrealização, pois o que se tinha aí era uma liberação reflexiva de um núcleo original da pessoa, que, aliás, se estabelecera naturalmente. Trata-se então de partir da premissa de que o "eu" de uma pessoa é de tal modo socialmente formado que mesmo os processos de formação podem lhe opor resistência, mas não no sentido de um embrião que já contenha todo o potencial caracterológico individual. Com essa condição de um núcleo fixo de personalidade, também é descartada a ideia de que a autorrealização ocorre como um processo de desvelamento e, propriamente, de uma descoberta da verdade. Onde não há um eu original, "verdadeiro", a realização da própria pessoa não pode ser concebida como um encontro consigo mesma, mas deve-se entendê-la como um processo essencialmente construtivo, que exige outros padrões que não o da cópia ou da concordância. Nesse ínterim, todas essas restrições teóricas fizeram que, cada vez mais, o descobrimento dos desejos próprios se opusesse ao processo da autorrealização. A ligação interna, que Herder pôde estabelecer de modo natural entre ambos os processos, corre o risco de se desfazer definitivamente, pois com a premissa de um núcleo de personalidade anterior perde-se também toda possibilidade de conexão. O resultado disso é que, mesmo hoje, as ideias de autenticidade e autorrealização se apresentam como magnitudes estranhas uma à outra, na maioria das vezes: enquanto a liberdade, que consiste em agir somente na medida de seus próprios ou reais desejos e é interpretada predominantemente no sentido de um ato unívoco de identificação ou de articulação, a liberdade de autorrealização, atrelada a um contexto diacrônico, é entendida como uma capacidade de fundação da unidade narrativa.

Hoje se pode dizer que quem levou mais longe a determinação da autenticidade foi certamente Harry Frankfurt, que parte de uma hierarquia escalonada da vontade humana. Ao contrário dos animais, o homem possui a capacidade de se relacionar com seus desejos de primeiro grau uma vez mais, isto é, de fazê-lo pela perspectiva de um desejo de hierarquia superior, podendo, então, aceitar, recusar ou reforçar sua posição⁶¹. Para Frankfurt, a ação de um sujeito tampouco é completamente livre se ocorre a partir de um desejo que tem de ser conservado no segundo grau como aceitável ou digno de ser conservado. Trata-se, em vez disso, de um tipo especial de identificação, que deve concordar com os sentimentos para que um desejo possa se converter em motivo para uma ação que possa ser sentida como realmente "livre"⁶². A distância dessa ideia de autêntica liberdade em relação a todos os modelos de autorrealização evidencia-se quando se deixa claro que Frankfurt não vincula a possibilidade de uma identificação completa a um desejo com a condição de uma continuidade na história vital. Entre as condições que devem ser satisfeitas para que se possa agir de maneira autêntica não está a faculdade de poder compreender o desejo que me satisfaz completamente como um novo grau ou componente do processo de meu desenvolvimento pessoal. Ao contrário, o ideal de autorrealização está obrigatoriamente vinculado à suposição de uma continuidade da própria história de vida: por mais que o lado fictício dessa suposição de continuidade também seja enfatizado, a liberdade de autorrealização deve sempre ser compreendida como resultado de uma reflexão, que se relaciona com o todo diacrônico de uma história de vida⁶³. O

---

61 Harry Frankfurt, "Willensfreiheit und der Begriff der Person", in idem, *Freiheit und Selbstbestimmung*, Berlim, 2001, p. 65-83.
62 Idem, p. 75-9. Frankfurt desenvolveu precisamente esse elemento de sua teoria da liberdade em escritos posteriores; sobre isso cf., no referido volume dedicado a ensaios, o texto "Über die Bedeutsamkeit des Sich-Sorgens" (idem, p. 98-115), "Die Notwendigkeit von Idealen" (idem, p. 156-63) e "Autonomie, Nötigung und Liebe" (idem, p. 166-83).
63 A título de exemplo de como essa noção de autorrealização se manifesta como autodesvelamento, temos Alasdair MacIntyre; cf., do mesmo autor, *Der Verlust der Tugend. Zur moralischen Krise der Gegenwart*, Frankfurt/Nova York, 1987, em especial cap. xv; sobre isso, cf., no conjunto, Dieter Thomä, *Erzähle dich selbst. Lebensgeschicharte als philosophiches Problem*, Munique, 1998, cap. ii.

que em Herder ainda compunha uma unidade — autenticidade e autorrealização —, hoje está dividido em duas partes irreconciliáveis: a liberdade reflexiva da autorrealização exige esforços bem diferentes dos que devem ser pressupostos no processo de formação de uma vontade autêntica.

De modo semelhante ao da liberdade negativa, os diferentes conceitos de liberdade reflexiva conduziram a diferentes concepções específicas sobre como a questão da justiça social deve ser abordada. Enquanto a primeira ideia de liberdade parecia apresentar uma conexão clara entre os conceitos de liberdade e justiça, no campo do segundo ideal de liberdade, pelo contrário, a um primeiro olhar ela parece bastante obscura: aqui, as ideias sobre autonomia e o conceito de autorrealização no mínimo contrapõem dois ideais, cujas concepções de justiça que lhe estão implícitas a duras penas se pode nomear. Os respectivos contextos de referência para a ideia da autonomia moral são relativamente evidentes: uma vez orientados pelo princípio do respeito universal (após Kant a liberdade dos indivíduos já não pode ser pensada segundo o padrão de uma autodeterminação), os princípios da justiça social têm de se representar como o resultado da interação de todas essas realizações individuais de liberdade. No cerne dessa questão existe a ideia de que a autonomia moral resulta metodologicamente numa concepção processual de justiça. O processo de autodeterminação individual é transferido para os graus superiores do ordenamento social, em que é concebido como procedimento de uma formação da vontade comum na qual os cidadãos, em condições iguais, deliberam sobre os princípios de um ordenamento social que lhes pareça "justo". Nessa medida, o estofo "conteudístico" de tal concepção de justiça não é efetuado por parte de uma teoria; a teoria se limita muito mais a determinar os procedimentos da formação da vontade coletiva, em certos casos especificando alguns princípios que pré-ordenam tais procedimentos com base na correção ou na igualdade de oportunidades[64], possivelmente até mesmo nomeando um "sistema" de direitos individuais, que deve conferir aos procedimentos uma forma constitucional[65], que de outro modo dependeria da concretização da justiça como resultado da autodeterminação coletiva. Uma vez que a noção de liberdade negativa em última instância resulta sempre numa ideia de justiça que promove um sistema social do egoísmo, a ideia de autonomia moral, por fim, encontra-se sempre numa concepção processual, que serve a tal sistema social de cooperação ou à deliberação democrática. Entretanto, nesse segundo caso, esse sistema se mantém indeterminado quanto ao conteúdo, já que, por motivos conceituais, a teoria não deve antecipar as decisões a que os sujeitos autônomos só deveriam chegar sozinhos.

Por mais inequívocas que possam se apresentar as conexões metodológicas entre a ideia de liberdade e a de justiça, elas se tornam ambíguas também no campo da autodeterminação tão logo a liberdade reflexiva do indivíduo é interpretada segundo o padrão da "autorrealização" ou da "autenticidade". Como vimos, o que na modernidade se entende por justiça depende quase exclusivamente da ideia de liberdade individual pressuposta. Se a liberdade é pensada como ato reflexivo, e se essa reflexão é interpretada como um processo de articulação do próprio si mesmo a

---

[64] A esse respeito, cf. John Rawls, *Eine Theorie der Gerechtigkeit*, Frankfurt am Main, 1975, cap. XXIV [*Uma teoria da justiça*, 4. ed., São Paulo, Martins Fontes, 2010].
[65] Habermas, *Faktizität und Geltung*, op. cit., cap. III.

se prolongar por toda a vida, a concepção de justiça daí resultante é representável num sistema social em que todo e qualquer sujeito está em condições de se autorrealizar sem que isso acarrete danos para os demais. Quanto ao conteúdo do que deve então constituir um ordenamento justo, isso é menos um assunto dos sujeitos cooperantes do que no caso do ideal de autonomia, uma vez que o teórico sabe, naturalmente, ao menos em grandes traços, as condições de que depende o sujeito social à medida que ele próprio for capaz de realizar a si mesmo. Diferentemente do procedimentalismo das concepções de justiça que se originam a partir do pressuposto da liberdade como autodeterminação, as ideias de justiça orientadas pelo ideal de autorrealização são, em regra, elaboradas de maneira substancial; ainda que elas não devam antecipar os objetivos ou a direção do processo de articulação individual, elas podem apresentar conhecimento externo das condições sociais de que os indivíduos dependem nesse processo[66].

No entanto, há uma cisão das concepções de justiça, que, ao remeter ao ideal de autorrealização, são mais uma vez divididas em duas subclasses, pois a ideia de que o indivíduo só chega à liberdade por meio de uma articulação de seu "eu" real pode assumir uma forma individualista ou coletivista. No primeiro caso, no qual a reflexividade da autorrealização como um esforço produzido por um sujeito individual, a própria concepção de justiça correspondente possui um corte individualista: o ordenamento justo deve ser pensado como uma soma de recursos sociais e precondições culturais que devem permitir ao sujeito

---

[66] Sobre a filosofia política de Herder, cf. Frederick C. Beiser, *Enlightenment, Revolution & Romanticism: The Genesis of Modern German Political Thought, 1790-1800*, Cambridge/Mass., 1992, sobretudo cap. VIII.

individual articular, sem coerções, seu autêntico si mesmo ao longo de sua vida. As seções sobre a teoria da liberdade de John Stuart Mill, que se orientam não simplesmente por uma ideia negativa de liberdade, mas por um ideal de autorrealização, são, sem dúvida, o melhor exemplo para uma ideia de justiça desse tipo[67]. Fazendo referência a Wilhelm von Humboldt, em tais passagens vemos que é tarefa de todo governo criar, por meio das medidas educacionais adequadas e pela garantia estrita de um pluralismo da opinião pública, uma "atmosfera de liberdade"[68] social, na qual os membros da sociedade possam chegar ao máximo do "desenvolvimento" individualizado de seus "atributos, faculdades e sensibilidades"[69]. Mill via a margem de ação para a autorrealização subjetiva, que o Estado deve garantir mediante educação universal e diversidade de opiniões e de ofertas culturais, como limitada apenas pelo princípio de nocividade, o célebre harm-principle[70]; para além de tais fronteiras, que devem excluir a violação dos iguais direitos de seus semelhantes, todo indivíduo detém uma reivindicação de garantia estatal para o desvelamento de sua própria "originalidade" e para a realização de sua própria história de vida[71].

Em contraposição a tais ideias individualistas de autorrealização, que decorrem de concepção não menos individualista de

---

67 Sobre essa ambivalência da doutrina da liberdade de Mills, cf. Berlin "Zwei Freiheitsbegriffe", op. cit., sobretudo p. 208; cf. também, idem, "John Stuart Mill und die Ziele des Lebens", in idem, *Freiheit. Vier Versuche*, op. cit., p. 257-96.
68 John Stuart Mill, Über die Freiheit, Leipzig/Weimar, 1991, p. 88 [*Sobre a liberdade*, São Paulo, Saraiva, 2011]. Sobre a concepção de justiça de Mill, cf. também Rawls, *Geschichte der politischen Philosophie*, op. cit., sobretudo p. 393-412.
69 Mill, *Über die Freiheit*, op. cit., p. 84.
70 Idem, cap. 4.
71 Sobre os problemas dessa concepção, cf. Alan Ryan, *John Stuart Mill*, New York, 1970, cap. XIII.

justiça social, as contribuições coletivistas compreendem o esforço inerente à autorrealização como um empreendimento de uma comunidade, sendo assim cooperativo[72]. Segundo essa concepção, o indivíduo em si mesmo não tem a capacidade de se autorrealizar, já que seu autêntico si mesmo é tão intensamente momento ou expressão de uma comunidade social que só pode se desenvolver em execução coletiva; nessa medida, a liberdade aqui tomada como condição é sempre tão somente o resultado de um esforço reflexivo, que só pode ser consumado por um coletivo. A concepção de justiça, que desemboca nessa ideia da autorrealização, pode, por sua vez, assumir diferentes formas; além disso, elas são metodologicamente condicionadas a compreender o ansiado ordenamento social como materialização das execuções de ações nas quais os sujeitos realizam as intenções com eles compartilhadas. A versão democrática dessa representação da justiça é a que se tem no republicanismo liberal, segundo o qual — e pode-se pensar aqui em Hannah Arendt ou, com restrições, em Michael Sandel[73] — os membros da sociedade aspiram a discutir e negociar publicamente todas as questões comuns, de modo que a deliberação intersubjetiva no espaço público político só deve ser compreendida como forma coletiva de autorrealização. Com base nisso, a ponte para a tematização da justiça só é feita se os arranjos institucionais de uma dada sociedade puderem manter a

---

72 Sobre essas distinções, cf. a contribuição bastante útil de Charles Taylor, idem, "Aneiander vorbei: Die Debatte zwischen Liberalismus und Kommunitarismus", in Axel Honneth (org.), *Kommunitarismus. Eine Debatte über die moralischen Grundlagen moderner Gesellschaften*, Frankfurt/Nova York, 1993, p. 103-30.
73 Cf. Hannah Arendt, 2. ed., *Über die Revolution*, München, 1974 [*Sobre a revolução*, São Paulo, Companhia das Letras, 2011]; idem, *Macht und Gewalt*, Munique, 1969; Michael Sandel, *Liberalism and the Limits of Justice*, Cambridge, 1982.

solidariedade necessária à cidadania: como "justo" é preciso que se tenha, em última instância, o que tender socialmente a promover as posições solidárias que compõem uma condição necessária para a atividade comum no espaço público. Então, o estofo dessa noção abstrata de justiça dependerá também do que no particular vier a ser considerado necessário para garantir a integração social da comunidade política. Aqui, o espectro abrange contribuições que, visando à igualdade social, estimulam a inclusão social de todos os cidadãos, até nas tais formas do elitismo político, ocasionalmente trazidas à luz por Hannah Arendt[74].

Dificilmente saberíamos se a versão da liberdade reflexiva, que realça uma identificação sempre momentânea com os próprios desejos, também resulta numa noção autônoma de justiça. Existem muitos motivos para se pensar que tais representações de autenticidade decorreriam do mesmo modelo de ordenamento justo que apresentara o ponto de fuga normativo do conceito individualista de autorrealização; ainda que a autorrealização não fosse interpretada como um processo contínuo, mas apenas como um escalonamento descontínuo de atos de identificação, ainda assim ela deve valer como critério decisivo para a justiça de um ordenamento social que proporcione a todos os seus membros espaço e recursos suficientes para tais execuções. Mas, de um modo geral, essa concepção de autenticidade não é suficientemente abrangente, pois ela se acerca da relação entre indivíduo e sociedade em grau insuficiente para poder gerar uma

---

74 Sobre essas tendências em Hannah Arendt, relacionadas à sua categorização inferior do "social", cf., entre outros, Seyla Benhabib, *Hannah Arendt. Die melancholische Denkerin der Moderne*, Frankfurt am Main, 1998 cap. v; Haute Brunkhorst, *Hannah Arendt*, Munique, 1999, p. 142-7.

ideia independente de justiça. Por isso, é bem provável que seja correto falarmos de um neutralismo ou uma indiferença diante de questões que versam sobre teoria da justiça[75].

Como demonstra essa visão de caráter muito geral, não é fácil encontrar um denominador comum para a ideia de liberdade reflexiva implicada pelas concepções de justiça. Entretanto, ante o modelo de justiça da liberdade negativa, as ideias que até aqui foram esboçadas destacam-se por não contar com um sistema social do egoísmo, mas com um sistema de cooperação: o grau de cooperação dos sujeitos, que tem de ser pressuposto para que se possam fixar as condições sociais da ratificação da liberdade negativa, é desproporcionalmente mais elevado do que no caso da liberdade negativa. Mas, para além desse traço formal comum, surgem aqui inúmeras diferenças, que dependem, sobretudo, de que a liberdade reflexiva possa ser compreendida tanto pelo modelo da autolegislação como pelo da autorrealização. E dependerá do modelo que se tomar como fundamento a caracterização, de modo bastante distinto, das instituições básicas do ordenamento jurídico, isto é, as instituições que devem garantir socialmente a realização da liberdade. Mas o processo metodológico pelo qual se obtêm as ideias correspondentes de liberdade, em ambos os casos, é novamente o mesmo: a partir dos conceitos que servem de pressupostos à liberdade reflexiva, seja o da autodeterminação, seja o da autorrealização, derivam noções a respeito de quais dados seriam necessários para possibilitar o exercício da própria liberdade a todos os indivíduos.

---

75 Cf., porém, Harry Frankfurt, "Gleichheit und Achtung", in idem, *Freiheit und Selbstbestimmung*, op. cit., p. 189-200.

Em nenhum dos dois modelos de liberdade reflexiva foram indicadas as condições sociais que possibilitariam o exercício da liberdade em cada caso já como componentes da liberdade. Essas condições só entram em jogo com a questão do ordenamento jurídico quando se tematizam também as oportunidades de realização social. Assim, em essência, as ideias de liberdade reflexiva se detêm ante as condições que capacitam o exercício da liberdade por elas caracterizada. Ao determinar a liberdade, são artificialmente deixadas de lado as condições e formas institucionais que sempre deveriam aparecer ao se iniciar a reflexão, para levá-la a bom termo. É parte da mesma autodeterminação, de maneira mínima, como ainda outro momento, a condição social de que os objetivos morais estejam institucionalmente disponíveis, assim como a autorrealização tem de ser categoricamente pensada, uma vez que os bens que correspondem aos desejos encontram-se presentes da realidade social. Em ambos os casos, circunstâncias desse tipo só entram em cena quando o exercício da liberdade já foi completamente determinado; elas são como aditivos, acrescentados como elementos de justiça social, e não pensados como seu momento interno. No campo da liberdade reflexiva, uma exceção a essa lógica da posteridade reside numa determinação teórico-discursiva dessa liberdade: uma vez que a execução dos esforços reflexivos está atrelada à condição de participação em estruturas discursivas, a instituição social do discurso não é interpretada meramente como prolongamento externo, mas como componente da própria liberdade. É essa ampliação institucional do conceito de liberdade que servirá de diretriz ao terceiro conceito de liberdade, que é social. Segundo essa concepção, a ideia de liberdade reflexiva não se deixa desdobrar sem incluir as formas institucionais que possibilitam o seu exercício.

III
A LIBERDADE SOCIAL E SUA ETICIDADE

O modelo teórico da comunicação do discurso, desenvolvido conjuntamente por Karl-Otto Apel e Jürgen Habermas, proporciona um conceito de liberdade individual ainda no território da liberdade reflexiva, remetendo já a uma liberdade social, pois diferentemente das concepções tradicionais e monológicas da liberdade reflexiva, a tese que aqui se propõe é a de que somente a interação intersubjetiva no discurso possibilita o tipo de autocontrole racional que compõe o núcleo mais íntimo da interação em questão[76]. Nessa nova concepção da teoria do discurso da liberdade, "social" é a circunstância segundo a qual determinada instituição de realidade social já não é considerada mero aditivo, mas condição e meio para o exercício da liberdade. Dessa perspectiva, o sujeito individual só pode produzir esforços reflexivos inerentes à autodeterminação se na interação com outros, numa instituição social, forem reciprocamente realizados esforços desse mesmo tipo. A circunstância institucional, neste caso o discurso, já não é mais aquele particular conceito de liberdade para se chegar a uma ideia de justiça social, mas um elemento mesmo do exercício da liberdade. Só mesmo se tais instituições forem dadas na realidade social, o indivíduo pode, no contexto dessas instituições, executar o tipo de determinação da vontade necessária para a liberdade reflexiva.

---

76 Gerd Wartenberg, *Logischer Sozialismus. Die Transformation der Kantschen Transcendentalphilosophie durch Charles S. Peirce*, Frankfurt am Main, 1971, p. 187 s.

Na teoria do discurso, essa inflexão para o social se mantém no limiar entre transcendentalismo e institucionalismo, entre idealismo de validação e teoria social. O fato de, para estabelecer sua vontade e, assim, alcançar uma experiência de liberdade, o indivíduo ser referido a um participante no discurso é concebido às vezes como um fato histórico, racional e, às vezes, como coerção com efeito histórico[77]. Porém, dessa condição jamais pode se extrair como consequência uma intersubjetividade da liberdade, uma vez que ela necessita estruturas de prática institucionalizadas para pôr em marcha o processo da autodeterminação recíproca. Na teoria do discurso, o "discurso" é entendido ou como fato transcendental, ou como metainstituição, porém jamais como instituição particular na multiplicidade de suas manifestações sociais; falta a decisão em favor de uma concreção histórica, que teria ainda de se agregar à tese inicial da teoria do agir comunicativo e, assim, obter uma visão dos princípios institucionais da liberdade. Por isso, as contribuições de Apel e Habermas, ainda que nelas tudo aponte nesse sentido, não conseguiram transpor o limiar para um conceito social de liberdade. No sentido contrário, somente a referência retrospectiva a Hegel mostra como deve ser possível apreender determinadas instituições como meios de liberdade reflexiva.

Hegel desenvolveu sua própria concepção de liberdade — que aqui, seguindo Frederick Neuhouser, devemos chamar de "social"[78] — sobretudo no contexto de sua Filosofia do direito.

---

[77] Essa tensão se mostra claramente na obra de Jürgen Habermas, e tenho a impressão de que só em *Faktizität und Geltung* (op. cit.) ela é resolvida em favor de uma concretização histórica.

[78] Frederick Neuhouser, *Foundations of Hegel's Social Theory. Actualizing Freedom*, Cambridge/Mass. 2000 (para o uso do conceito, cf., entre outras passagens, p. 5 s).

O ponto de partida de suas reflexões apresenta uma crítica às duas ideias de liberdade, que até agora não distinguimos em todos os seus detalhes, embora nos limitemos a buscar a semelhança de seus traços essenciais: enquanto a ideia da liberdade negativa — para usar nossa própria terminologia — deve necessariamente fracassar por conseguir os "conteúdos" do agir, sejam eles próprios conceituados "livres", a ideia da liberdade negativa, assim, mostra-se deficitária, pois, isenta de conteúdo e, precisamente, como ação pensada como autodeterminada, contrapõe-se a uma realidade objetiva que, por sua vez, deve em si ser compreendida como completamente heterônoma[79]. É fácil observar que a objeção de Hegel ao segundo modelo de liberdade foi produzida de modo complementar ao primeiro modelo de liberdade, que inicialmente lhe era contrário: aí podemos ver a deficiência, uma vez que a liberdade não chega até a autorrelação, à subjetividade do indivíduo, e, nesse caso, a carência decisiva da liberdade reflexiva está no fato de a liberdade ampliada para o interior não se estender para fora, para a esfera da objetividade. Esse segundo curso de pensamento, que, ao contrário da crítica à liberdade negativa, ainda não nos é familiar, perde algo de sua abstração quando relacionado a formulações com as quais até aqui se caracterizou a liberdade reflexiva. Vimos que essa ideia de liberdade pressupõe um esforço reflexivo do indivíduo à medida que deve haver um ato de autolegislação ou uma determinação de seus próprios desejos: assim, sou livre somente à medida que estou em condições de orientar minha ação para objetivos estabelecidos

---

[79] G. W. F. Hegel, *Grundlinien der Philosophie des Rechts*, in idem, *Werke in zwanzig Bänden*, Frankfurt am Main, 1970, vol. VII, Introdução (§ 1-32).

de maneira autônoma ou em relação a desejos autênticos. Se a objeção de Hegel se refere à ideia assim delineada, evidencia-se que nela nada parece garantir a capacidade de realização dos objetivos determinados de maneira reflexiva. Com efeito, pela ampliação da liberdade para o interior, garante-se que só aconteçam as intenções que não obedecem a nenhuma autoridade estranha, nem mesmo se contemplarem as oportunidades para a sua realização. Portanto, evidencia-se que Hegel gostaria de chegar a um terceiro modelo de liberdade, que sobrepuja essa carência e no qual também a esfera objetiva da liberdade se submete ao critério de liberdade: não só as intenções individuais deveriam satisfazer ao padrão de ter surgido sem nenhuma influência estranha de sua parte, mas também se deve poder apresentar a realidade social externa livre de toda heteronomia e de toda coerção. Desse modo, a ideia da liberdade social seria entendida como resultado de um esforço teórico de compreender que o critério subjacente ao pensamento da liberdade reflexiva amplia-se até mesmo às esferas que tradicionalmente se contrapõem ao sujeito como realidade externa.

Contudo, a pura e simples menção dessa intenção evidencia quão difícil seria efetivamente satisfazê-la. Se em nosso cotidiano, no que diz respeito aos projetos e objetivos individuais, ainda não dispomos de critérios suficientes para nos dar indicações de como distinguir entre livre e não livre, somos, ao que tudo indica, completamente carentes de intuições desse tipo se levarmos em conta a esfera da realidade social. Pode-se pelo menos enumerar uma série de pontos de vista que, no âmbito das instituições sociais, permitiriam fazer diferenciações entre os graus de liberdade. Ocorre que o próprio Hegel parece invocar tal experiência cotidiana ao afirmar, na nota ao § 7 de sua Filosofia do direito, que a "amizade" e o "amor" fornecem um exemplo para a liberdade na esfera externa do social: "Aqui não se é unilateral dentro de si, mas se de bom grado se limita na relação com um outro, porém, nessa restrição, sabe-se como si mesmo. O homem não deve se sentir determinado na determinação, mas uma vez que se considera o outro como outro, tem-se o sentimento de si mesmo"[80]. Por mais que agradasse a Hegel saber dessas exposições limitadas ao plano da mera "sensação", a chave de sua concepção de liberdade social está contida na formulação do "estar consigo mesmo no outro", utilizada para esse fim; ela se baseia numa ideia de instituições sociais que, assim sendo, permite aos sujeitos se relacionarem uns com os outros, já que eles poderiam compreender sua contraparte como outro de si mesmos.

Para Hegel, a categoria do "reconhecimento recíproco", desde o início, tem sido uma chave para sua ideia de liberdade[81]. Como sujeito isolado, em sua liberdade reflexiva o homem se mantém separado do mundo exterior dos dispositivos e das instituições sociais; por mais que, em sua ação, restringir-se somente aos objetivos estabelecidos por si mesmo pudesse lhe parecer melhor, a realizabilidade desses objetivos continua incerta na realidade objetiva. A aspiração à liberdade deixa de ser um elemento da experiência puramente subjetiva no momento em que o sujeito se encontra com outros sujeitos cujos objetivos se comportam de maneira complementar aos próprios, uma vez que agora o ego

---

80 Idem, p. 57.
81 Cf., entre outros, Andreas Wildt, *Autonomie und Anerkennung. Hegels Moralitätskritik im Lichte seiner Fichte-Rezeption*, Stuttgart, 1982; Axel Honneth, *Kampf um Annerkennung. Zur moralischen Grammatik sozialer Konflikte*, Frankfurt am Main, 1992.

pode ver, nas aspirações da outra parte na interação, um componente do mundo externo que lhe permite colocar em prática objetivamente as metas estabelecidas por ele mesmo. Com "reconhecimento recíproco", assim concebido, tem-se em mente, num primeiro momento, apenas a experiência recíproca de se ver confirmando nos desejos e metas da contraparte, uma vez que a existência desta representa uma condição da realização dos próprios desejos e fins; sob a condição de que ambos os sujeitos reconheçam a necessidade de complementaridade de seus respectivos fins, eles visualizam na contraparte o outro de seu si mesmo, e a liberdade até então reflexiva amplia-se para se converter numa liberdade intersubjetiva. Hegel estabelece a ligação com o conceito da instituição ou do meio ao conceber a existência de práticas de comportamento padronizadas como uma condição social de tal reconhecimento da complementaridade de fins e desejos: os dois sujeitos devem ter aprendido tanto a articular de maneira compreensível seus respectivos fins como também a entender adequadamente as enunciações desses fins antes de poder reconhecer-se reciprocamente em sua dependência um do outro. Segundo a concepção de Hegel, a garantia de entendimento recíproca desse tipo é proporcionada pelas instituições de reconhecimento, isto é, elas são um conjunto de práticas de comportamento padronizadas que se deixam entrelaçar; certamente elas fazem que, na relação com o ego do outro, os sujeitos possam reconhecer o desejo cuja feitura seria condição de contentamento de seu próprio desejo. Mas, uma vez que a aspiração à liberdade do indivíduo só é satisfeita no seio de instituições ou com a ajuda delas, para Hegel um conceito "intersubjetivo" de liberdade amplia-se ainda uma vez para o conceito "social" de liberdade: em última instância, o sujeito só é "livre" quando, no contexto de práticas institucionais, ele encontra uma contrapartida com a qual se conecta por uma relação de reconhecimento recíproco, porque nos fins dessa contrapartida ele pode vislumbrar uma condição para realizar seus próprios fins. Desse modo, na forma do "ser em si mesmo no outro" sempre se pensa numa referência a instituições sociais, uma vez que somente práticas harmonizadas e consolidadas fazem que os sujeitos compartilhados possam se reconhecer reciprocamente como outros de si mesmos. E somente essa forma de reconhecimento é a que possibilita ao indivíduo implementar e realizar seus fins obtidos reflexivamente[82].

Considerando que Hegel ainda acreditava poder explicar a unidade ética das sociedades modernas partindo da vinculação emocional dos sujeitos, ele via essa estrutura social da liberdade basicamente segundo o modelo do amor entre homem e mulher. Na relação amorosa, a liberdade de dois sujeitos, que já se acha refletida não mais como mera atração, mas como apego erótico, encontra satisfação à medida que esses sujeitos se reconhecem reciprocamente como aqueles que sabem de sua dependência um para com o outro: "Aquele a que se aspira liberta-se da relação com o gozo, que se torna imediatamente ser um de ambos no ser-para-o-outro absoluto de ambos, ou se converte em amor;

---

[82] Com essa definição de "liberdade social" — no sentido da complementaridade recíproca em esferas institucionais de reconhecimento —, eu me afasto da proposta de Frederick Neuhouser, que com isso tem em vista a ideia holística de Hegel de um "todo que se autodetermina" (idem, *Foundations of Hegel's Social Theory*, op. cit., sobretudo p. 82-4). Por motivos que mais tarde serão demonstrados, sobretudo em referência a Talcott Parsons, tenho por apropriada a minha definição de conceito "mais rasa" e levo em conta que ela satisfaz também às reivindicações de uma teoria da sociedade sociologicamente procedente.

e nessa visão o gozo é consciência nessa contemplação de si mesmo no ser do outro"[83]. Sabemos que Hegel também vislumbra uma determinada instituição nessa forma "imediata" de reconhecimento sobretudo por meio de suas notas de margem de página, nas quais ele faz um contraste de formas historicamente antigas, como que cavalheirescas, da relação amorosa[84]. É apenas sob a condição histórica que na prática social substitui esse tipo de padrão de relação pelo ideal moderno e romântico de amor que podemos relacionar dois sujeitos de modo que possam, reciprocamente, ver no outro sua liberdade erótica para realização. Sendo assim, já a primeira concepção de amor por Hegel contém a referência a uma instituição pensada como condição social, pois só assim pode existir a relação de reconhecimento.

Hegel é estimulado a ampliar sua teoria do reconhecimento logo ao se dar conta da economia nacional compreendida em seu surgimento. Se a estrutura das sociedades modernas, tal como certificada nessa nova disciplina, caracteriza-se sempre por uma esfera independente do mercado econômico, a unidade ética já não pode mais ser compreendida somente a partir da relação de reconhecimento do amor: em vez disso, os domínios em expansão da ação mediada pelo mercado abriga também o seu próprio potencial de liberdade, pois de outro modo não seria possível explicar por que encontra assentimento moral em amplas parcelas da população tão prontamente. E se diante desse novo desafio não se deve renunciar à sua compreensão original, segundo a qual a liberdade representa sempre uma relação de reconheci-

---

[83] G. W. F. Hegel, *Jenaer Systementwürfe I. Das System der spekulativen Philosophie*, Hamburgo, 1986, fragmento 21, p. 212.

[84] Cf., por exemplo, G.W.F. Hegel, *Jenaer Realphilosophie*, Hamburgo, 1969, p. 202, nota 2.

mento vinculada a uma instituição, Hegel assim a torna plausível na medida em que o mercado econômico constitui essa instituição de reconhecimento. A engenhosa solução, antecipada por ele já em Jena, consiste na hipótese de que na esfera do mercado os sujeitos devem ter de se reconhecer reciprocamente, pois, em sua contraparte, eles percebem aqueles que, por meio de sua oferta econômica, garantem a satisfação às suas necessidades puramente egocêntricas; portanto, também aqui, no âmbito do agir mediado pelo mercado — que, ao que parece, é completamente atomizado —, como Hegel pode inferir, a liberdade tem a estrutura institucional de uma interação, pois só mediante o reconhecimento recíproco de um sujeito pelo outro é que os indivíduos podem chegar à satisfação de seus fins. Conceber o mercado como uma forma nova e indireta do "em-si-do-si-mesmo no outro" significa aprender a entender que essa instituição cria uma relação de reconhecimento pela qual os indivíduos podem ampliar a sua liberdade[85].

Para Hegel, a consequência dessa inclusão do mercado em sua concepção de liberdade social está no fato de ele aprender a compreender a sociedade de seu tempo como uma relação estratificada de relações de reconhecimento. Ao final, em sua Filosofia do direito, ele vai diferenciar três complexos institucionais desse tipo, cada qual se distinguindo mediante a satisfação dos objetivos ou fins dos indivíduos mediante reconhecimento recíproco. Mas ao longo de todo o caminho assim delineado por Hegel,

---

[85] Sobre isso, cf. Birger P. Priddat, *Hegel als Ökonom*, Berlim, 1990; Hans-Christoph Schmidt am Busch, „Annerkennung" als Prinzip der Kritischen Theorie, dissertação de habilitação não publicada, Universidade Johann Wolfgang v. Goethe, Frankfurt am Main, 2009, cap. III. Cf., sobretudo, minhas reflexões na parte C, cap. III, seção 2(a).

mantém-se intacta a ideia de que a liberdade dos indivíduos em última instância só é estabelecida onde ela pode participar de instituições cujas práticas normativas asseguram uma relação de reconhecimento recíproco. Com efeito, Hegel havia chegado a essa concepção pouco convencional apenas em razão da complementação de uma operação puramente lógica: na ausência do conceito puramente negativo de liberdade, a inclusão da subjetividade que, por sua vez, também pode ser representada como livre, no conceito resultante da liberdade interna, reflexiva, carece de uma inclusão de objetividade, pois se continua a pensar a realidade externa como esfera heterônoma. A fim de superar as carências de ambas as concepções, torna-se necessário um terceiro conceito de liberdade, no qual subjetividade e objetividade, particular e universal, estão reconciliadas. Mas, uma vez que Hegel se esforça para tornar essa construção plausível, obtida somente pela via do conceito, a fim de aproximá-la de nossas experiências da vida real, evidencia-se que ele na verdade busca uma ideia altamente convincente, pois com a proposta de incluir também a própria objetividade na determinação da liberdade, com algum direito se afirma que nós só podemos nos vivenciar como realmente livres quando encontramos na realidade exterior a precondição para realizar nossos fins autodeterminados. Num primeiro momento, todas as formulações com que Hegel critica o ponto de vista da liberdade interna, reflexiva, em primeira instância resultarão nisto: se a liberdade é interpretada exclusivamente como "capacidade" e, mais precisamente, como capacidade de se deixar conduzir em seu agir somente por fins próprios e autodeterminados, "sua ligação com o que ela deseja e, de modo geral, com a sua realidade só se deixa conduzir se se tiver em vista um emprego em dado estofo, que ele próprio não pertença à essência da liberdade"[86].

Com relação a essa terceira posição, segundo a qual as precondições objetivas da realização pertencem à "essência mesma da liberdade", podem-se diferenciar uma versão fraca e uma forte; e a peculiaridade da noção hegeliana de liberdade social consiste em propor com firmeza uma interpretação específica da versão mais forte. Na leitura mais fraca, a inclusão de "objetividade" significa que nossas ideias de "autonomia" ou de "autorrealização" permanecem incompletas, uma vez que as fontes sociais para a realização dos fins correspondentes não são conceitualmente admitidas; uma variante dessa concepção é hoje apresentada por Joseph Raz; segundo ele, com base na relação circular entre fins escolhidos e arranjos institucionais, seria altamente implausível que tais "social forms" não fossem elas próprias imputadas como condições do conceito de autonomia[87]. Contudo, por mais que Raz possa se aproximar, assim, de determinados aspectos da doutrina da liberdade de Hegel, tanto mais profundo se mantém o abismo que o separa de sua intuição central; pois não era intenção de Hegel desvelar da realidade apenas algumas condições sociais que possibilitam a realização de fins autoimpostos, mas seu desejo era ver o "estofo" da realidade liquefeito a ponto de encontrar nela a estrutura da própria liberdade reflexiva ainda uma vez objetivamente espelhada. O mundo da objetividade deve ir ao encontro da aspiração à liberdade individual no sentido de que ela, em certa medida, deseja de si o que o sujeito

---

86 Hegel, *Grundlinien der Philosophie des Rechts*, op. cit., p. 61.
87 Joseph Raz, *Morality of Freedom*, Oxford, 1986, sobretudo p. 307 s (cap. xii.5) [*A moralidade da liberdade*, Rio de Janeiro, Elsevier Campus, 2011].

reflexivamente pretende. Essa forte exigência ontológica só é satisfeita se outros sujeitos pertencerem a tal realidade externa, cujas imposições de fins, por sua vez, exigem que o primeiro sujeito realize precisamente o que ele pretende fazer; ora, a objetividade deve ser representada, precisamente, na forma exemplar de tais cossujeitos, de tal maneira que se demanda ou se deseja que a subjetividade venha a se realizar em sua liberdade reflexivamente determinada.

É essa leitura forte do conceito de liberdade ampliado pelo conjunto de condições objetivas que Hegel busca defender com seu conceito de "reconhecimento". Desse modo, a estrutura de uma reconciliação não deve ser pura e simplesmente caracterizada entre sujeitos, mas entre liberdade subjetiva e objetividade. Na relação de reconhecimento, o sujeito se depara com um elemento (por sua vez subjetivo) da realidade, por meio do qual esse sujeito se vê assim confirmado ou mesmo intimado a realizar suas intenções obtidas reflexivamente, pois é somente por essa realização que aquele elemento objetivo chega à satisfação; afinal, tal como o sujeito, ele persegue fins cuja realização exige a execução das intenções de sua contraparte. Ocorre que a construção assim delineada tem a visível consequência de Hegel dever atribuir a ambos os lados somente fins ou intenções de caráter "geral", e num sentido bastante ambicioso: só se pode chegar a tal reconhecimento recíproco do modo descrito se os fins de ambas as partes se complementarem de modo que cheguem à satisfação unicamente pela execução complementar. Desse modo, o que antes foi chamado de "necessidade de complementaridade" serve de condição à forma de liberdade realizada na relação de reconhecimento: para que a liberdade individual se manifeste na realidade objetiva e para que possa se reconciliar com ela, o sujeito deve querer realizar fins cuja realização pressupõe outros sujeitos, que possuem fins complementares. Então Hegel deve deixar que a obtenção de liberdade social antecipe um processo no qual os sujeitos aprendam, essencialmente, a constituir tais desejos ou intenções que são "gerais" no sentido de uma necessidade de complementaridade; se os sujeitos chegam a dispor quanto a imposições de fins desse tipo, eles podem construir a experiência de estar "a um só tempo consigo próprios na objetividade" nas ligações de reconhecimento correspondentes [88].

Hegel exige também a função de tal generalização de desejos e intenções das instituições que concentram toda a sua doutrina da liberdade. Assim, em última instância, ele se deixa conduzir pela ideia aristotélica segundo a qual os sujeitos, sob a influência de práticas institucionalizadas, aprendem a alinhar seus motivos a seus fins internos. Desse modo, ao final de um processo de socialização desse tipo tem-se um sistema relativamente estável e costumeiro de aspirações que fazem que os sujeitos pretendam o que antes estava assentado em hábitos normativos das práticas[89]. Se os indivíduos crescem em instituições onde suas práticas normativas da reciprocidade são posicionadas de forma duradoura, então, para Hegel, durante sua "formação" eles aprenderão a perseguir, em seu comportamento, desejos e intenções primárias, cuja satisfação só se faz possível mediante ações complementares dos outros[90]. Assim como num ciclo, a socialização

---

88   Hegel, *Grundlinien der Philosophie des Rechts*, op. cit., § 28, p. 79.
89   Sobre esse modelo de prática aristotélica, cf., em indubitável alinhamento a Hegel, por exemplo: MacIntyre, *Der Verlust der Tugend*, op. cit., cap. xiv.
90   Cf. Axel Honneth, *Leiden an Unbestimmtheit. Eine Reaktualisierung der Hegelschen Rechtsphilosophie*, Stuttgart, 2001, cap. 5.

em complexos institucionais preocupa-se com o reconhecimento de que o sujeito aprenda a constituir fins universais e necessitados de complementaridade, que mais tarde poderiam então ser satisfeitos unicamente mediante práticas recíprocas, por força das quais aquelas instituições se mantêm de pé.

Existem assim duas tarefas diferentes, que, no seio da doutrina hegeliana da liberdade, são assumidas por aquelas instituições nas quais as relações de reconhecimento são postas de forma duradoura. Por um lado, como vias de mediação elas fazem que determinadas classes de manifestação de comportamento dos participantes possam ser reciprocamente entendidas como intimações para que imposições de fins complementares sejam realizadas em conjunto; só mesmo sobre a base de tais regras e símbolos conectados de maneira intersubjetiva os indivíduos manifestam uma concordância geral, uma vez que se identificam uns com os outros e realizam de modo recíproco seus fins e intenções. Nesse sentido, as instituições de reconhecimento nada mais são do que mero apêndice ou condição externa de liberdade intersubjetiva; afinal, sem elas, os sujeitos não poderiam saber sobre a dependência recíproca de uns em relação aos outros, e, em vez disso, constituiriam o princípio e os locais de realização daquela liberdade. Por outro lado, essas mesmas instituições — e, com elas, os indivíduos individualizados — de algum modo são capazes de um entendimento intersubjetivo de suas liberdades, pois somente por meio da adaptação a práticas cujo sentido está na realização comum de fins complementares eles aprendem a se entender como membros autoconscientes de comunidades garantidoras da liberdade. Nessa medida, Hegel conclui que os indivíduos só podem vivenciar e realizar a liberdade quando participam de instituições sociais caracterizadas por práticas de reconhecimento recíproco.

Ainda que esse conceito de liberdade social expresso como não convencional pareça ter traços arbitrários e até mesmo exagerados, ele não se mantém isento de influência como pode parecer à primeira vista. Já Marx, em seus primeiros escritos, embora não estivesse consciente disso, deixou-se levar por intuições hegelianas ao fazer da cooperação social o modelo da liberdade[91]. O ponto de partida de suas reflexões é constituído por aquele conceito da autorrealização individual, que já conhecemos na condição de uma forma particular da ideia de liberdade reflexiva: o indivíduo humano só é realmente livre na medida em que consegue articular seus desejos e necessidades "reais" e autênticos, e realizá-los durante a sua vida. Para Marx, porém, esse modelo então altamente disseminado era muito abstrato, à medida que fora pensado, por exemplo, por Herder e seus alunos, quanto à referência da linguagem e da criatividade poética; em vez disso, alinhando-se a Hegel, com cuja Fenomenologia esteve familiarizado já desde 1837[92], Herder pretendeu compreender o processo de autorrealização segundo o modelo de uma atividade na qual o indivíduo objetifica sua "individualidade", sua "peculiaridade", e "a contemplação do objeto [produzido]" goza da plenitude de suas capacidades pessoais[93]. Mas, para Marx, tal

---

91 Sobre o conteúdo a seguir, cf., entre outros: Daniel Brudney, *Marx´s Attempt to Leave Philosophy*, Cambridge/Mass. 1998; George G. Brenkert, *Marx's Ethics of Freedom*, Londres, 1983, sobretudo cap. 4; Allen W. Wood, *Karl Marx*, Londres, 1981.

92 Sobre o conceito hegeliano de trabalho, devedor direto de Marx, cf. Hans-Christoph Schmidt am Busch, *Hegels Begriff der Arbeit*, Berlim, 2002.

93 Karl Marx, "Auszüge aus James Mills Buch, Élements d'économie politique", in idem, Friedrich Engels, *Werke*, Berlim, 1968, *Ergänzungsband*, primeira seção, p. 443-63, aqui: p. 462.

processo de autorrealização pelo trabalho não é um processo monológico e que gira em torno de si mesmo, embora desde o início ele se atente às necessidades de outras pessoas, visto que para a satisfação de suas necessidades todo indivíduo depende, de maneira vital, de produtos que outros elaboraram para ele, de modo que ele orientará seu trabalho pelas necessidades destes, e dessas necessidades, inversamente, ele espera um produto que satisfaça suas próprias necessidades. Seguindo os modos de sua autorrealização, os sujeitos assim se complementam uns aos outros, pois mediante a consumação de seu trabalho eles reciprocamente contribuem para a ampliação de seus fins. É essa necessidade de complementariedade de seus fins, e, entenda-se, do propósito da satisfação de sua necessidade[94] que explica por que Marx afirma que o homem se vê "aprovado" no próprio exercício de autorrealização assim como o outro também é por ele "confirmado". "Em meu trabalho [...] eu teria o gozo", diz, "de ser para ti o mediador entre tu e a tua espécie, portanto, de ser percebido e entendido por ti mesmo como um complemento de teu próprio ser e como parte necessária de ti mesmo, de saber confirmado tanto em teu pensar como em teu amor[95]."

Marx não está muito distante dessa posição do modelo hegeliano de reconhecimento, já que ele vincula a liberdade da autorrealização à condição da complementaridade com outro sujeito. A partir desse ponto de vista, mantém-se a intenção do indivíduo de se realizar por meio de um trabalho que é reificante enquanto

---

94 Sobre o conceito de "necessidade de complementaridade" nesse contexto, cf. Brudney, *Marx´s Attempt to Leave Philosophy*, op. cit., p. 183 s; cf. também, idem, "Marx'neuer Mensch", in Hans-Christoph Schmidt am Busch e Christopher F. Zurn (orgs.), *Annerkennung*, Berlim, 2009, p. 145-80.
95 Marx, "Auszüge aus James Mills Buch. Éléments d'économie politique", op. cit., p. 462.

é incompleto, uma vez que um vizinho não contribui para isso através de sua autorrealização produtiva a assegurar a satisfação de suas próprias necessidades. O sujeito pode encerrar o processo iniciado e, assim, "gozar" de todas as suas capacidades num produto acabado apenas sob a condição de que tal seja assegurado de maneira permanente por meio do outro. A esse gozo da própria liberdade obrigatoriamente concorre a consciência de depender de seu parceiro de interação, no sentido de que lhe deve a "complementação" do "próprio ser"; mas uma vez que cada sujeito é dependente de tal complementação, todos são ligados entre si mediante relações de reconhecimento, de modo que em seu trabalho confirmam reciprocamente a dependência um do outro. A esse respeito, aliás, Marx vê claramente que tal interconexão de todos os membros de uma comunidade não é possível sem uma mediação externa e objetiva. Por isso, ele prevê uma organização ou instituição social na qual essa forma de reconhecimento recíproco tenha perdido a sua existência meramente fugidia e a mantenha de maneira duradoura e vinculante: na cooperação, entendida como "vínculo real de nossa produção recíproca"[96], os sujeitos sabem-se reciprocamente reconhecidos na necessidade de complementaridade de seu ser pelos demais. Para Marx, a produção cooperativa apresenta o meio institucionalizado entre as liberdades individuais de todos os membros de uma comunidade: se não participam dessa instituição, isto é, se estão excluídos da cooperação, não podem se realizar em suas atividades produtivas, já que lhes falta a complementação prática por outro sujeito, que, em sua produção, reconheça suas necessidades.

---

96 Idem, p. 460.

Marx não renuncia em vida a essa versão específica de um conceito de liberdade social; esse conceito parte sempre da convicção de que a liberdade reflexiva do indivíduo só pode ser realmente aplicada onde, por meio da complementação com a autorrealização dos demais, ele chega pela sua própria autorrealização produtiva. Já em seus primeiros escritos, Marx serve-se livremente do conceito assim delineado como fundo normativo de uma crítica social que supera amplamente a intenção que Hegel associara à sua doutrina da liberdade. Enquanto Hegel pretendia proporcionar ao liberalismo uma fundamentação mais profunda e mais ampla conceitualmente, ao tentar desenvolver a dependência deste em relação às instituições garantidoras da liberdade, Marx tinha em mente uma crítica ao modo de socialização da sociedade capitalista: tão logo as atividades produtivas dos indivíduos já não eram coordenadas de maneira direta pela instância mediadora da cooperação, mas pelo "mediador estranho"[97] do dinheiro, assim argumenta Marx, também são perdidas de vista as relações de reconhecimento recíproco, de modo que, ao final, cada qual se vê apenas a si mesmo como um ser "egoísta", que tão somente enriquece. O capitalismo, que em vez da cooperação erige o veículo do dinheiro como veículo mediador, cria relações sociais em que nossa "complementação recíproca" é "mera aparência", que "se vale da espoliação recíproca como fundamento"[98]. Ainda que Marx realize alterações e diferenciações nessa imagem em seus trabalhos posteriores, até em sua obra tardia os seus traços essenciais se encontram intactos: mesmo na

97 Idem, p. 446.
98 Idem, p. 446.

crítica acabada da economia política que se tem em O *capital*, a formação da sociedade capitalista é criticada principalmente por gerar a aparência material de relações sociais unicamente por meio de coisas, o que leva a perder de vista a estrutura intersubjetiva da liberdade[99].

Depois de Hegel e Marx, que são os dois patriarcas de um conceito de liberdade social, também foram feitas diferentes tentativas para interpretar as instituições sociais como componente intrínseco da liberdade individual. Assim, porém, frequentemente os pesos categoriais são de tal forma deslocados que o resultado não é uma compreensão profunda, mas uma crítica severa ao moderno individualismo da liberdade. Em posição proeminente temos Arnold Gehlen, que valoriza as instituições contra o *páthos* da liberdade, o qual ele situa na tradição que remonta a Hegel[100]. Segundo Gehlen, Hegel e seus seguidores de esquerda amparam-se na fórmula de Fichte, segundo a qual o sujeito não se mantém livre à medida que toda objetividade, todo objetual aparentemente alheio ao espírito converte-se novamente num produto de seu próprio esforço de consciência. Por isso, nessa tradição é preciso que se veja toda instituição e regulamentação externa de comportamento como algo que não prepara o caminho para a liberdade individual, mas se lhe opõe fundamentalmente. Para Hegel e Marx, assim como Gehlen, a mera existência de hábitos de ação estabilizados já é um problema, pois impedem que os sujeitos se vivenciem como livres

---

99 No sentido de tal interpretação tem-se Georg Lohmann, *Indifferenz und Gesellschaft. Eine kritische Auseinandersetzung mit Marx*, Frankfurt am Main, 1991.
100 Arnold Gehlen, "Über die Geburt der Freiheit aus der Entfremdung", in idem, *Philosophische Anthropologie und Handlungslehre. Gesamtausgabe*, vol. 4, Frankfurt am Main, 1983, p. 366-79.

na produção imediata de seu mundo. Já aqui, neste que é um dos primeiros aspectos, Gehlen comete o equívoco de não proceder à distinção entre um individualismo e um intersubjetivismo da liberdade reflexiva; e quanto ao fato de Hegel, em sua doutrina da liberdade, não se amparar na abordagem da doutrina da ciência de Fichte, mas se valer da doutrina intersubjetivista contida em seu escrito sobre o "direito natural"[101], ele a ignora despreocupadamente. Nem Hegel, nem Marx apreendem a liberdade individual segundo o modelo idealista de uma domesticação reflexiva de toda objetividade que é, por princípio, estranha. Em vez disso, ambos partem do fato de que o indivíduo pode realizar sua liberdade reflexiva somente quando ele é confirmado no mundo objetivo por outro sujeito, que, por meio de uma ação recíproca, possibilita a execução de seus próprios fins. Assim, não se trata de uma dissolução de toda objetualidade na consciência produtora de cada indivíduo; se Hegel de algum modo pensa em tal direção, ele o faz tão somente no sentido de uma objetividade, que deve conter os pressupostos para que os fins estabelecidos de forma autônoma encontrem nela uma confirmação "objetiva".

Uma vez que Gehlen ignora esse outro caminho, que é o da teoria da intersubjetividade do idealismo alemão, ele pode proceder a um segundo passo de sua argumentação, como se tivesse de reclamar a Hegel e Marx o papel de garantes da liberdade das instituições. Do ponto de vista de Gehlen, na realização da liberdade, os aparatos institucionais assumem a função de dar aos indivíduos uma segurança de conduta, sem que sua subjetividade perca todos os contornos firmes: "O homem pode manter uma

---

101 Cf. novamente Wildt, *Autonomie und Annerkennung*, op. cit.

relação duradoura consigo mesmo e com seus pares somente de maneira indireta; deve se encontrar a si mesmo por um desvio, alheando-se, e ali residem as instituições"[102]. Alhear-se nas instituições deve significar identificar-se com suas regras de conduta a tal ponto que só a partir delas a própria subjetividade adquire os objetivos e princípios que formam a identidade. Gehlen está convencido de que o sujeito humano por natureza encontra-se aberto a motivações, é por demais amorfo e dependente de estímulos para, a partir de sua própria força, estar em condições de impor fins a seu agir[103]; por isso, ele precisa realizar primeiramente aquele ato preciso de um alheamento, de um comprometimento com as instituições, antes de ser capaz de operações fundamentais que, em regra, são tomadas por condições da liberdade individual. Nesse sentido, a liberdade para Gehlen é um produto da identificação com estruturas institucionais: quem não se deixa determinar por suas regras, evade-se delas e busca agir a partir de seu próprio impulso coloca-se excessivamente à mercê de muitos impulsos simultâneos, como que para ser capaz da liberdade individual.

Nessa concepção, pode-se contemplar também um modelo de liberdade social. Tal como no Hegel intersubjetivista, a quem Gehlen não deu voz em seus ataques, o exercício da liberdade foi associado à condição da participação em práticas reguladas institucionalmente. Nessa medida, a instituição não é, aqui também, a sua condição externa ou complemento, mas um meio interno para a liberdade individual. Porém, para que esse meio

---

102 Gehlen, Über die Geburt der Freiheit aus der Entfremdung, op. cit., p. 378.
103 Para esse pano de fundo antropológico, cf. Arnold Gehlen, *Der Mensch. Seine Natur und seine Stellung in der Welt*, Frankfurt am Main, 1971.

seja útil, a função que ele há de exercer é algo determinado de modo tão distinto nos dois enfoques que o denominador comum engana ao dissimular diferenças fundamentais. Em Hegel, instituições conseguem fazer-se valer no conceito mesmo da liberdade porque sua estrutura intersubjetiva depende de aliviar a custosa necessidade de coordenação: nas práticas harmonizadas e objetivadas numa estrutura institucional, os sujeitos podem ler quais contribuições têm de fornecer para chegar à realização de seus objetivos de maneira quase automática, possível somente em sua comunalidade. Por isso, Hegel não pode admitir qualquer instituição como componente de seu conceito de liberdade; na verdade, tem de se limitar a estruturas institucionais nas quais são fixadas as relações de reconhecimento, que possibilitam uma forma duradoura de realização recíproca de objetivos individuais. A categoria de reconhecimento, da qual Hegel se serve como chave para uma determinação da intersubjetividade de liberdade, é também fundamento decisivo para o seu acesso a instituições: uma vez que o propósito de tais complexos de comportamento normativamente regulado deve ser proporcionar aos sujeitos modelos sociais de realização recíproca, eles próprios devem constituir formas cristalizadas do reconhecimento recíproco. Por essa razão, instituições chegam à ideia de liberdade de Hegel somente pela forma de valorização de materializações duradouras da liberdade intersubjetiva.

Em sua teoria, Gehlen não pode vincular nenhum sentido à ideia de conceber como garantes da liberdade somente as instituições que a encarnem, porque para ele só garante a liberdade o aparato institucional que exercer a função de fixar aos indivíduos regras de conduta tão rígidas quanto possível. Dessa importante diferença resulta que Gehlen inicia a liberdade individual mesmo antes das instituições; segundo ele, a capacidade de, como sujeitos idênticos, se estabelecerem fins só se introduz no momento em que os impulsos amorfos para a ação desses sujeitos contiverem, sob a pressão de prescrições institucionais, uma orientação nítida e clara. Assim, uma vez que Gehlen não dispõe de critérios que lhe permitam determinar a liberdade, independentemente de qualquer materialização institucional dada, ele não pode estabelecer diferenças nas instituições segundo o caráter de liberdade dessas instituições; na verdade, ele deve conceber todos os aparatos institucionais como garantes sociais da liberdade exatamente na mesma medida[104]. Como vimos, é possível referir essa concepção de Gehlen como um modelo de liberdade "social"; mas nesse caso é necessário traçar, entre as duas versões de tal modelo, uma linha clara de demarcação. Enquanto em Hegel o "social" consiste na liberdade, uma vez que instituições do "espírito objetivo" dos sujeitos inauguram caminhos e estações onde eles podem se realizar conjuntamente na reciprocidade de seus objetivos, a Gehlen nada interessa quanto a essa ausência de coerção do sistema de ordenamento social; para ele, o "social" manifesta-se precisamente na liberdade, pois as instituições exercem uma coação disciplinar, e somente por meio dela se constitui a liberdade individual do indivíduo.

À luz dessas distinções manifesta-se finalmente que Gehlen, ao contrário de Hegel ou de Marx, com seu conceito de liberdade, não

---

104 Sobre a crítica, cf., por exemplo: Karl-Otto Apel, "Arnold Gehlens ,Philosophie der Institutionen' und die Metainstitution der Sprache", in idem, *Transformation der Philosophie*, vol. I, op. cit., p. 197-221; Jürgen Habermas, "Der Zerfall der Institutionen", in idem, *Philosophisch-politische Profile*, Frankfurt am Main, 1981, p. 101-6.

pode encontrar nenhum acesso originário à temática da justiça. Já vimos que com cada ideia nova de liberdade, surgida a partir do discurso filosófico da modernidade, ocorre ao mesmo tempo uma modificação no conceito de justiça social; no caminho que vai de Hobbes, passando por Rousseau, até Kant e Herder, não só se desvela a estrutura da liberdade individual cada vez mais em sua reflexividade, mas, paralelamente, crescem as exigências metodológicas feitas à fundamentação da justiça. Sob esse ponto de vista, o conceito de liberdade social de Arnold Gehlen constitui um retrocesso nos parâmetros estabelecidos já por Kant, quando não por Rousseau, já que sua ideia de como se estabeleceu a liberdade individual por formação institucional é tão primitiva e elementar que a conclusão pela construção metodológica de um ordenamento justo quase não pode ser admitida. Mesmo assim, talvez se possa dizer que Gehlen não vê a liberdade dos sujeitos como socialmente garantida, por mais que haja instituições estáveis a zelar para que se evitem sobrecargas de estímulos e excedentes de impulsos. Porém, tal afirmação faz desaparecer o fato de não se prever nenhuma ligação interna entre o conceito de liberdade e a concepção de justiça. A única ideia de liberdade social que Hegel cunhou encontra-se assim em condições de inaugurar uma nova perspectiva à questão do ordenamento justo.

É claro que nem Hegel, nem Marx podem tomar por corretas ou convincentes as concepções de justiça advindas dos conceitos de liberdade de seus predecessores. Contrariamente à construção contratualista da qual se valem, sobretudo, os teóricos da liberdade negativa como instrumento para estabelecer a justiça social, ambos chegam a alegar a mesma objeção: se para a hipotética celebração de um contrato deve valer que ele forme um consenso reduzido aos sujeitos orientados para proveito próprio, o ordenamento social daí resultante só pode redundar num sistema bem ordenado do egoísmo privado; mas assim não se chega ao que realmente constitui a realidade e a oportunidade dos homens, que vem a ser uma espécie de liberdade na qual a autorrealização de um vem em socorro à de outro indivíduo[105]. Só mesmo Hegel dirige objeções também contra as concepções de justiça da tradição que o precedeu; para Marx, ao contrário, tais diferenciações são de pouco interesse, já que ele está profundamente convencido de que na orientação por princípios de justiça abstratos só se reflete uma necessidade de legitimação do ordenamento social dominante[106]. A crítica de Hegel tampouco faz grandes diferenciações, mas deixa entrever por que ele considera equivocadas as abordagens processuais no sentido de Kant: para ele, tais teorias se enredam num círculo vicioso, pois em sua construção do ponto de vista processualista já teria de ser pressuposta toda uma cultura da liberdade, cujas situações institucionais e habituais não poderiam ser fundamentadas. Tais conteúdos ou substâncias materiais são apresentados como algo meramente externo, que só poderia resultar do uso do procedimento como resultado, enquanto o que se tem é bem o contrário; isto é, aquele algo externo, aquelas circunstâncias sociais são sempre necessárias já para a execução do processo: "Com esse método deixa-se de lado o único cientificamente

---

105 Para Hegel, cf. "Über die wissenschaftliche Behandlungsart des Naturrechts", op. cit.; para Marx, aqui menos explícito, cf. a crítica à "Ideologia", segundo a qual o Estado e a lei se baseiam na "livre vontade": Karl Marx e Friedrich Engels, "Die Deutsche Ideologie", in idem, *Werke*, vol. III, Berlim, 1969, p. 9-530, aqui: p. 62.

106 Para todo esse difícil complexo temático, cf. Andreas Wildt, "Gerechtigkeit in Marxs Kapital", in Emil Angehrn e Georg Lohmann (orgs.), *Ethik und Marx. Moralkritik und normative Grundlagen der Marxschen Theorie*, Königstein im Taunus, 1986.

essencial: quanto ao conteúdo, a necessidade da coisa em si e por si mesmo [...], e quanto à forma, porém, a natureza do conceito"[107]. Para Hegel, está fora de questão que essa circularidade esteja relacionada aos déficits do conceito pressuposto da liberdade reflexiva: uma vez que as teorias procedimentalistas empregam um conceito de liberdade individual em que se pensa a própria subjetividade, mas não sua realidade externa, elas podem se limitar, na determinação da justiça, a especificar um processo reflexivo sem considerar as condições correspondentes na realidade institucional da sociedade. Entre o conceito de liberdade reflexiva e as teorias procedimentalistas da justiça há, para Hegel, uma conexão interna, pois, ao poupá-las da objetividade, essa conexão se espelha na restrição a princípios meramente formais de determinação da justiça. Nessa medida, Hegel se opõe a todo o sistema de cisão entre fundamentação e aplicação, de justificação procedimental e aplicação posterior do resultado presumido a uma matéria dada: se o pressuposto conceito de liberdade já contém em si as indicações de relações institucionais, de sua exposição deve resultar, de modo quase natural, a suma essência de um ordenamento social justo. Segundo Hegel, de modo algum pode surgir uma brecha lógica entre fundamentação e aplicação nas quais as teorias procedimentalistas da sociedade, no sentido de Kant, creem existir; se a objetividade da liberdade reflexiva for suficientemente bem delineada, surgirá uma visão geral sobre as práticas e instituições comunicativas que, tomadas em conjunto, definem as condições da justiça social.

---

[107] Hegel, *Grundlinien der Philosophie des Rechts*, op. cit., p. 31 (§ 2); cf. integralmente John Rawls, *Geschichte der Moralphilosophie*, Frankfurt am Main, 2002, p. 427-38 [*História da filosofia moral*, São Paulo, Martins Fontes, 2005].

Desse modo, em sua crítica ao procedimentalismo na teoria da justiça, Hegel delineia os traços de um processo de fundamentação alternativo; esse processo consiste em incorporar sua constituição institucional já na explicação da liberdade individual, de modo que se manifestem no mesmo nível também os contornos de um ordenamento social justo. No entanto, para Hegel há um problema peculiar, já que de antemão ele deve saber quais objetivos dos sujeitos são do tipo que se pode realizar somente graças à intermediação institucional em reciprocidade livre de coerção. Enquanto Kant, com seu operar procedimentalista, pôde se limitar a atribuir aos sujeitos todos os objetivos e todas as intenções imagináveis sempre e quando satisfizerem somente às condições da reflexividade (moral), Hegel não pôde se dar por satisfeito com tal pluralismo dos propósitos individuais; considerando que ele gostaria de equivaler o ordenamento justo diretamente à soma das instituições sociais, necessárias para a realização da liberdade intersubjetiva, de antemão ele deve estabelecer os fins que poderiam ser alcançados pelos indivíduos somente em conjunto e de maneira recíproca. Não se poderia afirmar que Hegel tenha exibido muita transparência ao estabelecer para ele, inevitavelmente, esses fins; a explicação de seu próprio processo se realiza de modo tão pronunciado na linguagem de sua metafísica da razão que não se pode justificá-lo nem apresentá-lo à revelia dela. Mas é possível dizer que Hegel, com tal terminologia independente, na realização da tarefa definida, vale-se de um método que deve produzir um equilíbrio entre circunstâncias sócio-históricas e considerações racionais: na evolução da comparação corretiva entre reflexões sobre quais objetivos os indivíduos devem racionalmente seguir e determinações empíricas de socialização de necessidade na modernidade, deverão emergir progressivamente os fins que os sujeitos devem seguir com realismo para se consumar nas circunstâncias dadas. Podemos caracterizar tal método de busca de equilíbrio entre conceito e realidade histórica como um processo de "reconstrução normativa" para então evidenciar o modo como Hegel chega à questão: pelo fio condutor de uma determinação geral do que os sujeitos racionais poderiam racionalmente desejar, devem ser detalhados fins que, tanto quanto possível, efetivamente busquem a maior aproximação possível do ideal conceitual. Em sua busca, Hegel deve então antecipadamente nomear objetivos universais da liberdade e ao mesmo tempo situá-los na perspectiva do teórico social e do filósofo; por um lado, ele deve delinear de maneira puramente conceitual os objetivos que todo sujeito humano racionalmente deveria adotar para então ajustá-los às intenções empíricas dadas, às quais os indivíduos aspiram com base em seu crescimento na cultura da modernidade. E como resultado, quase sob a forma de determinações típicas ideais, manifestar-se-ão os objetivos buscados pelos sujeitos situados historicamente como seres razoáveis na modernidade.

Certamente, nenhuma dessas descrições foi empregada pelo próprio Hegel para caracterizar seu procedimento metodológico. Na verdade, em seus escritos, é como se ele quisesse desenvolver os objetivos da liberdade do sujeito direta e imediatamente a partir de um espírito que se desenvolve historicamente. Porém, faz todo sentido empregar uma linguagem descritiva independente e autônoma para evidenciar, assim, que o método escolhido por Hegel se mantém mesmo quando longe do pano de fundo de sua metafísica do espírito. Como vimos, Hegel se põe diante do problema de fazer afirmações que, quanto ao conteúdo, versem sobre fins e desejos que, na modernidade, os sujeitos desejem perseguir no contexto de sua liberdade individual, pois ele quer estabelecer, com tais fins gerais, os complexos institucionais, as instituições de reconhecimento que, em conjunto, constituem um ordenamento justo na sociedade moderna. Se no ajuste reflexivo entre conceito e realidade histórica se manifestarem quais objetivos os sujeitos idealmente devem perseguir em dadas circunstâncias, Hegel pode então começar a ordená-los segundo as instituições correspondentes; cada um desses complexos institucionais deve oferecer a garantia de que os sujeitos vão experimentar sua liberdade como algo objetivo, pois no papel institucionalizado do outro eles devem perceber as condições externas da realização de seus fins individuais. A quantidade de instituições, que Hegel diferenciou, é analisada aqui estritamente com a quantidade de objetivos que ele acredita poder subsumir aos indivíduos como objetivos universais na modernidade, considerando que para cada um desses objetivos deve corresponder um aparato institucional no qual as práticas da reciprocidade que garantam sua satisfação intersubjetiva tenham permanência.

Sabe-se que Hegel caracteriza a soma de aparatos desse tipo com o conceito aristotélico de "eticidade"; em sua teoria, somente com essa categoria é que se pode, em última instância, esboçar o quanto se pode garantir a justiça social sob as condições do ideal moderno de liberdade. Para Hegel, "justo" já não é um ordenamento social moderno quando ele se manifesta como reflexo fiel do resultado de um contrato social fictício ou de uma construção de vontade democrática; segundo o filósofo, essas propostas de construção estão sempre fadadas ao fracasso por prometerem aos sujeitos, em sua condição de colaboradores em tais processos, uma liberdade que eles não obteriam sem participar em instituições que já são justas. No entanto, as teorias modernas da justiça podem ficar a salvo da perplexidade em que recaem por pressuporem conceitos de liberdade individual que não levam adequadamente em conta a sua dependência em relação à mediação objetiva, de sua satisfação na realidade. Se para alcançar a liberdade basta agir, seja sem restrição externa ou em atitude reflexiva, os sujeitos podem então ser pensados como suficientemente livres já antes de toda e qualquer integração num ordenamento social. Se, ao contrário, o sujeito só é concebido como realmente "livre" quando seus objetivos são satisfeitos ou realizados pela própria realidade, a relação entre processos legitimadores e justiça social em certa medida se inverte: o sujeito só pode ser pensado como integrado a estruturas sociais que garantem a sua liberdade antes de poder se posicionar como um ser livre em processos que transcendam a legitimidade do ordenamento social. Hegel deve situar o esboço de um ordenamento social justo diante de cada procedimento garantidor de legitimação, uma vez que somente em instituições socialmente justas, que garantam a liberdade dos sujeitos, estes podem adquirir a liberdade individual que seria necessária para tomar parte em tais procedimentos. Assim, toda a teoria da justiça de Hegel decorre de uma apresentação de relações éticas, de uma reconstrução normativa daquele ordenamento escalonado de instituições, nas quais os sujeitos podem realizar sua liberdade social experimentando o reconhecimento recíproco. E somente na dependência da existência de tais aparatos institucionais, aos quais, em cada caso, corresponde um dos propósitos gerais que os sujeitos na modernidade desejem realizar, aqueles procedimentos que garantam a liberdade também têm lugar para Hegel, a partir dos quais as outras teorias da liberdade querem derivar suas ideias de justiça social.

Falar numa inversão da relação entre ordenamento social e procedimento assegurador de legitimidade em Hegel de modo algum significa renunciar ao papel desse tipo de processo ao se esboçar uma teoria da justiça. Em vez disso, sua função deve ser disponibilizada no contexto do ordenamento social já comprovadamente "justo", uma vez que ali ela obterá, em vez da tarefa da fundamentação, um marcador de lugar para a verificação individual da legitimidade. Hegel completa a construção metodológica de sua concepção de justiça concedendo aos indivíduos, com base em sua liberdade social, o direito de verificar individualmente se as instituições dadas satisfazem aos padrões que lhes são próprios: tanto a instituição da "liberdade do direito" como a instituição da "verificação da consciência" — nem uma, nem outra expressamente concebidas como aparatos éticos — devem proporcionar aos sujeitos a oportunidade garantida pelo Estado, se necessário for, de tomar distância de todas as relações de reconhecimento a que devem sua liberdade social[108]. Assim, está claro que Hegel também deseja integrar em seu sistema da eticidade as outras duas formas da liberdade que viemos a conhecer em nosso percurso: por meio da concessão de "direitos abstratos", os sujeitos devem granjear a possibilidade de, sob circunstâncias precárias, fazer uso de sua liberdade negativa.

---

108 Sobre isso, cf. Michael O. Hardimon, *Hegel's Social Philosophy. The Project of Reconciliation*, Cambridge, 1994, p. 164 s; idem, "Role-Obligations", in *Journal of Philosophy*, XCI (1994), n. 7, p. 333-63, sobretudo p. 348 s. Retorno a esse ponto na parte A, cap. I e II.

E por meio do reconhecimento de sua "moralidade", ao contrário, devem ser postos na posição de fazer valer suas convicções surgidas a partir da reflexão contra o ordenamento imperante. Porém, ambas as liberdades só são admitidas por Hegel à medida que não chegam a pôr em risco a estrutura institucional da autêntica liberdade, da liberdade social. Elas devem apenas escolher o sistema ordenado das instituições éticas, ao dar ao indivíduo o direito de se afastar legitimamente das exigências excessivas, mas não de se converter em fonte de novos estabelecimentos de ordens. A questão sobre Hegel já estar preparado para incluir a rejeição do sistema como um exercício legítimo de liberdades legais e morais, contanto que essa renúncia fosse compartilhada por uma parcela suficientemente grande da população, é interessante, mas não trataremos dela aqui.

Desse modo, podemos concluir a apresentação das consequências metodológicas que Hegel acredita poder extrair de seu conceito de liberdade para uma teoria da justiça. Estando ele convicto de que a liberdade individual só se desenvolve em instituições de reconhecimento, ele não pôde associar mentalmente o esboço de tais aparatos institucionais ao consenso hipotético de todos os membros potenciais da sociedade, uma vez que a geração de um consenso desse tipo (seja celebrando um contrato, seja na construção da vontade democrática) se daria sob condições nas quais, por falta de integração institucional, os sujeitos ainda não seriam suficientemente livres para efetivamente poderem ter uma opinião e uma perspectiva ponderada. Por isso, como vimos, Hegel tem de construir um ordenamento social, um sistema de instituições garantidoras da liberdade antes do processo de tomada de decisões dos sujeitos isolados ou unidos:

em primeiro lugar deve estar esboçada a estrutura de instituições de reconhecimento nas quais os sujeitos possam alcançar sua liberdade social antes que essas instituições, em um segundo momento, possam ser postas no papel de tomar posição diante do ordenamento delineado. Resumidamente, o reconhecimento tem de preceder a liberdade da pessoa individualizada e a liberdade dos que deliberam entre si discursivamente. Na verdade, Hegel não deseja o que seria um crescimento excessivo da distância em relação às convicções reais dos sujeitos historicamente situados. A apresentação do ordenamento ético é por ele compreendida não como uma "construção, mas como uma reconstrução", e não como esboço de um ideal, mas como delineamento subsequente de relações já historicamente dadas. As instituições que devem servir aos sujeitos como estações de liberdade social não são obtidas por Hegel na mesa de desenho da idealização teórica. Como vimos em sua determinação de fins universais, em vez disso, ele gostaria de detalhar a realidade histórica ao mesmo tempo que, no fio condutor de seu conceito de liberdade, ele busca identificar e expor as formações institucionais que se aproximem o máximo possível das exigências desejadas. Nesse procedimento metodológico, é claro que, para Hegel, a ideia teleológica desempenha um importante papel, uma vez que a todo momento nos encontramos sempre na posição mais à frente de um processo histórico no qual a liberdade racional se realiza paulatinamente. Somente por estar convencido de tal progresso na história, Hegel talvez esteja certo de que na sociedade de seu tempo se possa encontrar instituições que deem espaço e estabilidade à forma de liberdade que, sendo social, é desenvolvida. Essa confiança histórica amplamente se conserva mesmo privada de seu fundamento metafísico e prescindindo-se da teleologia objetiva, visto que, sob tais condições modificadas, o otimismo de Hegel diz simplesmente que na manutenção vital das instituições se reflete o convencimento dos membros de uma sociedade em pertencer a uma realidade social merecedora de apoio substancial, se comparada ao passado. Nesse sentido apenas ainda "transcendental"[109], Hegel pode tomar como indicador de uma consciência universal do progresso na história o fato de que aqueles aparatos institucionais personificados a partir de sua visão da liberdade estão plenos de "vida": à medida que os sujeitos, por meio de sua atuação, mantêm e reproduzem ativamente as instituições que garantam a liberdade, aí poderá se constituir uma prova teórica de seu valor histórico.

A partir desse ponto, a construção das teorias hegelianas da liberdade e da justiça só vai seguir se a realização de seu conteúdo também chegar à linguagem. Em comparação com os outros modelos de justiça, que conhecemos em nosso caminho de uma reconstrução dos modernos ideais de liberdade, a concepção de Hegel detém um grau de saturação histórica muito mais elevado: uma vez que o tipo de liberdade que ele tem diante dos olhos só pode se realizar na forma de uma participação em instituições concretas, ele tem de legitimar e comprovar sua existência na realidade social de modo muito mais forte do que foi necessário para Hobbes, Locke ou Kant. Com Hegel, a concepção de justiça deve migrar para um índice histórico que impossibilita a sua redução a princípios ou procedimentos gerais. Então, seria muito

---

109 Com relação a isso, cf. minhas ponderações em "Die Unhintergehbarkeit des Fortschritts", op. cit.

mais necessário considerar a realização de sua própria teoria institucional, que é componente integral de sua ideia de justiça social. Contudo, a reconstrução apresentada até agora também pode bastar para fundamentar uma tese passível de valer como resumo de toda essa visão geral: a ideia de liberdade social de Hegel coincide com intuições pré-teóricas e experiências sociais em grau muito maior do que se poderia ter nas outras ideias de liberdade da modernidade. Para sujeitos socializados, de certo modo deve ser evidente que o grau de sua liberdade individual depende da receptividade das esferas de ação circundantes com relação a seus objetivos e intenções: quanto mais forte for a impressão de que seus objetivos são apoiados e mesmo assumidos por aqueles com quem tem uma interação frequente, mais propensos estarão a perceber seu ambiente como espaço de expansão de sua própria personalidade. Para seres dependentes de interações com seus iguais, a experiência de tal interação não coercitiva entre a pessoa e seu ambiente intersubjetivo representa o padrão de toda a liberdade individual[110]: uma vez que os outros não se contrapõem às suas próprias aspirações, mas as possibilitam e incentivam, o esquema da ação livre, anterior a quaisquer tendências de retirada para a individualidade, consiste no fato de os outros não se oporem a nossas intenções, mas possibilitarem e promoverem-nas. Hegel conceituou essa experiência

---

110 Essa ideia intersubjetiva da liberdade é expressa de maneira notável na obra de John Dewey, que em última instância equipara a liberdade à cooperação não coercitiva: *"Liberty is that secure release and fulfillment of personal potentialities which take place only in rich and manifold association with others: the power to be an individualized self-making a distinctive contribution and enjoying in this own way the fruits of association"*, in "The Public and its Problems", *The Later Works 1925-1935*, vol. 2, Carbondale, 1988, p. 253-372, aqui p. 329.

com sua formulação do "estar consigo mesmo no outro"; com ela, o filósofo pôde apreender nossas representações intuitivas de liberdade ainda no limiar em que são tematizadas, tomadas somente em sua referência ao sujeito individual.

Os outros ideais de liberdade da modernidade também realçam, evidentemente, aspectos da liberdade que ocupam um lugar duradouro em nossas experiências cotidianas: o fato de eventualmente nos vivenciarmos como livres, quando nos comportamos de maneira obstinada diante de exigências da normalidade; ou, uma vez que somos livres lá onde decidimos persistir em nossas próprias convicções, na densa trama de nossa prática social, tudo isso poderia constituir um momento essencial do que denominamos liberdade individual. Mas tais experiências em certa medida possuem um caráter secundário, pois apresentam formações reativas a desentendimentos que se dão em nossas comunicações com outros sujeitos. Em primeiro lugar, devemos estar implicados em interações desse tipo antes de poder fazer valer aquelas liberdades que competem a nós como sujeitos individuais particulares ou morais. O trato com os outros, a interação social necessariamente precede distanciamentos que se fixam nas relações com a liberdade negativa ou com a reflexiva. Por isso, é razoável designar uma camada precedente de liberdade instalada nas esferas em que os homens se relacionam entre si de um modo ou de outro. Liberdade aqui significa, segundo Hegel, a experiência de uma falta de coerção pessoal e de uma ampliação que resulta da promoção de meus objetivos mediante os objetivos do outro.

Mas se nós entendemos esse tipo de liberdade social como o núcleo de todas as nossas representações de liberdade e se, em contraposição a esse núcleo, as outras ideias de liberdade aqui abordadas se comportam de maneira apenas derivativa, segundo Hegel devemos também concluir, numa revisão de nossas concepções tradicionais de justiça: o que nas sociedades modernas significa "justo" não pode ser analisado simplesmente por que e até que ponto todos os membros da sociedade dispõem de liberdades negativas ou reflexivas, mas deve antes satisfazer ao padrão que concederá a esses sujeitos, em igual medida, a oportunidade de participar em instituições de reconhecimento. Desse modo, para o centro da ideia de justiça social move-se a ideia de que determinadas instituições de conteúdo fortemente normativo e, portanto, denominadas "éticas" demandariam responsabilidade estatal e apoio da sociedade civil. Somente no jogo em que direito, política e coletividade social dividem tarefas, aqueles aparatos institucionais se mantêm vivos, e a eles os membros da sociedade devem as diferentes facetas de sua liberdade intersubjetiva e, assim, de modo geral, a cultura de liberdade. Contudo, com Hegel também se aprende que uma estrutura desse tipo só pode existir a partir de instituições de reconhecimento da modernidade se os sujeitos tiverem a oportunidade, devidamente referendada, de, a qualquer momento, submetê-las a provas à luz de suas próprias intenções e convicções, testá-las e, se for o caso, abandoná-las; os esquemas interpretativos que se oferecem a ambas as ideias de liberdade negativa e reflexiva têm de ser empregados no sentido de instituições éticas, uma vez que constituem o padrão justificado da verificação de sua legitimidade. Com essa inclusão de liberdades "subjetivas" no corpus da eticidade institucionalizada, surgem, no seio da teoria, uma dinâmica, uma abertura e transgressividade que dificultam continuar a distinguir normativamente instituições estáveis de reconhecimento; se objeção individual e realidade institucional são pensadas como relacionadas entre si de modo que são as instituições éticas que possibilitam uma autonomia individual, cuja atividade pode então, por sua vez, conduzir a uma revisão dessas instituições, então já não haverá, no movimento espiral que assim se apresenta, ponto de repouso que deva consistir um sistema solidificado de instituições éticas.

Conforme mencionado, não está de todo claro se Hegel viu sua própria concepção de eticidade transladada a tal processualidade. Com efeito, em diferentes notas à *Filosofia do direito*, volta e meia são encontradas indicações que sugerem que Hegel, na descrição estilizada, marcadamente normativa de uma instituição ética, também incluíra sua possível crítica futura[111]. Nesse caso, sua teoria da eticidade se mantivera aberta a mudanças revolucionárias que num futuro poderiam resultar de fricções que ele próprio admitira em seu sistema de justiça social. A *Filosofia do direito* de Hegel seria, segundo seu próprio entendimento, um livro não para o restante da história humana, mas para a estação intermediária de seu presente. De modo geral, porém, prepondera em seus escritos a tendência a considerar que o processo de realização da liberdade teria se encerrado com a eticidade institucionalizada da modernidade: com as instituições da família pequeno-burguesa, do mercado cercado por corporações e do Estado, para Hegel a história moral da humanidade

---

[111] Cf., por exemplo, a transcrição da lição de Hegel sobre a *Filosofia do direito*, entre 1819/20, editada por Dieter Henrich, em cujo capítulo sobre a "Sociedade burguesa" a todo tempo há referências à "indignação", que justificadamente devem sentir os pobres diante de sua condição. Hegel, *Philosophie des Rechts. Die Vorlesung von 1819/20 in einer Nachschrift*, org. de Dieter Henrich, Frankfurt, 1983, sobretudo p. 187-207. Nesse contexto também se faz menção a um "direito de emergência" à rebelião.

parece ter chegado a seu fim. Mas para nós, que buscamos retomar o projeto de Hegel quase duzentos anos depois, aprendemos algo a respeito: as forças da individualização e da autonomia, o potencial da liberdade negativa e da reflexiva desataram uma dinâmica que estava imiscuída no próprio sistema de eticidade de Hegel e que não deixou nenhuma das instituições no estado normativo em que ele, em seu momento, apresentou. A cultura da liberdade, se é que ela existe, assumiu hoje uma forma completamente nova, que já deve começar a reconstruir normativamente para o breve período de uma época histórica. No contexto da apresentação do conceito de liberdade de Hegel, os meios teóricos necessários para tal empreitada vêm à luz de maneira fragmentária: seria necessário um desnudamento histórico de classes de práticas normativas, nas quais os sujeitos satisfazem mutuamente a seus propósitos realizando sua liberdade individual na experiência dessa comunidade. Por certo, ainda se mantém aberto o que isso deve significar nos indivíduos, uma vez que diferentes práticas, tomadas em conjunto, compõem a unidade de uma instituição que serve à satisfação recíproca de objetivos individuais: somente recorrendo-se à execução fica claro que tais formações significam modelos padronizados de um agir social que contém determinadas categorias de obrigação recíproca. Além disso, a tarefa essencial do empreendimento como um todo deve consistir em marcar e delinear exatamente o lugar em que a liberdade negativa e reflexiva vai ocupar numa eticidade pós-tradicional; afinal, Hegel ensinou que a promessa de liberdade da modernidade exige que se ajude o indivíduo a alcançar o direito no ordenamento social em todas as suas liberdades legítimas.

TRANSIÇÃO: A IDEIA DA ETICIDADE DEMOCRÁTICA

Com base nas reflexões apresentadas como introdução, têm-se ao menos duas razões para não restringir uma concepção da liberdade à exposição e à fundamentação de princípios que são simplesmente formais, abstratos. Contra tal purificação teórica pode-se apresentar primeiramente uma objeção metodológica, uma vez que assim a teoria normativa incide em lamentável situação, que só se reconecta posteriormente com a realidade social. Os princípios da justiça fundamentam-se de antemão num primeiro nível, sem qualquer consideração à facticidade das condições sociais, para então voltar a transferi-los, num segundo (ou terceiro) nível, às condições sociais atuais por meio da paulatina introdução de circunstâncias empíricas. Dessa maneira, a teoria não tem como saber de antemão se a lacuna entre exigências normativas e realidade social pode, de algum modo, ser preenchida. O que pode ocorrer é que ela erija princípios de justiça imersos num idealismo e que, diante de uma realidade geniosa em suas instituições e hábitos culturais, comprovem-se totalmente desprovidos de fundamento. Esse problema metodológico da posteridade só pode ser sobrepujado se for levada a cabo a exposição de uma concepção de justiça pela via de uma reconstrução do desenvolvimento social conduzida de maneira normativa. Certamente, isso implicará um considerável esforço empírico, que se justificará na sequência pela imensa vantagem de poder apresentar os princípios e as normas como padrões com vigência social[112].

---

[112] De modo semelhante, Habermas justifica seu procedimento metodológico em *Faktizität und Geltung* (op. cit., sobretudo p. 87 s). Na verdade, a diferença entre o modo de proceder dele e o meu está em que ele só poderia operar o desenvolvimento histórico

Ora, esse procedimento evidentemente suscita o problema de ter de justificar já de início o que deve poder valer como ponto de referência normativo de uma reconstrução do desenvolvimento social desse tipo. Para que essa exigência, por sua vez, não leve a estabelecer de modo apenas normativo o ponto de referência apropriado, recomenda-se, com Hegel, a estratégia de associar valores e ideias que já tenham sido institucionalizados na sociedade; na verdade, um processo imanente desse tipo só é possível quando ele se deixa mostrar, ao menos indiretamente, por uma comparação normativa com a história prévia, uma vez que a esses valores estabelecidos corresponde, além da validação social, também um vigor moral, uma vez que possuem maior capacidade de compreensão em relação ao objetivo da justiça. Sob tal condição pode-se entender então o ordenamento social em reconstruir como uma estrutura institucionalizada de sistemas de ação, nos quais os valores culturalmente reconhecidos são realizados de modo específico a uma função em cada caso: para falar com Talcott Parsons, todos os subsistemas centrais, sob suas restrições tipicamente setoriais, têm de materializar aspectos daquele que proporciona a legitimidade do ordenamento social sob a forma de ideias gerais e valores. Reconstruir normativamente um ordenamento desse tipo deve então significar a busca de seu desenvolvimento pensando-se se valores culturalmente aceitos nas diferentes esferas de ação chegam a ser realizados, de que modo isso ocorreu e quais normas

do moderno Estado de direito como ponto de referência para uma reconstrução normativa, enquanto eu, ao abraçar uma teoria da justiça, procedo a tal reconstrução em toda a extensão do desenvolvimento atual de todas as esferas de valor institucionais centrais. Assim, obviamente eu assumo o problema de ter de afirmar que essas esferas ou complexos de ação diferenciados na verdade apresentam materializações do valor sobreposto à liberdade individual.

de comportamento os acompanham, em cada caso, de maneira ideal. Nessa via de reconstrução, as exigências de justiça são como epítome de todas as normas, que no seio dos diferentes sistemas de ação contribuem para a realização dos valores dominantes da maneira mais adequada e abrangente possível.

Até agora, o conceito de "justiça" foi aqui empregado de modo completamente desprovido de conteúdo e substância; neste contexto, ele é caracterizado não mais como o modo sempre adequado de realização especificamente setorial de valores, que em determinado momento é aceito no seio de uma sociedade, sendo por isso responsável por sua legitimação normativa. Assim, no nível metateórico se expressa a convicção de que a ideia de justiça, em seu significado, é completamente dependente da relação com os valores éticos; pois sem a fundamentação mediante uma ideia do bem, a exigência de nos comportarmos de maneira "justa" para com as outras pessoas nada significa, já que não podemos saber em que sentido lhes devemos o que é "delas"[113]; somente quando temos clareza da consideração ética pelo outro em nosso agir comum podemos dispor sobre o ponto de vista que transmite os padrões necessários para um fazer e um permitir justos[114]. Para as sociedades

---

[113] Cf. sobre isso, com base numa visão jurídica: Bernd Rüthers, *Das Ungerechte an der Gerechtigkeit*, 3. ed., Tübingen, 2009.

[114] Para defender essa precedência do "bem" em relação ao "justo", por mais que ela seja frequente também sob outras premissas, que não levo em conta aqui, tem-se, entre vários nomes: Hilary Putnam, *Realism with a Human Face*, Cambridge/Mass. 1990; idem, "Werte und Normen", in Lutz Wingert e Klaus Günther (orgs.), *Die Öffentlichkeit der Vernunft und die Vernunft der Öffentlichkeit. Eine Festschrift für Jürgen Habermas*, Frankfurt am Main, p. 280-313; Charles Taylor, "Die Motive einer Verfahrensethik", in Wolfgang Kuhlmann (org.), *Moralität und Sittlichkeit*, Frankfurt am Main, 1986, p. 101-35; idem, *Quellen des Selbst*, op. cit., Parte ɪ; Martin Seel, "Das Gute und das Richtige", in Christoph Menke e Martin Seel (orgs.), *Zur Verteidigung der Vernunft gegen ihre Liebhaber und Verächter*, Frankfurt am Main, p. 219-40; idem, *Versuch über die Form des Glücks*, Frankfurt am Main, 1995, sobretudo cap. ɪɪ.7.

modernas, tomamos então uma multiplicidade de outros autores, de Hegel a Durkheim, e também Habermas e Rawls, uma vez que aqui o princípio de legitimação do ordenamento social se constitui num único valor: para os diferentes sistemas de ação desse tipo de sociedade, o que pode haver é que aspectos da ideia ética são materializados de modos específicos à função, com todos os sujeitos concorrendo em igual medida para ajudar a alcançar a liberdade individual. Portanto, o que "justiça" deve conter agora é analisado sempre de acordo com o significado que o valor da liberdade individual assumiu sob aspectos típicos das funções nas esferas de ação diferenciadas. Não existe a exigência de justiça, mas haverá ao todo tantas exigências quantos os empregos setoriais de um valor abrangente de verdade. Nesse ponto surge, relacionada a isso, uma complicação, qual seja, de que na modernidade, desde o início, interpretações diferentes do que deve constituir a liberdade individual concorrem entre si. E cada uma das concepções nucleares representadas parece deter força de atração, plausibilidade e peso intelectual, para que mais tarde elas efetivamente se tornem princípios normativos de uma instituição poderosa, formadora de estruturas. Assim sendo, não podemos simplesmente supor que o valor da liberdade tenha assumido uma forma institucional em diferentes setores de função, mas, antes, devemos considerar inicialmente que seriam sempre diferentes interpretações desse valor, que chegam a se materializar em tais esferas de ação institucionais. Só então chegamos ao ponto em que se delineia o segundo motivo, a partir do qual não é o caso de limitar o esboço de uma concepção de justiça contemporânea à fundamentação de princípios puramente formais.

Na passagem para os diferentes modelos de liberdade da modernidade, vimos ser possível distinguir três concepções nucleares de liberdade, cada qual contendo diferentes hipóteses sobre os pressupostos sociontológicos do livre agir individual. A primeira delas parte da ideia negativa de que a liberdade individual exigiria tão somente uma esfera juridicamente protegida, na qual o sujeito, segundo preferências não passíveis de verificação ulterior, pode fazer e desfazer a segunda concepção, que é reflexiva e subordina essa liberdade à obtenção de resultados intelectuais que, no entanto, são pensados como execuções normais de todo sujeito competente. Somente com a terceira concepção, que é a concepção social de liberdade, entram em jogo também condições sociais, pois a consumação da liberdade está atrelada à condição de um sujeito cooperante, que confirma o objetivo que lhe é próprio. Ao enfatizar a estrutura intersubjetiva da liberdade, realça-se ao mesmo tempo a necessidade de instituições mediadoras, cuja função consiste em manter os sujeitos informados de antemão sobre quais de seus objetivos estão entrecruzados. Portanto, a ideia hegeliana segundo a qual a ideia da liberdade tem de ser "objetiva" diz basicamente que são necessárias instituições apropriadas, instituições de reconhecimento recíproco, a fim de contribuir para que o indivíduo efetivamente realize sua liberdade reflexiva. A consequência de a liberdade voltar a se vincular a instituições é a de que uma concepção de justiça talhada pelo valor da liberdade não pode fazer que nada se desenvolva e se justifique sem a apresentação simultânea do aparato de instituições correspondentes: a teoria não deve se limitar à derivação de princípios formais, mas deve abranger a realidade social, pois só nela existem as condições sob as quais o objetivo, por ela buscado, de prover a todos a maior liberdade possível pode acontecer. Em outras palavras, é a referência ética à ideia de liberdade, necessária para que uma teoria da justiça deixe os contextos puramente formais e ultrapasse as fronteiras para a matéria social; ora, elucidar o que significa para os indivíduos dispor de liberdade individual implica, necessariamente, nomear as instituições existentes nas quais ele, na interação normativamente regulamentada com os outros, pode realizar a experiência do reconhecimento.

Se resumirmos essas duas razões que se opõem a uma concepção de justiça puramente formal, vemos, num primeiro esboço, como se procederá a seguir. O método da reconstrução normativa exige de nós o desdobramento das condições de justiça no sentido de uma preparação gradual das esferas de ação das sociedades liberal-democráticas da atualidade, nas quais o valor da liberdade de modo algum foi tomado de forma institucional e específica, típica de uma função. Mas assim se deve considerar também que, no curso de seu desenvolvimento histórico, essa própria ideia de liberdade experimentou diferentes interpretações, que sugeriam que ainda uma vez fossem distinguidos aqueles complexos de ação institucional segundo o tipo de liberdade materializada neles. Com base nessas diferenciações, apresentadas na introdução, é aconselhável distinguir complexos institucionais da liberdade negativa e reflexiva dos sistemas de ação nos quais as formas da liberdade social assumiram uma forma institucional: enquanto as primeiras duas esferas constituem os âmbitos de ação ou do saber, no seio dos quais os indivíduos se aceitam intersubjetivamente e podem assegurar possibilidades socialmente ancoradas de uma retração do ambiente social, somente o terceiro tipo de instituição é que efetivamente disponibiliza esferas de ação nas quais se pode experimentar a liberdade social em distintas formas do agir comunicativo. A dependência, o caráter de mera possibilidade das liberdades individuais materializadas nas duas primeiras esferas evidenciará que, se utilizadas de maneira excludente, surgem patologias sociais[115]. Nessa medida, as peculiaridades de cada um desses sistemas de liberdade não podem ser elucidadas sem que ao mesmo tempo sejam definidas as anomalias no agir social, produzidas no caso de sua desvinculação. As esferas institucionais da liberdade social de modo algum são afetadas por tais ameaças: não pode haver a possibilidade de desvinculação, pois toda a sua existência depende da condição de os sujeitos se complementarem reciprocamente com base em suas normas de ação compartilhadas, e por isso não incorrerão no risco de uma rigidificação passiva numa única compreensão da liberdade.

No curso da introdução reconstrutiva dessas condições existenciais da liberdade totalmente diferenciadas, ficará evidente que as categorias do direito já não são suficientes para abarcar seus princípios de validade e formas sociais específicas. Muito do que se encontra nas estruturas de suporte, sobretudo nas esferas da liberdade social, possui mais o caráter de práticas, costumes e papéis sociais do que de circunstâncias jurídicas[116]. Quanto mais a reconstrução normativa avança, maior também será a distância em relação à esfera puramente negativa de liberdade e, por conseguinte, de maneira tanto mais forte entrarão em cena conceitualizações que emanam da tradição da teoria da sociedade e da sociologia,

---

115 De maneira pormenorizada, cf., mais adiante, parte B, cap. I, seção 3.
116 Formulado de outra maneira e de forma pontual: muito do direito que se tem em nome da liberdade não pode ser garantido sob a forma de direito positivo.

e não do contexto do direito moderno. Assim, é de maneira consciente que se contradiz a tendência a desenvolver os fundamentos de uma teoria da justiça somente com base nas figuras do pensamento jurídico. Nos últimos anos, nada se exerceu de maneira mais crucial sobre os esforços em prol do conceito de justiça social do que a tendência a converter de antemão as relações sociais em relações jurídicas, para então poder mais facilmente apreendê-las em categorias de regras formais. A consequência dessa unilateralização foi a perda de toda a atenção ao fato de que as condições de justiça podem ser dadas não apenas sob a forma de direitos positivos, mas também sob a forma de atitudes, modos de tratamento e rotinas de comportamento razoáveis. Não podemos dispor de uma grande parte das liberdades individuais, que deveriam ser o protótipo de uma concepção contemporânea de justiça social, porque para isso teríamos de possuir sobre elas um direito garantido pelo Estado. Essas liberdades devem-se muito mais à existência de um imbricado emaranhado de práticas e costumes harmonizados de fraca institucionalização, que nos proporcionam a experiência de uma confirmação social ou de um alheamento não coercitivo de nosso próprio eu. O fato de essas condições de liberdade serem de difícil determinação e, em ampla medida, esquivas a categorizações jurídico-estatais não deve ser motivo para simplesmente omiti-las do contexto de uma teoria da justiça[117].

---

[117] Para mim, entre os poucos autores que não corroboraram essas condições não jurídicas de justiça social encontram-se, com Hegel, enumerados por ordem de relevância de sua obra: Émile Durkheim (entre outros, *Physik der Sitten und des Rechts. Vorlesungen zur Soziologie der Moral*, Frankfurt am Main, 1999, com bastante nitidez na p. 46 [*Lições de sociologia*, São Paulo, Martins Fontes, 2002]), Andreas Wildt (*Autonomie und Annerkennung*, op. cit.), Alasdair MacIntyre (*Der Verlust der Tugend*, op. cit.) e Avishai Margalit (*Politik der Wünde*, Berlim, 1997).

B.
A POSSIBILIDADE DA LIBERDADE

I
LIBERDADE JURÍDICA

A teoria esboçada anteriormente não deveria ser proposta a partir de esferas sociais que não possam ser deduzidas, de maneira completa e exaustiva, das conceitualizações jurídicas. Na verdade, é possível que a liberdade do indivíduo realize-se, em última instância, em esferas de ação desse tipo, mas a condição para a participação espontânea nessas esferas é assegurada de antemão por uma categoria de liberdade de tipo bem diferente. Nas sociedades modernas e liberais prevalece, desde seus primórdios, uma unidade altamente abrangente, pois os indivíduos só podem se compreender como pessoas independentes dotadas de uma vontade própria se contarem com direitos subjetivos que lhes concedam uma margem de ação que, protegida pelo Estado, lhes possibilite uma prospecção de suas propensões, preferências e intenções. A ideia de que a base de todas as nossas liberdades apresenta uma autonomia privada juridicamente garantida, a concepção assim delineada, passou até hoje por poucas mudanças. Certamente, o que se transformou nas últimas décadas foi o alcance desses direitos chamados "subjetivos", pois mediante a pressão de movimentos sociais e argumentos político-morais sobre as categorias originais, "liberais" no sentido estrito, adicionam-se ainda novas categorias, pensadas como complementares. Porém, ampliações desse tipo em nada alteram o sentido ético e a função social que correspondem a tal "liberdade jurídica" da concepção de justiça aqui representada.

Na Europa dos séculos XVII e XVIII, uma positivação do sistema jurídico pouco a pouco veio a se consumar, e por meio dela foi possível sobrepujar o privilégio normativamente injustificado de interesses corporativos, já que era criada uma rede de regras garantidas e sancionadas pelo Estado, assegurando, em igual medida, a autonomia privada de todo e qualquer cidadão. Por essa via de estabelecimento de um ordenamento jurídico igualitário surge, gradativamente, uma esfera de ação autônoma, caracterizada por um tipo de norma que nem demandava assentimento moral, nem dependia de um acordo ético, exigindo somente uma aceitação meramente racional-finalista, que, em caso de necessidade, seria coercitivamente proposta pelo Estado. Na verdade, o amplo espectro de funções podia ser cumprido pelo Estado, o qual, ao mesmo tempo, deve produzir, implementar e controlar direitos positivos, porque, nas vontades unificadas de todos os cidadãos afetados pela atividade desse Estado, criava-se uma nova fonte de legitimação. Nessa medida, num peculiar processo histórico paralelo, com o novo sistema de liberdades de ação subjetivas surgia, ao mesmo tempo, o Estado democrático de direito, em cujo seio os destinatários dos direitos positivos podiam se compreender simultaneamente como seus autores[1]. Ainda que esses dois aspectos das novas liberdades surgidas estejam em estreito contato, por estarem relacionadas de maneira estritamente complementar, não se recomenda tratá-los

---

1 Cf. Jürgen Habermas, *Faktizität und Geltung. Beiträge zur Diskurstheorie des Rechts und des demokratischen Rechtsstaats*, Frankfurt am Main, 1992, cap. III e IV.

conjuntamente sob a mesma categoria de condições da justiça social, pois na condição de destinatários os sujeitos podem, em princípio, fazer uso puramente privado dos direitos que lhes foram outorgados, uso que lhes libera de todas as exigências de interação social, enquanto, na condição de autores, eles poderiam se entender apenas na cooperação ativa com outros partícipes do direito. Essa assimetria estrutural explica a circunstância peculiar de que o ordenamento jurídico moderno e igualitário deve aqui ser dividido em duas esferas garantidoras de liberdade, que, com base nas diferenças em sua arquitetônica e infraestrutura, podem configurar dois polos opostos de nossa busca por uma reconstrução normativa da eticidade democrática. Essa reconstrução deve iniciar com o modo pelo qual o sistema do direito garante aos indivíduos um espaço de autonomia privada, onde possam se resguardar de todos os deveres inerentes a seus respectivos papéis e vinculações para reconhecer o sentido e a direção da condução individual de suas vidas; ao final de nossa reconstrução, assomar-se-á então, mais uma vez, de um ponto de vista bem diferente, o mesmo sistema jurídico, uma vez que aos cidadãos e cidadãs partícipes da sociedade é concedida uma autonomia coletiva pela qual, em cooperação como sociedade civil, deliberam sobre quais direitos deverão ser reciprocamente concedidos e como deverão ser implementados. Nesse segundo significado, que é ativo e cooperativo, a instituição exige do direito moderno mais do que modos de cumprimento de orientação racional; ela dependerá muito mais de todo um circuito de atitudes, práticas e convicções democráticas, já que sem a existência destes o impulso coletivo para uma atualização conjunta dos direitos se extinguiria. Nesse sentido, o sistema jurídico, como facilitador da autonomia coletiva, só pode aparecer em relação a esferas institucionais da liberdade social — portanto, no âmbito do que Hegel chamara de "eticidade".

Para compreender o sentido ético da liberdade jurídica e, a partir daí, a sua relevância para uma concepção de justiça social, importa, primeiramente, identificar a função de seus elementos jurídicos essenciais para a constituição da autonomia privada. A soma dos direitos subjetivos, tal como está formulada hoje — início do século XXI —, permite que se compreenda o sujeito individual em sua coesão interna como resultado de um esforço para criar uma esfera protegida de intromissões externas, tanto estatais como não estatais, no seio da qual ele pode reconhecer e comprovar a sua própria ideia do bem, aliviado de imposições comunicativas; por isso, por trás da liberdade negativa se oculta o direito do indivíduo moderno a uma exploração puramente privada de sua própria vontade. Esse modo de liberdade se depara com um limite, uma vez que, para determinar com precisão suas próprias metas sempre, é necessária uma forma de interação social para a qual não é a liberdade jurídica que oferece as oportunidades; desse modo, para a sua realização efetiva, a liberdade jurídica depende sempre de complementações por meio de comunicações, ainda que, com essas comunicações, ameace excluir os indivíduos com base em sua estrutura privatista. Entretanto, o caráter incompleto da liberdade entendida pelo viés dos direitos individuais manifesta-se sobretudo no fato de, ao se recorrer a ela, sempre haver a tendência a minar e subverter a rede existente de relações sociais; afinal, formular a sua própria liberdade apenas sob a forma de reivindicação de direitos significa supor que os deveres, as vinculações e as expectativas informais e não jurídicas nada mais são que um bloqueio de sua própria subjetividade.

1. Razão de ser da liberdade jurídica

Para Hegel, o "direito abstrato" e a soma de todos os direitos subjetivos parecem possuir a dupla natureza que lhes é peculiar, concedendo ao sujeito, para fora, uma forma meramente racional-finalista da solução de decisão, para proteger esse mesmo sujeito, para dentro, em sua capacidade de formar eticamente a sua vontade com maior eficácia. Com base na perspectiva de pessoas que tomam parte numa relação jurídica, a contraparte é um ator que possui a liberdade segundo o seu "arbítrio" e, portanto, segue suas preferências determinadas individualmente. Porém, a partir da perspectiva interna desses sujeitos que se contrapõem de maneira opaca, os direitos reciprocamente concedidos constituem um manto protetor por trás do qual podem explorar as profundezas e superfícies de sua subjetividade sem temer qualquer censura. Pretendo elucidar a dupla natureza do direito subjetivo, como foi proposto acima, primeiramente em seu componente que é bastante estranho — o direito à propriedade — e, então, seguir o fio condutor da teoria da justiça. Paralelamente, pretendo especificar as esferas da liberdade jurídica até os debates mais recentes.

Entre os direitos subjetivos, que desde o início constituem um elemento essencial do sistema jurídico moderno, existe, além do direito à liberdade contratual, o direito individual à propriedade. A orientação fortemente econômica dessa primeira geração de direitos desde cedo alimentou a tendência em ver aí, de maneira determinante, um meio instrumental para satisfazer à crescente necessidade de organização do sistema econômico do capitalismo, que rapidamente se desenvolvia. Foi Marx, em particular, que nos direitos fundamentais liberais não quis ver nada além de um punhado de instrumentos ideológicos com os quais a classe dominante pretendia perpetuar as condições econômicas da propriedade e justificar uma acelerada exploração do proletariado[2]. Ocorre que, com essa interpretação funcionalista, que é encontrada ainda hoje[3] de forma branda, perde-se de vista que os direitos subjetivos contêm a oportunidade de serem usados de maneira bem diferente. Foi precisamente no direito à propriedade — e não em relação à liberdade contratual — que Hegel evidenciou como poderia ser criada uma interpretação ética da substância dos direitos fundamentais liberais. Para Hegel, o direito básico de todas as entidades (jurídicas) para dispor da propriedade privada não se fundava na necessidade de dispor dos meios para uma satisfação de suas necessidades elementares[4]; segundo ele, não é o direito positivo que tem de zelar pelo "sustento" das pessoas, mas o mercado de trabalho e de produtos da "sociedade burguesa", que satisfaz às suas próprias exigências somente à medida que assegura a sobrevivência econômica de seus partícipes[5]. Em Hegel, o direito à propriedade privada encontra fundamentação racional muito mais no fato de outorgar a cada indivíduo a oportunidade de se assegurarem da

---

[2] Cf. as reconstruções de Georg Lohmann [*Indifferenz und Gesellschaft. Eine kritische Auseinandersetzung mit Marx*, Frankfurt am Main, 1991, p. 235 s.] e Gerald A. Cohen [idem, *Karl Marx Theory of History. A Defense*, Oxford, 1978, cap. VIII].
[3] Um exemplo: Sonja Buckel, *Subjetivierung und Kohäsion. Zur Rekonstruktion einer materialistischen Theorie des Rechts*, Weilerswirst, 2007.
[4] G. W. F. Hegel, *Grundlinien der Philosophie des Rechts*, in idem *Werke in zwanzig Bänden*, Frankfurt am Main, 1970, vol. VII, § 41 (nota).
[5] Idem, § 49, § 236 (nota).

individualidade de sua vontade em objetos externos que legitimamente lhes corresponda. O significado disso, considerando-se que Hegel, nessa antiga passagem, já fala numa exigência de "alienação" da vontade livre, talvez possa se esclarecer com a seguinte ponderação: no sistema dos direitos positivos, que constitui a primeira instituição da liberdade na modernidade, os sujeitos se reconhecem enquanto seres livres, pois, reciprocamente, eles se atribuem a capacidade de tomar distância de todas as determinações da própria vontade e, assim, também a capacidade de não violar a do outro[6]; por conseguinte, eles existem uns para os outros apenas como personalidades abstratas, que podem "se abstrair de tudo"[7] e estar em condições de respeitar as esferas de liberdade individuais dos demais sujeitos do direito. Porém, se o indivíduo se apropriasse completamente dessa atribuição, de modo algum ele poderia saber se é a sua "própria" vontade que é reconhecida como livre; como todos os demais, ele poderia efetivamente se apreender como uma "pessoa" que dispõe da capacidade de se distanciar de seus "apetites" e "motivações casuais", mas de modo algum ele teria de se identificar como indivíduo concreto ou vontade individual. Para Hegel, a lacuna que surge daí pode ser preenchida por um direito concedido de maneira igual a todo indivíduo, que é o direito à propriedade privada: para que a sua "vontade livre" possa se tornar uma "vontade efetiva"[8], ao sujeito deve corresponder um direito que, garantido e protegido pelo Estado, será o de ter uma série indeterminada de objetos à sua exclusiva disposição.

6   Idem, § 38.
7   Idem, § 35 (nota).
8   Idem, § 45.

Ainda que as formulações de Hegel a esse respeito mostrem-se aqui um tanto oscilantes e ele considere que ora a "vontade livre"[9], ora a "vontade subjetiva"[10] devam ser a realidade na propriedade, reconhecem-se nitidamente as linhas gerais individualizantes de sua argumentação: para evitar que o sujeito, em meio aos imperativos de abstração do direito formal, já não possa se reconhecer como personalidade individual, cabe-lhe como direito fundamental o poder da disposição exclusiva de uma quantidade de coisas externas, inanimadas, com cujo auxílio é possível assegurar a individualidade de sua vontade. No entanto, ainda não está claro o que devem ser os objetos constituintes da propriedade privada que permitam ao indivíduo reconhecer a individualidade de sua vontade livre. A resposta hegeliana, pela qual a entidade jurídica "converte a sua vontade em coisa"[11] na propriedade ou faz que se torne "objetiva"[12], por certo não basta para esclarecer satisfatoriamente a questão. O argumento nitidamente ganha plausibilidade apenas quando, com Jeremy Waldron, enfatiza-se a dimensão da duração temporal no conceito hegeliano de propriedade: um objeto possuído privadamente pode materializar uma vontade "individual" porque no decorrer do tempo se pode saber se as próprias intenções ou planos de ação mudaram ou se foram mantidas[13]. Com uma formulação que se afasta ainda mais de Hegel, talvez se possa dizer que, no espelho de um objeto duradouramente cedido à disposição privada, são registradas mudanças da própria personalidade ao longo do tempo. No rastro

---

9   Idem, § 50 (nota), § 52, § 57, § 65 (nota).
10 Idem, § 71 e § 71 (nota).
11 Idem, § 44.
12 Idem, § 46.
13 Jeremy Waldron, *The Right of Private Property*, Oxford, 1988, p. 370 s.

do modo como são tratadas, e pelos modos de seu emprego, as coisas que pertencem exclusivamente a alguém dão a conhecer qual vontade particular se mantém oculta por trás da "máscara protetora" (Hannah Arendt) da entidade jurídica.

Tão logo essas ponderações se afastam um pouco do contexto hegeliano, sendo transferidas para o horizonte de problemas dos conflitos cotidianos, já não fica difícil vislumbrar o significado ético do direito à propriedade. Num sentido profano, uma pessoa, por meio de objetos — que ela amealhou e aos quais estabeleceu um acesso exclusivamente seu —, conserva a oportunidade de submeter todas as vinculações, relações e deveres a uma revisão de tudo o que foi sendo admitido em sua história de vida, porque é à luz dos significados existenciais assumidos por essas coisas ao longo do tempo que mais se pode explorar o tipo de vida que se gostaria de conduzir. Por isso, para Virginia Woolf, de maneira aparentemente utópica, o direito de cada ser humano consistiria em ter seu próprio canto[14], e, por isso, a dimensão material de um direito à propriedade privada também deve estar sempre sob a proteção jurídica da esfera privada[15]. Hegel, em sua defesa, antecipa que tal direito está fundamentado na tarefa de confiar aos indivíduos tais objetos, com cujo auxílio ele poderá experimentar sua vontade "livre", o "próprio" de sua existência universal como entidade jurídica; ele quis entender a esfera "negativa" da tomada de decisão completamente opaca,

---

[14] De maneira bastante bela a esse respeito: Jeremy Waldron, "When justice replaces affections: the need for rights", in idem, *Liberal Rights: Collected Papers 1981-1991*, Cambridge, 1993, p. 370-92.

[15] Cf. também o capítulo "Das private Zuhause: lokale Privatheit" no estudo de Beate Rösslers *Der Wert des Privaten*, Frankfurt am Main, 2001, p. 255-79, em que ela na verdade não explora o direito à autonomia privada a partir do conceito de "direito subjetivo", mas, no referido contexto, chega a conclusões semelhantes com referência a um direito de propriedade privada.

que deve constituir o sistema dos direitos subjetivos, no sentido de uma margem de manobra juridicamente garantida para autoquestionamentos éticos.

Com esse primeiro resultado, temos a chave para reconstruir normativamente o desenvolvimento da ampliação dos direitos subjetivos desde o início até o presente mais recente. Por mais que os motivos sociais tenham sido muito distintos e os conteúdos de conflito moral-político, muito díspares, as ampliações e reformulações dos direitos liberais da liberdade seguem, em essência, a ideia de que para todo sujeito se abre uma esfera de liberdade negativa que lhe permita sair do espaço comunicativo dos deveres recíprocos para uma posição de questionamento e revisão. Consequentemente, o que deve atuar num sentido externo para outros sujeitos do direito pode ser utilizado num sentido interno pelo detentor do direito individual como espaço livre para autoproblematizações éticas como atitude (juridicamente permitida) de renúncia e observação puramente estratégicas. Chega a ser comovente exercitar o olhar retrospectivo e comparar o esforço atual de controle e supervisão, necessário diante das possibilidades tecnológicas, com as primeiras tentativas de conceder uma esfera de liberdade jurídica a todas as entidades jurídicas: pela concepção de liberdade segundo a primeira geração de teóricos liberais, direitos subjetivos são direitos negativos, que protegem o espaço do agir individual, ao mesmo tempo que fundamentam as reivindicações legais de abstenção da intromissão na liberdade, na vida e na propriedade[16]. Contudo, logo se fez necessária uma

---

16 Sobre o surgimento e desenvolvimento do moderno sistema de direitos subjetivos, cf. Helmut Coing, "Zur Geschichte des Begriffs ‚subjektives Recht'", in idem, op. cit., et al., *Das subjektive Recht und der Rechtsschutz der Persönlichkeit*, Frankfurt am Main, 1959, p. 7-23.

formulação mais precisa dos direitos que devem ser associados à reivindicação de estar protegido das intromissões à própria liberdade. É sobretudo sob o ímpeto de discussões acaloradas, principalmente nos países anglo-saxões [17], que surgem os direitos ao credo, à expressão e à opinião, que até hoje constituem o núcleo duro do sistema jurídico liberal.

À primeira vista, certamente, não é fácil perceber em que medida esses direitos subjetivos criaram um espaço de proteção individual, em cujo seio o indivíduo deve, de algum modo, poder questionar a sua concepção de bem. A expressão e a prática já enraizadas de uma convicção, mas não a sua inspeção e exploração precedentes, parecem, com isso, já estar bem mais protegidas. A conexão com a ideia diretriz, segundo a qual os direitos subjetivos em última instância servem sempre para tornar possível um autoquestionamento ético, estabelece-se somente quando, com John Stuart Mill, vemos os direitos à liberdade de credo, expressão e opinião afiançados pelo Estado, que então o garante do maior pluralismo possível em concepções alternativas sobre o bem. Desse modo, a conjunção desses direitos pode ser entendida como condição institucional da possibilidade de se formar minimamente, à luz de uma multiplicidade de ideia de valores concorrentes entre si, uma própria convicção quanto ao tipo de vida que se deseja seguir[18]. Da mesma forma, uma vez que o autoquestionamento ético é necessário para dispor de um mínimo de propriedade privada, o pano de fundo cultural tam-

---

17 Günter Frankenberg/Ulrich Rödel, *Von der Volkssouveränität zum Minderheitenschutz. Die Freiheit politischer Kommunikation im Verfassungsstaat*, Frankfurt am Main, 1981.
18 John Stuart Mill, *Über die Freiheit*, Leipzig/Weimar, 1991; sobre isso, cf. Isaiah Berlin, "John Stuart Mill und die Ziele des Lebens", in idem, *Freiheit. Vier Versuche*, Frankfurt am Main, 1995, p. 257-96.

bém possibilita um horizonte rico em contrastes provenientes de diferentes visões que se pode ter da vida boa e bem conduzida. Na falta de tais alternativas de concepção, o processo autoexploratório do indivíduo se dá por limites muito estreitos, pois lhe faltariam os impulsos intelectuais para imaginar também outros objetivos totalmente distintos para a própria vida. Os direitos subjetivos, que concedem a cada indivíduo a liberdade de articular e defender publicamente suas convicções sobre valores, devem garantir esse tipo de pluralismo ético. Assim, uma vez que cada um desfruta de sua pretensão, afiançada pelo Estado, de não ser impedido de externar suas ideias de bem, surge aquela corrente permanente de imagens e visões da vida bem conduzida que abastece o indivíduo de alternativas sempre novas em sua autoconfirmação ética[19].

Com a revolução das tecnologias da comunicação nos últimos 150 anos, obviamente a margem de ação da configuração privada de vida ampliou-se de maneira contínua, bem como as possibilidades de acesso do Estado. Por meio dessas transformações, mediante o tratamento sempre novo da relação entre direitos subjetivos da liberdade e aspiração à segurança garantida pelo Estado, forma-se uma espiral de negociações que ainda está em curso e cujo fim ainda não se pode antever. Toda e qualquer oportunidade ampliada que o indivíduo possui para ser protegido em seus objetivos de vida individuais contra ataques de terceiros, com o auxílio de novas técnicas de comunicação, aconteceu na sequência de uma investida das autoridades de segurança do Estado para atravessar essa muralha tecnológica e torná-la acessí-

---

19 Cf. novamente Rössler, *Der Wert des Privaten*, op. cit., p. 260-79.

vel ao controle potencial, com base na necessidade de proteção[20].

Nos tribunais constitucionais dos países liberal-democráticos do Ocidente, a tentativa de perceber nos conflitos assim delineados a missão de uma proteção aos direitos individuais fundamentais resultou numa série de concretizações dos direitos subjetivos de liberdade: a introdução do telefone teve como resposta, tempos depois, a ancoragem jurídica do sigilo das telecomunicações, e após o incremento das possibilidades tecnológicas do Estado de levantar dados pessoais individuais logo veio um direito de proteção de dados, subjetivo e passível de ser exigido juridicamente.

Hoje, a célere disseminação da internet cada vez mais é acompanhada da institucionalização de direitos à "autodeterminação informal" ou à "garantia da confidencialidade e integridade dos sistemas técnicos de informação"[21]. Essa última formulação, em especial, evidencia que o fim normativo dos direitos de liberdade subjetivos deve ser conservado mesmo diante de todos os desafios ensejados pelo desenvolvimento científico-tecnológico: com a internet, surgiram práticas culturais da comunicação virtual e da simulação de papéis que, em grau sensivelmente maior que o de antigamente, permitem explorar e pôr à prova objetivos alternativos de vida. Ao mesmo tempo, sob o amparo dessas

---

20 A esse respeito, cf. as análises historicamente direcionadas de Mary Ann Glendon, que inicia utilizando a fotografia para apresentar a influência do desenvolvimento tecnológico na ampliação e no aprofundamento dos direitos subjetivos: Mary Ann Glendon, *Rights Talk. The Impoverishment of Political Discourse*, Nova York, 1991, cap. 3. Sobre o complexo como um todo, cf. também Judith Wagner DeCew, *In Pursuit of Privacy: Law, Ethics, and the Rise of Technology*, Ithaca, 1997.
21 A respeito desse último direito fundamental formulado em 27 de fevereiro de 2008 pelo Tribunal Constitucional Federal, em Karlsruhe, cf. Milös Vec, "Ein neues Grundrecht auf der Höhe der Zeit", in *Frankfurter Allgemeine Zeitung*, 28. fev. 2008, n. 50, p. 35. Sobre a problemática de um modo geral, cf. Reg Whitaker, *Das Ende der Privatheit, Überwachung, Macht und soziale Kontrolle im Informationszeotalter*, Munique, 1999.

novas formas de uso, também aumentaram as possibilidades de transmitir informação que possa parecer anônima para difundir propaganda anticonstitucional de planejamento de atos delituosos. Se, diante do conflito de objetivos atrelado a esse quadro, o Tribunal Constitucional Alemão utiliza a formulação, aqui já referida, segundo a qual o indivíduo goza "de uma proteção constitucional da expectativa de confidencialidade e integridade", isso nada mais significa que uma reatualização do antigo sentido dos direitos subjetivos da liberdade agora em um novo nível, que é o das tecnologias da comunicação mediadas por computador. O direito dos cidadãos e cidadãs de não serem observados no uso da internet só pode ser limitado por parte do Estado sob a condição de existirem indícios juridicamente comprováveis de que um "patrimônio jurídico de extraordinária importância" está em risco.

Enquanto todas essas ampliações e reformulações no âmbito do direito positivo são de fácil reconciliação com o sentido original dos direitos subjetivos, de garantir aos indivíduos uma margem de ação para a autoconfirmação ética, isso já não vale para o processo posterior de formação de novas classes de direitos[22]. A assim chamada primeira geração de direitos subjetivos, mais precisamente os direitos liberais de liberdade, significa normativamente permitir ao indivíduo adotar uma posição de autocomunicação puramente privada, protegida pelo Estado; mas até hoje é objeto de muita controvérsia entre os especialistas o modo como as gerações seguintes do direito vão se relacionar com isso

---

22 A divisão dos direitos subjetivos em direitos "civis", "políticos" e "sociais" deve-se ao estudo influente em que Thomas H. Marshall investigou a expansão e consolidação do estatuto da cidadania tomando como exemplo a Inglaterra: *Bürgerrechte und soziale Klassen*, Frankfurt/Nova York, 1992.

e, portanto, como os direitos políticos de participação e os direitos sociais de participação com o núcleo original dos direitos de liberdade se relacionam[23]. Para a tarefa de uma reconstrução normativa das relações jurídicas modernas, tal como veremos, é de pouca importância a pergunta pelas circunstâncias históricas e pela sucessão temporal do estabelecimento daquelas diferentes classes de direito: é muito mais central a investigação da questão sobre o significado da conexão normativa de todas essas categorias jurídicas sobre o tipo de liberdade individual que coletivamente concede o direito positivo a nossas sociedades. Tomando-se o ponto de vista que foi esboçado para isso, parece razoável entender primeiramente a introdução dos direitos sociais como tentativa de garantir ao indivíduo as condições materiais sob os quais ele pode exercer seus direitos liberais de liberdade de maneira mais eficaz.

A estreitíssima conexão que assim é produzida entre as categorias liberais e as sociais dos direitos subjetivos não deve ser do tipo empírico, mas conceitual. Não se deve afirmar que os sujeitos jurídicos, que lhe garantem uma participação na riqueza social, devam se entender incondicionalmente como base material de um exercício de suas liberdades jurídicas; o que se tem em mente, em vez disso, é que o sentido negativo desses direitos sociais resulta da tarefa de conferir aos indivíduos a possibilidade material de, com os direitos liberais, exercer a autonomia privada que lhes é garantida de modo eficaz. Jeremy Waldron recentemente evidenciou de maneira notável em que medida a ideia normativa da liberdade jurídica só se consuma na con-

---

[23] A esse respeito, cf. Habermas, *Faktizität und Geltung*, op. cit., p. 103 s.

cessão adicional dos direitos sociais: a ideia de "ter" ou "possuir" determinados direitos já em seu próprio conceito contém a condição de dispor sobre as condições materiais que possibilitam o uso ou emprego desses direitos[24]. Nesse sentido, os direitos liberais de liberdade remetem conceitualmente a uma complementaridade dos direitos sociais, que garantem aos indivíduos a medida de segurança econômica e bem-estar material necessários para explorar seus próprios objetivos de vida de maneira privada e afastando-se das conexões de cooperação social. A diferença em relação ao direito de propriedade privada consiste em que tais direitos complementares de participação social não devem servir à possibilidade de uma visualização dos objetivos de vida estabelecida até então, mas à possibilidade de liberação das coerções materiais que duradouramente comprometem a reflexão sobre objetivos de vida futuros. Todo e qualquer ataque que possa limitar esses direitos sociais ou torná-los dependentes da boa conduta acaba perfurando a conexão normativa que eles têm com a garantia estatal da autonomia privada.

É muito mais fácil, certamente, elucidar a estreita ligação que os direitos de liberdade liberais entabulam com os direitos sociais do que sua associação com todos os direitos a que se chegará mais tarde e que devem assegurar as oportunidades de participação e conformação política conjunta. Se as duas primeiras classes de direitos em princípio erigem um muro invisível de proteção, por trás do qual a pessoa pode se recolher, a terceira classe, ao contrário, é dirigida para a superação do isolamento que desse modo é produzido. Todo o conceito dos direitos políticos remete a uma

---

24 Waldron, *Liberal Rights*, op. cit., entre outros, os ensaios n. 1, 10 e 13.

atividade que só pode ser exercida em cooperação ou, ao menos, em intercâmbio com todos os demais partícipes do direito. A diferença entre direitos de liberdade e os direitos sociais de participação, por um lado, e os direitos políticos de participação, por outro, não está apenas em seu significado empírico, mas também no conceitual. As duas primeiras categorias de direitos só se entendem e se realizam quando as pretensões por elas garantidas são aproveitadas para a construção de um eu privado, enquanto a terceira categoria deve ser interpretada como uma exortação à atividade cidadã, e, assim, para a formação de uma vontade comum. Essa diferença fundamental liga-se ao fato de que, segundo a categoria de direitos que reivindicam, as pessoas jurídicas podem ser pensadas em dois papéis muito distintos: à medida que se movem no seio da esfera privada, constituída pelos direitos de liberdade e de participação, elas podem ser compreendidas como beneficiárias de suas liberdades socialmente concedidas; mas se deixam esse âmbito para reivindicar seus direitos políticos, veem-se obrigadas a sair de seu papel de destinatários e assumir o de autor, que lhes permite colaborar na conformação cooperativa dos direitos que antes recebiam apenas passivamente. A tensão entre autonomia privada e coletiva, que caracteriza o sistema jurídico liberal-democrático, já que este é a um só tempo recebido e produzido por seus portadores[25], é transpassada por entidades jurídicas: se empregam as primeiras categorias de direitos de maneira adequada e em conformidade com seu sentido, elas não podem proceder como cidadãs e cidadãos democráticos, pois no âmbito privado relacionam-se

---

25 Cf. mais uma vez Habermas, *Faktizität und Geltung*, op. cit., sobretudo cap. III e IV.

consigo próprias; mas se adequadamente reivindicam a segunda categoria de direitos, de modo que já não possam se manter numa atitude de autoconformação meramente individual, é porque devem participar da prática comunicativa da formação da vontade comum. Aqueles direitos sugerem que se deva voltar a refletir sobre a vontade exclusivamente própria, que tentam romper por meio da exortação à interação democrática.

Essa assimetria, que é constitutiva da relação jurídica entre Estados democráticos liberais, revela que os direitos políticos geram basicamente outro tipo de liberdade individual, diferente das que são previstas pelos direitos liberais de liberdade. Da liberdade que é produzida pela institucionalização dos direitos de liberdade e dos direitos sociais, vimos que ela consiste na possibilidade de sair do espaço público de deveres recíprocos tendo em vista uma posição de autoconfirmação puramente privada; tal como um muro de proteção, esses direitos circundam o sujeito individual para lhe criar um espaço livre assegurado para fora, que ele pode utilizar sem impedimentos para a indagação e inspeção de seus próprios objetivos de vida. Os direitos políticos, contudo, parecem de novo querer tirar esses mesmos sujeitos do direito da esfera privada que lhes circunda, ao dar a eles uma série de possibilidades legais de participar ativamente na formação da vontade democrática e, ao mesmo tempo, influenciar na legislação política; quanto mais comprometidos os indivíduos estiverem com tal prática comum, mais intensamente farão uso de uma liberdade que, em sua dependência constitutiva em relação a outros sujeitos, nada mais tem em comum com a retração à esfera privada. Uma vez que esse outro tipo de liberdade deve aumentar gradualmente, já se percebe uma diferença central na forma de liberdade tal como foi tratada até agora: se, para a existência da liberdade privada, que consiste na pura oportunidade de uma autoconfirmação ética, não importa se os indivíduos a utilizam e como o fazem, a existência da liberdade respectiva depende inteiramente do compromisso com que os sujeitos façam uso dela. O motivo dessa dependência resulta do fato de o exercício individual da liberdade respectiva depender da atividade cooperante dos outros sujeitos. Ela não existe de modo puro e simples já na mera disposição sobre direitos subjetivos, mas está ligada ao grau de atividade com que os demais partícipes do direito defendem sua realização. Nessa medida, esse novo tipo de liberdade não pode ser adequadamente descrito sob a forma de uma simples listagem de princípios de direitos subjetivos. Ainda que hoje as Constituições das sociedades democráticas liberais tenham catálogos mais ou menos abrangentes de tais direitos de participação política, o sentido normativo do tipo de liberdade que se faz possível por meio deles só pode ser elucidado pela inclusão de todas as atitudes e práticas sociais necessárias à sua realização comum. Na categoria dos direitos políticos, a relação jurídica indica uma esfera social de liberdade, cuja condição de existência é todo um conjunto de formas éticas de comportamento.

2. Limites da liberdade jurídica

Com a autonomia privada, cuja base de existência social encontra-se estabelecida por meio de direitos liberais da liberdade e pelos direitos sociais de participação, um determinado tipo de liberdade individual se constitui nas sociedades modernas: para fora, esses direitos garantidos pelo Estado, respaldados por sanções, protegem o indivíduo das intromissões por parte do Estado ou de outros atores, ao mesmo tempo que, para dentro, abre-se um território de verificação puramente privada de seus objetivos de vida. "Autonomia privada" deve significar que tal sujeito jurídico dispõe de um espaço de proteção aceito universalmente e exigível individualmente, que lhe permite, sobretudo, retirar-se de seus deveres e laços sociais, a fim de, numa autorreflexão aliviada, ponderar e estabelecer suas preferências e orientações de valor individuais; assim sendo, o núcleo da liberdade jurídica é conformado pela constituição de uma esfera de privacidade individual. O fato de essas esferas da liberdade não consistirem apenas de declarações e interpretações de normas, mas também de regulamentos de ação (sancionadas pelo Estado), revela por que temos de conhecer um sistema de ações institucionalizado[26]: servir-se da liberdade jurídica e praticá-la significa tomar parte numa esfera de ação socialmente institucionalizada, regulada por normas de reconhecimento recíproco. Esses sistemas de ação devem satisfazer a três condições para que possam ser reconhecidos como esferas de uma liberdade que, em última instância, se compreende apenas de maneira intersubjetiva[27]: em primeiro lugar, em um nível fundamental, deve-se tratar de sistemas institucionalizados, diferenciados de práticas nas quais os sujeitos cooperam uns com os outros e nisso se reconhecem reciprocamente com referência a uma norma compartilhada comum; em segundo lugar, essa relação paralela de reconhecimento tem

---

26 Cf. ibidem, p. 106.
27 Agradeço a Titus Stahl a boa compreensão desse pressuposto.

de consistir em uma recíproca atribuição de estatuto, que na mesma medida habilite os implicados a prever um comportamento determinado de todos os outros e, assim, esperar por uma consideração normativa; e em terceiro lugar, sistemas de ação desse tipo devem acarretar a constituição de uma autorrelação específica, que desemboca na formação das competências e atitudes necessárias para a participação nas práticas constitutivas[28]. Quero aqui esclarecer brevemente essas três condições para a esfera da liberdade jurídica e, então, passar a demonstrar as restrições e limitações que lhe estão associadas.

(a) Hegel, em sua *Filosofia do direito*, viu o sistema do "direito abstrato" caracterizado por uma classe especial de práticas sociais, que se dá por uma aceitação geral da norma: "seja uma pessoa e respeite os demais como pessoa"[29]. Desse modo, por mais que tivesse permitido uma interpretação mais ampla a um conceito específico da propriedade, concentrou-se sobretudo no caso especial das transações econômicas, que é possibilitado pelo direito contratual. Se essa

---

[28] Espero que as determinações a seguir sirvam também para dissipar a dúvida que Christoph Menke levantou contra minha interpretação dos direitos subjetivos seguindo Hegel (*Leiden an Unbestimmtheit. Eine Reaktualisierung der Hegelschen Rechtsphilosophie*, Stuttgart, 2001, p. 53-60): Christoph Menke, "Das Nichtannerkennbare. Oder warum das moderne Rechte keine Sphäre der Annerkennung ist", in Rainer Forst/Martin Hartmann, Rahel Jaeggi e Martin Saar (orgs.), *Sozialphilosophie und Kritik*, Frankfurt am Main, 2009, p. 87-108. Quando se explica o valor dos direitos subjetivos somente com base na possibilidade da liberdade voluntária individual, parece-me que também aí se trata de sua institucionalização social com vista ao estabelecimento de uma esfera de reconhecimento. Pois para poderem reciprocamente se conceder tal autonomia privada, os sujeitos se reconhecem na capacidade de lidar uns com os outros sem levar em conta as relações de valor, fazendo-o tão somente pelo respeito a um espaço de liberdade negativa, ou seja, de maneira bastante abstrata. Procurarei desenvolver essa ideia nas páginas a seguir.

[29] Hegel, *Grundlinien der Philosophie des Rechts*, op. cit., § 36.

restrição posteriormente se fizer retroativa, revela-se que a institucionalização dos direitos subjetivos possibilita um tipo de interação social na qual os sujeitos estão abstraindo-se dos motivos e das orientações de valor pessoais, e por isso atuam mutuamente supondo interesses puramente arbitrários: o que move o outro, o que efetivamente lhe ocasiona a sua ação efetiva não é de interesse para a comunicação, de modo que, a todos os seus participantes, mantêm-se abertas inúmeras possibilidades de ocultar suas verdadeiras intenções e, se necessário for, lidar com isso de maneira lúdica. A anonimidade das condições motivacionais e a mera coordenação bem-sucedida dos interesses que se tornam visíveis para fora são ambos elementos centrais do novo tipo de interações sociais, possibilitadas pelo sistema das liberdades jurídicas[30].

(b) Desse modo, essa forma anônima de comunicação social só pode se realizar porque os sujeitos participantes concedem-se reciprocamente o estatuto normativo, exercendo todas as ações sem que haja pressão de uma justificação no âmbito público compatível com o sistema dos direitos subjetivos: nas palavras de Hegel, eles se reconhecem reciprocamente como pessoas que têm o direito de decidir por si mesmas, no contexto das leis existentes, sobre quais propósitos gostariam de perseguir. O que há de peculiar em tal forma de reconhecimento, que deve ser denominado "respeito social"[31], é a

---

30 A esse respeito, mas sem o contexto de uma teoria ética dos direitos subjetivos, cf. Helmuth Plessner, "Grenzen der Gemeinschaft. Eine Kritik des sozialen Radikalismus" (1924), in idem, *Gesammelte Schriften*, vol. v, Frankfurt am Main, 1981, p. 7-133, sobretudo p. 79-94.
31 Sobre isso, Schmidt am Busch, „Anerkennung" als Prinzip der Kritischen Theorie, tese de pós-doutorado não publicada, Universidade Johann Wolfgang von Goethe, Frankfurt am Main, 2009, sobretudo cap. III.3.

circunstância de que todas as motivações éticas e todas as razões pessoais não serão verificados por ela: o que quer que leve a minha contraparte a atuar, quaisquer que sejam as motivações éticas que estejam em jogo, eu, como entidade jurídica, devo respeitar suas decisões enquanto estas não vulnerarem os princípios do direito positivo aprovados por todos nós. É claro que o respeito às decisões que só se tornam visíveis nas ações juridicamente coordenadas de outro sujeito pressupõe atribuir a este a capacidade e a disposição de assumir a responsabilidade por todos os deveres assim contraídos. Nesse sentido, a norma de reconhecimento aqui tomada com base contém a expectativa recíproca de ser tratado como um sujeito que pode seguir as normas jurídicas de maneira voluntária, isto é, sem uso da violência e com discernimento.

(c) No processo de estabelecer essa relação de reconhecimento surge aquela forma especial de subjetividade que podemos chamar de "entidade jurídica". Um sujeito desse tipo deve, de certo modo, ter aprendido a abstrair de suas próprias convicções morais ou éticas, a fim de não permitir que elas se tornem eficazes na interação juridicamente mediada com os demais. As normas morais ou os princípios éticos considerados separadamente corretos devem ser mentalmente postos entre parênteses, se a coordenação de ação possibilitada pelo direito for bem-sucedida. No sentido inverso, também se exige que o mesmo sujeito confie que sua contraparte esteja disposta a se ater de maneira autônoma às normas jurídicas: isso pressupõe um elevado grau de antecipação da confiança, de autodomínio e tolerância, já que as ações juridicamente legítimas de outras pessoas devem ser aceitas também quando se suspeitar que por trás delas houve atitudes divergentes das próprias convicções, podendo mesmo lhes ser contrárias. De modo geral, a entidade jurídica tem de chegar a uma autoconsideração elementar ao ser incluída nessa esfera de reconhecimento[32] e deve aprender a distinguir, em si e em todos os demais partícipes do direito, superfície e pano de fundo, manifestações de ações permitidas e intenções que estão por trás. Dela se exige um esforço de diferenciação, que em situações extremas pode chegar ao sacrifício da autonegação.

O esquema do comportamento, que se impõe aos sujeitos no seio da relação jurídica, é aquele de um ator solitário com objetivos que, a princípio, são unicamente estratégicos: enquanto se depara com os outros somente em seus papéis de portadores do direito, deve haver uma limitação recíproca a uma posição da mera influência sobre o outro, a fim de chegar a um acordo bemsucedido na comunicação. É verdade que os participantes sabem que, de modo geral, existem outros motivos e convicções que têm a ver com a respectiva compreensão de si mesmos por trás das intenções que lhes são reciprocamente reconhecíveis. Mas o tipo dessa comunicação exclui justamente a possibilidade de empregá-la e, se fosse o caso, de exigir que se prestem contas a ela. Nesse esforço de neutralização do direito pode-se ver com clareza, em seus primeiros traços, qual é a principal incapacidade de toda liberdade jurídica: assegurar uma forma de autonomia

---

32 Como resumo, cf. Axel Honneth, *Kampf um Anerkennung. Zur moralischen Grammatik sozialer Konflikte*. Frankfurt am Main, 1992, p. 173-95.

privada que só pode ser empregada e exercida de maneira sensata se, novamente, a base do direito que lhe é própria for abandonada; afinal, só podemos chegar a uma ponderação de nossos objetivos de vida, a uma confirmação real do bem, mediante uma atitude que se diferencie da do direito, à medida que em nossas considerações nos referimos aos outros, seja pela via do pensamento, seja pelo contato real, considerando-os sujeitos eticamente motivados. Na autonomia privada, a relação jurídica produz uma liberdade cuja base para uma prática bem-sucedida ela não pode preparar; até mesmo se poderia dizer que o direito incentiva atitudes e práticas de comportamento que são um obstáculo para um exercício da liberdade criada por ele.

Como vimos, com o auxílio do poder de coação do Estado, os direitos sociais de participação e de liberdade garantidos com o auxílio do poder coercitivo do Estado servem principalmente ao propósito de assegurar a cada sujeito, em igual medida, um espaço de proteção individual, no seio do qual, e valendo-se de seu juízo, são ponderados, postos à prova e verificados seus próprios objetivos de vida. Onde não se trata de proteção da vida e da integridade física, esses direitos devem facilitar ao indivíduo certos espaços, funções e atividades, e a ninguém será permitido se imiscuir, por mais que invoquem os objetivos mais plausíveis e recebam anuência coletiva. É inerente à lógica de tais direitos que tenham de construir a esfera de autonomia pessoal criada por seus esforços de proteção como um território puramente privado, do qual se pode fazer uso apenas monologicamente. É precisamente por meio da lógica que todo sujeito individual deve justificar a saída da rede do agir comunicativo, devendo, por isso, ser eximido da imposição de deveres normativos. No caso de um ator que chega às suas decisões por força dessa liberdade jurídica, não deve importar se as razões que ele considera corretas podem ser aceitas também pelos outros parceiros de interação; animar-se ou encorajar-se pelos direitos que lhe cabem ou retrair-se atrás de um muro protetor são decisões que ele deverá tomar exclusivamente sozinho. Isso não constitui em si nenhuma insuficiência da liberdade jurídica; mesmo se se pensar no passo seguinte, vemos que uma desvinculação da mesma liberdade jurídica necessariamente terá consequências para o comportamento social (cf. parte B, cap. I. 3), proporcionando a cada indivíduo um elemento imprescindível para se desprender radicalmente de todos os contextos de deveres sociais. Mas a atitude que o ator pode assumir em sua posição jurídica impossibilita o acesso ao mundo de ligações e responsabilidades intersubjetivas. Enquanto se mantiverem como simples questionamento de deveres anteriores, enquanto planos de vida alternativos forem realizados de maneira apenas monológica, o indivíduo se encontrará num vácuo de decisão e, logo, num estado de quase completa indeterminação. Já a tentativa de revisar laços antigos ou antecipar mentalmente novos deveres exigiria que se saísse novamente da posição de liberdade jurídica para descobrir que as outras partes imaginadas na interação são algo mais do que atores com objetivos estratégicos — em certa medida, eles teriam de adotar novamente a individualidade e a coloração da história de vida, pois só são representados como partícipes do direito ante um pano de fundo valorativo e opaco. Assim, com base na liberdade jurídica, já não é possível conduzir reflexões éticas em forma de diálogos e busca de aconselhamentos virtuais. Devemos, primeiramente, sair do papel de entidades jurídicas para poder encarar essas tentativas de uma discussão transferida para o âmbito interno de nossos objetivos de vida. Os direitos subjetivos vêm servir somente para questionar e revisar nossas ideias do bem, mas não para preparar e formular novas versões dela.

Já para a execução da autorreflexão ética, o que efetivamente vale tem, é claro, um significado ainda muito mais forte para cada passo no mundo real de laços e dependências sociais; quanto a isso, de modo algum podemos perseguir qualquer objetivo de vida e tomar parte em interações se antes não abandonarmos a esfera da liberdade jurídica, adotando, para tal, novamente deveres de justificação intersubjetiva. No dia a dia do agir comunicativo não podemos simplesmente renunciar a pedidos ou intimações, arrolando como motivos para nossas decisões somente tais liberdades pessoais. Se em nossa vida costumamos agir com base em motivos que compartilhamos pré-reflexivamente com nossos parceiros de interação, quando entre nós ocorre um dissenso, ficamos evidentemente obrigados a fundamentar nossas divergências. Em tais situações, o emprego de direitos subjetivos tem o sentido de sinalizar a intenção de uma interrupção da comunicação; nesse caso, não confiamos mais a força de reparar uma interação malograda à elucidação discursiva dos motivos em conflito, e por isso invocamos o direito garantido de seguir apenas motivos subjetivos. Mas se nos aferramos a uma posição desse tipo, não podemos sequer tentar realizar o que é bom para nossos objetivos essenciais; em vez disso, em certa medida devemos suspender toda intenção de autorrealização, pois para tanto decidimos atuar sobre os demais de maneira apenas estratégica e não mais levá-los em consideração para projetos comuns, cooperações ou relações.

Nessa medida, de modo algum a liberdade jurídica se apresenta como uma esfera ou lugar de autorrealização individual. Só por meio dela é que efetivamente se garante a possibilidade de suspender, questionar ou finalizar seus próprios projetos e compromissos, porém não se abre propriamente a oportunidade para uma realização de bens ou de objetivos. Pelo contrário, se um sujeito adotar o estatuto de outra entidade jurídica, nem por isso ele poderá exercer o tipo de reflexões ou atividades que constituem a condição de uma realização de objetivos de vida: se alguém invocar um direito à liberdade de expressão garantido pelo Estado, ele estará se referindo aos terceiros que lhe contestam esse direito, fazendo-o de um modo que torna impossível concebê-los como destinatários da enunciação pretendida. Aquele que, para se separar de seu cônjuge, vale-se do direito individual ao divórcio veda àquele toda oportunidade de discutirem juntos, à luz das experiências compartilhadas até aquele momento, e seus caminhos de vida passam então a ser percorridos separadamente. E aquele que, enfim, reclama juridicamente seu direito à liberdade de expressão não pode, nesse mesmo movimento, afirmar suas convicções no espaço público da formação de vontades. Em vez disso, o emprego de um direito subjetivo cria apenas uma espécie de estado de exceção temporário, no qual aquilo que é tratado efetivamente na conformação de uma vida autônoma é de certo modo suspenso ou posto entre parênteses: de modo algum a entidade jurídica pode refletir sobre os objetivos de vida importantes para ela ou realizá-los de maneira necessária para sua autonomia ética, porque seus parceiros de interação podem ser tratados sempre apenas como atores com interesses estratégicos, por mais que suas posições discursivas ou os conselhos destas pudessem ter peso determinante para as próprias decisões[33]. Assim, a liberdade jurídica, muito embora implique deliberação ética ou planejamento de vida, não pode proporcionar as atitudes subjetivas ou os modos de comportamento requeridos. Em vez disso, ela estabelece uma moratória, na qual decisões podem ser tomadas privadamente, até que a oportunidade de se reconectar a rotinas de justificações e deveres recíprocos da vida real pareçam surgir novamente.

Esse caráter meramente negativo da liberdade jurídica, o fato de ele garantir apenas a suspensão de decisões pessoais, mas não a sua conformação ética e implementação na vida real, expressa-se de modo mais geral pelo fato de o valor dos direitos correspondentes (subjetivos) resultar de precondições intersubjetivas, e estas, de modo algum, podem ser produzidas por força de atitudes e posturas promovidas por eles[34]. O que antes já tinha se mostrado de maneira exemplar para um pequeno círculo de tais direitos pode ser transposto sem maiores problemas para o amplo escopo dos direitos liberais de liberdade: em cada caso, a proteção legal de minorias, a garantia jurídica da liberdade de contrato ou a proteção jurídica da privacidade possibilitam um tipo de prática social ou de sentimento de obrigação com relação a normas pré-jurídicas — os membros das minorias sociais só podem se aproveitar publicamente da proibição jurídica da dis-

---

[33] Sobre o caráter intersubjetivo da autonomia ética, cf. Jürgen Habermas, "Individualisierung durch Vergesellschaftung. Zu G. H. Meads Theorie der Subjektivität", in idem, *Nachmetaphysisches Denken. Philosophische Aufsätze*, Frankfurt am Main, 1988, p. 187-241 ["Individualização através da socialização. Sobre a teoria da subjetividade de George Herbert Mead", in *Pensamento pós-metafísico*: estudos filosóficos, Rio de Janeiro, Tempo Brasileiro, 1990]; Charles Taylor, *Das Unbehagen und der Moderne*, Frankfurt am Main, 1995, esp. p. 57 s.

[34] Cf. Joseph Raz, *The Morality of Freedom*, Oxford, 1986, sobretudo cap. x.

criminação se mantiverem viva a sua própria cultura, com o auxílio de práticas cooperativas. No mercado econômico, os atores só podem desfrutar da liberdade contratual que lhes é concedida se ao mesmo tempo souberem se vincular a acordos, convenções e normas de caráter limitante, e os indivíduos só podem recorrer à proteção jurídica de sua esfera privada se puderem abandonar o pano de fundo comunicativo de uma vida real que não seja resultado de processos jurídicos[35]. Poder-se-ia dizer que o direito deve produzir uma forma de liberdade individual cujas condições de existência não podem ser produzidas, nem perpetuadas: ele depende de uma relação meramente negativa, interrompida, com um contexto de prática ético que se alimenta, por sua vez, das interações sociais de sujeitos não juridicamente cooperantes.

3. Patologias da liberdade jurídica

No contexto da teoria social, podemos falar em "patologia social" sempre que a relacionarmos com desenvolvimentos sociais que levem a uma notável deterioração das capacidades racionais de membros da sociedade ao participar da cooperação social de maneira competente. Diferentemente de injustiças sociais, que hoje não se constituem condições necessárias de exclusão ou comprometimento de oportunidades de participação em pé de igualdade no processo de cooperação social, tais patologias operam num nível mais elevado da reprodução social, no qual o que importa é o acesso reflexivo aos sistemas primários de ação e de normas. Então, sempre que alguns ou todos os membros da socie-

---

[35] Todos esses exemplos estão em idem, p. 250-5.

dade, em razão de causas sociais, já não estejam em condições de compreender adequadamente o significado dessas práticas e normas, podemos falar numa "patologia social". Nesse sentido, segundo proposta de Christopher Zurn, os desvios ou as perturbações a que se faz referência, na verdade, são "*second-order disorders*"[36]; trata-se de déficits de racionalidade que consistem em convicções ou práticas de um primeiro nível que já não podem ser apropriadas ou usadas adequadamente pelos implicados num segundo nível. Patologias desse tipo certamente não devem ser interpretadas no sentido de um acúmulo social de patologias individuais ou de distúrbios psíquicos; aquele que não está em condições de estabelecer o uso racional e entender a prática socialmente institucionalizada não está, como se poderia pensar, psiquicamente doente, mas desaprendeu, por força de influências sociais, a praticar adequadamente a gramática normativa de um sistema de ação intuitivamente familiar.

Por isso, os sintomas nos quais tais patologias sociais se refletem não se expressam sob a forma de comportamentos individuais extravagantes ou deformações de caráter. Expressam-se muito mais à medida que os membros de determinados grupos desenvolvem tendências a uma rigidez de comportamento, à inflexibilidade de seu comportamento social e à autorreferência, que se manifestam em estados depressivos e de desorientação difíceis de compreender[37]. São disposições desse tipo, de "consternação reflexiva"[38], que nos fornecem os primeiros indícios, dos quais

---

36 Christopher Zurn, "Social Pathologies as Second-Order Disorders", in Danielle Petherbridge (org.), *The Critical Theory of Axel Honneth*.
37 Cf. Georg Lohmann, "Zur Rolle von Stimmungen in Zeitdiagnosen", in Hinrich Fink-Eitl e Georg Lohmann (orgs.), *Zur Philosophie der Gefühle*, Frankfurt am Main, 1993, p. 226-92.
38 Idem, p. 289.

podemos inferir a presença de uma patologia social. No entanto, apenas raramente encontramos sintomas desse tipo diretamente sob a forma de resultados de levantamentos empíricos: quanto ao emprego qualitativo, os próprios instrumentos de análise da pesquisa sociológica são por demais grosseiros para trazer à luz humores difusos ou sentimentos coletivos desse tipo. Nessa medida, a via mais eficaz para um diagnóstico patológico continua a ser, e assim já era nos tempos de Hegel ou do jovem Lukács[39], as análises de testemunhos estéticos, nos quais os referidos sintomas chegam a receber uma apresentação indireta — romances, filmes ou obras de arte contêm o material pelo qual obtemos conhecimentos rudimentares sobre se e em que medida é possível, nos tempos atuais, detectar tendências a uma deformação reflexiva de nível superior, do comportamento social, bem como seu grau de alastramento.

Sendo assim, o sistema institucionalizado da liberdade jurídica representa uma porta de entrada para tais patologias, uma vez que se exige dos participantes um elevado grau de abstração, razão pela qual vão se acumulando regularmente erros de interpretação. Seria necessário apenas um aumento extraordinariamente rápido de opções de ação no cotidiano social para fazer que os sujeitos se aliviassem de suas atribuições jurídicas e, em última instância, concebessem sua própria liberdade como uma formalidade jurídica desse tipo. O significado da comunicação intermediada pelo direito é equivocado em razão de tais unilateralidades, pois já não se vê que devem ser garantidas apenas as oportunidades de recusa temporária de deveres intersubje-

---

[39] Cf. Georg Lukács, *Die Seele und die Formen* (1911), Neuwied/Berlim, 1971.

tivos de ação, mas não de alternativas de conformação de vida individual. Em vez de apreender o sentido negativo, associado à liberdade jurídica, essa liberdade é transposta para o todo e alçada à condição de ponto de referência exclusivo da própria autocompreensão. Já Hegel, em sua *Filosofia do direito*, manifestava tendências a uma desvinculação da liberdade jurídica, mas tinha diante dos olhos especialmente personalidades singulares, que, seguindo o modelo de *Michael Kohlhaas* criado por Kleist, engessavam-se "obstinadamente" a suas atribuições jurídicas[40]; nos dias de hoje, ao contrário, a formalização legal das relações aumentou fortemente em relação ao que se tinha outrora, de modo que patologias dessa ordem ultrapassam de longe as ocorrências meramente individuais, assumindo um caráter quase endêmico. Com o aumento da incapacidade de entender o significado inicialmente negativo e adiador dos direitos subjetivos, certamente vieram a se ampliar também, de maneira significativa, as formas de manifestação dos correspondentes sintomas de comportamento. Já não temos de prestar contas apenas com fenômenos de uma intransigente e rígida aderência às próprias atribuições jurídicas, mas também com efeitos secundários de um abuso da liberdade jurídica, que resultam na contínua postergação dos deveres de ação ou na orientação exclusiva de uma imagem jurídica da sociedade.

Com o objetivo de proporcionar apenas uma primeira visão geral, tentarei distinguir duas formas atuais de uma patologia da liberdade jurídica: penso que, em primeiro lugar, podemos ressaltar as acentuadas tendências a, no caso de divisões ou litígios

---

[40] Hegel, *Grundlinien der Philosophie des Rechts*, op. cit., § 37 (nota).

sociais, nos fixarmos intensamente no papel de uma ou outra entidade jurídica; que o potencial de arbítrio do agir comunicativo — e, não raro, o motivo original do conflito — cai no esquecimento, e o que é entendido como a própria liberdade é definido exclusivamente nos termos da soma dos direitos disponíveis para alguém, e por isso é apropriado falarmos na inversão de um meio num fim em si mesmo de todo agir (a). Uma segunda forma da patologia da liberdade jurídica já é de tipo indireto, consistindo essencialmente na função de exemplo da ideia de liberdade disposta nessa esfera para o descobrimento cada vez mais difícil da identidade: em tais casos, a ideia de, por um breve período, aliviar a própria ação dos deveres intersubjetivos sob a proteção do direito é despojada de seus limites temporais e torna-se o único ponto de referência da própria autocompreensão. O que aqui se entende como protótipo da liberdade individual na verdade não é definido com base no próprio direito subjetivo, mas segundo o modelo de uma suspensão, de modo que na inversão de um meio pode-se falar num ideal da vida pessoal (b). Em ambos os casos, a causa da perturbação reside na incapacidade, por parte dos atores, de entender e efetivar adequadamente o sentido das margens de ação que lhes abre o direito: em vez de contemplar a oportunidade de se livrar temporariamente de todas as imposições comunicativas de justificação e realizar as próprias intenções que, no entanto, são orientadas apenas para o êxito, a interrupção da comunicação em cada caso é mal interpretada e concebida como forma de coordenação de todas as demais interações. Se no primeiro caso essa desvinculação implica uma reformulação paulatina dos próprios interesses e necessidades em meras atribuições jurídicas, de modo que para toda subjetividade sobra apenas o invólucro das entidades jurídicas, o segundo caso acontece paralelamente a uma postergação indefinida de toda decisão compulsória e, nesse sentido, permite que surja uma personalidade puramente jurídica.

(a) Criado por Heinrich von Kleist, *Michael Kohlhaas* representa um tipo de personalidade cuja sensibilidade jurídica, de início relativamente intacta, pouco a pouco, no curso de intrigas e chicanas intercorrentes, começa a se tornar absoluta, para se converter em sede de vingança, de modo que hoje, em face da rotinização de uma jurisprudência amplamente imparcial e socialmente neutra, não se pode mais falar na tipicidade de tal absolutização excepcional do pensamento jurídico. Certamente, Kohlhaas entende equivocadamente o sentido do sistema recém-estabelecido da liberdade jurídica no momento em que ele tem a experiência da injustiça disfarçada de legalidade jurídica — é quando ele entra no terreno da vingança pessoal. Porém, não vemos essa escalada dramática quando, olhando para nossa atualidade, falamos numa desvinculação da personalidade jurídica. Aqui, a injustiça sofrida não é o motivo para se engessar nos próprios direitos, e a vingança não é a consequência motivacional; na verdade, o que hoje nos aparece com frequência está relacionado à disposição, que exteriormente não é saliente, de se retrair no compartimento de direitos subjetivos e, contra os demais, proceder exclusivamente apenas como personalidade jurídica. Por que razão, nos últimos anos, a instituição da liberdade jurídica adquiriu poder de conformação tão desmedido? E por que razão, para os sujeitos, ela praticamente se tornou um princípio determinante da autocompreensão de si mesmo, algo difícil de explicar pela via sociológica? O processo de uma crescente juridificação de setores da vida que outrora se organizavam de maneira amplamente comunicativa tem exercido a mais forte influência; além disso, também se deve levar em conta o efeito "ideológico" da crescente orientação de discursos políticos no medium do direito.

O processo de juridificação que, nos anos 1960, começa a abarcar família, escola, lazer e cultura visando proporcionar proteção estatal à parte mais vulnerável em cada um desses casos, em pouco tempo, levou os participantes dessas esferas até então informais a aprender a se compreender também como portadores de direitos[41]: onde até então estiveram habituados a se compreender, sobretudo recorrendo a valores, normas e costumes comuns e compartilhados, agora podem cada vez mais assumir, e de maneira recíproca, uma atitude estratégica, a fim de impor juridicamente seus interesses ameaçados a seus parceiros de interação. Num primeiro momento, é claro que, para cada indivíduo, esse quadro tem a vantagem de, em caso de conflitos ou de iminente violação, poder insistir na exoneração dos deveres de ação existentes e, assim, por meio de uma moratória, revisar os laços existentes. A liberdade daqueles que antes tinham de saber se vincular a regras informais de interação cresce precisamente na extensão da margem de ação negativa que consiste em, ao menos

---

41 Cf. Jürgen Habermas, *Theorie des kommunikativen Handelns*, vol. 2, Frankfurt am Main, 1981, p. 525-47. Cf. também, a título de complemento: Rüdiger Voigt (org.), *Verrechtlichung*, Frankfurt am Main, 1980.

temporariamente, não mais ter de produzir as consequências das normas e valores vigentes nas respectivas esferas de ação. Cada passo adiante rumo à juridificação de setores da vida que antes se organizavam apenas pela via comunicativa aumenta, de maneira correspondente, a liberdade jurídica do indivíduo. Mas somente quando pensamos nessas tendências do processo simultâneo de dirimir as questões públicas no campo do direito é que, talvez, podemos explicar por que foi possível chegar à primeira forma de uma patologia da liberdade jurídica: se nas democracias liberais do Ocidente, com disputas e conflitos sociais, os sujeitos cada vez mais tendem a planejar suas ações do ponto de vista de suas perspectivas de êxito diante de um tribunal, gradativamente perdem o sentido para os assuntos e propósitos não sujeitos a articulação jurídica.

Como um aspecto sombrio da crescente formalização legal, desde o início se considerou a circunstância segundo a qual a justicialização dos setores comunicativos da vida tem coagido, de maneira imperceptível, quase todos os afetados diretos ou indiretos a assumir uma atitude objetificante diante de acontecimentos interativos altamente individualizados: a submissão dos processos da vida real ao meio do direito produz a coerção de prescindir das experiências concretas dos participantes, de permitir que suas necessidades valham apenas à medida que se ajustam ao esquema de interesses de tipificação geral, dissociando-as dos contextos comunicativos de vida[42]. Mas tão logo tais coerções à abstração escapam aos limites dos tribunais e começam a se estabelecer no cotidiano social, impõe-se, sucessivamente,

---

42 Habermas, *Theorie des kommunikativen Handelns*, vol. 2, op. cit., p. 544 s.

um modo de comportamento no qual os sujeitos aprendem a observar suas próprias intenções e aquelas de suas contrapartes sob o aspecto de sua utilidade jurídica. Perde-se a capacidade de distinguir o primeiro plano estratégico e o pano de fundo da vida real na contraparte de interação, e a pessoa passa a ser vista apenas como soma de suas reivindicações jurídicas. Ao cabo de uma mudança de atitude desse tipo, posso crer que a minha liberdade e a de todos os outros são compatíveis com as exigências de abstração do direito, pois não são suficientes para exceder seus limites de descrição tipificantes: em vez das necessidades individualizadas, são valorizados apenas interesses generalizáveis, e, em vez das normas e valores existentes, recorre-se a princípios de conformidade ao direito; no lugar de regulamentações conflituosas nas comunicações surgem, rápida e quase exclusivamente, procedimentos de conciliação judicial.

A dinâmica de tal patologia social, que, em seu conjunto, parece se tipificar para o sistema de ação do direito, apresenta-se, de um modo ainda convincente, no filme *Kramer vs. Kramer*[43]. Ainda que tenha uma série de pontos fracos em sua narrativa — por exemplo, não justificar a vontade de separação pela esposa —, o filme, à época, ajudou a alimentar preconceitos contra as aspirações à emancipação feminina, e é de maneira muito oportuna que ele produz a impressão dos efeitos que a contínua antecipação de uma possível compatibilidade jurídica das ações dos protagonistas exerce sobre suas intenções e personalidades. Não é a posição da câmera ou a sequência específica das imagens, nem, tampouco, a forma estética que se converte

---

43   *Kramer vs. Kramer*, Columbia Pictures, 1979. Direção: Robert Benton.

em meio decisivo de diagnóstico, mas única e exclusivamente a própria trama: somente nesse plano, que não é formal, mas puramente narrativo, o filme ilustra o processo de uma transformação dos indivíduos em puras máscaras de personagens do direito. É sobretudo no quesito plástico que essa inversão é sugerida no momento em que Ted Kramer fica sabendo que sua ex-mulher, Joanne, contrariamente ao que planejara antes, pretende pleitear na Justiça o direito de guarda do filho do casal; o marido, como que por uma mão invisível, passa a calcular todas as suas ações cotidianas sob a perspectiva da possibilidade, ou não, de o casal vir a atuar de maneira conveniente ante a decisão da Justiça: após ser demitido da empresa em que trabalha, Ted Kramer aceita um trabalho com um salário bem mais baixo, unicamente porque um emprego fixo poderia comprovar sua capacidade de exercer a custódia. O acidente sofrido pelo filho, do qual ele não fora culpado, de repente passa a ser percebido como fator que deve trazer dificuldades ao processo judicial futuro, e assim toda a interação com o filho assume, cada vez mais, a perspectiva de cuidado, amor e dependência passíveis de ser publicamente demonstrados. Desse modo, o protagonista masculino e também o público são tomados pela dúvida sobre se as ações realizadas seriam, afinal, a expressão real de sentimentos vividos ou se já são provas de um bom comportamento juridicamente avaliável. A reserva de que os atos comunicativos estejam impregnados da intenção não consciente de uma compatibilidade com o direito e da capacidade de comprovar a própria integridade sobrepõe-se às relações. O filme é bem-sucedido e convincente precisamente ao permitir que o próprio espectador antecipe a transformação que acontece: ao seguir a ação, nós próprios vivenciamos o que significa ser um sujeito que, em todas as suas demandas judiciais, se compreende a partir do direito e para ele.

O exemplo desse filme também pode conter alguns traços e intensificações que se devem tão somente à carga emocional de um litígio pela guarda do filho, de modo que se evidencia nitidamente que transcurso a primeira patologia da liberdade jurídica pode assumir: os pais, por meio do direito que pretendem deter, passam a pensar na consequência de todos os seus passos tendo em vista uma futura decisão judicial e, no decorrer de seu litígio, não conseguem perceber que, por trás e para além de suas intenções de êxito reciprocamente perceptíveis, ainda existem necessidades e dependências comunicativas. Quanto mais se esvanece o pano de fundo de suas histórias de vida, também, com mais força, os demais participantes vão sendo implicados e mais forte é a tendência a suspeitar do tipo de interação estratégica que é reconhecida pelo direito como uma forma legítima de ruptura da comunicação. Nesse caminho, inverte-se o que é pensado apenas como autorização para uma recusa temporária das obrigações do dia a dia, num modo de ação cotidiana: em vez de orientar o próprio agir seguindo razões que potencialmente poderiam ser compartilhadas pelos parceiros de interação, ele é entendido apenas como uma execução de deliberações e fins puramente privados — a partir da liberdade negativa, que o direito abriu como uma oportunidade, converteu-se em um estilo de vida.

Na verdade, o caso especial utilizado para explicar a forma como transcorre a patologia não deve nos deixar tentados a responsabilizar os indivíduos participantes pela interpretação equivocada de suas práticas jurídicas. A causa para a disposição em adotar a perspectiva da liberdade jurídica plenamente, a ponto de se perder de vista as exigências do agir intersubjetivo, explica-se na tendência social a atribuir a tarefa de solucionar litígios e conflitos sociais, de maneira rápida e quase automática, ao sistema de ação do direito: as vias alternativas para a resolução de conflitos são testadas quase institucionalmente, a linguagem do direito perpassa cada vez mais a esfera público-política, e já na educação e no ensino escolar cada vez mais se faz referência às necessidades em forma de reivindicações legais[44]. Com esse privilégio social concedido ao medium do direito, com sua estilização ao modo de um instrumento mais apropriado à resolução de conflitos, torna-se cada vez mais difícil aos indivíduos visualizar adequadamente a importância de complementar as oportunidades e liberdades estabelecidas: como se já fossem a totalidade da autonomia que nos é socialmente concedida, já não têm o direito de reconhecer que eles dependem sempre do retorno ao fluxo da comunicação da vida real[45]. De maneira mais incisiva do que na conformação do mero caráter jurídico, a primazia do medium do direito certamente reflete ainda uma segunda patologia, que não consiste na independência social de formas de ação jurídicas, mas na imitação de seu caráter postergante, permanente e exclusivamente disruptivo.

---

44   Sobre essas consequências, comparar as abordagens a que se faz menção em algumas passagens com referência exclusiva aos Estados Unidos, in Philip K. Howard, *The Collapse of the Common Good: How America's Lawsuit Culture Undermines our Freedom*, Nova York, 2002; idem, *Life without Lawyers: Liberating Americans from Too Much Law*, Nova York, 2009.
45   Formulação quase clássica do ponto de vista de determinada personalidade jurídica é a de Philip Roth, quando ele faz seu herói Marcus Messner proferir um discurso de defesa durante conversa com o reitor de sua universidade. Cf. Philip Roth, *Empörung*, Munique, 2009, p. 90 s [*Indignação*, São Paulo, Companhia das Letras, 2009].

(a) Pode soar um pouco exagerado descrever também o tipo social da personalidade indecisa e de pouca ação como resultado de uma patologia da liberdade jurídica; nos romances clássicos da modernidade, definitivamente sempre houve uma boa quantidade de personagens que sofrem de inibição da ação ou que não chegam a estar em condições de constituir uma vontade. Mas se nessas obras antigas as disposições de humor eram marcadamente niilistas, advindas de uma indeterminação individual — basta pensar em Tchekhov —, parece faltar, ao tipo contemporâneo do indivíduo "que se deixa levar" ou indeciso, o pano de fundo de uma falta de valores e convicções capazes de suscitar identificação[46]; estranhamente, nada leva a perceber uma intranquilidade diante da ausência de forças vinculativas, nem nada que leve a pensar numa crise de sentido, mas existe apenas uma postergação, retratada com aparente leveza e frequentemente ironizada, de alguma decisão profunda. Tal como nas conformações clássicas de personalidades de pouca ação, hesitantes, também se trata da incapacidade de dar forma à sua própria vontade — não é a fraqueza da vontade ou da incapacidade de converter efetivamente suas próprias convicções, mas a ausência de vontade, o fenômeno que se apresenta no discurso[47]. Para além desses traços de primeiro plano, contudo, as figuras con-

---

46 Para o tipo "que se deixa levar", cf. Peter Bieri, *Das Handwerk der Freiheit. Über die Entdeckung des eigenen Willens*, Munique/Viena, 2001.
47 Para entender essa diferença, cf., por exemplo: Juliane Rebentisch, "Der Demokrat und seine Schwächen. Eine Lektüre von Platons *Politeia*", in *Deutsche Zeitschrift für Philosophie*, n. 57, vol. I, 2009, p. 15-36.

temporâneas de tal indecisão distinguem-se pela ausência de toda consciência de crise: os personagens não parecem aborrecidos ou incomodados com sua falta de aspirações duradouras, mas muito mais comodamente instalados na situação de uma pura e simples demora em tomar decisões. Penso que o surgimento desse novo tipo pode ser explicado se considerarmos que o ideal da liberdade jurídica pode desdobrar uma força característica de personalidade que esteja além de sua própria esfera de soberania: o que atua como formador de caráter não é a exclusiva orientação das próprias ações por direitos concedidos, mas pela imagem de libertação de todos os direitos comunicativos, concedida por aqueles direitos em caso de conflito.

Segundo essa tese, a ideia de liberdade associada ao direito moderno pode ser mal interpretada somente no sentido de que os direitos subjetivos, pensados como garantias de proteção, aparecem no lugar de toda orientação à ação mediada intersubjetivamente; em tais casos, os sujeitos, tal como os vimos, encontram-se tão intensamente ligados à busca de suas ponderações e fins puramente privados que, ao final, se comportam apenas como entidades jurídicas estrategicamente posicionadas, perdendo a conexão com as práticas comunicativas de seu ambiente social. Mas uma segunda possibilidade de incompreensão da liberdade jurídica consiste na recusa dos laços vinculadores como tais sem preencher com direitos subjetivos o vazio que então se origina; em tais casos, não são tomadas integralmente as opções de ação juridicamente permitidas, mas o adiamento e a interrupção de toda pretensão comunicativa, de modo que já nem a formação de aspirações e de convicções duradouras chega a prosperar. A patologia social que surge daí se expressa na formação característica que pode ser descrita como indecisão e estado de se deixar levar: a subjetividade do indivíduo não é imobilizada em função da entidade jurídica, mas, na verdade, apenas reproduz o caráter suspensivo do direito, ao se manter livre de toda decisão vinculadora.

Nos últimos anos, um romance sugestivamente chamado *Indecisão* apresentou esse tipo de patologia de maneira patente[48]. Com seu Dwight Wilmerding, Benjamin Kunkel idealizou um herói negativo, que não quer constituir convicções ou intenções que durem mais de um dia. O jovem cresceu no meio acadêmico e se dá por satisfeito em pura e simplesmente aceitar sua ausência de decisão, que lhe pesa cada vez mais; ao modo de um sucedâneo das aspirações que lhe faltam, ele desenvolve um desejo verdadeiramente obsessivo e entra em contato com a gênese de seu distúrbio. Quando, por fim, já não encontra na expressão "abolia crônica" mais que o nome científico para a sua "indecisão", sem que suas causas se tornem, para ele, cada vez mais claras, ele aceita ser um indivíduo-teste numa pesquisa experimental de um antídoto semelhante às drogas. Quando a tentativa de cura se revela um fracasso lastimável, o romance termina precisamente onde começou, a saber, na completa ausência de vontade de seu herói. Mas agora, depois de sua desafortunada história de formação, ele enriqueceu-se com o conhecimento de que sua amada também sofre de padecimento semelhante.

---

48 Benjamin Kunkel, *Unentschlossen*, Berlim, 2006 (do original inglês *Indecision*, Nova York, 2005) [*Indecisão*, Rio de Janeiro, Rocco, 2007].

Esse romance se apresenta em grande parte como se a intenção fosse escrever apenas para a ilustração de um diagnóstico caprichoso de sua época: uma série de outras narrativas da atualidade poderia apresentar o humor aflitivo da indecisão e da desorientação, até porque não discorrem continuamente sobre o tema[49]. Mas podemos considerar bastante ilustrativa a prova apresentada no livro de Benjamin Kunkel à tese de que patologias como essa exercem hoje um papel importante na autocompreensão individual; a sua experiência subjetiva, pelo menos, pode representar um número crescente de indivíduos em nossos dias, uma vez que é experimentada, de modo tão pouco dramático, quando desprovida de vontade, e já lhe faltam vinculações de valor e convicções que sejam profundas e produzam continuidade. Dá-se agora um passo além para, a partir desse diagnóstico, se afirmar que tais distúrbios na autocompreensão resultam de uma incompreensão generalizada da liberdade jurídica; na falta de argumentos melhores, podemos aqui nos valer de especulações, entre as quais o auxílio da fantasia sociológica que se tem na tentativa de encontrar causas possíveis para a patologia esboçada.

Hoje, o contínuo processo de formalização legal de que vínhamos falando já adentra o direito de família e o direito à educação, chegando mesmo ao horizonte de experiência do adolescente; cada vez mais, crianças e jovens veem que as condições de existência deixam de existir tão logo surge a ameaça de conflitos de conotação jurídica, porque, ao se caracterizarem situações juridi-

---

[49] Da literatura em língua alemã cito um único exemplo, que, no entanto, é bastante eloquente: Judith Hermann, *Sommerhaus, später. Erzählungen*, Frankfurt am Main, 1998 ["Casa de verão, mais tarde", in Rolf G. Renner e Marcelo Backes (orgs.), *Escombros e caprichos*: o melhor do conto alemão no século 20, Porto Alegre, L&PM, 2004].

camente relevantes, atitudes estratégicas subitamente surgem no lugar de orientações comunicativas. Não que o acúmulo de percepções de tais momentos nos quais a interação se interrompe já não seja suficiente para obrigatoriamente fazer surgir a sensação de inutilidade de toda aspiração e de toda obrigação de longo prazo; a experiência sempre possível de contraexemplos, de identificações que superem o momento, pode contribuir para impedir que se constitua tal consciência da inutilidade. No entanto, não se deve ignorar que adolescentes, a despeito do crescente significado de formas de interação jurídicas em seu dia a dia, são impelidos a se contrapor ceticamente a laços valorativos de longo prazo, constituindo assim, preventivamente, uma autocompreensão de caráter apenas pontual[50]: no caso de estarem a todo tempo armados para o possível abandono dos deveres recíprocos, evitariam inconscientemente que lhes aflorassem aspirações duradouras. Se fosse uma explicação possível para a formulação social de um caráter inconstante, de errância, ele estaria novamente atrelado a uma patologia crescente da liberdade jurídica: a mera função de postergação e interrupção que essa forma institucionalizada da liberdade detém seria mal compreendida no sentido de sugerir uma vida sob duradoura precaução, na qual se evitam aspirações e intenções de alcance profundo.

---

50 Sobre essa defesa filosófica de tal concepção de identidade, cf. Galen Strawson, "Gegen die Narrativität", in *Deutsche Zeitschrift für Philosophie*, n. 53, vol. I, 2005, p. 3-22; idem, "Episodische Ethik", in *Deutsche Zeitschrift für Philosophie*, n. 56, vol. V, 2008, p. 651-75.

II
LIBERDADE MORAL

Antes que historicamente se pudesse de algum modo chegar à ideia social de que a liberdade individual poderia consistir numa identidade do eu exclusivamente orientada por princípios morais, isso demandaria, em primeiro lugar, uma ampla fase preparatória na história da civilização, um maior controle de sentimentos e uma "regulamentação mais intensa de impulsos instintivos momentâneos"[51]. Isso leva a um processo de formação que se expande por séculos, que, na concepção de Norbert Elias, tem seu ponto de partida no nobre porto dos estertores da Idade Média[52], numa crescente "psicologização" e "racionalização" dos estados de espírito individuais, que então permitiriam ao indivíduo orientar reflexivamente seu agir por máximas ou princípios considerados corretos. No entanto, criou-se uma base psicocultural, em que a avaliação do comportamento humano se fez dependente do autocontrole efetivado em cada caso[53]; para se chegar à ideia, mais ambiciosa, de que a liberdade do indivíduo pode se realizar na submissão a princípios morais considerados corretos, ou na orientação para eles, foram necessários antes maiores refinamento conceitual e penetração reflexiva. Não há dúvida de que a exacerbação categorial máxima se deu com a filosofia prática de Kant, que desde sempre tem servido

---

51 Norbert Elias, Über den Prozeß der Zivilisation, Soziogenetische und psychogenetische Untersuchungen, 2 vols., Berna/Munique, 1969, aqui: vol. II, p. 395 [*O processo civilizador*, vols. 1 e 2, 2. ed., Rio de Janeiro, Zahar, 2011].
52 Ibidem, p. 369-96.
53 Quanto a esse aspecto, cf. Andreas Reckwitz, *Das hybride Subjekt. Eine Theorie der Subjektkulturen von der bürgerlichen Modern zur Postmoderne*, Weilerswist, 2006, cap. II; Heinz Kittsteiner, *Die Entstehung des modernen Gewissens*, Frankfurt/Leipzig, 1991.

como fonte de referência quando se trata da liberdade individual como autonomia moral. A institucionalização da ideia de liberdade associada a ela certamente se dá de forma bem diferente da que se tem com a ideia de liberdade jurídica: se os direitos subjetivos como materialização de tal autonomia privada foram estabelecidos como normas de ação vinculantes para o indivíduo, e, por isso, foi constituído em seu conjunto um complexo de instituições "reguladoras", a ideia de autonomia moral não está provida de um caráter vinculante controlável pelo Estado. Assim, foi adotada, de modo geral, apenas uma forma fracamente institucionalizada de modelo cultural de orientação[54]. De todo modo, seria desvirtuador considerar essa ideia de liberdade, estabelecida na sociedade moderna, apenas um sistema de saber simbólico, e não um sistema de ação: assim como na institucionalização da liberdade jurídica, a institucionalização da autonomia moral acompanha determinadas práticas de reconhecimento recíproco. Faz-se um tipo especial de atribuição recíproca do estatuto normativo e cria-se a expectativa de uma forma específica da relação individual consigo próprio. O princípio da autonomia moral, organizado também como sistema de ação, compartilha com a autonomia privada, garantida pelo sistema jurídico moderno, o caráter de possibilitar a liberdade, mas não de realizá-la no âmbito institucional; pois aqui também é dada aos indivíduos a oportunidade, concedida culturalmente, mas não garantida pelo Estado, de se retrair por trás dos deveres de ação, a fim de, à luz de um ponto de vista especial — o da

---

54 Sobre a diferenciação entre instituições relacionais, reguladoras e culturais: Talcott Parsons, *The social systems*, Nova York, 1951, p. 51-8. Voltarei a tratar dessa diferenciação na transição da "possibilidade" para a realidade da liberdade.

moral —, novamente estar em conexão com um mundo real outrora vivenciado como dividido.

Antes de assinalarmos os limites da liberdade moral, é necessária uma apresentação de seu valor ético no âmbito da constituição ética das sociedades contemporâneas. Para isso, pode-se utilizar Kant como referência, no estudo das versões da "autonomia moral", tais como hoje encontramos em Christine Korsgaard e Jürgen Habermas; no caminho assim trilhado se demonstra de que modo a ideia culturalmente arraigada de uma liberdade moral ocupa um lugar legítimo na rede institucional de sociedades altamente desenvolvidas, pois tal concepção reconhece uma atitude subjetiva em que cada indivíduo pode se retrair, atitude que se fundamenta na recusa em assumir papéis sociais e deveres de ação (1). Na verdade, os limites desse tipo de liberdade aparecem de maneira sistemática, uma vez que a perspectiva assumida de uma universalidade de princípios de ação moral só se comprova de maneira autônoma como retrovinculação a convicções já dadas e aceitas, mas ainda não tornadas públicas; a "consciência moral" é, como vimos, apenas o estágio momentâneo num processo individual de verificação no qual ainda não se percebeu que o próprio ponto de vista há muito assumiu a forma da realidade social (2). A exemplo da liberdade jurídica, mesmo o mal-entendido de caráter de mera exceção da liberdade moral conduz a patologias morais que podem ser unilateralizações e endurecimentos habituais; se houvesse tendências à formalização legal de relações sociais na liberdade jurídica, nas quais as respectivas interpretações deficientes encontram sua expressão social, teríamos, entre as patologias morais, a crescente disposição em interpretar a própria autonomia pessoal não de maneira exclusiva, como o conceito do bem, mas segundo as categorias do correto e dos deveres morais do bem (3).

1. Razão de ser da liberdade moral

Kant mal havia formulado a sua ideia de uma autonomia moral e ela se converteu, pela via da influência cultural sobre as convicções cotidianas, numa poderosa instância do cotidiano, pela qual uma crescente massa de sujeitos se orientou pela articulação de demandas e exigências[55]. É claro que essa concepção especial da liberdade nada tinha de nova, e na verdade o terreno teórico no pensamento dos séculos XVII e XVIII se preparou para ela; a ideia política segundo a qual os Estados se tornaram aparatos soberanos, em que impõem suas próprias leis, a noção antropológica segundo a qual os homens representam seres divididos, porque se pode deixar que a razão ou suas paixões indiquem o bem para eles, a ideia teológica de que a vontade de Deus se deixe determinar por vontade própria e, de maneira plena, pelas leis morais, tudo isso é moldado por Kant tendo em vista a concepção de novo tipo, a sustentar que a verdadeira liberdade do homem está na submissão à lei moral que se considere correta e racional[56]. Como já vimos, Kant desenvolveu essa ideia de autonomia moral em dois passos, cada um deles contendo em si exigentes pressupostos: com Rousseau temos, em primeiro lugar, a convicção

---

55 Uma tentativa de elucidar esse sentido cotidiano da ideia de autonomia kantiana é empreendida, por exemplo, por Julia Annas: idem, "Persönliche Liebe und Kantische Ethik in Fontanes 'Effi Briefst'", in Dieter Thomä (org.), *Analytische Philosophie der Liebe*, Paderborn, 2000, p. 85-106.
56 Cf. Jerome B. Schneewind, *The Invention of Autonomy. A History of Modern Moral Philosophy*, Cambridge, 1998, sobretudo caps. 22 e 23.

de que só somos livres em sentido real quando nossas ações não se deixam determinar (causalmente) por impulsos naturais de qualquer espécie que seja, mas quando se deixam determinar (racionalmente) pelo discernimento em razões; nessa determinação, ele pode se amparar na intuição cotidiana de que a liberdade não deve estar relacionada a um simples deixar-se levar ou ser influenciado em seu agir, mas a um agir com autodeterminação e, por fim, com base em suas próprias convicções. Em segundo lugar, Kant pretende fundamentar que o tipo de motivos a que poderíamos nos ater de maneira sensata para (auto)determinar o nosso agir só é imaginável de um modo em que todo ser humano tenha de se considerar sujeito determinante de si mesmo: também nessa definição, Kant parece invocar uma familiar intuição cotidiana, já que de maneira oportuna ele cita a regra de ouro segundo a qual deve se tratar os outros unicamente como desejaríamos ou aspiraríamos ser tratados por eles.

Sob a forma de uma combinação de ambas as hipóteses, Kant chega à conclusão que lhe possibilita a ampla e radical afirmação de que só somos livres enquanto orientamos nosso agir segundo a lei moral. Todo aquele que não examina se as suas próprias ações poderiam ser aceitas por todos os outros, fazendo-se assim "lei universal", não é livre, porque não se deixa guiar por motivos racionalmente examinados, mas por "leis naturais". Certamente, nesse contexto, surge a pergunta filosoficamente relevante sobre até que ponto é válido o argumento de Kant de que cada tipo de reflexão ou ponderação racional deve implicar, em última instância, a adesão ao princípio da universalizabilidade e, assim, a lei moral; e aqui se apresenta uma série de alternativas, que vão da estrita recusa de tal equilíbrio até sua reformulação concreta⁵⁷. Mas, para o nosso questionamento, é de primordial interesse saber que valor ético detém, em nossas circunstâncias sociais de vida, a ideia de que só somos individualmente livres à medida que retornamos pela via da reflexão a uma posição moral da universalizabilidade; assim, da ideia kantiana da autonomia moral importa antes não o aspecto de suas implicações morais, mas aquele de interesse para a sua ideia específica de liberdade.

Logo depois de a ideia da autonomia de Kant ter alcançado certa eficácia no seio da realidade social, ele emitiu não apenas concepções estranhamente autoritárias do mero cumprimento do dever — e foi essa, por exemplo, a suspeita de John Dewey⁵⁸ —, mas também motivos emancipatórios de resistência moral contra condições sociais injustificadas. Com efeito, para o sujeito que sempre foi socialmente rebelado, pode ter parecido óbvio que sua recusa a determinadas situações se justificasse pela referência à sua não universalidade moral, mas somente com a filosofia moral de Kant, cristalizada num saber universal para o agir, temos a possibilidade de visualizar essa tomada de posição negativa como execução de uma liberdade que lhes corresponde sem estar referendada: em igual medida e independentemente de

---

57 Para o aspecto crítico, cf. Bernard Williams, "Präsuppositionen der Moralität", in Eva Schaper e Wilhelm Vossenkuhl (orgs.), *Bedingungen der Möglichkeit. "Transcendental Arguments" und transcendentales Denken*, Stuttgart, 1984, p. 215-60; para o aspecto positivo, cf. Christine M. Korsgaard, "Morality as Freedom", in idem, *Creating the Kingdom of Ends*, Cambridge, 1996, p. 159-87.

58 John Dewey, *Deutsche Philosophische und Deutsche Politik*, Berlim, 2000; motivação semelhante é a de Julia Annas, em sua contribuição: "Persönliche Liebe und Kantische Ethik in Fontanes Effi Briest", op. cit. A respeito da visão de Dewey sobre as consequências sociopolíticas da filosofia moral de Kant, cf. também minha introdução no volume intitulado: Axel Honneth, "Logik des Fanatismus. Deweys Archäologie der deutschen Mentalität", in Dewey, *Deutsche Philosophie und Deutsche Politik*, op. cit., p. 7-36.

qualquer ordenamento jurídico, como pessoas humanas somos todos livres para rejeitar exigências ou organismos sociais que não satisfaçam aos critérios de um possível assentimento da parte de todos os implicados. Nas sociedades modernas, esse tipo de "liberdade inalienável", que Rainer Forst, numa bela formulação, chamou de "direito à justificação"[59], manifesta-se num primeiro momento em seu significado polêmico e crítico: a ideia kantiana da autonomia moral não nos ilumina sobre como deveríamos realmente estruturar nossa vida e nosso agir, mas nos guia fundamentalmente quanto à possibilidade que sempre nos é dada de questionar sua juridicidade. Kant, sobre isso, já demonstra com convincente clareza, em sua exposição, que o exercício dessa liberdade moral de modo algum pode estar atrelado a pressupostos de tipo social ou psicológicos: uma vez que a recorrência ao princípio de universalidade ou, como ele refere, ao "imperativo categórico" é algo que em nossas ponderações prático-morais possui certa coação "transcendental", o sujeito não deve dispor nem sobre determinadas virtudes mentais, nem sobre um poder social para consumar uma tomada de posição crítica desse tipo. Todo indivíduo, não importa qual posição social ele assuma ou quais capacidades psíquicas ele tenha à disposição, possui, em toda e qualquer situação possível, a liberdade e as reivindicações com as quais é confrontado, a fim de indagar sobre a juridicidade das demandas que enfrenta; mas tendo em vista esse fim, por motivos que, segundo Kant, estão relacionados às coerções

---

59 Cf. Rainer Forst, "Das grundlegende Recht auf Rechtfertigung. Zu einer konstruktivistischen Konzeption von Menschenrechten", in idem, *Das Recht auf Rechtfertigung. Elemente einer konstruktivistischen Theorie der Gerechtigkeit*, Frankfurt am Main, 2007, p. 291-327.

gerais de nossa racionalidade, ele não tomará simplesmente seu próprio ponto de vista como indicador, mas tratará de considerar o de todos os demais sujeitos. Se for comprovado, à luz de tal perspectiva virtualmente generalizada, em última instância e do ponto de vista da comunidade de todos os homens, que dada demanda não pode ser verificada, e assim é injustificada, nesse caso o indivíduo em questão pode considerar que tem o direito de não atendê-la. Por isso, a autonomia moral de que fala Kant consiste, nessa forma negativa, na liberdade de recusar imposições sociais ou circunstâncias que não passem pela prova subjetiva da universalidade social: tão logo um sujeito seja capaz de comprovar que dada demanda não encontra aprovação universal, e assim não pode ser considerada "lei universal", nenhum ordenamento jurídico será capaz de impedi-lo de manifestar publicamente seu veto e a rejeição daquela demanda.

Como já foi dito, no entanto, assim apenas se tangencia o aspecto crítico da teoria da liberdade que Kant desenvolveu em seus escritos filosófico-morais; segundo ela, todo indivíduo pode exigir respeito como pessoa moral, cujos juízos fundamentados devem ser publicamente atendidos e tenham de ser levados em conta por toda legislação. Nessa conformação, a ideia de autonomia moral logo encontra apoio na popularização das sociedades em desenvolvimento do Ocidente; na Alemanha, os dramas de Schiller, que exerceram influência no decorrer do século XIX e até o surgimento dos movimentos dos trabalhadores[60], contribuíram para agilizar a sua popularização, enquanto em outros países essa ideia de autonomia moral pode ser retrospectivamente

---

60 Cf. Wolfgang Hagen, *Die Schillerverherung in der Sozialdemokratie*, Stuttgart, 1977.

entendida como a melhor interpretação dos próprios princípios constitucionais conquistados pela luta revolucionária. A ideia de que dispomos de liberdade moral para rejeitar imposições sociais e expectativas de papéis pela comprovação por razões generalizáveis torna-se um modelo cultural de orientação que penetra no cotidiano social pela via dos testemunhos literários e das comunicações políticas. Nessa transformação das mentalidades normativas, mantém-se intacta a ideia segundo a qual deve caber a cada homem determinada "dignidade", para além de qualquer distinção de classe e diferenças culturais. O princípio atrelado a isso foi até agora entendido de maneira universalista, sem a conotação hierárquica das ideias tradicionais de honra[61], e se baseou na imagem da "igualdade de Deus" — portanto, em premissas essencialmente teológicas —, enquanto agora, como resultado da filosofia moral proposta por Kant, pouco a pouco ele passa a se assentar em princípios seculares, segundo os quais a "dignidade" do homem já não se funda no pressuposto de que ele, como criação divina, compartilha ao menos parcialmente dessas qualidades, mas funda-se em seu "ser um fim em si mesmo", que só lhe corresponde porque todos os homens têm de reconhecê-lo como pessoa autônoma ao prover uma justificação racional a seu agir[62]. Desse modo, o que caracteriza normativamente o indivíduo, como a todos os homens, é a circunstância de que ele tem de ser reconhecido como uma pessoa moral, cujos fins deveriam ser ignorados na justificação individual das normas de ação. Esses

---

61 Cf. Peter L. Berger, Brigitte Berger e Hansfried Kellner, *Das Unbehagen in der Modernität*, Frankfurt am Main, 1987, p. 75 s. ("Excurs: Über den Begriff der Ehre und seinen Niedergang").
62 Cf. Immanuel Kant, *Grundlegung zur Metaphysik der Sitten*, in: idem, *Werke in zwölf Bänden*, Frankfurt am Main, 1968, vol. VII, p. 67 s.

resultados da transformação semântica do conceito de dignidade logo também se tornam uma orientação de fundo para a cultura cotidiana das sociedades modernas, e hoje eles constituem um inevitável argumento final nos discursos morais.

Com todas essas transformações nas convicções morais cotidianas, cujo delineamento já é conhecido, aquilo em que pode consistir o direito ético da liberdade moral, por certo, já não é algo que alcance o cerne real do conceito de autonomia de Kant. Certamente, a concepção de que devemos ser "livres" ao rechaçar expectativas e deveres, aludindo-se ao fato de não serem generalizáveis, altera substancialmente nossa autocompreensão como membros da sociedade; podemos nos conceber precisamente como sujeitos cujas convicções morais não podem ser simplesmente ignoradas no estabelecimento de condições sociais. A ideia universalista da "dignidade", que nesse ínterim aparece como um componente imprescindível da autocompreensão normativa das sociedades liberal-democráticas, fortalece esse significado da autonomia moral, ao reconhecer em cada indivíduo a capacidade e o direito de se impor as diretrizes de seu agir; o crescente poder de validação das ideias associadas a isso certamente se reflete fortemente nas transformações das práticas pedagógicas que hoje, com muito mais força do que no passado, já devem desde cedo despertar na criança o sentido de autonomia moral, pois essas práticas buscam inseri-la como parceira de comunicação no máximo possível de negociações[63]. Mas em todas essas mudanças

---

63 A título de exemplo, cf. Peter Büchner, entre outras contribuições, "Transformation der Elter-Kind-Beziehung? Facetten der Kindbezogenheit des elterlichen Erziehungsverhaltens in Ost- und Westdeutschland", in *Zeitschrift für Pädagogik*, 37 (1997), p. 35--52 (suplemento). Voltarei a essa questão no cap. III.1.

socioculturais a vigência social não adquire obrigatoriamente o que Kant, num sentido positivo, entendeu por "liberdade moral", que traz a ideia de que só somos efetivamente livres quando não podemos meramente recusar demandas previamente feitas com base em motivos universalmente entendidos, mas podemos orientar nosso próprio agir "de dentro" por tais motivos universalizáveis. O conceito de "autolegislação", que constitui o cerne da concepção de autonomia moral, é aqui entendido de modo que um sujeito, pela verificação reflexiva de suas intenções de agir, não pode agir de outro modo senão atendo-se às leis gerais, por meio das quais todo e qualquer sujeito é reconhecido como um fim em si e, por isso, como pessoa moral. Uma vez que há em nós uma ruptura racional da coerção natural, ser "livre" significa uma espécie de conversão de nossos meros impulsos e acionamentos em princípios racionais, ao mesmo tempo que existe um agir a partir da perspectiva imparcial da moral. Hoje se podem distinguir dois modos de leitura dessa tese extremamente forte, que excede em muito o uso apenas negativo da ideia de liberdade moral; sua diferença reside no fato de a verificação deliberativa do próprio agir ser apreendida segundo o critério dos motivos capazes de generalização, ora como coação transcendental, ora como resultado de uma transformação histórica de nossas ideias da moral. Porém, ambas as versões abstraem do que a "moral" exige para a integração normativa das sociedades modernas, das condições socioculturais que, em sua condição de realidades morais, precedem a todo ato de autolegislação individual.

Nos últimos anos, veio de Christine Korsgaard a tese de que, alinhando-se a Kant, na execução da formação de uma identidade prática só podemos transformar nossas inclinações naturais, apriorísticas, em princípios racionais de ação quando as verificamos de acordo com um princípio moral de capacidade de generalização e, nessa medida, distinguimos entre intenções "falsas" e "verdadeiras"; assim, segundo a sua concepção, nossa liberdade, que certamente deve incluir o não estar determinado causalmente por meros impulsos, está associada à aplicação do imperativo categórico[64]. O argumento a que Korsgaard recorre para fundamentar essa tese desdobra-se em diversos graus, que, por motivo de brevidade, iremos apenas esboçar. Seu ponto de partida consiste na premissa antropológica de que a estrutura reflexiva de nosso espírito confronta-nos, na condição de seres naturais, com a necessidade de sempre decidir quais de nossas tendências ou impulsos desejaremos tornar princípios de nosso agir[65]. Para Kant, comportamo-nos no mundo rompendo a coerção causal da natureza e inserindo em seu lugar um ato de livre determinação de nossas intenções de ação. O argumento de Korsgaard prossegue alegando que os motivos para isso, que nos auxiliam nesse ato de decisão, derivam apenas de leis gerais que impomos a nós mesmos; para poder determinar de maneira precisa qual direção o próprio agir deve tomar, é preciso que um ator estabeleça uma regra para si mesmo que lhe permita com o tempo trazer certa consistência às suas distintas manifestações e assim excluir a possibilidade do mero acaso[66]. Nessa medida, como Kant já afirmara, toda determinação reflexiva de nosso agir exige que obedeçamos a leis autoimpostas. Diferentemente de Kant, contudo, Korsgaard

---

64 Christine M. Korsgaard, *The Sources of Normativity*, Cambridge, 1996; idem, *Creating the Kingdom of Ends*, op. cit.
65 Korsgaard, *The Sources of Normativity*, op. cit., cap. 2.
66 Idem, p. 225 s.

vai afirmar em seguida que não devemos considerar como fonte de tais leis universais simplesmente o imperativo moral, mas, numa primeira instância, a identidade prática de um sujeito: impor uma lei a si mesmo significa, segundo a convicção de Korsgaard, querer expressar ao longo do tempo, em suas ações reflexivamente determinadas, que tipo de pessoa se gostaria de ser. Somente por esse desvio, que permite ao pensamento da autolegislação um giro existencialista mais forte e, portanto, moderno[67], Korsgaard chega à tese que lhe possibilita a equiparação entre liberdade e moral universalista: o indivíduo que faz de suas inclinações naturais motivo para seu agir, em caso de existirem dúvidas sobre os deveres concretos que derivam de sua escolha ética, só será capaz de, em última instância, retrair-se à posição de ser reconhecido como ser humano por trás de todos os seus laços locais[68]. Assim, com base em todos os nossos esforços para chegar a uma identidade prática, sempre há a valoração de nosso próprio si mesmo como pessoas que materializam a humanidade como se ela estivesse, a exemplo de todos os seus semelhantes, em condições de autolegislação; Korsgaard também afirma que não podemos fazer nada além de contemplar a "humanidade" em nós como uma finalidade em si[69]. Portanto, um passo pequeno nos faz concluir que temos o dever de respeitar aquela "humanidade", sempre e em todos os aspectos, também em todos os demais sujeitos, pois nos obrigamos a cumprir as tarefas e exigências que dela emanam assim como nossas identidades particulares e éticas; é como

---

[67] Thomas Nagel, "Universality and the reflective self", in Korsgaard, *The Source of Normativity*, op. cit., p. 200-69.
[68] Korsgaard, *The Sources of Normativity*, op. cit., p. 129.
[69] Idem, p. 125.

identidade última e mais profunda de pessoa humana que nos vinculamos ao princípio pelo qual se deve considerar todo semelhante uma pessoa humana, em igual medida[70].

Segundo a concepção de Christine Korsgaard, o que reproduzimos em cinco breves passos deve, ao final, produzir a comprovação de que nossa liberdade individual só pode ser entendida no sentido de uma obrigação moral para com todos os outros sujeitos humanos. Todo aquele que encontra suficiente clareza racional a partir das implicações de sua própria identidade prática terá de constatar que está compelido a seguir o princípio moral universalista[71]. A ideia da autonomia moral não deve, como antes, fundamentar somente o direito de todo e qualquer outro indivíduo a poder tomar uma posição moral ante expectativas de comportamento concretas, mas deve garantir uma completa equivalência entre moral e liberdade: assim, em última instância, somos "livres" somente quando nos compreendemos como pessoas que impuseram suas próprias leis e que as mantêm em respeito a todos os demais sujeitos humanos. Do mesmo modo, ainda que com a inclusão mais forte de argumentos históricos, o próprio Jürgen Habermas já há algum tempo procura defender a tese de que na modernidade a liberdade individual só pode ser apreendida segundo o padrão da autolegislação moral; com ele, essa concepção kantiana assume a forma de afirmação empírica, segundo a qual os indivíduos hoje dispõem de uma consciência moral pós-convencional.

Habermas preferencialmente emprega a categoria da "liberdade moral" em contextos das teorias da socialização nos quais

---

70 Idem, p. 132-60.
71 Cf. a discussão sobre o exemplo do mafioso: idem, p. 254-8.

ela assume a função de designar o mais alto grau de consciência moral sob as condições das sociedades altamente desenvolvidas[72]. Já esse uso empírico evidencia que a ideia desenvolvida por Kant não pode ser aqui entendida, como em Korsgaard, no sentido orginalmente pensado de uma pressuposição transcendental de nosso entendimento racional de nós mesmos; trata-se da autonomia moral e, portanto, da capacidade de vincular o próprio agir a princípios morais compreendidos como autoestabelecidos, apreendidos como último grau num processo de formação que hoje deve permear todos os sujeitos competentes com certa inevitabilidade. Como condição de partida de tal processo de aprendizado, tome-se a identidade "natural" de uma criança, que persegue a finalidade da maximização do prazer e assim está em conflito com as expectativas de comportamento, percebidas sob a forma de gratificações ou sanções às suas execuções de ações por parte de suas pessoas de referência. A "consciência moral", se é que se pode falar disso em tão pouca idade, detém a forma de uma generalizada disposição a evitar, na medida do possível, o desprazer, mediante a submissão a regras vivenciadas como heterônomas. Se a criança em desenvolvimento aprende pouco a pouco a se adequar a papéis primeiramente como membro de uma família ou, mais tarde, como pertencente a um grupo, ela pode extrair, de tais expectativas concretas de comportamento, normas gerais que serão aceitas como diretrizes morais do próprio agir: mesmo que tais deveres de ação não sejam de fato

---

[72] Cf., de forma paradigmática: Jürgen Habermas, "Moralentwicklung und Ich-Identität", in idem, *Zur Rekonstruktion des Historischen Materialismus*, Frankfurt am Main, 1976, p. 63-91; idem, p. 92-126. A categoria da "liberdade moral" aparece aqui sempre como designação para o grau mais elevado de consciência moral.

compreendidos como derivados de regras previamente dadas, de modo que não podem ser apreendidas como produtos do próprio querer, surge daí um conceito do dever moral, que se contrapõe categoricamente ao âmbito categorial e ao âmbito dos próprios desejos e intenções. A "consciência moral" detém, agora, a forma de uma disposição já discernida e reflexiva, para que, em caso de conflitos de ação moralmente relevantes, se aspire ao sentido de uma solução conciliadora e que as regras normativas do grupo de referência correspondente assim sejam aceitas. Para Habermas, para o avanço do processo de formação moral, no passo seguinte, o adolescente deve aprender a definir normas universais com base em tais sistemas de normas particulares. Só assim o indivíduo poderá compreender que a pertinência tradicionalmente praticada a grupos também pode se comprovar "falsa" ou "não razoável", pois colide com princípios que podem ser entendidos como interessantes a todos os afetados e, então, não passíveis de generalização[73]. Nesse terceiro nível, a "consciência moral", de modo correspondente, assume a forma de um discernimento que ocorre de maneira duradoura, fazendo que, em caso de conflito, o próprio agir ocorra de modo dependente das normas morais, de modo que se possa contar virtualmente com a aprovação de todos os implicados diretos ou potenciais. Segundo Habermas, mesmo que o sujeito maduro já se oriente por leis morais, que podem ser concebidas como autoproduzidas, se em princípio considerar-se que todo indivíduo teria de dar seu consentimento, faltaria ainda, para a realização da "liberdade moral", o fator pelo qual também as próprias necessidades, entendidas como "naturais",

---

73 Habermas, "Moralentwicklung und Ich-Identität", op. cit., p. 80.

podem ser aceitas como orientações moralmente corretas de ações. É evidente que, com esse passo adicional, a contraposição já presente em Kant entre natureza e eticidade — em sua teoria dos dois mundos — deve ser incluída, assim como as inclinações individuais presentes no ato da autolegislação moral. Habermas enxerga, como última fase do desenvolvimento moral, um nível em que os sujeitos entendem que, em caso de conflitos, eles têm de tornar suas intenções dependentes de normas morais, às quais se unem todos os participantes de um processo discursivo e isento de coações, aberto à possibilidade de uma reinterpretação e "liquefação" de suas próprias necessidades[74]. Entretanto, até hoje não está muito claro como seria possível tal reformulação das inclinações individuais ou das disposições de necessidades no seio do discurso moral se, para tanto, a regra deve ser a de que todos os participantes sejam unificados num espaço de tempo limitado por normas passíveis de generalização.

Seja como for, também na concepção de Habermas, que não se distingue da de Korsgaard, a liberdade individual é entendida segundo o modelo de uma vinculação a normas morais que devem possuir um caráter estritamente universalista. Para Habermas, o sujeito pós-convencional "tem de poder retrair seu eu por trás da linha tracejada de todos os papéis e normas especiais"[75] para que, em caso de conflito, ele seja capaz de determinar os motivos de seu agir com base na perspectiva, assim assumida, de um entendimento com todas as outras pessoas. Nessa posição, saber se aquela orientação, segundo princípios morais universalistas,

---

74 Idem, p. 84 s., p. 87 s.
75 Ibidem, p. 80.

pode ser concebida como uma espécie de coação racional de nossa autocertificação ética ou como resultado histórico de um processo de aprendizagem sociocultural tem importância apenas secundária; é decisivo apenas que a ambos os casos subjaza a ideia kantiana de que devemos nossa liberdade, em última instância, à possibilidade de nos separarmos de todas as vinculações e obrigações existentes ao surgirem conflitos de ação, para então novamente determinar nossa atitude desde sua base, segundo considerações generalizáveis. Pela ideia de parear distanciamento radical *e* concordância geral, de separar todo dado *e*, ao mesmo tempo, haver um consenso universalista, temos então o que se constitui valor dessa ideia de liberdade para a sociedade moderna: tão logo entramos em conflito com outros, devemos estar sempre em condições, de maneira fictícia ou real, de nos retirarmos, sozinhos ou em conjunto, do leito em que correm nossas eticidades do mundo real, sem pôr a perder a aprovação da comunidade. É a esse esforço de sintetização que a ideia de ser livre somente na vinculação com normas generalizáveis deve, até hoje, sua atratividade. Essa tarefa de síntese deve sua atratividade à ideia de ser livre somente na vinculação com normas generalizáveis; ela promete ao indivíduo ou grupo cooperante que não se perderá o consenso com o restante da humanidade se colocarmos entre parênteses o mundo da vida social orientado segundo a lei ética.

Hoje, tal como no caso da ideia da liberdade jurídica, também a concepção de liberdade que assim se delineia já não pode ser imaginada a partir da estrutura institucional das sociedades modernas: aos sujeitos, ela não apenas proporciona a autoconcepção para que possam recusar as relações existentes como "irracionais", mas pode também fazer que a força e a capacidade intelectuais transcendam os dados sistemas de normas de maneira fundamentada. O indivíduo que já antes, e em razão de suas concepções morais, ainda estava atrelado à eticidade concreta de sua vida real, para tanto, está autorizado na figura de pensamento da autolegislação moral em nome da liberdade, a fim de se transferir para uma perspectiva a partir da qual ele tanto pode se opor de maneira crítica a normas existentes como pode intervir de maneira construtiva em favor de nossos sistemas de normas. O aspecto sombrio da libertação do sujeito assim efetivada certamente se manifesta quando se esclarece a facilidade com que ela pode levar a interpretações sociais equivocadas, em razão da própria unilateralização que ela estimula. Contudo, tais patologias só podem ser nomeadas se antes vislumbrarmos em que consistem os limites sistemáticos da liberdade moral.

2. Limites da liberdade moral

Com a autonomia moral — para cuja institucionalização cultural colaboram a rápida disseminação e a popularização do legado kantiano —, constitui-se, nas sociedades modernas, um segundo tipo de liberdade individual, que aqui logo se converterá num princípio normativo de todas as relações sociais: sob o pressuposto de um respeito ao ordenamento jurídico dado ao indivíduo por força das normas de efeito cultural, permite-se que seja mantido em suas relações somente com base em pressupostos que possam ser considerados corretos ao se provar sua capacidade de generalização.

De modo correspondente, a "liberdade moral" deve significar que tal sujeito dispõe de uma margem de ação geralmente aceita e informalmente concedida, apenas para que tais normas morais sejam seguidas, e a elas, por essa razão, o sujeito pode assentir racionalmente, pois direta ou indiretamente elas encontrariam o assentimento de todos os implicados. Por isso, a esfera de ação pela qual se estende esse tipo de liberdade abarca primeiramente todos os âmbitos sociais da vida para os quais a formação da vontade do legislador político não tenha ditado quaisquer regras ou normas vinculativas. Aqui, onde nenhuma lei jurídica nos obriga a este ou àquele comportamento, devemos ser "livres" no sentido de devermos nos comportar somente com base em princípios que nos aparecem como racionais.

Essa formulação evidencia o modo como a instituição da "liberdade moral" não pode ser concebida apenas como uma espécie de marcador de lugar para uma prática compartilhada de deliberação racional nas sociedades modernas; a sua efetividade de ação não ocorre apenas quando os sujeitos individuais se dispõem a uma deliberação conjunta das leis de seu agir, mas ela já existe para o indivíduo em sua vida cotidiana, uma vez que ele está inserido em interações que exigem uma resolução racional de conflitos, mas deve tomar responsabilidade pessoal por ela. O valor ético da "liberdade moral" é algo que engana quem a toma muito apressadamente apenas pela forma da autolegislação, que executamos, desde sempre, de maneira cooperativa em processos do discurso público[76]. Ao modo de um saber universalmente compartilhado, essa liberdade é muito relevante para todo indi-

---

[76] Essa é uma inclinação manifestada por Jürgen Habermas em seus escritos teóricos sobre a moral, mas, sobretudo, em *Faktizität und Geltung*, op. cit., p. 135-50 (cap. III.2). Cf. a crítica correspondente em Albrecht Wellmer, *Ethik und Dialog. Elemente des moralischen Urteils bei Kant und in der Diskursethitk*, Frankfurt am Main, 1986, em especial cap. 2.

víduo como instância de invocação autônoma, pois a ele confere uma possibilidade legítima de questionar normas de ação dadas e, se for o caso, transgredi-las. Com base numa compreensão pós-convencional da moral, os sujeitos concedem-se reciprocamente a oportunidade de, para casos de conflitos de ação não juridicamente regulados e de responsabilidade estritamente pessoal, adotar um ponto de vista com base no qual eles possam se abstrair dos deveres postos por todos e decidir somente segundo o critério de razões passíveis de universalização. De modo contrário ao resultado desse processo presumivelmente racional da formação da vontade, em princípio não se pode fazer nenhuma outra objeção, já que ele deve ser interpretado como expressão do saber individual orientado pela lei ética. Ainda que as precondições para tais interações não estejam estabelecidas sob a forma de reguladores de ação sancionados pelo Estado, elas residem apenas no princípio frágil de algumas sanções informais do sentimento de culpa e de vergonha moral[77], que constituem o arcabouço de um sistema de ação culturalmente institucionalizado: servir-se de sua liberdade moral e praticá-la significa tomar parte numa esfera de interação levada a cabo por um saber compartilhado e interiorizado, considerando que a esfera de interação é regulada por normas de reconhecimento recíproco. A exemplo do que já acontece no sistema da liberdade jurídica, aqui também devem prevalecer três condições: que existam determinadas práticas de reconhecimento mútuo, que se atribua uma classe especial de estatuto normativo aos indivíduos e, por fim, que se

---

[77] Sobre o conceito de "sanções informais", cf. Peter Stemmer, *Normativität. Eine ontologische Untersuchung*, Berlim/Nova York, 2008, cap. 7 e 8.

possa esperar uma forma específica de relação individual consigo mesmo. Quero explicar brevemente essas condições da esfera da liberdade moral, para então passar a demonstrar as limitações e restrições a elas associadas.

(a) A ideia cultural da "autonomia moral" produz, à medida que encontra aceitação social e disposições de ação estáveis, um tipo de interação social em que os sujeitos atribuem-se mutuamente a busca de juízo racional e, portanto, concedem um ao outro a oportunidade de tomar uma posição moral. Em caso de conflito com base no julgamento de razões passíveis de universalização, cada qual confia no outro, de modo que as convicções morais desses outros têm de ser levadas em conta na mesma medida das suas próprias; a liberdade individual, que desse modo os partícipes se concedem reciprocamente, é a liberdade da autolegislação, que consiste em poder amparar seu agir exclusivamente em princípios considerados "corretos", sob a condição de que, para a sua correção, eventualmente, possam ser fornecidas razões passíveis de ser consultadas por todos. Nessa medida, diferentemente do exercício da "liberdade jurídica", o exercício da "liberdade moral" está atrelado à disposição recíproca para a demanda em justificar intersubjetivamente as próprias decisões e defendê-las com argumentos comprováveis: se, na esfera de interações jurídicas e no contexto das leis existentes, eu sou "livre" para agir de maneira discricionária e, portanto, sem ter de lidar com a obrigação da justificação, na esfera das interações moralmente determinadas eu só posso então reivindicar a "liberdade" de me autoimpor as diretrizes de meu agir se ao mesmo tempo estiver disposto a nomear as razões intersubjetivamente verificáveis de sua aceitabilidade universal.

(b) Uma vez que os membros da sociedade só podem ser confrontados como sujeitos "moralmente livres" se tiverem disposição para justificar seus motivos para agir, eles devem, antes, se conceder reciprocamente o estatuto normativo para poder, pela via da razão, vincular sua vontade a normas ou princípios generalizáveis. Se para a interação mediada juridicamente é suficiente atribuir ao outro somente capacidades racionais instrumentais, necessárias para o cálculo dos interesses individuais e para a requerida obediência jurídica, as respectivas atribuições de racionalidade são bem mais exigentes para a interação moralmente mediada: para poder dispor sobre a liberdade diante de todos os outros, de modo que seu agir se ampare somente em princípios considerados corretos individualmente, um ator deve ter validade de pessoa a partir da perspectiva de todas as outras partes na comunicação que possam controlar suas inclinações a esforços da vontade de grau mais alto e, assim, se deixar conduzir por princípios passíveis de assentimento universal. O que há de peculiar em tal forma de reconhecimento recíproco, que doravante deverá ser chamada de "respeito moral", está na condição de que ela deve fazer coincidir o respeito pelo indivíduo, insubstituível, com sua inclusão na comunidade de todas as pessoas, e isso significa que deve fazer coincidir individualidade e comunalidade: desse modo, uma vez que o indivíduo deve ser normativamente considerado capaz de justificar, caso necessário, as diretrizes de seu agir individual eventualmente diante de todos os outros, ao mesmo tempo lhe é concedido o direito de, ele próprio e a partir de si mesmo, articular em suas ações somente os princípios que considera corretos[78]. No conceito moderno de "consciência", que é, por assim dizer, produto de uma reinterpretação kantiana de uma instância entendida originalmente de modo muito mais particular, são evidenciados os seguintes aspectos: o direito de invocar sua "consciência" em caso de conflitos morais relevantes não deveria promover algo como a fundamentação de suas próprias decisões em princípios meramente individuais, mas pressupor a disposição de apresentar esses princípios publicamente como generalizáveis.

(c) Na via da institucionalização cultural dessa relação de reconhecimento constitui-se aquela forma especial de subjetividade que podemos caracterizar como "moral". Um indivíduo desse tipo, por sua vez, deve ter aprendido a transformar seus impulsos de ação primários, mediante seus esforços reflexivos, em motivos para a ação tomados por corretos: a isso por certo vem servir não apenas a tolerância à frustração e certa força de vontade, mas também a capacidade racional de diferenciar entre razões "corretas" e "incorretas" em cada caso. Segundo as concepções prevalecentes em nossos dias, essa capacidade de discriminação deve consistir em poder prestar contas da compatibilidade de seus próprios motivos para agir com os interesses e as

---

[78] Para essa restrição a duas modalidades de respeito na atenção moral, cf. Lutz Wingert, *Gemeinsinn und Moral. Grundzüge einer intersubjetivistischen Moralkonzeption*. Frankfurt am Main, 1993, cap. vıa, p. 179-89.

intenções de todos os implicados: nesse sentido, "correto" é o que não viola as vontades de todos os outros implicados, respeitando-os assim como fins em si mesmos[79]. Ora, assim a subjetividade moral demanda não apenas capacidades autorrelacionais, mas também capacidades de orientação social: a fim de poder conduzir seu próprio agir por razões generalizáveis, o ator individual deve antes ter aprendido a se transportar para a perspectiva daqueles que poderiam ser afetados por seu agir. Por isso, a capacidade de levar adiante, virtualmente, a adoção de uma perspectiva desse tipo pertence igualmente ao rol de competências elementares, que devem ser atribuídas a um sujeito para que ele surja socialmente como representante da liberdade moral. Se um indivíduo chega a tal existência social, na qual são publicamente consideradas as respectivas capacidades, então ele pode saber se é um sujeito a quem compete a liberdade da autolegislação moral.

O esquema de comportamento imposto aos sujeitos no seio da esfera da liberdade moral é aquele de um ator comunicativo com orientações universalistas de ação: nos casos de conflitos intersubjetivos, que não são juridicamente regulados, espera-se que o indivíduo possa separar-se de todos os seus deveres de papéis até então existentes e de vínculos normativos para que em suas decisões ele se oriente pelo princípio da capacidade de assentimento universal. Porém, numa consideração mais precisa, deve-

---

[79] Com relação ao "aprendizado" dessas capacidades morais, cf. os estudos — de caráter filosófico, não sociológico — de Barbara Herman em *Moral Literacy*, Cambridge/Mass., 2007.

se observar que nessa expectativa de comportamento recíproca existe uma espécie de ilusão necessária, que consiste na hipótese de o sujeito moralmente reflexivo, mediante um paulatino parêntese de seus laços existentes, chegar a um ponto no qual estaria em condições de se assegurar de maneira medianamente neutra do assentimento universal de seus possíveis princípios. Segundo tal ideia, deveríamos poder pensar os outros sujeitos como se já não compartilhássemos com eles certo entendimento prévio sobre circunstâncias e normas institucionais, de modo que então poderíamos, com base no assentimento virtual, informal e imparcial dos outros sujeitos, pôr à prova a correção de nossos motivos para ação. Mas na ficção inevitavelmente sugerida assim, embora não o pareça, evidenciam-se os limites da liberdade moral; esses limites espelham-se também lá onde o sujeito moral se situa em relações intersubjetivas, a fim de incorporar as qualidades da pura autorrelação. Em ambos os casos, o processo da autolegislação (individual ou cooperativa) deve ser descrito como se lhe fosse possível, mediante um distanciamento reflexivo de todas as normas dadas, julgar a universalidade de princípios morais de maneira completamente desvinculada e, assim, imparcial; para os sujeitos que em suas práticas sociais se atribuem reciprocamente perspectivas desse tipo, isso significa não propriamente realizar a liberdade nova e individual, mas apenas prová-la e ventilá-la.

No processo da deliberação moral, a impossibilidade de se chegar a um ponto de observação a partir do qual estaríamos em condições de, imparcialmente, verificar se todos os nossos motivos para ação poderiam encontrar assentimento universal deve ser examinada em seus diferentes aspectos. Certamente não cabe aí a pura e simples constatação, pois não podemos assumir uma perspectiva que fosse como neutra, visto que nossas próprias expressões linguísticas, dependentes de um uso comunicativo e, por isso, saturadas de nossas experiências históricas, estão a selar nosso distanciamento. Mesmo que essa indicação esteja correta, ela nada diz acerca da possibilidade de dissolver papéis e normas dadas no horizonte de uma linguagem compartilhada intersubjetivamente, de modo que se torne ao menos imaginável a adoção de um ponto de vista imparcial ou universal. No contexto da liberdade moral, a imparcialidade ou a capacidade de generalização não podem significar uma a-historicidade, como eventualmente pode parecer em Kant; liberar-se de seus próprios deveres assumidos não significa buscar uma perspectiva "em lugar nenhum", ou seja, num lugar não situado[80], mas tão somente chegar a uma avaliação de dada situação que seja a mais desinteressada possível, sem o viés de nenhum alinhamento. Não obstante, nesse contexto pesa mais a suposição de que os sujeitos, com tal mudança de perspectiva, talvez possam se distanciar de seus laços concretos e dos deveres a eles associados, mas não dos arranjos institucionais em que estão inseridos. Segundo tal reflexão, em sua tentativa de assumir um ponto de vista o mais imparcial e apartidário possível, os participantes deverão se chocar com regras normativas e não mais poderão separar-se delas, pois elas têm de ser mantidas para desempenhar o papel da essência de sua vida real social. A consideração assim esboçada apresenta um aspecto da objeção levantada por Hegel

---

80   A esse respeito, cf. Thomas Nagel, *Der Blick von nirgendwo*, Frankfurt am Main, 1992 [*Visão a partir de lugar nenhum*, São Paulo, Martins Fontes, 2004].

contra a construção do ponto de vista moral por Kant; apesar de todas as relativizações necessárias, até hoje ele nada perdeu de sua relevância.

No sistema de ação da liberdade moral, os sujeitos impõem entre si, como vimos, o ato de orientar-se segundo princípios considerados corretos individualmente sob a condição de que possam, se for o caso, indicar os motivos gerais para sua legitimidade; o ponto de vista, que por essa razão tem de já estar assumido em cada um dos casos, é o de um ator imparcial, que pode avaliar conflitos não juridicamente regulados sem levar em conta laços e deveres existentes. Ora, o que se tem é que, na verdade, nós nos atribuímos reciprocamente a disposição para adotar tal perspectiva no cotidiano de nossas sociedades. Ninguém haverá de tomar por parceiro de interação alguém capaz de prestar contas e seguir seus próprios princípios de maneira razoável se este, no caso de uma justificação de seu agir, não souber indicar os motivos que o pautam, que podem ter validade pela perspectiva de todos os potenciais implicados como, em princípio, dignos de assentimento. Essa forma de atribuição recíproca de autonomia moral tornou-se, em certa medida, uma técnica cultural, sem a qual a resolução cotidiana de conflitos não regulamentados juridicamente seria inimaginável. No entanto, na disposição pressuposta de se chegar a um distanciamento ou descentramento necessário, é preciso diferenciar agora dois passos de abstração, que nem sempre podem aparecer suficientemente diferenciados um do outro; no desnível entre ambos esses graus, revela-se precisamente em que consistem os limites da liberdade moral.

Num primeiro nível de abstração, o sujeito considerado moralmente autônomo deve dar o passo que o coloca nas perspectivas de *todos* os potencialmente implicados, uma vez que, de seu viés original, esse sujeito ignora todas elas; para alguém a quem atribuímos a competência de se orientar segundo princípios corretos, em caso de conflitos moralmente relevantes, o fato de ele estar próximo ou não das pessoas implicadas em nada deve influir. É claro que o resultado dessa primeira abstração, desse primeiro nível de distanciamento, não deve ser confundido com a exigência de assumirmos um ponto de vista despersonalizado ou completamente livre de emoções diante de nosso ambiente social. Imparcialidade não é o mesmo que despersonalização, pois ela exige apenas que não se conceda, às próprias questões pessoais, nenhum estatuto privilegiado na resolução de conflitos morais, sem demandar que nos tornemos embotados e anestesiados ante os laços privados ou relações sociais[81]. Nossa percepção das gradações emocionais relativas a distância e proximidade permanece intacta quando nos transplantamos a uma perspectiva a partir da qual os desejos e as intenções de todos os participantes, num primeiro momento, se manifestem como de igual valor: nesse caso de conflito, não queremos que nossos interesses e ações sejam influenciados por tendências advindas de interesses, de preferências ou de seus próprios laços. Por isso, esse tipo de esforço de abstração é inevitável para a participação em sistemas de ação da liberdade moral, pois só mesmo mediante esse esforço o indivíduo se coloca na situação de se valer socialmente como sujeito, cujo agir se ampara nos princípios "autoestabelecidos", considerados individualmente corretos. De resto,

---

[81] Sobre essa distinção entre "imparcial" e "impessoal", cf. Adrian M. S. Piper, "Moral Theory and Moral Alienation", in *The Journal of Philosophy*, LXXXIV (1987), n. 2, p. 102-18.

segundo Bernard Williams[82], de tal compreensão da imparcialidade decorre também que nesse primeiro nível ainda não surjam os tais efeitos de estranhamento de que tantas vezes se fala no âmbito da crítica do ponto de vista moral. Segundo o que foi dito até agora, comportar-se de maneira imparcial em casos de conflitos moralmente relevantes significa abrir mão, na medida do possível, de seus interesses e implicações pessoais na situação, para então chegar a uma solução o mais justa e equilibrada possível — para esse passo de abstração, é necessário tempo para reflexão, pois só assim toda e qualquer decisão tomada poderá valer como "correta" para o próprio indivíduo.

Ora, para o ponto de vista da liberdade moral, ao menos na tradição kantiana, prevê-se ainda um passo a mais na abstração, o qual muitas vezes não é diferenciado de modo suficientemente claro do que acabamos de expor. De acordo com ele, para podermos agir de maneira moralmente autônoma, devemos não apenas estar em condições de, em primeiro lugar, relegar nossos interesses pessoais, mas também de dispensar o conteúdo de significado social das relações nas quais nos encontramos desde sempre. A diferença entre ambos esses passos de abstração está no fato de nós, no primeiro caso, não devermos automaticamente privilegiar relações existentes em caso de conflito, enquanto no segundo caso devemos ainda ignorar o que significa manter e cultivar relações desse tipo. Desse modo, pode-se facilmente visualizar a diferença assim indicada no exemplo de um professor universitário que percebe um delito de plágio não

---

[82] Cf. Bernard Williams, "Personen, Charakter und Moralität", in idem, *Moralischer Zufall. Philosophische Aufsätze 1973-1980*, Königstein im Taunus. 1984, p. 11-29; idem, *Ethics and the Limits of Philosophy*, Cambridge/Mass. 1985, p. 19s., p. 65-7, 103 s.

exatamente grave, cometido por um colega com quem tem relações de amizade, e se pergunta qual a maneira adequada de reagir: seria correto informar diretamente o reitor da universidade, deveria tentar dialogar com o infrator ou simplesmente não fazer nada, deixando o caso morrer em sua insignificância? O correto a fazer exige desse homem, primeiramente, questionar sobre como aquele delito seria avaliado na perspectiva dos demais implicados direta e indiretamente; em suas primeiras ponderações, ele deve buscar, de maneira autônoma, colocar mentalmente entre parênteses sua relação amistosa com o colega, a fim de chegar à avaliação mais imparcial possível da gravidade e das consequências do caso. À medida que imputamos a essa pessoa apenas interesse numa solução moralmente "correta" para o conflito, de seu ponto de vista, esse primeiro passo de descentramento lhe é inevitável em sentido estrito; pois o sentido do predicado "correto" não pode aqui ser entendido de modo diferente do que se tem por oposição a preconceito ou parcialidade, de modo que se deve assumir um ponto de vista que contenha em si os juízos presumíveis do maior número possível de implicados.

De acordo com Kant e com a tradição fundada por ele, o referido professor universitário tem de consumar ainda outro passo de descentramento, que consiste em se abstrair das normas de amizade ou de coleguismo já existentes; o juízo moralmente correto a que deve chegar a pessoa "autônoma" deve residir nos princípios que poderiam ter o assentimento de todo homem e para os quais de modo algum as regras existentes da interação social devem influir. Mas se agora procurarmos realçar essa exigência no processo de consideração prático-moral do professor, necessariamente constataremos que ela não pode ser usada aqui de maneira sensata; afinal, o que deve significar, para a pessoa afetada, transpor-se para o papel do legislador de um mundo de todos os seres morais quando se trata de buscar uma solução "correta" para si no papel de amigo ou colega? Em suas ponderações, o papel do professor não pode simplesmente se abstrair das normas implícitas de tal modelo de relações, pois isso restringiria de antemão o que pode ser considerado resposta possível ao seu conflito moral; não é como uma pessoa qualquer que ele irá explorar na prática o modo adequado ou correto de se comportar ante o ilícito do plágio, mas como amigo ou colega. Nessa medida, para essa pessoa, é impossível consumar um segundo passo de descentramento; a pá de suas considerações práticas se depara com a resistência insuperável lá onde encontra a camada das normas morais que, num certo período, sempre regulara as relações entre os homens. O descentramento do primeiro nível deve, obrigatoriamente, se realizar pela perspectiva dos papéis em que o sujeito é defrontado com um conflito moral, e esse papel, por sua vez, é determinado por regras sociais que estabelecem de que modo se constitui normativamente a relação entre os sujeitos em determinadas esferas da sociedade.

Desse modo, a objeção assim esboçada coincide com a crítica de Hegel, uma vez que também essa deve querer demonstrar que o procedimento de verificação de máximas, descrito por Kant, só pode acontecer sob a condição de regras já previamente aceitas do convívio social: em todo e qualquer emprego do imperativo categórico nos deparamos de algum modo com normas constitutivas de nossa respectiva forma de sociedade, que não podemos conceber como autorizadas por nós próprios, já que devemos primeiramente aceitá-las como fatos institucionais[83]. Assim, Hegel contesta que possamos ser moralmente autônomos ou livres no sentido kantiano, pois, de seu ponto de vista, os princípios de nosso agir não podem ser postos do início ao fim somente a partir de si mesmos. Em vez disso, em nossos juízos e ações morais sempre necessitamos de um reconhecimento recíproco de fatos institucionais, que assumem a conformação de normas socialmente fundamentais de nossa forma de convívio e, por essa razão, possuem uma força de validade não disponível ao indivíduo[84]. Para nosso professor universitário, essa restrição se espelha em sua autolegislação, uma vez que em suas ponderações ele pode simplesmente abolir os efeitos das normas implícitas da amizade e do coleguismo; sempre que avaliar o que vai fazer, ele tem de estabelecer alguma relação com essas normas, porque elas determinam externamente a situação de partida de seu conflito moral e as vias de solução que estão à disposição.

Nessas limitações da autolegislação moral surgem os limites daquela liberdade individual que aqui, com Kant, designamos "morais". No exercício da liberdade, que deve ser reciprocamente permitido a todos, o indivíduo, a fim de amparar seu agir somente em princípios autoestabelecidos, sempre torna a encontrar regras normativas, as quais ele não pode conceber como autoestabelecidas; em vez disso, ele é coagido a, em primeiro lugar, aceitá-las como fatos institucionais, diante dos quais são possíveis interpretações diferentes, mas não como esforços voluntários de pôr ou abolir os parênteses. Tendo em vista essas restrições, o fato

---

83 Cf.Hegel, *Grundlinien der Philosophie des Rechts*, op. cit., § 135.
84 A esse respeito, cf. Robert B. Pippin, *Hegel's Practical Philosophy. Rational Agency and Ethical Life*, Cambridge, 2008, cap. III.

de a implementação de autolegislação moral ser ou não pensada como um ato monológico ou cooperativo, discursivo, não configura diferença importante, pois mesmo os sujeitos que discutem informalmente entre si buscam, em conjunto, unificar-se quanto à capacidade de generalização de suas normas de ação, e assim são sempre confrontados com regras morais que eles próprios não podem abolir. O sentido do que constitui a amizade, as normas de uma Constituição, os deveres entre pais e filhos, tudo isso em dado tempo são fatos institucionais dotados de conteúdo normativo, dos quais mesmo a comunidade discursiva moral, não obstante os esforços de unificação, não pode simplesmente se distanciar. Tais normas se projetam muito mais no processo comum de formação de vontades e o limitam de dentro para fora sob a forma de deveres já mais ou menos aceitos. Em outras palavras, a todo discurso moral subjazem formas elementares de reconhecimento recíproco, que são constitutivas da sociedade que a circunda, uma vez que já não podem ser questionadas ou suprimidas pelos membros dessa sociedade.

Se tivermos diante dos olhos essas limitações da liberdade moral, ao mesmo tempo ficará evidente que o seu valor ético surge como resultado da obtenção de uma distância meramente negativa em relação a uma coerência prática já estabelecida. Todo aquele que põe à prova, ao operar como indivíduo ou membro de uma comunidade discursiva, os princípios de seu agir em forma de um teste de generalização, o faz porque gostaria de chegar a uma solução racional aceitável e passível de endossar conflitos de ação individualmente, cujas raízes estão nas tensões de um mundo real ético que, enquanto todo, lhe é inacessível. Por conseguinte, como já se tem com a liberdade jurídica, também a liberdade moral possui essencialmente um caráter interruptor e postergador; quem faz uso dela quer obter uma distância reflexiva, a fim de tornar a encontrar, num modo público de justificação, uma conexão com uma prática social que ele tenha confrontado com exigências ou indevidas, ou incompatíveis. Por essa via negativa, a liberdade moral certamente corresponde a uma força transformadora, a qual não é inerente à liberdade jurídica: se nós, no uso de nossos direitos subjetivos, recuamos do contexto de vida ético a fim de obter para nós mesmos um espaço livre para a determinação de nossos objetivos pessoais de vida, na atitude de liberdade moral podemos assim contribuir para a transformação de dada sociedade à medida que sua referência de universalidade permita um questionamento público da interpretação das normas da vida real. No espaço de proteção da liberdade jurídica, com o assentimento de todos os outros, recuamos de certo modo apenas a nós mesmos, mas, na moratória reflexiva da autolegislação moral, temos de chegar a soluções de conflitos de ação que sejam intersubjetivamente justificáveis, de modo que nossas decisões individuais sempre exerçam também sobre as outras efeitos retroativos. Assim, o valor da liberdade moral supera o da liberdade jurídica: se na liberdade jurídica possuímos o direito de mudar nossa vida de maneira desimpedida, na liberdade moral, contudo, temos o direito de provocar um impacto sobre a interpretação pública das normas morais.

3. Patologias da liberdade moral

Como vimos, patologias sociais surgem apenas quando alguns ou todos os membros da sociedade se equivocam sistematicamente quanto ao significado racional de uma forma de prática institucionalizada em sua sociedade. Em vez de exercer as regras de um modo mais ou menos criativo, cujo exercício comum constitui o valor social de tal sistema de ação, os membros deixam-se conduzir pelas interpretações das regras que reproduzem de maneira equivocada seu sentido social. Interpretações equivocadas desse tipo e, portanto, distúrbios no plano da apropriação reflexiva de práticas sociais resultam, de modo geral, em formas de comportamento individuais ou coletivas que dificultam uma participação no processo de cooperação social, pois os que não estão em condições de uma interpretação adequada do teor normativo de práticas institucionalizadas isolam-se diante do restante da sociedade, que está integrado porque as respectivas formas do reconhecimento recíproco são coletivamente dominadas. Nessa medida, as patologias sociais apresentam o resultado da violação de uma racionalidade social materializada como "espírito objetivo" na gramática normativa dos sistemas de ação institucionalizados.

Assim como o sistema da liberdade jurídica, o sistema de ação da liberdade moral contém uma série de portas de entrada para o tipo de interpretações equivocadas expressas nas patologias sociais. Segundo seu conteúdo racional, essa esfera de interação está disposta na concessão recíproca de uma liberdade individual, que consiste em, no caso de conflitos ou postulações regulados não juridicamente, razões que possam ser alegadas, generalizáveis e compreensíveis para todos. O ponto de partida para as interpretações equivocadas no contexto de tais comunicações está no indivíduo que não sabe exatamente em que medida ele está vinculado de antemão à moralidade existente em sua sociedade para a determinação dos princípios de seu agir; tão logo se abstrai da ideia de que a relação entre nós está sempre regulada por determinadas normas de ação que não se encontram simplesmente à nossa disposição, são geradas ilusões acerca de propagações não situadas que levam a distintas formas de uma patologia da liberdade moral. Assim, a perspectiva do desinteressado e do imparcial sempre se confunde com o ponto de vista de um ator, que é livre de todos os deveres associados a seus respectivos papéis, a ponto de poder determinar os princípios de seu agir única e exclusivamente pelo fio condutor de sua universalidade. Mas ocorre que para esse sujeito, ou a própria vida, ou o mundo social se encolhem para um campo de ocorrências ou acontecimentos que devem deixar-se arranjar unicamente segundo o padrão de motivos morais. No primeiro caso, esse ocultamento ilusório de toda a facticidade normativa conduz ao tipo de personalidade do moralista desvinculado (a); no segundo caso, ao contrário, conduz a formas de aparição do terrorismo fundamentado na moral (b). Em ambos os casos, o que constitui o valor da liberdade moral em nossas sociedades, sistematicamente mal compreendida, não é visto como suas limitações internas, razão pela qual não são aceitas suas funções meramente críticas e suspensivas.

(a) Sem diferir da liberdade jurídica, também na liberdade moral a lógica de seu exercício patológico consiste em que não se considera seu limite como inerente, e por isso o seu uso se expande para o âmbito inteiro de uma prática de vida social. A consequência habitual de uma desvinculação desse tipo é uma rigidez e um engessamento do agir individual, refletidos em sintomas do isolamento social e da perda da comunicação: uma vez que os sujeitos não podem ver que a liberdade concedida lhes oferece apenas uma possibilidade muito limitada de reparação reflexiva de intersubjetividades quebradas ou interrompidas, eles a percebem como fonte de sua autoconcepção integral e assim aniquilam a oportunidade de um reatamento às interações do mundo real. Na verdade, as analogias entre as patologias da liberdade jurídica e as da liberdade moral só chegam até esse ponto; afinal, ainda que ambas possam ser descritas segundo o modelo de inversão de um mero meio num fim em si mesmo, elas se diferenciam à medida que apenas no segundo caso se pode falar num exercício efetivamente equivocado do exercício da liberdade concedida. Os que se enredam em patologias da liberdade jurídica compreendem o uso dos direitos subjetivos não propriamente de maneira equivocada, mas apenas o estendem a todo espaço de tempo razoável e adequado: conforme vimos, eles se tornam personalidades jurídicas formais, uma vez que, fundamentalmente, apreendem a sua liberdade também como disponibilidade de direitos onde seriam necessárias outras formas de interação social. E, ao contrário, os que são arrastados para dentro de uma patologia da liberdade moral parecem se equivocar sobre algo na execução da autolegislação moral: tornam-se máscaras de personagens de uma mentalidade moral, já que buscam determinar seus motivos de ação a partir de uma perspectiva de generalização, para a qual as normas já existentes do trânsito social não têm nenhuma validade — eles se veem efetivamente no papel de um legislador para um mundo de seres humanos, como se o mundo dado desde sempre já não fosse cunhado por uma série de regras normativas, que de antemão limitam o horizonte de nossas considerações morais. Quem quer que ignore, desse modo, a facticidade moral de seu mundo real social desenvolve a tendência a orientar sua vida basicamente por fins que satisfaçam ao critério de validade universal; essa deformação "moralista" da autonomia pessoal se constitui na primeira forma de uma patologia da liberdade moral[85].

Na vida das pessoas que gozam de respeito moral, os deveres morais que provêm de relações sociais costumam desempenhar o papel de condições restritivas para as deliberações morais: com base na perspectiva do papel já assumido, reflete-se sobre o que se pode fazer diante de um conflito levando-se em conta, da maneira mais imparcial possível, os interesses de todos os afetados. Isso significa, em primeiro lugar, que em suas considerações a pessoa moralmente autônoma não esquece os tipos de ligações mantidas com os diferentes implicados; ela se pergunta sobre o agir moralmente correto, não como seres isentos de relações, não situados, mas na condição de mãe, colega ou amigo. Tal vinculação prévia a nossas deliberações de modo algum implica uma preferência cega pelas pessoas que nos estão próximas; a busca pelo "correto", pela solução individualmente responsável, que constitui nossa liberdade moral, acaba por exigir de nós

---

85 A expressão "*moralism of personal autonomy*" é de Jeremy Waldron, "Moral Autonomy and Personal Autonomy", in John Christman e Joel Anderson (orgs.), *Autonomy and the Challenges to Liberalism*, Cambridge, 2005, p. 307-29, em questão aqui, p. 323; cf. também os diagnósticos sobre a figura do "santo moral", apresentados por Susan Wolf: idem, "Moral Saints", in *Journal of Philosophy*, n. 79, 1982, p. 419-39.

um descentramento, que leva a uma consideração das reações possíveis de todos os afetados. Mas, assim, não tornamos a pôr entre parênteses as normas da paternidade, do coleguismo ou da amizade que determinam nossa personalidade, mas como tratamos as restrições da perspectiva que acompanham nossa intenção de descentramento; a resposta a que chegamos consistirá numa fixação de um princípio que seja o mais equilibrado possível e inclua deveres já existentes, aos quais buscamos nos ater ao gerenciar o conflito. Também no caso do questionamento moral de imposições que nos pareçam injustificadas, no mais das vezes não vamos argumentar de um ponto de vista que esteja além "de todos os papéis e normas especiais"[86]; esses deveres de ação socialmente existentes vão constituir muito mais o contexto normativo no seio do qual intentamos trazer motivos de generalização obrigatória ao motivo de aquelas funções concomitantes terem sido, até agora, ou injustamente distribuídas, ou interpretadas de maneira equivocada. Mas, tão logo o contexto limitador é posto entre parênteses, tão logo se tenha procedido como se já não fôssemos previamente obrigados por normas de ação elementares, surge a ficção de um sujeito desvinculado, que tem de obter todos os seus princípios pela perspectiva abstrata de uma humanidade universal. Os objetivos de vida que tal sujeito pode se propor acabam por suprimir toda e qualquer coloração pessoal, pois no exercício da autonomia pessoal é preciso se abstrair de todos os deveres concretos que, como pressupostos normativos de nossas relações intersubjetivas, compõem o núcleo de nossa identidade.

---

86 Habermas, "Moralentwicklung und Ich-Identität", op. cit., p. 80.

Portanto, o efeito alienante que pode acompanhar a adoção do ponto de vista moral[87] não surge automaticamente com o propósito da imparcialidade, mas só à medida que a referida adoção for esquecida de si e do contexto. Todo passo adicional no sentido de uma abstração, uma vez que podemos manter as relações pessoais respeitando os deveres que socialmente lhes subjazem, alimenta a ilusão de uma autolegislação moral que flutua totalmente livre e não se situa em parte alguma; o contexto ao qual estamos socialmente atrelados — uma vez que, como pessoas individuais, não podemos simplesmente nos eximir de determinadas normas de ação — se torna definitivamente esquecido se, no caso de desafios morais, tivermos sempre de nos acreditar transpostos para a perspectiva de todos os seres capazes de consentimento. Um sujeito desse tipo define o que é importante e bom para sua vida pessoal exclusivamente pensando em conceitos do moralmente correto; considerando que não mais é permitido julgar e agir da perspectiva de um ator já previamente obrigado para com os outros, ele deve perder toda e qualquer sensibilidade para reconhecer o valor que as relações e os laços sociais têm para toda uma vida.

Na realidade social, o moralismo rígido que acompanha tal dissolução de fronteiras da autolegislação encontra-nos precisamente onde, em face dos conflitos morais, os deveres inerentes a papéis previamente assumidos são abandonados sem necessidade. A necessidade de imparcialidade, indissoluvelmente atrelada à liberdade moral, não é entendida no sentido do descentramento

---

87 Cf. especialmente Michael Stocker, "The Schizophrenia of Modern Ethical Theory", in Robert B. Kruschwitz e Robert C. Roberts (orgs.), *The Virtues. Contemporary Essays on Moral Character*, Belmond, 1987, p. 36-45.

.... 215

de um sujeito socialmente situado, obrigado de maneira multifacetada, mas no de desfazer-se de toda identidade pessoal. Figuras desse tipo são frequentes na literatura, providas tão somente de uma vontade de incondicionalidade moral, porém são cegas para deveres de ação já estabelecidos na situação. De acordo com isso, elas só se perguntam como deveriam ser tratadas à luz de motivos universalmente passíveis de assentimento, sem considerar ou sequer perceber que estão já previamente obrigadas, de maneira especial e em virtude de seu papel social, para com determinadas pessoas. Um escritor que chegou a tomar tais patologias por verdadeira marca dos tempos modernos foi Henry James. Em seus romances, sempre há protagonistas que, zelosos de seu comprometimento com princípios morais universais, passam a esquecer onde residem os deveres mais próximos ou não perceber onde seria realmente o caso de combater um mal moral em seu entorno[88]. É de maneira especialmente clara que Henry James descreve desvinculações da liberdade desse tipo valendo-se de personagens que, na orientação rígida de seu ponto de vista moral, conjuram a infelicidade que tão decididamente procuram ocultar. Assim procede Frederick Winterbourne, o protagonista masculino de *Daisy Miller*, que, por sua amada Daisy, cada vez mais adentra o beco sem saída de um agir autodestrutivo, justamente ao saber que ela está longe de corresponder às exigências de uma moralidade abstrata e ignora vínculos; só quando a jovem morre, em consequência de uma febre contraída numa visita ao Coliseu romano, ele é obrigado a entender que fora seu próprio

---

88 Cf. Robert Pippin, *Henry James and Modern Moral Life*, Cambridge, 2000, sobretudo o cap. II ("A Kind of Morbid Modernity").

moralismo rígido que desencadeara nela o processo de autossacrifício[89]. Do mesmo modo, ainda que recorrendo aos meios artificiais próprios a uma clássica história de fantasmas, Henry James descreve, em *The Turn of the Screw* [*A volta do parafuso*]*, como uma governanta destrói a vida das crianças que lhe foram confiadas, uma vez que ela, no zelo missionário de suas convicções morais, tenta persuadi-las de que as alucinações que as assolam são ameaças reais e amedrontadoras. Tal como em *Daisy Miller*, também aqui, por uma inversão paradoxal, a vontade incondicionada para o bem aciona uma cadeia de acontecimentos que termina em desgraça[90].

Quanto a esse aspecto do diagnóstico de uma tendência fatal inerente à modernidade, Henry James chega a concordar até mesmo com seu irmão, numa convergência que talvez seja a única entre eles; também o irmão filósofo estava convencido de que "critérios de verificação imparciais" só poderiam coagir indivíduos à ação em que se encontrassem materializados "na exigência de um homem de existência real"[91]. Quanto a isso, ambos os autores, Henry e William James, concordam que a ideia moderna de autonomia moral se mostra equivocada quando compreendida no sentido de uma exortação à adoção de um ponto de vista

---

89 Henry James, *Daisy Miller* (1878), Frankfurt am Main, 2001.
* São Paulo: Martin Claret, 2007. (N. E.)
90 Henry James, *Die Drehung der Schraube* (1898), Zurique, 1993 [*A outra volta do parafuso*, São Paulo, Companhia das Letras, 2011]. Outros exemplos excelentes dessas patologias da liberdade moral nos são dados pelas narrativas reunidas no volume *Benvolio* (Zurique, 2009), entre os quais se encontram, em primeiro lugar, "Der lange Weg der Pflicht". Exemplo já bem mais tardio da exposição literária de tal patologia da liberdade moral é o que se tem em romance bem anterior de Philip Roth: *When She Was Good*, Nova York, 1965 (devo a Lisa Herzog a indicação desse extraordinário romance).
91 William James, "Der Moralphilosoph um das moralische Leben", in idem, *Essays über Glaube und Ethik*, Gütersloh, 1948, p. 199-206, aqui: p. 192.

incondicionado e socialmente não mediado. Como se pode ler nos romances de um e nos tratados filosóficos do outro, encontramo-nos desde sempre inseridos na densa trama de papéis e deveres especiais de ação, dos quais, em sua condição de ponto de partida não disponível, não podemos nos abstrair[92].

As patologias sociais, que podem surgir no seio da esfera da liberdade moral quando o princípio de autolegislação que lhes é intrínseco de certo modo se expande individualmente, não devem ser confundidas, evidentemente, com o abuso social da moralidade kantiana que John Dewey tinha em vista ao procurar rastrear as raízes espirituais do nacional-socialismo[93]. Dewey estava convencido de que as ideias deontológicas de Kant puderam preparar o terreno histórico intelectual para uma fatal obediência obrigatória que logo revelou suas trágicas consequências, uma vez que a exclusiva orientação da moral por deveres que devem ser incondicionalmente cumpridas foi mal compreendida como submissão a um poder jurídico estatal no sentido de uma intimação à adesão a deveres fixados de maneira meramente autoritária. Mas, como sempre se pode observar em se tratando de uma ilação equivocada sobre a moralidade kantiana — e há bons motivos para duvidar completamente da interpretação de Dewey[94] —, a obediência ao dever, genealogicamente rastreada por ele, não deve ser confundida com a patologia do moralismo de que aqui se trata. O moralismo como atitude de orientação exclusiva por bens morais surge tão logo não sejam mais aceitos vinculações e deveres

---

92 Sobre a filosofia moral implícita de Henry James, cf., em toda a sua extensão, o estudo de Robert Pippin, *Henry James and Modern Moral Life*, op. cit., cap. 7.
93 Dewey, *Deutsche Philosophie und deutsche Politik*, op. cit.
94 Sobre isso, cf. Axel Honneth, "Logik des Fanatismus. Dewey Archäologie der deutsche Mentalität", op. cit., p. 7-36.

anteriores que nele se projetem; o autoritarismo do cumprimento convencional do dever, por sua vez, inicia-se tão logo se renuncie completamente à autolegislação e em seu lugar surja a submissão às leis existentes. No primeiro caso trata-se efetivamente de uma patologia da liberdade moral, enquanto no segundo, ao contrário, de uma aliviadora liberação desta.

(a) Se nos atemos aos testemunhos político-culturais da modernidade, fica evidente que no campo da liberdade moral ainda pode se desdobrar uma segunda forma de patologia social. Novamente, a causa dessa anomalia é a ilusão, alimentada pela própria autonomia moral, de sobrepujar todas as normas de ação já existentes e, assim, poder assumir a perspectiva de um legislador universal desvinculado; desta vez, no entanto, o portador de tal dissolução de limites não é o indivíduo particular, varrido para os abismos de um moralismo extravagante, mas a coletividade de um grupo que aspira a mudanças políticas. Nas sociedades modernas, a institucionalização da liberdade moral traz junto o surgimento endêmico do terrorismo de motivações morais. Seu ponto de partida é sempre o mesmo e consiste num grupo social em processo de gestação de uma dúvida moral quanto à legitimidade do ordenamento social dominante, já que esse ordenamento, pela visão desse grupo, viola os critérios de universalidade recíproca; em princípio, bons motivos para isso estão em tomar medidas políticas que poderiam contribuir para um comprometimento da presumida injustiça da sociedade em questão. O caminho adotado, aberto pela instituição da liberdade moral, é abandonado no momento em que o questionamento do ordenamento dominante paulatinamente resvala para a interrogação de todas as regras de ação existentes: entre os ativistas políticos acaba por prevalecer a ideia de que se pode assumir um ponto de vista moral no qual os interesses de todos os potenciais afetados pela injustiça devem ser generalizáveis a ponto de toda regulação institucionalmente dada dever se considerar injustificada. Se na ficção da autolegislação a deliberação moral a tal ponto se desligou da base institucional da sociedade existente, todos os meios para atacar o ordenamento dominante, tido como injusto, parecem moralmente justificados aos implicados.

É certo que essa orientação para o terrorismo só pode ser concebida como patologia da liberdade moral onde a via para a ação política foi impedida desde o início, mesmo às intenções e reflexões efetivamente universalistas. Na modernidade há também outras formas de ação terrorista, em cuja motivação preponderava a referência não à violação dos interesses universais, mas à defesa dos valores particulares[95]. Porém, nos casos em que os implicados, desde o início de suas ações, têm de se deixar conduzir por ideias de universalismo moral, essa perversa coerência se converte em uma dissolução de limites da autolegislação fundamentada, e seu padrinho se revela no surgimento de ideologias terroristas: uma vez que na justificação do próprio agir, ao final, já não se faz referência a normas de ação preexistentes, mas tão somente se evocam, de maneira abstrata, inte-

---

95 Sobre essas diferenças, cf. Rudolf Walther, "Terror, Terrorismus", in Otto Brunner, Werner Conze e Reinhart Koselleck (orgs.), *Geschichtliche Grundbegriffe*, vol. 6, Stuttgart, 1990, p. 323-443.

resses anônimos da parcela oprimida da humanidade, o que foi uma boa intenção de início se converte em delírios de violência revolucionária. Ao lado de alguns protagonistas dos romances de Dostoiévski, que rendem bons exemplos de tal conversão da incondicionalidade moral em terrorismo político[96], podemos aqui tomar como modelos os membros da RAF (Fração do Exército Vermelho*). Se nos concentrarmos em Ulrike Meinhof, certamente o membro da organização terrorista a revelar maior grau de reflexividade moral, evidencia-se a dinâmica de desenvolvimento dessa perversão da liberdade moral.

Para Ulrike Meinhof, assim como para muitos membros da geração que cresceu nos anos 1930 — ou seja, na Alemanha do nacional-socialismo —, a experiência acadêmica de sua socialização política acabou por constituir o projeto para uma inserção das chamadas Leis de Emergência na Constituição da Alemanha. Para a jovem jornalista, a legislação da República Federal da Alemanha, aprovada em 1949, representava, até meados dos anos 1950, a base normativa para um ordenamento jurídico liberal, onde "simplesmente não havia lugar"[97] para restrições

---

[96] Cf. sobretudo as figuras reunidas em torno de Nikolai Stavrogin em *Bösen Geister*, de Fiódor M. Dostoiévski (Zurique, 1998). Sobre o terrorismo racista originário do século XIX como figura de consciência moral, cf. Claudia Verhoeven, *The Odd Man Karakozov: Imperial Russia, Modernity and the Birth of Terrorism*, Ithaca, 2009.

* Em alemão, *Rote Armee Fraktion*, também conhecida como Grupo Baader-Meinhof. A organização alemã de extrema esquerda teve como fundadores Andreas Baader, Gudrun Ensslin, Ulrike Meinhof e Horst Mahler, em 1970. O grupo foi responsável por diversos atentados à bomba, sequestros, assaltos e assassinatos na Alemanha Ocidental durante a década de 1970. (N. E.)

[97] Ulrike Meinhof, "Die Würde des Menchens", in Peter Brückner, *Ulrike Meinhof und die deutschen Verhältnisse*, Berlim, 2006, p. 11-4, aqui, p. 11.

arbitrárias à liberdade ou intenções de remilitarização. Quando esse consenso moral começava a se dissolver, uma vez que o SPD (Partido Social-Democrata) também acenava gradualmente com a disposição para aceitar leis de emergência que viriam a restringir direitos fundamentais, a jornalista, redatora-chefe da revista *konkret*, passou a reagir com crescente raiva e indignação. O tom de numerosos artigos que ela redigiu durante o final dos anos 1950 e início dos 1960 passou a se tornar mais duro e sua inquietação moral, mais perceptivelmente intensa, porém os argumentos mantinham sempre o caráter de aplicação crítica de princípios presentes na Constituição da Alemanha. Portanto, o que se publica dos escritos políticos de Ulrike Meinhof até 1968 invariavelmente pode ser entendido como resultado de um uso daquela liberdade moral que as sociedades liberais da modernidade concedem a cada um de seus membros: talvez se pudesse dizer que neles, de maneira "apologética", são denunciados circunstâncias e acontecimentos políticos com relação aos quais a autora, com argumentos convincentes, crê poder demonstrar que não coincidem com os princípios garantidos na Constituição e, portanto, com as condições da universalidade moral[98].

Mas por que motivo então, em 1970, a indignação crescente, bem documentada na magistral produção para TV intitulada *Bambule*, de repente se converte em fanatismo terrorista? Que reflexões teriam levado Ulrike Meinhof a abandonar abruptamente a sua existência burguesa? Eis um quadro que apenas a uma distância retrospectiva se deixa vislumbrar e efetivamente

---

98 Cf., em toda a sua extensão, Ulrike Meinhof, *Die Würde des Menschen ist unantastbar. Aufsätze und Polemiken*, Berlim, 2008.

reconstruir. No entanto, a ativa jornalista política, nesse limiar de sua vida, não deixara para trás de um só golpe todas as suas convicções morais; em vez disso, pelo fio condutor de seu universalismo até então intacto, ela teve de chegar ao ponto em que, com base em suas motivações morais, de repente lhe pareceu justificado combater com armas uma ordem social percebida como ilegítima. E aqui, num momento de extrema condensação de acontecimentos históricos, consuma-se a conversão da liberdade moral numa de suas conformações patológicas: pelas convicções morais de Ulrike Meinhof, se é que ainda se pode falar num discurso em face de seus traços cada vez mais delirantes, o passo a passo de todas as circunstâncias institucionais de seu ambiente social é posto entre parênteses, de modo que, ao final, só persiste um universalismo dos "oprimidos de todos os povos" completamente abstrato, desprovido de referentes. A partir de tal perspectiva, que permite ao indivíduo imaginar-se no papel fictício de um legislador para um mundo possível de fins puros, não apenas as normas da Constituição do Estado de direito, mas também toda e qualquer força de validade dos laços existentes de amizade e de vida em família perdem toda força de validade[99]; resta apenas a ideia fantasmagórica de ter de combater com meios terroristas essa ordem social que, em seu todo, mostra-se moralmente corrompida.

---

99 Esse último passo da desvinculação da autonomia moral, ou seja, da anulação das normas elementares e socialmente reguladas de amizade e vínculo familiar, é especialmente visível nas cartas de Gudrun Ensslin a Bernard Vesper: Gudrun Ensslin e Bernard Vesper: „*Notstandgesetz von Deiner Hand*". *Briefe 1968/69*, Frankfurt am Main, 2009.

C.
A REALIDADE DA LIBERDADE

Na reconstrução das condições sociais de existência da liberdade individual, recorremos até agora a dois complexos institucionais, nos quais essa liberdade se apresenta essencialmente sob a forma da possibilidade de, em longo prazo, retirar-se de práticas de interação harmonizadas do mundo da vida ou questioná-las moralmente. Hoje em dia, a todo e qualquer indivíduo, membro das sociedades desenvolvidas do Ocidente, as instituições de liberdade jurídica e moral por princípio asseguram o direito de rejeitar obrigações sociais e laços contraídos, bastando que estes se mostrem incompatíveis com seus interesses próprios e legítimos ou com suas convicções morais. Esse direito é protegido pelo Estado ou é intersubjetivamente garantido. Tendo em vista as três ideias de liberdade produzidas na modernidade mais influentes, também podemos dizer que as duas primeiras — a liberdade negativa e a reflexiva — chegaram a ser realidade e forma social nesses dois sistemas de ação: a instituição da liberdade jurídica deve dar aos indivíduos a oportunidade, controlada pelo Estado de direito, de suspender decisões éticas por determinado período, para que se possa realizar uma apreciação do próprio querer; a instituição da liberdade moral concede aos indivíduos a possibilidade de rechaçar determinadas imposições de ação alegando motivos juridicamente justificáveis. Porém, como ficou evidente, ambas as liberdades relacionam-se de maneira um tanto parasitária com uma prática de vida social, que não apenas já as precede sempre, como também devem, só a elas, seu verdadeiro direito de existir: uma vez que os sujeitos já de antemão, em seu dia a dia, contraem vínculos sociais ou estão em comunidades particulares, eles necessitam de liberdade jurídica ou moral para renunciar a imposições daí advindas ou assumir, em relação a elas, um ponto de vista de revisão reflexiva. Mas considerando-se que essas práticas da liberdade individual, por sua vez, não geram quaisquer coerências de ação que sejam novas e substanciais e contenham fins consistentes e laços vinculantes, elas apresentam sua constituição modal apenas segundo "possibilidades" da liberdade; servem ao distanciamento, à verificação ou à comprovação de determinadas relações de interação, mas elas próprias em si não constituem uma realidade intersubjetivamente compartilhada no seio do mundo social.

Essa "realidade" da liberdade, ao contrário, só é dada, como vimos, quando os sujeitos estão em tal reconhecimento recíproco que suas consunções de ação podem ser apreendidas sempre como condição de satisfação dos objetivos de ação de sua contraparte, afinal, eles podem vivenciar a realização de suas intenções como algo que, nessa medida, consuma-se completamente isento de coerções e, portanto, "livremente", uma vez que é desejado ou aspirado pelos outros no seio da realidade social. A ideia de liberdade assim esboçada, desenvolvida por Hegel e seus sucessores, também não foi ignorada na realidade social, pelo contrário: a ideia de liberdade assim delineada chegou mesmo a se tornar a que exerceu a maior influência sobre a formação das regras constitutivas e do espírito de uma série de instituições modernas. Nem a ainda jovem instituição do laço de amor "romântico", nem o sistema de ação capitalista de mercado, para nomear apenas duas instituições, podem ser entendidas de maneira adequada se analisadas recorrendo-se exclusivamente às categorias da liberdade jurídica ou da moral; esses complexos institucionais devem sua legitimação social e sua força de coesão mais ao fato de poderem ser apreendidos pelos participantes como realizações do tipo exato de liberdade individual que pode se chamar, com Hegel, de "social" ou "objetiva". No entanto, a história das sociedades modernas é também sempre marcada por tendências a desconhecer o elemento da liberdade social nas instituições mencionadas anteriormente; por isso, foram as ideias da liberdade individual mais débeis, tanto jurídicas quanto morais, que serviram para descrever o "verdadeiro" espírito de complexos institucionais, como os do matrimônio, da família ou do mercado. A fim de se contrapor a essa arraigada inclinação à falsa autocompreensão social, creio que seja útil, em primeiro lugar, delinear conceitualmente a conexão entre determinado tipo de sistemas de ação institucionalizados e a liberdade social; só então vou poder reencontrar os fios de minha reconstrução normativa lá onde os tinha deixado, com a apresentação da instituição da liberdade moral.

Os sistemas de ação da liberdade individual que até aqui conhecemos, ou seja, os da liberdade jurídica e da liberdade moral, também são regulados por normas do reconhecimento recíproco: assim, os sujeitos chegam a conceder uma margem de ação que, protegida pelo Estado, admite um distanciamento egocêntrico ou a exigência de uma tomada de posição moralmente fundamentada, se esses sujeitos, previamente, mediante referência a uma norma compartilhada em comum, atribuíram-se um estatuto determinado, que os habilite a tecer as considerações respectivas. Mas o comportamento com que todo sujeito provido de estatuto desse tipo pode contar não serve à realização dos próprios fins de ação, mas lhe concede apenas a oportunidade ou de fazer uma revisão distanciada, ou de se autodefinir com respeito; a consideração que se pode esperar, como talvez se possa dizer, não apresenta aqui nenhuma condição suficiente para que se possa realizar as próprias intenções socialmente, mas as auxilia no sentido de obter maior clareza, qualificação interna e eficácia intersubjetiva. Da função do comportamento reconhecedor, aqui apenas delimitada, certamente se deve diferenciar outro caso, no qual a consideração recíproca constitui exatamente a condição indispensável para realizar os próprios objetivos de ação. A ação de um dos indivíduos está de certo modo incompleta, enquanto o outro ator não tiver elaborado a norma de modo correspondente, com a qual se comprometeram implícita e anteriormente em reconhecimento recíproco. A concessão recíproca de um estatuto normativo, que constitui a substância de todas as relações de reconhecimento, possui, nesse segundo caso, outro caráter que não o dos sistemas de ação previamente descritos; agora, precisamente, o estatuto concedido habilita um sujeito a esperar do outro um comportamento que possa satisfazer seu próprio agir[1]. No primeiro caso, a consideração normativa previsível serve somente para formular as próprias intenções

---

[1] Sobre essa ideia do "completar" do próprio agir, cf. Daniel Brudney, "Gemeinschaft als Ergänzung", in *Deutsche Zeitschrift für Philosophie*, n. 58, 2010, vol. 2, p. 195-220.

de maneira desobstruída e autodeterminada; no segundo caso, porém, as intenções dos sujeitos participantes são entrecruzadas de modo que elas só podem ser formuladas e executadas de maneira sensata sob a expectativa da respectiva consideração. Nos sistemas de ação do primeiro tipo, as normas subjacentes de reconhecimento do agir "regulam" os sujeitos participantes de tal modo que, uma vez que cada um se sintonize intersubjetivamente com o outro, eles "constituem", nos sistemas de ação do segundo tipo, um agir que os sujeitos participantes só podem executar pela via cooperativa ou coletiva; a esses sistemas de práticas sociais podemos chamar, com Talcott Parsons, de "instituições relacionais"[2], ou então, com Hegel, de "esferas éticas"[3].

Esses sistemas de ação têm de ser descritos como "relacionais", porque neles complementam-se reciprocamente as atividades dos membros individuais, que são, desse modo, relacionadas de modo complementar; eles podem ser considerados "éticos" por envolverem uma forma de obrigação que não tem a contrariedade de um mero "devido", sem, contudo, carecer de um grau de consideração moral com relação ao outro[4]. As expectativas de comportamento com as quais os sujeitos se defrontam no seio de tais instituições "relacionais" são institucionalizadas sob a forma de papéis sociais que, no caso normal, asseguram uma correta integração de suas atividades; no cumprimento dos respectivos papéis, complementam-se assim, reciprocamente, as execuções de ação em si inconclusas, de modo que apenas cole-

---

2 Cf. Talcott Parsons, *The Social System*, Nova York, 1951, p. 51 s.
3 Cf. G. F. W. Hegel, *Grundlinien der Philosophie des Rechts*, in idem, *Werke in zwanzig Bänden*, Frankfurt am Main, 1970, §§ 142-50.
4 Os alemães carecem da distinção entre "duty" e "obligation", que poderia tornar compreensível a diferença entre esses dois tipos de obrigação.

tivamente produzem a ação conjunta ou a unidade de ação prevista por todos os participantes. Assim, o que aparece nos papéis sociais como comportamentos que podem ser reciprocamente esperados possui o caráter de uma obrigação de ação que já não é saliente e é quase natural, à medida que é vivenciada pelos sujeitos operantes como condição para a realização bem-sucedida de seu fazer em conjunto. Entretanto, aquelas obrigações de papéis, incluídas na ação cooperativa, aderem a algo a que secretamente nos referimos como "moral", pois estão orientados a ir ao encontro do outro de modo que ele considere adequado para seus objetivos[5]. A "moral" aqui não é a concessão recíproca da possibilidade de autodeterminação individual, mas um componente intrínseco das práticas sociais que, juntas, constituem um sistema de ação relacional.

Na verdade, esses sistemas de ação só formam esferas de uma liberdade social se as obrigações de papéis constituintes dos sujeitos puderem ser concebidas como capazes de assentimento reflexivo. Se obrigações desse tipo fossem impostas socialmente ou forçadas, os sujeitos não poderiam reconhecer na complementariedade recíproca de suas ações uma realização "objetiva" de sua própria liberdade, desejada e aspirada de dentro para fora. Por isso, Hegel já vinculara a existência de suas esferas "éticas" ao requisito de um assentimento reflexivo dos membros, de suas respectivas obrigações de papéis entrecruzados de maneira complementar; para tanto, os sistemas de ação e da moral preconizados em sua *Filosofia do direito*, acessíveis em qualquer tempo,

---

5   Sobre isso e sobre o que virá a seguir, um artigo desbravador é, a meu ver, o de Michael O. Hardimon, "Role Obligations", in *Journal of Philosophy*, vol. XCI, 1994, n. 7, p. 333-63.

tratam de assegurar, por modos sempre específicos, que os sujeitos possam recuar de suas dadas vinculações e obrigações de ação para fins de revisão[6]. Porém, cumprido esse requisito, as obrigações de papéis específicas a cada esfera estão sujeitas à condição da capacidade de assentimento reflexivo, portanto podem ser concebidas como se fossem conscientemente desejadas pelos indivíduos; assim, justifica-se que nos sistemas de ação relacionais as esferas da liberdade social sejam contempladas: nelas o indivíduo se limita "de bom grado em relação com outro", para citar uma formulação um tanto patética de Hegel, "porém nessa limitação não se sabe como si mesmo"[7]. O que há de peculiar em tais formas da autolimitação individual é que elas permitem aos indivíduos experimentar as obrigações respectivas como algo que corresponda à realização de seus próprios fins, necessidades ou interesses; as limitações morais não devem ser experimentadas diante dos outros como algo emperrado, que contrarie as inclinações pessoais, mas como extensão e encarnação social dos objetivos considerados constitutivos para a própria pessoa.

É claro que essas definições não devem nos induzir a supor que numa esfera ética as obrigações de papéis encontradas possuam sempre teor transparente e inequívoco. As imposições de comportamento agrupadas normativamente nesse papel social e as atividades que, assim, os participantes podem justificadamente esperar uns dos outros se tornam, geralmente, abertos à interpretação e, por isso, deixam espaço para negociações

---

[6] Frederick Neuhouser, *Foundations of Hegel's Social Theory. Actualizing Freedom*, Cambridge/Mass., 2000, cap. VII; cf. também Michael O. Hardimon, *Hegel's Social Philosophy. The Project of Reconciliation*, Cambridge, p. 164 s.
[7] Hegel, *Grundlinien der Philosophie des Rechts*, op. cit., § 7 (nota).

sociais[8]. Já nas sociedades tradicionais, as definições de papéis não podem ser tão rígidas nas diferentes esferas sociais, para não dar margem a interpretações específicas para determinada situação. Mas quanto mais arrefece a pressão da mera tradição e dos costumes em razão dos processos de individualização crescente, tanto mais abertos se tornam os complexos institucionais com relação às variações e novos arranjos, e tanto mais se oferecem possibilidades para interpretação intersubjetiva às obrigações de papéis nas esferas individuais. Por isso, hoje, em quase todos os subsistemas relacionais das sociedades altamente desenvolvidas, as correspondentes exigências de comportamento conservam ainda apenas delineamentos vagos, de modo que seu teor prescritivo se torna cada vez menos claro; muito do que se tem nas interpretações e negociações individuais pode valer como legítimo, o que há cinquenta anos seria visto como socialmente impensável[9]. Ao mesmo tempo, os membros dessas sociedades estão em condições de traçar linhas delimitatórias nítidas e realçar uma em relação à outra em sua estrutura normativa[10]; a capacidade de, em diferentes lugares da vida social, saber-se ligado a papéis específicos e, portanto, poder fazer distinções claras entre obrigações familiares e profissionais, por exemplo, mantém-se amplamente intacta, mesmo quando o grau de definição de cada

---

8   Sobre isso, cf. Hardimon, "Role Obligations", op. cit., em especial p. 339 s. Ainda em relação a esse aspecto, especialmente relevante é o estudo de Hans Joas, *Die gegenwärtige Lage der soziologischen Rollentheorie*, Frankfurt am Main, 1973.
9   Em vez de uma série de exemplos óbvios, quero citar apenas uma narrativa, que situa esse rápido processo de transformação de nossas concepções culturais durante os últimos cinquenta anos como um efeito de estranhamento: Ian McEwan, *Am Strand*, Zurique, 2007 [*Na praia*, São Paulo, Companhia das Letras, 2007].
10 Cf. sobre isso os levantamentos realizados por David Miller: *Grundsätze sozialer Gerechtigkeit*, Frankfurt am Main, 2008, em especial cap. 4.

modelo de papel tenha diminuído muito. Quanto à persistência de determinada capacidade de diferenciação, isso em nada surpreende, pois ela constitui parte de um necessário inventário de saber, sem o qual não seriam possíveis os processos elementares da coordenação do agir social; para tanto, seria necessária uma base de diferenciações coletivamente compartilhadas, as quais permitiriam que cada indivíduo se fizesse intuitivamente informado sobre em quais setores de seu ambiente social se aplicam aquelas regras, normas e rotinas[11]. Um elemento central desse saber de pano de fundo do mundo real compõe a familiarização com as linhas fronteiriças entre os territórios de soberania das diferentes obrigações de papéis. Por isso, com a crescente abertura de possibilidades de suas obrigações especiais, os membros da sociedade podem, sem esforço, passar de uma esfera de ação para a próxima, sem perder de vista que, naquela, ele deve potencialmente perceber outros papéis que não os desta última.

A essa "gramática moral" dos membros da sociedade pode-se atrelar uma reconstrução normativa, que se impôs como tarefa desvelar as esferas de ação das sociedades atuais em toda a sua extensão. Assim, as premissas antes esboçadas fazem que a liberdade individual só alcance uma realidade que pode ser experimentada e vir socialmente em complexos institucionais com obrigações de papéis complementares, enquanto essa liberdade, nas esferas do direito e da moral "oficialmente" previstas para ela, possui apenas o caráter de mero distanciamento ou revisão reflexiva. Portanto, para poder constituir a "realidade" da liberdade

---

[11] Cf. Peter L. Berger e Thomas Luckmann, *Die gesellschaftliche Konstruktion der Wirklichkeit*, Frankfurt am Main, 1970, p. 81 s.

nas atuais circunstâncias sociais, é necessário reconstruir as esferas de ação nas quais as obrigações de papéis reciprocamente complementares cuidariam para que os indivíduos, nas atividades de liberdade de seus parceiros de cooperação, pudessem reconhecer uma condição para realizar seus próprios fins. Sem poder proporcionar aqui suficiente justificação para tal, a seguir devo partir das diferenciações rotineiras na vida real, uma vez que tais instituições relacionais podem hoje ser encontradas na *esfera institucional das relações pessoais* (III.1), na *esfera institucional de ação nas economias de mercado* (III.2) e na *esfera institucional de abertura política* (III.3). Em cada caso individual desses três sistemas de ação, tratar-se-á de elaborar o padrão de reconhecimento recíproco e das obrigações de papéis complementares, em cuja base os membros podem, sob as condições atuais, realizar formas de liberdade social. Como foi o caso até agora, a reconstrução normativa teve de se mover entre os planos de facticidade empírica e de validade puramente normativa; não se trata nem da análise de relações factuais, nem da derivação de princípios ideais, mas da difícil operação de uma liberação daquelas compreensões de práticas sociais, que melhor se adaptam a servir como formas de uma realização da liberdade intersubjetiva. Portanto, o que será reconstruído a seguir como elemento nuclear de regras de ação normativa não é sempre, necessariamente, o que os sujeitos efetivamente praticam em seu cotidiano. Sim, é verdade que no curso de nossa reconstrução sempre tornamos a deparar com desvios individuais desses padrões de ação resumidos como "tipicamente ideais"[12],

---

12   Cf. em especial cap. III.2 (b) e (c).

que se comprovam altamente característicos para determinadas tendências de nosso tempo. Mas tais diferenças, se não constituem decisões meramente contingentes, devem ser interpretadas como anomalias sociais, já que fracassam em realizar a liberdade social que é exigência subjacente à respectiva esfera. A diferença entre tais anomalias e as patologias, já visitadas por nós, é a de que no primeiro caso não se trata de desvios que possam ser, eles próprios, ocasionados ou promovidos. As patologias da liberdade jurídica ou da liberdade moral, como se demonstrou, representam encarnações sociais de interpretações equivocadas, pelas quais as regras de ação têm algum grau de responsabilidade; na verdade, as práticas normativas em ambas as esferas são em si incompletas, demandando complementação por relações da vida real, no entanto, sem que isso se torne aparente no desempenho dessas práticas. Por isso, a fórmula abreviada para essas patologias pode remeter a um "convite", por parte do sistema de ação subjacente, a considerar a mera "possibilidade" da liberdade como toda a sua "realidade". No entanto, as esferas sociais que devem aqui ser tratadas encontram-se completamente livres de tais tentativas, uma vez que elas residem em regras de ação normativa, cujo uso racional não depende da inclusão de práticas externas. Com efeito, como ainda veremos, pode bem ser que em casos individuais seja necessário dotar essas esferas de ação "de dentro para fora" com normas e sanções adicionais, a fim de satisfazer as condições da capacidade de assentimento reflexivo, porém "em si" realiza-se a liberdade institucionalizada em cada caso, já na consumação das práticas intersubjetivas. As esferas éticas são autárquicas no sentido — e apenas neste sentido — de que o exercício racional das regras constituintes não esteja atrelado a elas, vindo a ser aperfeiçoado somente mediante reconexão na vida real. Nessa medida, as anomalias com que nos deparamos na transição para as instituições relacionais não representam quaisquer desvios induzidos pelo sistema, nem são "patologias" no sentido próprio; trata-se, em vez disso, de anomias, cujas fontes devem ser buscadas em outro lugar, como nas regras constitutivas dos respectivos sistemas de ação.

III.
LIBERDADE SOCIAL

Os três sistemas de ação das relações pessoais, da economia e da participação pública na política, à qual já fizemos breve menção, diferenciam-se estruturalmente uma da outra em mais de um aspecto. Uma primeira diferença diz respeito ao modo pelo qual as obrigações constitutivas de papéis estão institucionalizadas nas esferas sociais; assim, é oportuno diferenciar papéis contratuais de não contratuais a fim de conferir sentido aos diferentes graus em que essas obrigações estão juridicamente consolidadas. Se nos guiamos pelas descrições tradicionais, parecemos nos aproximar da hipótese de que nas esferas de relações pessoais e de participação político-pública democrática predominam obrigações de papéis não contratuais, enquanto nos sistemas estabelecidos do agir mediado pelo mercado prevalecem as obrigações em forma de contrato[13]: a um segundo olhar já deve se revelar, então, que uma série de obrigações juridicamente não sancionadas, que, no entanto, são frequentes vezes ignoradas pelas doutrinas vigorantes, é constitutiva também para o sistema de agir do mercado econômico. Porém, mais importante do que essa primeira diferenciação é uma segunda, que se inicia com o tipo de fins individuais que só se realizam nos sistemas de ação relacionais por meio dos respectivos entrecruzamentos de papéis. Também aqui o que se oferece é, em primeiro lugar, uma orientação pelas ideias tradicionais, para se chegar a uma primeira diferenciação, ainda muito tateante; em seguida, podemos, *grosso modo*, assumir que

---

13 Sobre essa diferenciação, cf. Hardimon, "Role Obligations", op. cit.

na esfera das relações pessoais há as necessidades e propriedades individuais, na esfera do mercado econômico há os respectivos interesses e qualidades individuais e na esfera da opinião público-política tem-se, por fim, as intenções individuais de autodeterminação a assumir uma conformação social com que se chega a uma realização intersubjetiva. Com essas distinções de caráter muito preliminar, temos arcabouço suficiente a permitir que a reconstrução normativa se inicie precisamente no ponto em que o aspecto ontogenético reúne as primeiras experiências de liberdade social, a saber, na esfera das relações pessoais.

1. O "nós" das relações pessoais

Já faz mais de duzentos anos que o amplo campo das relações pessoais, da amizade até o amor, é entendido como lugar social em que se realiza uma forma de liberdade peculiar, de difícil caracterização. Em seu "Sobre pobreza e dignidade", Schiller já afirmava que somente "o amor [...]" seria, pois, "uma sensação livre"[14]; em Hegel, em passagem aqui já citada, enuncia-se com menos ênfase que só é possível se consumar em si mesmo "na amizade e no amor" aos outros[15]; e é de Schleiermacher o belo pensamento segundo o qual na "amizade moderna" unificam-se as diferentes forças anímicas entre sujeitos que se unificam num "jogo livre"[16]. Mas um pouco mais tarde, e mesmo em pensadores de inclinação menos romântica, como Feuerbach

---

14 Friedrich Schiller, "Über Armut und Würde", in idem, Sämtliche Werke, vol. v, Munique, 1984, p. 433-88, aqui p. 483.
15 Hegel, *Grundlinien zur Philosophie des Rechts*, op. cit., § 7, nota.
16 Friedrich Schleiermacher, "Brouillon zur Ethik", in idem, *Philosophische Schriften*, org. por Jan Rachold, Berlim, 1984, p. 125-263, aqui p. 166.

ou Kierkegaard, encontram-se reflexões que decorrem da ideia de que nas relações pessoais entre duas pessoas devidamente familiarizadas consuma-se uma forma especial de liberdade, que consiste no aperfeiçoamento reciprocamente possibilitado do próprio eu[17]. E, por fim, são incontáveis os romances, narrativas e peças de teatro em que também se articula a experiência segundo a qual a liberdade individual só aumentará, ou mesmo se realizará, por meio do amor[18].

Todas essas ponderações filosóficas e literárias por certo são apenas um pálido reflexo das profundas transformações que no mesmo período sucederam nas relações intrínsecas à vida real: aqui, em primeiro lugar na burguesia, passando então a círculos populacionais mais amplos, as relações pessoais são paulatinamente liberadas dos ferrolhos das vantagens econômicas e da constituição de alianças sociais; assim, elas se abrem para experiências emocionais, nas quais um pode contemplar no outro a oportunidade e a condição de sua autorrealização[19]. Ora, o sentido que então se vai querer dar a "amor", "intimidade" ou "casamento" é de um tipo fundamentalmente diferente do que se tinha na época das cortes nobres e de uma vida laboral que girava em torno do grupo domiciliar: o amado, o amigo ou a esposa

---

17 Cf. Ludwig Feuerbach, "Grundsätze zur Philosophie der Zukunft" (1843), in idem, *Kleine Schriften. Mit einem Vorwort von Karl Löwith*, Frankfurt am Main, 1962, p. 145-219, aqui: § 33 (p. 196-8). Sobre Kierkegaard, em cuja obra as observações sobre o amor estão amplamente disseminadas, cf. Søren Kierkegaard, *Der Liebe Tunen. Gesammelte Werke*, trad. e org. por Emanuel Hirsch, inter alia, Düsseldorf/Colônia 1950-69, vol. 14; a esse respeito, comparar o belo estudo de Sergio Muñoz Fonnegra, *Das gelingende Gutsein. Über Liebe und Anerkennung bei Kierkegaard*, Berlim/Nova York, 2010, em especial cap. II.

18 Cf., por exemplo, Ian Watt, *The Rise of the Novel: Studies in Defoe, Richardson and Fielding*, Londres, 1957.

19 Sobre isso, Niklas Luhmann, *Liebe as Passion. Zur Codierung von Intimität*, Frankfurt am Main, 1982 [*O amor como paixão. Para a codificação da intimidade*, Lisboa/Rio de Janeiro, Difel/Bertrand Brasil, 1991].

podem agora ser entendidos como pessoas com quem não se está ligado por desejo sexual, apreço ou afeto, de modo que a ligação, tanto para fora como para dentro, é vivenciada como uma conformação isenta de coações e impulsos puramente espontâneos. Relações pessoais são, assim o quer a sociedade moderna, relações sociais em meio ao anonimato e ao desenraizamento, nas quais a natureza interior do homem se encontra mediante a confirmação recíproca de sua liberdade.

Não durou muito, e essa nova formação social se instaurou de maneira institucional e duradoura em padrões de papéis confiáveis. Para todos os tipos de relações pessoais, que foram se diferenciando a partir do século XVIII, constituíram-se prontamente redes estáveis de práticas, no seio das quais os membros da sociedade podiam estar relativamente seguros quanto às expectativas de comportamento reciprocamente previsíveis: nessa época, para as amizades entre pessoas do mesmo sexo, que eram preponderantes, havia regras de ação diferentes das que hoje existem para as relações íntimas, que então eram pensadas exclusivamente como heterossexuais e em geral consideradas um estágio prévio ou uma via paralela a relações matrimoniais e familiares, de mais forte regulação jurídica. Por certo que, às margens desses distintos sistemas de práticas, surgem problemas de delimitação cada vez mais persistentes, a conduzir aos mais variados equívocos e conflitos de papéis, que aparecem tipificados na literatura; tampouco está em questão que as respectivas regras de ação privilegiam amplamente as pessoas do sexo masculino, ao lhes conceder mais atribuições de autoridade e poder de definição. Mas ao menos, seguindo a ideia dominante, para todos os modelos de relação assim estabelecidos pode vigorar que, neles, as obrigações de papéis complementares ajustam-se ao objetivo de permitir que os participantes se realizem nas qualidades que considerem essenciais por meio de confirmação, apoio e auxílio recíprocos. Desse modo, em termos gerais, as amizades são constituídas pelas regras de ação de autenticidade e consulta confidenciais, e nas relações íntimas frequentemente vale a regra de um intercâmbio: satisfação sexual garantida pela mulher em troca de sua segurança econômico-social; e nas relações familiares, por fim, a norma que prevalece é a do cuidado e do auxílio recíproco, que se prolonga no tempo e, ao final, se compensa.

No entanto, a orientação unilateral, exclusivamente pelos sentimentos dos participantes, faz que, nessas relações pessoais, os vínculos jamais fiquem estagnados em formas de relação que um dia foram institucionalizadas, sob pena de sucumbir a uma pressão contínua para outras unilateralidades[20]. Quanto mais as respectivas vinculações se livrarem de coações externas e missões sociais, mais intensamente vão começar a se concentrar nas situações emocionais de seus representantes, e maior se fará neles a margem de ação para a articulação individual de estados emocionais subjetivos; são sobretudo as mulheres que, em lutas que se prolongaram por décadas em zonas de conflito privadas, procuravam sempre afirmar suas próprias necessidades, estruturalmente desfavorecidas, no seio de práticas estabelecidas, a fim de transformar as regras básicas dessas práticas em seu favor[21]. Assim, no

---

20 Cf., de maneira resumida: Anthony Giddens, *Wandel der Intimität. Sexualität. Liebe und Erotik in modernen Gesellschafte*, Frankfurt am Main, 1996 [*A transformação da intimidade. Sexualidade, amor e erotismo nas sociedades modernas*, São Paulo, Editora Unesp, 1992].

21 A título de exemplo: Claudia Honneger, *Listen der Ohnmacht: zur Sozialgeschichte weiblicher Widerstandsformen*, Frankfurt am Main, 1981.

curso de duzentos anos após a ideação da liberdade, consumaram-se relações pessoais, cujas formações institucionalizadas passaram por alterações e transformações que em importância social nada ficam a dever àquelas formações nas relações econômicas e socioestruturais; nenhuma das formas sociais destrinchadas se manteve aqui como era de início, foram todas absorvidas numa panaceia acelerada de redefinições e novas definições, na qual as identidades de gênero alteraram também os respectivos padrões de papéis. Hoje em dia, por essa razão, o campo das relações pessoais oferece uma imagem completamente diferente da que se tinha no início do século XX. Nas sociedades ocidentais não apenas foram desatadas as tenazes institucionais entre as relações sexuais íntimas, o matrimônio e a família, e não apenas, nesse ínterim, ao lado das relações heterossexuais passou a se desenvolver, com reconhecimento público, o padrão de relação entre homossexuais, mas, mesmo no seio de amizades, consumaram-se consideráveis transformações na estrutura social.

A essas formas novas de intimidade e privacidade teve de se fundar uma reconstrução normativa que se propôs a apresentar nas relações sociais uma primeira esfera de liberdade social; para fazê-la, foi necessário, nessa mudança tão veloz, identificar os padrões de papéis de maior duração, cujo cumprimento recíproco auxiliou os participantes na experiência de uma realização intersubjetiva de suas respectivas peculiaridades. Nesse contexto, parece aconselhável começar com a forma social das relações pessoais dotada do menor grau de consolidação institucional, isto é, a variedade da liberdade social encontrada nas amizades (a); é na amizade, ainda que de maneira fraca e socialmente pouco padronizada, que se estabelecem de forma duradoura os padrões de relação que então passaram a ser reencontrados nas relações íntimas (b) e familiares (c) com base no aumento do valor intrínseco de relações físicas essencialmente diferenciadas.

a) Amizade

Schleiermacher, em suas elucidações éticas, fez uma distinção entre as modalidades "antiga" e "moderna" de amizade[22], na qual se pode encontrar um primeiro indício de que também a forma de relação altamente informal não pode dispensar algum grau de institucionalização social. De fato, hoje, por essa razão, volta e meia se defende o ponto de vista de que a amizade não pode ser uma "instituição" no sentido sociológico, já que não possuiria uma estrutura que reproduz a si mesma, e, assim, haveria em sua identidade uma irrestrita dependência da autoconcepção das pessoas implicadas[23]; além disso, se uma amizade existe num caso concreto — como também se poderia formular a objeção —, não é algo que possa ser decidido no grau de concordância com as regras de ação previamente existentes, mas tão somente pelo acordo de ambas as partes envolvidas. Em sentido contrário, porém, falta a observação empírica de que também no cotidiano atual evidentemente diferenciamos entre amigos "falsos" e "verdadeiros", entre amizades "verdadeiras" e "não autênticas"[24]: assim não nos vinculamos a alguma autoconcepção das pessoas unidas pela amizade, mas a uma trama de práticas que subjazem

---

22 Schleiermacher, "Brouillon zur Ethik", op. cit., p. 167 s.
23 Hardimon, "Role Obligations", op. cit., p. 336.
24 Cf. Liz Spencer/Ray Pahl, *Rethinking Friendship. Hidden Solidarities Today*, Princeton/Nova Jersey, 2006, cap. 3.

como critério a fundar nossos juízos. Porém, são pressupostas reciprocamente, de maneira tácita, normas de ação que, de modo geral, são sempre tematizadas quando é preciso processar crises que acometem relação, não apenas de fora para dentro, na apreciação de terceiros, mas também (e muito mais) na comunicação interna entre amigos: também em tais casos as regras correspondentes não derivam simplesmente de autointerpretações vicejadas no histórico da relação, mas são consideradas algo que existe também fora da própria amizade em questão, isto é, no mundo social. Sendo assim, as normas de ação de amizades são socialmente institucionalizadas, uma vez que para cada um dos casos há um saber coletivamente compartilhado acerca daquelas práticas, o qual, de maneira resumida, descreve o que vem constituir a sua realização normativamente adequada; os desvios nessas regras intuitivamente conhecidas são geralmente vivenciados como crise, enquanto as violações flagrantes dessas normas são percebidas como renúncia a uma amizade[25].

A diferenciação entre a amizade "antiga" e a "moderna", com que Schleiermacher operou, remete então a uma mutação institucional que está no início da formação de tudo o que hoje se entende por esse tipo de relação[26]. Se sabemos relativamente

---

[25] Michael Argyle e Monyka Henderson, "The Rules of Friendship", in *Journal of Social and Personal Relationships*, I, 1984, p. 211-37; Gerald D. Suttles, "Friendship as a Social Institution", in George McCall et. al. (org.), *Social Relationships*, Chicago, 1970, p. 95-135.

[26] Igor S. Kon assinala essa mudança institucional da amizade como um processo de "secularização" e "individualização" in idem, *Freundschaft, Geschichte und Sozialpsychologie der Freundschaft als soziale Institution und inviduelle Beziehung*, Reinbek, 1979, p. 50 s.; a mesma diferenciação entre amizade "civil" "antiga", "aristocrática" e moderna pode ser encontrada na filosofia moral escocesa, sobre a qual ainda devo falar — a esse respeito, cf. Allen Silver, "Friendship in Commercial Society: Eighteenth Century Social Theory and Modern Sociology", in *American Journal of Sociology*, 95, 1990, n. 6, sobretudo p. 148.

pouco sobre as práticas efetivas da amizade nos períodos da Antiguidade ou da Idade Média, e por isso podemos apenas aventar suposições apenas relativamente bem fundamentadas, o que se pode ter como certo para esse período é que, em razão da superioridade de sua condição social, só aos homens cabia a possibilidade de manter relações informais entre si, que podemos chamar "de amizade", enquanto às mulheres, em razão do vínculo forte e imposto com a corte e/ou com o lar, formas de contato desse tipo estavam quase completamente fora de questão[27]. Ainda na Idade Média, as amizades entre homens das classes mais altas possuíam, no entanto, algo de cerimonial, visando ao estabelecimento de alianças vantajosas; já nas camadas inferiores elas se davam essencialmente em modalidades de relação social entre homens com base em experiências de vizinhança e de trabalho[28]. Todas essas ligas masculinas "de amizade" caracterizavam-se especialmente pelo entrelaçamento de intenções políticas ou de negócios, de modo que residiam menos no afeto e na valorização mútua e mais na salvaguarda recíproca de interesses;

---

[27] Sobre o papel reduzido e fugaz dos vínculos entre mulheres ou comunidades de mulheres na Antiguidade, cf., por exemplo, Louise Bruit Zaidman, "Die Töchter der Pandora. Die Frauen in den Kulturen der Polis", in Georges Duby e Michelle Perrot (orgs.), *Geschichte der Frauen*, vol. I (Antiguidade), Frankfurt am Main, 1993, p. 375-417.

[28] Sobre o caráter cerimonial das amizades nas classes superiores durante a Idade Média, cf. Johan Huizinga, *Herbst des Mittelaters, Studien über Lebens- und Geistesformen des 14. und 15 Jahrhunderts in Frankreich und in den Niederlanden*, Stuttgart, 1939, p. 72 s [*O outono da Idade Média*: estudo sobre as formas de vida e de pensamento dos séculos XIV e XV na França e nos Países Baixos, São Paulo, Cosac Naify, 2011]; para os estratos sociais inferiores, cf. as indicações de Igor S. Kon, *Freundschaft*, op. cit., p. 48. Uma ampla reconstrução cultural e histórica dos tipos de amizades, de caráter comparativo, é a realizada por Shmuel N. Eisenstadt und Louis Roniger, *Patrons, Clients and Friends: Interpersonal Relations and the Structure of the Trust in Society*, Cambridge, 1984. Esse estudo ampara a imagem, aqui esboçada em seus grandes traços, segundo a qual a amizade teria evoluído historicamente a partir de relações patronais altamente formalizadas em direção a relações de confiança íntimas e pessoais.

por conseguinte, as obrigações de papel complementares, que não necessariamente devem estar distribuídas de maneira igual e incondicional, servem para esquadrinhar o cumprimento de tarefas que, num sentido amplo, servem ao proveito da contraparte. Apesar da diferenciação ética que Aristóteles atribuía à amizade desinteressada, com base em virtudes[29], até os primórdios dos novos tempos as amizades masculinas eram permeadas pela pura e simples consideração de vantagens; e se, sobretudo nas classes altas, tais amizades basicamente criavam redes sociais que satisfaziam aos objetivos de apadrinhamento e proteção, e não raro se dissimulavam sob formas de rituais de honra.

Essas instituições de amizade já não podiam ser concebidas como liberdade social pelo fato de não depender do arbítrio do indivíduo sair ou entrar nela: não só era preciso respeitar os limites estamentais como também era necessário haver, antes, a percepção coletiva das coincidências de interesses, para que então as tais alianças pudessem ser estabelecidas. Certamente, no interior das camadas sociais inferiores também havia formas de compadrio e camaradagem masculina; porém, sem dúvida, essas tinham um caráter esporádico, não podiam se amparar em nenhuma cultura ou prática estabelecida e, por isso, não podiam jamais assumir a forma de uma instituição social. Tudo isso muda no momento histórico conhecido como revalorização do agir econômico e do mercado capitalista, ao mesmo tempo que aumenta a necessidade de um mundo contrário ao da retração privada; como Allen Silver demonstrou, é só então que surge, na filosofia moral escocesa, a

---

29 Aristóteles, *Nikomachische Ethik*, trad. e org. por Ursula Wolf, Reinbek, 2006, cap. VIII e IX [*Ética a Nicômaco*, São Paulo, Edições Loyola, 2010].

ideia de que os participantes do mercado (do sexo masculino) necessitavam de relações "amistosas" a título de espairecimento e contrapeso, que fossem completamente isentas de deliberações comerciais, fundando-se, ao contrário, somente na "*sympathy*" e no "*sentiment*"[30]. Ainda que seja sempre um pouco problemático falar num "momento de nascimento" de uma ideia ou instituição, nesse caso os escritos de Ferguson, Hume, Hutcheson e Adam Smith efetivamente se impõem e devem ser considerados documentos fundadores da moderna forma de amizade; pois é aí que pela primeira vez se esboça, com ambições sistemáticas, a ideia de que, além dos laços familiares, há uma segunda conformação de relações sociais, na qual os sujeitos estão ligados tão só pelo afeto e pela atração recíprocos.

O enorme efeito de expansão que essa fundamentação da amizade deve ter exercido como forma de vínculo social contraposto a uma forma de sociedade comercial já se faz conhecer por Kant e Hegel, que apenas décadas mais tarde disseminaram o mesmo pensamento com a maior naturalidade. À medida que tratam, em suas obras, da amizade como uma disposição para um vínculo de caráter distinto — e isso acontece com bastante frequência —, é Aristóteles que eles têm diante dos olhos, em sua caracterização ética, porém ainda mais o ideal da filosofia moral escocesa, já exercido de maneira rudimentar. É claro que no movimento romântico as relações não são diferentes; no romantismo, a "amizade", ao lado do amor, ascende como forma ideal de vínculo social; também aqui as propriedades características não derivam simplesmente da literatura clássica, mas podem ser extraídas de

---

[30] Silver, "Friendship in Commercial Society", op. cit., p. 1474-504.

práticas sociais, que se plasmaram já de forma preliminar na vida cotidiana[31]. Nos países europeus, a aplicação institucional da nova concepção, enfim, não pôde impedir que nos centros da vida intelectual começassem a se estabelecer relações entre homens que vinham se contrapor ao mundo dos cálculos e interesses econômicos, uma vez que se apoiavam num afeto abertamente admitido e na complementariedade recíproca[32]. No entanto, a disseminação social dessa compreensão modificada da amizade tampouco deve ser superestimada, já que inicialmente as práticas de vida a dois, centradas na comunicação e com ênfase no sentimento, estavam reservadas apenas a algumas camadas aculturadas. Mas o que em tais experimentos se constitui de maneira exemplar, a via que começa a se abrir, é uma forma de vínculo social para o qual evidentemente não há nenhum antecedente histórico: os sujeitos se educam para assumir papéis recíprocos que os motivam a sentir uma empatia benevolente com a sorte e com as transformações na atitude da contraparte. O que há de novo nesse vínculo a dois não é apenas o surgimento de uma disposição para a compreensão e empatia por parte do sujeito diante de seu outro do mesmo sexo, que até então só podia vigorar com naturalidade, no máximo, no seio da família e entre parentes. O que também há de novo aqui é que, de repente, na vida a dois, puderam chegar à forma linguística sensações e atitudes que, antes, de modo algum poderiam existir num cenário público. No horizonte de tais amizades "românticas", provadas experimentalmente, surgem assim,

---

31 Cf. Kon, *Freundschaft*, op. cit., p. 61-73; sobre isso também Friedrich Tenbruck, "Freundschaft. Ein Beitrag zur Soziologie der persönlichen Beziehungen", in *Kölner Zeitschrift für Soziologie und Sozialpsychologie*, 16, 1964, p. 431-56.
32 Albert Salomon, "Der Freundschaftskultur des 18. Jahrhunderts in Deutschland: Versuch zur Soziologie einer Lebensform", in *Zeitschrift für Soziologie*, 8, 1979, p. 279-308.

de maneira paulatina, padrões de papéis e práticas que podem ser vivenciados por ambas as partes como um aumento da liberdade individual, pois os próprios sentimentos, na atenção e no reflexo benevolente da contraparte, passam por uma secularização social: daí a associação, que a partir de então se faz corrente, entre amizade e liberdade, e daí a indicação por Schleiermacher do "livre jogo" das disposições de ânimo na nova forma de relação a dois.

No entanto, antes que essa nova forma social de amizade pudesse transpor os estreitos limites do círculo aculturado, tornando-se moeda corrente também em amplas camadas populares, decorreria ainda um bom século e meio. Tudo o que nas décadas posteriores ao apogeu do Romantismo veio a consumar transformações substanciais na vida em comum entre mulheres e homens pode ser entendido como expansão gradual dessas ideias transformadas de confiança entre pessoas do mesmo sexo: assim, no início do século XIX, mesmo as mulheres jovens e as solteiras começaram a descobrir para si novas formas de contato, por meio das quais elas passaram a cultivar suas "amizades de almas" em pensionatos e estabelecimentos de ensino, que ofereciam espaço para o intercâmbio de estados emocionais[33]. Em associações mantidas exclusivamente entre homens, que na maioria das vezes serviam à organização de interesses econômicos e políticos, passaram a se desenvolver intensamente, sob a forma de contatos sociais oficiais, relações a dois em que mesmo assuntos particulares podiam servir de tema[34].

---

33 Yvonne Knibiehler, "Leib und Seele", in Georges Duby e Michelle Perrot, *Geschichte der Frauen*, vol. 4 (século XIX), Frankfurt am Main, 1997, cap. 14, p. 373-415, sobretudo p. 404.

34 Essa mudança nas relações entre homens aparece de maneira especialmente nítida nos romances realistas de Theodor Fontane (*Schach von Wuthenow* [1883], *Der Stechlin* [1898]). Infelizmente, não conheço nenhum estudo que tenha tratado particularmente

Todas essas tendências, ainda titubeantes, a uma expansão social da amizade certamente depararam com seus limites na incapacidade, difundida sobretudo entre os homens, de verbalizar aos pares seus próprios sentimentos e sensações; nos diferentes meios sociais, predominava a tal ponto a imagem, transmitida durante séculos, do homem robusto e controlador de seus sentimentos, que poucas oportunidades havia para confiar a seus iguais assuntos e inseguranças puramente pessoais.

Assim, o ideal moderno da amizade só pôde se impor plenamente como prática institucionalizada depois que o limiar da inibição foi vencido em todas as camadas sociais e para ambos os sexos, em função da articulação de seus próprios objetivos de vida. Certamente, não incorreremos em erro se localizarmos o momento de tal desbloqueio do sujeito, de caráter abrangente e socialmente radical, apenas após o final da Segunda Guerra Mundial, ao modo de uma individualização muito acelerada que se juntou a uma onda de prosperidade econômica na maioria dos países do Ocidente[35]. Se até então os papéis de gênero tradicionais, dominados pelo homem na família, na guerra e na economia — e isso proporcionava margem escassa para autoexplorações pessoais a ambas as partes —, mantiveram-se intactos, surgiam esboços de identidade muito mais abertos e diluídos no emocional em ampla medida e em suas respectivas posições. Assim, como se pode supor, soava a grande hora da amizade puramente privada nas sociedades ocidentais, pois só então as mulheres e os homens,

desse tema com foco nos romances de Fontane.
35 Como exemplo, cf. Ulrich Beck, *Risikogesellschaft*, Frankfurt am Main, 1986, parte II; sobre a disseminação do ideal de amizade, que aconteceu paralelamente a isso, cf. também Anthony Giddens, *Konsequenzen der Moderne*, Frankfurt am Main, 1993, p. 148 [*As consequências da modernidade*, São Paulo, Editora Unesp, 1991].

de todas as camadas sociais, viam-se culturalmente em condições de exercer relações a dois com base na confiança e na amizade, assumindo cada qual uma participação empática e desinteressada no destino do outro. Pouco a pouco, deixava de haver lugar também para as reminiscências de etiqueta social que até então eram uma preocupação constante, uma vez que as amizades deveriam ser cultivadas somente entre pessoas do mesmo sexo; e, diga-se, a partir dali essas ligações próximas entre homens e mulheres puderam existir sem que sentissem pudor ou fossem objeto de calúnia, podendo se estender, se lhes conviesse, por todas as fases da vida[36]. De lá para cá, na verdade desde a década de 1960, a amizade se tornou uma forma de relação pessoal que transcende os limites das classes sociais: os elementos antigos, específicos de gênero, de compadrio masculino ou de associações que serviam a determinado fim não foram abolidos completamente, mas passaram a ser entendidos, de modo geral, como realização do padrão normativo "adequado" ou "autêntico" quando carece de toda consideração orientada ao lucro, de modo que seu caráter se tornou de interesse recíproco pelo bem-estar do outro[37]. As obrigações dos papéis, que, subjacentes a essas relações sociais, tinham sido previamente pensadas pela filosofia moral escocesa, geralmente eram aprendidas no início da puberdade[38], razão pela qual possuíam, a despeito da suspensão de todo tipo de controle jurídico, o caráter de normas institucionalizadas. Os sujeitos intuitivamente dominam

---

[36] De caráter informativo sobre esse aspecto: Rosemary H. Bliezner e Rebecca G. Adams, *Adult Frienship*, Londres, 1992.
[37] Spencer e Pahl, *Rethinking Friendship*, op. cit., cap. 3.
[38] Sobre essa questão, cf., como exemplo, Monika Keller e Michaela Gummerum, "Freundschaft und Verwandschaft – Beziehungsvorstellungen im Entwicklungsverlauf und Kulturvergleich", in *Sozialer Sinn*, I, 2003, p. 95-121.

as regras normativas à medida que, nas "verdadeiras" amizades, devem reciprocamente uma atenção duradoura quanto às preocupações e dificuldades de decisão da vida do outro, à medida que têm de tratar com confidencialidade as respectivas confissões e, por isso, estas não devem ser transmitidas a terceiros sem motivo. Em situações de crise devem apoiar-se com conselhos e proteção, e proporcionar o mesmo apoio empático ao amigo ou à amiga mesmo quando as decisões particulares destes lhes sejam, num primeiro momento, incompreensíveis[39]. O requisito das amizades, que assim obedece a regras de ação esboçadas de maneira imprecisa, sempre exigindo interpretação, constitui, no caso normativo, como já bem sabia Aristóteles[40], uma valorização recíproca que não se aplica, pura e simplesmente, à vida diária do outro tal como ela pode se mostrar externamente compreensível, mas às perspectivas e decisões éticas que se lhe ocultam como razão motivacional determinante — amigos ou amigas consideram-se reciprocamente dignos de valor com base no modo de conduzir existencialmente a sua própria vida.

Nos últimos anos, vem-se tentando elaborar o significado dessas propriedades "éticas" da amizade como condição para, de modo geral, uma vida bem lograda e, em especial, para a educação moral. No primeiro contexto, foi empregada a antiga concepção aristotélica segundo a qual a amizade desinteressada é condição necessária para uma vida individual porque oferece a oportunidade de observar as próprias decisões vitais e revisá-las reflexivamente[41]; é justamente em períodos de crescente atomização, como é tão

---

39 Argyle e Handerson, *The Rules of Friendship*, op. cit.
40 Aristóteles, *Nikomachische Ethik*, op. cit., livros nono e décimo.
41 Cf. Ursula Wolf, *Aristoteles „Nikomachische Ethik"*, Darmstadt, 2002, esp. cap. IX, 3.

frequentemente enfatizado, que o contrapeso social das relações de amizade duradouras — pois só elas protegem de equívocos em razão da obrigação de se prestar contas — poderiam resultar de uma orientação para o bem que seja de caráter puramente privatista[42]. Entretanto, no seio do segundo contexto, tematicamente mais restrito, no qual se trata da pergunta pelo valor moral da amizade, hoje há pleno acordo sobre as relações estreitas e confidenciais resultarem numa suave pressão instrutiva para que o outro concreto adapte seus próprios princípios morais às circunstâncias situacionais do caso individual, suprimindo a rigidez desses princípios[43]; tomando os pontos de vista da teoria da socialização, frequentemente se ressalta, segundo Jean Piaget, que as amizades de grupos proporcionam um espaço de experimentação ideal para crianças e jovens aprenderem o sentido social de obrigações e princípios morais[44]. Mas tudo isso são considerações e afirmações que nem de longe tangenciam a questão sobre em que medida as formas de amizade hoje praticadas representam uma primeira esfera institucional de liberdade social. Relações pessoais a dois, tal como as de hoje — dentro de certa margem de tolerância —, são normativamente entendidas e exercidas com grande naturalidade, podendo incentivar a boa realização da vida individual ou da moral numa diversidade de aspectos, mas não chegam a esclarecer por que o indivíduo deve poder contemplar

---

42 Cf. Arne Johan Vetlesen, "Freundschaft in der Ära des Individualismus", in Axel Honneth e Beate Rössler (orgs.), *Von Person zu Person. Zur Moralität persönlicher Beziehungen*, Frankfurt am Main, 2008, p. 168-200.

43 Cf. Marilyn Friedman, "Freundschaft und moralisches Wachstum", in ibidem, p. 148-67. Sobre isso, de modo geral, também da mesma autora: *What are Friends for? Feminist Perspectives on Personal Relationships on Moral Theory*. Ithaca, 1993.

44 Jean Piaget, *Das moralische Urteil beim Kinde*, Frankfurt am Main, 1976 [*O juízo moral na criança*, São Paulo, Summus Editorial, 1994].

uma encarnação social de sua própria liberdade. Desse ponto de vista, que é aqui decisivo, o especial das amizades modernas está em fazer do querer próprio algo que possa ser experimentado por uma pessoa, e sua articulação, por sua vez, aspira ao outro concreto, perdendo assim todo fechamento para dentro. As obrigações de papéis complementares, por meio das quais as práticas da amizade são hoje determinadas, permitem uma manifestação recíproca de sentimentos, atitudes e intenções que não encontrariam eco sem o respectivo outro e, desse modo, não poderiam ser sentidas como apresentáveis. Para nós, essa experiência de "liberação" de nosso querer em conversas e encontros amistosos é tão natural que quase não usamos a linguagem da liberdade, ainda que só ela poderia explicar o que buscamos em primeiro lugar nas amizades e, mais do que tudo, que lugar ela assume em meio à nossa vida social. Relações de amizade compõem uma forma institucionalizada de pontos em comum pré-reflexivos, caracterizada pelo desejo de ambas as partes em manifestar reciprocamente e sem reservas os próprios sentimentos e atitudes; as obrigações implícitas de papéis entremeiam-se de tal forma que ambas as partes têm confiança e certeza de que, com os desejos mais idiossincráticos ou despropositados, haverá consideração e não traição. É por essa experiência de uma autoarticulação ao mesmo tempo desejada e cuidada que a amizade se converte em domicílio da liberdade social: nela, o indivíduo pode e deve revelar ao outro as experiências a que tem acesso privilegiado, de modo que desapareçam as fronteiras internas que naturalmente devem ser mantidas na comunicação cotidiana. Desse modo, "estar consigo mesmo no outro" significa poder confiar, na amizade, sem coerção e sem temor, o querer próprio a outra pessoa, em toda a sua imperfeição e sua transitoriedade.

É provável que, como já dissemos, não se deva associar esse tipo de liberdade àquela que os sujeitos, de antemão, associam hoje ao valor da amizade para a sua vida individual. Assim, é bem possível que eles sejam a ajuda em situações existenciais extremas, a busca de aconselhamento para problemas antes os quais haja uma decisão a tomar ou o puro e simples desfrute de interesses comuns os motivos a exercer papel mais importante. O ganho de liberdade que consiste em poder compartilhar vivências e sentimentos próprios sem reservas possui como tema a singularidade de uma experiência que quase não pode ser tematizada em si; ela se consuma sem a atenção consciente e, portanto, não pode ser articulada pela linguagem como algo à parte; revela-se de modo indireto nas sensações repentinas de distensão, leveza e ausência de coerção, que, de modo característico, acompanham o intercâmbio comunicativo entre amigos. Mais do que a apresentação de tais sensações de libertação e diluição, estas não estão nos romances que tratam da experiência única da amizade; é inútil buscar neles provas que pudessem ajudar a identificar uma forma desconhecida anterior à amizade como núcleo de toda amizade moderna[45]. Mas essa inapreensibilidade fenomenológica não deve nos impedir de aderir à perspectiva da filosofia moral escocesa e do movimento romântico, segundo a qual a instituição da liberdade, surgida apenas no século XVIII e carente de considerações instrumentais, realizou

---

45 Como uma verdadeira apoteose da liberdade garantida pela amizade pode-se ler: Harry Mulisch, *Die Entdeckung des Himmels* (1992), Munique/Viena, 1993; abordando com entusiasmo semelhante à fina distinção entre amizade e amor: Wallace Stegner, *Zeit der Geborgenheit*, Munique, 2009.

uma forma peculiar da liberdade intersubjetiva: o outro aqui não é limitação, mas condição da liberdade individual. Na condição de parceiro confidente na interação, ele confere ao indivíduo a oportunidade de se desligar dos limites impostos à articulação do próprio querer e, assim, obter margem de manobra "pública" para a autoexploração ética. Como em todas as instituições relacionais, na amizade também só se pode realizar o ganho de liberdade se forem assumidas obrigações de papéis complementares que vierem a assegurar uma perpetuação das práticas garantidoras da liberdade; assim, a atitude moral de saber-se obrigado para com o amigo ou obrigada para com a amiga segundo regras exercidas em conjunto é requisito essencial da liberdade.

Ora, nos últimos anos, volta e meia torna-se expressa a suposição, diagnóstico de nosso tempo, segundo a qual a forma social da amizade pessoal, hoje, está ameaçada em sua constituição, em razão da intensa individualização e da elevada pressão por desempenho. Onde os membros da sociedade encontram-se cada vez mais obrigados a se manter profissionalmente competitivos, e em função disso demonstram disposição individual para o desempenho, onde a flexibilização para a vida profissional converte-se em coerção diária a se orientar privadamente segundo suas próprias oportunidades de ascensão, ali quase não se pode mais falar em disposição desinteressada para a participação pessoal, indispensável à manutenção de amizades de confiança[46]. Não é fácil provar a empírica desses prognósticos céticos; há poucas investigações válidas sobre esse tema, e comumente se

---

46 Cf., por exemplo, "Freundschaft in der Ära des Individualismus", op. cit.; Robert N. Bellah, op. cit., *Gewohnheiten des Herzens. Individualismus und Gemeinsinn in der amerikanischen Gesellschaft*, Colônia, 1987.

depende de observações cotidianas engenhosamente generalizadas ou de obras de arte sensíveis ao diagnóstico da época. Se nos ativermos a testemunhos desse tipo, por certo poderemos reconhecer certas tendências a cada vez mais tirar proveito das amizades para forjar relações vantajosas, portanto, atrelando-a a fins instrumentais[47]. Ao mesmo tempo, de pouca serventia se revela a recorrência a estudos empíricos mais recentes, sempre notavelmente concordes entre si, uma vez que os membros da sociedade conhecem as regras da amizade confiável e, além disso, se as dominam, também reagem à sua violação com sanções informais[48]. A exemplo do que já se tinha num passado recente, hoje também, em qualquer pretensão a instrumentalizar as relações de amizade, enxerga-se uma violação às práticas normativas da amizade; da mesma forma, tal como antes, parece continuar a valer que os amigos sintam, de maneira recíproca, uma preocupação por seu bem-estar. Das referidas investigações resulta que, onde há desvios dessas normas sociais, precisamente ali já não se designa essas relações privadas como "amizades" em sentido estrito; o léxico público reserva-lhes outros conceitos, que vão do "compadrio" [*Kumpanei*], passando pelo "nepotismo" até a pura e simples "relação de trabalho". Por isso, não há muitas razões para se duvidar da estabilidade da instituição moderna da amizade; na verdade, em nossos dias, ela justamente deve ser a relação pessoal de maior inércia em meio aos acelerados processos de individualização e flexibilização. Além disso, hoje, mais do

---

47 Rico em descrições de tais amizades estratégicas temos, por exemplo, o romance *Freiheit*, de Jonathan Franzen (Reinbek, 2010), que é um diagnóstico de nosso tempo [*Liberdade*, São Paulo, Companhia das Letras, 2011].
48 Cf., entre outros, Spencer e Pahl, *Rethinking Friendship*, op. cit.

A REALIDADE DA LIBERDADE

que antes, amizades desse tipo estendem-se com mais força sobre as fronteiras de classes sociais, pouco se detêm diante de diferenças étnicas e, até mesmo, cada vez mais perdem a ligação com um lugar comum, de modo que talvez se possa reconhecer nelas o fermento mais elementar de toda a eticidade democrática.

b) Relações íntimas

Pode-se dizer que as relações íntimas ou amorosas, hoje, são compreendidas como uma forma social especial resultado de um processo de diferenciação de vínculos pessoais concluído há pouco tempo e de maneira transitória. Com efeito, o amor na configuração institucional em que hoje o conhecemos, qual seja, como forma fundada no desejo sexual e na afeição recíproca surgiu já na segunda metade do século XVIII; à época, a grande virada na relação entre homens e mulheres fez que a ligação passional como princípio da escolha do parceiro sexual fosse gradualmente aceita[49]. Porém, seriam necessários ainda duzentos anos para que esse novo padrão de vinculação pudesse ser completamente "democratizado", de modo que viesse a se constituir uma possibilidade não só para a formação de pares heterossexuais, mas também de pares homossexuais[50]; hoje em dia, as relações íntimas estão institucionalizadas a ponto de ser dissociadas do

---

49 Luhmann, *Liebe als Passion*, op. cit., cap. 13; Lawrence Stone, "Passionate Attachments in the West in Historical Perspective", in Williard Gaylin e Ethel Person (orgs.), *Passionate Attachments: Thinking about Love*, Nova York, 1988, p. 15-26; história das relações íntimas, altamente informativa e de orientação psicanalítica, é proporcionada por Eric Smadja, *Le couple et son histoire*, Paris, 2011.
50 Luhmann também fala numa "democratização" paulatina do amor em *Liebe als Passion*, op. cit., p. 175.

casamento e da constituição familiar, de modo que, para todos os membros da sociedade, independentemente da orientação sexual, constitui-se uma forma de relação legítima, mesmo não havendo a intenção de uma ligação em longo prazo e sancionada pelo Estado.

Para o período histórico anterior ao final do século XVIII, falar em relações íntimas resulta num equívoco conceitual. Por certo, também na Antiguidade e na Idade Média havia relações baseadas na paixão, aventuras sexuais e ligações homossexuais, porém nenhuma dessas relações entre pares, assentada na afeição ou na atração, amparava-se em algum tipo de padrão institucional de íntima proximidade e exibição pública; eram muito mais exceções ou desvios das regras estabelecidas e estritamente reguladas, e, quanto ao intercurso sexual, estava previsto que se daria somente em relações a dois, entre casais legitimados pela sociedade; ademais, deviam estar estritamente integradas nos limites do Estado e se assentar nas ponderações de ordem econômica dos chefes da família. Avançando no século XVIII, era evidente que, entre as camadas proprietárias na Europa, os responsáveis pela educação dos filhos tinham de lhes arranjar um casamento, para o qual não eram levadas em conta deliberações sobre harmonia emocional ou felicidade individual, mas cálculos sobre vantagens em longo prazo para toda a estrutura familiar; por isso, é equivocado e altamente problemático empregar, para esse período de tempo, o conceito de "relações íntimas", que, em certa medida, pressupõe algum espaço de manobra para a exploração recíproca de estados emocionais individuais[51].

---

51 Sobre isso, cf., em toda a sua extensão, Reinhard Sieder, "Ehe, Fortpflanzung und Se-

De modo geral, os sonetos de amor de Shakespeare e seu drama *Romeu e Julieta* são considerados os primeiros testemunhos literários de uma virada paulatina nas instituições culturais do matrimônio e do amor; neles, o que há de novo é a representação do vínculo a partir de sentimentos apaixonados, que, com o auxílio de meios poético-linguísticos, são contrastados com as práticas dominantes no ambiente social[52]. Nessa medida, no decorrer do século XVII, ao menos nas cortes aristocráticas da Espanha, França e Inglaterra, houve certa ruptura, e foi quando começaram a aparecer nichos para a experimentação de ligações com base na paixão ou em afeições[53]. No entanto, a reação pública a essa tentativa de libertação valia-se de enorme rechaço, como permitem reconhecer conselheiros populares, livros de medicina e sermões da época. Além disso, entre a grande massa da população prevalece a opinião de que no intercurso sexual, permitido somente após o casamento arranjado, apareceriam obrigatoriamente os sentimentos necessários para a relação harmônica e estável entre marido e mulher. Por isso, assim como no caso da amizade moderna, pautada pela confiança, os primeiros processos de uma institucionalização social da relação amorosa moderna, com base no sentimento, não aparecem antes do fim do século XVIII. Nesse período, marcado por ruptura profunda

---

xualität", in Michael Mitterauer e Reinhard Sieder, *Vom Patriarchat zur Partnerschaft. Zum Strukturwandel der Familie*, Munique, 1977, p. 141-61.

52 Sobre Shakespeare, cf. Stephen Greenblat, *Will in der Welt. Wie Shakespeare zu Shakespeare wurde*, Berlim, 2004, cap. IV; para a conversão do conceito de amor nesse espaço de tempo, cf. Jean-Paul Desaire, "Ambivalenzen des literatischen Diskurses", in Georges Duby e Michelle Perrot (orgs.), *Geschichte der Frauen*, vol. 3 (Início dos tempos modernos), Frankfurt am Main, 1994, p. 279-310.

53 Sobre isso: Luhmann, *Liebe als Passion*, op. cit., cap. VI e VII; sobre a assimilação dessa transformação pelos moralistas franceses, cf. Louise K. Horowitz, *Love and Language: A Study of the Classical Frenck Moralist Writers*, Columbus, 1977.

e no qual foram criadas quase todas as condições culturais de reconhecimento social da modernidade, a ideia de que somente a afeição recíproca deveria compor uma base legítima para o vínculo matrimonial entre homem e mulher começa a se sedimentar nas práticas cotidianas das camadas sociais mais altas. Assim, desde o início, a nova concepção de sexualidade e de relação entre os sexos passa a ser associada a uma transformação também na arquitetura da liberdade individual: o indivíduo será mais livre do que antes, podendo decidir sobre a relação que levará ao longo da vida independentemente da indicação dos pais e somente de acordo com suas impressões pessoais: além disso, a relação de livre escolha entre homem e mulher é, ela própria, tornada um arranjo social, no qual se consuma uma forma especial de liberdade. Hegel é apenas um entre muitos, quando em sua *Filosofia do direito* procura demonstrar em que medida, no matrimônio estabelecido puramente na afeição, as necessidades de ambas as pessoas unidas efetivam um desdobramento reciprocamente desejado e, desse modo, realmente se satisfazem numa livre "interação"[54]. Mesmo na filosofia da unificação que remete a Hölderlin propunha-se a ideia de que somente no amor a liberdade humana se realiza plenamente, pois nele um oferece ao outro a oportunidade de uma autorrealização sem impedimentos[55].

Certamente, o cotidiano prosaico do casal burguês dessa época pouco tinha a ver com a exuberância idealista, já que as mulheres, em razão das atribuições de papéis que então impera-

---

54 Hegel, *Grundlinien der Philosophie des Rechts*, op. cit.
55 A esse respeito, cf. Dieter Henrich, "Hegel und Hölderlin", in idem, *Hegel im Kontext*, Frankfurt am Main, 1971, p. 9-40.

vam, dispunham de reduzidas possibilidades para articular suas necessidades de maneira livre e sem coerção. Como se sabe, de acordo com as divisões de papéis institucionalmente fixadas, elas estavam fadadas à realização de atividades subordinadas e restritas aos afazeres do lar e cuidado dos filhos, enquanto os homens detinham o privilégio de ser socialmente ativos na visibilidade da vida pública, sendo responsáveis por assegurar o sustento da família[56]. Além disso, no decorrer do século XIX, com a persistência de tais atitudes antigas, estabelecia-se a instituição do concubinato semioficial, permitindo aos homens de camadas sociais abastadas, sob a tolerância de todos os implicados, satisfazer suas necessidades sexuais fora do casamento. São incontáveis os romances, especialmente de proveniência francesa, em que se narra como mulheres solteiras, em geral de parcos recursos, conseguiam obter sustento material e alguma reputação garantindo favores sexuais a homens casados de classe abastada[57]. Nessa medida, o século XIX como um todo é um típico período de transição, no qual o novo modelo de relação já estava socialmente institucionalizado, porém a sua conversão na prática do dia a dia ainda não está instalada, o que na verdade exigia seu princípio normativo: a relação sexual está liberta das amarras dos cálculos de utilidade dos pais e aos parceiros ficam apenas

---

56 Cf., por exemplo, Joan B. Landes, *Women and the Public Sphere in the Age of the French Revolution*, Ithaca, 1988.
57 Cf., como exemplo: Émile Zola, *Nana*, Munique, 1985 [Rio de Janeiro, Civilização Brasileira, 2013]. Sobre esse complexo tema tratado de maneira integral, cf. também Albrecht Korschorke, entre outros, *Vor der Familie. Grenzbedingungen einer modernen Institution*, Munique, 2010, p. 57-66. Sobre quanto tempo essa prática tem sido historicamente mantida, estendeu-se o ensaio de Heinrich Adolf: "Adornos verkaufte Braut: Rekonstruktion einer Beziehung", in Stefan Miller-Doohm, *Adorno-Portraits. Erinnerungen von Zeitgenossen*, Frankfurt am Main, 2007, p. 309-34.

as considerações de ordem sentimental dos noivos — contudo, oficialmente, no contexto jurídico do casamento estavam previstas e a ele se associavam apenas práticas heterossexuais. No seio do matrimônio doravante pensado como "livre", se pela norma prevalece o fundamento da igualdade entre homem e mulher, superficialmente a vigência das imagens de papéis tradicionais e do poder masculino asseguram que as tarefas domésticas continuam a ser distribuídas de maneira altamente desigual. Desse modo, ainda é difícil falar na liberdade subjetiva, que Hegel e seus contemporâneos tinham em mente ao louvar as novas formas de relações entre os sexos. Ainda assim, uma vez que no curso do século XIX as mulheres também passaram a se valer cada vez mais do princípio institucional da relação íntima livre e em igualdade de direitos, isso possibilitou que seus sentimentos passionais fossem levados a sério e que se protestasse contra as condições imperantes; e novamente temos os romances clássicos de época, de enorme repercussão, a lançar uma luz a esses esforços de emancipação feminina[58].

Experimentos desse tipo, que fazem o princípio já institucionalizado do "amor romântico" se aplicar também às mulheres e às minorias sexuais, foram os mesmos que, no decorrer do século XX, conduziram a uma paulatina democratização da instituição da relação íntima determinada unicamente pelos sentimentos e isentas de restrições jurídicas. Na verdade, as duas guerras mun-

---

58 Além dos citados romances, como *Effi Briest*, *Madame Bovary* e *Anna Karenina*, deve-se mencionar apenas dois contos extraordinários: de Anton Tchekhov, "Die Dame mit dem Hündchen", in idem, *Die Dame mit dem Händchen. Erzählungen 1887-1903* [*A dama do cachorrinho. Contos 1887-1903*], Zurique, 1976, p. 250-271 [*A dama do cachorrinho*, 6. ed., São Paulo, Editora 34, 2014]; e de Ivan Búnin, "Visitenkarten" ["Cartões de visita"], in idem, *Dunklee Allen. Erzählungen 1920-1953*, Berlim/Weimar, 1983, p. 367-74.

diais acabaram por adiar esse processo de liberação, uma vez que os catastróficos acontecimentos bélicos resultaram em certas mentalidades e estados de ânimo que favoreciam uma sujeição às práticas já conhecidas, dominadas pelos homens; assim sendo, os anos 1920 e 1950 foram os dois períodos do século XX em que o casamento burguês se manteve plenamente revigorado com toda a sua autoridade e poder de coerção masculinos, ainda que no subsolo e para além da legalidade já começassem a se estabelecer muitas alternativas de relações íntimas — pares homossexuais viviam ilegalmente juntos, homens e mulheres constituíam vidas em comum sem estar casados e casos extraconjugais aumentavam também por parte das mulheres. Mas tudo isso só veio a se sedimentar em práticas institucionalizadas e se tornar componente legítimo do cotidiano da vida social quando se esvaneceram os últimos efeitos, retardados, da Segunda Guerra Mundial, de modo que a prosperidade econômica do Ocidente possibilitou um acelerado processo de individualização. Em uma série de lutas e conflitos sociais, resultantes de uma margem de manobra socialmente ampliada para a articulação das próprias necessidades e concepções de identidade, no início dos anos 1960 negava-se às mulheres e às minorias sexuais uma série de reformas de caráter jurídico e ético que, tomadas em conjunto, suscitavam uma atitude diferente em relação ao casamento, à família e à sexualidade; a contracepção foi legalizada e, com o auxílio da pílula, foi amplamente democratizada; a proibição à homossexualidade foi suprimida na maioria dos países do Ocidente e, assim, a prática das relações íntimas entre pessoas do mesmo sexo passou a ser no mínimo tolerada na esfera pública; as mulheres não apenas foram definitiva e juridicamente equiparadas aos homens, mas também, em ampla medida, integradas no processo sociolaboral; o divórcio foi flexibilizado por parte do Estado, e, assim, foi permitido a ambas as partes casar novamente; o tabu ético das relações sexuais antes e fora do casamento começava a se desmantelar, dando lugar a uma maior tolerância em relação a um comportamento de experimentação sexual; por fim, modificaram-se os estilos de educação na família e na escola: deu-se mais importância ao direito da criança e os castigos físicos foram quase completamente eliminados[59]. Essas revoluções jurídicas e culturais logo foram abreviadas e passaram a ser conhecidas sob o denominador comum da "revolução sexual". O que estava se consumando ali pode bem ser caracterizado — se contemplarmos o processo a certa distância e o considerarmos desde o início — como uma desinstitucionalização gradual da pequena família burguesa, e seu fim marca a desvinculação institucional da relação íntima ou amorosa[60]: a ligação intersubjetiva com base em motivos sexuais e emocionais está de tal modo dissociada do complexo institucional da vida comum em família e da educação dos filhos que ela se mantém como um sistema de práticas sociais totalmente independentes, acessíveis, a princípio, a qualquer membro adulto da sociedade.

Certamente, no cotidiano social, tiveram de acontecer ainda

---

[59] Sobre o aspecto jurídico desse processo de transformação, cf., por exemplo, Jutta Limbach e Siegfried Willutzki, "Die Entwicklung des Familienrechts seit 1949", in Rosemarie Nave-Herz, *Kontinuität und Wandel der Familie in Deutschland*, Stuttgart, 2002, p. 7-43.

[60] Sobre o processo da "desinstitucionalização" da pequena família, cf. Hartmann Tyrrel, "Ehe und Familie", in Kurt Lüscher, Franz Schultheis e Michael Wehrspaun (orgs.), Die „postmoderne" Familie. *Familiale Strategien und Familienpolitik in der Übergangszeit*, Konstanz, 1990, p. 145-56; em vez de outras indicações de leitura, remeto a meu breve relato de pesquisa: Axel Honneth, "Strukturwandel der Familie", in idem, *Desintegration. Bruchstücke einer soziologischen Zeitdiagnose*, Frankfurt am Main, 1994, p. 90-9.

outras mudanças de atitude quanto às mencionadas reformas para que esse novo sistema de comportamento pudesse se estabelecer efetivamente de maneira ampla e permanente: há alguns poucos anos começou a ganhar corpo a ideia de que os pares homossexuais viessem a ser aceitos na vida pública tanto quanto os das relações heterossexuais, e há bem pouco tempo passou a ser socialmente aceito que as mulheres, sem mal-entendidos nem subterfúgios, pudessem tomar a iniciativa com vistas a uma relação amorosa. Entretanto, para as sociedades contemporâneas do Ocidente decerto não será demasiado prematuro afirmar que as relações íntimas de duração limitada representam para todos os sujeitos adultos, independentemente da orientação sexual, uma possibilidade autônoma de vínculo pessoal: somos jurídica e, em grande medida, também culturalmente livres para nos vincular a homens ou mulheres por quem nos sentimos atraídos sexual e emocionalmente. No entanto, a aceitação de relações desse tipo exige que, a partir desse momento, saibamos estar sujeitos às regras normativas que garantem identidade para além do momento concreto; sob a forma de práticas que se conhece apenas intuitivamente, essas regras estabelecem obrigações de papéis complementares, e sua realização possibilita, por sua vez, uma forma especial de liberdade social.

Por mais que a relação íntima moderna, desde seus primórdios românticos, se aparte de sua caracterização específica de classe e tenha se aberto, assim, a todos os membros da sociedade, a base de suas regras normativas não mudou, passados mais de duzentos anos. Hoje, como ontem, quem entra numa relação amorosa, seja entre pessoas do mesmo sexo ou não, espera que a pessoa amada lhe corresponda em seu amor em razão das características que ela tem como centrais para si[61]; o amor recíproco não deve se fundar em quaisquer qualidades arbitrárias do outro, mas precisamente nos desejos ou interesses que este considera significativos em sua interpretação de si mesmo. Com base no fato de tais qualidades e inclinações — e o próprio sujeito as tem por constitutivas — poderem variar no decorrer do tempo, surge uma forma de obrigação recíproca que faz referência a um futuro comum: em grande parte constituímos o "nós" de uma relação íntima ou amorosa à medida que, como que naturalmente, esperamos do outro não apenas ser valorizados nas qualidades que nos constituem no momento presente, mas também nas inclinações e nos interesses que possamos realizar futuramente. Essa referência futura do "nós" diferencia de todas as relações íntimas aqueles vínculos pessoais que, na autoconcepção dos implicados, são apenas de natureza efêmera e, por isso, ainda hoje se distinguem daqueles mediante conceitos como "caso" ou *affaire*; em relações desse tipo, tão logo se abra a perspectiva temporal dos dois integrantes, fazendo que se espere uma empatia recíproca com as qualidades que podem vir a se constituir mais tarde, podemos falar de uma relação amorosa ou íntima[62].

É essencialmente dessa dimensão futura do amor que resultam muitos dos papéis de obrigação complementares que hoje regulam a prática institucionalizada da relação íntima. Tanto na cons-

---

61 Para a questão a seguir, cf. Neil Delaney, "Romantische Liebe und Verpflichtung aus Liebe. Die Artikulation eines modernen ideals", in Honneth e Rössler (orgs.), *Von Person zu Person*, op. cit., p. 105-40.
62 A esse respeito, cf. também o texto de Neil Delaney: Amélie Oksenberg Rorty, "Die Historizität psychischer Haltungen: Lieb' ist Liebe nicht, die nicht Wandel eingeht, wenn sie Wandel findet", in Dieter Thomä (org.), *Analytischen Philosophie der Liebe*, Paderborn, 2000, p. 175-94.

ciência dos participantes quanto na dos observadores próximos, tal relação só satisfaz sua norma inerente se ambas as partes manifestarem uma atenção duradoura e compassiva para com as mudanças de comportamento que vierem a indicar uma transformação na paixão ou nos interesses constitutivos do outro; ainda que a expectativa recíproca de perceber sinais desse tipo não represente nenhuma obrigação compatível entre os amantes, sua decepção significa uma violação da regra, que manifesta de forma nítida os limites institucionais da relação íntima. Somente quando essas duas pessoas reciprocamente se permitirem acompanhar o desenvolvimento da personalidade da contraparte com um bem querer de todo apoio e se for tomada uma direção que não possa ser antecipada no momento presente, podemos falar numa relação intersubjetiva que mereça a caracterização de "amor"; e se essa afeição prevista para o futuro desconhecido for realmente suficiente para de bom grado seguirem juntos, mesmo em face de transformações de identidade profundas, eis um problema empírico, cujo resultado em nada muda na importância da promessa feita inicialmente que, de modo geral, se mantém implícita[63]. Nessa medida, uma relação amorosa apresenta, por sua estrutura temporal, um pacto para a fundamentação de uma comunidade de lembranças cuja retrospecção futura, de tão motivadora e alentadora para a história compartilhada em comum, deverá sobreviver às transformações de personalidade de ambas as partes: mesmo hoje em dia, quando nos desiludimos diante da fugacidade de relações que vemos se iniciar, o amor entre duas pessoas não vinga sem a antecipação de tal história, autocorroborante, de um nós capaz de retrospecto —

---

63 Cf. os exemplos apresentados por Neil Delaney em "Romantische Liebe und Verpflichtungen aus Liebe", op. cit., em especial p. 131 s.

basta pensar nos muitos objetos que os casais compram para se assegurar de no futuro ter uma recordação da comunidade vivida no momento presente[64].

Até aqui, a forma social do amor poderia ser tomada por uma espécie de amizade intensificada. Assim, ela compartilha a obrigação implícita de sentir uma empatia recíproca para com as intenções constitutivas da outra parte, fazendo todo o possível para satisfazê-las. A expectativa natural (mas não propriamente tematizada) de, no caso de uma crise pessoal, poder contar com o amparo e o conselho do outro também constitui elemento central tanto da relação amorosa como da amizade. Com efeito, se o amor se caracteriza unicamente por uma antecipação de uma história comum a ser vivida, desde o início, em seu caráter futuro de elemento fortificador da relação, um reflexo dessa estrutura peculiar da temporalidade pode também estar presente em muitas formas da amizade. Contudo, o que distingue a relação amorosa de toda amizade, tornando-a uma instituição única de vinculação pessoal, é uma exigência recíproca de intimidade sexual e de uma alegria, que a tudo abarca, na corporeidade da outra parte[65]. Em nenhum outro lugar, talvez à exceção das unidades de tratamento intensivo e casas de repouso para idosos, o

---

64 Cf. as indicações de Tilmann Habermas, que, no entanto, analisa o significado de objetos pessoais sobretudo da perspectiva do eu, e não de um nós conjunto: *Geliebte Objekte. Symbole und Instrumente der Identitätsbildung*, Frankfurt am Main, 1999, especialmente cap. IV b. Sobre o crescente significado de objetos de consumo para a estabilização das relações íntimas na modernidade, cf. Eva Illouz, *Der Konsum der Romantik. Liebe und die kulturellen Widersprüche des Kapitalismus*, Frankfurt am Main, 2003. Sobre o tipo de amor romântico tornado "reflexivo", que ele denomina "amor cético-romântico", cf. também o contundente trabalho de Reinhard Sieder, *Patchworks: das Familienleben getrennter Eltern und ihrer Kinder*, Stuttgart, 2008, p. 41-7.
65 Sobre isso, Delaney, "Romantische Liebe und Verpflichtungen aus Liebe", op. cit., p. 126 s.

corpo humano está hoje tão presente em toda a sua autonomia e fragilidade incontroláveis como nas interações sexuais de um casal que faz amor.

Em comparação ao período de surgimento da ideia do amor romântico no círculo cultural europeu, a intimidade sexual, em nossos dias, se caracteriza por uma abertura substancialmente maior à articulação de inclinações individuais; de lá para cá, o esquema de interpretação cultural segundo o qual as mulheres não teriam necessidades autônomas de relações sexuais deixou de ter importância, e nesse ínterim não apenas caiu o tabu das variedades da sexualidade entre pessoas do mesmo sexo como, já há algumas décadas, mesmo a ideia das "perversões" sexuais acabou perdendo o lugar central que detinha outrora. Hoje em dia, valem como relações íntimas todas as que tiverem o consentimento de ambas as partes no contexto de sua autonomia moral[66]. Evidentemente, isso não significa que, na atualidade, o âmbito das interações sexuais careça de toda regra de ação de força vinculante, mas que tais regras estejam deslocadas da superfície de consumações físicas no plano subjacente de atitudes recíprocas. Entre os implicados, certas práticas já não devem ser entendidas como "perversão" ou desvio da norma, tampouco alguns tipos de relação sexual, mas apenas as formas de exigência sexual que subvertem as condições da percepção recíproca, como a que se tem quando um é objeto sexual do outro[67]. Dessa

---

66 Cf. Onora O'Neill, "Between Consenting Adults", in *Philosophy and Public Affairs*, 14, 1985, H. 3, p. 252-77.
67 Cf. o elucidativo texto de Thomas Nagel, "Sexuelle Perversionen", in idem, *Letzte Fragen*, Bodenheim, 1996, p. 65-82. Toda a diferença que existe entre a moral sexual de nossos dias e a de sessenta anos atrás pode ser mensurada pela distância entre esse texto e a obra de Aurel Kolnai, *Sexualethik. Sinn und Grundlagen der Geschlechtsmoral*, Paderborn, 1930. Aqui, com argumentos de espantosa transparência, girando em torno das normas de livre reciprocidade, são condenadas tanto a homossexualidade quanto as formas de relação sexual não genital.

forma, hoje caíram quase todos os tabus referentes à casualidade das inclinações sexuais, mas só à medida que seu abandono não viole o pressuposto de que também o parceiro ou a parceira possa se ver refletido na contraparte como um objeto de desejo sexual. O ideal, que hoje se tem como parâmetro com relação às perversões sexuais, é perceber a facilitação recíproca como fonte e objeto da estimulação sexual do respectivo outro; o que se desviar disso, como nos casos mais extremos de pedofilia, proibida por lei, é entendido como violação das normas implícitas que, no cotidiano atual, regulam o campo das interações sexuais.

Contudo, não apenas o desejo recíproco como também a presença transbordante de gestos de vinculação corporal servem como indicador do fato de casais vivenciarem, num primeiro momento e antes de tudo, como um "nós" unido fisicamente nas relações íntimas. Nessas relações, é de modo quase reflexivo que alguém dá a entender ao outro — com gestos sutis, insinuações mímicas ou movimentos corporais — quão importante e apetecível é a sua proximidade física. Se formas abreviadas de intimidade corporal desse tipo forem suprimidas, ou se não forem correspondidas, isso vale já como primeiro sinal, entre os participantes, de que na relação nem tudo está em ordem. E é claro que essa atenção à dimensão física da vinculação é incrementada sempre que um dos membros tiver assimilado a separação de um parceiro amado; em tais fases, não raro acontece de a ausência do outro ser experimentada como uma dor física no próprio corpo, como se ao corpo faltasse algo do qual dependesse seu funcionamento vital. As relações amorosas de modo algum podem ser separadas das sensações físicas do dia a dia; elas fazem que os limites físicos que normalmente prevalecem entre os indivíduos se aniquilem em um nós corpóreo, no qual um complementa e amplia fisicamente o outro.

Entretanto, relações íntimas desse tipo não são plenamente descritas senão se levar em conta, da mesma forma, que casais heterossexuais hoje podem se valer da possibilidade de celebração do matrimônio jurídico: ainda que inexista a intenção de gerar filhos e, assim, constituir família, homem e mulher podem dar à sua relação amorosa a forma de um casamento registrado publicamente, provendo-o assim de toda uma hoste de direitos e obrigações juridicamente aplicáveis. Certamente, tais efeitos jurídicos resultantes da celebração do casamento formal já não devem ser compreendidos como meio pelo qual a substância da afeição emocional deva, em certa medida, se produzir; no marco de uma personalização do modo como se concebe o matrimônio, impulsionado, de sua parte, pela revolução romântica das formas das relações, a sanção estatal, no entanto, é entendida muito mais como um ato puramente declamatório, que reconhece de maneira apenas formal o que de todo modo já existe[68]. No entanto, com base nessa transformação do conceito de

---

[68] Cf. o rico artigo de Dieter Schwab, "Eheschließungsrecht und nichteheliche Lebensgemeinschaft – eine rechtsgeschichtliche Skizze", in *Zeitschrift für das gesamte Familienrecht*, 28, 1981, H. 12, p. 1151-6. Nesse contexto, é altamente interessante o direito matrimonial formulado por Johann Gottlieb Fichte, no apêndice de seu escrito sobre direito natural, no qual a passagem para uma compreensão "criadora" que produz o amor é selada por um entendimento meramente "declamatório" da celebração pública do matrimônio: Johann Gottlieb Fichte, "Grundlage des Naturrechts nach Principien der Wissenschaftslehre" (1796), in *Fichtes Werke*, org. por Immanuel Hermann Fichte, vol. III, Berlim, 1971, p. 1-385, aqui p. 308-43. A compreensão romântica do amor, que subjaz a essa nova definição do direito matrimonial por Fichte ("sobre a relação de ambos os noivos" o Estado "não tem de prover lei alguma, já que toda a sua relação de modo algum é uma relação jurídica, mas uma relação natural e moral dos corações", ibidem p. 325), não o impede de subordinar completamente a mulher ao homem na relação moral entre os sexos (cf. ibidem § 16).

matrimônio, que se prolonga por mais de dois séculos e resulta na validação do matrimônio "verdadeiro" também para os casos em que ele não tenha adquirido legalidade pública, até hoje, em nenhum dos países democráticos do Ocidente isso teve como consequência uma completa eliminação do direito matrimonial para ser substituído por um puro direito à família. Ao contrário, o matrimônio celebrado publicamente pôde, no curso do século XX, continuar a ser regulado juridicamente, como se a relação, interna e pensada como relação amorosa, fosse amplamente liberta de prescrições coercitivas[69], mas, para isso, foi submetendo a relação "externa" cada vez mais a novas regras jurídicas, incluindo os aportes de sustento e alimentação entre ambas as partes. Seguindo os princípios do Estado social, que apenas roçamos, até agora, em nossa reconstrução normativa, após a dissolução do casamento ou a morte do cônjuge profissionalmente ativo, viu-se a necessidade de proteger o cônjuge responsável pelos afazeres domésticos — a mulher, quase sempre — de ficar completamente desprovido de amparo econômico. Os progressos que, tendo isso em vista, foram iniciados nas últimas décadas podem não ter sido suficientes, mas se mostraram consideráveis, pois de lá para cá o matrimônio passou a se definir, em sentido amplo, como uma comunidade de sustento e de ganho, de modo que o cônjuge não economicamente ativo, após o fim jurídico ou natural do casamento, tem o direito à metade dos bens adquiridos durante o tempo em que estiveram casados, sob a forma de uma compensação de ganhos ou de sustento[70] —

---

69 Sobre isso, cf. Limbach e Willutzki, "Die Entwicklung des Familienrechts seit 1949", op. cit., p. 19 s.
70 Ibidem, p. 22-8.

tudo o que hoje, evidentemente, está em constante movimento na Europa.

Com base na bem-sucedida isenção da relação íntima, essa juridificação "exterior" do matrimônio em favor do cônjuge economicamente dependente fez que vidas em comum entre pessoas do mesmo sexo hoje fossem cultural e juridicamente toleradas, mas em comparação com relações de casais heterossexuais, elas estão em flagrante desvantagem; pois para os casais homossexuais não se tem (ainda) caminho aberto para a celebração jurídica do casamento, de modo que eles não dispõem de nenhuma oportunidade legal para preventivamente se comprometer com a garantia econômica do parceiro desprovido de rendimentos. Quanto a isso, uma vez que não há igualdade jurídica, tudo deve advir da concordância amistosa de ambas as partes, enquanto o poder sancionador do Estado pode vigorar como garantia entre os casais heterossexuais. Com maior razão, essa discriminação afeta as minorias sexuais precisamente nos âmbitos em que se concedem privilégios aos heterossexuais casados negados aos casais do mesmo sexo. Em primeiro lugar estarão, evidentemente, certas vantagens no tocante a impostos, mas se deve lembrar que, de maneira não menos discriminatória, a esses casais é negado o direito de adotar crianças órfãs e desemparadas. Na maioria dos países democráticos do Ocidente, o direito ao casamento caracteriza-se ainda por um enraizado preconceito, que para os argumentos econômicos de nossos dias quase não se poderia levar em conta, e que mesmo na opinião pública quase não encontra solo fértil: o preconceito de que apenas homem e mulher mantêm uma relação amorosa estável, pois a complementaridade de sexos opostos satisfaz a todas as precondições que parecem justificadas para se reconhecer publicamente como matrimônio as relações a dois fundadas no desejo e, assim, para se criarem as condições para uma série de efeitos jurídicos. Nesse ínterim, a solução legal a que se recorreu tendo em vista a eliminação desse tratamento desigual, com a obtenção de um frágil estatuto jurídico por parte das comunhões de vida "não matrimoniais", só pode ser transitória; em longo prazo deverão se esgotar as fontes que justificam excluir casais do mesmo sexo de privilégios jurídicos do casamento publicamente juramentado e então será mantida a possibilidade de abolir totalmente o direito ao casamento independente ou abrir a possibilidade de celebração jurídica do casamento a todo tipo de vida em comum. No primeiro caso, os efeitos jurídicos do casamento operariam apenas no momento da fundação da família, de modo que casais sem filhos regulariam suas provisões unicamente por meio de contratos particulares; no segundo caso, todos os casais, independentemente da orientação sexual, dispuseram sobre a opção jurídica de registrar sua relação "de maneira oficial" e assim poderiam estabelecer as correspondentes consequências jurídicas pela via estatal.

Porém, o que hoje constitui a experiência da liberdade social nas relações amorosas decerto não é criado por meio das obrigações reguladas por contrato, estipuladas pelo Estado às relações matrimoniais oficialmente reconhecidas. Com base nos direitos subjetivos, gerados com vista a isso, só as reivindicações individuais que vierem a proteger em cada caso a autonomia privada podem ganhar corpo, não aquelas formas pertencentes ao protótipo das liberdades sociais. Mas esse tipo de liberdade nas relações íntimas pode se dever, sobretudo, não ao direito público do casamento, pois essa liberdade só pode ser experimentada onde o passo para a realização do casamento não tiver sido consumado ou não puder ser consumado. Já Fichte, é claro que no seio das limitações culturais de seu tempo, tinha conhecimento de que em relações desse tipo a liberdade é uma questão da "união dos corações e da vontade", e não de regulamentos jurídicos[71]. É a experiência da intimidade sexual e vinculação física que prepara o terreno entre os amantes para o tipo de reciprocidade sem coerções, que constitui a forma de consumação da liberdade social; comprometida com a complementaridade recíproca no comportamento corporal, essa amizade é entendida fenomenologicamente de um modo bem mais fácil do que na maioria dos casos mediados pela linguagem. As regras normativas da relação de amizade estão hoje voltadas para que em seu contexto dois indivíduos se completem reciprocamente, cada um fazendo-se testemunha e conselheiro das decisões existenciais do outro; nessa medida, cada um é condição da liberdade de sua contraparte, e para tanto ele ajuda a fazer que seu próprio querer se torne transparente e alcance maior maturidade em suas decisões. Diferentemente dessa forma de liberdade social, experimentada pelos participantes como forma quase autônoma, a que existe numa relação amorosa corresponde a uma proximidade de vivência desigualmente maior, pois aqui toda a identidade física está referida na reciprocidade: os dois indivíduos se complementam e se completam um ao outro não apenas ao estimular reciprocamente e amparar sua formação ética, mas também, sobretudo, na satisfação recíproca de necessidades físicas, que a

---

[71] Fichte, *Grundlage des Naturrechts nach Prinzipien der Wissenschaftslehre*, 1796, op. cit., p. 323.

cada um dos quais é especialmente importante para a própria vitalidade e para o próprio bem-estar. Por isso, na forma social do amor, como hoje sabemos, um se faz condição para a liberdade do outro à medida que ele se converte em fonte de uma autoexperiência corporal, em que a própria naturalidade se desfaz dos grilhões impostos pela sociedade, recuperando no outro parte de sua incoercibilidade original[72]. Por isso, estar consigo mesmo no outro significa, na intimidade do amor, apropriar-se de novo da necessidade natural do próprio eu na comunicação corporal, sem o medo de se expor ou de se magoar. As regras morais, que hoje prevalecem de maneira implícita nas relações amorosas, devem garantir uma confiança recíproca, que possibilite, sem medo, a automanifestação corpórea diante do outro concreto; se tais regras forem violadas por uma das partes, a outra parte, em geral, o terá como motivo suficiente para terminar a relação.

Uma vez que esse exercício peculiar da liberdade é algo que os implicados experimentam de maneira consciente em suas interações, não será esforço vão apresentar a importância da moderna forma de amor para o inteiro aparato social de nossa liberdade: é difícil encontrar alguma obra da nova literatura em que não se descreva a experiência do amor não correspondido como ampliação da personalidade vivida subjetivamente, experiência na qual se altera toda a relação consigo próprio e com o mundo: no estado de um súbito "nós" corpóreo, o indivíduo parece estar privado de todos os limites que antes o separavam

---

[72] Essa ideia do amor constitui o pano de fundo normativo diante do qual Adorno, em sua *Minima Moralia*, descreveu a realização dessa forma de relação por meio apenas de considerações calculadoras: Theodor W. Adorno, *Minima moralia*, Frankfurt am Main, 1951, aforismos 10, 11, 12, 107, 110 [*Minima moralia*: reflexões a partir da vida lesada, Rio de Janeiro, Azougue Editorial, 2008].

psiquicamente de seu ambiente, sendo apresentado como alguém que, graças à unificação corporal, sente uma ausência de coerção que, ora consumada em toda a sua extensão, antes lhe era completamente desconhecida — por isso, não raro, em tais passagens o autor se vale de metáforas religiosas ou imagens de uma interação com a natureza, a fim de evocar esse ganho de liberdade por meio do amor[73]. No entanto, se tomarmos o cinema ou a literatura como sondagem diagnóstica de nosso tempo, capaz de apreender com precisão maior que outros meios a constituição social desse tipo de relações de interação, podemos então observar, sobretudo nos últimos tempos, certo deslocamento que se expande na direção de uma crescente desorientação ou incapacidade de vinculação; frequentemente, os protagonistas são apresentados como se não mais possuíssem motivação para se permitir obrigações normativas, necessárias para dar continuidade às relações amorosas[74]. Em muitos aspectos, observações desse tipo coincidem com descrições sociológicas, que intentam mostrar que, na atualidade, motivos egocêntricos de autorrealização ou de progresso individual por parte dos indivíduos se mostram cada vez mais impeditivos à produção de vínculos que possam constituir relações íntimas de longo prazo: os membros das sociedades — por um lado forçados pelas novas relações de contratação, que permitem o esvanecimento das fronteiras até então traçadas entre trabalho e ócio, e, por outro lado, impelidos por ideias modificadas do eu, que premiam culturalmente

---

[73] Como exemplo eloquente, entre muitos outros: Ivan Búnin, "Mitjas Liebe", in idem *Dunkle Alleen*, op. cit., p. 106-76.
[74] Sobre filmes recentes, eu citaria apenas *Greenberg* (2007, direção de Noah Baumbach) [No Brasil, *O solteirão*]. Sobre a literatura atual, eu atentaria para a coletânea de contos *Reiche Mädchen* [Garotas ricas], de Silke Scheuermann (Frankfurt am Main, 2005).

a disposição para a mobilidade — mostram-se hoje cada vez menos dispostos a seguir regras normativas que, tomadas em conjunto, de algum modo proporcionam a necessária estabilidade aos vínculos pessoais. Como consequência dessas variações motivacionais, de acordo com Ann Swidler em um texto célebre, a tendência nas relações íntimas é que as intenções de fazer carreira individual sejam mais frequentes que os necessários sentimentos de obrigação, os objetivos da autorrealização, mais do que a disposição ainda necessária para o autossacrifício, e as reivindicações de liberdade sexual, outrora mandamentos naturais de fidelidade[75]. Por isso, atualmente, como pontua Niklas Luhmann, "a alternativa ao rompimento (de relações) e do ficar sozinho" para o seu próprio plano de vida "é levada a sério"[76].

Naturalmente, a adequação empírica de tais enunciados relativos a tendências é, a exemplo dos respectivos prognósticos sobre a estabilidade da amizade, de difícil avaliação.

Assim, a autonomização institucional da relação íntima, que se despiu de quaisquer suportes externos nas tarefas sociais nas expectativas familiares[77], acabou fazendo que apenas os sentimentos ainda individuais de afeição e atração decidissem quanto à duração do vínculo um com o outro. Tão logo desapareçam esses recursos emocionais, em razão da falta de imposições externas, parece cada vez mais difícil se dispor à obrigação necessária para a manutenção de uma relação amorosa. Na mesma direção

---

75   Ann Swidler, "Love and Adulthood in American Culture", in Neil J. Smelser e Erik H. Erikson (orgs.), *Themes of Work and Love in Adulthood*, Cambridge/Mass., 1980, p. 120-47.
76   Luhmann, *Liebe als Passion*, op. cit., p. 197.
77   Sobre isso, cf. Giddens, *Wandel der Intimität*, op. cit., cap. 8, p. 148-72.

de Ann Swidler, Arlie Hochschild também observou[78] que uma diluição de fronteiras entre trabalho e tempo livre, em nossos dias, torna cada vez mais difícil para o indivíduo manter uma completa separação entre vínculos pessoais e planos de carreira. Certamente, não se tem aí os primeiros sinais de uma reincorporação do amor no contexto de reprodução da sociedade, mas os sintomas de uma erosão das capacidades individuais de vinculação, uma vez que todas as relações pessoais devem ser avaliadas sempre do ponto de vista do progresso profissional. Nessa medida, a instituição da "pura" relação íntima, há pouco tempo democratizada por completo e tornada acessível por igual a todas as camadas populacionais, ligada à adoção recíproca de determinadas obrigações de papéis, parece hoje novamente em crise. Para todos os efeitos, as crescentes taxas de divórcio, o número cada vez maior de famílias monoparentais e os muitos relatos de casos de conflito envolvendo relações pessoais são testemunhos eloquentes do arrefecimento das forças ou da disposição dos sujeitos em aceitar a autolimitação necessária a um vínculo de longo prazo.

Na verdade, essas descrições negativas se contrapõem também a outras análises, que interpretam os dados estatísticos e as descobertas alarmantes em sentido bastante diferente ao de uma fase de estabelecimento da instituição, recentemente democratizada, da pura relação íntima, carregada de muitos problemas de adaptação. A partir de uma perspectiva desse tipo, o fato institucional de que agora todos os membros da sociedade, em

---

[78] Cf. Arlie Hochschild, *Keine Zeit. Wenn die Firma zum Zuhäuse wird und zu Hause nur Arbeit wartet*, Wiesbaden, 2002.

igual medida, podem estabelecer relações igualitárias e livres da pressão da expectativa social, como se tivessem entendido que a superação de um desafio, ao menos em seu momento histórico inicial, faz crises e manifestação de dissolução parecerem algo natural. Nos indicadores empíricos, que parecem indicar um desmembramento da forma social do amor, refletem-se não os sintomas de uma capacidade declinante de estabelecer vínculos ou de maiores necessidades de autorrealização, mas tão só as dificuldades de aprendizado normais, que se dão paralelamente à generalização social de um princípio institucional. Pela perspectiva dessas teses alternativas, muitas das observações aqui reunidas efetivamente perdem sua ressonância negativa, admitindo interpretações bem mais otimistas: nesse sentido, hoje, as crescentes taxas de divórcio também podem ser entendidas, uma vez que a pura ligação afetiva é levada muito mais a sério do que antes. As fases mais longas da vida adulta vividas em solidão, como se aspirando a períodos mais demorados para a exploração de suas próprias necessidades de vínculo, e o caráter cada vez mais conflituoso das relações pessoais podem ser vistos como indicador das dificuldades cotidianas, especialmente para os homens, de implementar o princípio da igualdade que já foi normativamente aceito[79]. Além disso, vale considerar que, nesse meio tempo, ao lado das relações heterossexuais, os relacionamentos homossexuais também puderam se estabelecer como forma social legítima, daí o número crescente de relações "clássicas"

---

79 Com relação ao trabalho deste último, cf. Kai-Olaf Maiwald, "Die Liebe und der häusliche Alltag. Überlegungen zu Annerkennungsstrukturen in Paarbeziehungen", in Christine Wimbauer, Annette Henninger e Markus Gottwald (orgs.), *Die Gesellschaft als institutionalisierte „Annerkennungsordnung"*, Opladen/Farmington Hills, 2007, p. 69-78.

desfeitas ser compensado, ao menos em parte, já que nesse novo terreno estão se constituindo, de maneira bem-sucedida, os primeiros padrões de uma vida em comum aceita oficialmente. Por fim, não se deve subestimar o nível de reflexividade e até mesmo a consciência irônica com que hoje os casais continuam a perseverar no princípio do vínculo duradouro e do amor recíproco em tempos de estatísticas de desencanto. Tudo isso pode ter serventia, que confere expressão à história compartilhada e, assim, contrapõe-se à cotidianização inevitável dos sentimentos, é posto em jogo aqui de maneira reflexiva, e isso tão somente para prover de forma duradoura a liberdade social da convivência isenta de coerção[80].

Certamente, mesmo a essa contraluz mantém-se o fato incontestável de que os crescentes desafios referentes à flexibilidade profissional, à mudança de postos de trabalho e à disponibilidade ilimitada tornam cada vez mais difícil para os casais a prática das regras normativas da relação íntima socialmente liberada de um modo também efetivo; as obrigações recíprocas da assistência física e de cuidados não podem ser cumpridas somente porque a ampla demanda exercida pela atividade profissional impede o exercício das atitudes e posturas correspondentes. O que nos últimos tempos tem sido amplamente caracterizado como formação "capitalista" da subjetividade[81] já começa — e isso é bastante provável — a conquistar a esfera da moderna relação íntima: a ausência de fronteiras sociais do trabalho tem atuado como um incentivo para que o indivíduo

---

80 Cf., por exemplo, Illouz, *Der Konsum der Romantik*, op. cit., em especial cap. IV.
81 Pierre Dardot e Christian Laval nos proporcionam uma análise informativa em "Néolibéralisme et subjectivation capitaliste", in *Cités* 4, 2010, p. 35-50.

esteja permanentemente disposto e voluntário, e os membros da sociedade têm se mostrado cada vez mais incapazes de se permitir uma dependência meramente calculável, paralela à preservação das relações pessoais. Se assim fosse, essa instituição eficaz da liberdade social correria o risco de se consumir internamente, e a causa disso já estaria situada em espectro totalmente distinto do mercado capitalista; suas tendências à expansão e à desvinculação fariam que se preterisse a relação íntima nascida do amor romântico, uma vez que seriam afastadas dos sujeitos as disposições necessárias para a ligação de longo prazo com sua contraparte. Com esse desaparecimento, o arcabouço da eticidade democrática, que depende de um jogo de diferentes formas da liberdade social, já não se mantém o mesmo; sua coluna de sustentação lhe seria tirada, cujo significado para os membros da sociedade consiste em, por um lado, saberem-se institucionalmente guardados em sua necessidade natural e, por outro, obterem uma confiança elementar em si mesmos com base nessa experiência específica de ser reconhecidos reciprocamente[82]. Por isso, no tratamento da esfera econômica da liberdade social, que é o do agir econômico mediado pelo mercado, será o caso de estipular seus limites normativos de uma forma a ser determinada, que continuará a se chamar reconstrutiva, de modo que o risco de colonialização de esferas vizinhas de modo algum pode se originar da liberdade social.

---

82 A esse respeito, cf. Axel Honneth, *Kampf um Annerkennung. Zur moralischen Grammatik sozialer Konflikte* (edição ampliada), Frankfurt am Main, 2003, p. 153-72.

c) Famílias

Nas esferas de vinculação pessoal até aqui reconstruídas, foram apresentadas, segundo a sua estrutura, as relações de duas. As famílias caracterizam-se como uma terceira esfera de vinculação pessoal pelo fato de que às duas pessoas ligadas entre si soma-se pelo menos mais uma. Em sua constituição intersubjetiva, as famílias representavam uma relação triádica, e não bifásica[83].

Evidentemente, essa definição geral já se encontra historicamente condicionada, uma vez que o lar pré-moderno não raro incluía outros membros da família, como os serviçais, os avós ou tios não casados[84]. Hoje, o número de famílias monoparentais aumenta continuamente, de modo que, no primeiro caso, tem de se partir de um modelo de relação ainda mais complexo, e no segundo caso, de uma relação a dois.

A família moderna — tal como começou a se constituir, há cerca de duzentos anos, e tal como hoje continua a representar a normalidade — deveria ser considerada, segundo sua estrutura intersubjetiva, uma relação trifásica; assim, há muito tempo deixou de ser decisivo se os pais estão casados e compõem efetivamente um casal heterossexual ou se os filhos são realmente seus filhos (biológicos); o que importa é tão somente que a relação de dois adultos esteja mediada pela relação adicional com um terceiro, isto é, o(s) filho(s). Para a liberdade social, da qual podemos

---

[83] De importância central sobre esse aspecto: Tilman Allert, *Die Familie. Fallstudien zur Unverwüstlichkeit einer Lebensform*, Berlim/Nova York, 1977; de um ponto de vista psicológico: Smadja, *Le couple et son histoire*, op. cit., p. 178-93.

[84] Cf. Edward Shorter, *Die Geburt der modernen Familie*, Reinbek, 1977, cap. I. No entanto, o número de famílias grandes era relativamente baixo. Sobre esse tema, cf. Michael Mitterauer, "Der Mythos von der vorindustriellen Großfamilie", in Mitterauer e Sieder, *Vom Patriarchat zur Partnerschaft*, op. cit., p. 38-63.

falar olhos postos na família moderna, o fato da triangularidade constitutiva é decisivo.

A família, como viemos a saber por meio de toda uma série de investigações, não é nenhuma constante biológica da história humana; sua forma institucional encontra-se sujeita a transformações contínuas, de modo que sua função nuclear, a da socialização dos filhos, chega a se realizar por diferentes formas. No período da Baixa Idade Média até o início dos novos tempos, era evidente que a educação dos filhos se adequava ao ritmo dos afazeres cotidianos, que tinham de ser realizados "em toda a extensão da casa" da comunidade econômica patriarcal ou das cortes senhoriais da nobreza; se, nas famílias de camponeses e artesões, a prole era introduzida desde cedo tanto nas atividades agrícolas como nas domésticas, nas famílias das camadas superiores os filhos eram instruídos no contexto funcional do representativo. Para esse mesmo período, tampouco se poderia falar numa "infância" no sentido corrente de nossos dias[85], assim como não se pode pensar em algum tipo de intimidade da vida familiar em comum: o casamento dos pais frequentemente se pautava em considerações meramente utilitárias, a circunstância da vida doméstica consistia em uma série de outros membros e, por fim, a organização espacial das habitações impedia que entre pai, mãe e filho pudesse se desenvolver o tipo de vínculo afetivo intenso que hoje nos parece característico das relações familiares. Esse "aquecimento do clima interno familiar" (Edward Shorter) se consuma como consequência do processo que permite surgir também a ideia de amor romântico, estando o casamento já

---

[85] Philippe Ariès, *Die Entstehung der Kindheit*, Munique/Viena, 1975.

liberto de coerções externas e estratégicas; afinal, no horizonte do novo padrão de reconhecimento ora institucional já se esperava, mas não mais como antes, que uma família fosse constituída o mais próxima possível, mas também que esses filhos correspondessem à mesma afeição e ao amor que eles, os pais, sentiam um pelo outro. Desse modo, com a equivalência entre ser casado e ser pai ou mãe, a família moderna, desde o início, nada mais foi que a forma "natural" da relação heterossexual a dois complementada por um terceiro, representado pelos filhos.

Antes que o padrão de relação para a família moderna, que prevalecia há muito tempo, pudesse se estabelecer, ainda foram necessárias, além da romantização da relação amorosa, outras aproximações históricas, que aqui só podem ser relatadas como apontamentos. Em primeiro lugar, num processo alentado e impulsionado pela burguesia, a vida familiar em comum tinha de se desligar de todas as pessoas que não pertencessem à tríade de pai, mãe e filho[86]; além disso, no seio da vida familiar assim unificada, precisava-se estabelecer uma estrita divisão de trabalho, na mãe veio a arcar com toda a responsabilidade pelo cuidado emocional aos filhos e pelos afazeres domésticos, enquanto o pai era responsável pelo rendimento familiar em atividades extradomiciliares[87]. Por fim, com o auxílio de medidas cerimoniais e rituais cotidianos, criou-se aquela atmosfera peculiar de

---

[86] De modo já bastante diferente: Mitteraurer, "Der Mythos von der vorindustriellen Großfamilie", op. cit., p. 38-63.
[87] Karin Hausen evidencia muito bem que esse processo se deve também a uma construção social do início da modernidade, pela qual tudo o que constitui trabalhos realizados no seio da família e do lar já não se define como trabalho "certo": "Arbeit und Geschlecht", in Jürgen Kocka e Claus Offe (orgs.), *Geschichte und Zukunft der Arbeit*, Frankfurt am Main, 2000, p. 343-61.

"domesticidade", que futuramente cuidaria para que fosse possível, entre os membros da família, contrair os estreitos laços do afeto e apoio emocional[88]. Um olhar a alguns dos escritos de Friedrich Schleiermacher dedicados à vida em família é o que basta para uma viva impressão de como essa carga emocional pôde tomar lugar num contexto cristão[89]. Assim, essas precondições se produziram historicamente, ao menos, sob as formas de vida familiares burguesas, isto é, em fins do século XVIII, e foi possível estabelecer aquele complexo padrão de relações ao qual autores como Hegel ou Schleiermacher atrelaram sua imagem da família como lugar de realização central da liberdade social[90]. A liberdade de um membro de uma família deveria realizar-se e confirmar-se nas liberdades dos outros membros, já que as obrigações de papel institucionalizadas e de complementaridade recíproca cuidariam para que a mulher, na condição de mãe, pudesse satisfazer suas necessidades emocionais em face do marido e dos filhos, e o homem, como pai, ante o reconhecimento maravilhado da esposa e dos filhos, pudesse seguir seu "impulso" por ascendência pública mediante a obtenção de rendimentos. Aos filhos, por fim, com o auxílio da assistência e dos cuidados paternos, caberia alcançar o tipo de independência individual que deles era socialmente esperada. No âmbito dessa formação familiar burguesa, tudo o que estivesse sob o escopo

---

88 Cf. Shorter, *Die Geburt der modernen Familie*, op. cit., p. 258-65. Sobre a formação da generalização social do ideal de domesticidade familiar, do "lar", cf. o texto de Tamara K. Hareven, "The Home and the Family in Historical Perspective", in *Social Research*, 58 (1991), n.1, p. 253-85.
89 Cf., por exemplo, Friedrich Schleiermacher, *Die Weihnachtsfeier. Ein Gespräch* (1806), Zurique, 1989.
90 Para Hegel, cf. idem, *Grundlinien der Philosophie des Rechts*, op. cit., §§ 158-81.

da ideia de que podemos conquistar nossa liberdade (natural) apenas pela via da realização complementar das obrigações de papéis parecia ideal para que seu retrato imaginário continuasse marcando a autoconcepção normativa da sociedade moderna por pelo menos 150 anos.

É evidente que algo não se afinava nessa imagem idealizada de uma relação de complementaridade harmônica no seio da família moderna. As abundantes descrições ficcionais e empíricas de relações sexuais de homens casados fora do matrimônio ou das tentativas das esposas em escapar ao casamento assim testemunharam abertamente. Na sociedade do século XIX, a vida familiar burguesa era, por excelência, o lugar em que se irradiavam tensões pessoais, conflitos e casos de separação — basta pensar em Ibsen, Flaubert e nos romancistas russos. No entanto, nem por isso houve uma fronteira clara entre as relações íntimas diádicas e as constelações familiares triádicas, pois tal fronteira, de certo modo, não existia nem mesmo na realidade institucional. A incorporação das relações sexuais foi vista como ratificação do matrimônio, e este, por sua vez, foi interpretado como pré-estágio para a constituição da família, de modo que ficava pouco claro se os conflitos que então se originavam eram desencadeados pelas limitações patriarcais à relação amorosa ou pela desequilibrada divisão do trabalho no seio das famílias. Somente hoje, depois que se desfez também institucionalmente o vínculo emocional entre duas pessoas quanto à relação familiar, podemos traçar linhas fronteiriças desse tipo, o que nos tem permitido, então, dar conta das atribuições de maneira mais clara. Em todo caso, o fato de, no século XIX, as mulheres não apenas começarem a se rebelar contra a moral das relações, que era de dominação masculina, mas também passarem a atacar as condições opressivas nas famílias burguesas tem peso considerável: o direito do marido de dispor sozinho o rendimento familiar; a autoridade que lhe fora concedida de tomar todas as decisões sensíveis com referência ao futuro familiar; a divisão desigual do trabalho nas atividades domésticas que imputava às mães o fardo da atenção emocional e dos afazeres cotidianos; a proibição mais ou menos pré-fixada às mulheres de realizar estudos acadêmicos e, consequentemente, aspirar a uma profissão — tudo isso compôs, no seio da família, um quadro de desvantagens operacionais contra as quais, já à época, arvoravam-se as primeiras vozes de descontentamento ou de protesto[91].

Entretanto, por menos que essa resistência feminina, na verdade um "feminismo *avant la lettre*", tenha sido capaz de se ajustar completamente à situação de então, ela ganhou evidência quando Talcott Parsons, em meados do século XX, pôde assentar sua sociologia da família essencialmente sobre as mesmas premissas das quais Hegel já havia partido, no início do XIX: nos 150 anos seguintes, as condições factuais de família pouco mudaram, se vistas de dentro para fora, e Parsons ainda pôde supor uma relação de atribuição de papéis complementares como seu núcleo normativo, que incumbia unilateralmente as mulheres de todo cuidado e afazeres domésticos, e ao marido, ao contrário, cabia a tarefa de obter, fora de casa, os proventos para a família. Com efeito, para Parsons, o que ele chama de "família nuclear" ou "pequena família" constitui o caso paradigmático de

---

[91] Sobre esse contexto, leitura altamente recomendável: Michelle Perrot, "Ausbrüche", in Duby e Perrot (orgs.), *Geschichte der Frauen*, vol. 4 (século XIX), op. cit., p. 505-38.

uma instituição relacional, uma vez que os padrões simétricos de assistência e participação recíprocas devem prevalecer; o problema é que ele vê essa estrutura igualitária de reconhecimento como contradita por um diferencial de autoridade, fundado na desigualdade das obrigações de papéis atribuídos ao pai e à mãe: já que a divisão do trabalho institucionalizada nas famílias (das camadas médias) prevê que o pai, com sua atividade profissional, zele pelo sustento de todos os membros da família, e uma vez que isso estipula seu estatuto social, nos assuntos familiares cabe a ele, perante a sua mulher, um elevado poder de determinação, que volta a ser pago na moeda do reconhecimento admirado pelos demais membros da família[92]. No entanto, Parsons foi sociologicamente elucidativo a ponto de já prever, no início dos anos 1960, os primeiros sinais de uma renovada transformação de estrutura da família moderna: como esta perdia função cada vez mais, ele antecipou a gradativa delegação das tarefas relativas a educação e cuidado a dispositivos sociais (jardim de infância, escola, Estado social). Já as relações dos parentes entre si foi assumindo um caráter cada vez mais emocional e de maior resposta às necessidades: especialmente as atitudes dos pais para com os filhos teriam de passar por mudanças significativas no curso desse processo de unilateralização, já que pouco a pouco eliminariam a pressão conformista que antes era necessária,

---

92 Talcott Parsons, "Alter und Geschlecht in der Sozialstruktur der Vereinigten Staaten", in idem, *Beiträge zur soziologischen Theorie*, Neuwied am Rhein, 1964, p. 65-84; idem, "Das Vatersymbol: Eine Bewegung im Lichte der psychoanalytischen und soziologischen Theorie", in idem, *Sozialstruktur und Persönlichkeit*, Frankfurt am Main, 1979, p. 46-73. A análise por Parsons do formato familiar dos anos 1950 é retrospectivamente confirmada por Hans Bertram, *Familien leben. Neue Wege zur flexiblen Gestaltung von Lebenszeit, Arbeitszeit und Familienzeit*, Gütersloh, 1997, p. 46-9.

sendo substituídas por uma elevada atenção à personalidade individual[93]. Das evoluções assim delineadas as crianças tirariam proveito, elas seriam então "conduzidas" com carinho à sua autonomia em detrimento de uma disciplina "forçada"[94]. Quanto ao segundo processo previsto por Parsons, mães e esposas, até então consideradas dependentes, seriam contempladas. Como ele tantas vezes comentava, mesmo que elas buscassem compensar seu estatuto social inferior — resultante de suas atividades puramente domésticas — por meio da ênfase no poder da atração física, em face do crescente esvaziamento das tarefas domésticas, isso não chegaria a compensar de forma duradoura a falta de reconhecimento público, razão pela qual as mães, mais cedo ou mais tarde, por motivos intrínsecos, forçavam-se a entrar no mercado de trabalho, onde conseguiam obter visibilidade social de maneira autônoma, o que em casa só lhe chegavam como reflexo do status de seu marido[95].

Conforme passamos a saber de lá para cá, ambas as evoluções deram-se com muito mais intensidade do que Parsons poderia imaginar. Nos últimos sessenta anos, a família moderna transformou-se substancialmente em suas estruturas de relação internas e possui, hoje, um grau de discursividade e igualdade intersubjetiva que absolutamente não corresponde ao aspecto que tinha originalmente, no início dos tempos modernos. O que a pesquisa

---

[93] Sobre isso, cf. a importante contribuição de Talcott Parsons, "Über den Zusammenhang von Charakter und Gesellschaft", in idem, *Sozialstruktur und Persönlichkeit*, op. cit., p. 230-296, em especial p. 270-2.
[94] Ibidem, p. 271.
[95] Cf., por exemplo, os dados trazidos por Talcott Parsons, "Über wesentliche Ursachen und Formen der Aggressivität in der Sozialstruktur westlicher Gesellschaften" (1947), in idem, *Beiträge zur soziologischen Theorie*, op. cit., p. 223-5, aqui p. 243.

não questiona é que as concepções de educação vigentes nesse espaço de tempo deslocaram-se precisamente para a direção que Parsons tinha previsto: no lugar da fixação dos pais em torno dos dispositivos "manda" e "obedece", passou a se disseminar amplamente uma preferência por estilos de educação orientados pela negociação, que passaram a ser considerados adequados por darem conta da personalidade própria dos filhos, servindo assim à constituição da livre vontade[96]. Se antes prevalecia a convicção de que os impulsos de independência da criança tinham de ser "quebrados", para que se induzisse a absorção de expectativas sociais de comportamento, hoje, em quase todas as classes, prevalece a concepção inversa de que as intenções volitivas das crianças, quando entram em conflito com as convicções sociais, são supervalorizadas por uma questão de princípio. Essa transformação na relação de reconhecimento entre pais e filhos tem um significado muito maior do que pode parecer à primeira vista; com ela, considerando-se categorias hegelianas, a triangularidade constitutiva das famílias modernas passou de um "em si" a um "para si", à medida que lhe foi inserido um terceiro membro, mudo até então, como ser autônomo — já não se tratava de pai e mãe "sobre" o filho, mas de ambos, na medida do possível, com este, que na interação familiar passava então a conservar "uma voz que lhe era própria"[97].

---

[96] Cf. Peter Büchner, op. cit., "Transformationen der Eltern-Kind-Beziehung? Facetten der Kindbezogenheit des elterlichen Erziehungsverhaltens in Ost- und Westdeutschland", in *Zeitschrift für Pädagogik* 37 (1997), p. 35-52 (suplemento); Karl-Heinz Reuband, "Aushandeln statt Gehorsam? Erziehungsziele und Erziehungspraktiken in den alten und neuen Bundesländern", in Lothar Böhnisch e Karl Lenz (orgs.), *Familien. Eine interdizsiplinäre Einführung*, Weinheim/Munique, 1977, p. 129-53.

[97] Yvonne Schütze, "Zur Veränderung in Eltern-Kind-Verhältnis seit der Nachkriegzeit", in Nave-Herz (org.), *Kontinuität und Wandel der Familie in Deutschland*, op. cit., p. 71-98.

Antes que essas novas condições pudessem se desdobrar completamente, e isso já pressupunha pai e mãe como parceiros em condição e igualdade, era preciso que entrasse em operação um segundo processo de transformação, que igualmente fora antecipado por Parsons. Até o limiar dos anos 1960, como já vimos, havia no seio da família moderna uma acentuada assimetria da autoridade, por mais que se pretendesse uma simetria no amor e nos cuidados, uma vez que ao pai, com base em seu papel de provedor, concedia-se jurídica e culturalmente um poder de decisão sobre o casal e a família que se estendia por todos os assuntos sociais: essa posição de supremacia não dependia tanto de um perfil contingencial do marido, mas se perpetuava institucionalmente num "símbolo paterno", a prever, de forma generalizada, que lhe cabia a tarefa decisiva de uma tradução dos valores e das imposições sociais à comunicação interna da família[98]. Complementando esse quadro — como viemos a saber, e não só por meio de Parsons —, o papel da esposa também foi generalizado num símbolo correspondente, que é o expressivo esquema do "amor materno", a demandar que as mães garantam o envolvimento da autoridade paterna no processo de educação[99]. Ambos os complexos simbólicos institucionalizados, tanto o da autoridade socialmente imputada do "pai" como o da "boa mãe", entram num momento histórico de crescente pressão por legitimação, quando as mulheres, em fins da década de 1950, momento de expansão econômica, começam a povoar o mer-

---

98 Parsons, "Das Vatersymbol", op. cit., esp. p. 52-67.
99 Cf. Yvonne Schütze, *Die gute Mutter. Zur geschichte des normativen Musters „Mutterliebe"* (série de escritos do Institut Frau und Gesellschaft [Instituto Mulher e Sociedade]), Hannover, 1986.

cado de trabalho de forma até então desconhecida[100]; e quanto maior era a participação da mulher na renda familiar, com sua atividade remunerada, mais difícil se tornava ao pai dar motivos convincentes para a posição de supremacia até então intocada. Por isso, ambas as décadas que sucederam aos movimentos estudantis dos anos 1960 representaram períodos de uma longa luta por reconhecimento, pela qual, no seio de um ambiente familiar ainda antiquado, homens e mulheres querelavam pelo modo como futuramente se viria a criar as imagens de pai e mãe. Ao final dessa fase de transformações, a imagem institucionalizada da "boa mãe", assim como o símbolo paterno tradicional, também estava amplamente dissolvida, e em seu lugar começava a aparecer, em seus primeiros esboços, ainda inacabados, os novos modelos do "pai engajado" e da mãe que trabalha fora de casa[101].

Essa insidiosa transformação dos padrões simbólicos de interpretação exerceu tão poderoso efeito no conjunto das estruturas relacionais da família moderna, que ainda hoje não é de todo possível contemplar seus resultados. Tão logo o seio familiar viu deslocado o papel do pai, que agora não mais podia justificar sua destacada posição de autoridade com base tão somente na função de provedor, vendo-se obrigado a ajudar nas tarefas domésticas e cuidar dos filhos, a tradicional relação de dependência entre mãe e pai também perdeu sustentação. A mãe, até então

---

100 Para a República Federal da Alemanha, cf. os dados estatísticos em Ingrid N. Sommerkor e Katherina Liebsch, "Erwerbstätigte Mütter zwischen Beruf und Familie: Mehr Kontinuität und Wandel", in Nave-Herz (org.), *Kontinuität und Wandel der Familie in Deutschland*, op. cit., p. 99-130, esp. p. 123.
101 Sobre as mães, cf. Hans Bertram e Hiltrud Bayer, *Berufsorientierung erwerbstätiger Mütter. Zum Struktur- und Einstellungswandel mütterlicher Berufstätigkeit*, Munique, 1984.

responsável apenas pelas atividades no âmbito doméstico, em razão de sua disponibilidade para realizar um trabalho remunerado, não apenas podia reivindicar igual participação em todos os assuntos familiares, como também tinha bons motivos para reclamar uma coparticipação do marido nas tarefas da casa.

As relações de poder entre pai e mãe conheceram assim um deslocamento mais forte do que se podia esperar no início do processo, com a entrada maciça das mulheres no mercado de trabalho. Pela primeira vez desde que o movimento romântico, em consonância com a ideia do amor puramente determinado pelo sentimento, produziu a ideia de uma assistência e participação simétricas na família, a institucionalização da igualdade familiar já não deparava com nenhum obstáculo ideológico. Mas assim as expectativas normativas, que ambos os lados depositavam na consumação do casamento e da família, também cresciam em ampla medida; quando as antigas e tradicionais coerções de papéis começaram a perder terreno, a coatuação paterna sob condições de participação pareceu conter a promessa de que cada qual poderia se realizar, de maneira isenta de coerções, sua personalidade no seio da família. De qualquer modo, a substância intersubjetiva da vida familiar modificada, isto é, a relação íntima original do casal ainda sem filhos, agora sob nova exigência histórica, passou a compor, em todos os aspectos, uma relação livre, emancipada também de tabus sexuais. Ao mesmo tempo, ainda não estava claro a todos os participantes como as oportunidades recém-inauguradas de atuação conjunta e em igualdade de direitos na família deveriam se coadunar com as correspondentes formas de vida e de trabalho. Os homens, sobretudo, com a supressão de seu poder simbólico como chefe da família, assimilavam a rápida perda de reconhecimento não raras vezes com um desesperado aferrar-se às antigas divisões de papéis, uma vez que em sua socialização eles ainda não estavam preparados para aceitar alternativas. Por isso, a transição do "patriarcado para a cooperação"[102], que se deu na sequência da modificação do papel da mulher na família, repercutiu primeiramente numa série de tensões e rejeições intrafamiliares, nas quais em forma de conflito, sob a velha crosta, aparecia o historicamente novo.

A primeira consequência dessa ruptura na estrutura relacional da família moderna foi um rápido crescimento das taxas de divórcio em todos os países ocidentais a partir de fins dos anos 1960[103]. Ainda que entre os sociólogos não haja um consenso sobre como, em última análise, se possa explicar esse súbito crescimento, é inquestionável que o choque entre as então novas exigências de uma autorrealização e um angustiante sujeitar-se a padrões de papéis antigos foi de importância decisiva[104]. O direito rapidamente cedeu à pressão do aumento da disposição para a dissolução dos casamentos, e no curso dos anos 1970, em muitos países, o princípio da culpabilidade foi convertido num princípio da dissolução conjugal; daí proveio a visão generalizada de que numa sociedade fortemente pluralizada já não poderia haver um código de conduta matrimonial que permita estabelecer o desvio de uma norma e, assim, a acusação de uma culpa[105]. Logo se notou que havia uma constante nas fases preliminares

---

102 Cf. Mitterauer e Sieder, *Vom Patriarchat zur Partnerschaft*, op. cit.
103 Cf. minuciosa análise em Bertram, *Familien leben*, op. cit., p. 39-51. Também aqui se evidencia claramente que a influência das rupturas históricas sobre o aumento das taxas de divórcio não pode ser interrompido.
104 Cf., por exemplo, Swidler, "Love and Adulthood in American Culture", op. cit.
105 Cf., por exemplo, Swidler, "Love and Adulthood in American Culture", op. cit.

ou durante os processos de divórcio: os filhos eram amplamente vistos como um obstáculo ao desejo de dissolver o casamento, e nos casos em que cuidados pelo bem-estar dos filhos não impediam totalmente a separação, os pais cooperavam entre si também após a separação, destinando um tempo para a criação e cuidadosa assistência aos filhos[106]. Nessa evidência empírica, é com razão que se pode ver um indício da tendência a que a definição da relação familiar orbitasse com mais intensidade em torno do cuidado conjunto visando ao bem-estar dos filhos[107]. Se na família pequena tradicional o zelo cuidadoso aos filhos era visto como tarefa quase exclusiva da mãe, tanto que após a separação ela era considerada a única responsável por essa função, de lá para cá houve a já referida mudança de atitude, que fez do pai um parceiro em igualdade de direitos e obrigações na interação com o filho, considerado um autônomo em potencial. Como consequência do nivelamento da divisão do trabalho, para efeito da mencionada igualdade a autoconcepção dos pais foi deslocada, e assim, em responsabilidade conjunta, o casal teve de se ocupar do desenvolvimento da autonomia dos filhos. A relação familiar já não era vista fundamentalmente como uma relação do casal, que tinha de se revezar na criação do membro dependente da família, mas como uma relação pais-filho, na qual o "nós" passa a representar uma forma de comunidade fundamental a existir por toda a vida[108]. Portanto, também segundo esse aspecto, que é o da autoconcepção dos pais, a triangularidade

---

106 Michael Wagner, *Scheidunf in Ost- und Westdeutschland*, Frankfurt/Nova York, 1997.
107 Cf. Schütze, "Zur Veränderung des Eltern-Kind-Verhältnisses seit der Nachkriegzeit", op. cit., em especial p. 93 s.
108 Dieter Thomä, *Eltern. Kleine Philosophie einer riskanten Lebensform*, Munique, 1992, em especial cap. I.

constitutiva da família tornou-se uma unidade que se conhece a si mesma: os casais (casados e não casados) faziam-se então cada vez mais conscientes, uma vez que se formava em conjunto com o filho (ou com os filhos) uma relação triangular, que aos dois elementos da relação do casal acrescentava a relação pais-filho. À transformação assim esboçada vinha contribuir, sobretudo, a inclusão posterior do pai no processo de socialização afetivo-assistencial[109], que antes, como vimos, era essencialmente de responsabilidades da mãe. Tão logo ambos os cônjuges começavam a se preocupar tanto com o apoio emocional quanto com a criação instrumental, as imposições relativas a papéis na família cada vez mais perdiam seu conteúdo fixo e se tornavam mais difusas, de modo que todos os participantes aprendiam a se ver reciprocamente como pessoas em sentido pleno, que podiam esperar umas das outras amor e zelo, segundo as características de cada um.

No entanto, o fato de os pais, mesmo após eventual separação, passarem a se sentir responsáveis pelo destino de seus filhos biológicos rapidamente levou a uma pluralização das formas familiares de até então, e não apenas em números; a depender da forma de relação que os pais passariam a aspirar para si após a separação, poderia bem ser o caso de que o filho (ou filhos) mais cedo ou mais tarde viesse a ser membro de duas novas famílias, nas quais poderia adquirir meio-irmãos. Hoje, em razão da

---

[109] Sobre esse processo de transformação, cf. a monografia resultante de um projeto de pesquisa empírica do Instituto de Pesquisas Sociais (em Frankfurt am Main), de autoria de Hans-Werner Gumbinger e Andrea Bambey, "Zwischen 'traditionellen' und 'neuen' Vätern. Zur Vielgestaltigkeit eines Wandlungsprozesses", in Karin Jurczyk e Andreas Lange (orgs.), *Vaterwerden und Vatersein heute. Neue Wege – neue Chancen!*, Gütersloh, 2009, p. 195-216.

espantosa disposição dos pais originais, apesar de terem fracassado na relação entre eles, esses rearranjos, as chamadas "famílias-*patchwork*", parecem não encontrar limite algum[110]; é bem verdade que tal situação não raro exige dos filhos boa dose de elasticidade emocional e abertura para vínculos. Resta saber se não se estaria superexigindo deles, o que resultaria em feridas psíquicas. A pesquisa empírica ainda não avançou a ponto de se poder dar aqui informações claras a respeito: em caso de necessidade, ela se limita a investigar as consequências psíquicas das experiências de separação sem ter condições de explorar de forma isolada o peso associado ao crescimento simultâneo em duas novas estruturas de relação. Além disso, o número das tais famílias-*patchwork* — para todo e qualquer valor indicador que elas possam ter nessas observações diagnósticas — não pode ser desprezado. É claro que, em nosso ambiente, todos nós conhecemos casos de configurações familiares condicionadas por divórcios, e deve nos saltar aos olhos a permeabilidade e complexidade emocional dessas relações; ocorre que, precisamente por isso, o número desses casos é estimado em patamares bastante elevados — ou seja, não se deve esquecer que eles representam uma exceção espetacular a uma regra que continua muito disseminada. Segundo os dados confiáveis de Hans Bertram para o ano de 1995, na época, mais de 80% dos nascidos em 1970 tinham vivido até o décimo-oitavo ano de vida com ambos os pais biológicos[111]; percentuais semelhantes, com pequenas oscilações, são regularmente extraídos das estatísticas oficiais da República Federal da Alemanha.

---

110 Cf. "Patchworks – Das Familienleben getrennter Eltern und ihrer Kinder", op. cit.
111 Bertram, *Familien leben*, op. cit., p. 94.

O que hoje, em contraste, tem peso muito maior nas relações pessoais do que as relativamente poucas famílias-*patchwork* é o fato de a expectativa de vida média da duração dos casamentos e, assim, também das demais relações familiares ter aumentado consideravelmente. Na verdade, nos últimos cinquenta anos a experiência interna das relações familiares mudou mais do que a enorme dilatação do arco temporal da vida individual considerada pela proximidade ou distância em relação aos pais: "Hoje em dia, pais podem passar com seus filhos — os primeiros da prole — um tempo de vida de mais de cinquenta anos; da perspectiva das mães são quase sessenta anos de vida compartilhada [...]"[112]. Essa expansão temporal da relação familiar conduziu a um novo tipo de fenômeno, caracterizado por alguns sociólogos como tendência a uma "família multilocal multigeracional": se a pequena família clássica, como a que Parsons tinha em vista, podia ser considerada típica, uma vez que sua força de vinculação emocional resultava sobretudo do limite de tempo passado em convívio direto, hoje em dia os vínculos familiares são dissociados das experiências comuns vividas num único lugar, e frequentemente tais vínculos crescem ainda mais depois que os filhos deixam a casa, vindo a se estender mais tarde, numa distância espacial, também aos netos[113]. A fixação da intimidade familiar na fase da socialização dos filhos começa a se dissipar

---

[112] Ibidem, p. 100. Sobre esse contexto, especialmente elucidativo: Matilda White Riley, "The Family in Aging Society: A Matrix of Latent Relationship", in Arlene S. Sholnik e Jerome H. Solnik (orgs.), *Family in Transition*, Nova York, 1997, p. 407-19.

[113] Bertram, *Familien leben*, op. cit., p. 104-8. Nesse contexto, papel importante é exercido pelas crescentes relações entre avôs e netos, em razão do aumento da expectativa de vida: Andrew J. Cherlin e Frank F. Fürstenberg Jr., "The Modernization of Grandparenthood", in Sholnik e Skolnik (orgs.), *Family in Transition*, op. cit., p. 419-25.

até o final da adolescência, sendo paulatinamente substituída pela ideia de que os laços emocionais devem persistir por toda a vida, chegando a ganhar em intensidade na idade avançada dos pais; assim, a distância espacial não representa obstáculo, já que é facilmente compensável pelos meios técnicos de transporte, pelo telefone ou pela internet. Por isso, para a maioria dos pais, os próprios filhos e os destes, com o devido intervalo de tempo, constituem-se nos parceiros de interação mais importantes após o término da vida profissional: em suma, o que o convívio familiar pode ter perdido em intensidade emocional pela penetração dos meios de comunicação de massa, pelas exigências escolares e acadêmicas e pelas demandas profissionais no início da fase de socialização é amplamente recompensado pela dilatação temporal dos vínculos emocionais e pelo crescimento de uma "intimidade a distância" (Leopold Rosenmayer).

Nessa medida, no retrospecto justifica-se que hoje as relações a dois e as famílias se diferenciem com muito mais intensidade do que era necessário no passado das sociedades democráticas liberais.

Se nas práticas institucionalizadas da união íntima acabava chegando-se ao princípio da remissão de revogabilidade, hoje, no interior da instituição da família, esse princípio chega a ter legitimidade até menor do que em tempos passados: as relações entre pais e filhos não apenas são jurídica e normativamente irredimíveis, como também, nos últimos cinquenta anos, passaram por um processo de "consolidação estrutural"[114], por terem se tornado o ponto central de uma atenção e cuidados vitalí-

---

114 Rosemarie Nave-Herz, "Die These über den Zerfall der Familie", in Jürgen Friedrichs, Rainer M. Lepsius e Karl Ulrich Meyer, *Die Diagnosefähigkeit der Soziologie*, Opladen, 1998, p. 286-313, aqui p. 306.

cios para com os pais. Tanto a limitação consciente do número de filhos, que se sedimenta no decréscimo acentuado das taxas de natalidade, como a disposição crescente para se ocuparem em conjunto de um filho após a separação evidenciam-se como expressão da tendência de que uma paternidade consciente de suas responsabilidades pode ser apreendida como núcleo moral da relação familiar[115]. Uma vez que, por essa razão, os vínculos entre os membros da família possuem um tempo de vida mais longo do que quase todas as outras relações pessoais, e uma vez que elas têm uma prioridade emocional quase natural da parte da maioria das pessoas, o resultado é esse aumento quase paradoxal da triangularidade autoconsciente nas famílias modernas.

Se for correto o diagnóstico de que as famílias, na maioria de suas formações (casais de pais casados/não casados, filhos biológicos/"sociais", casais de pais hetero/homossexuais), são entendidas hoje, com muito mais intensidade do que antes, como dispositivo relacional composto de três membros com os mesmos direitos e valores, cujos papéis e tarefas se modificam no curso das fases da vida em comum, já é possível extrair algumas primeiras conclusões das normas implícitas da vida familiar atual. Nas últimas décadas, como já vimos, desapareceu a ideia, dominante por longo tempo na modernidade, de que pai e mãe exercem papéis fixos e complementares, os quais, em sua complementaridade de autoridade social-representativa e zeloso amor, contribuíram para que o filho fosse criado num misto de

---

[115] Especialmente útil é Thomas Meyer, "Das ‚Ende der Familie' – Szenerien zwischen Mythos und Wirklichkeit", in Ute Volkmann e Uwe Schimank (orgs.), *Soziologische Gegewartsdiagnosen* III, Wiesbaden, 2006, p. 199-204.

adestramento e afeto; e hoje, no lugar desse ideal de família patriarcal, começa a aparecer gradativamente um ideal de igualdade na parceria, que não significa apenas que os pais dividem entre si, de maneira justa segundo as possibilidades de cada um, todas as atividades referentes à criação dos filhos e aos afazeres domésticos, mas também implica que o filho seja inserido da melhor maneira possível como um terceiro parceiro na comunicação familiar. Certamente, a transformação estrutural que daí advém não transcorre sem complicações e sem que em tais casos haja demoras usuais, de modo que para determinado espaço de tempo deve-se contar com uma contínua revivescência das antigas fixações de papéis. No entanto, quase todos os indicadores empíricos sugerem que o novo ideal apresenta-se sem alternativas, pois ele se exerce com o poder não coercitivo próprio à exigência normativa referente ao excedente de validade, que exerce uma permanente pressão de justificação, diante da qual o que ainda restar de práticas tradicionais se dissolverá, cedo ou tarde. Nesse caminho conflituoso, o que gradualmente começa a assumir forma institucional é a realização de uma exigência normativa que, feito uma sombra, tem acompanhado a família moderna como no amor romântico: cada um de seus três membros — pai, mãe e filho — insere-se na família com os mesmos direitos, cada qual na peculiaridade de sua subjetividade, e, sendo assim, é de modo correspondente que deve receber um zelo e uma empatia que venham a corresponder às suas necessidades. Em razão da crescente incorporação profissional das mulheres no mercado de trabalho, foi suprimido das antigas ideologias o princípio de legitimação segundo o qual as mães satisfariam a sua verdadeira natureza nas tarefas domésticas e na criação dos filhos; assim, removia-se o primeiro obstáculo à realização do princípio de reconhecimento. A transformação histórica das práticas de educação associadas ao passado cultural do movimento antiautoritário dos anos 1960 fez também entrar em colapso o segundo obstáculo. Segundo o princípio normativo, hoje os três membros da família — e não importa se são um ou mais filhos — contrapõem-se ao princípio normativo como parceiros de interação em igualdade de direitos, podendo esperar um do outro empatia, dedicação e os cuidados demandados por suas necessidades específicas e inerentes a cada fase em que estão: no nível normativo, essa é precisamente a consequência de que a triangularidade da família hoje, como tendência, passou de um "em si" a um "para si".

No contexto de sua "destradicionalização", as obrigações normativas entre os membros da família, até então atreladas a imposições de papéis institucionalmente fixos, acabaram por perder seu caráter rígido e imutável, e em seu lugar veio assumir uma forma em maior medida relacionada com a situação: hoje em dia, já não se aplica nem à relação entre os pais, nem à destes com os filhos, mas vale a exigência de um tipo estável de atividade positiva; a extensão e o teor de tais obrigações não contratuais se misturam de maneira substancial à necessidade resultante da situação concreta ou da idade dos membros da família. O pouco que atualmente sabemos a partir das investigações empíricas sobre as práticas normativas nas famílias atuais, frequentemente chamadas de "pós-modernas", atesta a flexibilização e o caráter temporal das obrigações a cargo dos membros das famílias[116]:

---

116 De maneira resumida cf. Bertram, *Familien leben*, op. cit., cap. 4.

de modo expressivamente mais forte do que antes, mesmo o pai, ao dividir as atividades com a mãe, encontra tempo para os cuidados e a atenção lúdica nas primeiras fases da vida do filho, assim como, valendo-se de um cálculo de tempo implícito ou mesmo formalizado, ambos os pais procuram deixar algum tempo livre para obter mais tempo para si mesmos. À medida que a criança cresce, os pais lhe atribuem determinadas tarefas em casa ou no cuidado com os irmãos, para que tenham mais tempo para si; e aos primeiros sinais de um envelhecimento ou fragilidade relacionada à idade, os filhos adultos quase sempre passam a se ocupar dos pais, mais intensamente do que faz crer um diagnóstico pessimista de época. À parte disso, mantém-se a tendência à família multilocal e multigeracional, consequência da expectativa de vida crescente entre homens e mulheres, que tem levado à criação de um modelo de reciprocidade temporalmente ampliado entre pais e filhos, modelo que deveria possuir traços históricos inteiramente novos: uma vez que os pais, hoje, geralmente, só virão a falecer entre o 45º e o 50º ano de vida dos filhos, estes, como adultos, podem retribuir aos pais em idade avançada o cuidado e a dedicação que deles receberam na primeira infância[117]. Se se resumir todas essas provas em favor de um aumento das obrigações situacionais de um adulto, hoje mais do que nunca surge uma comunidade solidária na qual o indivíduo, fase a fase, responde pelo outro para juntos superarem os desafios existenciais de uma vida ameaçada por constantes perigos: contra todas as queixas sobre a desagregação familiar e a dissolução de sua coesão moral, a maior parte das pessoas mais

---

117   Ibidem, p. 104 s., p. 143-59.

velhas afirma poder contar com a ajuda de seus filhos (biológicos ou sociais) em situações de crise[118].

Nesse ínterim, o fato de as obrigações intrafamiliares terem variado de maneira muito mais intensa, ao saber da capacidade e necessidade de cada membro individual, significa também um crescimento da necessidade de compreensão comunicativa[119]: se o que normativamente se espera do indivíduo na família já não é algo natural e evidente, estabelecido por papéis atribuídos antecipadamente, a contribuição de cada um, segundo o princípio da solidariedade, deve ser negociada entre eles. Por isso, hoje, os pais em geral introduzem os filhos muito cedo no processo da formação conjunta da vontade; se na maioria dos ambientes sociais é quase natural que o zelo e a dedicação amorosa comporão um estilo de educação adequada à criança no início da vida, impõe-se ao indivíduo em crescimento, ao entrar na idade escolar, certo grau de autonomia individual, que seria inconcebível na família patriarcal. Hoje, com a fluidificação comunicativa de direitos e deveres, no seio das famílias cresce também a tendência a fazer que a disposição para o cumprimento de normas seja independente dos sentimentos já existentes de afeição ou antipatia: só assim o membro individual da família, então bem mais forte que antes, está pronto para assumir as responsabilidades negociadas na divisão de tarefas, quando ele se verá aceito e agregado emocionalmente no círculo dos demais membros.

Essa tendência a estabelecer o próprio cumprimento do dever sob uma reserva afetiva levou alguns filósofos da moral

---

[118] Ibidem, p. 107.
[119] Cf. Jürgen Habermas, *Theorie des kommunikativen Handelns*, Frankfurt am Main, 1981.

a conceituar o tipo de obrigação moral nas famílias de hoje segundo o padrão dos deveres de amizade: se os filhos crescidos, com relação à assistência e ao apoio, só se veem obrigados pelos pais uma vez que a relação continua a ser caracterizada como de amor e afeto, devemos nos desfazer da antiga concepção de que se trata de deveres vinculados a papéis ou mesmo "naturais" e, em vez disso, ter em mente o modelo normativo das relações de amizade — tal como nas relações de amizade, regidas por normas morais fundadas em afeto recíproco, também entre famílias as obrigações constitutivas resultam unicamente de vínculos e apegos vivenciados desde sempre[120]. No entanto, no plano das obrigações especiais, essa proposição repete o mesmo erro que, relacionado aos deveres de caráter geral, pudemos constatar já no princípio da "autonomia moral": foi sugerido que uma pessoa adulta poderia dissociar sua prática de vida social de todos os significados institucionais para verificar, de modo imparcial até certo ponto, quais sentimentos ela nutre em relação aos pais. Assim se omite que as impressões em relação ao "pai" ou à "mãe" são sempre marcadas pelas expectativas que, no seio da sociedade, vêm associadas ao exercício de ambos os papéis; em última instância, meus próprios sentimentos para com meus pais independem de eles terem ou não satisfeito às pretensões normativas que depositei neles quando criança. Por isso, os sentimentos positivos ou negativos que no desenrolar de minha vida vão decidir sobre o alcance de minhas obrigações para com meus pais têm

---

120 Diane Jeske, "Familien, Freunde und Besondere Verpflichtungen", in Honneth e Rössler (orgs.), *Von Person zu Person*, op. cit., p. 215-53.

toda uma história por trás, que não é a história dos sentimentos de vinculação nas amizades; além disso, eles aderem ou não à realização de funções elementares que se mantêm características para famílias, ainda que já não estejam atrelados a rígidos esquemas de papéis. Não se pode buscar artificialmente nada que esteja por trás do significado de paternidade e filialidade institucionalmente estabelecido, basicamente determinado pelo tabu do incesto, pela proximidade física ou pela não revogabilidade. Nesse sentido, as obrigações morais hoje vigentes entre as famílias fundamentam-se em atividades intersubjetivas bastante distintas das que vigoram entre amigos ou amigas.

Hoje, no entanto, o mero fato de os membros das famílias fazerem que sua disposição para o cumprimento de obrigações de auxílio e assistência dependa do grau de sua vinculação emocional não constitui fenômeno histórico realmente novo; a partir do momento em que a família foi interpretada como relação social fundada no amor recíproco, desde sempre o modo de assumir tais obrigações pôde ser mensurado por sentimentos que são, de fato, mutuamente vivenciados por seus membros — basta pensar nas muitas matizações esboçadas pelos sentimentos que acompanham o exercício de papéis familiares nos romances familiares da modernidade clássica[121]. O que há de novo em relação a esse passado "burguês" está muito mais no fato de hoje, em razão

---

[121] Penso aqui, por exemplo, nos romances de Jane Austen, nos quais as ligações emocionais entre os pais e seus filhos, quase sempre filhas, são descritas com as mais diferenciadas colorações: Jane Austen, *Stolz und Vorurteil* (1813), Leipzig/Weimar, 1990 [*Orgulho e preconceito*, São Paulo, Penguin – Companhia das Letras, 2011]; *Emma* (1816), Zurique, 1990. Para as diferenças nas relações emocionais entre cônjuges, cf., por exemplo, George Elliot, *Middlemarch. Eine Studie des Provinzlebens* (1871/73), Zurique, 1962.

da divisão do trabalho, a margem de manobra para a admissão de tais sentimentos também ter se ampliado: as impressões que os membros da família têm entre si já não são normativamente predispostas por meio de padrões de papéis fixos, por isso eles podem ser articulados de modo substancialmente mais livre; consequentemente, também as decisões sobre o grau de compromisso moral adquirem peso bem maior. O fenômeno historicamente novo não faz que a autorrestrição moral no seio da família esteja acompanhada por sentimentos divergentes, mas que essas divergências possam efetivamente assinalar uma diferença de comportamento. Nos últimos cinquenta anos, a família moderna, organizada em forma de papéis atribuídos, passou de uma associação social patriarcal, organizada em papéis, a uma relação social entre pares, na qual a demanda normativa de manifestar amor uns pelos outros, como pessoas em sentido pleno, está institucionalizada em todas as necessidades concretas; se tal amor não for vivenciado, perde-se o sentimento de ser aceito em sua própria particularidade, e assim o membro da família é normativamente autorizado a negligenciar as obrigações que dele se esperam.

Em nossos dias, essa "purificação"[122] da família moderna em relação a todas as imposições exteriores de papéis proeminentes é também o que constitui, a um só tempo, sua força e sua fraqueza. Como vimos, sua fraqueza consiste em sua fragilidade como associação social, assim fortemente incrementado, uma vez

---

122 Tomo a metáfora da "purificação" de Anthony Giddens, que, ao se referir ao presente, fala de relações "puras": *Modernity and Self-Identity. Self and Society in the Late Modern Age*, Cambridge, 1991, sobretudo cap. 3 [*Modernidade e identidade*, Rio de Janeiro, Zahar, 2002].

que os membros podem articular os sentimentos de afeto e pertencimento, existentes desde sempre, de modo muito mais informal do que em tempos passados; ao se manifestarem impressões de amores extintos ou falta de vínculos, já não há possibilidades argumentativas para recusar obrigações formais de papéis com base apenas em fatos e com o intuito de induzir os dissidentes a se manterem no seio da família.

Esse crescimento real e efetivo das opções de saída, das quais podem se valer tanto os filhos que vão crescendo quanto os pais, tem a consequência positiva de que hoje as famílias podem contar com a aprovação real e não coercitiva de seus membros: se hoje pais e filhos permanecem juntos durante as inevitáveis fases de desunião, todos os participantes podem estar relativamente certos de que, ao possibilitar a coesão, não se tem propriamente as convenções sociais ou os clichês de papéis internalizados, mas os sentimentos de afeto recíproco. Nessa medida, apesar das elevadas taxas de divórcio e separação, a força de vinculação interna dessa forma de relação triangular cresceu ainda mais nas últimas décadas: o que no início era visto como uma forma especial de liberdade em famílias modernas hoje é visto como um real desenvolvimento social. Nessa fase inicial, não fica claro qual característica específica das famílias modernas e burguesas contribuiria para que se possa auxiliar na realização da liberdade intersubjetiva. Por maior que fosse o consenso entre os idealistas alemães e os primeiros românticos com referência à concepção segundo a qual a amizade e o amor constituíam a liberdade social, há uma escassa concordância sobre se e de que modo uma liberdade desse tipo deveria se realizar no seio da família. Como Hegel e Schleiermacher tinham brevemente mostrado, de modo geral parte-se do fato de as obrigações de papéis complementares entre pai, mãe e filho terem conduzido a uma forma de liberdade de nível mais elevado: no interior da família, um complementa a atividade do outro de modo que possam, juntos, realizar os objetivos individuais que lhes são previamente determinados com base em sua determinação natural. Assim, o acesso ao elemento da liberdade na instituição da família moderna não se dá sem hipóteses fortemente naturalistas, por meio das quais parece estabelecido que o pai aspira às suas pretensões de autoridade, a mãe, à satisfação de seu impulso ao zelo, e o filho, por fim, à satisfação de suas necessidades de apoio e de orientação. Desse modo, uma vez que o padrão de papéis dos diferentes membros da família é institucionalmente talhado para satisfazer a essas necessidades de maneira recíproca, temos a imagem de uma relação de complementaridade quase perfeita, que parece justificar o discurso da liberdade social. Mas, além dessa ideia assim esboçada, cujo efeito se prolonga, estendendo-se à sociologia familiar de Parsons[123], já na fase de fundamentação histórica da família moderna havia também a ideia contrária, segundo a qual a fundamentação da família, em última instância, punha um fim na intimidade da liberdade que se realizava no amor; aqui, a entrada dos filhos na relação matrimonial definida de forma romântica foi entendida como um risco à liberdade social, pois com eles surgiam obrigações de manutenção externas, que ameaçavam interromper o fluxo de comunicação descontraído entre os cônjuges. De modo geral, contudo, prevalecia

---

[123] No âmbito da Teoria Crítica encontra-se essa mesma ideia, sobretudo em Max Horkheimer, que sempre se aferra em descrever a família burguesa de tipo clássico como lugar de liberdade social: Max Horkeimer, "Autorität und Familie in der Gegenwart", in idem, *Gesammelte Schriften*, vol. 6, org. por Gunzelin Schmid Noerr, Frankfurt am Main, p. 377-95.

a ideia de que, com a limitação de três tarefas complementares, surge na família a oportunidade de realizar uma forma de liberdade social que é de todo peculiar e natural. Por essa razão, hoje em dia essas definições da liberdade intrafamiliar já não têm poder de convencimento algum, pois, com a gradativa desagregação dos padrões de papéis fixos, a ideia tradicional de uma relação de complementaridade funcional também começa a se dissolver; supor aí um ganho de liberdade peculiar à família moderna, uma vez que seus membros reciprocamente se complementam em seus objetivos naturais, deve soar anacrônico quando o afeto e a empatia de uns para com os outros referem-se, há muito tempo, à pessoa do outro, tomada em sentido pleno. Por essa razão, uma segunda ideia desenvolvida na fase inaugural do Romantismo provavelmente há de ser bem mais apropriada para que se ressalte a forma peculiar da liberdade social, que, sob circunstâncias favoráveis, pode se realizar na família moderna; seguindo esse raciocínio, em Hegel, mas também em Friedrich Schlegel, por exemplo, ou mesmo no *Wilhelm Meister*, de Goethe[124], os "pais" possuem em seus filhos "a objectualidade objetiva de sua vinculação"[125]; em outra passagem de Hegel, diante dos olhos, os pais têm nos filhos "não meramente a contraimagem de si mesmos, mas o seu amor"[126]. Na verdade, dificilmente poderíamos, de maneira sumária, transferir essa concepção para as circunstâncias atuais, apesar de essas relações conterem a chave para se compreender por que

---

124 Cf. sobre esse complexo de ideias: Hermann A. Korff, *Geist der Goethezeit*, III. Teil: Frühromantik [Parte III: Início do romantismo, Leipzig, 1949, p. 88-97 ("Die romantische Ehe" ["O casamento romântico"]).
125 Hegel, *Grundlinien der Philosophie des Rechts*, op. cit., §173.
126 G.W.F. Hegel, *Die Philosophie des Rechts. Vorlesung von 1820/21*, org. por Hansgeorg Hoppe, Frankfurt am Main, 2005, § 173.

motivo existe uma forma de consumação peculiar da liberdade subjetiva na triangularidade entre pais e filho (ou filhos). Na verdade, só vamos nos deparar com o frutífero cerne do pensamento citado se antes nos despojarmos de alguns de seus componentes que se devem a premissas culturais da época. Foi assim que, de forma bastante direta e como produto de um pacto de procriação, Hegel e seus contemporâneos conceberam aquela "objectualidade objetiva" dos filhos, na qual os pais deviam contemplar o reflexo de seu próprio amor: uma vez que o filho efetivamente compunha o resultado natural de sua união sexual, os pais, em sua forma corpórea, davam um testemunho visível do afeto que tiveram em toda a vida. Porém, sob as condições atuais, em que muitos pais ou mães criam filhos que não são biologicamente seus, esse elemento do pensamento hegeliano perde toda a sua credibilidade: o que o casal de amantes tem diante dos olhos no "próprio" filho, corporalmente, já não deve necessariamente ser o produto de sua relação sexual. Portanto, aqui se lança mão da ideia segundo a qual a liberdade social na família está conectada ao reflexo da relação de reconhecimento dos pais num terceiro membro, que é o filho, e é submetida a uma correção considerável. Não é diferente o que se tem quando consideramos que Hegel e seus contemporâneos construíram essa relação de reflexão unicamente com base no ponto de vista do casal de pais; mas, uma vez que à época o risco de falecimento do pai ou da mãe já na primeira infância era elevado, de modo algum foi tematizada a possibilidade de o filho vivenciar, como num espelho, algo acerca de si mesmo. Se transferirmos a figura de pensamento de Hegel para a atualidade, devemos então perguntar, em face da duração cada vez maior das relações familiares da perspectiva de todos os participantes, em que sentido aqui se poderia ter um reflexo mútuo das realizações elementares de vida; não apenas pai ou mãe têm, diante dos olhos, a encarnação de uma experiência existencial no filho, mas também este tem nos pais essa mesma materialização, que deve estar estreitamente relacionada ao ritmo da vida familiar.

Se, sob o pressuposto de ambas essas correções, mantém-se a ideia de que a liberdade social nas famílias de hoje tem relação com um reflexo essencial, com uma "objetificação" ou "simbolização" elementar, devemos então indicar quais experiências podem aqui encarnar um para o outro em cada um dos casos. Evidencia-se que a busca de resposta num âmbito existencial é investida ou instaurada da mesma maneira como está na família, e não se dá em nenhuma outra instituição de relações pessoais, isto é, nem na amizade, nem nas relações amorosas. É somente, pois, se seus membros puderem servir uns aos outros como reflexos de execuções vitais que não podem ser experimentadas em nenhum outro lugar com intensidade e proximidade equiparáveis à da família que o direito a determinada conformação de liberdade social manifesta-se com referência a uma relação social. Desse modo, também se considera que as famílias hoje mantêm contato pessoal estreito durante um tempo substancialmente maior do que se tinha há cem anos, de modo que pouco a pouco se pronuncia, como núcleo de tal espelhamento recíproco, a dimensão temporal da vida humana, cuja forma biológica de transcurso é aceita em toda sua dimensão. Em nenhuma outra forma social de relações pessoais a corporeidade do homem está presente e próxima do convívio, por tão longo tempo, como no seio da família. Isso se inicia com a atenção física e os cuidados corporais dirigidos aos filhos pequenos; continua para o filho em fase de crescimento na presença latente da sexualidade dos pais; costuma incluir os estados de doença ou fragilidade de um dos membros da família; e termina, se não houver antes a morte prematura do filho, com o falecimento do pai ou da mãe. Em todas essas fases, que podem se sobrepor umas às outras, de modo mais ou menos inconsciente, a vida familiar gira em torno do ritmo orgânico da vida humana — este é o centro organizador da relação afetiva entre os membros da família. Mas os implicados percebem-se aqui não apenas em estados físicos sempre novos a todo tempo, que podem demandar ora cuidados e preocupação, ora compartilhamento de alegria e confiança. Na constituição orgânica do outro, eles contemplam muito mais uma imagem do próprio passado ou futuro, a depender da perspectiva. Pais e filhos são, uns para os outros, um reflexo para fases da vida que ou ainda estão à sua frente, ou já passaram; nessa medida, podem obter um do outro uma compreensão não apenas da periodicidade da vida humana, mas também do lado indisponível à sua própria vida, já que esta é sempre biologicamente determinada.

No entanto, se a comunicação familiar não contivesse a oportunidade de uma elaboração quase lúdica dessa indisponibilidade reconhecida, tudo isso não seria mais do que, no melhor dos casos, um aumento de saber e de maturidade, ainda muito longe de constituir um enriquecimento da liberdade individual. Com base na proximidade corporal entre os membros da família, esta que hoje se tornou evidente como antes não era, conta-se com a possibilidade crescente de permitir que o reflexo puramente cognitivo no outro se transforme num exercício prático de se colocar no lugar do outro: desse modo, pai e mãe podem ser solicitados na interação lúdica com o filho, permitindo-se reincidir no grau de desenvolvimento psíquico dele, assim como o filho, inversamente, na interação com seus pais, de maneira experimental e tateante, é incitado para o nível de desenvolvimento deles. É de modo característico que, por meio dessas regressões e progressões, os limites geracionais tornam-se fluidos, e por meio da "incorporação" o que é indisponível à nossa natureza faz-se, por breves instantes, minorado: o filho pode colocar-se à prova como parceiro de interação do pai ou da mãe, e os pais podem se aliviar das circunstâncias biológicas da idade ao se fazerem colegas de jogos ou brincadeiras da filha ou do filho. Em ambos os sentidos, constitui-se aí uma libertação não apenas na fantasia, mas também no lidar de maneira prática com uma consumada dissolução de limites, já que ela nos capacita a tirar o peso da periodicidade inevitável de nossa vida orgânica e reservá-la para o momento do jogo. Em nossa existência orgânica, em tais momentos podemos subitamente nos mover tanto para diante como para trás, como se entre nossa natureza interior e exterior não houvesse linhas fronteiriças. Para esse tipo de liberdade intersubjetiva, isto é, para os parênteses lúdicos e a supressão das fronteiras de idade, não há lugar como a família democrática moderna em toda a rede institucional de nossas sociedades; pois, tendo-se as condições de períodos de tempo consideravelmente ampliados de intimidade e confiança pessoal, ali está, estabelecida de forma duradoura, a interação física entre as gerações[127]. Para constituir o elemento da liberdade intersubjetiva nas famílias, aquilo que Hegel pôde identificar como "objetificação" do

---

[127] Precisamente nessa possibilidade há também o risco de abuso sexual em famílias e estabelecimentos de ensino: Ulrich Oevermann, "Sexueller Mißbrauch in Erziehungsanstalten. Zu den Ursachen", in *Merkur* 64, 2010, H. 7, p. 571-81.

amor do casal no próprio filho deve ser concebido hoje em sentido bem diferente do de uma simbolização recíproca de estágios de vida passados e futuros: dado que os membros de uma família democratizada aprendem a lidar de maneira lúdica com seus limites naturais num espelhamento recíproco desse tipo, cada qual realiza uma forma singular de liberdade no um-com-o-outro institucionalizado[128].

Em estreita relação com essa conformação da liberdade social existe uma segunda realização das famílias de nossos dias, para cuja determinação vem se adequar, provavelmente, a ideia do aumento de liberdade, segundo uma consideração mais precisa. Como consequência da equiparação interna e da duração consideravelmente aumentada de seus laços, nos últimos anos a família moderna, quando sua coesão não é posta em xeque por tais reivindicações, torna-se uma comunidade de vida, no curso de cuja existência as funções elementares de seus membros podem quase se inverter: em condições normais, os filhos são conduzidos pelo mundo sob os cuidados da mãe, do pai ou de ambos, e ao final da vida destes os filhos são os encarregados de lhes prover cuidados, tornando-se, em certa medida, pais de seus pais, que agora necessitam de auxílio e atenção. A inversão de papéis entre as gerações, experimentada pela primeira vez com os jogos de regressões e progressões recíprocas, torna-se aqui, de certo modo,

---

[128] Essa conformação especial da liberdade social foi magistralmente apresentada por Jonathan Franzen em seu romance *Freiheit*, op. cit. As discórdias e os conflitos, desencadeados no seio da família Berglund em razão das crescentes oportunidades de articulação de suas próprias necessidades e tendências, podem ao final ser sanados pelo apoio zeloso dos próprios filhos que, assim, tornam-se "pais" de seus pais. Infelizmente não posso me ocupar aqui dos muitos outros aspectos pelos quais a liberdade nas famílias contemporâneas é tematizada. Eles mereceriam um tratamento específico.

realidade[129]. Em sua crescente fragilidade e ausência de orientação, é quase num sentido literal que os pais se convertem em seres como um dia foram seus próprios filhos, os quais, por sua vez, no auge de sua vida adulta, devem prover os pais daqueles cuidados que outrora lhes foram dispensados[130]. Numa circularidade desse tipo — que Hegel e seus contemporâneos ainda não podiam conceber, já que as expectativas de vida então relativamente baixas não proporcionavam o arco temporal necessário —, advém um elemento de consolo, que não reconcilia com o fato da morte, mas pode lhe tirar o peso: considerando-se, que no final da vida de seus pais, os filhos tornam-se "pais" de seus pais, eles atuam como se o ciclo da vida se simbolizasse no nível do humano social. Não que a experiência do lar zeloso no início da vida seja capaz de suprimir a solidão e o medo existencial, mas talvez essa experiência possa ser salutar ao proporcionar a força singular da desrealização, produzindo a ficção consoladora de que nossa vida, na família, volta ao ponto onde começou, podendo, assim, encontrar um fim harmonioso[131]. Se aí vemos um momento de libertação, ou seja, de alívio da solidão opressora e do medo da morte, essa liberdade individual também se deve às práticas intersubjetivas que hoje começam a se institucionalizar

---

[129] Uma das abordagens mais comoventes dessa inversão dos papéis de pais e filhos pode ser encontrada no romance *Mein Leben als Sohn*, de Philip Roth (Munique/ Viena, 1992; orig.: *Patrimony*, Nova York, 1991) [*Patrimônio*, São Paulo, Companhia das Letras, 2012].

[130] Esse é também o caso em que, como hoje é regra na maior parte de nossas sociedades, a assistência direta e física ao final da vida é exercida pelos tomadores de conta. Também em circunstâncias desse tipo, não raro há uma inversão de direcionamento, com os pais ansiando por "pais" cuidadores na figura dos filhos, e os filhos falando aos pais como seres que necessitam de cuidados.

[131] Sobre a força consoladora da desrealização, cf. Axel Honneth, "Entmächtigungen der Realität. Säkulare Formen des Trostes", in idem, *Das Ich im Wir. Studien zur Annerkennungstheorie*, Berlim, 2010, p. 298-306.

na família moderna; tal liberdade converte-se num dos raros lugares de nossas sociedades em que os sujeitos podem experimentar ainda um consolo secular, uma vez que, ao menos de maneira fictícia, percebem-se resguardados numa totalidade provida de duração maior. Ora, é claro que todas essas novas práticas normativas, que hoje, em razão da igualdade dos direitos e da dilatação temporal de suas relações internas, começam a balizar as famílias não cindidas por conflitos, só começam a se assentar e florescer efetivamente se as condições necessárias para tal se dispuserem no ambiente socioeconômico; nas sociedades ocidentais de hoje, nem a política das famílias, nem a social, nem a trabalhista estão orientadas para garantir o tipo especial de liberdade social que se esperaria nas famílias democratizadas de nosso tempo. Para desenvolver seu potencial de realização solidária, essas famílias devem ser capazes de dispor, primeiramente, de tempo abundante para interação com os filhos, margem de manobra suficiente para a divisão igualitária de obrigações considerando a duração total da vida em família e, assim, expectativas confiáveis de relações estáveis e garantidoras da existência para os membros adultos da família. Porém, estamos muito longe das relações socioeconômicas em cujo bojo requisitos desse tipo poderiam estar presentes de maneira plena. Disso resulta que o tempo passado com os filhos remete a uma pressão racionalmente calculada para que os pais — ou pai ou mãe que criam sozinhos seu filho — estejam em desvantagem em relação ao restante da população economicamente ativa, em razão da suspensão temporária do tempo dedicado às atividades produtivas; o caso é que os sistemas de seguridade social de nossas sociedades continuam a ser orientados pelo modelo tradicional de provisão, atrelado ao casamento, de modo que pleiteamentos de seguro de subsistência em caso de doença, desemprego ou aposentadoria só podem resultar do trabalho remunerado, para o qual o tempo passado com os filhos de modo algum é contabilizado[132]. Essa evidente discriminação, que só colabora com o tempo deliberadamente escasso dedicado aos filhos, só poderia ser suprimida mediante uma reforma radical em nosso sistema de seguro social, cujo objetivo seria um amparo social a quem sacrificasse parte de sua vida economicamente ativa à criação dos filhos ou netos; no cômputo dos direitos reais de contribuição deveria entrar todo o tempo dedicado à interação com a geração futura, independentemente do estado civil do indivíduo.

É claro que essas formas estruturais cumprem apenas a função que lhes é imputada se, ao mesmo tempo, na consciência pública, a tradicional divisão de fases da vida em três partes for dividida numa primeira fase de socialização, numa fase intermediária economicamente ativa e numa fase tardia de retiro e inatividade; diante do fato de que no seio das famílias as obrigações morais durante muito tempo foram restringidas temporal e socialmente, já que cada um substituía o outro, dependendo da necessidade existencial e da situação social, relacionar o exercício de funções específicas a apenas uma das três fases deixa de fazer sentido: "num processo de vida, as fases de aprendizado, trabalho, atividade familiar, criação de filhos e, possivelmente também de solidariedade social, que abrangem, em média, de 75 a 77 anos de vida para os homens e de 80 a 82 anos de vida para as mulheres, são combinadas de forma bem diferente da que se tem numa perspectiva

---

[132] Bertram, *Familien leben*, op. cit., 167 s.

de vida de 60 a 65 anos"[133]. Aí já se percebe que, para mães ou pais, as fases de aprendizagem, do trabalho remunerado e do envolvimento familiar alternam-se numa sequência antes culturalmente impensável; além disso, leva-se em conta que hoje em dia os avós, de modo muito mais intenso do que há cinquenta anos, ajudam a cuidar dos netos, o que refuta a visão preconceituosa de que estar aposentado é converter-se em peso morto, como bem evidencia o equívoco de aplicar à vida familiar a antiga divisão do ciclo vital em três partes. A transformação estrutural progressiva das biografias, nas quais as fases atuais de aprendizagem, de exercício da profissão e do convívio familiar podem se mesclar com muito mais intensidade, deveria ser levada mais a sério no padrão de família oficial das políticas sociais; assim, o que descrevemos aqui como uma tomada de consciência da triangularidade da família e como realização da família como comunidade solidária assumiria a forma de medidas político-econômicas, que permitiria a todos os seus membros fazer e desfazer conversões entre os diferentes âmbitos de função sem onerosas desvantagens econômicas.

Sobre a redistribuição financeira, que pode resultar de uma política familiar e social desse tipo, ela facilmente receberia anuência numa sociedade democrática. Com efeito, o liberalismo político, cujos princípios até hoje balizam a autoconcepção normativa de nossas sociedades, sempre entendeu toda a esfera da família e da criação de filhos como à margem dos processos que realmente importam; essas esferas eram consideradas, de algum modo, historicamente dadas, e não se procurou refletir mais profundamente nas condições pelas quais elas podiam contribuir

---

[133] Ibidem, p. 169.

para a reprodução político-moral de sociedades democráticas[134]. Não se deu maior atenção nem à constituição interna de famílias, nem às precondições socializatórias sob as quais filhos se tornam futuros cidadãos; indícios ocasionais do valor democrático de uma educação pródiga em dedicação e amor, como se pode encontrar, por exemplo, em John Rawls[135], nada conseguiram mudar nessa incômoda situação. Porém, se se deixar claro o quanto uma comunidade democrática depende de que seus membros sejam capazes de um individualismo cooperativo, o significado político-moral das esferas familiares não será mais questionado; pois, com a abstração aos laços afetivos, são criadas as precondições psíquicas no seio de famílias pautadas pela confiança e igualdade em todas as ocupações com que o indivíduo terá de contribuir para se inserir em determinadas comunidades por força de suas capacidades e competências individuais, tendo em vista interesses além da esfera pública. Isso é algo que nenhum outro teórico social soube tão bem quanto Durkheim. Por essa razão, em sua "Sociologia da moral", pensada como uma "reconstrução normativa" de todas as regras de comportamento morais e "éticas", cuja observância individual deveria garantir a conservação de uma democracia cooperativa, ele trata a família como "órgão secundário do Estado"[136]. A concepção liberal,

---

[134] De maneira contundente a esse respeito, John O'Neill, *The Missing Child in Liberal Theory: Towards a Covenant Theory of Family, Community, Welfare and the Civic State*, Toronto, 1994.

[135] John Rawls, *Eine Theorie der Gerechtigkeit*, Frankfurt am Main, 1975, cap. 70 e 71 (p. 503-13).

[136] Émile Durkheim, *Erziehung, Moral und Gesellschaft*, Neuwied am Rhein/Darmstadt, 1973, p. 124. Infelizmente, das lições que Durkheim reuniu em "Sociologia da moral" (o mesmo se aplica à *Physik der Sitten und des Rechts. Vorlesungen zur Soziologie der Moral*, Frankfurt am Main, 1999) não se conservou a parte dedicada à "família".

pela qual a esfera familiar deve ser considerada magnitude meramente dada na estrutura das sociedades modernas, não deve ser considerada capaz de influenciar na construção político-moral das sociedades modernas, que lhe era completamente estranha; é evidente que Durkheim vai muito além disso, já que uma esfera pública democrática tem de ser erigida com o auxílio das leis do Estado e da correspondente redistribuição de tudo o que está sob seu poder, para possibilitar às famílias, assim, um desdobramento de suas formas de interação idiossincráticas, que, em última instância, já estimulavam a cooperação.

Como vimos, a família moderna hoje se encontra em sua via de desenvolvimento normativo para, como nunca antes em sua breve história, exercer e praticar, de maneira socializatória, formas de interação consentidas, democráticas e cooperativas. Nos últimos cinquenta anos, graças a lutas sociais e à jurisprudência posteriores a elas, os membros dessa instituição — frágil desde sempre, porque sua coesão está mantida, sobretudo, por laços emocionais — viram-se libertos de padrões de papéis rígidos e, por essa razão, contrapuseram-se em triangularidade consciente como pessoas integrais e, por princípio, com os mesmos direitos; a relação entre pai e mãe, independentemente de serem casados ou não, hétero ou homossexuais, de modo muito mais acentuado hoje do que no passado "burguês", gira em torno do bem-estar do filho, cujo desenvolvimento e cuja felicidade na vida futura são universalmente compreendidos como a real função da família. Com essa transformação na autocompreensão institucional, na família mudaram também os padrões de comunicação e estilo de educação, que há muito não se dão hierarquicamente sob a figura de autoridade paterna, adotando-se uma forma deliberativa pela qual cada membro pode ser invocado a dar seu parecer. No escopo de tal democratização, as obrigações intrafamiliares, antes estritamente ligadas aos padrões de papel de pai, mãe e filho, tiveram seu caráter drasticamente modificado; hoje eles já não são enquadrados para o cumprimento de tarefas específicas, mas servem quase reciprocamente para cuidados e auxílios vinculados a cargas existenciais especiais para o indivíduo. Nessa medida, os membros das famílias de hoje se reconhecem reciprocamente como sujeitos humanos, que por essa razão compõem juntos uma comunidade única, delimitada por nascimento e morte, pois é de maneira coletiva, em consciente responsabilidade, que desejam possibilitar a passagem à vida pública — auxiliam-se reciprocamente para poder ser aquele que, com base em sua própria individualidade, gostariam de poder realizar na sociedade.

Mesmo que as famílias modernas ainda não tenham se tornado uma esfera comum democrática em versão reduzida, já que esta não existe para fins de elucidação deliberativa e para a decisão de assuntos públicos, elas constituíram atitudes e disposições necessárias visando a tais cooperações em suas formas bem-sucedidas — e já vão longe os tempos em que a família burguesa era terreno propício para traços de poder autoritário, à medida que, com um vácuo de disciplina, se mostrava incapaz de transmitir aos filhos um fortalecimento do eu[137]. Hoje em dia os filhos, no seio das famílias, podem viver em condições socioeconômicas favoráveis, que desde cedo lhes providenciam a experiência para tomar parte como seres individuais numa

---

[137] Em relação com caráter autoritário e "socialização da família burguesa", cf. Institut für Sozialforschung [Instituto para Pesquisa Social] (org.), *Studien über Autorität und Familie. Forschungsbericht des Instituts für Sozialforschung*, Paris, 1936.

cooperação coletiva: no escopo da internalização das regras de reconhecimento intrafamiliares, eles podem recuar de seus interesses egocêntricos quando outro membro se vê dependente de seu auxílio e amparo. Tudo o que estiver sob a égide de capacidades e disposições para um "individualismo cooperativo" desse tipo pode, a princípio, ser obtido pela participação em práticas da família que, nesse ínterim, tornaram-se obrigatórias: a capacidade de desenvolver o esquema de pensamento de um outro generalizado, em cuja perspectiva as responsabilidades intrafamiliares têm de ser distribuídas de maneira justa e equitativa; a disposição para assumir tais obrigações de forma que seja também ativa; a negociação deliberativa de tais responsabilidades nas próprias ocupações implicitamente contidas na própria postura de negociação deliberativa; a tolerância que, por fim, faz-se necessária para quando outros membros da família desenvolverem estilos de vida ou preferências que contrariem as suas próprias em seus princípios éticos. Considerando-se que a família, no processo de mudanças institucionais, tornou-se uma instituição educacional de todos esses modos de proceder, o liberalismo político se equivoca ao continuar tratando-a como condição dada naturalmente nos ordenamentos sociais liberal-democráticos. Bem ao contrário disso, toda esfera pública democrática deveria ter um interesse vital em criar relações econômicas sob as quais todas as famílias poderiam se apropriar das práticas já institucionalmente disponíveis; afinal, essas esferas comuns só são capazes de se conservar de maneira estável se também na geração seguinte vingarem hábitos de conduta que já nelas próprias estão previstos como protótipo das virtudes democráticas.

2. O "nós" do agir em economia de mercado

De modo geral, parece hoje um tanto equivocado pensar o sistema de ação em economia de mercado como uma esfera de liberdade social: afinal, se durante as últimas duas décadas a economia capitalista assumiu uma conformação social mediante um esvanecimento dos limites internos possibilitados pela política, a economia capitalista passou a adquirir uma forma social inteiramente oposta a tudo o que estiver associado às obrigações de papéis entrelaçadas e, assim, à institucionalização da liberdade social[138]. Todavia, ainda se discute muito sobre a interpretação das reformas ditas "neoliberais" do sistema econômico — o que não se discute é se temos, assim, apenas uma nova onda de expansão das perspectivas capitalistas de lucro ou de uma "refeudalização" das diretrizes econômicas fundamentais, mediadas pelo mercado[139] —, porém hoje, indubitavelmente, podemos afirmar que, com a forma de um sistema de negociação em economia de mercado, como atualmente é conhecida nos países desenvolvidos do Ocidente, não estamos prestando contas com uma instituição relacional e, por isso mesmo, com uma esfera de liberdade social. Tudo o que deveria ser próprio a essa esfera de liberdade institucionalizada está ausente do sistema atual de economia de mercado. Esse sistema não está ancorado nas obrigações

---

138 Cf. Wolfgang Streeck, Re-Forming Capitalism. Institutional Change in the German Politic Economy, Oxford, 2010; Wolfgang Streeck e Martin Höppner, "Einleitung: Alle Macht dem Markt?", in idem (orgs.), Alle Macht dem Markt? Fallstudien zur Abwicklung der Deutschland AG, Frankfurt am Main, 2003.

139 A primeira interpretação proposta no âmbito de seu institucionalismo histórico foi, por exemplo, a de Wolfgang Streeck (Re-Forming Capitalism, op. cit., parte III); como exemplo da segunda, Sighard Neckel, Refeudalisierung der Ökonomie. Zum Strukturwandel kapitalistischer Wirtschaft, MPIfG Working Paper 10/6, Colônia, 2010.

de papéis capazes de assentimento, que se entrelaçariam de modo que os membros pudessem reconhecer na liberdade do outro uma condição para a sua própria liberdade: por essa razão, ele carece de uma relação prévia de reconhecimento recíproco, com base na qual as respectivas obrigações de papéis poderiam adquirir sua força de validade e de convencimento. Mas de que modo se poderia encontrar, no âmbito do sistema econômico organizado de maneira capitalista, uma reconstrução normativa que tenha como objetivo expor as condições sociais de nossa liberdade "verdadeira", intersubjetiva, nas instituições hoje existentes de vida pessoal, negociação econômica e prática política? Não seria necessário aqui, ainda uma vez, em razão da falta de "facticidade normativa", empregar novamente um método de construtivismo moral para pelo menos indicar, ao modo de um experimento de pensamento, as regras normativas cuja observância possibilitaria uma capacitação recíproca da liberdade individual no sistema econômico[140]?

Dedicarmo-nos a tal procedimento seria dar mostras de resignação, mesmo antes que as relações normativas pudessem ser postas à prova de maneira mais minuciosa no sistema de mercado capitalista; assim como a maioria dos críticos do capitalismo, deixaríamos que os representantes da economia contemporânea descrevessem a esfera econômica de hoje sem sequer questionar se as terminologias e modelos empregados por eles são empiricamente adequados. Em seus traços elementares, essas

---

140 Sobre esse procedimento construtivista em relação com o sistema econômico de nossos dias, cf., por exemplo, a ideia de liberdade do consumidor: Peter Penz, *Consumer Sovereignty and Human Interest*, Cambridge, 1986; para a ideia de uma organização de trabalho justa: Nien-Hê Hsieh, "Justice in Production", in *Journal of Political Philosophy*, 16 (2008), n. 1, p. 72-100.

premissas teóricas têm suscitado grande controvérsia já desde os primórdios da teoria econômica moderna, com a obra pioneira de Adam Smith *A riqueza das nações*[141]. Na verdade, o que foi tratado como "problema Adam-Smith" desde a morte do grande estudioso e filósofo foi considerado, em última instância, questão de compatibilidade entre seu pensamento em teoria da economia e em teoria da moral[142], e não era mais que um debate sobre se a promessa de liberdade da economia de mercado moderna deveria ser elucidada em conceitos de sujeitos individuais que se comportam de maneira estratégica ou na terminologia dos parceiros de comunicação que se relacionam intersubjetivamente. Na terminologia aqui proposta para a diferenciação dos modelos de liberdade modernos se poderia dizer também que, na autoconcepção moral da modernidade, não estava claro desde o início se o estabelecimento da ação mediada pelo mercado beneficiaria o aumento da liberdade negativa ou o estabelecimento da liberdade social no âmbito da economia. O problema é que, à primeira vista, tem-se uma incerteza quanto ao âmbito do objeto empírico de que se está falando quando queremos proceder à reconstrução normativa do agir econômico mediado pelo mercado, razão pela qual é necessária, em primeiro lugar, uma clarificação conceitual preliminar: diferentemente do que se teria no caso de relações pessoais, nas quais — a partir do desaparecimento

---

141 Adam Smith, *Untersuchung über Wesen und Ursachen des Reichtums der Völker* (1776), Tübingen, 2005.
142 Uma primeira visão geral é proporcionada por Laurenz Volkmann, "Wem gehört Adam Smith? Gedanken zur Auseinandersetzung um das geistige Erbe des schottischen Philosophen und Ökonomen", in *Berichte zur Wissensgeschichte*, 2003, p. 1-11. Adicionalmente, Samuel Fleischacker, *On Adam Smith's ‚Wealth of Nations. A Philosophical Companion*, Cambridge, 2004, p. 48-54.

do romantismo como novo padrão de reconhecimento — tanto os participantes quanto os observadores têm de estar referidos na ideia normativa do "amor" como novo modelo de reconhecimento, temos de determinar de antemão em qual sentido, na esfera do capitalismo de mercado organizado, se pode falar em instituição "relacional" da liberdade social (a). Em primeiro lugar, só podemos iniciar o assunto da reconstrução normativa propriamente dita quando tivermos chegado a identificar, pela definição do objeto, a atribuição implícita de uma concessão e ampliação da liberdade social: aqui é necessária uma elucidação informativa de caráter empírico sobre quais mecanismos institucionais de garantia de tal liberdade começam a se delinear hoje na esfera do consumo (b) e, por fim, no âmbito da produção e da prestação de serviços (c). Ao final do trajeto, sem maiores dificuldades, reconheceremos que, na atual ausência de limites do mercado capitalista, o que se tem é uma anomalia social, que põe em risco e solapa seu potencial normativo sistematicamente.

a) Mercado e moral. Um esclarecimento preliminar necessário

Segundo quase todos os historiadores da economia e da sociedade, o sistema de mercado capitalista surgiu no momento histórico em que, com o uso generalizado da moeda como meio de troca, os processos de produção e consumo, necessários para a reprodução material, puderam se organizar exclusivamente por meio do mecanismo de oferta e demanda, de modo que a partir dali tais processos podiam se dar à revelia de expectativas normativas e considerações morais, ou seja, à revelia de uma inserção ética: onde antes se constituíam sociedades pautadas pela economia de subsistência ou restritas ao âmbito do Estado feudal, com produção e distribuição dos gêneros de primeira necessidade ainda vinculadas à dependência pessoal e às relações de comunicação, passava a prevalecer a linguagem muda da economia de mercado que se informasse, de maneira rápida e simples, sobre onde valeria investir tempo e esforço na confecção do produto correspondente, considerando uma demanda cada vez maior[143]. É evidente que mesmo antes dessa "great transformation", expressão usada por Polanyi para designar a irrupção definitiva do estabelecimento social da economia de mercado capitalista[144], já havia mercado interno e externo, os quais serviam ao intercâmbio econômico de bens e serviços que não ficavam à disposição nem no local, nem dentro das fronteiras do território político então existente, de modo que as transações externas em dinheiro tinham de ser feitas com preços determinados pela demanda. Mas é opinião corrente que é apenas com o capitalismo que surge um sistema econômico regulador das relações de todos os que tomam parte na reprodução econômica — isto é, trabalhadores, consumidores e empreendedores — sob a forma de transações mediadas pelo mercado. Segundo a célebre análise de Polanyi[145], não apenas os bens eram demandados, mas também o próprio trabalho, a terra e o dinheiro eram de tal

---

143 Cf., como exemplo, Max Weber, *Wirtschaft und Gesellschaft. Grundriß der verstehenden Soziologie*, Tübingen, 1972 (Studienausgabe), primeira parte, cap. II § 13 [*Economia e sociedade. Fundamentos da sociologia compreensiva*, Brasília/São Paulo, Editora Universidade de Brasília/Imprensa Oficial do Estado de São Paulo, 1999/2004, 586 p.]; Talcott Parsons, *Das System moderner Gesellschaften*, Munique, 1972, p. 96-102; Habermas, *Theorie des kommunikativen Handelns*, vol. 2, op. cit., cap. VI. 2.
144 Karl Polanyi, *The Great Transformation. Politische und ökonomische Ursprünge von Gesellschaften und Wirtschaftssystemen*, Frankfurt am Main, 1978 [*A grande transformação: as origens da nossa época*. Rio de Janeiro, Campus, 1980].
145 Ibidem, segunda parte, I.6 (p. 102-12).

modo relacionados ao ciclo de oferta e procura próprio à economia de mercado que, graças à permanente concorrência entre particulares interessados em maximizar sua utilidade, a produtividade econômica aumentava consideravelmente, assumindo formas totalmente novas, descritas como "efetivas". Antes que se pudesse chegar a essa desimpedida generalização do trânsito mercadológico, era necessária uma institucionalização ampliada dos direitos subjetivos e igualitários, que aqui já abordamos sob o título de "liberdade jurídica"; os indivíduos, que no início eram apenas atores do sexo masculino, tinham antes de ser providos do estatuto de "pessoa jurídica" privada, responsável unicamente por si mesma, para então poder celebrar contratos individuais com outros atores econômicos, que lhes franqueavam a venda, tão rentável quanto fosse possível, de seus bens, sua força de trabalho ou sua terra. Assim, como Hegel já observara[146], foi somente com o Estado de direito, estabelecido gradativamente, que nas sociedades ocidentais se criaram as precondições institucionais capazes de compor uma esfera de relações de intercâmbio juridicamente domesticadas entre particulares que atuavam de maneira estratégica. O sistema econômico capitalista, quanto à sua pretensão de ser livre de toda e qualquer influência estatal, se deve historicamente a uma intensa atividade intervencionista do Estado, que abarcava desde a criação das vias de trânsito necessárias, passando pelas medidas protecionistas, até o estabelecimento das condições jurídicas para a liberdade contratual[147].

---

146 Cf. as célebres formulações em Hegel, *Grundlinien der Philosophen des Rechts*, op. cit., § 187.
147 Sobre esse "paradoxo", cf. novamente Polanyi, *The Great Transformation*, op. cit., p. 194 s.

Desde o início dessa nova forma de organização econômica registrou-se a peculiaridade da reivindicação exclusiva de interesses pensados de maneira puramente racional, os quais, voltados às próprias necessidades, pareciam se dar à revelia de quaisquer reivindicações ou orientações de valor individuais. Era preciso satisfazer da maneira substancialmente rápida e eficaz à população continuamente crescente e de necessidades cada vez mais diferenciadas, pois já não havia mais atitudes morais, mas meros cálculos de lucro, para incentivar os participantes do acontecer mercadológico a dar o melhor de si para gerar os bens correspondentes. A cadeia de transações econômicas, pensada no sentido de aumentar a produtividade da economia como um todo, teve seu início no trabalho remunerado individual, que, visando ao abastecimento da família do participante, deveria ser preparado para que ele pudesse vender sua força de trabalho da maneira mais rentável possível; essa cadeia continuou nas mãos dos empresários de capital privado, que, visando ao aumento de suas posses, deveriam se valer da força de trabalho utilizada em sua empresa da maneira mais rentável possível, para assumir sua forma mais acabada no capital especulativo do sistema financeiro. Este, visando à obtenção de juros, deve emprestar dinheiro para empresas ainda subfinanciadas. Todos os acordos contratuais que foram possíveis entre esses atores nos mercados de trabalho, de produto e de capital deveriam servir à ideia de que a intensificação e aceleração da produção econômica beneficiavam a população de modo geral, sob a forma de um abastecimento melhor e mais rápido.

Entretanto, tão logo uma rede de relações de mercado, ao que parece puramente estratégica, veio se assentar nos países da

Europa Ocidental, surgiram também as primeiras queixas de que o novo ordenamento econômico capitalista acarretava prejuízos crescentes à vida social. Como essência das relações de produção mutáveis, não raras vezes o *"Homo oeconomicus"* foi concebido como a figura do homem de negócios que sobriamente calcula suas chances de lucro, figura logo apresentada como caricatura, como exemplo aterrorizante ou modelo futuro em dramas e romances dos primórdios da era moderna na Inglaterra[148]. Nos países ilustrados do século XVIII, dificilmente um intelectual deixava de avaliar a questão sobre se o surgimento histórico e a disseminação social de um tipo de homem como aquele não estariam associados ao risco de um gradativo esvaziamento das relações sociais. A depender do temperamento e das convicções políticas, uns viam no triunfo daquele novo estilo de vida a oportunidade de uma transformação das "paixões" em "interesses", de paixões de difícil controle em cálculos de lucros frios e fáceis de dominar; outros viam ali os primeiros sinais de uma rápida e galopante erosão de convicções morais e relações sociais baseadas na confiança pessoal[149]. Na Inglaterra, como vimos, as tendências a uma ampliação da "comercial society", isto é, da sociedade que se esgota nas relações puramente mercadológicas, se contrapunham ao ideal de uma amizade íntima, fundada no afeto recíproco[150]; em outro exemplo, o desenvolvimento que então se delineava na

---

148   A esse respeito, de maneira magistral: Laurenz Volkmann, *Homo oeconomicus. Studien zur Modellisierung eines neuen Menschenbildes in der englischen Literatur vom Mittelater bis zum 18. Geburststag*, Heidelberg, 2003.
149   Cf. Albert O. Hirschman, *Leidenschaften und Interessen. Politische Begründungen des Kapitalismus vor seinem Sieg*, Frankfurt am Main, 1980; idem, "Der Streit um die Bewertung der Marktgesellschaft", in idem, *Entwicklung, Markt und Moral. Abweichend Bemerkungen*, Munique/Viena, 1989, p. 192-225.
150   Cf. Silver, "Friendship in Commercial Society", op. cit.

Alemanha era descrito por Schiller como um processo de mecanização e comercialização da vida social, que faria das pessoas "meras réplicas de seu negócio"[151]. No decorrer do século XVIII, nos países economicamente desenvolvidos da Europa, para onde quer que se olhasse havia uma inquietação intelectual quanto aos fenômenos sociais que adviriam do rápido crescimento das relações de mercado, das atitudes estratégicas e dos cálculos de lucro econômico.

É certo que esse debate subterrâneo inicialmente se limitou aos efeitos culturais da nova organização econômica. No centro das preocupações não estavam as distorções socioestruturais que surgiriam com a liberação dos interesses de lucro do capital privado, tampouco as tendências ao empobrecimento social ou à espoliação, mas quase exclusivamente as transformações no âmbito da comunicação e do sentimento que, no seio da vida social, pareciam resultar da disseminação do tipo de personalidade de comportamento calculado, que seria precisamente o do *Homo oeconomicus*. Somente no século XIX, com a influência nada desprezível de pensadores ditos "sociológicos", como Hegel e Saint Simon[152], a crítica assumiu uma conformação teórico-social mais forte, por cuja ótica o sistema de mercado, que já se alastrava rapidamente, produzia também problemas estruturais profundos. Em especial, foram dois os temas com que intelectuais e cientistas se ocuparam mais intensamente, ao se concentrar

---

151 Friedrich Schiller, "Über die ästhetische Erziehung des Menschen in einer Reihe von Briefen", in idem, *Sämtliche Werke*, vol. v, op. cit., p. 570-669, aqui p. 584.
152 Cf. Ludwig Siep, Hans-Ulrich Thamer e Norbert Waszek (orgs.), *Hegelianismus und Saint-Simonismus*, Paderborn, 2007; Hans-Christoph Schmidt am Busch, *Religiöse Hingabe oder soziale Freiheit, Die saint-simonistische Theorie und die Hegelsche Sozialphilosophie*, Hamburgo, 2007.

na pergunta pela legitimidade e pelos limites do novo ordenamento social; esses temas giravam em torno das oportunidades de uma ampliação da liberdade individual, mas abordavam-nos por aspectos tão distintos que quase chegavam a conclusões opostas[153]. Para simplificar, trarei aqui cada um dos temas com os nomes dos autores cuja obra, hoje, pelo próprio aporte histórico e também pela clareza, está associada à problemática: por um lado temos o questionamento que pode ser caracterizado como o "problema de Marx"; por outro, o questionamento que, alinhado a uma formulação que já foi corrente, pode ser chamado de "problema de Adam Smith[154]". Em sua obra, as objeções críticas que, com diferentes ênfases, tinham sido propostas já pelos primeiros socialistas contra o sistema capitalista de mercado são reunidas por Marx numa tese desenvolvida como crítica econômica, segundo a qual esse modo de produção não poderia conduzir ao prometido aumento de liberdade individual, uma vez que os verdadeiros mantenedores, que eram os trabalhadores ou produtores, tinham de celebrar um contrato de trabalho aparentemente "livre" sob a coação da ausência de alternativa. A economia de mercado, legitimada por seus porta-vozes fazendo referência à possibilidade de liberdade jurídica para todos, solapava não apenas as condições da liberdade social, tal como seria possível sob a condição de uma cooperação da economia planificada, mas com-

---

153 Aqui novamente se faz útil a contribuição já citada de Albert O. Hirschman ("Der Streit um die Bewertung der Marktgesellschaft", op. cit.), ainda que ele adote disposições diferentes das que vou empregar em seguida.

154 Na verdade, ambas as formulações estão em planos distintos, pois com o "problema de Marx" tem-se caracterizado um déficit estrutural do capitalismo, que o próprio Marx tematizou, enquanto o "problema de Adam Smith" indica uma dificuldade na descrição da economia de mercado que o próprio Adam Smith não problematizou.

prometia ainda a promessa de que os trabalhadores não teriam escolha além de aceitar contratos cujas consequências eram a espoliação do trabalho e a exploração econômica[155].

Ao lado dessa problemática introduzida por Marx, que a partir dali dominaria o debate intelectual em torno do capitalismo, no curso do século XIX desenvolveu-se ainda um segundo centro gravitacional na tematização das vantagens e desvantagens do ordenamento da economia de mercado, que se relaciona de forma indireta a uma dificuldade aparentemente não resolvida pela obra de Adam Smith. Se o ponto de partida é a obra *Filosofia do direito*, de Hegel, publicada em 1820, em Berlim, o encerramento provisório se dá com Émile Durkheim, no final do século, e seu escrito *Sobre a divisão do trabalho social*, publicado em 1893[156]. Ambos os autores — conhecendo a obra de Smith, mas sem fazer referência explícita à sua tensão interna — questionam se um estabelecimento bem-sucedido do novo ordenamento econômico, capaz de suscitar um assentimento coletivo, não exigiria que essas orientações de valor desses aparatos institucionais, de modo correspondente, fossem pensados de maneira prévia ou concomitante, o que não se esgotaria nas disposições normativas

---

155 Cf. resumidamente a apresentação altamente irônica em Karl Marx, "Das Kapital. Erster Band", in Karl Marx/Friedrich Engels, *Werke*, vol. 23, Berlim, 1971, p. 181-91 (2ª seção, 4º capítulo, 3: "Kauf und Verkauf der Arbeitskraft" ["Compra e venda da força de trabalho"]).

156 Hegel, *Grundlinien der Philosophie des Rechts*, op. cit.; Émile Durkheim, *Über die Teilung der sozialen Arbeit*, Frankfurt am Main, 1977. Ao modo de articulação entre esses dois trabalhos, certamente podemos ter os *Grundsätze der politischen Ökonomie*, de John Stuart Mill (Jena, 1921; original inglês [1848]: *Principle of Political Economy*) [*Princípios de economia política*, São Paulo, Círculo do Livro/Nova Cultural, 1996], que contém alguns elementos resgatados por Hegel e Durkheim com relação a uma inserção moral do mercado. Além disso, sobre a influência de Hegel em Durkheim, por muito tempo subestimada, cf. Spiros Gangas, "Social Ethics and Logic. Rethinking Durkheim through Hegel", in *Journal of Classical Sociology*, 7, 2007, H. 3, p. 315-38.

da maximização da utilidade individual. Segundo a concepção de Hegel e Durkheim, a esfera do agir mediado pelo mercado só pode satisfazer sua função publicamente pensada, que é a de integrar as atividades econômicas dos indivíduos de maneira harmônica e não coercitiva, por meio de relações contratuais, se houver uma consciência de solidariedade em todas as relações contratuais, tornando obrigatório um tratamento recíproco que seja justo e equitativo. Nenhum dos dois autores deseja que esse sistema seja entendido por regras pré-contratuais e morais ao modo de um aditivo meramente normativo à economia de mercado, como se tivesse de se impor de fora, de maneira cega, os cálculos de lucro entretecidos. Em vez disso, eles estão convencidos de que tais disposições solidárias do tratamento justo são reguladas por todos os participantes, uma vez que possibilitam o funcionamento fluente do mecanismo do mercado. Assim sendo, Hegel vê a possibilidade de um entrelaçamento de interesses egocêntricos mediado por oferta e procura associado à condição adicional de que os implicados se respeitem reciprocamente em sua "honra" de cidadãos econômicos e, por conseguinte, devam certas considerações e proteção econômica um ao outro[157]; Durkheim crê até mesmo poder demonstrar que todo o sistema de economia de mercado da modernidade só é livre de anomias, podendo assim funcionar de maneira que incentive a integração, se não apenas prevalecerem amplamente a igualdade de oportunidades e a equidade com base na produção, mas houver também uma preocupação em

---

[157] A esse respeito, cf. Hans-Cristoph Schmidt am Busch, „Annerkennung" als Prinzip der Kritischen Theorie, não publicado. Tese de doutorado, Universidade Johann W. v. Goethe, Frankfurt am Main, 2009, cap. III.4. Sobre a versão do mercado de Hegel, pelo viés "da teoria da justiça", cf. também Birger P. Priddat, Hegel als Ökonom, Berlim, 1990, cap. VIII (aqui há também uma útil comparação das concepções de mercado de Hegel e Smith).

que as atividades laborais tenham "pleno sentido" para todos os que dela participam[158].

Assim, por mais que as descrições providas por Hegel e Durkheim possam ser diferentes, elas coincidem em perspectivas que subjazem a ambas: o novo sistema da economia de mercado — que é o que, em última instância, querem dizer ambos os pensadores — não pode ser analisado sem uma classe de regras morais não contratuais que lhes precedam; caso contrário, não estaria em condições de satisfazer à função, que lhe foi atribuída, de integrar harmonicamente interesses econômicos individuais. A mesma ideia pode ser expressa pela linguagem escolhida por Hegel, de que a coordenação assumida pelo mercado dos cálculos de lucro só pode ser proveitosa se os sujeitos que tomarem parte dela se reconhecerem juridicamente antes, não apenas como parceiros contratuais, mas também, moral ou eticamente, como membros de uma comunidade cooperante. Sem essa consciência de solidariedade precedente, que obrigue todos a algo além da mera observância de contratos uma vez celebrados, não se poderia excluir que as oportunidades do mercado fossem utilizadas para fraude, acúmulo de riqueza e exploração. Em relação ao problema, que aqui associamos a Adam Smith, resulta dessa perspectiva, em primeiro lugar, que a sua *Teoria dos sentimentos morais* deve ser entendida como pré-estágio ou base de sua análise da "mão invisível" do mercado na *A riqueza das nações*. O que se disse ali sobre a possibilidade de aumento do proveito geral por meio

---

158 Durkheim, Über die Teilung der sozialen Arbeit, op. cit., terceiro livro, sinopse, p. 437-50; adicionalmente: Axel Honneth, "Arbeit und Annerkennung. Versuch einer Neubestimmung", in idem, *Das Ich im Wir. Studien zur Annerkennungstheorie*, Frankfurt am Main, 2010, p. 78-102.

de um intercâmbio entre sujeitos individuais orientados puramente pelo lucro[159] só se pode sustentar de maneira realista e promissora sob a condição de que os sujeitos tenham adotado, antes, uma atitude confiável diante de seus concidadãos[160]. Indo muito além disso e para sugerir, de maneira meramente retrospectiva, determinada solução ao "problema de Adam Smith", é claro que as análises de Hegel e Durkheim tendem a propor de maneira nova, antes de tudo, a questão de uma descrição adequada do sistema econômico de mercado, já que ambos partem da ideia, aparentemente surpreendente, de que uma descrição desse tipo tem de se manter inacabada enquanto nela não houver referência a determinada classe de regras de ação não contratuais e, não obstante, obrigatórias. É certo que nem Hegel, nem Durkheim estão convencidos de que essas normas de reconhecimento extracontratuais devem encontrar sempre, e por toda parte, aplicação empírica; em sua concepção de "ralé, mecanização do trabalho e enriquecimento 'ostentatório'"[161], Hegel chega a concordar de forma até explícita com Durkheim e seu diagnóstico de "anomia", pelo qual pode haver uma série de casos

---

159 Cf., por exemplo, a célebre passagem sobre o "açougueiro, cervejeiro ou padeiro": Smith, *Untersuchungen über Wesen und Ursachen des Reichtums der Völker*, op. cit., p. 98.

160 Sobre esse tipo de interpretação, cf. Alec L. Macfie, *The Individual in Society. Papers on Adam Smith*, Londres, 1967, cap. 4; sobre o estágio da pesquisa, cf. Steven Darwall, "Sympathetic Liberalism: Recent Work on Adam Smith", in *Philosophy and Public Affairs*, 28 (1999), n. 2, p. 139-64.

161 Sobre isso, cf. na seguinte ordem: Hegel, *Grundlinien der Philosophie des Rechts*, op. cit., § 244; Hegel, *Die Philosophie des Rechts. Vorlesung von 1821/22*, op. cit., § 198; ibidem, § 195. Infelizmente, uma investigação profunda da teoria hegeliana da economia de mercado, na qual são apresentadas também referências à ética econômica atual, chegou a mim tarde demais para que pudesse levá-la em conta: Albena Neschen, *Ethik und Ökonomie in Hegels Philosophie und in modernen wirtschaftsethischen Entwürfen*, Hamburgo, 2008.

A REALIDADE DA LIBERDADE

de desvio das regras pressupostas de respeito e valorização recíprocos. Porém, no contexto de suas descrições, ambos desejam que se saiba compreender tais circunstâncias apenas como violações a uma consciência de solidariedade que já exista de maneira implícita; somente quando as normas de ação ali estabelecidas forem coletivamente seguidas e, portanto, quando o mercado também for concebido como esfera de liberdade social é que, para eles, estarão dadas todas as condições sociais sob as quais um ordenamento econômico de mercado pode se desenvolver sem impedimentos.

Como podemos ver, o problema que desse modo se delineia, referente a tudo o que deve ser considerado quanto às condições institucionais para o próprio sistema capitalista, é logicamente pré-ordenado pelo tema tratado por Marx, dado que a questão sobre se o mercado econômico efetivamente constitui uma pura relação de coerção, excluindo assim toda forma de liberdade individual, só pode ser respondida quando se tiver claro, antes, como o novo sistema econômico deve ser adequadamente descrito. A seus contemporâneos, as análises com que Hegel e Durkheim reagiram ao questionamento assim delineado certamente soarão idealistas demais para que fossem efetivamente levadas a sério: por que razão a esfera institucional do mercado deveria conter uma série de regras de ação aplicadas a considerações recíprocas, pré-mercadológicas, quando todo o sentido da nova ordem parecia consistir em tornar utilitárias as orientações para ganhos individuais de todos os implicados? Sobre a competição assim acionada, não seria engodo afirmar que ela se faz sempre "domesticada" ou mesmo "tornada ética" por meio de uma liga de solidariedade preexistente entre parceiros de cooperação? Em suas respectivas análises, Hegel e Durkheim sem dúvida fizeram muito pouco para esclarecer metodologicamente o estatuto que deve ser o de suas afirmações sobre os fundamentos morais da economia de mercado: até onde se sabe, nenhum deles desejou que aquelas regras de ação pré-contratuais fossem entendidas ao modo de um complemento ao acontecer mercadológico que fosse meramente externo e de caráter normativo. Assim, ambos buscaram evitar afirmações com conotações de dever, mas, para além dessa intenção comum, mantinha-se francamente indeterminada a forma de conceituação das pretendidas normas morais ao modo de componentes da economia de mercado. Uma possibilidade de se compreender as análises de ambos os autores certamente consistirá em compreendê-las como condições de reprodução dos mercados capitalistas. Constatar que tal sistema econômico está incluído num composto de orientações intersubjetivas para a ação, que justamente não são egocêntricas, significaria que suas componentes seriam dependentes de uma afluência de atitudes morais, externas ao mercado. Mas, abstraindo-se do fato de a condição meramente funcional de uma regulação ou instituição não poder explicar sua existência efetiva[162], tal análise funcionalista parece também contradizer o desenvolvimento histórico do sistema de mercado; afinal, no curso do século XIX a economia capitalista há muito se expandia, claro que de forma independente a qualquer restrição moral, e fazia-o em ampla medida ao preço de uma pauperização da maior parcela da população, sem que isso configurasse séria ameaça a seu componente institucional.

---

162 Cf., por exemplo, Carl Gustav Hampel, "Die Logik funktionaler Analyse", in Bernhard Giesen e Michael Schmid (orgs.), *Theorie, Handeln und Geschichte: Erklärungsprobleme in den Sozialwissenschaften*, Hamburgo, 1975, p. 134-68.

Nessa medida, tanto as considerações metodológicas como também as observações meramente históricas iam de encontro à tentativa de se compreender o que Hegel ou Durkheim propunham quanto a uma fundamentação moral do mercado capitalista no sentido de uma análise funcionalista; em todo caso, nada impede que se compreenda o componente desse novo ordenamento econômico ao modo de condições para as relações de solidariedade extracontratuais.

Uma saída para a dificuldade em situar, de maneira metodologicamente correta, as descrições de ambos os teóricos da sociedade abre-nos apenas a possibilidade de apreendê-la no sentido de um funcionalismo normativo mais exigente; como ponto de referência para tal análise funcionalista já não deve valer o puro componente de uma esfera institucional, mas os valores ou normas materializados em cada caso, contanto que sejam vistos pelos membros como condição para a sua disposição ao assentimento. Se as análises de Hegel e Durkheim forem compreendidas nesse sentido, elas diriam também que o ordenamento econômico de mercado depende de um contexto "ético" por meio de normas de ação pré-contratuais, já que apenas sob esse pressuposto normativo tal ordenamento pode contar com a concordância de todos os implicados. Assim como todas as demais esferas sociais, o mercado também necessita do assentimento moral de todos os participantes que atuam nele, de modo que suas condições de constituição não possam ser descritas de maneira independente das normas que o complementam, as quais são, da perspectiva daqueles, as únicas a lhe conferir legitimidade. Para Hegel, a linguagem funcionalista era evidentemente estranha e a percepção desse tipo já sugeria que no conceito do "espírito objetivo" todas as instituições nucleares da modernidade por ele abordadas estavam ligadas à condição que os sujeitos tinham por justificadas; para ele, essa condição só pode satisfazer o novo ordenamento científico se, a partir das regulações jurídico-contratuais, ela materializar também as normas morais que assegurem a "honra" burguesa a todos os participantes do mercado[163].

Durkheim não argumenta de modo diferente ao atribuir as patologias da moderna divisão do trabalho, mediada pelo mercado, à violação de determinadas condições de equidade e justiça; para ele, o caráter estável e intacto do novo ordenamento também se mensura à medida que satisfaz normas morais que possam ir ao encontro do assentimento coletivo[164]. Por isso, já em seu conceito de mercado ambos os autores devem ter feito referência a todas as normas de ação pré-contratuais, de caráter ético e capazes de garantir que a sua existência institucional pudesse ser endossada por todos os implicados.

No século XX, não houve uma disposição clara para que fosse dada continuidade às análises de Hegel e Durkheim no sentido de tal funcionalismo normativo. Logo após a Revolução Russa, em fevereiro de 1917, um ano após a morte de Durkheim, portanto, iniciou-se a discussão sobre o valor e o não valor do ordenamento mercadológico, e esse debate, num primeiro momento, assumiu uma polarização tão forte na alternativa entre capitalismo e comunismo, entre economia de mercado e economia planejada, que quase não se podiam encontrar vozes de conciliação ou

---

163 Quanto a esse aspecto, cf. Schmidt am Busch, „Annerkennung" als Prinzip der Kritischen Theorie, op. cit., cap. III.4: Priddat, *Hegel als Ökonom*, op. cit., cap. VIII.

164 Durkheim desenvolve seu conceito de "anomia" da divisão do trabalho justamente a partir de condições da capacidade de consentimento coletivo de Fehlen: Durkheim, *Über die Teilung der sozialen Arbeit*, op. cit., terceiro livro, cap. II.

equilíbrio numa agremiação política; ou a esfera do mercado era totalmente recusada, pois, para os trabalhadores, ela nada podia significar além de uma relação de coerção ou alienação, ou então ela era defendida sem condicionais ou restrições, já que ela, apesar de todas as oscilações conjunturais, levaria a um enorme crescimento do produto social bruto em longo prazo e, portanto, do padrão de vida individual. Desde o início desse conflito de interpretações, a ciência econômica, que, cada vez mais poderosa, investiu-se energicamente do propósito de se estabelecer como disciplina autônoma, em princípios do século XX, desempenhou um papel pouco adequado[165]. Aconteceu que, nesse ínterim, toda e qualquer lembrança do parentesco de outrora com as ciências sociais e históricas foi ignorado para que se pudesse construir o tipo de ator puramente orientado para o lucro, e seus modos de proceder deveriam se converter em pontos de referência artificiais de todo acontecer econômico; o mercado, assim considerado à parte de fatores extraeconômicos, desejos de legitimação e aspirações à justificação dos sujeitos, podia agora aparecer como esfera institucional, na qual prevalecia uma uniformidade de motivos compartilhados e de meras regularidades de uma concorrência em torno de oferta e procura[166]. Uma ciência econômica que assim se desencaminhava, que desconhecia quaisquer regras de equidade extracontratual e negava toda "moral economy", estava fazendo o jogo dos defensores de uma economia de mercado desregulada, na percepção da opinião pública; a concorrência cada vez mais irrestrita no âmbito dos mercados

---

165 Cf. Gerhard Stavenhagen, *Geschichte der Wirtschaftstheorie*, Göttingen, 1969, cap. IX.
166 Sobre isso, cf., por exemplo, Birger P. Priddat, *Theoriegeschichte der Wirtschaft*, Munique, 2002, p. 204-13.

— que era o que exigia do ponto de vista político — era confirmada oficialmente aqui, na disciplina correspondente, ao se fazer desse comportamento competitivo entre atores isolados um *a priori* metódico da própria abordagem. Por isso, nas décadas posteriores à morte de Durkheim, tudo se passava como se os críticos ácidos e porta-vozes convictos estivessem num confronto encarniçado no debate da avaliação da economia de mercado. Foi evidentemente relegado ao esquecimento o fato de Adam Smith ter precedido sua análise econômica sobre as bondades do intercâmbio guiado puramente por interesses de um tratado sobre a necessidade de uma empatia moral; Hegel ter investido o mercado de todo um contexto ético de obrigações adicionais; e Durkheim ter vinculado o contrato econômico à condição de uma solidariedade pré-contratual.

Entretanto, essa impressão se esvanecia consideravelmente à medida que se formaram movimentos sociais na Inglaterra e na França, cuja programática certamente recebia influência do economismo moral de Hegel ou Durkheim. Na França, a ala moderada do sindicalismo frequentemente se amparava no livro da "divisão do trabalho", à medida que ela defendia uma ampla aplicação da igualdade de oportunidades sob a colaboração política dos conselhos e trabalhadores e das categorias profissionais[167]; na Grã-Bretanha, as ideias de Hegel assumiram a forma de uma vedação ética da sociedade de mercado, com significado sociopolítico para o chamado neo-hegelianismo, cujo ideário mais tarde veio influenciar o Labour Party[168]. Porém, ainda mais fortes que

---

167 Sobre esse complexo, cf., integralmente, Jean-Claude Filloux, *Durkheim et le socialisme*, Genebra, 1977.
168 Sobre as influências do neo-hegelianismo britânico na política social inglesa, cf. An-

esses movimentos isolados, algumas personalidades pesquisadoras singulares foram capazes de arrojar as ideias de Hegel e Durkheim do século XIX para o novo século; em sua tentativa de se contrapor ao *mainstream* da economia nacional, tais pesquisadores se amparavam em reflexões semelhantes às daqueles dois pensadores, ainda que não vislumbrassem com toda a nitidez o parentesco intelectual com elas. A partir da multiplicidade de autores que em meados do século XX trabalharam em tais esboços contrários à teoria econômica dominante, destacam-se dois cientistas cujo trabalho revelou especial originalidade e perspicácia: o primeiro foi Karl Polanyi, historiador da economia de origem húngara, a quem devemos a obra, tornada um clássico, *A grande transformação*[169]; o segundo foi Talcott Parsons, cujas contribuições para a fundamentação moral do mercado são tão vigorosas como quase totalmente esquecidas[170]. Ainda que ambos os pesquisadores representem o mesmo tipo de funcionalismo normativo, razão pela qual podem ser alinhados a Hegel e Durkheim, em sua nova descrição do sistema de mercado capitalista eles procedem de modo bastante diferente: enquanto Polanyi, com seu conceito de "mercado integrado", pretende prover um critério para a avaliação normativa do ordenamento econômico moderno, Parsons, de maneira bem mais indireta e sutil, propõe com sua teoria dos sistemas que se estabeleça uma

---

drew Vincent e Raymond Plant, *Philosophy, Politics, Citizenship: The Life and Thought of the British Idealists*, Oxford, 1984.

169 Polanyi, *The Great Transformation*, op. cit.; adicionalmente, cf. a coletânea de artigos *Ökonomie und Gesellschaft*, Frankfurt am Main, 1979. Sobre a pessoa e o trabalho, cf. Kari Polanyi-Levitt (org.), *The Life and Work of Karl Polanyi*, Montreal/Nova York, 1990.

170 Cf., para a formidável construção de Jens Beckert, *Grenzen des Marktes. Die sozialen Grundlagen wirtschaftlicher Effizienz*, Frankfurt/Nova York, 1997, cap. III.

dependência fática desse ordenamento econômico em relação a regulações normativas. Apesar disso, as obras de ambos podem ser entendidas como se quisessem vincular o êxito das transações de mercado à condição de uma série de mecanismos de proteção institucional, que devem garantir sua justificabilidade moral diante de todos os implicados. Por caminhos históricos, Polanyi procura mostrar que, em sociedades capitalistas, transtornos cotidianos e um sentimento coletivo de mal-estar devem sempre surgir quando os distintos mercados, entrelaçados, põem a perder toda a sua regulamentação político-normativa. Se desde o início da industrialização na Europa tivessem prevalecido leis e acordos éticos que na época anterior protegeram do empobrecimento e da espoliação a parcela dependente da população, teria sido pavimentado, com a desregulação dos mercados paulatinamente instaurada e incentivada pelo Estado, um processo que passaria a destruir, de sua parte, as peculiares normas de ação do ambiente social: as vozes do desenraizamento e do mero estar excluído começam a ganhar terreno, em cada vez mais camadas sociais, onde antes prevaleciam a garantia de status e a percepção de estar socialmente inserido[171]. Para não incorrer no risco de compreender apenas determinada fase de uma acumulação de capital particularmente exacerbada, como a que se tinha no século XIX, Polanyi se debruçou sobre o plano sistemático de seus estudos a fim de encontrar as causas estruturais da conexão imanente entre desregulação e convulsão social. Assim, como se sabe, ele se ampara na tese de que o acesso a determinados bens só deve ocorrer sob a condição de controles mais estritos

---

171 Polanyi, *The Great Transformation*, op. cit., cap. VII e VIII, p. 113-46.

ao mercado econômico; caso contrário, esses bens poderiam provocar graves efeitos no ambiente social. Desse modo, o estabelecimento de um mercado de trabalho não regulamentado se efetiva a partir de sua visão das capacidades da personalidade individual erodidas e laceradas: se o dinheiro for deixado a uma concorrência ilimitada de oferta e procura, seguem-se então especulações financeiras no seio do próprio Estado que já não podem ser controladas; e em mercados desregulados, por fim, a terra se converte em mercadoria disputada, cujas consequências imediatas são a abusiva exploração da natureza e os danos ecológicos[172]. A partir dessas reflexões, que devem fundamentar nada menos do que uma teoria das fronteiras inamovíveis da mercantilização capitalista, Polanyi elaborou sua célebre tese dos "contramovimentos" sempre recorrentes em nossas sociedades: na mesma medida em que, no seio do ambiente social, se cristaliza a impressão de que a comercialização ilimitada de trabalho, do dinheiro ou de terras leva a consequências desastrosas, forças políticas dão a conhecer claramente a necessidade de medidas incisivas para a limitação dos mercados correspondentes[173]. Não é difícil visualizar que, com essa afirmação histórico-sociológica, Polanyi apresenta uma espécie de demonstração empírica da tese da anomia de Durkheim: se o mercado capitalista de tal maneira se despoja de suas bases pré-contratuais em forma de normas de solidariedade compartilhadas, ele se torna "anômico" no sentido

---

172 Ibidem, cap. vi, p. 102-12.
173 Ibidem, p. 206 s.; com a tese de um "duplo movimento" inerente ao capitalismo, Polanyi indiretamente também contradiz concepções que partem de uma temporalidade do desenvolvimento unilinear em sociedades capitalistas. Cf., por exemplo, William H. Sewell Jr., "The Temporalities of Capitalism", in *Socio-Economic Review* 6, 2008, p. 517-97.

de Durkheim, e disso provém, segundo Polanyi, o descontentamento da população, que obrigatoriamente se expressará sob a forma de contramovimentos sociais a exigir uma assistência moral da parte do Estado. Polanyi, assim como Hegel ou Durkheim, funda sua análise histórica da sociedade de mercado em um funcionalismo normativo ampliado; para ele, o fracasso do mercado capitalista se mede não só pela ineficiência econômica ou pelas crises periódicas, mas também pela subtração da legitimidade por parte de uma população que detém uma reivindicação fundamentada à segurança de vida e ao reconhecimento social. Entretanto, a partir de sua avaliação da economia de mercado moralmente "desinserida", Polanyi extrai consequências muito mais radicais do que as das teorias de seus dois antecessores; ao defender mercados econômicos para formações sociais, que podem ser fechadas, canalizadas ou conformadas politicamente ao sabor da conveniência, Polanyi parte da possibilidade de que podem ser subordinados a "uma sociedade democrática"[174]. Para ele, o meio central para efetuar tal subordinação constitui-se nas medidas de Estado, por cuja força os fatores do trabalho, do dinheiro e da terra são amplamente suprimidos do mercado; em vez de deixar o preço desses fatores à mercê de uma concorrência ilimitada balizada por oferta e procura, tais fatores devem ser determinados politicamente segundo o interesse dos implicados de acordo com negociações democráticas[175]. Assim, é a partir das reflexões desenvolvidas por Hegel e Durkheim que esses fatores vão em sentido da extinção

---

174 Polanyi, *The Great Transformation*, op. cit., p. 311.
175 Ibidem, p. 332 s.

do mercado capitalista; já em Polanyi o que se tem é a formação de um programa de socialismo de mercado. Se houvesse disposição em considerar legítimas as transações de mercado enquanto pudessem contar hipoteticamente com a aprovação geral, não se estaria muito longe de conclusões desse tipo.

Talcott Parsons, por sua vez, em sua abordagem da esfera do mercado capitalista, procede de maneira substancialmente mais contida e, talvez, em conformidade com o sistema; se de algum modo ele pode se alinhar a autores até aqui citados, resulta que ele também considera possível a integração social do sistema econômico moderno, unicamente com base na condição da consideração institucional de imperativos extraeconômicos e morais[176]. Assim como Polanyi, Parsons também prevê um limite para o intercâmbio conduzido puramente por interesses de mercado, sobretudo com base no fato de que a força de trabalho humana não pode ser desatrelada, de modo discricionário, de seus portadores, os sujeitos do trabalho; nessa medida, para ele — e nisto não difere dos historiadores econômicos —, a integração dos empregados no mercado de trabalho constitui um problema crucial, cuja solução faria o sistema econômico capitalista se provar bem-sucedido. Diferentemente de Polanyi, porém, Parsons acredita que a moderna economia de mercado não irá malograr ante esse desafio e, por conseguinte, não deve retirar o trabalho da circulação de mercadorias, mas, ao contrário, acredita que ela já tenha desenvolvido mecanismos institucionais para poder administrar o conflito em sua origem; no sentido de uma

---

176 Para o que vem a seguir, cf., entre outros, Beckert, *Grenzen des Markets*, op. cit., sobretudo o cap. III-3.

economia moral do capitalismo, todas as ideias que se devem a Parsons estão no plano dessa análise das instituições que, redutíveis a conflitos, compõem a sociedade de mercado.

São dois os complexos institucionais que Parsons considera adequados no sistema econômico do Ocidente para solucionar o virulento problema da integração do trabalhador nos processos de mercado; em sua perspectiva, ambos os mecanismos têm a tarefa de vencer o abismo normativo divisado, em um de seus lados, pelos valores afetivos do ambiente social e, em outro, pelos princípios relacionados ao rendimento da esfera do trabalho[177]. Parsons se insere na tradição de Durkheim ao enxergar a primeira dessas medidas institucionais no contrato de trabalho, que ele pensa como provido sempre de um componente pré-contratual, em certa medida moral; muito além da dimensão meramente instrumental, que consiste na recíproca e conciliável produção de rendimento, todo contrato de trabalho deve conter expressamente também o elemento normativo, para que o vínculo se dê com base em obrigações que remeterão ao sistema de valores coletivamente aceito pela sociedade[178]. Para o trabalhador resulta, desse segundo componente, que é de caráter implícito, a concepção de Parsons de que o trabalhador não apenas tem direito a um reconhecimento simbólico na empresa, mas também pode contar, de forma duradoura, com uma atividade produtiva respeitável, que seja "worth-while"[179]; e para a empresa trata-se, inversamente, de derivar dos componentes morais do

---

177 Cf. Talcott Parsons, *The Marshall Lectures* (1953), Research Reports from the Department of Sociology, Universidade de Uppsala, 1986, n. 4 (Devo a indicação dessas conferências ao estudo de Jens Beckert).
178 Ibidem, p. 105.
179 Ibidem, p. 110.

contrato de trabalho a expectativa legítima de poder contar com a lealdade e responsabilidade dos empregados. Por isso, o contrato de trabalho, para Parsons, realiza muito mais do que está no preto e branco de sua letra; com sua celebração, as duas partes se obrigam a seguir normas de ação morais, estabelecidas fora do mercado, e isso significa que o tratamento entre elas será justo e equitativo.

Quanto ao segundo complexo institucional, que deve ser calculado no seio da esfera da economia capitalista para dar conta das pendências relacionadas à moral no ambiente social, Parsons o contempla no que chama de "papel profissional"[180]. Em nossas sociedades, de acordo com sua convicção, entre o cotidiano familiar e a economia de mercado está o elo de mediação de um processo de socialização, que prepara os indivíduos para orientar seu agir por imperativos de capacidade de rendimento econômico; no transcurso desse processo de formação, que se inicia na primeira infância e só termina com a formação profissional, todo sujeito (do sexo masculino) aprende a se apropriar intrinsecamente dos valores que mais tarde prevalecerão no mundo profissional orientado para o rendimento econômico. Assim, nenhum trabalhador, segundo Parsons, intervém na esfera econômica do mercado de modo eticamente indiferente ou mesmo com uma atitude de recusa, e encontra-se, em vez disso, tão marcado pela socialização que só pode obter satisfação psíquica e autoestima a partir do cumprimento de suas obrigações profissionais[181].

---

180 Cf., por exemplo, Parsons, *Über den Zusammenhang von Charakter und Gesellschaft*, op. cit., em especial p. 258-62.
181 Cf. a contribuição que aqui nos serve de guia: Talcott Parsons, "Die Motivierung wirtschaftlichen Handelns", in idem, *Beiträge zur soziologischen Theorie*, op. cit., p. 136-59.

Inversamente, esse cumprimento de obrigações individuais é exigido dos empresários, que farão tudo o que estiver em conformidade com sua situação econômica para, de sua parte, satisfazer às expectativas acalentadas pelos empregados; isso se aplica, e aqui seguimos Parsons, não apenas à garantia de um posto de trabalho seguro, de um seguro-saúde e de um trabalho que lhe satisfaça, mas também à garantia de uma renda familiar estável[182].

Seguindo o que foi dito, não é difícil ver que Parsons, tanto no contrato de trabalho como no papel profissional, procura dar conta de duas instituições que, no seio do sistema econômico existente, devem realizar o que também Hegel ou Durkheim consideravam necessário para a integração social do sistema de mercado: a fim de assegurar que todos os implicados possam considerar eticamente justificado o intercâmbio entre atores guiados pelo interesse, é necessária uma fixação adicional das normas de ação que prescrevam um tratamento justo e favorável para a outra parte em cada um dos casos. Na verdade, Parsons não produz essa ligação propriamente com a necessidade de legitimação coletiva do sistema de mercado, mas a descreve em conceitos teóricos sistêmicos como um problema de adaptação entre duas esferas de ação normativas incompatíveis; mas também em Parsons temos que o ordenamento econômico capitalista só pode se reproduzir sem uma resistência tácita se ele, ao mesmo tempo e a todo o tempo, for capaz de satisfazer também a imperativos extraeconômicos e morais.

A tradição de uma eticidade da sociedade de mercado, que no século XIX tem seu ponto de partida em pensadores como

---

[182] Beckert, *Grenzen des Markets*, op. cit., p. 251.

Hegel e Durkheim, está longe de se extinguir após os grandes projetos de Polanyi e Parsons; no século XX, ocasionalmente surgiram autores que teceram objeções ao ideário de mercado fabricado pela teoria econômica dominante, observando que esta depende de acordos preexistentes quanto à forma e à extensão, da confirmação social e da limitação dos processos de intercâmbio. Há aqueles que, como Amitai Etzioni, se amparam no conhecimento da sociologia das organizações, para, valendo-se dele, demonstrar que as decisões quanto ao mercado são economicamente mais racionais quanto mais fortemente forem afetadas por uma perspectiva de responsabilidade social; na linha dessas abordagens há a concepção da "encapsulated competition" [competição encapsulada], segundo a qual não apenas a aceitação coletiva, mas também a eficiência econômica da concorrência mediada pelo mercado aumenta na medida em que ela se encontra previamente limitada por regras de ação moral de diferentes graus de coercitividade[183]. E há ainda outros representantes dessa tradição crítica ao capitalismo, como o economista Fred Hirsch, que empregaram os meios da própria teoria econômica para proceder à comparação segundo a qual o mercado necessitaria de uma domesticação moral dos interesses individuais que forem pautados por puro proveito próprio: no âmbito dessas formulações, desenvolveu-se a ideia de restringir o acesso aos bens intrinsecamente escassos e, por isso mesmo, determinantes de status social, por meio de drásticos aumentos de impostos e limitações de acessos, de

---

[183] Amitai Etzioni, *The Moral Dimension. Towards a New Economics*, Nova York, 1988, esp. cap. XII (em alemão: *Die faire Gesellschaft. Jenseist von Sozialismus und Kapitalismus*, Frankfurt am Main, p. 338-66).

modo que a concorrência para eles se reduziria, com o consequente enfraquecimento de tendências a uma concorrência de inclinação egocêntrica[184]. Como sempre, as propostas de solução podem dividir os indivíduos entre aqueles que, com Etzioni, se posicionam positivamente em favor da revitalização das responsabilidades comunitárias, ou com Hirsch, que se posicionam negativamente quanto ao efeito terapêutico moral da nivelação dos acessos: abordagens como essas evidenciam que também hoje as fontes de um economismo moral não estão totalmente esgotadas.

Certamente, o grande número de terapias desenvolvidas a partir de Hegel, passando por Durkheim até a atualidade, revela também que, quanto ao conteúdo do que se propõe, a tradição de um funcionalismo normativo do mercado, apenas parcialmente desnudada aqui, não tem um único denominador — os diferentes modelos talvez possam concordar quanto às decisões prévias teóricas de não se propor a analisar os processos de mercado sem um contexto de obrigações de ação comunicativas necessárias, mas apresentam divergências consideráveis quanto aos modos de efetivamente obter essas normas externas ou prévias ao mercado. Enquanto Hegel deposita todas as suas expectativas na anterioridade de uma avaliação de valor recíproca pelos empresários socializados nas corporações e Durkheim, de certo modo na mesma direção, destaca o efeito moralizante de uma negociação discursiva entre arranjos

---

[184] Fred Hirsch, *Social Limits to Growth*, Cambridge, Mass., 1976, sobretudo cap. XII e XIII (em alemão: *Die sozialen Grenzen des Wachstums. Eine ökonomische Analyse der Wachstumskrise*, Reinbek, 1980, p. 225-70).

sociais por meio das categorias profissionais[185], em Polanyi e Parsons esperanças desse tipo não estão depositadas nos papéis civilizadores de grupos intermediários e de corporações. Esse papel civilizador dependerá muito mais da oportunidade de um controle do mercado, mediante um contrato social, a envolver restrições profundas nos mecanismos de formação de preço; portanto, Parsons tem plena confiança na ideia de que medidas preventivas no âmbito do mercado de trabalho possam ser responsáveis por uma implementação abrangente de valores passíveis de se concretizar na justiça e na equidade. Em Etzioni e Hirsch, por fim, tem-se a expectativa de que já no seio da economia de mercado as forças opositoras sociais ou institucionais encontrem sua inserção moral: ambos deslocam os processos de controle para um futuro próximo — seja o de um refortalecimento de um compromisso comunicativo, seja o de um corte nos rendimentos mediante negociação social —, sem concebê-los, no entanto, na realidade social dos processos de mercado existentes.

Com essa sinopse provisória, chegamos a um ponto em que é possível extrair consequências gerais da história teórica aqui esboçada. São consequências sistemáticas, sólidas, que a seguir vão poder ser aplicadas à problemática esboçada por Marx. Ainda que os autores citados discordem quanto à sua fundamentação teórica — e, aliás, eles pertencem a meios político-culturais diferentes —, todos concordam que o mercado econômico não deve ser considerado isoladamente do horizonte de valores da sociedade democrática liberal que o circunda; em

---

[185] Sobre isso, cf. especificamente Beckert, *Grenzen des Markets*, op. cit., p. 186-8.

vez disso, nos processos de intercâmbio econômico nos quais os ofertantes estrategicamente se contrapõem numa concorrência por oferta e procura, normas e valores pré-mercadológicos estão inseridos mesmo quando violados ou quando deles se divergir, pois sob tais condições a disposição dos sujeitos para a colaboração ativa desaparece nos processos correspondentes. Assim, entre as condições para a concorrência no mercado e as normas de ação em vigor no ambiente social há uma coerência intrínseca, uma vez que aquelas condições só são justificadas e consideradas legítimas se forem levadas em conta em suas conformações. Independentemente de esse tipo de problema de motivação ser mensurado em conceitos de eficiência econômica ou legitimação normativa, da correlação afirmada resulta que os diferentes mercados, afora as regras de ação válidas para eles próprios, devem poder se reproduzir até um grau no qual estejam, de algum modo, em condições de satisfazer à função de coordenar o agir econômico; se for omitido tal reflexo interno das normas dominantes, universalmente aceitas, será preciso, por consequência, contar não só com uma distorção do mecanismo de mercado, mas também com uma supressão de legitimação, silenciosa ou articulada publicamente, por parte da população. Como resumo provisório, um funcionalismo desse tipo, normativo, demonstra que uma esfera institucional do mercado não deve ser entendida no sentido de um sistema "livre de normas"; se assim se proceder e considerar essa esfera suficientemente legitimada pela sociedade, ela vai satisfazer às condições juridicamente aceitas de liberdade negativa para decisões estratégicas, assim se perde de vista a medida na qual sua aceitação social está vinculada à satisfação de normas e valores anteriores ao mercado[186].

Entretanto, tal descrição normativa do mercado nada quer dizer sobre os valores que devem limitar os respectivos processos de intercâmbio. Os autores que tratamos dão respostas muito diferentes já à primeira dessas duas perguntas, que versa sobre os valores limitadores do mercado: para identificar o limiar normativo, para além do qual a desregulação dos mercados deve obrigatoriamente produzir contramovimentos sociais, Polanyi se ampara em hipóteses bastante imprecisas sobre os requisitos invariantes de um ambiente social que deve a seus membros a segurança quanto ao estatuto e à valoração social; de Parsons obtemos a informação mais definida, ainda que empiricamente mais aberta, de que, para fins de sua consolidação motivacional num sistema personalizado, o mercado de trabalho deve levar em conta normas e valores generalizados, internalizados durante a socialização familiar. Hegel e Durkheim concordam ao responder que imprecisões e vaguidades são suprimidas uma vez que, em princípio, se movem num nível mais formal; ambos estão convencidos de que a concorrência institucionalizada pelo mercado deve ser entendida pelos participantes segundo uma perspectiva de cooperação conjunta, para que a seus olhos ela possa valer como compreensível e legítima. Aqui, valores determinados, fixados antropológica ou empiricamente, desempenham não o papel de condições limitadoras, mas de normas que, para fins de um aumento da eficiência econômica das relações de con-

---

186 É claro que essas observações aludem à busca empreendida por Habermas de analisar os processos no seio da esfera de mercado sob a hipótese, com o auxílio do conceito de sistema, de que aqui as orientações e valores normativos não são necessários para a coordenação do agir (cf. Habermas, *Theorie der kommunikativen Handelns*, vol. 2, cap. VI. 2).

corrência, estabelecidas com o propósito de aumentar a eficiência econômica, são benéficas para todos os coparticipantes. Traduzindo para a terminologia que empregamos até agora, isso significa que a permissão, constitutiva para o mercado, de que os indivíduos se orientem tendo em vista seu lucro deve satisfazer à condição normativa de que os implicados possam ser entendidos como um meio apropriado à realização complementar de seus próprios objetivos: a liberdade negativa ou contratual, cuja institucionalização possibilita a dinâmica da economia capitalista, depara sempre com seu limite ao não transpor fronteiras para além das quais já não é mais possível aos atores concebê-la como uma conformação de sua liberdade social. Nesse sentido, Hegel e Durkheim, diferentemente de outros representantes da tradição aqui delineada, vinculam a existência da economia de mercado à condição de realizar uma liberdade de nível mais elevado, já não simplesmente negativa; a legalidade própria do mercado não deve estancar seus limites nos imperativos do mundo real ou nos valores de subsistemas vizinhos, mas em promessas que constituam sua inteira legitimidade e assim, por meio de processos de trocas, contribuir para uma complementação de intenções de ação individuais.

Como esse esclarecimento evidencia, Hegel e Durkheim submetem a esfera institucional do mercado à exigência normativa de uma realização da liberdade social; se a circulação mediada pelo mercado aparece aos participantes como algo legítimo e compreensível, aí já não há permissão para a perseguição egocêntrica de seus próprios interesses, tratando-se de orientações para a utilidade que ocorrem no âmbito individual por meio de uma engrenagem anônima, de modo que a liberdade de um se torna precondição para a liberdade do outro. Para dizê-lo de forma lapidar, ambos os pensadores atrelam os processos de mercado à condição normativa de se reproduzir institucionalmente, na medida do possível, essa demanda básica de liberdade social, para assim mantê-la viva na consciência dos implicados; só mesmo quando a concorrência econômica em torno da oferta e da procura for organizada, de modo que possa ser compreendida pelos atores como um sistema de obrigações de papéis complementares, é que, para Hegel, ela vai possuir qualidades éticas, e, para Durkheim, tornar-se isenta de anomias. Dito em conceitos de reconhecimento, isso significa que os atores econômicos devem ser antecipadamente reconhecidos como membros de uma comunidade cooperativa, antes que possam se conceder reciprocamente o direito de maximizar seu lucro no mercado; e o alcance dessas liberdades negativas se deixa mensurar até o grau em que são conciliáveis com as exigências daquele reconhecimento anterior.

Assim é o critério imanente e, apesar disso, francamente formal do qual ambos os pensadores dispõem para avaliar normativamente o acontecer de mercado, ao mesmo tempo que lhe confere o meio para dar uma resposta produtiva à segunda das perguntas feitas aqui. Em face do problema sobre como a consciência precondicional a uma cooperação conjunta pode ser pensada como consolidada já de antemão no seio da economia de mercado, Hegel e Durkheim orientam seu olhar não tanto para o complexo de instituições estáveis ou para contramovimentos sempre recorrentes e de caráter saneador; o modo como questionam é muito mais um modo processual, acerca de quais mecanismos da formação de consciência podem ser comprovados como adequados para impelir os participantes a sobrepujar suas estratégias de ação puramente orientadas ao seu próprio lucro. A ideia fundamental, pela qual os dois pensadores se deixam conduzir, é a de que os interesses dos participantes do mercado não se estabelecem de uma vez por todas num sentido contrário ao da doutrina oficial; é claro que, nos diferentes mercados, os atores se propõem a continuar otimizando seu próprio proveito, mas tais estratégias são perseguidas por eles com maior ou menor consideração aos interesses dos outros participantes. É nesse ponto cego da teoria econômica, da plasticidade da fixação de interesses individuais[187], que Hegel e Durkheim tratam de irromper buscando mecanismos já existentes que possam influenciar no processo de definição de interesses em favor de uma consideração de responsabilidades cooperativas. Não por acaso, ambos estão no mesmo nível do processo social, mais especificamente na posição em que grupos constituídos por afinidades profissionais têm de se compor entre si para regular as relações econômicas; segundo Hegel, que pensa como Durkheim nesse sentido, tão logo comunidades desse tipo forem pressionadas a se unir em torno da conformação das transações de mercado, elas passarão a considerar os princípios de cooperação fundamentais no estabelecimento de seus interesses tão somente em virtude das generalizações da ação de perspectivas necessárias à negociação. Quer pensemos nas corporações de Hegel ou nos grupos profissionais de Durkheim, a eles sem-

---

[187] A esse respeito, de forma bastante esclarecedora, cf. Albert O. Hirschman, "Wider die ,Ökonomie' der Grundbegriffe. Drei einfache Möglichkeiten, einige ökonomische Grundbegriffe komplizierter zu fassen", in idem, *Entwicklung, Markt, Moral*, op. cit., p. 226-43, esp. 227-31.

pre coube, no plano abstrato de mecanismos de formação da consciência, a tarefa de fazer seus membros se recordarem das obrigações de solidariedade que precedem o mercado por meio de uma dissolução discursiva de regularidades, e assim também, na medida do possível, de vinculá-los a elas. Se generalizarmos a conexão entre ambos os autores para ainda um passo a mais, chegaremos à ideia de que no interior da economia de mercado podem ser encontrados pontos de apoio de seu controle moral nos lugares onde já se constituíram grupos ou corporações cujo propósito exige que considerem os assuntos dos demais participantes do mercado; quanto mais esse tipo de mecanismo discursivo de assunção de perspectivas estiver consolidado nas transações de mercado, maiores deverão ser as chances de uma consciência cooperativa manter despertas as responsabilidades que se complementam[188].

No entanto, sobretudo Durkheim não se contenta em confiar nos efeitos formadores de consciência dos grupos profissionais sociais, se se trata das possibilidades de uma institucionalização dos princípios de solidariedade pré-contratuais no interior do

---

[188] Encontramos sugestões a essas conclusões em Jens Beckert (*Grenzen des Marktes*, op. cit., cap. vi) e Amitai Etzioni (*The Moral Dimension*, op. cit., parte iii). Na tradição da economia nacional clássica, encontram-se sugestões desse tipo também em John Stuart Mill, que em *Grundsätze der politischen Ökonomie*, já citada aqui, concede às cooperativas um lugar sistemático nas relações comerciais capitalistas: por meio de tais associações são realizados "os melhores objetivos do espírito democrático" no mercado, pois contribuem para que no seio da sociedade se elimine a diferença entre "uma parte capaz de ação e uma que não faz nada, para, assim, fundar todas as diferenças de status nos méritos e esforços pessoais" (ibidem, vol. 2, p. 450). Sobre esses elementos "morais" da economia de John Stuart Mill, cf. também Peter Ulrich/ Michael S. Aßländer (orgs.), *John Stuart Mill: Der vergessene politische Ökonom und Philosoph*, Berna, op. cit., 2006. Além disso, cf. o papel de grêmios, corporações e cooperativas na teoria política dos modernos: Anthony Black, *Guilds and Civil Society in European Political Thought from the Twelfth Century to the Present*, Cambridge, 1984.

sistema de mercado. Durkheim, mais do que Hegel, tem consciência de que as regras desse sistema que, sendo oficiais, ainda não foram moralmente adaptadas, permitiriam que riqueza suficiente fosse concentrada nas mãos de um ator privado, que lhe possibilitasse celebrar contratos coercitivamente a seu bel-prazer; por isso Durkheim prevê, para sua época, uma série de reformas jurídicas que teriam a missão de adequar as normas jurídicas das transações comerciais existentes à consciência, pensada como preexistente, de dependências e obrigações recíprocas. Para expressá-lo na linguagem do reconhecimento social, o alcance das liberdades negativas, sancionadas no mercado, deve ser consideravelmente reduzido para que sejam levadas em conta as exigências de um reconhecimento recíproco entre parceiros de cooperação. Conforme já mencionado, a condição essencial para tal relação de reconhecimento no sistema de intercâmbio mediado pelo mercado é contemplada por Durkheim na realização da plena igualdade de oportunidades, pois se todo participante do mercado tivesse a chance de descobrir e cultivar suas reais capacidades e, para tanto, encontrar o ramo de atividade laboral correspondente no mercado de trabalho, podendo também celebrar o necessário contrato sem qualquer espécie de coerção interna ou externa, ele poderia então se conceber como igual entre iguais na organização social da divisão do trabalho[189]. No catálogo das reformas jurídicas, que Durkheim considerava para que se impusesse igualdade de oportunidades desse tipo, as medidas para impedir o enriquecimento ilícito exercem papel especial, sem falar nas intenções político-educativas. Nesse con-

---

189 Durkheim, Über die Teilung der sozialen Arbeit, op. cit., terceiro livro, cap. II.

texto, não deixa de exigir, por vezes, uma restrição radical do direito à herança, considerando que uma causa essencial das assimetrias de poder na relação contratual se dá pela riqueza não consumida do trabalho real[190].

Porém, essas propostas de reforma de Durkheim não nos devem interessar em suas particularidades, pois se devem muito mais às relações que prevaleciam em sua época; bem mais significativas são as ideias diretrizes que aí se ocultam, já que permitem um retorno à problemática do mercado capitalista proposta por Marx. Assim como Hegel, Durkheim também se mostra convencido de que a esfera de mercado só pode ser compreendida como uma relação "ética", garantidora da liberdade, se ela for descrita como um sistema de atividades econômicas fundamentado em relações de solidariedade anteriores ao mercado; para esse fim, ambos concordam que no acontecer do mercado são constituídos os mecanismos que possibilitam influenciar os participantes individuais a perceber mais intensamente os interesses de outros atores no estabelecimento de seus interesses e, assim, levar em conta os princípios de cooperação subjacentes; em corporações profissionais, que devem reproduzir as cooperações antigas ou guildas medievais, os autores acreditam ter detectado o motivo pelo qual a deliberação no interior dos grupos e as negociações entre eles forçam a adoção recíproca de uma perspectiva que permite reconhecer no outro primeiramente o parceiro de cooperação e não o concorrente. Mas Durkheim não se dá por satisfeito com a comprovação de tais mecanismos discursivos, pois ele observa que contratos injustos e impostos podem se realizar em função

---

190 Cf. sobretudo Beckert, *Grenzen des Marktes*, op. cit., p. 182.

da divisão desigual da riqueza econômica; por isso, ele visualiza reformas jurídicas que devem limitar as dadas liberdades contratuais, que assimetrias desse tipo já não mais possam se dar na coordenação conjunta da divisão do trabalho em sociedade. Assim, no sistema do agir mercadológico chegamos ao ponto em que se instaura a abrangente crítica de Marx ao capitalismo; na tradição que a ele remonta, a qual compõe, ao lado do economismo moral de Hegel e Durkheim, a segunda alternativa à ideologia de mercado dominante, toda possibilidade de uma inserção "ética" do mercado é contestada, já que o mercado não permite o exercício da liberdade negativa a uma enorme parcela da população.

Se agora deixarmos de lado as múltiplas e valiosas compreensões que devemos à análise marxista sobre como os imperativos de lucro capitalista fazem tender à desvinculação, encontraremos em especial duas circunstâncias em torno das quais sua discussão gravita sobre o mercado de trabalho. Tomando uma dessas circunstâncias, Marx questiona se os participantes do mercado que não possuem mercadoria além de sua própria força de trabalho podem estar em condições de igualdade com a outra parte na celebração de um contrato; e é exatamente por isso que ele questiona se sua anuência a condições negociadas deve ser vista como voluntária. Como se não bastasse, ele está convencido de que os detentores dos meios de produção, os capitalistas, com base em sua posição monopolista, dispõem sempre de meios suficientes para ditar aos trabalhadores ou produtores as condições de seu contrato de trabalho[191]. Pela segunda circunstância de que parte Marx, tem-se que não há salário, por mais alto que seja, capaz de

---

191 Cf. Marx, *Das Kapital. Erster Band*, op. cit., p. 181-91 [*O capital*].

compensar o trabalho real dos trabalhadores dependentes, já que esse trabalho é a única fonte da criação econômica de valor; por isso, todos os debates em torno de um preço equitativo ou justo pago à força de trabalho parecerão pura e simples propaganda, destinada a dissimular a circunstância mais profunda de exploração capitalista[192]. Essa segunda objeção à afirmação de uma necessidade de exploração do trabalho "produtivo", inerente ao capitalismo, é hoje questionada pelos próprios marxistas; suas premissas teóricas sobre o valor do trabalho passaram a figurar como altamente questionáveis, pois não há clareza do modo como Marx teria chegado aos critérios de comparação necessários a seu argumento[193]; além disso, a questão sobre por que os trabalhos de prestação de serviços, administração ou produção do saber não desempenhariam papel algum na criação de valores econômicos é nebulosa [194]. Ante o pano de fundo dessas considerações, o enunciado de que toda e qualquer ocupação no modelo capitalista de produção obrigatoriamente contém a "exploração" da própria força de trabalho converte-se em tese puramente empírica; seu teor de verdade mescla-se à questão, não decisiva a princípio, sobre se e por meio de qual dispositivo a participação nos rendimentos econômicos não reinvestidos de uma empresa pode ser reconduzida aos trabalhadores e empregados.

Se deixarmos de lado essa segunda objeção, que Marx dirigiu

---

192 Karl Marx, "Kritik des Gothaer Programms" (1875), in Karl Marx e Friedrich Engels, *Werke*, vol. 19, Berlim, p. 13-32.
193 Sobre isso, cf. como exemplo: Cornelius Castoriadis, "Wert, Gleichheit, Gerechtigkeit, Politik. Von Marx zu Aristoteles und von Aristoteles zu uns", in idem, *Durchs Labyrinth. Seele, Vernunft, Gesellschaft*, Frankfurt am Main, 1981, p. 221-76 [*As encruzilhadas do labirinto*, Rio de Janeiro, Paz e Terra, 2002].
194 A esse respeito, cf. a objeção clássica de Joan Robinson, *Kleine Schriften zur Ökonomie*, Frankfurt am Main, 1968, p. 67-78.

basicamente ao sistema da economia de mercado capitalista, o que se mantém é a grave afirmação de que tal sistema não permite à maior parte da população sequer fazer uso das liberdades negativas inerentes à participação no mercado[195]. Como logo se percebe, nesse argumento entremeiam-se ponderações categoriais e empíricas que não são fáceis de deslindar. Toca-se no aspecto categorial da questão quando se pensa o que pode valer como pressuposto abrangente para o exercício da liberdade contratual. Uma vez que aí certamente deve estar implicada a condição de se poder rejeitar um contrato oferecido, Marx conclui, da ausência de alternativa para o trabalhador assalariado, que sua sobrevivência deve ser garantida de outro modo que não a venda de sua força de trabalho, que configura sua não liberdade real: mesmo a liberdade elementar do sistema de mercado capitalista — o direito de celebrar contratos ao sabor de seu próprio crivo — não pode ser reivindicada pelos assalariados, pois lhes falta a possibilidade de recusa, por motivo de pura e simples sobrevivência. No entanto, a reflexão com a qual Durkheim pretendeu fundamentar por que nas economias de mercado é necessária uma aproximação pré-contratual das circunstâncias econômicas de vida procurava de fato dar conta dessa circunstância do caráter estruturalmente impositivo dos contratos, em razão da falta de alternativas econômicas: "Quando uma classe da sociedade é forçada a vender seus serviços a qualquer preço para sobreviver, enquanto a outra não precisa de nada disso graças a seus recursos sociais, que não residem necessariamente em alguma superio-

---

195 Sobre as reformulações atuais dessa tese, cf. Samuel Bowles, "What Markets Can and Cannot Do", in *Challenge*, jul./ago., 1991, p. 11-6; Gerald A. Cohen, "The Structure of Proletarian Unfreedom", in *Philosophy and Public Affairs*, 12, 1983, p. 3-33.

ridade social, esta última exerce um poder de maneira injusta. Em outras palavras: não existem pobres e ricos por nascimento sem que haja contratos injustos"[196]. Tampouco Marx conseguiu formular de modo convincente a ideia de que contratos de trabalho conduzidos pela pressão da sobrevivência não deveriam valer como acordos que satisfariam ao critério de anuência voluntária e, assim, à liberdade negativa; a diferença está apenas no fato de Marx considerar essas condições coercitivas inevitáveis no seio do sistema de mercado, enquanto Durkheim, ao contrário, mostrou-se convencido de que relações contratuais livres de coerção, a princípio, estão sob as mesmas condições, institucionalizáveis. Desse modo, a questão aqui em debate assume traços empíricos: não é possível decidir de antemão se no interior das economias de mercado capitalista é possível estabelecer as condições sociais de uma liberdade geral de contrato, mas isso precisa ser revisado num processo de reformas implementadas com esse propósito.

Se ainda considerarmos que, no momento, as alternativas praticáveis ao meio de controle econômico do mercado não são reconhecidas, algo sugere que os inconvenientes esboçados por Marx em sua crítica ao capitalismo se traduzem no horizonte de pensamento inaugurado por Hegel e Durkheim: nem o problema da exploração, nem o dos contratos coercitivos devem ser entendidos como déficits estruturais, suprimidos apenas fora da economia de mercado capitalista, mas como desafios assumidos, em última instância, por sua própria promessa normativa, razão pela qual só podem ser enfrentados nela própria. Só mesmo a tradição de um economismo moral iniciada por Hegel e conti-

---

[196] Durkheim, Über die Teilung der sozialen Arbeit, op. cit., p. 426.

nuada por Durkheim proporciona a garantia de uma perspectiva teórica na qual se pode chegar a descrever sistematicamente aqueles inconvenientes como desvios de um conjunto de exigências que subjazem ao sistema de mercado. Para isso, seria necessário mais do que uma terminologia dos planos de ação de indivíduos que maximizam o lucro individual por meio de uma negociação oculta, pois junto com as transações econômicas deve sempre se ver em que medida expectativas intrínsecas de uma cooperação solidária são atreladas a elas. Hegel, Durkheim e seus sucessores esboçaram esse ponto de vista moralmente ampliado, mas se recusaram a conceber os processos do mercado em conceitos de coordenação econômica bem-sucedida; parece-lhes muito mais natural mensurar se os processos de intercâmbio satisfazem às demandas, impostas pelos próprios participantes, de permitir uma vida coletiva e cooperativa. Se a esfera de mercado é assim descrita, tem-se a exigência de nela acomodar magnitudes morais como os sentimentos de injustiça, os mecanismos discursivos e as normas de justiça; essas grandezas assumem descritivamente, então, o papel de indicadores com os quais se tem caracterizado até que grau os princípios de solidariedade subjacentes já estão realizados.

Para a questão, que aqui nos serve de fio condutor, sobre como associar uma reconstrução normativa no seio da economia de mercado existente hoje, para poder divisar princípios institucionalizados de liberdade social, a busca de exposição de uma tradição teórica até então empreendida conduziu assim a um resultado inequívoco: somente à medida que nos atermos à imagem da esfera de mercado desenvolvida por Hegel e Durkheim estaremos em condições de aplicar às relações econômicas as exigências normativas das sociedades democráticas liberais, as quais podem ser entendidas como imposições geralmente aceitas de liberdade social. Por conseguinte, em nossa reconstrução normativa deveríamos proceder procurando descobrir, de modo idealizante, o caminho que, sob a pressão de movimentos sociais, protestos morais e reformas políticas, possa conduzir a uma realização progressiva dos princípios da liberdade social que subjazam a essa liberdade e garantam a sua legitimação. Na condição de mecanismos institucionais — por cuja construção devemos zelar mais do que tudo, pois eles servem à implementação dessas ideias regulativas —, segundo o que já foi dito, eles devem comprovar, por um lado, os processos discursivos de regulação de interesse e, por outro, o processo de consolidação jurídica da igualdade de oportunidades. De acordo com isso, se sempre foi possível identificar os progressos normativos na esfera do mercado capitalista quando tais mecanismos puderam ser estabelecidos de maneira bem-sucedida, as anomalias normativas, ao contrário, só puderam se estabelecer quando institucionalizações desse tipo, apesar da pressão pública, ou ficaram tempo sem aparecer, ou foram eliminadas.

Com essa mudança de direção de nossa reconstrução normativa, portanto, com sua orientação pelo modelo do economismo moral, certamente corremos o risco de sermos criticados por idealizações inadmissíveis, pois nada parece mais inverossímil à sociologia e à teoria da economia de nosso tempo, uma vez que a condução da integração do mercado se alimenta fundamentalmente de compreensão normativa, que se baseia na ideia de liberdade não negativa, mas comunicativa. Certamente, desde sempre os teóricos de economia de orientação marxista, por um lado, e os economistas neoclássicos, por outro, têm suas dúvidas quanto à ideia de que o acontecer mercadológico deve ser entendido, de modo muito geral, como uma satisfação de exigências de legitimidade; de sua perspectiva, os processos de trocas de limitações funcionais — seja do aproveitamento do capital, seja da maximização de ganhos — devem ser intensos a ponto de não se poder falar numa normatividade interna do ordenamento econômico capitalista ou moderno. Mas com os processos de globalização econômica, do qual hoje quase nenhum segmento do mercado é excluído, é indubitável que aqueles processos de trocas repentinamente recobraram novas forças, de modo que amplos setores das ciências sociais estão hoje sob sua influência; e em razão da internacionalização dos mercados, as coerções funcionais, se já antes não eram negadas por ninguém, pareceram ter adquirido, de uma só vez, peso tão grande que se considera completamente impossível voltarem a se adaptar ao horizonte de legitimação do ordenamento econômico. Por isso, no campo nas disciplinas correspondentes, em toda parte se verá, com ares de irritante triunfalismo, a tendência a descrever o moderno ordenamento de mercado como "sistema sem normas", como um acontecer anônimo que a si mesmo se entrelaça, destituído de todo e qualquer acordo normativo. Os imperativos funcionais, aos quais facticamente estão sujeitas as decisões econômicas, tornam-se completamente isolados das expectativas de sentido e legitimação dos que tomam parte no mercado, como se suas reações normativas, em forma de dúvidas sobre si próprias, sentimentos de injustiça, expectativas e atribuições de papéis não fossem partes do acontecer do mercado. Como consequência da separação entre facticidade e valor, também se deixa de entender que os interesses econômicos são passíveis de conformação e abertos a interpretações, de modo que mesmo os processos de mercado podem conter mecanismos discursivos de adoção de perspectivas; que nos processos de intercâmbio também tomam parte atores coletivos, cujas intenções não podem ser descritas simplesmente como soma de orientações individuais para o lucro individual, mas podem implicar, por fim, que a economia globalizada ainda está sempre sob a exigência, oficialmente legalizada, da igualdade geral de oportunidades. Contra as tendências assim delineadas de redução e unilateralidade, impõe-se a tentativa de, em associação à tradição do economismo moral, reconstruir a economia de mercado atual de maneira normativa considerando-se quais pontos de inserção e quais conformações institucionais de realização da liberdade social nela se encontram. Ao fazê-lo, devemos nos concentrar, sobretudo, nos mecanismos discursivos e nas reformas jurídicas, pois assim o desdobramento dos princípios de solidariedade que lhe subjazem podem sempre chegar à materialização mais evidente.

Quase já não é preciso indicar que em tal reconstrução a apresentação de anomalias, medidas sempre por princípios de legitimação pressupostos, ocupará espaço mais amplo que o das evoluções positivas.

b) Esfera do consumo

A rápida disseminação da economia de mercado capitalista em muitos países da Europa Ocidental no século XX pode ser explicada, em grande medida, pela tese sociológico-religiosa de Max Weber. Segundo ela, o terreno motivacional para a necessária disposição à divisão do trabalho e à autodisciplina foi preparado por alguns correntes do protestantismo, que associavam a esperança em ter sido escolhido pela graça divina à precondição de satisfação individual de todas suas obrigações profissionais[197]. Foi somente nas últimas décadas que, a partir de uma série de estudos em sociologia econômica, em oposição a essa postura, chegou-se à conclusão de que o desenvolvimento de uma nova cultura de consumismo exerceu importante papel na dinamização da esfera do mercado. Essa cultura começou a se estabelecer já na Inglaterra do século XVIII[198]. Como sempre acontece, o rápido crescimento nas necessidades de consumo foi o indicador da modernidade social, independentemente de ele poder ser remetido a raízes religiosas[199] ou explicado apenas pela remissão ao desejo crescente de autenticidade pessoal[200]. A esse respeito, o que certamente se pode dizer é que tanto o rápido crescimento quanto a legitimação social do mercado capitalista deveram-se, em ampla medida e desde o início, à sua aparente capacidade de informar as empresas, como em tempo real, sobre quais bens impeliriam o consumidor "privado" a uma demanda maior. Não por acaso, é por isso que Hegel inicia sua exposição sobre a economia de mercado com um capítulo sobre o "sistema das necessidades", que ele entende como uma satisfação acelerada

---

[197] Max Weber, "Die protestantische Ethik und der Geist des Kapitalismus", in idem, *Gesammelte Aufsätze zur Religionssoziologie*, Tübingen, 1972, p. 17-206.

[198] A título de exemplo: Neil McKendrick, John Brewer e Jack H. Plumb, *The Birth of a Consumer Society: The Commercialization of Eighteenth-Century England*, 1982.

[199] Cf. Colin Campbell, *The Romantic Ethic and the Spirit of Modern Consumerism*, Oxford, 1987; a esse respeito, cf. também a minha contribuição, "Wurzeln des Hedonismus", in *Desintegration. Bruchstücke einer soziologischen Zeitdiagnose*, op. cit., p. 39-47.

[200] Cf., entre outros, Charles Taylor, *Das Unbehagen and der Moderne*, Frankfurt am Main, 1995.

pela concorrência econômica das necessidades individuais, que, diferenciando-se cada vez mais, passaram a superar amplamente o necessário para viver[201]. A imagem com que Hegel caracteriza essa esfera do consumo privado mediada pelo mercado certamente parecerá quase idílica se comparada com a que se desenvolveu desde então; com efeito, hoje se sabe que, na maioria das vezes, é a "mentalidade" que determina o que deve valer como necessidade a ser satisfeita por bens, mas o que se quer ressaltar é que ali já se fala na tendência "dos ingleses" em converter o conceito do "comfortable" numa classe quase infinita de novas aspirações[202]. Para Hegel, porém, toda essa "multiplicação" está associada à base natural, ao "comer, beber, vestir-se etc."[203].

Com essas reflexões sobre o "sistema das necessidades", Hegel, com muito mais vigor que seus contemporâneos, toma consciência de que, com o paulatino estabelecimento da economia de mercado, surge outra dimensão da nova forma de liberdade individual, que, como sistema de práticas até então desconhecidas, deve passar a codeterminar de maneira decisiva a cultura das sociedades modernas: por meio das possibilidades que lhes são abertas à compra individual pelo mercado de bens, os sujeitos aprendem a se entender como consumidores, livres para formar suas vontades pessoais e, assim, a sua identidade, pela via da busca hedonista e pela aquisição satisfatória de mercadorias. O consumismo, termo que mais tarde passou a ser empregado de forma cada vez mais negativa, é tratado por Hegel inicialmente como uma síndrome de atitude, na qual se manifesta um marcado avanço no estabele-

---

201 Hegel, *Grundlinien der Philosophie des Rechts*, op. cit., § 184-95.
202 Ibidem, § 191 (a referência "aos ingleses" encontra-se na nota).
203 Ibidem, § 189 (nota).

cimento institucional da liberdade individual[204]. De maneira mais nítida do que em muitos de seus seguidores, Hegel tem diante dos olhos a esfera inteira do consumo mediado pelo mercado, uma vez que em todo "pulular do arbítrio"[205] trata-se de uma relação intersubjetiva de "reconhecimento"[206]; assim como antes, com Adam Smith, bastante rigoroso a esse respeito[207], Hegel também insiste que os interesses de consumidores e produtores ou as atividades remuneradas engrenam-se mutuamente, já que sua satisfação só se faz possível na reciprocidade[208]. Hegel chega a ir mais longe ao falar da necessidade de um "orientar a si pelo outro", pois ambas as partes devem considerar o "modo de pensar" ou as intenções de ação de cada outra para poder realizar seu objetivo, seja consumir ou produzir[209]. Assim sendo, para o autor da *Filosofia do direito*, o mercado de bens evidencia como tais determinações consistem num meio abstrato de reconhecimento, que possibilita a realização da liberdade individual coletiva por meio de atividades complementares; os consumidores reconhecem as atividades assalariadas como as que lhes possibilitam a satisfação de suas necessidades, e, no sentido inverso, tal satisfação garante àqueles a obtenção de seu meio de vida. Para Hegel, o consumidor nada tem de um ator "soberano", que decide sobre suas preferências em completo isolamento, mas ele é um participante do mercado

---

204 Essa ideia da nova liberdade recém-adquirida reflete-se ainda no excelente artigo de Peter N. Stearns, que proporciona uma visão panorâmica: idem, "Stages of Consumerism. Recent Work on the Issues of Periodization", in *The Journal of Modern History*, 69, 1997, n. 1, p. 102-17.
205 Hegel, *Grundlinien der Philosophie des Rechts*, op. cit., § 189 (nota).
206 Ibidem, § 192.
207 Smith, *Untersuchung über Wesen und Ursachen des Reichtums der Völker*, op. cit., p. 645.
208 Hegel, *Grundlinien der Philosophie des Rechts*, op. cit., § 192.
209 Ibidem, § 192 (nota).

desejoso de reconhecimento, que se mantém sempre consciente de sua dependência da indústria produtora.

Certamente, em Hegel existem muito poucas indicações de medidas que poderiam ser ativadas se essa relação de reconhecimento entre consumidores e produtores, mediada pelo mercado, estivesse ameaçada em suas articulações; é bem verdade que com "polícia" ele já visualiza um órgão público ao qual é permitida a limitação da "liberdade de indústria" em favor de um preço acessível e de uma garantia da qualidade do produto[210], mas ao mesmo tempo desconhece quaisquer mecanismos institucionais que pudessem proteger os consumidores de alguma distorção de suas necessidades ou da tentativa de influenciá-las. Isso é tanto mais espantoso se for considerado que Hegel, no entanto, é clarividente o bastante para antever historicamente o surgimento de tal perigo; tanto que, em passagem visionária, ele afirma que determinadas necessidades dos consumidores poderiam também "ser produzidas por aqueles que obteriam lucro com seu surgimento"[211], e em outro momento diz que não seria menos astucioso se no futuro necessidades desse tipo pudessem ser direcionadas "a se fazer notar por um preço"[212].

São essas duas possibilidades sugeridas por Hegel, a da manipulação de necessidades por parte das empresas e a do consumo ostentatório, criador de distinções, que se tornam realidade já logo após sua morte e assim transformam consideravelmente a esfera inteira do mercado de bens. Se no século XVIII os interesses de consumo das camadas abastadas, ou seja, de um pequeno cír-

---

210 Ibidem, § 236.
211 Ibidem, § 191 (nota).
212 Ibidem, § 193.

culo que podia realizar dispêndios para além das que satisfariam suas necessidades vitais, estavam relacionados ao aumento da qualidade da experiência das ações cotidianas, no decorrer do século seguinte esses dispêndios passaram a se orientar com muito mais força pela comprovação do status, pela delimitação simbólica e pelo cultivo da própria imagem. Só então é que paulatinamente surgiu o que Thorstein Vebel, em 1899, chamou de "consumo demonstrativo" e Pierre Bourdieu, oitenta anos depois, de "diferenciação simbólica"[213].

Um olhar mais vivo sobre as alterações resultantes desses processos para toda a esfera do consumo é mais uma vez proporcionado pelos numerosos romances que se ocuparam do tema naquele período; desde *Feira das vaidades*, de Thackeray, passando pelo ciclo de romances dedicado à família Rougon-Macquart, de Zola, até *A comédia humana*, de Balzac, é sempre em novas versões que se descrevem as maneiras pelas quais a produção de bens de luxo era impulsionada no século XIX, à medida que a burguesia cultivava um interesse quase ilimitado pela estilização expressiva de pequenas diferenças e status[214]. Mas os processos aqui descritos, que se estende gradativamente com o aumento geral do bem-estar para o restante da população, constituem uma das duas transformações pressentidas por Hegel; a outra é consequência de um processo de aprendizado pelo qual as empresas produtoras de mercadorias passam a imaginar que,

---

213 Thorstein Veblen, *Theorie der feinen Leute. Eine ökonomische Untersuchung der Institutionen* (1989), Colônia, 1938; Pierre Bourdieu, *Die feinen Unterschiede. Kritik der gesellschaftlichen Urteilskraft*, Frankfurt am Main, 1982 [*A distinção: crítica social do julgamento*, São Paulo/Porto Alegre, Edusp/Zouk, 2007].

214 Para o tratamento do consumo de luxo nos romances do século XIX, cf., por exemplo, Alain de Botton, *The Romantic Movement. Sex, Shopping and the Novel*, 1994 [*O movimento romântico. Sexo, consumo e o romance*, Rio de Janeiro, Rocco, 1998].

em se valendo de procedimentos de manipulação, podem influir nas necessidades dos consumidores. O primeiro emprego de técnicas de propaganda, cuja tarefa foi revestir as mercadorias de significados que, para incentivar as vendas, tivessem cunho social ou psicológico, situa-se cronologicamente na época em que nas grandes cidades surgiam casas comerciais, galerias de lojas, imprensa de massa, colunas Litfass*, meios públicos de consumo; os artigos ali oferecidos já não mais requerem referências feitas, sobretudo, à sua "comodidade" ou ao seu "conforto", em última instância, portanto, às suas qualidades funcionais, mas a propriedades que lhes confeririam lugar numa atmosfera de sonho, proporcionando ao adquirente uma imagem, sonhada ou realizada, de seu próprio status social[215]. Entre esse ponto de partida e as enormes divisões mercadológicas das grandes corporações do século XX haveria ainda um longo caminho, mas a direção tomada já está estabelecida nesses primeiros usos das técnicas de publicidade: as necessidades dos consumidores, a começar pelas das camadas mais abastadas, logo se aproxima de quase toda a população, sendo assumidas como objeto cujo uso é cada vez mais afetado por métodos profissionalizados, com o intuito de acelerar a passagem ao grau de bens produzidos de maneira padronizada e evitar o risco de uma superprodução capitalista.

No entanto, os processos de cientificização dos métodos de estímulo das necessidades, por um lado, e de diferenciação crescente dos interesses de consumo garantidores de status, por outro, são

---

[215] Cf., como exemplo, Rosalind H. Williams, *Dream Worlds. Mass Consumption in Late Nineteenth-Century France*, Berkeley, 1982.

* Colunas utilizadas exclusivamente para a colagem de anúncios publicitários. Elas são conhecidas por esse nome graças a Ernst Litfass, que trouxe a novidade da França em 1854, e, até hoje, fazem parte do cenário urbano das cidades alemãs. (N. E.)

apenas um pequeno extrato das múltiplas alterações que as esferas institucionais do consumo mediado pelo mercado vivenciaram desde a época de Hegel. Apesar da exigência normativa de que esse sistema, desde o início, abastecesse rapidamente a população de todos os bens essenciais à vida, graças à rápida reação das empresas aos sinais de demanda ascendente, viu-se desde cedo um fracasso de consequências desastrosas ante os desafios que se apresentavam. Uma vez que investimentos na produção de alimentos acessíveis, peças do vestuário e habitações frequentemente não se mostravam suficientemente rentáveis, durante todo o século XIX surgiram déficits de abastecimento cada vez maiores, afetando camadas desprovidas do proletariado num grau que hoje quase não se pode imaginar[216]. Consequências disso foram os frequentes levantes e convulsões sociais, nos quais os afetados reclamavam seu direito de, na condição de consumidores, serem abastecidos de bens fundamentais compatíveis com seus meios financeiros[217]. Com o intuito de não reduzir o mercado às transações econômicas em sentido estrito, essas "revoltas do pão" e boicotes a bens tinham de se autoclassificar como reações morais ao acontecer na esfera de consumo mediado pelo mercado. Consumidores e produtores contrapõem-se aqui não apenas nos papéis dos que demandam e dos que oferecem, mas se relacionam entre si por meio de interações muito mais complexas, entre as quais se contam a oposição

---

216 A título de exemplo, cf. Friedrich Engels, "Die Lage der arbeitenden Klasse in England", in Karl Marx/Friedrich Engels, *Werke*, vol. 2, p. 225-506, Berlim Oriental, 1972.

217 Mais uma vez, apenas a título de exemplo: John Stevenson, "Food Riots in England, 1792-1818", in Roland Quinault e John Stevenson, *Popular Protests and Public Order. Six Studies in British History, 1790-1920*, Oxford, 1974, p. 33-74; Manfred Gailus e Heinrich Volkmann (orgs.), *Der Kampf um das tägliche Brot. Nahrungsmangel, Versorgunspolitik und Protest 1770-1990*, Opladen, 1990.

normativa, o boicote ao consumo e o protesto[218]. Um olhar atento revela que, com tais atitudes, os consumidores querem lembrar aos produtores que eles estão obrigados a uma relação de reconhecimento instituída pelo mercado, e essa relação, nas palavras de Hegel, exorta a considerar, em certa medida, a intenção da contraparte. Mas, se em razão da obstinação dos interesses de lucro capitalista era apenas raramente que se podia chegar a tal consideração, por movimentos de protesto, desde muito antes da criação do Estado social as autoridades governamentais se obrigavam, não raro, a intervir em favor de preços acessíveis para os alimentos — a interceptação dos mecanismos de mercado, visando garantir o abastecimento de produtos básicos à população, estava na ordem do dia na Europa do século XVIII e princípio do XIX[219].

No entanto, já no próprio século XIX as reações morais dos consumidores não diziam respeito apenas à questão dos preços que podem ser considerados legítimos para bens de uso elementar; na verdade, elas se voltavam até mesmo à questão de certos bens deverem ou não ser levados ao mercado e de onde estariam as fronteiras de um consumo considerado socialmente aceitável. A ideia de que consumidores tomam suas decisões de compra de maneira "soberana", tão somente para a maximização de seu proveito individual, já à época se mostrava questionável; afinal, desde o início as ponderações de não poucos compradores foram

---

[218] A esse respeito, sempre se faz alusão sobretudo a Albert O. Hirschman, com referência à esfera de consumo, com sua diferenciação entre "voice" e "exit", entre compromisso moral e saída: idem, *Engagement und Enttäusschung. Über das Schwanken der Bürger zwischen Privatwohl und Gemeinwohl*, Frankfurt am Main, 1984, sobretudo cap. IV.

[219] Cf., como exemplo: Wolfgang Stromer von Reichenbach, "Verbraucherschutz in der Vergangenheit", in Erwin Dichtl (org.), *Verbraucherschutz in der Marktwirtschaft*, Berlim, 1975, p. 97-112, sobretudo p. 106 s.

influenciadas por tradições éticas das mais diferentes proveniências, que limitavam de modo considerável o que podia ser considerado objeto que legitimamente podia ser adquirido financeiramente no mercado[220]. Por isso, no decorrer de todo o século XIX, às vezes se exercia um boicote ao consumo mediante movimentos que, geralmente por motivação moral, manifestavam sua discordância com a incitação virtualmente incontrolável de sempre novos interesses para os compradores[221]. Ainda que havia, raramente, no primeiro plano público da política toda uma série de debates acerca de quais objetos deveriam ser introduzidos no mercado, de maneira que pudessem ser comprados a qualquer momento — os exemplos mais conhecidos são os alentados debates sobre a questão de se poder tratar com legitimidade o álcool ou os serviços sexuais de mulheres como "mercadorias" numa arena de trocas[222]. No século XIX, como bem evidenciavam todas as tendências, a esfera do consumo mediada pelo mercado

---

220 Daniel Horowitz, *The Morality of Spending. Attitudes toward the Consumer Society in America, 1875-1940*, Londres, 1985; cf. também as indicações de oposições culturais contra o consumo de luxo já no século XVIII em Hirschman, *Engagement und Enttäuschung*, op. cit., p. 57 s.

221 A título de exemplo, cf. Noel Thompson, "Social Opulence, Private Ascetism: Ideas of Consumption in Early Socialist Thought", in Martin Daunton e Matthew Hilton (orgs.), *The Politics of Consumption: Material Culture and Citizenship in Europe and America*, Oxford, 2001, p. 51-68.

222 Os debates sobre a legitimidade da prostituição começaram desde cedo, com Bernard Mandevilles, *A Modest Defence of Publick Stews: or, and Essay upon Whoring*, de 1724 (em alemão: *Eine Bescheidene Streitschrift für Öffentliche Freudenhäuser oder Ein Versuch über die Hurerei*, Munique, 2001); sobre os debates e discussões no século XIX, cf., entre outros, Regina Schulte, *Sperrbezirke. Tugendhaftigkeit und Prostitution in der bürgerlichen Welt*, Frankfurt am Main, 1979, sobretudo cap. I; Sabine Kienitz, *Sexualität, Macht und Moral. Prostitution und Geschlechtsbeziehungen Anfang des 19. Jahrhunderts in Württemberg*, Berlim, 1995; Larry Whiteaker, *Seduction, Prostitution, and Moral Reform in New York, 1830-1860*, Nova York/Londres, 1997. Sobre discussões e debates sobre a legitimidade da mercantilização do álcool, cf. Alfred Heggen, *Alkohol und bürgerliche Gesellschaft im 19. Jahrhundert. Eine Studie zur deutschen Sozialgeschichte*, Berlim, 1988.

não encontrava espaços isentos de normas, com atores a atuar por um cálculo racional com vistas a fins; porém, esses debates morais entabulados entre consumidores e produtores careciam amplamente de mecanismos discursivos que poderiam ajudar a fazer dos temas abordados assuntos realmente públicos.

Todavia, os primeiros mecanismos desse tipo, isto é, com traços de uma "socialização" do mercado de consumo, começaram a aparecer de forma unilateral na Inglaterra, onde, sob a pressão das relações econômicas, as camadas mais pobres adquiriam meios de autossuficiência, tornando-se assim cooperativas de consumo; exceção feita às ideias de Richard Owen, a quem Karl Polanyi, em sua *A grande transformação*, rendeu grande homenagem[223] em 1844, fundou-se uma primeira associação de consumidores, na qual se uniam trabalhadores, artesãos e camponeses, a fim de coletivamente adquirir bens de uso diário, em grandes quantidades, para na sequência, segundo princípios de equidade, dividi-los entre os membros mediante pagamento[224]. O exemplo inglês logo fez escola, e em algumas décadas surgiam em toda a Europa Ocidental inúmeras cooperativas de consumo, as quais, por meio da divisão justa de mercadorias em grandes quantidades, visavam proteger seus membros das tendências ciclicamente crônicas de aumento excessivo e abusivo de preços; como o seu equivalente, as corporações de Hegel ou as cooperativas de produção que vieram depois eram também escolas da socialização moral,

---

223 Polanyi, *The Great Transformation*, op. cit., entre outras, p. 230-63. Sobre os experimentos iniciados por Owen, John Stuart Mill também faz referência, ao destacar o significado das cooperativas de consumo e trabalho para a integração social do mercado capitalista: idem, *Grundrisse der politischen Ökonomie*, op. cit., livro IV, cap. 7.
224 Sobre as ideias de Robert Owen, cf. Erwin Hasselmann, *Robert Owen. Sturm und Drang des sozialen Gewissens in der Frühzeit des Kapitalismus*, Hamburgo, 1959.

nas quais se ensaiava publicamente burlar as estratégias de lucro capitalistas possibilitadas pelo mercado[225]. As tentativas de uma socialização da esfera de consumo desse tipo, ou seja, vindas "de baixo", não só não foram reprimidas pelo mercado de bens como passaram a ser consideradas úteis aos interesses coletivos, vindo a ser frequentes também na primeira metade do século XX; em compensação, o fato de hoje desempenharem um papel apenas marginal deve ser aqui registrado como primeiro sinal de uma anomalia da economia de mercado capitalista.

Que o sistema de consumo doméstico mediado pelo mercado constitui uma esfera normativa altamente sensível, incapaz de simplesmente se desligar da promessa legitimadora de uma satisfação coletiva de todas as necessidades "privadas", as quais não se deixam estagnar pelo intercâmbio econômico, é algo que no século XIX se evidencia não apenas pelas reações morais dos consumidores, mas também pelas medidas de regulação do Estado em relação aos produtores. Certamente, essas intervenções diferem de um país para outro — já na época existia o que hoje se chama de *"varieties of capitalism"*[226] —, mas as linhas fundamentais comuns não são difíceis de reconhecer. O próprio mercado, considerado não mais que um meio de coordenação do agir econômico criador de informação, não dispunha de quaisquer instrumentos para normativamente influenciar o comportamento dos que dele tomam parte; daí termos toda a série de

---

225 Para uma visão geral, Helmut Faust, *Geschichte der Genossenschaftsbewegung: Ursprung und Aufbruch der Gnossenschaftsbewegung in England, Frankreich und Deutschland sowie ihre weitere Entwicklung im deutschen Sprachraum*, Frankfurt am Main, 1965.

226 Cf. Peter A. Hall e David Soskice (orgs.), *Varieties of Capitalism. The Institutional Foundations of Comparative Advantage*, Oxford/Nova York, 2001.

restrições e regulações que, apesar de terem sido conferidas no momento de sua institucionalização social, são entendidas como materializações de seus fundamentos de legitimação pré-contratuais. Nas atividades intervencionistas que Hegel antevê para o órgão da "polícia" a mediar Estado e mercado, esses princípios normativos começam a ser esboçados, uma vez que suas tarefas administrativas, como já mencionamos brevemente aqui, não deviam remeter a um vigiar da juridicidade das transações econômicas e a um preparo da infraestrutura necessária para as relações econômicas, mas à inclusão de medidas para a proteção do consumidor — pensada aqui sob a forma dos controles de qualidade regularmente implementados e incidentes sobre todas as mercadorias à venda e da contínua supervisão do ofertante que estiver propenso a exercer uma prática abusiva de preços[227]. Tais dispositivos de segurança não são pensados por Hegel como algo destinado a repetir de fora para dentro o que já se exerce no mercado de bens de consumo; em vez disso, e em harmonia com seu economicismo moral, ele parte da base de que aquelas ativam mecanismos normativos pertencentes à própria realidade institucional do mercado. Se pensarmos em seu enunciado segundo o qual "a liberdade da indústria e do comércio [...] não deve ser do tipo que ponha em risco o bem comum"[228], teremos em mãos um fio condutor de fácil idealização mas de pouca utilidade para reconstruir normativamente as intervenções do Estado na esfera

---

[227] Hegel, *Grundlinien der Philosophie des Rechts*, op. cit., § 236. Sobre a influência de Hegel nas ideias de proteção ao consumidor, cf. Rolf Geyer, *Der Gedanke des Verbraucherschutzes im Reichsrecht des Kaiserreiches und der Weimarer Republik (1871-1933): Eine Studie zur Geschichte des Verbraucherrechts in Deutschland*, Frankfurt am Main, 2001, p. 152-6.

[228] Hegel, *Grundlinien der Philosophie des Rechts*, op. cit., § 236 (nota).

do consumo durante o século XIX.

Uma proteção ao consumo como a que é corrente hoje, mensurada segundo princípios de legitimação fundadores do mercado e que ainda é muito escassa, não existia no contexto do século XIX; foi só ao final desse século que surgiram as primeiras tentativas, ainda rudimentares, de uma política social ou econômica destinada a atuar em auxílio dos membros das camadas mais pobres em seu papel de consumidores, garantindo a eles um apoio jurídico à aquisição de habitação e vestuário. Se considerarmos o caso da Alemanha, já no código industrial da Prússia havia uma série de regulações jurídicas passíveis de ser entendidas como elementos de proteção de grupos de consumidores considerados participantes mais fracos do mercado; mas esses dispositivos ainda não estavam fortemente associados a motivos de "certificação policial" de tipo geral, pois deveriam servir ao objetivo de uma purificação do acontecer mercadológico de intenções e ações "pouco sérias"[229]. Portanto, exceção feita a tais enclaves, para os quais a definição de função da "polícia" de Hegel é um bom exemplo, nos países ocidentais da Europa houve, na primeira metade do século XIX, uma liberalização dos mercados tão radical, que apenas raramente se podia falar em intervenção do Estado em favor dos interesses dos consumidores; mal tinham sido eliminados os últimos restos de um bem-estar social pré-capitalista na Inglaterra dos anos 1830, como evidencia Polanyi no capítulo correspondente de sua *Grande transformação*[230], e já não existiam mais disposições de proteção que pudessem vir em

---

[229] A título de exemplo, cf. Geyer, *Der Gedanke des Verbraucherschutzes im Reichsrecht des Kaiserreiches und der Weimarer Republik* (1871-1933), op. cit, p. 141.

[230] Polanyi, *The Great Transformation*, op. cit., p. 124-46.

socorro das classes desfavorecidas com o abastecimento dos bens de subsistência mais elementares. Isso só mudou, como se pode ler no estudo de Polanyi, quando, em reação à crise econômica desencadeada em 1873, de consequências catastróficas para uma imensa parte da população na Europa Ocidental e Central, formaram-se forças políticas de matizes diferentes, exercendo pressão com o objetivo de administrar as crises mediante intervenção do Estado no setor econômico[231]. Ainda que as relações econômicas na Inglaterra vitoriana, na França da Terceira República, na Prússia de Bismarck e no Império Habsburgo fossem muito diferentes, a partir da década de 1880 difundia-se por todos esses países um período de legislação limitadora do mercado, em cujo centro havia reivindicações em saúde pública, seguridade social, proteção ao trabalho e bem comum. À sombra das reformas assim lançadas surgia então, pela primeira vez, uma forma de ação do Estado que pode ser entendida no sentido contemporâneo de proteção ao consumidor.

Entretanto, nesses primórdios da proteção legal, que devia resguardar os consumidores contra o mercado, ainda não se tinha, de modo geral, o que veio a se entender como essência de uma esfera do direito nova, originária; pesava muito mais a tendência a entender tais regulações no contexto de uma revisão dos códigos industriais tradicionais, que se revelaram antiquados em face da crise econômica[232]. Mas já se podia discernir, quanto aos argumentos que se produziam, à época, nas discussões par-

---

231 Ibidem, p. 190-208.
232 Sobre isso, com um olhar sobre sua evolução no Segundo Reich alemão: Geyer, *Der Gedanke des Verbraucherschutzes im Reichsrecht des Kaiserreiches und der Weimarer Republik (1871-1933)*, op. cit., parte II, em especial p. 9 s.

lamentares em favor de uma proteção do consumidor em seu núcleo, todas as reflexões que mais tarde conduziriam a um direito do consumidor mais ou menos autônomo. As correspondentes fundamentações partiam quase sempre da concepção de que o grupo de consumidores privados, como um todo, necessitava de uma proteção jurídica especial, pois se via impotente diante das expropriações e maquinações de "estabelecimentos industriais questionáveis"[233]; sem dizer expressamente, de um só golpe punha-se em questão a ideia, até hoje tão disseminada, de que os consumidores, por meio de suas decisões de compras individuais, em ampla medida ditam as decisões de compra individuais do acontecer no mercado. Ao contrário disso, pela primeira vez o consumidor era visto também "oficialmente" como o elo mais fraco e submetido de forma estrutural nas relações de troca, afinal ele estava sempre sob o risco de ser expropriado por desinformações intencionais e ações manipuladoras das empresas. Quanto a essa questão, uma posição especialmente radical e visionária era assumida no Segundo Reich alemão pelos "socialistas de cátedra", que, como representantes da escola historicista alemã de economia, eram influenciados pelo economismo moral de Hegel. Como demonstram as pertinentes ponderações de Gustav Schmoller, eles tinham a firme convicção de que é em razão dos consumidores notoriamente incultos e conscientemente relegados à ignorância que não se pode abrir mão de um ordenamento jurídico nacional; não fosse por eles, as transações privadas poderiam se dar sem nenhum controle do

---

233 Ibidem, p. 10; a expressão "estabelecimento industrial questionável" é do ali citado deputado do Reichstag Johannes Miquel.

"público"²³⁴. Pelos argumentos dos socialistas de cátedra, a proteção ao consumidor surge aqui subitamente ao modo de uma alavanca, com a qual se conseguiria fazer atentar publicamente, pela via jurídica, para o caráter "justo" das negociações realizadas no mercado; não teria sido equivocado se a partir dessa concepção se chegasse ao ponto em que mecanismos discursivos passassem a caracterizar toda a fiscalização de interesses como meio adequado para uma contextualização moral do mercado. Mas a influência que o pequeno grupo em torno de Gustav Schmoller podia exercer no Reichstag alemão não garantiria por muito tempo a oportunidade de que tais consequências políticas efetivamente vingassem²³⁵.

Foi desse modo que em linhas muito gerais se manteve, no limiar do século xx, a ideia de que os interesses dos consumidores tinham de ser fortalecidos ante o poder de mercado das empresas, submetido ao cabresto de um regulamento industrial reformado apenas comedidamente. Ficavam assim acordadas em termos gerais, sem se levar em conta as diferenças nacionais, medidas para a garantia de transações de crédito aos clientes, a exigência de informações adequadas do ofertante quanto a preço e qualidade das mercadorias, bem como a proibição à concorrência desleal em razão de informações deliberadamente equivocadas em anúncios e publicidade em geral — todos dispositivos que Hegel a princípio instalara já no mercado, sem ter como

---

234 Gustav Schmoller, Über einige Grundfragen des Rechts und der Volkswirtschaft. Ein offenes Sendschreiben an Herrn Professor Dr. Heinrich Treitschke, Jena, 1875.
235 Sobre o papel dos socialistas de cátedra na reforma do código industrial no Reichstag alemão, cf. novamente Geyer, *Der Gedanke des Verbraucherschutzes im Reichsrecht des Kaiserreiches und der Weimarer Republik (1871-1933)*, op. cit., parte III, capítulo VII, p. 146-56.

antever, assim, todo o alcance das estratégias de exploração que viriam a ser implantadas. Quão longe poderia ir a indústria de bens de consumo, a fim de garantir a saída de suas mercadorias após os estremecimentos advindos da crise econômica, é algo que só se podia divisar em toda a sua extensão à medida que se adentrava no século XIX; como não bastavam anúncios e pôsteres concebidos de forma amadora para os seus próprios produtos, quase todas as grandes empresas passaram a formar seus próprios departamentos de propaganda, autônomos, incumbidos de incitar o interesse do comprador mediante o emprego de métodos profissionais. Na primeira década do novo século, já havia se consumado uma revolução nos modos empresariais de estimular a compra, pois, com os gráficos de uso e a psicologia da propaganda se chegava, pela primeira vez, a uma aplicação sistemática de disciplinas cujo surgimento e lógica deviam-se tão somente ao objetivo de influenciar estrategicamente os consumidores; nesse espaço de tempo, mesmo em países como a Alemanha, onde as grandes empresas até então apenas corriam atrás da tendência geral de intensificar a propaganda, chegou-se a um ponto de inflexão que tornou os departamentos de propaganda, com sua equipe de funcionários profissionalizados, um fenômeno corrente na esfera do consumo[236].

O fato de as populações dos países ocidentais, graças à globalização dos mercados e ao declínio mundial dos preços dos produtos agrários, terem se libertado amplamente das preocupações com a subsistência diária fazia que os membros das camadas mais

---

236 Cf., como exemplo: Dirk Reinhardt, *Von der Reklame zum Marketing. Geschichte der Wirtschaftswerbung in Deutschland*, Berlim, 1993, sobretudo cap. II.

pobres se tornassem suscetíveis às promessas da publicidade dos bens de consumo; por essa razão, só então se consumou, como sabemos pelas pesquisas realizadas nessa área, o salto para o moderno consumo de massas[237]. A gradativa expansão de uma mentalidade do consumidor, por parte da população, correspondia à crescente consciência, por parte dos empresários, de que por meio de seus próprios departamentos de propaganda eles tinham de estimular continuamente o interesse de compra. Novamente, quanto a esse aspecto, desigualdades nacionais começavam a se demarcar à medida que, no início do século, nos Estados Unidos e na Grã-Bretanha estabelecia-se um modelo ideal do "cidadão consumidor" como ainda não se estabelecera na Europa continental, mas membros da classe trabalhadora, assalariados e funcionários públicos, já antes da Primeira Guerra Mundial, passaram a se ver, cada vez mais, como consumidores ativos[238]. Essa mentalidade historicamente nova, pela qual o consumo foi deslocado para uma posição que quase equivalia eticamente à do trabalho, manteve-se associada, ao menos entre as camadas mais pobres do proletariado e da população rural, a ideias elementares de reciprocidade: uma alimentação "decente", que deveria conter principalmente carnes e verduras, fazia-se símbolo de uma existência humanamente digna, cuja garantia exigia que o consu-

---

237 Cf., a título de exemplo, Hans-Jürgen Teuteberg (org.), *Durchbruch zum modernen Massenkonsum*, Munique, 1987; Stearns, *Stages of Consumerism*, op. cit., em especial p. 109 s (aqui também indicações de bibliografia complementar).

238 De muita relevância a esse respeito, Christoph Nonn, "Die Entdeckung der Konsumenten im Kaiserreich", in Heinz-Gerhard Haupt e Claudius Torp (orgs.), *Die Konsumgesellschaft in Deutschland 1890-1900. Ein Handbuch*, Frankfurt am Main, 2009, p. 221-31. Para os assalariados, cf. especialmente Siegfried Kracauer, "Die Angestellten. Aus dem neuesten Deutschland", in id., *Schriften*, vol. 1, Frankfurt am Main, 1971, p. 205-304, sobretudo p. 282-91.

midor fosse tratado pelos empresários de maneira "justa"[239]. À época ainda não se extinguira a ideia de que a esfera de consumo mediada pelo mercado consistiria também numa instituição de liberdade social, na qual os diferentes interesses se entrelaçam de maneira complementar; ela se mantinha não apenas nas expectativas altamente disseminadas de que era preciso "fazer justiça" ao mercado de consumidores, mas também na consciência coletiva que hoje, em muitos lugares, é entendida a partir do âmbito das cooperativas de consumo que então surgiam, nas quais o consumo era considerado uma atividade social. Não durou muito para que, no início do século XX, até os partidos políticos começassem a encampar interesses de consumidores; mesmo entre os representantes do movimento trabalhista caíam os entraves mentais que se interpunham à representação de sua clientela como um coletivo não apenas de produtores, mas também de consumidores, cujas aspirações e necessidades mereciam ser defendidas nos parlamentos[240]. A consequência dessa mudança de consciência de caráter coletivo é uma intensificação da política de consumo pelo Estado, para que os regulamentos ampliados ao controle dos alimentos fossem tão naturais quanto certa influência dos preços mediante o controle burocrático do comércio exterior[241].

Seria oneroso tentar seguir as duas linhas de desenvolvimento

---

239 Nonn, "Die Entdeckung der Konsumenten in Kaiserreich", op. cit., p. 226. Quanto a isso, cf., em toda a sua extensão, Daunton e Hilton (orgs.), *The Politics of Consumption*, op. cit.; em especial para a classe trabalhadora, cf. também Josef Mooser, *Arbeiterleben in Deutschland 1900-1970*, Frankfurt am Main, 1984, p. 184 s.
240 Nonn, "Die Entdeckung der Konsumenten im Kaiserreich", op. cit., sobretudo p. 224-7. Como exemplo daquela época, cf. Karl Kausky, "Konsumenten und Produzenten", in *Die Neue Zeit*, 30, 1912, vol. 1, p. 452.
241 Ibidem, p. 227 s.

estabelecidas no seio da esfera do consumo mediada pelo mercado também na primeira metade do século XX. Durante esse tempo, tanto as tendências a uma influência crescente dos consumidores por meio de estratégias de propaganda empresariais como as tendências contrárias, de intentos esporádicos de "socialização" do mercado de bens de consumo — tanto "por baixo" como "de cima" — foram desaceleradas ou mesmo interrompidas pelas duas guerras mundiais: as exigências de mobilização militar e as operações bélicas nos países envolvidos conduziram a constelações peculiares nos mercados correspondentes[242]. No período entreguerras, se é que se pode dizer em linhas muito gerais, nos países ocidentais não apenas a produção industrial assumiu uma dimensão até então desconhecida no que diz respeito às necessidades de consumo que asseguram o status: começam a despertar o desejo e o interesse por mercadorias que no século XIX ainda eram completamente estranhas ao universo de aquisições por meio de compra[243]. Nesse intervalo de tempo passou a se constituir também uma ampla e abrangente corrente de crítica intelectual ao consumismo, que até poderia ser remetida a certas tradições do período pré-guerra, mas que, em radicalidade e contundência, iam muito além de qualquer uma delas; pela primeira vez, não eram fenômenos do consumo de luxo ou da indústria cultural que recebiam uma crítica isolada, mas já se podia visualizar a atitude do consumidor frente a seu mundo, com

---

[242] Sobre a história alemã, cf. Belinda Davis, "Konsumgesellschaft und Politik im Ersten Weltkrieg", in Haupt e Torp (orgs.), *Die Konsumgesellschaft in Deutschland 1890-1900*, op. cit., p. 232-49; Hartnut Berghoff, *Träume und Alpträume. Konsumpolitik im nationalsozialistischen Deutschland*, ibidem, p. 268-88.

[243] Aqui se tem em mente todas as mercadorias de consumo individual oriundas das novas tecnologias de comunicação, como aparelhos de rádio, discos, sessões de cinema, em suma, bens de consumo da indústria cultural.

seu olhar puramente orientado à utilidade e sua dependência de um consumo efêmero, sua vulnerabilidade a estímulos produzidos industrialmente e, assim, sua crescente fraqueza identitária[244]. Ainda que tais diagnósticos de época não pertencessem incondicionalmente à filosofia ou à sociologia, que atuavam no movimento trabalhista daquele período da República de Weimar, nas fileiras dessas disciplinas também se formava uma cerrada oposição às tendências ao consumismo que paulatinamente se evidenciavam; a sinalizar esse movimento de resistência estão os dramas de Brecht, os escritos de Trótski ou os romances de Sinclair Lewis, que contribuíram para que, na contracultura proletária, fossem exercidas práticas de recusa ao consumo e de uma vida moderada e orientada pelo valor de uso[245]. Por fim, num estímulo como nunca antes registrado em sua história, as cooperativas de consumo passaram a receber, cada vez mais, um direcionamento institucional no sentido de uma socialização do mercado de bens de consumo. Na Alemanha do período entreguerras, o número de seus membros aumentava continuamente, e elas eram as únicas reais organizações de massa do movimento dos trabalhadores até a tomada do poder pelos nacional-socialistas[246].

Antes de passarmos dessa pré-história, reconstruída *grosso modo*

---

[244] Sustentou-se durante muito tempo, até a fase tardia da República de Weimar, a crítica de Werner Sombart à indústria publicitária capitalista: idem, *Der Bourgeois. Zur Geistesgeschichte des modernen Wirtschaftsmenschen*, Munique, 1913, em especial p. 230 s.

[245] Uma primeira visão geral sobre as organizações de massa do movimento trabalhista que seguramente podem ser consideradas críticas ao consumo é proporcionada por Hartmann Wanderer, *Arbeitervereine und Arbeiterparteien. Kultur- und Masseorganisation in der Arbeiterbewegung (1890-1933)*, Frankfurt/Nova York, 1980, em especial cap. v.2

[246] Mosser, *Arbeiterleben in Deutschland 1900-1970*, op. cit., p. 188 s. Sobre o relevante significado político das associações de consumidores na República de Weimar, cf. também, por exemplo, Eduard Heimann, *Soziale Theorie des Kapitalismus. Theorie der Sozialpolitik*, Frankfurt am Main, 1980, p. 104-8.

aqui, à tentativa de equiparar as chances e os limites da liberdade social na esfera de consumo mediada pelo mercado da atualidade, é razoável contemplar a normatividade então estabelecida em seus traços essenciais. Na tradição do economismo moral, o mercado de bens de consumo pode ser considerado uma relação institucionalizada de reconhecimento recíproco, quando os fornecedores empresariais e os consumidores eram pensados de tal maneira em referência um ao outro que contribuíam de modo complementar para a realização dos interesses legítimos da outra parte: assim, os consumidores só poderiam realizar sua liberdade de satisfação de necessidades individuais ao se abrirem para a perspectiva de maximização de lucros mediante demanda num mercado, e os empresários, inversamente, só poderiam realizar sua maximização de lucros se efetivamente produzissem bens para aquela demanda de consumidores que tivesse originalmente acenado. Mas nenhuma das magnitudes em jogo, a pressão para o lucro pelas empresas, o tipo de necessidade que só poderia ser saciada mediante uma aquisição pela compra, os meios de estimulação de necessidades econômicas e os modos de realização do consumo já estão determinados ou estabelecidos pelo mercado; em vez disso, em todas as posições mencionadas abrem-se em diversas alternativas, entre as quais as referidas posições decidirão recorrendo somente, em última instância, a ponderações e pontos de vista normativos.

Em nossa breve reconstrução, essa plasticidade moral do mercado de bens de consumo só chega a se apresentar de maneira nítida e palpável onde surgem atores coletivos que, na consciência dos princípios de legitimação subjacentes, pressionam por alterações das regulações dominantes. Isso começou com movimentos sociais que, em face de subabastecimentos em ampla escala, passaram a exigir uma formação de preços "justa", que continuou em comunidades onde, por motivações éticas, houve uma limitação ao consumo de luxo; encontrou expressão também em forças políticas que demandavam proteção jurídico-pública do consumidor; e finalmente manifestou-se nas múltiplas cooperativas de consumo que intentaram pôr em prática um uso cooperativo do mercado de bens. Nenhum desses movimentos agiu com consciência — vale relembrá-lo —, mas atuava pensando que exigências morais contribuíam para o acontecer do mercado; tais exigências na verdade se caracterizavam pela ideia de que, para tomar parte nas demandas normativas e, assim, das condições de justificação da economia do mercado, deve-se considerar as medidas por eles exigidas. Não se operava no horizonte de pensamento das alternativas da economia de mercado e de planejamento, mas havia uma preocupação com os fundamentos morais que subjaziam ao próprio ordenamento econômico dominante.

Se procurarmos qual espectro de intervenção possível foi tematizado pelos conflitos e movimentos previamente constituídos, poderemos visualizar de modo mais preciso em quantos pontos o dispositivo de uma esfera de consumo mediada pelo mercado se apoia, em decisões normativas anteriores. Assim, para iniciar com um estabelecimento de metas de caráter basilar, não é óbvio, de modo algum, que objetos ou serviços devem ser levados ao mercado como mercadorias intercambiáveis. Se no século XIX essa pergunta surgia num horizonte ainda pouco nítido, quando se discutia apenas a legitimidade da prostituição e do álcool, no decorrer do século XX o debate aumentou na razão direta de sua urgência normativa, pela qual o progresso tecnológico e uma consciência crescente da perfectibilidade individual permitiram que a demanda por bens até então desconhecidos aumentasse, como nunca antes[247]. Depois, nas "revoltas do pão" e nos boicotes a bens do século XIX deve-se reconhecer que a configuração de preços para determinadas mercadorias, consideradas elementares no entendimento da maior parte dos membros, também não poderia simplesmente ser deixada à concorrência mediada pelo mercado da oferta e da procura; assim, os órgãos de Estado reagiram de pronto a tais reações morais com medidas que, sob a forma de regulações legais ou mediante subvenções econômicas, possibilitassem a aquisição de habitações ou meios de subsistência — também aqui está presente a esfera do consumo mediada pelo mercado e sujeita a regulações políticas de caráter geral que, a um olhar atento, devem evidenciar que a economia de mercado deve corresponder à exigência normativa de satisfação de interesses elementares dos consumidores. Outra categoria de reivindicações e objetivos desse tipo, que devem se referir de modo imanente à possibilidade de exigência normativa do princípio de um consumo mediado pelo mercado, diz respeito à questão de quão abrangentes, luxuriosas ou privatistas deveriam ser as necessidades que mereceriam ser satisfeitas pelo mercado coletivo de bens. É precisamente com relação a esse aspecto que no século XIX se impuseram, pela primeira vez, reservas éticas ou religiosas, sob cuja luz o ato de exceder o contexto de necessidades da vida humana, dado por Deus ou pela natureza, aparecia como frivolidade, enquanto mais tarde, com a delimitação social do consumo de luxo, são ideais socialistas ou

---

[247] Para esse aspecto, é altamente recomendável o bem-sucedido estudo de Debra Satz: idem, *Why Some Things Should Not Be for Sale: The Moral Limits of Markets*, Oxford/Nova York, 2010.

ecológicos que passam a preponderar, e, segundo esses princípios, alimentar necessidades individualizantes ou que digam respeito a status parecerão inconciliáveis com exigências de igualdade ou com imperativos de sobrevivência[248]. Quanto à rápida disseminação vivida pelas associações de consumidores desde meados do século XIX, evidencia-se por fim que de modo algum é natural o modo como se dá a compra e o consumo de bens disponíveis no mercado; disso resulta precisamente, com a ideia de uma aquisição cooperativa de mercadorias necessárias à subsistência e, subsequentemente, com a sua divisão interna segundo princípios de equidade, a alternativa de um consumo não privado. A instituição do mercado de bens de consumo, diferentemente do que à primeira vista se poderia esperar dos teóricos fundadores da economia de mercado, não se adapta exclusivamente a transações entre empresas e consumidores individuais; nesses mercados podem atuar também atores coletivos que, pautados por motivos morais, queiram impor o princípio subjacente de uma satisfação coletiva de necessidades.

Essas quatro classes de estabelecimento de orientações normativas, cuja determinação influencia a configuração institucional da esfera de consumo, foram aqui obtidas de maneira tão somente reconstrutiva, com base em generalizações de exigências ou reclamações que, num nível mais fundamental, podem ser encontradas já no século XIX. No entanto, as exigências morais se agudizaram ou intensificaram no mercado de consumo mais uma vez na primeira metade do século XX, quando vemos que, a despeito de o movimento trabalhista ter conquistado poder cul-

---

248 O estudo de Daniel Horowitz pode servir para uma visão geral desse aspecto: idem, *The Morality of Spending*, op. cit.

tural e político, o espectro de concepções alternativas se mantém essencialmente igual, uma vez que a ideia de uma economia de planificação não é proposta. Se isso acontecesse, como outrora foi o caso para grande parte do movimento operário organizado, certamente não mais se iria pensar em categorias de capacidade fundamental em reformar o consumo mediado pelo mercado, pressupondo-se outro modelo de uma distribuição centralizada (igualitária) de bens produzidos sob a soberania de planejamento estatal. Porém, se nos ativermos de modo reconstrutivo a movimentos e correntes sociais que tiverem exercido pressão para uma correção meramente interna do mercado de consumo, poderemos ver que seu ponto em comum, até o momento, terá sido a ideia de organizar socialmente as condições de mercado, de maneira que estas pudessem, ao menos de modo aproximativo, satisfazer às exigências de liberdade social: as necessidades dos consumidores devem se adaptar de tal modo umas às outras que os rendimentos de capital a que os empresários aspiram se mantenham num contexto de acessibilidade coletiva e que a oferta dos bens pelos quais se anseia possa se realizar num sentido considerado ético, uma vez que o mercado foi concebido por todos os seus participantes como meio de intercâmbio institucional, em cuja função ambos os lados, consumidores e produtores, se ajudem reciprocamente na realização de seus respectivos interesses.

Certamente, já durante o intervalo de um século e meio, que veremos brevemente aqui, o poder de mercado das empresas, mediante processos de concentração, estratégias publicitárias e internacionalização do comércio, cresceu de tal maneira que os referidos esforços reformistas não raro passaram a incorrer no risco de se apresentar como ideologias pouco profundas, afinadas ao capitalismo: apesar do Estado social, que nesse meio-tempo esteve a meio caminho da institucionalização na Europa Ocidental, ficou-se muito longe de uma influência efetiva da indústria do consumo. A proteção legal do consumidor se manteve em limites muito estreitos; por parte das indústrias, o incentivo de necessidades de consumo sempre novas, quase sempre relacionadas a status, precisamente nos anos 1920, assumiu dimensões até então desconhecidas, e no seio dessa esfera coletiva somente as associações de consumidores, em contínua expansão, puderam atuar de forma eficaz como um contrapoder discursivo, cooperativo[249]. Porém, tomados em conjunto, os movimentos de anticonsumismo, de proteção ao consumo, de proteção social e de associações de consumo, que eram diferenciados e pouco afinados entre si, cuidaram para que a privatização do consumo mediado pelo mercado, que era, em parte, impulsionada pelos grandes consórcios, não ficasse sem contraparte; entretanto, esforços e atividades reais, frágeis e relativamente impotentes, contrapunham-se à crescente unilateralização do mercado de consumidores, orientada para uma compreensão individualista e mesmo negativa da liberdade. Tais esforços procuravam fazer lembrar que a organização institucional dessas esferas não tinha de servir ao "indivíduo", mas, para falar como Hegel, ao "bem comum". Até o fim da República de Weimar sobreviveu nos países ocidentais — assim se poderia dizer — uma consciência prática e consolidada em movimentos que, por meio do consumo mediado pelo mercado, tivesse de ser um sistema de liberdade social em conformidade com suas próprias exigências.

---

249 Sobre essa era "dourada" do movimento das associações de consumo, cf., por exemplo, Erwin Hasselmann, *Geschichte der deutschen Konsumgenossenschaften*, Frankfurt am Main, 1971, p. 401-4.

Os primeiros sinais a sugerir que as chances desse "bem comum" na esfera de consumo começavam a piorar sensivelmente após o final da Segunda Guerra Mundial puderam ser vislumbrados já no declínio do movimento das cooperativas de consumo. Se no período entreguerras as inúmeras associações de consumidores ainda se compunham, em sua maior parte, de organizações que se concebiam como baluartes de uma alternativa "socialista de mercado" ao comércio e ao consumo privados, com as devastadoras experiências de guerra e assassinatos em massa, objetivos desse tipo já não atraíam o interesse da população; céticos em relação a "ideologias" políticas de todo tipo, frequentemente interpretadas como causas de catástrofes que mal acabavam de ser superadas, a massa de consumidores nos países ocidentais mostrava-se disposta a rapidamente reencontrar a via de acesso a todos os bens que pudessem garantir uma vida satisfatória. Sob a pressão dessa despolitização, nos anos do pós-guerra o movimento das cooperativas de consumo mal conseguia ser uma recomendação como reduto de uma "razão econômica" a seus clientes"[250]. Por isso, os objetivos normativos do passado em geral eram logo colocados de lado. Procurava-se atrair, com a promessa de compras vantajosas em regime de consórcio e de uma oferta de lotes de mercadorias a menores preços para os cooperados, tantos membros quantos fossem necessários para manter as chances de uma concorrência com um consumo privado. A verdade é que, desse modo, o caminho trilhado nos anos 1950 foi bem-sucedido, e os números de membros

---

[250] Carl Schumacher, eminente representante das associações de consumidores na Alemanha dos anos 1950, em um de seus discursos, caracteriza uma associação como "baluarte do orçamento racional". É citado aqui segundo Hasselmann, *Geschichte der deutschen Konsumgenossenschaften*, op. cit., p. 638.

tornaram a aumentar de maneira considerável durante os anos da recuperação econômica, mas a reivindicação de um socialismo de mercado, que era antiga e cara ao movimento, já não existia mais[251]; até os dias de hoje, mesmo lugares como a Suíça, onde as cooperativas de consumo mantiveram importante papel na economia, não recobraram o papel significativo que exerciam na autoconcepção moral, que lhes convertera em ponta de lança da tentativa de socialização do mercado de bens de consumo.

As correntes críticas ao consumo, que à época da República de Weimar tinham se estabelecido no ambiente cultural dos partidos trabalhistas e dos movimentos reformadores da vida burguesa, não estiveram em situação melhor no pós-guerra. No entanto, ganharam importância intelectual as tradições mais antigas de uma crítica marxista ao fetichismo da mercadoria ou de um diagnóstico de crítica cultural do consumismo — e aqui se pode pensar na *Dialética do esclarecimento* de Adorno e Horkheimer ou na *Vita Activa* de Hannah Arendt, ou, ainda, nos escritos de Henri Lefebvre[252] —, mas, num primeiro momento, entre a grande massa da população, essas objeções filosoficamente motivadas não tiveram qualquer repercussão. Se desde o início da sociedade moderna tivesse havido um intervalo de tempo em que as atitudes privadas do consumismo pudessem ter se expandido quase totalmente desimpedidas de resistência social, a época da recuperação econômica nos anos 1950 e 1960 do século XX teria sido diferente. Como consequência do aumento gradativo

---

251 Ibidem, p. 563-98.
252 Theodor W. Adorno e Max Horkheimer, *Dialektik der Auflärung. Philosophische Fragmente* (1947), Frankfurt am Main, 1969 (sobretudo o capítulo sobre a "indústria cultural") [*Dialética do esclarecimento*, Rio de Janeiro, Zahar, 1985] ; Hannah Arendt, *Vita Activa oder Vom tätigen Leben* (em inglês em 1958), Stuttgart, 1960, em especial § 17; Henri Lefebvre, *Kritik des Alltagslebens*, vol. 1 e 2 (em francês 1958-61), Munique, 1974.

do padrão de vida e da expansão da proteção social, o sentido cultural de pertencer a uma classe começa a se diluir entre os trabalhadores[253], de modo que os dispositivos de defesa especificamente "proletários" contrários à mentalidade consumidora já quase não se deixava reconhecer; nesse período, a burguesia estava muito ocupada com a rápida recuperação do bem-estar e conforto que perdera para se ocupar em gerar impulsos intelectuais para a restrição ao consumo privado. A indústria de bens de consumo soube aproveitar muito bem a disposição em compensar os anos penosos de privações condicionadas pela guerra com a rápida aquisição do maior número possível de bens de consumo[254], já que, num curto espaço de tempo, ela trazia ao mercado uma sucessão de produtos de luxo. Esse processo se iniciou com a comercialização dos aparelhos de TV, que passaram então à produção em massa, continuou com o incentivo à venda de carros e resultou no surgimento do setor turístico. Só então se estabeleceu na esfera de consumo o que se poderia chamar de uma "cultura capitalista", e os indivíduos desenvolveram uma disposição motivacional para se apropriar inteiramente do valor simbólico das mercadorias oferecidas e propagandeadas, com base na interpretação de sua identidade pessoal. A conduta de compra do consumidor não mais se orientava pelo caráter de uso dos bens disponíveis no mercado, mas pela promessa de felicidade pessoal e de desenvolvimento da personalidade, que vinha embutida na competência profissional[255]. Decerto, tais motivos

---

[253] Para a Alemanha, cf. Mooser, *Arbeiterleben in Deutschland 1900-1970*, op. cit., p. 224.
[254] Sobre essas relações entre fases passadas de privação econômica e subsequente ascensão do consumo privado, cf. Hirschman, *Engagement und Enttäuschung*, op. cit., cap. I e II.
[255] Sobre o sentido do consumismo privado na sociedade do pós-guerra alemão, cf. Paul Nolte, *Die Ordnung der deutschen Gesellschaft. Selbstentwurf und Selbstbeschreibung im 20. Jahrhundert*, Munique, 2000, p. 333-6.

não estavam presentes sem restrições nem contradições na escalada de necessidades individuais, sendo muito mais provável que se encontrassem continuamente amarrados por convicções éticas de outro tipo. Ocorre que à época carecia-se de um mecanismo discursivo, de um enfoque na formação de uma vontade intersubjetiva que teria possibilitado aos indivíduos a expressão coletiva de uma atitude de reserva.

Como consequência dessa crescente atomização do consumidor, o desequilíbrio estrutural, que no mercado de bens de consumo sempre existira entre os empresários e os compradores, intensificou-se ainda mais. Nesse espaço de tempo, apesar da guerra, o poder econômico do fornecedor empresarial só aumentou, e de maneira contínua. Isso foi possível graças aos crescentes processos de concentração que permitiram aos empresários, em detrimento dos consumidores, dispor de margem de manobra suficiente para estabelecer, de modo soberano, os preços das mercadorias segundo a avaliação da demanda e, assim, comandar o desenvolvimento das necessidades valendo-se de métodos mercadológicos. Desse modo, a ideia da "soberania do consumidor", que desde sempre foi princípio legitimador de uma concepção do mercado não social, mas liberal, finalmente conseguia transmitir seu teor ideológico: onde as empresas são capazes de influenciar estrategicamente a orientação das necessidades e atuar voluntariamente na formação de preços mediante formação de cartel, nem se poderia falar num poder do consumidor que de algum outro modo, pela soma de suas demandas individuais, pudesse decidir sobre o que e como seria produzido[256]. Entretanto, a política social de Estado, que após a Segunda Guerra Mundial rapidamente se converteu numa reserva de direitos fundamentais em quase todos os países da Europa Ocidental, passou a limitar a esfera de consumo sempre que se tratasse do abastecimento completo de bens de subsistência elementar; a subvenção econômica do setor agrário, a fim de assegurar o fornecimento de meios de subsistência, e a vinculação dos preços dos aluguéis pelo Estado tornaram-se imediatamente a regra. Mas essas medidas oficiais de Estado obviamente estavam muito longe da proteção ativa ao consumo sugerida pela ideia de uma liberdade social na esfera do consumo.

Tal situação, de quase absoluto desencanto — quanto à intenção de uma reconstrução normativa das formas mediadas pelo mercado da liberdade social, quase a ponto de admitir um fracasso definitivo —, começa a mudar no curso dos anos 1960. Novamente, tanto "de cima" como "de baixo", tanto da parte da política estatal como da dos movimentos culturais, são empenhados esforços para se atuar no mercado de bens de consumo de maneira que nele torne a se fazer palpável, ao menos de modo rudimentar, a promessa de satisfação recíproca de necessidades. A lendária mensagem ao consumidor, que o presidente americano John F. Kennedy proferiu a seus

---

[256] A título de exemplo, cf. Norbert Reich, "Markt und Verbrauchsrecht", in idem, *Markt und Recht. Theorie und Praxis des Wirtschaftsrechts in der Bundesrepublik Deutschland*, Neuwied/Darmstadt, 1977, p. 179-232, aqui: p. 183 s. Em vista da crítica generalizada à ideia de "soberania do consumidor", é tanto mais espantoso o que David Miller detecta em seu ensaio sobre o socialismo de mercado (idem, *Market, State and Community. Theoretical Foundadtions of Market Socialism*, Oxford, 1988, cap. v); exceção feita a um "imposto ao consumo" para bens especialmente "nocivos", ele acredita que, a partir do princípio liberal de neutralidade, que proíbe toda e qualquer avaliação ética das necessidades de consumo, nenhum meio estatal, de nenhuma forma justificável, poderia indicar o que seria apropriado para impedir a manipulação industrial de quaisquer necessidades.

eleitores em 1962, teve um efeito que repercutiu muito além das fronteiras de seu próprio país[257]; a mensagem, que tinha em vista os direitos fundamentais para que houvesse uma recuperação da liberdade dos consumidores, de tomar suas decisões de maneira privada em face do crescente risco de serem iludidos, enganados e individualmente lesados, logo adentrou a política jurídica de quase todos os países europeus[258].

Ainda que as medidas de proteção jurídicas, com as quais o consumidor passou a contar nos países liberal-democratas, não raro se mantinham relativamente vagas, carecendo de toda e qualquer determinação socioeconômica, segundo nossa análise elas criavam, mesmo assim, as condições para a liberdade jurídica: como se pode depreender dos mais diversos escritos legais, elas garantiam a autonomia privada dos consumidores individuais, pela qual lhes concedia, diante das empresas, o direito garantido a saúde e segurança, a seus interesses econômicos, à remissão da ilegalidade visível e, por fim, à proteção da instrução e da informação[259]. É claro que nem mesmo tudo isso basta para criar mecanismos discursivos na esfera de consumo mediada pelo mercado para influenciar pelo interesse das empresas; ocorre que aqui não está se falando dos direitos de interlocução dos consumidores, como não se está fazendo referência à possibilidade de uma representação coletiva de seus interesses, mas esses escritos jurídicos referem-se inteiramente aos consumidores individuais, como se não compartilhassem muitos de seus interesses também com outros atores. Se, quanto

---

257 Cf. Eike von Hippel, *Verbraucherschutz*, Tübingen, 1974, p. 161 s.
258 Reich, "Markt und Verbraucherschutz", op. cit., p. 186 s.
259 Ibidem, p. 187 s.

ao direito do consumidor garantido pelo Estado, nada mais mudasse nos países europeus desde os anos 1960, poder-se-ia dizer que em sua essência ele estaria adaptado para amparar uma compreensão do mercado meramente liberal; ainda hoje se operaria com uma ideia da autonomia privada de fornecedores e compradores na qual, já na época, se poderia deixar claro a desprovisão dos pressupostos necessários a uma divisão igualitária do poder de mercado. Entretanto, já aí, durante a era de John F. Kennedy, portanto, caracterizou-se o esboço de uma nova crítica ao consumismo e de caráter prático, que em longo prazo deveria influenciar a política ao consumidor pelo Estado; pois mesmo se o movimento estudantil, que se disseminou por todo o mundo em fins dos anos 1960, tivesse a intenção de eliminar as relações de produção capitalista nos países ocidentais, eles contribuiriam de forma duradoura para se questionar moralmente os hábitos de consumo privatistas, cultivados durante longo tempo[260].

Pela nítida limitação ao consumo de luxo no decorrer dos anos 1970, já se pode perceber que o movimento estudantil se fez sentir também na pressão por uma justificação pública, e assim mais uma vez abria-se a esfera de consumo a processos de entendimento discursivo. Disseminava-se, não apenas nos países centrais das revoltas estudantis — entenda-se, França, Itália e Alemanha —, mas também nos periféricos, uma atitude crítica

---

[260] Esse efeito cultural do movimento estudantil foi completamente ignorado pelos historiadores, que realçam apenas os objetivos oficiais, colocados em prática pelos protagonistas principais, sem considerar as formas de crítica subliminares na rede cotidiana da família, dos amigos, dos colegas de classe e de profissão. Como um exemplo entre muitos, cf. Wolfgang Kraushaar, *Achtundsechzig. Eine Bilanz*, Berlim, 2008. Como uma espécie de escrito contra-histórico, no qual se traz precisamente a cotidianização da crítica ao consumo, cf. Peter Schneider, *Rebellion und Wahn – Mein'68. Eine autobiographische Erzählung*, Colônia, 2008.

que, no âmbito de um público mais amplo, questionava as necessidades de consumo existentes e, mais precisamente, se seriam moralmente aceitáveis em face da pobreza e miséria mundiais. Tanto aqueles que, independentemente dos motivos, rejeitavam o consumismo sempre de maneira terminante como aqueles que lhe eram tolerantes corroboravam, cada vez mais, a pressão de que as negociações tinham de ser publicamente justificadas; consequentemente, os gastos cotidianos com o consumo individual, se não chegaram a ser submetidos a medidas de estrita economia, foram escrupulosamente questionados como nunca antes, para verificar se estavam afinados com critérios cada vez mais amplamente aceitos de compatibilidade social. Esse invólucro cultural é percebido de modo cada vez mais preciso em filmes e romances produzidos no período em questão, ou nele ambientados[261], mas se reflete de imediato também nas tendências fortalecidas a uma crítica a técnicas de promoção e propaganda; se nas duas décadas do imediato pós-guerra se assumia, sem questionar, o dispendioso desenvolvimento de métodos cada vez mais refinados para influenciar necessidades, este agora suscitava escândalo cada vez maior, despertando a atenção para os custos econômicos e morais que podiam estar associados a tal inci-

---

261 No campo do cinema, pode-se citar *O demônio das onze horas* (*Pierrot le fou*, França, 1965), de Jean-Luc Godard, e *A primeira noite de um homem* (*The Graduate*, Estados Unidos, 1967), de Mike Nichols; no caso dos romances, essas críticas ao consumo em geral são produzidas em filmes de época — cf. como exemplo sobre a Alemanha Jochen Schimmang, *Das Beste, was wir hatten*, Hamburgo, 2009 — aqui, o final tardio dessa mudança de atitude chega a ser datado num ano específico, 1983: ibidem, p. 168.

tamento industrial do consumo privado[262]. Ainda que tal não fosse seu principal interesse, o movimento estudantil desencadeara uma problematização normativa das formas predominantes de consumo mediado pelo mercado, as quais tinham passado incólumes tanto pelas interpretações de necessidades então existentes quanto pelas estratégias para influenciá-las; assim, após um longo tempo de expansão irrefreável do consumo privatista e ostensivo, novamente se encontrava o engaste com antigos movimentos que haviam aflorado na esfera do mercado capitalista, uma vez que ali também se necessitava de uma prévia generalização de interesses e intenções.

É claro que, se essa fase de intenso questionamento aos modos de consumo e à propaganda industrial tivesse sido apenas um breve episódio, ela não teria obtido expressão institucional em movimentos políticos e atividades jurídicas que lhes possibilitaram maior duração e poder de conformação. É provável que tudo o que hoje se costuma descrever como "moralização dos mercados"[263], em última instância, tenha raízes na sensibilização moral a que tinham conduzido os protestos e as revoltas estudantis na década anterior. O que se viu, na sequência, foram diferentes movimentos de direitos de cidadania e os próprios partidos,

---

[262] Cf., por exemplo: Wolfgang Fritz Haug, *Kritik der Warenästhetik*, Frankfurt am Main, 1971 [*Crítica da estética da mercadoria*, São Paulo, Editora Unesp, 1996]. Os contornos da crítica ao consumo que se tinha na época são muito bem apresentados já no artigo dedicado ao tema "Konsum und Kritik" da coletânea: Sven Reichardt/Detlef Siegfried (orgs.), *Das alternative Milieu: Antibürgerlicher Lebensstil und linke Politik in der Bundesrepublik Deutschland und Europa 1968-1983*, Göttingen, 2010. Para a discussão sobre a estética das mercadorias da época até hoje, cf. o ensaio informativo de Heinz Drugh: "Warenästhetik. Neue Perspektiven auf Konsum, Kultur und Kunst", in idem, Christian Metz e Björn Weyand (orgs.), *Warenästhetik*, Berlim, 2011, p. 9-44.

[263] Cf. sobretudo Nico Stehr, *Die Moralisierung der Märkte. Eine Gesellschaftstheorie*, Frankfurt am Main, 2007; Rob Harrison, Terry Newholm e Deirdre Shaw (orgs.), *The Ethical Consumer*, Londres, 2005.

surgidos dos escombros da autoexigência revolucionária de uma movimento estudantil que malograra na Europa Ocidental. Esses movimentos logo passaram a rearticular as normas e os valores de seus predecessores, transformando-os em padrões práticos para a autoavaliação de procedimentos políticos e econômicos; por essa via, caracterizada por seus protagonistas principais como de uma "longa marcha pelas articulações", cada vez mais se articulavam vozes, no espaço público e no parlamento, a pressionar para uma consideração de critérios normativos também na produção de bens de consumo. Impelidos por relatos alarmantes sobre os limites do crescimento industrial, considerações ecológicas passaram a ocupar um lugar mais central em várias restrições aos produtores: a partir dali, na produção não deveriam ser considerados apenas critérios de ordem social, ou seja, uma política de preços adequada, um fornecimento equilibrado e a proteção dos interesses dos trabalhadores, mas também critérios de proteção ambiental, como consequência das exigências de proteção do equilíbrio ecológico. Paralelamente à tentativa de sensibilizar os próprios consumidores para o que então se tinha como transparentes consequências de seu comportamento de compra, despertava uma atenção crítica do lado contrário, o qual, movido pelo interesse da acumulação de capital, ignorara durante muito tempo todas as considerações que dissessem respeito às pesadas consequências sociais ou naturais.

A depender do poder de negociação das empresas e corporações envolvidas, os esforços de reforma instigados por essas iniciativas foram muito bem-sucedidos na maior parte da Europa Ocidental. Em todo caso, tanto os parlamentos nacionais como o emergente parlamento europeu conseguiram introduzir leis que obrigavam a indústria a respeitar padrões de sustentabilidade social e ecológica em seus locais de produção. Para esse relativo êxito, não foi menos importante o fato de que nesse período o direito também voltou a se concentrar na proteção dos interesses do consumidor. Se até fins da década de 1960 só encontrávamos medidas legais que bem podem ser descritas como "em conformidade com o mercado"[264], movimentos de oposição dentro e fora do parlamento logo produziram uma significativa mudança de atitude; cada vez mais especialistas jurídicos passaram a examinar o material negligenciado com a intenção bem mais radical de ampliar os direitos do consumidor, concedendo-lhes uma autoridade muito mais direta na conformação de preços e de produtos[265]. O espectro de alternativas com que se podia contar passava a incluir desde vias para que os consumidores negociassem com os fornecedores até a noção de fortalecimento do poder dos consumidores mediante formas de organizações semelhantes a sindicatos ou, então, diretamente pela representação sindical[266]. Muito embora esses planos político-jurídicos, com base na constatação do domínio das empresas sobre o mercado, ainda não tivessem sido implementados, o simples fato de serem anunciados na esfera público-política contribuía substancialmente para o aumento de intervenções em favor dos consumidores. Em todo caso, na maior parte dos países da Europa e nos Estados Unidos, o discurso jurídico fortalecia de maneira notável a auto-

---

[264] Cf. Reich, "Markt und Verbraucherrecht", op. cit., p. 198-214.
[265] Sobre a ciência do direito na República Federal da Alemanha, cf., entre outros: *Gerhard Scherhon, Verbraucherinteresse und Verbraucherpolitik*, Göttingen, 1975; Spiros Simitis, *Verbraucherschutz – Schlagwort oder Rechtsprinzip?*, Baden-Baden, 1976; Reich, "Markt und Verbraucherrecht", op. cit.
[266] Com esse espectro, cf. ibidem, op. cit., p. 221-5.

ridade dos poderes governamentais que monitoravam cartéis e monopólios, tornando possível um controle do comportamento mercadológico das grandes empresas quanto a políticas de preços, concepção de produtos e técnicas de propaganda[267]. Nas décadas de 1970 e 1980, tais reformas se converteram em fonte de apoio oriundo de partidos de oposição e de movimentos de cidadania, que de variadas formas se esforçavam por estabelecer um código jurídico de condicionamentos normativos para a produção de bens. Nesse período, o fortalecimento recíproco das iniciativas políticas de advogados e do governo pode então considerado, em certa medida, um avanço na tentativa de fortalecer os interesses dos consumidores diante das grandes corporações. Apesar de todas as consequências negativas para a organização do trabalho, sobre as quais falaremos mais adiante, isso chegava a incluir a privatização, estimulada pelo parlamento europeu, de empresas estatais — as do ramo das telecomunicações são um exemplo, o que chegou a baixar expressivamente os preços para o consumidor.

Um dos resultados dessa transformação, que hoje, não raro, se faz realçar, tem sido a chamada "moralização" ou "eticização" do comportamento do consumidor. Mais do que nunca, os cidadãos devem se orientar por pontos de vista ecológicos ou moral-sociais ao fazer suas compras[268]. Pelo menos entre os círculos mais instruídos, quando se trata de escolher quais tipos de alimentos, eletrodomésticos, viagens de férias ou formas de energia adquirir, critérios ambientais e sociais indubitavelmente desempenharão

---

267 Ibidem, p. 218-21.
268 Stehr, *Die Moralisierung der Märkte*, op. cit., p. 274-83.

um papel importante. Nesses círculos, cuja atitude, em sociologia, é descrita frequentemente como "pós-material", decisões de compra geralmente dependem de os próprios produtos ou o modo como são produzidos satisfazerem a critérios morais, como a proteção de recursos naturais e da coesão social[269]. Não se pode negar que essa mudança de atitude de parte da população levou muitas empresas e corporações a mostrarem respeito por esses valores nos processos produtivos, com campanhas publicitárias enfatizando as correspondentes normas de qualidade[270]. A esse respeito se poderia dizer que as empresas, em favor de seu próprio interesse de mercado, seguiam apelos morais enviados por grupos de consumidores que modificavam seus hábitos de compra, e quanto a isso cumpriam, então, a missão de servir às necessidades do consumidor. Desse modo, podemos estar inclinados a reconhecer essas tendências à "moralização" do mercado de bens de consumo como um movimento a proporcionar prospectos de maior reciprocidade entre consumidores e empresas. Juntamente com as crescentes oportunidades de intervir politicamente nos processos de tomada de decisões das empresas, vemos que a mudança nos hábitos de compra de parte da população conduziu à real possibilidade de perceber a liberdade social na esfera de consumo[271].

No entanto, essa imagem também poderia nos fazer ignorar uma série de tendências importantes e contraditórias. A começar pelo fato de que o número de consumidores que efetivamente

---

[269] Lucia A. Reisch e Gerhard Scherhorn, "Nachhaltigkeit, Lebensstile und Konsumentenverhalten. Auf der Suche nach dem „ethischen" Konsum", in *Der Bürger im Staat*, 48, 1998, H. 2, p. 92-9, aqui: p. 97 s.
[270] Sobre isso, Stehr, *Die Moralisierung der Märkte*, op. cit., p. 276 s.
[271] Sem dúvida, tem-se aí uma perspectiva otimista, assumida por Nico Stehr em seu estudo: ibidem, p. 296 s.

aplicam critérios morais tem sido desmedidamente superestimado; segundo dados empíricos reunidos por Lucia Reisch e Gerhard Scherhorn, apenas 20% da população alemã pertence ao meio "pós-material", que, em suas orientações de compra, efetivamente se orienta por pontos de vista morais, enquanto a metade da população pode ser considerada ou como "pró-material", e, portanto, classicamente consumista, ou como dotada de sinais de desorientação[272]. Se levarmos em conta o fato de que a consciência ambiental da população alemã é comparativamente elevada[273], na melhor das hipóteses, poderemos assumir que esses índices nos países da Europa Ocidental serão idênticos. A disseminada compreensão da importância de critérios morais em decisões de consumidores não necessariamente é colocada em prática, pois necessidades materiais, sensações de onipotência ou o egocentrismo mais básico representam sérios obstáculos — e é por essa razão que se pode dizer que pouco mudou e o comportamento meramente privado de compra se manteve muito frequente, já que não há motivação institucional para instalar um intercâmbio de conhecimentos entre os consumidores e, desse modo, uma maior pressão sobre seu próprio comportamento. Nesse contexto, o fato de haver uma carência de fóruns públicos para se fazer um exame coletivo das necessidades de consumo, apesar da aparente reorientação de parte do consumidor, nos quais se questione, coletivamente, o caráter e a disposição de suas necessidades, também exerce um papel importante. Não

---

272 Sobre isso, cf. os dados empíricos em Reich/Scherhorn, "Nachhaltigkeit, Lebenstile und Konsumentenverhalten", op. cit., p. 96 s.

273 Peter Preisendörfer, *Umwelteinstellungen und Umweltverhalten in Deutschland. Empirische Befunde und Analysen auf der Grundlage der Bevölkerungsumfragen „Umweltbewußtsein in Deutschland"*, Opladen, 1999.

há equivalentes funcionais institucionalizados para as cooperativas de consumidores de tempos passados, e as associações de consumidores hoje estabelecidas não raro são muito amplas e burocráticas para representar fóruns vitais capazes de questionar os interesses específicos do consumidor; podem ser encontradas na internet alternativas para tais fóruns de discussão, e aqui debateremos seu alcance juntamente com os atuais desenvolvimentos na esfera pública democrática. De modo geral, contudo, o que se tem é uma carência de mecanismos discursivos, locais de negociação e espaços para discussão que incentivem consumidores a adotar uma perspectiva diferente, seja entre eles próprios, seja entre consumidores e empresas. Só mesmo iniciativas de cidadãos e de algumas ONGs — sendo ambas, contudo, tipos de movimentos sociais com foco em questões individuais — vão se constituir arenas ocasionais ou ferramentas para abrir os interesses do consumidor à discussão pública.

Essa falta de mecanismos discursivos, claro indicador de que a suposta "moralização do mercado" não foi totalmente bem-sucedida, é reiteradamente expressa pela revivescência de um consumo ostensivo e puramente relacionado ao status. Se o estado de espírito suscitado pelo movimento de 1968 pudesse ter coletivamente revestido essas formas de exorbitante consumo privado com certo tabu, nos círculos "pró-materiais" das camadas abastadas essas barreiras perderam efeito em grande parte nos últimos vinte anos. Onde há suficiente riqueza não se tem o menor esforço em reduzir o consumo por motivações de caráter ético. Os consumidores, aparentando evidente orgulho, investem o máximo possível em bens de luxo cuja única função é mostrar a lacuna entre eles e as classes mais pobres.

Esse retorno a um consumo ostensivo ajuda a explicar por que, nos últimos anos, a maior parte da indústria de bens de consumo, recorrendo a um habilidoso uso de estratégias de publicidade, tem conseguido revitalizar a demanda por bens de luxo outrora considerados supérfluos ou nocivos. Por exemplo, se em fins da década de 1970 vigorava a concepção de que o carro do futuro seria inteiramente funcional, responsável por emissões de poluentes em níveis significativamente mais reduzidos, hoje as principais cidades da Europa estão repletas de SUVs [*sport utility vehicles*], cujo desempenho técnico e consumo de energia não têm a menor relação com seu modo de utilização na vida diária[274]. O mesmo vale para outros setores da indústria do consumo, como a gastronomia ou o turismo, nos quais, há não muito tempo, bens de luxo eram vistos como problemáticos, e hoje, graças ao rápido retorno do consumo ostensivo, são impulsionados por uma demanda tão grande quanto crescente.

O que mais confunde nesse desenvolvimento é que não há menção ou explicação de sua relação com a moralização do comportamento de consumo em outras camadas da população. A satisfação de necessidades mediada pelo mercado já não representa tanto uma "proliferação da arbitrariedade", como Hegel descrevera há quase dois séculos, mas uma nítida oposição entre dois tipos de compradores muito diferentes, entre os quais não parece haver nenhum intercâmbio de interesses e preferências. Pareando-se no meio social, cujos membros têm de se esforçar para adquirir apenas bens de subsistência, existem, em imediata contiguidade, dois amplos grupos de consumidores:

---

[274] Para esse exemplo, cf. Streeck, *Re-forming Capitalism*, op. cit., p. 263 s.

o primeiro guia-se fortemente por motivos éticos, enquanto o segundo se permite a aquisição de bens de luxo sempre com renovada inocência. Em razão da falta de meios de comunicação abrangentes, estamos longe de elucidar se não haveria uma obstrução recíproca quanto aos modos pelos quais as diferentes classes fazem uso de bens de consumo. Quem usa um carro esportivo de alto desempenho para seus afazeres cotidianos não apenas contribui para a destruição do meio ambiente, como também configura ameaça ao crescente grupo de ciclistas, pautado por fatores éticos; da mesma forma, o consumidor dotado de preocupações ecológicas, na avidez de submeter os alimentos a estritas regulamentações ambientais, pode fazer o preço desses alimentos se tornar cada vez menos acessível a parcelas cada vez maiores da população carente. Atualmente, quase não há uma coordenação discursiva do comportamento de consumo, precondição de toda a liberdade social nessa esfera. Não parece haver um acordo implícito entre os consumidores, que poderiam, de maneira unificada, exercer uma pressão sobre preços e desenvolvimento de produtos por parte das empresas. Nos mais diferentes países, os órgãos de proteção ao consumidor mostram-se relativamente impotentes diante de tais desvirtuamentos, pois à medida que exercem uma função eminentemente negativa, de controle, e estando distantes dos clientes, carecem da possibilidade de influenciar os consumidores. Diferentemente do que se tinha com as cooperativas de consumidores do passado, esses órgãos não dispõem do poder socializador para proporcionar a seus membros o contato com outras modalidades, cooperativas, de utilização do mercado.

Como não é difícil constatar, empresas e corporações ativas

no mercado de bens de consumo estão se aproveitando dessa situação; afinal, graças à clara segmentação de interesses do consumidor, elas são capazes de servir a todos os três grupos de consumidores ao mesmo tempo ou, então, dividi-los entre si, segundo seus interesses recíprocos. O melhor exemplo da primeira alternativa é a indústria automobilística da Alemanha, que, apesar da crise financeira e econômica, conseguiu aumentar drasticamente as vendas por meio da diversificação de seu leque de produtos e abertura de mercados no exterior. Se há trinta anos se dizia que os carros de alto desempenho e elevada emissão de poluentes estavam a caminho da obsolescência, hoje suas vendas florescem em razão de seu elevado valor simbólico. Como exemplo da segunda alternativa, a divisão mais ou menos coordenada do mercado pode ser encontrada na indústria alimentícia, em que os produtores e atravessadores muitas vezes têm se concentrado num único segmento — e aqui se pode pensar no mercado Rungis*, rede especializada em produtos de luxo, cuja importância para os hábitos de consumo das camadas sociais que pomposamente alardeiam sua riqueza cresceu a ponto de inflamar a fantasia revolucionária de grupos de resistência da esquerda[275]. Provavelmente seria equivocado falar apenas em um poder de mercado ampliado das empresas em face dos consumidores; em nossos dias, os fornecedores dominam quase completamente o sistema de comunicação que lhes permite uma influência muito maior sobre as necessidades e preferências do consumidor, e, graças à onipresença midiática, seu poder de

---

* Trata-se do maior mercado de produtos alimentícios frescos do mundo, localizado nos arredores de Paris. (N. E.)
275 Cf. Comité invisible (org.), *L'insurrection qui vient*, Paris, 2007, p. 122.

controle tem ultrapassado as fronteiras de seu próprio território econômico, penetrando nos mais ínfimos poros da vida cotidiana. O nível alarmante em que adolescentes, mesmo crianças, estão obcecados por marcas[276], bem como a enorme rapidez com que as campanhas publicitárias conseguem penetrar na fantasia de tantas pessoas para assim governar sua autoimagem e identidade[277], são sinais claros da inversão social que transformou consumidores em personagens passíveis de influência para além de seus hábitos de compra. Empresas bem-sucedidas na indústria de bens de consumo, que originária e institucionalmente deveriam participar do mercado a serviço do consumidor e reagir de maneira sensível às voláteis necessidades desse consumidor, acabaram acumulando um poder de controle que nem mesmo os realistas mais amargos do século XIX poderiam ter admitido[278].

Por mais que fosse desejável, e por mais que satisfizesse à intenção de uma reconstrução normativa, não é possível hoje falar numa "moralização dos mercados" vinda de baixo, da parte dos consumidores. Ainda que se conte com tendências isoladas a um autocontrole ético do comportamento de compra, ainda que na União Europeia tenham sido impostos às empresas prin-

---

[276] Cf. Martin Lindstrom e Patricia B. Seybold, *Brandchild: Remarkable Insights into the Minds of Today's Global Kids and their Relationships with Brands*, Londres, 2003; Andreas Ebeling, *Das Markenbewußtsein von Kindern und Judenlichen*, Münster, 1994.

[277] Do ponto de vista feminista, esses processos são bastante investigados, entre outros aspectos, segundo o corpo ideal explorado pela publicidade em Vickie Rutledge Shields e Dawn Heinecken, *Measuring Up: How Advertising Affects Self-Image*, Filadélfia, 2001.

[278] Esse quadro não mudou nem com a instalação da plataforma de internet eBay, que à primeira vista poderia funcionar como uma tentativa renovada de socialização do mercado de bens de consumo por meio de revendas coletivamente coordenadas; não obstante, de modo geral tem servido mais como um estímulo adicional ao comportamento de consumo individualizado (sobre isso, cf. Ken Hillis e Michael Petit [orgs.], *eVeryDay eBay. Culture, Collective and Desire*, Nova York/Londres, 2006).

cípios de sustentabilidade, e ainda que em muitos lugares tenha havido um aumento das atribuições jurídicas dos organismos de proteção ao consumidor e que, numa série de países, seguindo o modelo dos Estados Unidos, se considere a possibilidade de instituir juridicamente uma competência para ressarcimento coletivo de danos às organizações de consumidores, o poder das empresas nos mercados de bens de consumo só tem aumentado nos últimos anos. O flagrante desequilíbrio encontrado nesses mercados e que hoje se contrapõe às normas que lhes são inerentes e às ideias que os regulam, pode ser bem explicado mediante uma coincidência de "afinidades eletivas" entre transformações econômicas e processos de transformação culturais: no mesmo período em que o poder das empresas começou a crescer, por meio da internacionalização da produção e do comércio, o desaparecimento dos contrapesos discursivos também permitiu que os consumidores se tornassem cada vez mais privatistas, o que, ao mesmo tempo, os deixou cada vez mais indefesos.

Desse modo, deve-se constatar que nas últimas décadas a esfera do consumo mediada pelo mercado não se converteu num componente da eticidade democrática. Ainda que, por meio do auxílio de mecanismos discursivos e dos regulamentos correspondentes, tivesse o potencial normativo para fazê-lo, hoje não serve nem à prática de uma recíproca adoção de perspectivas, nem à aprendizagem de práticas de restrição das necessidades. Pelo contrário, não obstante a tão evocada moralização do comportamento de compra, prevalece uma mentalidade de consumismo privado, de acúmulo individual de bens efêmeros[279], que franqueia às empresas uma margem extremamente ampla para alcançar seus objetivos, que em geral são definidos de maneira autônoma. Essas anomalias têm um peso tanto maior por ser justamente hoje que se exige uma coordenação e concordância maior entre os consumidores; afinal, não só a catástrofe climática torna necessária a redução do alto nível de consumo dos países ocidentais, como o mercado também tem sido inundado por uma quantidade cada vez maior de bens cuja adequação a um comércio que respeite as regras do mercado mostra-se altamente questionável do ponto de vista ético. Em relação ao primeiro dos desafios éticos, que é o da redução de certas necessidades de consumo sobretudo nos setores de energia, alimentação e transporte, seria pensável, até certo ponto, um sistema puramente financeiro que poderia conduzir aos efeitos desejados; porém, tais meios de influência simplesmente monetária — por exemplo, impostos sobre consumo, aplicáveis somente a gastos que ultrapassem um nível mínimo de abastecimento básico e que protegeriam, desse modo, as camadas de baixa renda —, costumam ser tachados de estímulo a atitudes oportunistas, à medida que provocariam estratégias de sonegação. Assim, em longo prazo só mesmo um discurso público pode garantir uma restrição efetiva no nível do consumo, que já é normativamente requerida pelos princípios reguladores do consumo. Quanto mais fortemente os consumidores se

---

279   A diferenciação aqui implicitamente utilizada entre bens de consumo de "vida curta" e "de vida longa", já empregada por Hannah Arendt (*Vita activa*, op. cit., § 17) e vista de maneira sistemática em Albert O. Hirschman (*Engagement und Enttäuschung*, op. cit., cap. 2), é ignorada de modo problemático por Daniel Miller, que, em seu excelente estudo *Der Trost der Dinge* (Frankfurt am Main, 2010), intenta prover o consumismo privado de uma justificação relacionada ao meio ambiente.

relacionarem entre si mediante órgãos intermediários de conformação da opinião, e quanto mais sustentavelmente puderem influir em suas respectivas interpretações das necessidades, mais estas poderão restringir seu comportamento de consumo pela via da compreensão, ou seja, de maneira reflexiva[280].

Sem dúvida, o mesmo vale para o segundo risco, que hoje ameaça cada vez mais a esfera de consumo à medida que esta inapelavelmente se encontra dividida entre os consumidores que se comportam de maneira privada e os empresários que só têm olhos para suas vantagens econômicas. Nos últimos vinte ou trinta anos, em razão dos progressos técnicos da medicina, acelerou-se a demanda por determinado tipo de bens cuja particularidade está intrinsecamente relacionada ao circuito funcional do corpo humano; em primeiro lugar, cabe nomear certos órgãos do corpo humano cujo transplante pode garantir a sobrevivência de um paciente, mas também se pode pensar nas chamadas "barrigas de aluguel", que costumam abrir caminho a casais sem filhos para que possam ser considerados pais biológicos[281]. Se no primeiro caso não cabe desacreditar moralmente dos motivos para a aquisição de bens desse tipo, ligados ao corpo, pairam dúvidas de caráter ético quanto ao segundo caso, sobre se o interesse em questão pode ser considerado legítimo sob todas as circunstâncias. Mas para ambos os casos, independentemente de suas

---

280 Sobre esse complexo como um todo, cf. Claus Leggewie e Harald Welzer, *Das Ende der Welt, wie wir sie kannten: Klima, Zukunft und die Chancen der Demokratie*, Frankfurt am Main, 2009.

281 Para o primeiro caso, cf., a título de exemplo, *Why Some Things Should not Be for Sale*, op. cit., parte III, cap. IX; para o segundo caso, cf. Margaret Radin, "Market Inalienability", in *Harvard Law Review*, 100, 1987, p. 1849-937; Elizabeth Anderson, "Der verkaufte Bauch – Schwangerschaft als Ware", in *WestEnd. Neue Zeitschrift für Sozialforschung*, 3, 2006, H. 1, p. 74-87.

diferenças, questiona-se (e a resposta pode ser encontrada apenas na esfera pública) sobre em que medida o acesso a um comércio desses bens, pelos quais há no mercado uma demanda cada vez maior, deveria ser possibilitado. Como vimos, não é a primeira vez na história do mercado de bens de consumo moderno que são feitas perguntas desse tipo: sua expansão veio sempre acompanhada de disputas mais ou menos conflituosas sobre se certos bens, em razão de suas propriedades aditivas ou de suas consequências degradantes, não deveriam ser retirados do intercâmbio mediado pelo mercado. Ao que parece, no entanto, nunca antes os consumidores — e entenda-se como grande grupo dos implicados diretamente — estiveram tão pouco integrados ao necessário processo de decisão; a ausência de grupos intermediários nessa esfera, de espaços para discussão e, assim, de mecanismos de generalização de interesses impede que se possa formar uma opinião abrangente ou mesmo uma atmosfera que deva ser publicamente reconhecida. Nesse sentido, as tomadas de decisão sobre questões inerentes à regulação dos mercados, apesar de a esfera política procurar, algums vezes, apoiar certos grupos de interesse, são executadas num estreito círculo de órgãos governamentais e associações de especialistas, nos quais os consumidores, enquanto tais, não têm participação alguma (como aqui já anunciamos, mais tarde falaremos, noutros contextos, sobre o poder de intervenção cambiante dos fóruns da internet).

Segundo os critérios que desnudamos com o auxílio do economicismo moral, em nossos dias a esfera do consumo mediada pelo mercado carece de todas as precondições institucionais que poderiam convertê-la numa instituição social da liberdade social. Não se pode dizer que exista nela uma reciprocidade institucionalizada na satisfação de interesses ou necessidades, já que uma das partes, a dos consumidores, atualmente quase não dispõe de instrumentos discursivos por meio dos quais estaria em condições de generalizar as variadas e divergentes preferências de tal modo que pudesse obrigar a outra parte, a das empresas, a considerar essas preferências sob pena de fazer fracassar a concepção de produtos e política de preços. Na mesma medida da disseminação de uma mentalidade de consumo privatista, que tanto mais é acelerada com o desaparecimento das cooperativas de consumidores que antes lhe ofereciam resistência, o problemático desequilíbrio de poder, existente desde sempre nos mercados de bens de consumo, aumentou de tal modo que os ofertantes, com elevada probabilidade de êxito, passaram a influir nas necessidades dos consumidores segundo seus próprios interesses. Divididos em grupos parciais, entre os quais não há processos de entendimento, e homogeneizados somente por processos anônimos de constituição de *habitus*, esses consumidores já não podem desenvolver nenhuma consciência conjunta de realização de sua liberdade individual no intercâmbio cooperativo com a contraparte.

As crescentes diferenças entre situações sociais e níveis de renda passaram a ser o maior obstáculo na hora de fortalecer o poder de oposição dos consumidores por meio da unificação da comunicação e de normas legais específicas. Mesmo o direito, mediante ampliação das atribuições das associações de consumidores, pode contribuir apenas infimamente para a intensificação do potencial de pressão e negociação dos consumidores quando se carece das precondições sociais para que estes, mesmo antes de tomar decisões de compra, estejam no mesmo nível como membros da sociedade; e as margens discursivas para uma correção mútua da interpretação de necessidades surgem entre os consumidores somente quando as condições sociais não são divergentes a ponto de poder se transpor à perspectiva do outro. Todos os esforços para que, mesmo de maneira incipiente, se realize uma esfera de consumo estão fadados ao fracasso quando a distância socioeconômica entre as classes sociais aumenta a ponto de originar perspectivas de futuro e oportunidades de consumo muito diferentes. Para visualizar os desenvolvimentos sociais que hoje dão lugar ao renovado aumento dessas diferenças de condições de vida, em nossa reconstrução normativa devemos passar da esfera do consumo mediado pelo mercado para a da divisão do trabalho mediada pelo mercado, pois a posição que o membro da sociedade ocupa na estrutura social obviamente não decide seu papel no processo de circulação econômica, e sim, em termos marxistas, sua posição no sistema de produção capitalista[282].

c) O mercado de trabalho

Ainda que Hegel iniciasse, com o mercado de bens de consumo, seu intento de desvelar a nova ordem econômica capitalista como morada da liberdade social, certamente estava claro para ele que seu verdadeiro cerne residia na esfera de trabalho da sociedade mediada pelo mercado. Em grau muito maior que a atividade de consumo, que, por mais que esteja adequadamente organizada, pouco contribui para a autoestima individual, a

---

[282] Bastante esclarecedor sobre esse aspecto: Reich, "Markt und Verbraucherrrecht", op. cit. p. 190-4.

atividade objetificada do trabalho depende de um reconhecimento mútuo no contexto de toda a sociedade, pois dela depende toda a "honra" e a liberdade civil do homem moderno ou, mais precisamente, do varão moderno[283]. Entretanto, desde o início Hegel está consciente de que o mercado de trabalho, que deve produzir precisamente esse reconhecimento e, assim, realizar a liberdade social, corre sempre o risco de fracassar na tarefa que se impôs: quando faltam medidas de controle estatal — assim acredita Hegel —, ele fará que, por um lado, se origine a "plebe", isto é, uma massa continuamente crescente de pessoas empobrecidas e subabastecidas[284] e, por outro lado, sob a pressão pelo aumento da produtividade, impulsione-se uma "mecanização do trabalho" que, em longo prazo, resultará numa derrisão de todo valor de reconhecimento do que se realiza produtivamente[285]. Na época posterior a Hegel, esses dois problemas estruturais produziram aberrações sociais que em ampla medida superaram o que se imaginara; e vemos, na primeira das duas anomalias, o desafio central do século XIX e, na segunda, o do século XX. Em sua primeira etapa, a história da organização capitalista do trabalho veio acompanhada de grandes ondas de pauperização física, que fez grande parte das camadas inferiores lutar por não mais que sua sobrevivência: e depois que as condições melhoraram, com o progressivo estabelecimento do Estado de bem-estar, iniciaram-se, num ímpeto semelhante, a desqualificação e o esvaziamento do trabalho, possibilitados pela técnica, que fez o mesmo grupo

---

283   Sobre a necessidade de reconhecimento do trabalho em Hegel, cf. Hans-Cristoph Schmidt am Busch, *Hegels Begriff der Arbeit*, Berlim, 2002, cap. II.
284   Hegel, *Grundlinien der Philosophie des Rechts*, op. cit., §§ 241, 244, 245.
285   Ibidem, § 198.

populacional confrontar com o problema, já bem diferente, do silencioso esvaziamento de suas atividades profissionais.

Nos primeiros anos do século XIX, quando Hegel se ocupava da recepção da nova economia mundial, a forma de organização social do trabalho estava em pleno curso de uma mudança radical. Nos séculos anteriores, as condições de trabalho vigentes se deram mediante relações tutelares, condicionadas por um feudalismo agrícola que obrigava os membros das camadas carentes de patrimônio a prestar serviços ou aos donos das terras, ou às autoridades políticas, em troca de compensações funcionais. Excetuavam-se apenas pequenos nichos econômicos, nos quais ou eram guildas de artesãos que controlavam as condições de trabalho — e ali se exerciam as primeiras formas de um trabalho assalariado e regulado contratualmente — ou, até mesmo, como acontecia na periferia da Europa Ocidental, não só o comércio de escravos era permitido, mas também o emprego de mão de obra escrava[286]. Com a Revolução Industrial, iniciada na Inglaterra, essa organização de trabalho relativamente estável passou a se transformar pouco a pouco; empresários munidos de "espírito capitalista" cada vez mais se valiam das possibilidades abertas pela tecnologia para financiar fábricas onde forneciam emprego a trabalhadores oriundos do campo, subocupados, em troca de pagamento irrisório e sob condições de trabalho escassamente reguladas, a fim de obter mais-valia com o trabalho físico dos assalariados. Mas a estrutura do trabalho assalariado, descrita por Marx como "acumulação originária", inseria-se aqui em outra série de formas de ocupação "protoindustriais", entre as quais

---

[286] Com uma visão panorâmica, cf. Robert Castel, *Die Metamophosen der sozialen Frage. Eine Chronik der Lohnarbeit*, Konstanz, 2000, cap. II e III.

se tinha, além do sistema doméstico ou *putting-out*, usado por comerciantes economicamente fortes, as pequenas empresas artesanais ou campesinas com suas medidas de proteção tradicionais[287]. Antes que finalmente se pudesse estabelecer um mercado de trabalho livre, regulado unicamente pela economia de mercado, como logo o descreveria Hegel, todas essas formas intermediárias tinham de caducar, algumas delas ainda organizadas como guildas, outras já constituídas como formas de comércio capitalista. Com a liberdade que nos proporciona a intenção de uma reconstrução normativa, podemos bem dizer que, na Europa Ocidental, o processo que purificou as estruturas de trabalho de todos seus elementos tradicionais de servidão ou de trabalho forçado chegou ao auge em torno de 1800. Na França, na antessala da Revolução, sob o impulso de Turgot, aboliram-se as guildas de constituição patriarcal e as instituições de encarceramento chamadas de "asilos de mendigos"[288]; na Inglaterra, tornava-se mais agudo o conflito entre nobreza feudal e burguesia liberal acerca do futuro do direito dos pobres, ainda organizado sob um molde paternalista[289]; e na Alemanha, finalmente, cujo grau de industrialização, à época, era bem inferior ao dos dois outros países, as administrações do Estado autoritário começaram a possibilitar uma atividade "livre" no nascente mercado de trabalho às classes inferiores, mediante introdução da liberdade de indústria e redução dos privilégios de classe dos proprietários

---

287 Ibidem, p 106-14.
288 Ibidem, p. 151, 162.
289 Polanyi, *A grande transformação*, op. cit., segunda parte, cap. VII e VIII; sobre isso cf. também: Thomas H. Marshall, "Staatsbürgerrechte und soziale Klassen", in idem, Bürgerrechte und soziale Klassen. Zur Soziologie des Wohlfartsstaates, Frankfurt/Nova York, 1992, p. 33-94, aqui: p. 49 s.

O DIREITO DA LIBERDADE

de terras e de bens[290]. Ainda que muitas das antigas formas de emprego e trabalho continuassem a existir até fins do século XIX, com esses conflitos e reformas iniciava-se o caminho que a evolução do mercado de trabalho assumiria dali em diante.

Com a gradual eliminação de todos os entraves institucionais, oriundos de sistemas mais antigos de emprego e seguro social, nos referidos países começou a se estabelecer um Estado social que Robert Castel, numa engenhosa formulação, chamou de "ponto morto da relação da dependência do salário"[291]; a mão de obra, muitas vezes deslocada do campo e despojada de suas garantias tradicionais, era obrigada a vender seus préstimos por meio de contratos formais sob condições determinadas tão somente pela demanda dos que empregavam suas capacidades; certamente, no campo ou nas cidades pequenas, continuavam a existir formas de trabalho protoindustriais, porém cada vez mais eram impelidas pela grande força de atração dos mercados de trabalho das grandes indústrias[292]. Nessa primeira hora da nova forma de organização do trabalho social, que logo seria captada com precisão pelos romances do realismo burguês[293], os assalariados careciam

---

[290] Helmut Böhme, *Prolegomena zu einer Sozial- und Wirtschaftsgeschichte im 19. und 20. Jahrhundert*, Frankfurt am Main, cap. 2.

[291] Castel, *Die Metamorphosen der sozialen Frage*, op. cit., p. 189 [*As metamorfoses da questão social*: uma crônica do salário, Petrópolis, Vozes, 1998].

[292] Sobre a coexistência inicial de formas de emprego "protoindustriais" e "industriais" no início do século XIX, cf. as descrições de Robert Castel, que se baseiam nas pesquisas históricas de Hans Medick, focadas em "protoindustrialização" (Peter Kriedte, Hans Medick e Jürgen Schlumbohm (orgs.), *Industrialisierung vor der Industrialisierung: gewerbliche Warenproduktion auf dem Land in der Formationsperiode des Kapitalismus*, Göttingen, 1978): Castel, *Die Metamorphosen der sozialen Frage*, op. cit., p. 109-40.

[293] Para a Inglaterra, cf., por exemplo, Charles Dickens, *Harte Zeiten* (1854), Berlim, 1984; para a França: Émile Zola, *Germinal* (1885), Munique, 1976. Antes disso, Heinrich Heine já havia descrito as novas relações de trabalho em seus relatos sobre Londres, publicados em 1827 (publicados como *Fragmentos ingleses*), sobre isso cf. Gerhard Höhn, *Heine-Handbuck. Zeit-Person-Werk*, Stuttgart, 1997, p. 257-65.

de toda e qualquer proteção social ou econômica em caso de desemprego, doença, desgaste físico ou velhice. É claro que ainda não havia um direito trabalhista como o entendemos hoje; as empresas não eram obrigadas a prestar serviços de assistência em caso de doença ou falta de trabalho produzida pela própria atividade, de modo que quando se carecia do parco salário rapidamente se atingia sérios níveis de pobreza, que não podiam ser compensados. Dadas essas condições, não é fácil imaginar quais promessas normativas do novo sistema da economia de mercado poderiam ter sido recebidas pelos assalariados; é bem possível que os processos anteriores de doutrinação moral e religiosa tenham contribuído, em parte, para estimular a disciplina temporal necessária e a disposição para o trabalho[294]. Todavia, podem ter sido as promessas de liberdade do mercado que motivaram os trabalhadores a aceitar as cargas que lhes eram impostas; no entanto, de modo geral deve ter sido a mera pressão pela sobrevivência que os fez aceitarem sem reclamar as duras regras de um emprego pautado pela oferta e procura. Em todo caso, seria um tanto imprudente atribuir a essas primeiras gerações de assalariados "puros" a convicção ético-laboral de que deviam se submeter a todos os sofrimentos das condições de trabalho que então imperavam em razão de um compromisso com o trabalho. Entretanto, no decorrer dos séculos, a revalorização do trabalho acabou surtindo efeito também entre as classes sociais mais baixas, de modo que se passou a compartilhar com a pujante

---

[294] Como exemplo para a Inglaterra, cf. Edward P. Thompson, "Zeit, Arbeitsdizsiplin und Industriekapitalismus", in idem, *Plebeische Kultur und moralische Ökonomie. Aufsätze zur englischen Sozialgeschichte des 18. und Jahrhuderts*, Frankfurt/Berlim/Viena, 1980, p. 34-65.

burguesia a condenação ética à fortuna adquirida sem esforço; porém, essa consciência, diferentemente das interpretações burguesas, foi incorporada, por muito tempo, a representações tradicionais, segundo as quais a decência moral manda que se corrijam as leis do mercado em favor dos necessitados e despossuídos[295]. Não raro, eram influenciadas por ideias desse tipo as muitas organizações de auxílio mútuo, formadas sobretudo na Inglaterra e na França na primeira metade do século XIX, a fim de oferecer proteção aos imponderáveis de um trabalho desregulamentado e carente de toda proteção, que era uma continuidade de práticas semelhantes às dos períodos pré-industriais; comparáveis às práticas "solidárias" que Hegel preconizava para as corporações de profissões organizadas[296], as *friendly societies* inglesas e suas congêneres francesas, as *mutuelles*, garantiam que os membros ou suas famílias, em caso de adoecimento, velhice ou morte, pudessem contar com um apoio financeiro e por vezes, também, de caráter pessoal-caritativo[297].

Diante da rápida pauperização física, que afetou principalmente os centros industriais da Europa Ocidental com um misto de fatalismo, auxílio mútuo coletivamente organizado e sentimentos de injustiça alimentados pela tradição, as alas intelectuais

---

295 Edward P. Thompson, "Die ‚moralische Ökonomie' der englischen Unterschichten im 18. Jahrhunderts", in idem, *Plebeische Kultur und moralische Ökonomie*, op. cit., p. 66-129.

296 Na verdade, Hegel emprega a expressão "solidário" já em uma de suas lições sobre a "filosofia do direito" para caracterizar os esforços cooperativos das corporações: G. F. W. Hegel, *Philosophie des Rechts, Die Vorlesung von 1819/20 in einer Nachschrift*, org. Dieter Henrich, Frankfurt am Main, 1983, p. 203 (devo essa indicação a Stilian Yotov).

297 Sobre as *friendly societies*, cf. Peter Henry Gosden, *The Friendly Societies in England 1815-1875*, Manchester, 1961; sobre a história do movimento das *mutuelles*, cf. Roman Lavielle, *Histoire de la Mutualité. Sa place dans le regime français de la sécurité sociale*, Paris, 1964.

da burguesia, que se encontrava em ascensão econômica, viam-se diante da tarefa de encontrar uma legitimação normativa e uma explicação teórica para os recém-surgidos fenômenos de crise, uma vez que as condições catastróficas em muitas regiões decerto se opunham inteiramente aos enredos de justificação com que antes se fundamentara a ampliação de um mercado de trabalho de acordo com um liberalismo de mercado otimista. Partindo dessa situação na Inglaterra, "pauperismo" foi a palavra que se difundira rapidamente entre os contemporâneos educados, não apenas para trazer um denominador comum a todas essas condições de pobreza, mas também para explicá-las de algum modo. Tinha-se em mente, com esse termo, uma forma particularmente extrema de miséria, cuja particularidade em relação a todas as outras formas de pobreza até então conhecidas estava no fato de os afetados terem perdido tudo o que restava de decência civil e de comportamento cidadão[298]. Na verdade, condições sociais como as que mais tarde vieram a ser descritas por Victor Hugo no romance *Os miseráveis* — que relata a vida de um grupo de vagabundos sem-teto na Paris dos anos 1830[299] — encontravam-se sobretudo em regiões onde já predominavam as formas de produção de grandes indústrias; no campo e nas cidades menores, onde os pequenos estabelecimentos de camponeses ou artesãos ainda determinavam a organização do trabalho, continuavam a vigorar os mecanismos de proteção das relações sociais tradicionais, de modo que muitas vezes se podia evitar a queda em miséria física e psíquica. Aos partidários intelectuais

---

298 Castel, *Die Metamorphosen der sozialen Frage*, op. cit., p. 193-204.
299 Victor Hugo, *Die Elenden* (1862), Munique, 1968 [*Os miseráveis*].

da burguesia abastada, no entanto, a situação nos centros industriais era suficiente para evocar a imagem de classes "perigosas"; num misto de medo e aversão, que a partir daí se converteria em componente estável de um "racismo de classe" (Robert Castel), as novas formas dessocializantes da pobreza eram relacionadas às tendências à degradação, que supostamente acompanhariam, por natureza, as classes baixas[300]. Até hoje, essa ideia naturalista, segundo a qual as parcelas desempregadas e subempregadas da população estão inclinadas ao comportamento primitivo e ao "declínio da moral", e isso as tornaria potencialmente perigosas, sempre reaparece quando os fracassos do mercado de trabalho capitalista demandam justificativas para as condições de miséria ensejadas por eles próprios.

Contrastando com reações desse tipo, alguns poucos autores da época — entre eles Hegel e mais tarde, claro, os socialistas utópicos — procuraram compreender as verdadeiras causas socioeconômicas da degradação social que tinham fornecido material para as descrições do pauperismo. Com um olhar sóbrio sobre as condições mutáveis, ficou estabelecido nesses círculos que, sob as condições e um mercado de trabalho livre, as empresas da grande indústria produziriam sempre uma enorme horda de desempregados sem proteção alguma, pois quando tivessem menos possibilidade de vender seus produtos, algo bastante previsível, elas se veriam obrigadas a fazer maciças demissões. Nas vias intelectuais abertas por essas primeiras tentativas de explicação, de caráter

---

[300] De maneira exemplar, cf. Louis Chevalier, *Classes Laborieuses et classe dangereuses à Paris, pendant la première moitié du XIXe siècle*, Paris, 1958. Sobre a continuidade da imagem das "classes perigosas", para o caso dos Estados Unidos, cf., por exemplo, Frances Fox Piven, *Regulierung der Armut: die Politik der öffentlichen Wohlfahrt*, Frankfurt am Main, 1977.

exploratório, um fenômeno que em princípio se denomina "pauperismo" logo se incide nas sombras de uma problemática maior, que é tratada como "questão social"; com esse termo, os representantes da incipiente economia de mercado pela primeira vez veem com clareza que a precária situação das classes trabalhadoras não é culpa destas, mas, na verdade, está relacionada à diluição das fronteiras sociais do mercado de trabalho capitalista[301].

O fato de as classes mais pobres passarem a exercer formas de resistência mais fortes e articuladas a uma moralidade configurou contribuição significativa à gradual politização da análise das consequências sociais da nova organização do trabalho. Depois do que talvez se pudesse pensar como estado inicial de choque, já que, no mundo real, o confronto com as consequências de um mercado de trabalho desregulado não raro se dava ao curso de poucas gerações, a situações devastadoras reagia-se, em primeiro lugar, como aqui já mencionado, com o vocabulário do protesto e os mecanismos de proteção de uma economia moral tradicional: por permitirem condições de trabalho incompatíveis com a dignidade e a honra próprias ao "homem comum", acusavam-se os proprietários de fábricas ou as autoridades políticas e associações de auxílio mútuo eram criadas para evitar carências extremas[302]. Mas, como consequência dos enfrentamentos, que em alguns lugares assumiram um tom definitivo de luta de classes, os afetados pouco a pouco adquiriam as ideias normativas que os próprios defensores do novo sistema de classes tinham utilizado para

---

301 Sobre essa conversão da discussão sobre o pauperismo na "questão social", cf., para o caso da Alemanha, Florian Tennsdtedt, *Vom Proleten zum Industriearbeiter. Arbeiterbewegung und Sozialpolitik in Deutschland 1800-1914*, Colônia, 1983, cap. A.I e II.
302 Cf. Edward P. Thompson, *Die Entstehung der englischen Arbeitklasse*, 2 vols. Frankfurt am Main, 1987, sobretudo vol. I, cap. XII, e vol. II, cap. XIV e XV.

fundamentar a nova organização do trabalho. Em vez de se valerem dos princípios tradicionais relacionados à decência moral, em tais conflitos cada vez mais se passou a utilizar princípios que, definitivamente, remetiam aos fundamentos da legitimação implícitos no ordenamento econômico do próprio capitalismo. Tal mudança, que era apenas sutil, fazia-se reconhecer com mais nitidez quando surgiam categorias jurídicas no vocabulário da resistência que pareciam tomar literalmente as promessas normativas do mercado: falava-se num "direito ao trabalho", que não mais desapareceria do discurso de reivindicações de proteção do trabalho, e de garantias elementares em caso de enfermidade, assim como, é claro, logo surgiria a acusação de "exploração"[303]. Todas as exigências ou acusações assim feitas têm sentido apenas sob a condição de que toda a ideia de um contrato de trabalho "'livre" já tinha sido normativamente aceita ou, ao menos, tolerada: onde se reclama um "direito" ao trabalho deve-se, antes, ter regulamentado institucionalmente que o trabalho não pode ser atribuído de maneira paternalista ou simplesmente decretado; onde se exige uma proteção ao trabalho e pagamento do salário em caso de doença, o que está em jogo é a ideia de que o respeito ao contrato de trabalho pelo empresário exige implicitamente o cumprimento de uma série de medidas de proteção; e por fim, onde há uma acusação de "exploração", deve-se antes ter-se concedido ao sujeito laboral um direito jurídico em benefício de sua atividade. Assim, nos primórdios da indústria, em poucas décadas, as formas de resistência das classes trabalhadoras

---

[303] Sobre essa progressiva justificação da linguagem de protesto, cf. Michael Vester, *Die Entstehung des Proletariats als Lernprozeß. Die Entstehung antikapitalistischer Theorie und Praxis in England 1792-1848*, Frankfurt am Main, 1970, segunda parte, cap. I e II.

afetadas pela pauperização converteram-se num rápido processo de aprendizagem, de modo que as demandas normativas da nova organização do trabalho tornaram-se referência da nova organização trabalhista, e não as regras tradicionais da decência moral. Mesmo antes do desenvolvimento efetivo de um movimento trabalhista organizado, trabalhadores de súbito se converteram em companheiros de um encarniçado conflito de interpretação que dali em diante giraria em torno de quais implicações morais seriam inerentes à instituição do mercado de trabalho "livre".

Em meados do século XIX, depois de as diferentes alas de um movimento trabalhista organizado em toda Europa Ocidental terem finalmente se consolidado, passaram a existir duas frentes contrárias quanto à "questão social", que, de acordo com nossa reconstrução normativa, podem ser entendidas como interpretações opostas da promessa de liberdade em que o mercado de trabalho se assenta. Omitindo-se aqui todas as diferenças existentes, se uma das frentes poderia ser vista como o partido dos atores capitalistas privados e defendia uma compreensão puramente individual da liberdade de contrato, segundo a qual estão sob completo arbítrio do proprietário do estabelecimento de produção as condições sob as quais se contrata a mão de obra, a outra frente, considerada de maneira igualmente abstrata como partido dos trabalhadores industriais, defendia a convicção de que o sistema dessas liberdades contratuais tornava normativamente necessário garantir os requisitos sociais que tornam possível sua realização. Decerto, essas simplificações grosseiras fazem incorrer no risco de se ignorar a dinâmica interna e a forma específica em que transcorreram as disputas de classe nos diferentes países da Europa Ocidental àquela época e, assim, violentar a realidade histórica. Na Inglaterra, na França ou na Alemanha, para citar apenas alguns desses países, a luta social para uma organização capitalista do trabalho adotou uma configuração específica — se considerarmos que o grau de industrialização e a composição socioeconômica das classes diferem em cada caso —, e o peso político das classes diferiu fortemente em cada caso. Além disso — sobretudo porque o papel intermediário do Estado diferiu em muitos aspectos —, a luta de classes dependeu das distintas tradições político-jurídicas[304]. No entanto, aqui me parece justificável proceder a tal abstração das assinaladas diferenças — individualmente muito significativas —, porque para nós importa somente desvelar a profunda gramática moral das disputas acerca da "questão social". Se deixarmos de lado grupos muito distintos da luta de classes em meados do século XIX, poderemos então dizer que as diferentes alas do movimento trabalhista, ainda que não fossem marcadamente marxistas, lutaram por uma radical socialização da liberdade contratual pressuposta pelo mercado de trabalho capitalista ao querer agregar-lhe as condições sociais do trabalho, da proteção e da adequada valorização das capacidades de trabalho humano.

A gradual construção de uma política social de Estado, como a do final do século XIX em quase todos os países liberais da Europa Ocidental, é explicada hoje, na historiografia predominante, quase sempre com referência à enorme pressão que um movimento operário já fortemente organizado foi capaz de exercer tanto sobre a opinião pública que então se formava como sobre

---

[304] Como resumo dessa hipótese, cf. Jürgen Osterhammel, *Die Verwandlung der Welt. Eine Geschichte des 19. Jahrhunderts*, Munique, 2009, cap. XII.

grupos de parlamentares. Impulsionados pela experiência de que as recorrentes ondas de pauperização não resistiriam diante das medidas — as quais, já em vigor à época, eram tomadas por instituições particulares de solidariedade social, pelo Estado, como medidas de assistência aos pobres, e pelas numerosas associações de auxílio mútuo — e diante do desafio representado pelas lutas trabalhistas militantes, então na ordem do dia, os governos da Inglaterra, França, Suécia, Áustria ou Alemanha viram-se obrigados a promulgar leis para a proteção e seguridade social das classes assalariadas, restringindo consideravelmente os interesses das empresas capitalistas[305]. Mas se lançarmos um olhar justamente à Alemanha, que, sob a condução de Bismarck, foi pioneira na implementação dessas regulações sociopolíticas[306], essa hipótese explicativa apresentará lacunas consideráveis, uma vez que não se entende claramente que aquelas medidas, muitas vezes, só serviam a fins de pacificação ou de controle; não apenas as elites políticas, mas também as associações empresariais, em sagaz antecipação do poder crescente do movimento trabalhista, tinham grande interesse — assim se argumentava com referência aos desdobramentos que se davam sobretudo na Alemanha e na Inglaterra[307] — em que os assalariados fossem incorporados ao

---

305 Sobre essa explicação "social" ou também "laborística" do surgimento do Estado social, cf. a visão panorâmica bastante útil de Peter Baldwin, *The Politics of Social Solidarity. Class Bases of the European Welfare State 1875-1975*, Cambridge, 1990, p. 1-54. Exemplo brilhante de hipótese desse tipo nos é dado por Roger A. Cloward e Frances Fox Piven, "Moral Economy and Welfare State", in David Robbins et al. (org.), *Rethinking Social Inequality*, Aldershot, 1982, p. 148-64.

306 De maneira exemplar, *Vom Proleten zum Industriearbeiter*, op. cit., cap. C; além disso, Michael Stolleis, "Die Sozialversicherung Bismarcks. Politisch-institutionelle Bedingungen und Entwicklung der Sozialversicherung", Berlim, 1979, p. 387-410.

307 Para uma visão panorâmica dessa hipótese "bonapartista", cf. as contribuições de Jürgen Tampke e Roy Hay in Wolfgang J. Mommsen e Wolfgang Mock (orgs.), *Die Entstehung des Wohlfahrtsstaates in Großbritannien und Deutschland 1850-1950*, Stuttgart, 1998, p. 79-91 e p. 107-30.

sistema de concessão de direitos de seguro social e de proteção ao trabalho garantidos pelo Estado. A ambivalência das inovações sociopolíticas que, em fins do século XIX, se fizeram documentar na tensão entre essas duas hipóteses explicativas evidencia que as ideias regulativas de liberdade da nova organização capitalista do trabalho em princípio só podiam ser institucionalizadas na configuração unilateral de direitos subjetivos.

Uma institucionalização adequada da liberdade social no seio da esfera do mercado de trabalho capitalista exige também — e isso vimos na retrospectiva da tradição do economicismo moralista —, além das garantias jurídicas de igualdade de oportunidades, o estabelecimento de mecanismos discursivos que permitam à parte trabalhadora influir, coletivamente ou em grupos, nos interesses das empresas. Por isso, já na época de que se trata aqui, Durkheim aconselhara a revivescência das corporações profissionais, que assumiriam a tarefa de regulamentar corporativamente as relações econômicas no mercado[308]. Ainda que esse modelo se revelasse inegavelmente anacrônico, por estar ligado à condição histórica de campos profissionais de clara delimitação mesmo das atividades profissionalizadas, ele nos servirá de lâmina para que sobre ela se projete toda a ambivalência daquelas primeiras iniciativas político-sociais na Europa Ocidental. De modo geral, as medidas que os governos dos referidos países tentaram implementar para proteger os trabalhadores dos imponderáveis de um mercado de trabalho não regulamentado incluíam prescrições jurídicas que obrigavam as empresas a respeitar horários de trabalho fixos, tomar certas medidas de proteção social e pagar indenizações em caso de

---

[308] Durkheim, *Physik der Sitten und des Rechts*, op. cit., p. 31 s.

acidentes de trabalho. Além disso, em alguns países, sobretudo na Alemanha, davam-se já os primeiros passos para que, mediante contribuições sociais ou impostos mais altos, se constituísse um sistema público de seguridade que garantisse aos assalariados uma compensação financeira para os casos de doença, desemprego ou aposentadoria[309]. Não é difícil ver que todas essas regulações eram formuladas ao modo de pretensões legais, e a possibilidade de serem acionadas era garantia pelo Estado por meio de seu poder coercitivo; então, tinha-se um trabalhador individual que passava a ter um direito garantido pelo Estado de desfrutar de proteção perante os múltiplos riscos inerentes a um emprego regido somente pelo interesse de lucro das empresas. Na história ainda breve da economia de mercado capitalista, pela primeira vez se esboçava, de maneira ainda não muito bem definida, uma "nova relação de dependência salarial" (Robert Castel), que previa mais do que compensar o trabalhador de um modo que fosse apenas "pontual" mediante salário por uma tarefa realizada; como consequência das iniciativas político-sociais, sua posição tornava-se intrinsecamente provida de direitos elementares que lhes franqueavam o acesso a empregos além do pagamento contratualmente acordado para a sua atividade[310]. A "plebe" da primeira hora encaminhava-se então, fosse pelo êxito de seus esforços na luta ou pela perspicácia política do Estado, à conversão em assalariado do século XX, e seu estatuto agora era protegido.

Como preço pago por essas melhorias iniciais, que é, sem dúvida, um progresso normativo no sentido aqui sugerido, a

---

[309] Cf. Stolleis, "Die Sozialversicherung Bismarck", op. cit.
[310] Sobre isso, cf. o excelente trabalho de Castel, *Die Metamorphosen der sozialen Frage*, op. cit., p. 283 s.

individualização das atividades produtoras já não podia ser mantida. Nas décadas que precederam o início da vigência das medidas político-sociais implementadas pelo Estado, entre os assalariados, cuja maioria não gozava de direitos, constituíam-se formas rudimentares de resistência coletiva capazes de atuar como contrapeso às ameaças diárias à própria resistência, oferecendo espaços para auxílio recíproco, conciliação de interesses e adoção de perspectivas. As organizações de auxílio mútuo, já mencionadas, as numerosas associações de educação de trabalhadores formadas no decorrer do século, as cooperativas de consumidores e as organizações sindicais, que então começavam a surgir em toda parte, tinham sido associações das classes mais baixas, cuja função (latente) consistia em criar nos trabalhadores uma espécie de consciência de classe, inaugurando-lhes, desse modo, a possibilidade de se defender harmônica e cooperativamente[311]. É evidente que esses grupos e associações conseguiram irromper na esfera de produção capitalista, mesmo não lhes cabendo influir diretamente nas associações empresariais ou organizações estatais na condição de órgão de negociação; por meio de boicotes, greves, manipulação de maquinário ou auto-organização dos processos de trabalho, os membros das linhas de frente faziam entender seu desejo de influir na remuneração e no emprego de sua força de trabalho[312]. Tais formas de defesa

---

[311] Com relação às múltiplas formas de associação do movimento trabalhista no último terço do século XIX, cf., para o exemplo da Alemanha: Wolfgang Hardtwig, "Verein (Gesellschaft, Geheimgesellschaft, Assoziation, Genossenschaft, Gewerkschaft)", in Otto Brunner, Werner Conze e Reinhart Koselleck (orgs.), *Geschichtliche Grundbegriffe: Historisches Lexikon zur politisch-sozialen Sprache in Deutschland*, Stuttgart, 2004, vol. 8, p. 789-829, sobretudo p. 816-27.

[312] Com relação a essas lutas trabalhistas antes do estabelecimento da forma de trabalho taylorista, cf. Richard Edwards, *Herrschaft im modernen Produktionsprozeß*, Frankfurt/Nova York, 1981, cap. IV.

coletiva foram incrementadas também pelo fato de, nesse espaço de tempo, se chegar a uma maior consciência da contribuição da produtividade para a atividade própria do crescimento econômico; o princípio do rendimento, que por cem anos fora propagado pela burguesia e até então fora institucionalmente utilizado unilateralmente para os próprios campos profissionais, começou a ser cada vez mais reclamado por trabalhadores providos de consciência de classe, que faziam atentar para o valor social e a dignidade do trabalho manual. Essas tendências à socialização vindas de baixo do mercado de trabalho, ou seja, a intenção de determinar pela via cooperativa as condições de troca da mercadoria e força de trabalho, logo foram freadas, voluntária ou involuntariamente, ou, no mínimo, sofreram o contrapeso da forma juridificada da política social que então nascia; afinal, os direitos sociais que o Estado concedia cada vez mais aos assalariados referiam-se, em sua estrutura formal, somente ao trabalhador individual, e, portanto, era inevitável que tornassem a separá-lo administrativamente das comunidades das quais se originara o processo. Aqui se evidencia mais uma vez o que vimos quanto ao efeito dessocializante dos direitos subjetivos: ao garantir a proteção legal de sua esfera privada ao indivíduo, dando-lhe a possibilidade de se defender de expectativas e cargas inadmissíveis, ao mesmo tempo "o alhearam" de seu ambiente comunicativo e, seguindo essa tendência, deixaram-no na condição de um sujeito jurídico "monológico", girando em torno de si mesmo. Como várias fontes o demonstraram, efeitos semelhantes tiveram as medidas de proteção e prestações sociais. Valendo-se delas, no fim do século XIX, os órgãos do Estado dispuseram a resolução da "questão social" e, assim, contiveram o risco de uma recorrente pauperização das massas trabalhadoras: uma vez que todas essas medidas tardias logo foram concedidas como direitos subjetivos, em caso de conflitos e disputas implicavam um retorno às orientações de ação puramente individuais. Assim, os impulsos de auto-organização, que nesse ínterim tinham ganhado força, logo se deixaram paralisar[313].

É claro que, para repeti-lo, isso não deve questionar as melhorias obtidas graças às reformas então realizadas, tampouco questionar seu conteúdo progressista. Mas, considerando-se critérios de liberdade social, como os que Durkheim estabeleceu como base de suas reflexões sobre grupos profissionais, em todas as bençãos dessas medidas de Estado vieram à luz também seus aspectos sombrios, que, em conjunto, consistiram em solapar as ambições associativas dos assalariados e, assim, suprimir o solo de suas tentativas de influir no mercado de trabalho pela via das cooperativas: se os trabalhadores, como empregados individuais, estavam, de fato, mais bem protegidos e assegurados como nunca antes na história do mundo do trabalho capitalista, havia uma tendência a perderem a capacidade espontânea de se sentirem membros de uma classe cada vez mais consciente de si e de realizarem esforços conjuntos para reconfigurar a esfera de produção mediada pelo mercado. O estabelecimento da liberdade social nessa esfera, ou seja, sua ampliação à condição de instituição "relacional", exige, como vimos em Durkheim, que institucionalmente lhe fossem conferidos mecanismos discursivos, permitindo aos implicados uma influência recíproca na localização

---

[313] Como exemplo, cf. Ulrich Rödel e Tim Guldimann, "Sozialpolitik als soziale Kontrolle", in *Starnberger Studien 2 — Sozialpolitik als soziale Kontrolle*, Frankfurt am Main, 1978, p. 11-6; Piven e Cloward, *Regulierung der Armut*, op. cit., cap. I.

de interesses de cada um deles e, pouco a pouco, emprestando forma aos objetivos de cooperação de caráter mais amplo. Em ambos os lados — o dos assalariados e o dos empresários —, devem passar a vigorar regras institucionais que impliquem um ancoramento do significado social e cooperativo das atividades econômicas na consciência dos partícipes. Desse modo, a comunitarização dos trabalhadores em associações, cooperativas e organizações mútuas foi um primeiro passo no caminho que antes se delineara, pois fez que comportamentos estratégicos egoístas no lado mais atrasado fossem evitados e que sentimentos de responsabilidade mais abrangentes fossem despertados. À medida que essas tendências a uma mais forte socialização do mercado eram desaceleradas ou contrariadas pelas primeiras iniciativas de política social, as oportunidades de liberdade social no seio da organização capitalista do trabalho diminuíam; nessa medida, o Estado social ou de bem-estar tem duplo caráter: por um lado, ele ajuda os assalariados a adquirir uma forma individual de sentido de valor próprio; por outro, impede uma nova comunitarização em razão de seus efeitos dessocializantes[314].

Nesse mesmo período, em fins do século, quando se discutia intensamente a forma em que seriam institucionalizadas as medidas políticas de auxílio social[315], as relações de propriedade também começavam a passar por profundas transformações. Até meados do século XIX era comum as fábricas e os grandes

---

314 Clauss Offe, "Zu einigen Widersprüchen des modernen Sozialstaats", in idem, *Arbeitsgesellschaft. Strukturproblem und Zukunftsperspektiven*, Frankfurt/Nova York, 1984, p. 323-39.
315 Com contribuições a esse tema, Baldwin, *The Politics of Social Solidarity*, op. cit., e Guldimann, "Die Entwicklung der Sozialpolitik in England, Frankreich und Schweden bis 1930", in *Starnberger Studien 2*, op. cit., p. 57-112.

estabelecimentos serem propriedade de um único empresário, que podia estabelecer, segundo lhe parecesse, os objetivos e os riscos da produção por ele determinada; com o aumento da produtividade econômica, o tamanho dos empreendimentos que demandavam financiamento havia crescido de tal maneira que passou a haver caminhos legais para possibilitar aos capitalistas estrangeiros participação econômica nos investimentos promissores de lucro. Ainda aos olhos de Marx, que a esses processos dedica um fascinante capítulo do terceiro volume de O *capital*[316], tem-se, portanto, a transformação de inúmeras empresas, até aquele momento de capital privado, em sociedades anônimas; assim, graças à recategorização do proprietário como mero "diretor" e ao direito de voto do acionista, chegava-se — como se lê em Marx de modo excessivamente otimista, talvez — a uma "passagem" na qual parecia assinalar-se o "retorno do capital" à "propriedade do produtor"[317]. No entanto, as perspectivas de uma "socialização da produção" de cima dependiam do modo de constituição do direito acionário nos diferentes países; certamente, todos os implicados, a começar pelos investidores, passando pelos clientes e terminando com os trabalhadores, estavam interessados em regulamentações que dessem conta de suas respectivas necessidades de segurança, de modo que então já era de se esperar um maior grau de universalização social nessas empresas anonimamente controladas. Do mesmo modo, porém, as legislações de cada país, em última instância, tinham de regular em que medida o novo instrumento do direito acionário

---

[316] Karl Marx, "Das Kapital", terceiro volume, in Karl Marx e Friedrich Engels, *Werke*, vol. 25, Berlim, 1970, cap. 27.
[317] Ibidem, p. 453.

devia comprometer as poderosas sociedades de capital com assuntos públicos, orientados para o bem comum; e quanto a isso, os governos dos países que se viram obrigados a uma maior atitude intervencionista, em razão da industrialização tardia de suas economias, assumiram um papel pioneiro, à medida que trataram de utilizar as sociedades anônimas como alavancas para influir na vida pública[318]. Desde cedo, sobretudo na Alemanha, os órgãos políticos conseguiram aproveitar a oportunidade trazida pela nova composição da propriedade capitalista para, por meio do direito acionário, impor às empresas constituições que exigissem a manutenção de compromissos com a sociedade[319].

Essas duas vertentes da evolução — a de uma intensificação da política social do Estado e a de uma maior integração da propriedade capitalista —, ao se associarem, darão origem, na primeira metade do século XX, à formação socioeconômica que, mediante olhar retrospectivo, foi chamada de "capitalismo organizado"[320]. O mercado de trabalho estava agora muito mais regulado normativamente do que em seu surgimento, considerando-se que os assalariados não apenas contavam com um estatuto relativamente assegurado, tendo seus direitos devidamente reconhecidos, como podiam exercer certa influência sobre as decisões empresariais por meio de seus órgãos de interesse, os sindicatos. A "insegurança específica" da vida proletária[321], resultante das

---

[318] Cf. as reflexões a esse respeito in Streeck e Höpner, "Einleitung: Alle Macht dem Markt?", in idem, *Alle Macht dem Markt?*, op. cit., sobretudo p. 12-4.

[319] Cf. Hans-Ulrich Wehler, "Der Aufstieg des organisierten Kapitalismus und Interventionsstaates in Deutschland", in Heinrich August Winkler (org.), *Organisierter Kapitalismus*, Göttingen, 1974, p. 36-57.

[320] Cf. as contribuições em Winkler (org.), *Organisierter Kapitalismus*, op. cit.

[321] A expressão é de Goetz Briefs: "Gewerkschatswesen und Gewerkschaftspolitik", in *Handwörterbuch der Staatswissenschaften*, org. por Ludwig Elster, Adolf Weber e Friedrich Wiser, Jena, 1927, vol. IV, p. 1108-50, aqui p. 1111.

oscilações do mercado de trabalho e da ausência de controle nos estabelecimentos de produção, num primeiro momento se havia reduzido, mesmo que, em razão das diferenças de patrimônio e educação ainda existentes, nem remotamente se pudesse falar numa realização da igualdade de oportunidades. Segundo Hegel e Durkheim, nessa esfera econômica as relações de reconhecimento, que tinham de ser igualitárias à medida que, tendo em vista o princípio superador da cooperação, os implicados tinham de se respeitar mutuamente como cidadãos econômicos "honrados" ou dispostos a render e receber a mesma consideração, continuavam a se dar de maneira assimétrica se aos assalariados correspondessem os direitos sociais que poderiam protegê-los na condição de indivíduos contra a arbitrariedade empresarial e a insegurança econômica, em sua disposição para o rendimento, em seu valor para a reprodução da sociedade e em sua aspiração ao progresso e à produtividade, tal como antes se viam amplamente inferiorizados ante as diferentes camadas da burguesia[322].

Os sindicatos eram as únicas organizações que poderiam ter atuado para contrabalançar condições de reconhecimento tão desiguais e fazê-lo pela via de uma constatação demonstrável da contribuição dos trabalhadores ao rendimento, considerando que, depois que muitas associações de auxílio mútuo de tipo tradicional tinham fracassado em razão do aumento do padrão de vida, os sindicatos, como órgãos quase naturais da representação

---

[322] Beirando o grotesco, pode-se tomar William Graham Sumner, *What Social Classes Owe to Each Other* (1883), Caldwell, 1995, como exemplo de um escrito polêmico dos primórdios do capitalismo organizado, no qual se expressam visões latentemente depreciativas dos assalariados. Desde sua primeira aparição, esse texto passou por doze novas edições.

dos próprios interesses, eram vistos pela maioria dos assalariados como entes destinados a constituir uma espécie de contrapoder ao capital organizado[323]. No entanto, no seio do círculo intelectual do movimento trabalhista, não havia um consenso acerca das tarefas que os sindicatos deveriam efetivamente assumir nas disputas sobre o futuro da produção capitalista; durante as primeiras décadas do século XX, dificilmente teria havido debate tão enérgico e, no entanto, com tanta qualidade como a questão sobre que interesses da classe operária (industrial) seriam protegidos pelos sindicatos e com que meios. O espectro de alternativas, se nos limitarmos à Alemanha, ia desde a concepção liberal de Lujo Brentano, segundo a qual cabe aos sindicatos a função de proteger a mão de obra do desgaste[324] quase ao modo das guildas, passando pela ideia reformista de Goetz Briefs — que, por meio do "objetivo externo" da luta contra a "coisificação" da mão de obra, lhes atribuía a tarefa "interna" de superar a "infravaloração social" dos assalariados[325] —, até a tese crítica ao capitalismo de Eduard Heimann, para quem os sindicatos se converteriam em órgãos de uma reconfiguração social total da economia de mercado[326]. Se nos ativermos às definições de Brief e de Heimann, veríamos que os sindicatos atuam, negativamente, não só como "cascas protetoras contra a comercialização

---

[323] Como exemplo para o caso da Alemanha, cf. as contribuições de Mooser, *Arbeiterleben in Deutschland 1900-1970*, op. cit., p. 190 s.
[324] Lujo Brentano já havia elaborado sua teoria dos sindicatos em seu escrito clássico sobre as "guildas de trabalhadores" (*Die Arbeitergilden der Gegenwart*, 2 volumes, Leipzig, 1871, 1872), mas no novo século logo a atualizou em vários artigos.
[325] Briefs, "Gewerkschaftswesen und Gewerkschaftspolitik", op. cit. Todas as citações aqui inseridas são provenientes do artigo dessa enciclopédia.
[326] Heimann, *Soziale Theorie des Kapitalismus*, p. 251-62. Aqui há também um bom resumo das funções relativizantes dos sindicatos.

da mão de obra humana"[327], com estilo cartelizado, mas também como agentes morais numa luta por reconhecimento, na qual se trata de revalorizar socialmente todas as atividades da indústria. Em suma, essas organizações poderiam ter sido convocadas a lutar por uma interpretação, radicalmente ampliada, do princípio do rendimento, que até então era entendido apenas "burguesamente"; assim uma nova valorização dos princípios imperantes no ordenamento de classes teria sido impulsionado. Mas por certos motivos, alguns dos quais ainda serão mencionados aqui, os sindicatos jamais chegaram a tal autoconcepção normativa; já na fase da constituição do capitalismo organizado, os sindicatos se mostravam essencialmente organizações de representação de interesses sem capacidade de tematizar ou atacar as desiguais condições de reconhecimento na esfera econômica.

Dessa autolimitação, não há como subestimar a responsabilidade do fato de, desde o início do século XX, começarem a se destacar, em todos os países do capitalismo ocidental, dois novos processos de desenvolvimento que vieram dispor as disputas quanto à organização do mercado de trabalho diante de questões totalmente novas. Já no último quarto do século XIX, métodos de produção industrial tecnologicamente muito mais refinados se configuraram, e suas medidas, orientadas para a economia de tempo, começaram a ser adotadas em toda a extensão da produção industrial: a consequência do triunfo desses princípios modificados de organização, denominados "tayloristas", foi um rápido crescimento na mecanização das atividades industriais, que fazia os assalariados se depararem com o problema de não mais poder

---

[327] Briefs, "Gewerkschaftswesen und Gewerkschaftspolitik", op. cit., p. 1117.

encontrar a base para um trabalho digno de reconhecimento, que refletisse suas capacidades, nas operações que deviam realizar[328]. No mesmo período histórico em que ocorreram as transformações formais assim indicadas, teve início na esfera econômica um segundo processo de transformação, que não seria de pouca importância para os conflitos e as disputas relacionados a ela em longo prazo: surgia uma nova e diferente classe de assalariados, a dos empregados, que de tal maneira se diferenciava dos assalariados tradicionais quanto às atividades realizadas — e assim também em sua mentalidade —, que parecia não se ajustar ao esquema anterior de interesses e percepções do movimento trabalhista[329]. Em poucas décadas, não apenas o trabalho industrial adquiria uma forma totalmente nova, mas surgia também um segundo tipo de ocupação, que parecia demandar formas autônomas de representação na luta pela conformação da organização do trabalho social.

Como já mencionamos, Hegel previa um processo de mecanização do trabalho cuja possibilidade de substituir toda atividade humana por máquinas lhe interessava especialmente[330]; entretanto, o que ele não podia prever é que esse aumento das formas de fabricação mediadas por máquinas em dado momento levaria a um estado da produção industrial em que os assalariados chegariam a ter dificuldades em compreender, nas operações e execuções que lhe eram impostos, a mesma dimensão

---

328 Cf. em especial Harry Braverman, *Die Arbeit im modernen Produktionsprozeß*, Frankfurt/Nova York, 1977, e Georges Friedmann, *Der Mensch in der mechanisierten Produktion*, Colônia, 1952.
329 Braverman, *Die Arbeit im modernen Produktionsprozeß*, op. cit., parte IV.
330 Hegel, *Grundlinien der Philosophie des Rechts*, op. cit., §198.

do trabalho. Mudança desse tipo na configuração do processo de trabalho só começaria a se impor no momento histórico em que o engenheiro Frederick Winslow Taylor, no final do século XIX, se propôs a revolucionar os métodos de gestão empresarial. Sua inovadora ideia consistia em imaginar o progressivo desaparecimento de todo trabalho manual da produção industrial, até o nível extremo em que caberia aos trabalhadores realizar operações decompostas em suas menores partes, planificadas por uma gerência treinada com um conhecimento bastante exato dos processos mediados por máquinas. Como Taylor não cansava de repetir, o benefício obtido por esse tipo de simplificação metódica das etapas de trabalho separadas devia ser o barateamento e, ao mesmo tempo, o aumento da produtividade da mão de obra individual: assim, fazendo-se necessário um nível de conhecimento e habilidade cada vez menor por parte do trabalhador individual, por um lado se podia reduzir o que, em seu salário, correspondesse à cota de qualificação, ao tempo mesmo que, por outro lado, fazia-se render o valor por unidade de tempo, já que nesse ínterim o ritmo dos processos de fabricação havia aumentado[331].

Não muito tempo depois que Taylor levou a conhecimento público esse novo sistema operacional, ele foi posto em prática nas grandes empresas do Ocidente capitalista em razão dos aumentos de produtividade que ele prometia. Antes do final da Primeira Guerra Mundial, a maior parte dos estabelecimentos fabris dotados da tecnologia adequada nos Estados Unidos, Alemanha e França foi adaptada aos novos métodos

---

[331] Bravermann, *Der Arbeit im modernen Produktionsprozeß*, op. cit., cap. IV.

de fabricação, de modo que, então, uma gerência profissionalizada podia racionalmente decompor os processos necessários e dividir as execuções mínimas resultantes entre os diferentes grupos de trabalhadores de baixa qualificação. Da perspectiva dos assalariados, como nos dão a conhecer muitos relatos da época[332], essas mudanças significavam tão somente uma expropriação e uma desvalorização de seu saber acerca do trabalho, até então marcadamente manual: se poucas décadas antes detinham o controle das operações de seu trabalho, ainda que com certa insegurança, e era possível empregar habilidades herdadas e conhecimentos adquiridos de maneira flexível e sob sua própria iniciativa, agora eles viam como todas essas capacidades lhes eram alijadas e deslocadas para um nível superior de condução, visando acelerar a produção. Não é difícil imaginar que esses processos de desqualificação da classe trabalhadora dos primórdios da industrialização, antes que o costume e o esquecimento começassem a surtir efeito, eram percebidos necessariamente como um ataque à sua autoconcepção, que fora transmitida por gerações: aquilo que constituíra seu orgulho e consciência de sua capacidade e a destreza associada a todo trabalho manual e força corporal lhes eram tirados da noite para o dia com a produção taylorista em cadeia de montagem, de modo que já não parecia haver razão alguma para uma distinção coletiva no futuro. Como tantas vezes, também somos informados sobre esses estados de espírito da classe trabalhadora da época com muito mais precisão pelos relatos pessoais e pelos romances do que pela bibliografia acadêmica,

---

[332] Ibidem, p. 108 s.

que inevitavelmente encontrará dificuldades em reproduzir os medos e temores coletivos[333].

Entretanto, nas décadas de 1910 e 1920, essas tendências a uma racionalização empresarial não afetavam da mesma forma todos os grupos de trabalhadores industriais; na verdade, nas fábricas tecnicamente mais evoluídas começava a se constituir uma nova elite trabalhista, que se diferenciava por deter qualificações mais abrangentes e menores encargos. O velho ideal do artesão ainda podia persistir de maneira modificada, pois se exigiam habilidades e conhecimentos tecnológicos passíveis de ser reclamados na esfera pública e mediante um direcionamento exclusivo[334]. Foram essas diferenças internas da classe trabalhadora, apoiadas em exigências de qualificação muito contrastantes, que colocaram os sindicatos diante do problema específico de unificar interesses distintos na luta pelo mercado de trabalho. Por um lado, era preciso insurgir contra o esvaziamento e a unilateralização dos processos de trabalho, para que fosse levada em conta a experiência dos assalariados forçados a trabalhar na produção em cadeia de montagem; por outro lado, não se podia assumir uma posição frontal contra a progressiva tecnicização da produção, uma vez que esta sem dúvida beneficiava uma outra parte dos trabalhadores, ainda que menos numerosa. Não raro, os sindicatos só conseguiam se

---

[333] A título de comprovação, veja-se um relato de experiência altamente informativo, de autoria de um padre da época em Berlim: Günter Dehn, *Proletarische Jugend. Lebensgestaltung und Gedankenwelt der großstädtischen Proletarierjugend*, Berlim, 1929; para nosso tema, cap. III. Da perspectiva histórica, é altamente profícuo Stearns, *Arbeiterleben*, op. cit., cap. IV.

[334] Como exemplo sobre a Alemanha: Mooser, *Arbeiterleben in Deutschland*, 1900-1970, op. cit., p. 61-7.

livrar dessas dificuldades limitando-se às exigências políticas e econômicas para que ambas essas partes conquistassem a base fabril da empresa; os objetivos posteriores, como descritos por Goetz Briefs e Eduard Heiman ao se referir às exigências de uma luta pela "dignidade" e pela "honra" do trabalho manual, necessariamente seriam perdidos ao se buscar uma solução de compromisso desse tipo. Ainda assim, a partir do momento em que o sistema de gestão empresarial taylorista começou a se impor na indústria, ideias de uma humanização do mundo do trabalho se faziam insustentáveis para o ideário do movimento trabalhista. Essas ideias surgiam à medida que os trabalhadores industriais se rebelavam contra a expropriação das habilidades transmitidas por gerações anteriores[335], e até hoje, vez por outra, elas tornam a emergir quando as condições seguras de trabalho permitem questionar também a qualidade das atividades empresariais[336]. Em todo caso, com aquelas primeiras lutas por um trabalho "provido de sentido" e "humano", no interior do movimento trabalhista, tornou-se mais crítica a consciência de que eliminar do repertório das ocupações oferecidas no mercado as atividades de pouca exigência, de execução puramente mecânica, seria parte de uma realização plena da liberdade social na esfera da produção; afinal, como já sabia Durkheim[337], tais trabalhos, que não exigiam nenhuma habilidade ou iniciativa própria, não permitiam ao indivíduo determinar,

---

335 De maneira abrangente, cf. Edwards, *Herrschaft im modernen Produktionsprozeß*, op. cit., p. 66-74; Friedmann, *Der Mensch in der mechanisierten Produktion*, op. cit., segunda parte, cap. v.
336 Como exemplo de atualização desse tipo pode-se citar Oskar Negt, *Arbeit und menschlichen Würde*, Göttingen, 2008.
337 Durkheim, *Über die Teilung der sozialen Arbeit*, op. cit., p. 413 s.

num contexto de cooperação social, onde ele poderia produzir uma contribuição valiosa. A ideia de "humanização" do trabalho, visando evitar operações repetitivas e puramente determinadas por um terceiro, entendida como algo essencialmente negativo, está intrinsecamente atrelada ao objetivo da realização da liberdade social no mercado de trabalho.

Entretanto, nos anos 1920, o que fez os sindicatos defrontarem com desafios inteiramente novos não foi apenas a dificuldade em defender publicamente essas exigências e harmonizá-las com os interesses da classe trabalhadora mais qualificada. Em razão do amplo crescimento do comércio, da produção e dos serviços bancários, a reduzida e relativamente bem paga camada dos assistentes administrativos do século XX converteu-se numa classe quase autônoma de funcionários de alta diferenciação profissional que, apesar de também depender de um salário e ter a correspondente insegurança da camada tradicional dos trabalhadores industriais quanto ao *habitus* e à conduta do trabalho, diferenciava-se desta quanto aos seus interesses, que podiam ser representados somente pelos órgãos tradicionais do movimento trabalhista[338]. Se os trabalhadores sentiam-se todos "proletários" e consideravam-se o último elo no ordenamento de classes da sociedade, independentemente de pertencerem a grupos menos qualificados ou à elite mais bem capacitada, de modo geral exigiam uma validade social maior. Essa consciência se apoiava, certamente com variações segundo o tipo de estabelecimento e a função exercida, na participação no prestígio de conduzir

---

[338] De maneira integral, cf. Bravermann, *Die Arbeit im modernen Produktionsprozeß*, op. cit., *Die Angestellten vor dem Nationalsozialismus. Ein Beitrag zum Verständnis der deutschen Sozialstruktur 1918-1933*, Göttingen, 1977.

a empresa, em pretensões de aquisição de bens culturais e, não raro, na demonstração de um ideal nacional[339]. Mesmo com integração aos sindicatos das diferentes associações de funcionários, em consequência dos distúrbios e das revoltas políticas do final da Primeira Guerra Mundial, como ocorreu na Alemanha, por exemplo, persistiu o problema de os membros atuarem, na organização, mais no sentido contrário do que a favor dos interesses dos trabalhadores. Por mais que ocasionalmente também tenha havido greves e abandono de postos de trabalho por parte de alguns grupos de funcionários com o intuito de, por exemplo, obter direitos de cogestão, a maioria de seus representantes continuava a se opor a essa "proletarização" organizatória e se aferrava à ideia de um prestígio social maior que o dos trabalhadores[340]. Quanto a isso, certamente não seria o caso de censurar os sindicatos; na verdade, deve-se reconhecer que, involuntariamente e quase sem nenhum poder, eles se viam diante do dilema de ter de representar os funcionários, por um lado, em razão de sua situação objetiva e determinada pelo mercado capitalista, e, por outro lado, de estarem cientes de seu classismo antiproletário. Na época, os esforços para resolver esse dilema de organização interna não apenas consumiram boa parte da energia destinada à luta por melhores condições de trabalho, como também fizeram que se perdesse de vista o objetivo das medidas ativas, que era melhorar a valorização social da classe trabalhadora.

Enquanto isso, no curso dos anos 1920, as conquistas sociais do capitalismo organizado de tal maneira se consolidaram, entre

---

339 Ibidem, cap. XII.
340 Ibidem, cap. XII.

outros motivos, pela enorme pressão do movimento operário, que a organização do trabalho social também assumia traços cada vez mais progressivos. Certamente, o sistema de gestão taylorista já se estabelecera em todas as grandes fábricas, de modo que na produção em larga escala passavam a imperar uma maior pressão quanto ao tempo, uma imposição de operações repetitivas, em que não cabia a iniciativa própria, e uma completa pobreza de experiências[341]. No entanto, em quase todos os países da Europa Ocidental não apenas se consolidara a seguridade social que proporcionava proteção básica em caso de desemprego, enfermidade ou velhice, mas, além disso, em muitas empresas foram instalados os primeiros mecanismos discursivos que concediam aos trabalhadores certo grau de cogestão. Para fins de uma reconstrução normativa que, tomando o fio condutor da possibilidade da liberdade social, se ocupe de maneira idealizante da história evolutiva da esfera de trabalho capitalista, merece menção especialmente essa última conquista do capitalismo organizado. Sob as condições da economia de guerra e a concentração elevada de capitais já durante a Primeira Guerra Mundial, concedera-se aos sindicatos algum direito ao debate, que, em face dos necessários aumentos da produção, se estendia a decisões sobre a elevação dos salários e a configuração do local de trabalho[342]. Assim, pela primeira vez na história do capitalismo abria-se a possibilidade

---

[341] A esse respeito, cf. os sempre contundentes apontamentos do diário de Simone Weil, baseados em experiências feitas em diversas fábricas na França dos anos 1930: *Fabriktagebuch und andere Schriften zum Industriesystem*, Frankfurt am Main, 1978 [*A condição operária e outros escritos sobre a opressão*, Rio de Janeiro, Paz e Terra, 1979].

[342] Cf. Charles S. Maier, "Strukturen kapitalistischer Stabilität in den zwanziger Jahren. Errungenschaften und Defizite", in Winkler (org.), *Organisierter Kapitalismus*, op. cit., p. 195-213, aqui: p. 197 s.

de os assalariados terem, em pequena medida, uma possibilidade de codeterminar as decisões sobre suas próprias condições de trabalho, ainda que fossem os proprietários privados ou as sociedades anônimas os que dispunham dos meios de produção. Quando, depois da guerra, em razão da crise conjuntural que se iniciava, as sociedades de capital perderam o estímulo para cooperar com os sindicatos e passaram a apostar em convênios corporativistas com os órgãos administrativos estatais[343], naturalmente não se tinha perdido, no seio da organização dos trabalhadores, a lembrança dessa esfera interina, tolerada ou mesmo desejada, de exercício de influência; pelo contrário: a recuperação desses direitos, então, foi uma preocupação permanente das associações de interesses dos sindicatos, que em sua maioria via nela uma oportunidade de transição progressiva, em certa medida pacífica, para uma democracia econômica.

O teórico socialista que naquele momento defendia de modo mais aguerrido esse tipo de ideia foi Rudolf Hilferding: ele não apenas cunhara o termo "capitalismo organizado", mas acreditava também que as condições assim denominadas — isto é, um acordo que restringisse a concorrência entre as empresas e o Estado — constituíram um estágio de passagem para a socialização definitiva do mercado[344]. Ainda que a imagem desse estágio final esboçada por Hilferding oscilasse imensamente entre ideias puras de uma economia planificada e, digamos, ideias do socialismo de mercado, certamente ele entendia que o entrelaçamento

---

343 Ibidem.
344 Com relação a isso, cf., de Heinrich August Winkler, "Einleitende Bemerkungen zu Hilferdings Theorie des organisierten Kapitalismus", in idem (org.) *Organisierter Kapitalismus*, op. cit., p. 9-18.

que se formava entre sociedades anônimas, bancos e Estado logo faria necessária a inclusão das organizações dos assalariados nos processos de planejamento[345]. Para os sindicatos da República de Weimar, essas ideias de Hilferding representavam um forte potencial de mobilização, pois ofereciam a possibilidade de criar uma continuidade entre as experiências de cogestão antes realizadas e as tarefas futuras; como objetivo essencial das lutas trabalhistas, e em acordo coletivo, as regulamentações democráticas econômicas que, com o auxílio de órgãos de representação, possibilitariam aos trabalhadores fazer valer seus interesses públicos nas decisões econômicas podiam agora ser entendidas. Recordando o que aprendemos com Durkheim sobre o papel dos mecanismos discursivos, talvez se possa dizer que, sob a forma de direitos de cogestão, deveriam ser criadas condições institucionais para conter os comportamentos egoístas no mercado, a fim de substituí-los por diretivas de ação econômica elaboradas em conjunto, já que as lutas resultantes dessas aspirações ao final se mostraram pouco exitosas, pois as possibilidades de cogestão foram mínimas durante a República de Weimar, e não se podia, então, eliminar do reservatório do movimento operário a ideia de uma democratização mais intensa das empresas.

É bem provável que os sentimentos de solidariedade típicos desses momentos históricos, além das exigências de uma ativação econômica forçada, fizeram o triunfo dos objetivos do movimento trabalhistas nos países da Europa Ocidental após o final da Segunda Guerra Mundial. Se forem tomadas como

---

[345] Cf., por exemplo, Rudolf Hilferding, "Problème der Zeit", in *Die Gesellschaft*, I, 1924, p. 1-17.

medida as demandas de liberdade social, não se tinha ido muito longe quanto à inclusão do mercado de trabalho até 1929, ano da irrupção da crise econômica mundial. Certamente, os assalariados contavam com direitos sociais numa proporção rudimentar, graças às medidas político-sociais que lhes garantiam o abastecimento de um mínimo de bens e serviços essenciais, mas as cargas psíquicas do desemprego prolongado e, sobretudo, do sentimento de estar só e à mercê da evolução incompreensível da conjuntura pouco diminuíram no curso das décadas[346]. No início do século, aproximadamente, constituíra-se nos países da Europa Ocidental o direito geral à formação escolar adequada, de modo que as perspectivas de lucro pelas próprias qualificações pareciam ter aumentado, ainda que a igualdade de oportunidade para crianças das classes mais baixas não tenha crescido, pois certas barreiras educativas não evidentes lhes impediam o acesso a escolas superiores e universidades[347]. Se de modo geral as possibilidades de uma cogestão do trabalho tinham melhorado em virtude da legalização da representação dos interesses sindicais e do estabelecimento de comitês de empresa, ainda se estava muito longe das condições institucionais nas quais os mecanismos discursivos permitiriam uma influência nas decisões empresariais; ainda que nesse período o desenvolvimento tecnológico tivesse contribuído para a criação de uma série de postos de trabalho qualitativamente exigentes e bem pagos, no extremo

---

[346] Com respeito ao desemprego de longo prazo, cf. a clássica investigação de Marie Jahoda, *Die Arbeitslosen von Marienthal. Ein soziographischer Versuch über die Wirkungen langandauernder Arbeitslosigkeit* (1933), Frankfurt am Main, 1975.

[347] Marshall, "Staatsbürgerrechte und soziale Klassen", op. cit., p. 77-81. Para a Alemanha, cf. Ludwig von Friedeburg, *Bildungsreform in Deutschland. Geschichte und gesellschaftlicher Widerspruch*, Frankfurt am Main, 1989, cap. IV.

inferior dos processos produtivos havia uma ampla gama de ocupações nas quais, em razão do grau de monotonia e heteronomia, não havia a menor possibilidade de se autossituar no sistema da divisão do trabalho[348]. Em suma, as oportunidades de liberdade social na esfera da organização do trabalho social, mesmo depois de aproximadamente cem anos de luta do movimento trabalhista, continuavam com poucas perspectivas de êxito; até o momento do surgimento do nacional-socialismo e, com ele, logo depois, da Segunda Guerra Mundial, ainda não se chegara à devida observância de todas as condições necessárias, como segurança de trabalho e de emprego, igualdade factual de oportunidades e cogestão democrática.

O fato de a margem de ação para realizar esses objetivos ter se ampliado após a Segunda Guerra Mundial talvez se devesse ao imperativo da reativação da economia e do aumento do sentimento de coesão nacional condicionado pela guerra. É claro que a situação socioeconômica da qual se partia nos países da Europa Ocidental era bastante diversa: por um lado havia uma Alemanha dependente política e economicamente, além de algumas ditaduras que continuavam no poder (Espanha); por outro lado, as potências vencedoras, entre elas, os países que se mantiveram neutros, não estavam em situação econômica muito melhor. Mas em quase toda a parte imperava um ânimo de igualitarismo social que exigia intervenções estatais no setor econômico e que, por esse motivo, condescendia com uma mais forte regulação do mercado de trabalho. Seria dispendioso demais explicar aqui as

---

[348] De maneira resumida, cf. Friedmann, *Der Mensch in der mechanisierten Produktion*, op. cit.

distintas formas do capitalismo organizado que começaram a se formar novamente na Europa Ocidental no decorrer dos anos 1950; basta-nos indicar que na França logo se instaurou uma forma mais centralizada de controle da economia, baseada numa ampla participação de empresas estatais, que buscava fundamentalmente o objetivo do pleno emprego, enquanto na Alemanha Ocidental, que havia recuperado a independência, desenvolveu-se um sistema de entrelaçamento de empresas, grandes bancos e órgãos estatais, que garantia a integração social das atividades do mercado com uma base federal[349]. O que unificava esses dois modelos de economia de mercado organizada — e o sistema britânico de condução da economia de início se diferenciava deles só em nuances[350] — era o intento de fazer valer interesses do bem comum num contexto que continuava a ser capitalista privado para, assim, evitar o conflito de classes que voltava a ameaçar e, se possível fosse, eliminá-lo totalmente. É claro que tais medidas político-econômicas se ajustavam aos objetivos de uma ampliação da liberdade social, pois agora, com o auxílio de acordos intermediários, algumas das condições necessárias para a criação de relações de cooperação no mercado podiam se institucionalizar: logo, a existência dos salários mínimos garantidos pelo Estado não só se tornaria regra como também, em todos os

---

[349] Sobre a diferença entre esses dois modelos de capitalismo organizado, cf. o revolucionário estudo de Andrew Shonfield, *Modern Capitalism. The Changing Balance of Public and Private Interest*, Londres, 1965, cap. v (para a França) e cap. xi (para a Alemanha Ocidental) [*Capitalismo moderno*, Rio de Janeiro, Zahar, 1968]. Com respeito ao estabelecimento de um capitalismo organizado há, na Europa, atrasos consideráveis nos lugares onde se mantinham regimes ditatoriais, cf. José María Maravall, *Regimes, Politics and Markets. Democratization and Economic Change in Southern and Eastern Europe*, Oxford, 1997.

[350] Ibidem, cap. vi.

países do Ocidente, os fundos de seguro-desemprego aumentariam enormemente, ajustados percentualmente com o nível de salário anterior ao desemprego[351]. Daí em diante, dependendo do tipo de controle da economia, os sindicatos, como órgãos dos interesses dos trabalhadores, passaram a ter um direito mais ou menos forte a participar das decisões, que poderiam se estender ao que as empresas decidissem a respeito das condições de trabalho dentro de suas instalações, das tarifas dos diferentes grupos salariais e dos planos sociais necessários em cada situação nos casos de demissão. Finalmente, o clima geral estimulava amplas discussões a respeito da necessidade de "humanização do mundo do trabalho", que, de todo modo, fizeram que a possibilidade de redução da monotonia, da pressão dos prazos e da completa falta de iniciativa fossem revistas[352].

Por meio dessas medidas restritivas da concorrência, as condições de reconhecimento na esfera da organização capitalista do trabalho tiveram uma leve melhora em favor dos assalariados[353]. Mas isso não significa que o rendimento dos trabalhadores industriais — sua contribuição concreta para a criação de valor econômico —, então, tivesse angariado, de algum modo, maior estima pública; mantêm-se aqui as interpretações hegelianas, historicamente harmonizadas, do princípio do rendimento, segundo as quais o grau da valorização social de uma atividade aumentava

---

[351] Marvall, *Regimes, Politics, and Markets*, op. cit., p. 92.
[352] Para o debate na França, cf. Klaus Düll, *Industriesoziologie in Frankreich*, Frankfurt am Main, 1975; para a Alemanha, Heinrich Popitz et al., *Technik und Industriearbeit*, Tübingen, 1957.
[353] Para o caso da França, Robert Castel situa cronologicamente essas melhoras no ano de 1936, ou seja, o ano do êxito da Frente Popular nas eleições parlamentares. Cf. Castel, *Die Metamorphosen der sozialen Frage*, op. cit., p. 297-306.

com o aparente crescimento da iniciativa intelectual própria e da atividade de planejamento, de modo que as profissões empresariais e acadêmicas estariam numa posição hierarquicamente mais elevada do que as de prestações de serviços, as quais, por sua vez, desfrutavam de posição mais elevada que a de todos os "trabalhos manuais" industriais[354]. No entanto, em muitos outros aspectos, relacionados mais ao tipo de atividade do que à pura justificação da existência e ao poder de negociação coletivo, as melhoras que se assinalavam serviram ao fortalecimento da confiança em si mesmo do conjunto[355]. Ainda que minimamente, os membros das classes assalariadas agora participavam de certas decisões da direção da empresa por meio das organizações que representavam seus interesses. Desse modo, já não tinham de vivenciar sua respectiva condição como mero destino ou resultado de processos econômicos sobre os quais não se poderia exercer influência alguma e, além disso, em razão da ampliação dos direitos de classes, podiam participar do aumento do bem-estar geral. Não se deve esquecer o aumento da autoestima nos anos 1950 e 1960: uma vez que aumentaram as possibilidades de consumo também para os trabalhadores, conquistaram-se privilégios coletivos, como férias remuneradas e décimo terceiro salário, e cada vez mais se tornava regra o emprego duradouro num único estabelecimento. Por fim, reformas educacionais abrangentes, cujo objetivo oficial

---

[354] Para uma descrição notável, cf. ibidem, p. 300 s.
[355] No entanto, isso não vale para as mulheres, que agora invadiam o mercado de trabalho e cujas remunerações e possibilidades de ascensão nas empresas hoje continuam sendo muito mais difíceis do que no caso dos homens. Sobre todo esse complexo temático, do qual lamentavelmente me descuido aqui, cf. Karin Hausen, "Arbeit und Geschlecht", in Jürgen Kocka e Claus Offe (orgs.), *Geschichte und Zukunft der Arbeit*, Frankfurt am Main, 2000, p. 343-61.

era aumentar a igualdade de oportunidades, logo seriam introduzidas em todos os países da Europa Ocidental, e elas também contribuiram para a sensação, entre os trabalhadores, de que estavam em vias de assumir um controle maior sobre suas condições de trabalho em geral: com um emprego pleno e estável, os governos se viam obrigados a reduzir as barreiras entre os níveis de capacitação para, assim, melhorar a promoção de talentos, o que até então era insuficiente[356]. Mesmo quando as reformas iniciadas pouco tinham a ver com intenções igualitárias — o que era frequente —, servindo mais para prevenir a falta de mão de obra especializada no sistema, seu efeito sobre as condições sociais de reconhecimento não deve ser subestimado: se até aquele momento o acesso à educação superior era vedado às classes inferiores dos assalariados, ou seja, à grande massa dos trabalhadores e dos funcionários sem maior qualificação, estes agora tinham mais possibilidades de encaminhar seus filhos para escolas que levariam a uma formação posterior, abrindo-se caminhos para uma ascensão[357]. Encurtava-se assim a distância para o objetivo de uma igualdade efetiva de oportunidades, como a que vislumbrara Durkheim ao se referir ao direito ilimitado de cada um a descobrir e desenvolver suas capacidades profissionais; por mais que as condições iniciais de formação estivessem longe de ser equiparáveis — carecia-se sobretudo de instituições educativas pré-escolares que pudessem compensar as primeiras deficiências de estímulos culturais —, a impressão subjetiva era a de que se dava um primeiro passo rumo a uma maior justiça no mercado de trabalho.

---

[356] Para a Alemanha, cf. Von Friederburg, *Bildungsreform in Deutschland*, op. cit., cap. VI.
[357] Sobre esse tema na Alemanha, cf. Mooser, *Arbeiterleben in Deutschland 1900-1970*, op. cit., p. 113-25.

Algumas situações originadas numa diferenciação posterior do sistema de ocupação contrapunham-se, no mesmo lapso de cinquenta e sessenta anos, aos ganhos de status que assim se delineavam e às perceptíveis melhoras nas condições de reconhecimento que circundavam o trabalho social. Pouco tempo após a Segunda Guerra Mundial, um escrito de Jean Fourastié, bastante influente em seu tempo, prognosticara a ascensão desenfreada do setor de serviços, que ele associou à expectativa de uma dissolução de todo o mal implicado pela racionalização tecnológica; assim, Fourastié estava convencido de que, com o constante aumento da demanda de serviços de cunho pessoal, administrativo e organizativo, a divisão social do trabalho, futuramente, seria dominada por um tipo de atividade que, em razão de sua baixa produtividade, não só estaria protegida das medidas de racionalização como também proporcionaria a chance de se libertar da monotonia e do esforço físico[358]. Poucas das promessas proferidas por essa incipiente teoria da sociedade se concretizaram efetivamente; apesar de sociólogos renomados, como Daniel Bell, apoiarem Fourastié[359], em pouco tempo houve um desencanto, pois cada vez mais estudos indicavam que o esperado aumento de qualificação das massas dos trabalhadores no setor de serviços não era visto e, em vez disso, tanto nesse setor como no industrial parecia haver uma crescente polarização dos perfis de qualificação[360]. Nos

---

358 Jean Fourastié, *Die große Hoffnung des zwanzigssten Jahrhunderts*, Colônia, 1954. Sobre a ênfase otimista dos primeiros teóricos da sociedade do setor terciário, cf. também Friederike Bahl e Phillip Staab, "Das Dienstleistungsproletariat. Theorie auf kalten Entzug", in *Mittelweg* 36, 19 (2010), n. 6, p. 66-93.
359 Daniel Bell, *Die nachindustrielle Gesellschaft*, Reinbek, 1979.
360 Braverman, *Die Arbeit im modernen Produktionsprozeß*, op. cit., especialmente caps. IV e V.

anos 1960 e 1970, a ascensão de uma classe de líderes técnicos e funcionários administrativos — eram os chamados *cadres*[361] —, extremamente bem formados e bem pagos, foi o único processo de transformação a restar da fundamental mudança estrutural vaticinada por Jean Fourastié e Daniel Bell; ainda que o percentual dos funcionários tivesse aumentado para quase dois terços de todos os trabalhadores, uma diminuta parte assumira posições de trabalho dotadas das prognosticadas qualidades de complexidade intelectual e segurança. Nas sombras desse processo de transformação, todavia, apenas aquela classe de trabalhadores industriais provida de pouca ou nenhuma qualificação tornou a perder a posição anteriormente ocupada, uma vez que, num período de vinte anos, graças ao aumento da demanda por atividades direcionadas ao seu tipo de perfil, senão todos os novos funcionários do setor de serviços, ao menos os grupos com alta qualificação técnica e administrativa conseguiram garantir no mercado de trabalho cargos mais desafiadores e seguros, que tinham feito a esperança da classe trabalhadora industrial em seu período de ascensão. Nesse processo de reordenamento social, Robert Castel visualizou a formação de uma classe de assalariados "periféricos", compreendendo os setores pouco qualificados e não apenas os trabalhadores industriais, mas também os funcionários do comércio e do transporte[362].

Robert Castel situou o momento em que se iniciou esse processo de cisão, também chamado "segmentação do mercado de trabalho", em meados da década de 1970. Nesse período, ainda

---

[361] Luc Boltanski, Die Führungskräfte. *Die Entstehung einer sozialen Gruppe*, Frankfurt/Nova York, 1990.
[362] Castel, *Die Metamorphosen der sozialen Frage*, op. cit., p. 306-25.

não havia iniciado a transformação estrutural "neoliberal" dos sistemas econômicos na Europa Ocidental, que não tardaria a provocar uma obliteração das fronteiras do mercado de trabalho; em vez disso, continuavam a imperar as formas "corporativistas" ou "centralistas" do capital organizado, que até aquele momento garantiam uma relativa segurança aos trabalhadores industriais. Mas agora se inicia uma diversificação do sistema de trabalho, acarretando uma furtiva segmentação do mercado de mão de obra: tanto no setor da produção como no de serviços surgem, por um lado, um núcleo protegido de funções de exigência técnica, de alta qualificação, e, por outro lado, um cinturão de ocupações carentes, em sua maioria, de toda e qualquer proteção, desprovidas de iniciativa, não exigindo nenhum aprendizado do trabalhador. No início, a sociologia industrial mostrou-se em dúvida sobre se, na dinâmica de crescimento do primeiro desses setores de ocupação, não haveria uma oportunidade histórica de deixar para trás as condições da produção em massa e, assim, a servidão do trabalho em cadeia de montagem; por um breve momento, quando a racionalização parece indicar, nos centros de produção industrial, um caminho para a "unificação" das operações envolvidas numa atividade, tem-se a esperança de que a heteronomia no trabalho terá um ponto final definitivo[363]. Porém, rapidamente se impõe a visão de que o oposto da maior qualificação de parte dos trabalhadores da indústria, do comércio e da administração é a geração, em suas margens, de toda uma

---

363 Cf., em especial, Michael J. Piore e Charles F. Sabel, *Das Ende des Massenproduktion. Studie über die Requalifizierung der Arbeit und die Rückkher der Ökonomie in die Gesellschaft*, Berlim, 1985. Já bem mais cética é a argumentação em Horst Kern e Michael Schumann, *Das Ende der Arbeitsteilung? Rationalisierung in der Produktion*, Munique, 1984.

outra parcela de atividade laborais, de caráter auxiliar ou subalterno que pressupõe pouca ou nenhuma qualificação e não exige, muitas vezes, mais do que a aplicação expressa de habilidades elementares. De acordo com Robert Castel, tão logo essas "divisões verticais" começam a surgir na esfera laboral, separando os diferentes ramos do trabalho assalariado em "os de cima" e "os de baixo"[364], essas divisões começam a ser percebidas como o início de uma degradação coletiva entre o proletariado industrial tradicional. Esses trabalhadores não só perdem a aura de classe potencialmente revolucionária de trabalhadores manuais; uma parcela cada vez mais significativa de seus próprios colegas começa a se unir aos estratos inferiores dos empregados assalariados, com a qual compartilham o trabalho não qualificado e a sensação de pura heteronomia[365]. Em linhas gerais, o que se tem naquele período — referimo-nos, com Robert Castel, aos anos 1970 — é o início de uma total recomposição do significado de "proletariado": esse conceito já não distingue mais todos os que trabalham na produção industrial, mas designa a situação dos que, com uma qualificação muito reduzida, trabalham na extremidade inferior das cadeias de produção e de serviços — ou, como também se pode dizer inversamente, "uma nova forma de força de trabalho" ingressava no "mundo dos empregados assalariados"[366].

Contudo, as condições empregatícias desse novo proletariado continuam a gozar de uma relativa proteção quanto ao direito

---

[364] Bahl e Stab, *Das Dienstleistungsproletariat*, op. cit., p. 72 s.; sobre isso, cf. também: Gösta Esping-Anderson, "Post-Industrial Class Structures: An Analytic Framework", in idem (org.), *Changing classes. Stratification and Mobility in Post-Industrial Societies*, Londres, 1993, p. 7-31.
[365] Castel, *Metamorphosen der sozialen Frage*, op. cit., p. 306 s.
[366] Bahl e Staab, *Das Dienstleistungsproletariat*, op. cit., p. 75.

do trabalho, uma vez que não se instauraram os processos de dissolução de fronteiras no mercado de trabalho, concomitantes à dissolução do capitalismo organizado nos países da Europa Ocidental. Até o momento, como vimos, as grandes empresas estavam de algum modo inseridas num contexto social e puderam se instaurar porque se tornara obrigatório considerar o interesse público no momento das decisões de produção, fosse sob a competência do Estado ou com o auxílio de acordos corporativistas. Nas diferentes empresas industriais, os limiares de rentabilidade mantiveram-se relativamente baixos em razão desses acordos; em compensação, os níveis de ocupação eram comparativamente elevados, e, por meio das leis do conselho de empresa e das regulamentações de cogestão, em toda parte passava a se garantir que os trabalhadores pudessem exercer alguma influência nos assuntos sociais, pessoais e econômicos dos estabelecimentos[367]. Para a variante alemã-ocidental desse capitalismo organizado, que mais tarde se denominaria "renano", passava a vigorar também que os representantes sindicais tivessem lugar nos conselhos de administração das grandes empresas, o que lhes dava a possibilidade de introduzir temas sociais de importância global até mesmo na esfera mais alta das decisões de investimento e de planos de financiamento[368].

Como se sabe, todas essas realizações político-econômicas que, vistas retrospectivamente, são passos essenciais no caminho para o estabelecimento da liberdade na esfera social do trabalho

---

367 Cf. novamente *Snowfield, Modern Capitalism*, op. cit., parte II.
368 Streeck e Höpner, "Einleitung: Alle Macht dem Markt", op. cit., p. 16-28; também Kathleen Thelen e Lowell Turner, "Die deutsche Mitbestimmung im internationalen Vergleich", in Wolfgang Streeck e Norbert Kluge (orgs.), *Mitbestimmung in Deutschland. Tradition und Effizienz*, Frankfurt am Main, 1999, p. 135-223.

mediada pelo mercado foram desmanteladas no decorrer dos anos 1990; as grandes empresas passaram a se orientar novamente pelo ponto de vista da rentabilidade e pela cotação de suas ações, os órgãos estatais passaram a limitar suas atividades mediadoras e socializantes a meras funções externas de controle e, como consequência desses desdobramentos, os sindicatos perderam progressivamente seu forte papel de cogestão. Quando se procura identificar as causas desse retrocesso, encontra-se um grupo de fatores cuja conjunção e cujo peso não foram suficientemente aclarados. Sob a pressão crescente da globalização econômica, os atores políticos transformaram seus modelos de intepretação político-econômica de tal maneira que naquele momento parecia sensato, valendo-se de determinadas isenções tributárias e incentivos ao mercado financeiro, estimular as empresas a buscar em primeiro lugar os ganhos de capital. Ao mesmo tempo, alterava-se dramaticamente a composição dos atores no mercado de ações, já que entrava em cena uma quantidade cada vez maior de grandes investidores institucionais, que marginalizavam os pequenos investidores passivos e, valendo-se de seu amplo capital flutuante, pressionavam por rápidos retornos de capital. Ao mesmo tempo, a intensificação da concorrência de vendas nos mercados mundiais fez que muitas empresas, para tornar seus produtos mais competitivos, tomassem medidas em áreas cruciais da empresa, envolvendo sempre cortes no salário e reestruturação da produção à custa dos trabalhadores; por fim, nesse período também parecem ter se modificado os perfis buscados para os cargos de liderança, relegando-se cada vez mais a experiência acumulada dentro da empresa ou os valores tradicionais relacionados a essa experiência para, em seu lugar, se valorizar a posse de conhecimentos financeiros puramente "objetivos"[369].

Somados, esses diferentes processos de transformação resultam em uma nova desorganização da economia capitalista nos países da Europa Ocidental, e suas implicações certamente são de maior magnitude que o puro retorno a um mercado não regulado pelo Estado. Portanto, designá-la como "neoliberal" é insuficiente: o resultado do agrupamento "segundo afinidades eletivas" daquelas transformações é muito mais uma implícita desvinculação dos imperativos específicos financeiros ou do capital, o que logo terá consequências não só para o mercado de trabalho, mas também para as esferas sociais que lhe são contíguas. No seio do mercado de trabalho capitalista, que desde os anos 1970 revela tendências de segmentação num núcleo protegido e numa periferia não qualificada, os quais, no entanto, estão relativamente protegidos quanto ao direito do trabalho e ao Estado, o estatuto normativo dos assalariados começa a erodir de tal maneira, em decorrência do desbloqueio dos interesses empresariais de lucro, das empresas e estratégias de produção transnacionais, que, sem dúvida, há uma perda real das conquistas obtidas até aquele momento[370]. Em primeiro lugar, tem-se uma contínua redução dos salários, em razão da obrigatória moderação das demandas salariais por parte dos sindicatos, por um lado, e do crescimento de setores de baixos salários, por outro. Nas duas décadas passadas, em muitos países da Europa Ocidental, especialmente na

---

369 Como exemplo, cf. Streeck e Kluge, *Mitbestimmung in Deutschland*, op. cit., p. 28-34. Esses processos de transformação são muito bem apreendidos também em Ronald Dore, *Stock Market Capitalism. Japan and Germany versus the Anglo-Saxons*, Oxford, 2000.

370 Para o que vem a seguir, oriento-me por Kerstin Jürgens, "Deutschland in der Reproduktionskrise", in *Leviathan*, 38, 2010, H. 4, p. 559-87.

Alemanha[371], diante dos altos índices de desemprego, os sindicatos viram-se obrigados a renunciar à luta por aumentos salariais para não pôr em risco os cargos de trabalho existentes; no mesmo período, no entanto, o mercado de trabalho passou por amplo processo de desregulação, fazendo que, em seu estrato inferior, empregos de meio período, trabalhos temporários e estágios se tornassem moeda corrente; ou seja, condições de trabalho com salários inferiores se tornaram, no mínimo, uma constante, tornando necessária a recorrência a meios de compensação financiados pelo Estado[372]. Além da ameaça material que esse quadro resultava para a criação dos filhos ou o bem-estar dos idosos, passava-se a conviver com uma imensa desvalorização do trabalho remunerado na sociedade; na verdade, segundo Talcott Parsons, se o montante de um salário deve ser a expressão simbólica da medida da valorização social dos esforços de trabalho, a deterioração dos rendimentos induzida política e economicamente e a crescente precarização dos postos de trabalho são indícios de uma perda de reconhecimento coletivamente vivenciada. Às tendências de queda do salário soma-se agora a insegurança quanto à duração e ao estatuto futuro da posição que se ocupava e que nesse ínterim havia se convertido em algo certo e quase natural; há tempos que virou exceção a instituição de um emprego por toda a vida numa única empresa, travejado pelas vias devidamente regulamentadas de uma ascensão interna tornada regra, e, além disso, o conhecimento da ameaça contínua de demissão

---

371 Cf. os dados: ibidem, p. 564, nota de rodapé 11.
372 Ulrich Brinkmann, Klaus Dörre e Silke Röbenach, *Prekäre Arbeit: Ursachen, Ausmaß, soziale Folgen und subjektive Verarbeitungsformen unsicherer Beschäftigungsverhältnisse*, Bonn, 2006.

ou de uma mudança forçada de local de trabalho disseminou-se entre os assalariados, a ponto de prevalecer um estado de espírito fatalista mesmo em condições de trabalho onde não parece não haver justificativa para tal[373]. Se a esse quadro evolutivo do mercado de trabalho atual — retração do salário real, precarização das condições de contratação e aumento da insegurança estrutural — somar-se o que a sociologia descreve como diluição das fronteiras das condições de trabalho — premência cada vez maior para que o trabalhador se comporte como "moeda corrente no mercado" e exigências de rendimento interiorizadas individualmente[374] —, não surpreenderia que as condições estabelecidas na esfera do trabalho mediada pelo mercado fossem consideradas injustas por grande parte dos assalariados, visto que não há uma adequada valorização do trabalho da parte delas, como há também uma exigência de uma disposição exagerada para a flexibilidade[375]. Não surpreenderia se os trabalhadores, em regime de cooperativa, passassem a burlar toda uma série de suas crescentes atribuições por expedientes de violações sutis, liberando-se para cumprir obrigações com a família e os amigos[376], e se a representação política de todos esses sentimentos de injustiça e todas essas práticas de resistência fosse considerada insuficiente.

---

[373] Para além dos conhecidos diagnósticos de autores como Richard Sennet (*Der Flexible Mensch. Die Kultur des neuen Kapitalismus*, Berlim, 1998), cf. o apanhado panorâmico proporcionado por Marjorie L. DeVault (org.), *People at Work. Life, Power and Social Inclusion in the New Economy*, Nova York, 2008.

[374] Como exemplo, cf. Günter G. Voß e Hans J. Pongratz, "Der Arbeitskraftunternehmer. Eine neue Grundform der Ware Arbeitskraft?", in *Kölner Zeitschrift für Soziologie und Sozialpsychologie*, 50, 1998, p. 131-58.

[375] Cf. o estudo sempre subvalorizado de François Dubet, *Ungerechtigkeiten. Zum subjektiven Ungerechtigkeitsempfinden am Arbeitsplatz*, Hamburgo, 2008.

[376] Lisa Dodson, *The Moral Underground. How Ordinary Americans Subvert an Unfair Economy*, Nova York, 2009.

Se for nomeado o "subterrâneo moral" (Lisa Dodson) que surge sob a forma de tais violações surdas de regras e das condenações cotidianas das condições de trabalho atuais, chega-se ao esboço da visão moral-social do mercado econômico que estabelecemos aqui, no início, tendo como base Hegel e Durkheim: a instituição do mercado de trabalho capitalista é considerada ilegítima ou injusta quando deixa de garantir um rendimento que assegure a vida e não valoriza adequadamente, com o montante do salário e a reputação social, o desempenho concreto, não oferecendo, tampouco, possibilidades para que se vivencie a inclusão cooperativa na divisão social do trabalho. Se mensurado de acordo com as conquistas institucionais estabelecidas na "era social-democrática" do capitalismo organizado (Ralf Dahrendorf) quanto à ampliação da liberdade social no mercado de trabalho, o estado atual deve ser interpretado como resultado de uma anomalia: nos últimos vinte anos, para a maior parte dos assalariados, as oportunidades de se integrar no mercado capitalista como um de seus pares mais diminuiu do que aumentou.

Tais irregularidades na esfera do trabalho na sociedade, decerto registradas subjetivamente e consideradas "injustas" pela maioria, há tempos não suscitam reações coletivas de rechaço, tal como Hegel as compreendia com seu conceito de "indignação"[377]. Tudo o que se evidencia como "negações" no seio da realidade da vida social do mercado de trabalho possui hoje o caráter de uma surda estratégia de evasão, não raro individualizada; a ela parece faltar força para se articular publicamente. Conforme mencionado, na investigação social empírica há relatos sobre práticas

---

[377] Cf. as indicações na parte A, nota de rodapé 111.

de assistência subversivas, destinadas a auxiliar na libertação do indivíduo dos esforços considerados inadmissíveis[378]. Fala-se num nítido aumento das "negações de enfermidades" com que se espera galgar postos de trabalho em face da concorrência[379]. Muito além das fronteiras da França sabe-se de casos de suicídio associados ao trabalho na *France Télécom*, os quais, segundo se diz, decorreram do aumento da pressão por produtividade como consequência da privatização da empresa[380]. Em quase todos os países do Ocidente capitalista, essas individualizações da resistência, lutas defensivas e desamparadas sem um público a que se destine perpassam hoje a cotidianidade do novo mundo do trabalho; para onde quer que o noticiário investigativo ou a investigação social empírica dirijam seu olhar, seja às margens inferiores do crescente setor de serviços (comércio de varejo, limpeza de edifícios, cuidados com a terceira idade, serviços de entregas) ou na periferia não qualificada do minguante trabalho industrial (construção civil ou indústria automobilística)[381], em parte alguma encontramos articulações de interesses coletivos, apenas formas privatizadas de resistência. O grau de associação nessas zonas de atividades puramente rotineiras há anos mostra-se bastante baixo; na Alemanha de 1998, apenas 18% dos trabalhadores de setores de serviços "simples" e 39% dos de setores de trabalhos industriais não qualificados estavam sindicalmente

---

378 Cf. novamente Dodson, The *Moral Underground*, op. cit.
379 Stephan Voswinkle e Hermann Kocyba, "Krankheitsverleugnung – Das Janusgesicht sinkender Fehlzeiten", in *WSI – Mitteilungen*, 60, 2007, p. 131-7.
380 Christophe Déjours e Florence Bègue, *Suicide et travail: que faire?*, Paris, 2009.
381 A título de exemplo, cf. Barbara Ehrenreich, *Arbeit poor. Unterwegs in der Dienstleistungsgesellschaft*, Reinbek, 2003, e Günter Wallraff, *Aus der schönen neuen Welt. Expeditionen ins Landesinnere*, Colônia, 2009.

organizados[382]. Isso significa que a comunicação acerca de temas compartilhados não tem lugar, parecendo ter se apagado toda e qualquer lembrança dos esforços do movimento trabalhista para socializar o mercado de trabalho a partir de baixo.

Os motivos para essa quebra da continuidade, que para a nossa reconstrução normativa traz a incômoda situação de quase não poder encontrar, no âmbito do mercado de trabalho, pontos de referência para as aspirações coletivas de sua delimitação normativa, certamente estão relacionadas à completa estratificação do proletariado, aqui já referida. Por um lado se justifica a intenção de explicar as tendências à privatização da resistência e a falta de indignação pública, especialmente se se considerar o fato de que a maioria dos que são afetados hoje pela precarização, pelos baixos salários e pela flexibilização está empregada no setor de serviços, no qual quase jamais existiu uma tradição de luta trabalhista e são reduzidas as oportunidades de cooperação solidária. Nesse contexto, são particularmente úteis as reflexões com que Friederike Bahl e Philipp Staab, há não muito tempo, procuraram identificar, na própria forma de trabalho dos serviços de baixa especialização, as causas do predomínio, entre eles, das perspectivas moralizantes dos conflitos empresariais e da total ausência de categorias descritivas para uma compreensão realista de sua própria situação[383]. Diferentemente do proletariado industrial tradicional, que invocava a resistência comum nas fábricas e tinha uma bem-sucedida história de lutas sociais, além de um símbolo poderoso do próprio rendimento no "traba-

---

382 Nos dados presentes, amparo-me em Bahl e Staab, "Das Dienstleistungsproletariat", op. cit., p. 74, cf. nota de rodapé 51.
383 Ibidem, p. 82-93.

lho manual", o novo proletariado de serviços se vê carente não apenas de qualquer história coletiva que possa ser narrada, mas também de oportunidades para identificar a instância controladora das empresas. Hoje, como Bahl e Staab supõem, quem trabalha no setor de serviços orientados para o consumo ou sociais, como o caixa no comércio varejista, o cuidador de idosos ou o carteiro, quase não vê seu empregador, de modo que a experiência social se reduz praticamente à interação com o cliente e os colegas[384]. Porém, por mais adequadas que possam ser essas tentativas de interpretação para tornar compreensível a tendência a uma falta de estrutura na imagem social do proletariado de hoje, é muito provável que elas não bastem para explicar, em toda a sua dimensão, a ausência de uma indignação pública visível. Mesmo entre os setores da classe média, que em razão das precarizações e das reduções salariais ocorridas em seus âmbitos de trabalho viram-se afetados pelo medo de declínio social[385], não houve, nas duas últimas décadas, um aumento das ambições a uma oposição conjunta à progressiva desregulação do mercado de trabalho; mesmo nesse setor, no qual a educação e as eficazes redes de comunicação deveriam facilitar a articulação pública de sua preocupação, a tendência parece ser mais a de privatizar o descontentamento, como se cada qual fosse responsável por sua eminente demissão ou transferência. Nessa impressão, isto é, na sensação de ser o único responsável por seu próprio destino

---

384 Ibidem, p. 88 e s.
385 Holger Lengfeld e Jochen Hirchle, "Die Angst der Mittelschicht vor dem sozialen Abstieg. Eine Längsschnittanalyse 1984-2007", in *Zeitschrift für Soziologie*, 38, 2009, p. 379-98. Cf. também o importante estudo teórico social de Berthold Vogel, *Wohlstandskonflikte. Soziale Fragen, die aus der Mitte kommen*, Hamburgo, 2009, sobretudo cap. IV.

no mercado de trabalho, talvez esteja a chave para o opressivo mutismo com que hoje se aceitam todas as perdas de garantia e flexibilizações na esfera do trabalho em sociedade. Se há não mais de quarenta anos prevalecia a concepção de que havia uma responsabilidade mútua quanto às vicissitudes do mercado de trabalho, hoje disseminou-se a ideia de que, em se tratando de vida produtiva, a sobrevivência e o êxito devem-se unicamente ao próprio esforço. Se assim fosse, se no último quarto de século tivesse ocorrido uma individualização maciça da imputação de responsabilidades com relação às biografias de trabalho e aos destinos profissionais, a indignação resultante evidenciaria mais do que simplesmente uma imagem social personalizada das novas classes baixas ou uma insegurança ainda não superada das camadas médias da população: pela primeira vez desde o fim da Segunda Guerra Mundial, incluindo-se os primeiros passos no estabelecimento do Estado de bem-estar, mais uma vez estaria sendo imposta, pela via cultural, uma interpretação do mercado capitalista de que este configura não uma esfera social, mas uma esfera de liberdade puramente individual.

Nas sociedades modernas da Europa Ocidental, como vimos, desde sempre houve uma contraposição de duas concepções do mercado econômico, cujas diferenças se percebiam pelo fato de sua orientação social compreender-se mais como possibilidade de uma recíproca satisfação de interesses ou do aumento do benefício individual. Os esforços — não apenas do movimento operário, mas também de muitas organizações de beneficência, partidos "burgueses" e órgãos estatais — para impor restrições sociais ao mercado de trabalho por meio do estabelecimento de direitos sociais, da implementação de medidas para humanizar o mundo do trabalho e da criação de possibilidades de cogestão expressaram certa predominância da primeira das duas ideias do mercado. Na perspectiva de progresso contínuo, era o caso de se institucionalizar todas as condições jurídicas, de política educacional e também as condições internas às empresas, que permitiriam a cada assalariado, por fim, sentir-se incluído na divisão do trabalho em igualdade de condições factuais para poder assegurar, no intercâmbio de seus préstimos mediado pelo mercado, um sustento satisfatório e, assim, seu reconhecimento como membro pleno da sociedade. Em nossa reconstrução idealizante, que pressupõe essa linha ascendente, vimos não só toda a resistência encontrada por essas tentativas de realização da liberdade social nos interesses econômicos das empresas, mas também que, a cada passo realizado, a dimensão das medidas normativamente necessárias, ao que parecia, só aumentava: ao estabelecimento de direitos sociais, que deveriam prover proteção contra os maiores riscos, seguiu-se o reconhecimento da necessidade de reformas na educação, a fim de melhorar as condições de igualdade de oportunidades; logo depois se impôs a ideia de que as atividades monótonas e de execução repetitiva também deveriam ser eliminadas, pois eram um entrave a toda e qualquer experiência de colaboração na divisão do trabalho. Por fim — já em meados do século XX —, teve lugar a convicção de que uma inclusão ativa dos assalariados nos processos de decisão empresariais realmente levaria a uma moderação dos interesses econômicos das empresas e, assim, à restrição cooperativa do mercado. Certamente, quase nenhuma das conclusões a que se chegou no curso de 150 anos de conflito social levou sequer a meio caminho da realização institucional; as reformas políticas propostas sempre tornavam a ser interrompidas, fracassavam ante o poder mercantil do grande capital, assoreavam-se em razão dos estrangulamentos financeiros do Estado ou então arrefeciam, apesar do êxito obtido em seus primórdios, em decorrência de mudanças de humor no âmbito político-econômico. Não obstante, à luz de uma linha ascendente de conquistas sociais que, mesmo descontínuas, indubitavelmente podem ser reconhecidas no decorrer das gerações, pareceu possível conceber a reforma gradativa do mercado de trabalho como um projeto social sustentado pela ampla anuência de uma visão moral e social da economia capitalista; as condições da igualdade social de oportunidades tinham de ser melhoradas, as formas indignas de um trabalho monótono e desgastante, eliminadas, e as possibilidades de coparticipação dos assalariados nas empresas, aumentadas, pois fundamentalmente, nem sempre de maneira explícita, mas no sentido de uma silenciosa coação da consciência moral, compartilhava-se da crença de que o mercado econômico deveria beneficiar a todos os participantes para então ser entendido como instituição da liberdade social. Muitos indícios sugerem[386] que, se nas últimas décadas houve uma intensa individualização da atribuição de responsabilidades no contexto da ação econômica do mercado, de modo que já não se imputava a um "nós", mas ao indivíduo seu próprio êxito econômico, isso sugeria a dissolução específica dessa convicção normativa básica: o mercado não seria concebido pelos participantes como um organismo predominantemente social,

---

386 A título de resumo, cf. Klaus Günther, "Zwischen Ermächtigung und Disciplinierung. Verantwortung im gegenwärtigen Kapitalismus", in Axel Honneth (org.), *Befreiung aus der Mündigkeit. Paradoxien des gegenwärtigen Kapitalismus*, Frankfurt am Main, 2002, p. 117-39.

que nos franquearia conjuntamente a possibilidade de satisfazer a nossos interesses em reciprocidade não coercitiva, mas ele seria como um órgão de competência para se chegar à maximização de seu próprio proveito com o máximo de inteligência. Tudo o que no passado foi considerado necessário para se aproximar de um estado de colaboração mediada pelo mercado poderia, no melhor dos casos, ser considerado reformas de caráter pacificador visando deter a luta de classes e, no pior dos casos, um produto supérfluo de crenças sociais com tendência a paralisar os esforços do sujeito econômico individual e, injustificadamente, atenuar a pressão por concorrência.

Certamente, será cedo demais para proferir algum juízo sociológico sobre se de fato, nas últimas décadas, teria sido produzida uma mudança de atitude de caráter geral com relação à concepção de mercado; e é provável que a pura e simples consideração de uma mudança de estado de espírito seja uma das hipóteses de diagnóstico social sobre as quais jamais se pode ter clareza, já que em última instância elas carecem de comprovação empírica. No entanto, quase não dispomos de outras interpretações para explicar o desaparecimento relativamente rápido de toda indignação "visível" nos mercados trabalhistas flexibilizados, de modo que é razoável a suposição, por ora um tanto vaga, de que teria havido uma transformação na percepção pública do mercado.

Nesse sentido, se perguntamos pelas causas sociais que poderiam ter provocado essa mudança de atitude, logo deparamos com o conjunto de medidas político-econômicas e empresariais que há uns vinte anos desencadeou o processo de desorganização do capitalismo nos países da Europa Ocidental. À época, quando os governos desses países, sob a pressão da globalização econômica, começaram a distender suas atividades de controle social, e, em seu lugar, os grandes investidores institucionais passaram a ditar as margens de lucro das grandes empresas, deu-se algo muito maior do que uma mera e renovada autonomização dos imperativos de lucro capitalista. Em vez disso, o paradigma da rentabilidade previsível de todos os investimentos feitos num setor, o que se aplicou, num primeiro momento, unicamente às grandes sociedades de capital, transferiu-se a muitos outros setores, numa crença exagerada na eficiência da concorrência mediada pelo mercado, de modo que sem demora até mesmo os serviços públicos e o setor da educação como um todo foram submetidos à pressão da capacidade de competitividade financeira[387]. Na continuidade, isso significou, para as respectivas autoridades, os estabelecimentos de ensino e as associações de beneficência, a necessidade de se adaptar a uma verificação intensificada de cada fator de custo, do que decorreu, em linhas gerais, uma estratégia de mercantilização interna e externa, e, para os empregados dessas áreas, uma transformação maciça de sua atitude para com suas próprias atividades. Como nunca antes, esses fatores tinham de ser vistos como variáveis numa abrangente análise do custo-benefício, de modo que também nessa esfera, a exemplo das empresas privadas, começaram a se disseminar as coerções para a automercantilização individual. Tais processos de uma generalização do tipo de comportamento que conduziria à auto-otimização estratégica supostamente aumen-

---

[387] Para os serviços públicos, cf. Mark Freedland, "The Marketization of Public Services", in Colin Crouch, Klaus Eder e Demian Tambini (orgs.), *Citizenship, Markets and the State*, Oxford, 2001, p. 90-110; para as universidades: Sheila Slaughter e Gary Rhoades, *Academic Capitalism and the New Economy. Markets, State and Higher Education*, Baltimore, 2009.

taria as tendências a perceber a sociedade como uma rede de atores preocupados exclusivamente com seu próprio benefício; nada mais lógico que ver aí também a causa da individualização da imputação de responsabilidades, que identificáramos como a volta a uma visão dessocializada do mercado econômico. Tão logo as condições de contratação e os esforços sociais, cuja disponibilidade até o momento podia ser considerada tarefa de uma sociedade civil democraticamente organizada, submetem-se ao ditame da comercialização, do aumento do rendimento econômico de todos os gastos, modifica-se, talvez em consequência da transformação assim realizada na autoconcepção dos implicados, a imagem do mercado como um todo: este já não é visto como um organismo social, sobre o qual nós, em conjunto, temos responsabilidade na condição de membros de uma comunidade de cooperação, mas como local de uma concorrência pela otimização do benefício pelo qual todos devem responder.

Supor tal conexão causal entre a predominância das ideias condutoras do mercado financeiro, por um lado, e uma transformação cultural na imagem que impera no mercado, por outro, certamente implicará, para reiterar o que já se disse, ressaltar apenas uma entre muitas cadeias de causalidades possíveis, convertendo-a em causa determinante de tudo; é possível que, no futuro, certos princípios de interpretação alternativos se comprovem muito mais apropriados para explicar a atual individualização da imputação de responsabilidades no agir da economia de mercado. Mas essa mesma circunstância, a crescente erosão da ideia condutora normativa da corresponsabilidade social, não deveria dar margem à dúvida; não só as investigações empíricas, mas também os testemunhos literários já há algum tempo dão mostras de que o fracasso nos mercados econômicos é cada vez mais vivenciado como algo que só pode ser atribuído à capacidade, ao compromisso e, necessariamente, à sorte de cada indivíduo[388]. Se uma transformação desse tipo no conceito de responsabilidade é a superfície semântica sob a qual se oculta uma modificação fundamental na percepção coletiva do mercado, é bem isso o que pode explicar o desconcertante desaparecimento de toda visível "indignação" ante a crescente diluição das fronteiras no mercado de trabalho: se antes, até meados dos anos 1970 e 1980, uma ideia ainda relativamente intacta do enquadramento cooperativo dos mercados fizera que qualquer avanço de tal flexibilização suscitasse reações contrárias e reconhecíveis, hoje uma ideia do mercado altamente dessocializada é responsável pela tendência a articular o desconforto moral de maneira puramente privada e pela recorrência apenas a formas não verbais de resistência.

Se a anomalia aqui descrita, mais que uma simples autonomização dos imperativos capitalistas financeiros, representa um correspondente deslocamento nos padrões de interpretação culturais do mercado, nossa reconstrução normativa vê-se na incômoda situação de, como já foi dito, não mais poder contar, nesse momento, com contra-ataques normativos. Desse modo, a eticidade democrática, cujas oportunidades atuais tentamos rastrear aqui, carece de um de seus elementos nucleares, pois, em última instância, a possibilidade de os membros de uma sociedade se sentirem incluídos num contexto de cooperação por meio de

---

[388] Cf. o excelente capítulo "The Cult of Personal Responsability" de Brian Berry in idem, *Why Social Justice Matters*, Cambridge, 2005, cap. IV.

suas atividades econômicas depende da perspectiva de uma completa delimitação do mercado de trabalho. No entanto, uma liberdade social desse tipo, que desde sempre foi base de legitimação do mercado, parece agora como que banida da esfera institucional do trabalho remunerado; segundo a doutrina oficial e amplamente difundida, toda sobrevivência e todo êxito dependem somente da capacidade de imposição do indivíduo, como se este não estivesse determinado pela situação de classe e pelas oportunidades de educação da família de que provém. Então, no lugar das ideias antigas, segundo as quais a igualdade de oportunidades, as melhorias no local de trabalho e a cogestão seriam necessárias para a realização das promessas normativas do mercado de trabalho, aparecem há muito tmpo os programas de autoativação múltipla sugerindo, com o mais completo cinismo, que cada indivíduo é o único responsável por seu destino no mercado de trabalho[389]. O grau de anomalia na esfera mediada pelo mercado do trabalho social mede-se exatamente por essa reconversão da promessa de liberdade social na de pura liberdade, ainda meramente individual.

Uma alternativa a essas regressões parece se abrir unicamente onde as contraforças organizadas lutam no plano transnacional por uma nova delimitação do mercado de trabalho. Nas últimas décadas, os governos da Europa Ocidental perderam amplamente a capacidade de regular as condições determinadas pelo lucro nas esferas da produção e dos serviços com seus próprios meios; só mesmo a internacionalização de movimentos de oposição

---

[389] Sobre essa transição da ideia do bem-estar possibilitado pelo Estado para a de "responsabilidade privada da seguridade social" e dos programas de ativação que lhe vão de mãos dadas, cf. Stephan Lessenich, *Die Neuerfindung des Sozialen*, Bielefeld, 2008.

com vistas à recuperação poderá, uma vez mais, ensejar uma revivescência das intenções originais do salário mínimo, da segurança do emprego e mesmo da codeterminação. Sob a pressão de associações transnacionais de sindicatos e organizações não governamentais já foram criados os primeiros procedimentos que permitem influir nas normas da regulação do trabalho há muito vigentes em âmbito global; as certificações de padrão de qualidade do trabalho, os procedimentos de supervisão dos acordos e as campanhas públicas que transcendem as fronteiras nacionais afirmam-se como os caminhos para retomar a história interrompida de uma paulatina socialização do mercado de trabalho[390]. Quanto mais fortes forem as comunidades transnacionais criadas para esse fim, quanto mais poder de veto, com o apoio da opinião pública, tiverem para impor normas de liberdade social em condições de trabalho desreguladas, tanto mais prontamente se abrirão perspectivas para uma recivilização moral da economia de mercado capitalista[391]. Entretanto, se se levar em conta a dimensão das anomalias que se popularizaram nas últimas décadas, a recuperação social de tal projeto seria apenas a retomada de um território que um dia já fora conquistado com êxito.

3. O "nós" da formação da vontade democrática

Em nossos dias, toda tentativa de assegurar-se da "realidade" da liberdade nas sociedades altamente desenvolvidas do Ocidente e, assim, explorar as possibilidades de uma eticidade democrática

---

390 Cf. Ludger Pries, *Erwerbsregulierung in einer globalisierten Welt*, Wiesbaden, 2010.
391 Marie-Laure Djelic e Sigrid Quack (orgs.), *Transnational Communities. Shaping Global Economic Governance*, Cambridge, 2010.

identificará a esfera política da deliberação e da formação da vontade pública como núcleo. Hegel já dissera que sua reconstrução da eticidade resulta na instituição do "Estado", mas nem por isso satisfazia suficientemente a sua própria condição, segundo a qual tais esferas seriam instituições de reciprocidade não coercitiva para a satisfação de necessidades, interesses ou objetivos. A descrição do ordenamento intraestatal resultou-lhe tão centralista e substantiva, tão despreocupada quanto às medidas institucionais quanto às relações horizontais entre os cidadãos, que desde então há razões para pensar que, em última instância, sua doutrina da eticidade na verdade tem pouco interesse na real capacitação para a democracia[392]. Portanto, teremos de nos distanciar do modelo da *Filosofia do direito* hegeliano se quisermos empreender a reconstrução normativa daquela terceira esfera que, por sua vez, é adequadamente analisável quando concebida como encarnação da liberdade social, da instituição da vida pública democrática como um espaço social intermediário no qual cidadãos devem constituir convicções coletivamente aceitas mediante discussão deliberativa, as quais constituirão os princípios a ser obedecidos pela legislação parlamentar em conformidade com procedimentos do Estado de direito.

De acordo com a concepção dominante, somente nessa instituição social dos Estados de direito moderno a série de esferas

---

[392] Cf. Michael Theunissen, "Die verdrängte Intersubjektivität in Hegels Philosophie des Rechts", in Dieter Henrich e Rolf-Peter Horstmann (orgs.), *Hegels Philosophie des Rechts: Die Theorie der Rechtsformen und ihre Logik*, Stuttgart, 1982, p. 317-81; para esse contexto, cf. também Jürgen Habermas, *Strukturwandel der Öffentlichkeit. Untersuchungen zu einer Kategorie der bürgerlichen Gesellschaft*, Frankfurt am Main, 1990 (reedição), sobretudo p. 195-201 [*Mudança estrutural da esfera pública. Investigações sobre uma categoria da sociedade burguesa*, São Paulo, Editora Unesp, 2014].

garantidoras da liberdade que paulatinamente reconstruímos até aqui chegará à sua última e mais elevada definição, porque é em seu âmbito que os cidadãos decidem em conjunto, no intercâmbio discursivo de suas opiniões acerca da constituição do que mais desejam: se o mercado capitalista, de forma encoberta ou expressa, com efeito, é excetuado da competência legal do povo representado no parlamento, o que se tem em princípio é que a conformação institucional dos âmbitos de relações pessoais e do agir econômico deve corresponder aos procedimentos, assegurados pelo Estado de direito, da formação da vontade democrática. No entanto, tal ideia "procedimental", como já tínhamos visto ao final de nossa "presentificação histórica", se nota na necessidade de ignorar completamente, ou então minimizar empiricamente, a dependência de tal processo de decisão deliberativa quanto aos requisitos "liberais" correspondentes nas outras esferas constitutivas da sociedade[393]: nos dois sistemas de ação, o das relações pessoais e o das transações econômicas mediadas pelo mercado, nem minimamente se realizam as condições da liberdade social que ali deveriam imperar em conformidade com seus princípios de legitimação autorreferentes, com os cidadãos carecendo, então, das condições sociais que lhes permitiriam uma participação ilimitada e não coercitiva na formação da vontade democrática. Por isso, ao contrário do que é hoje frequente nas

---

[393] Com relação a esse último, isto é, à tendência a entender essa dependência simplesmente como uma feliz coincidência, e não como algo normativamente necessário, pode-se ver as formulações de Jürgen Habermas, *Faktizität und Geltung. Beiträge zur Diskurstheorie des Rechts und des demokratischen Rechsstaats*, Frankfurt am Main, 1992, p. 434. A esse respeito, cf. as reflexões de Robin Delikates e Arndt Pollmann, "Baustellen der Vernunft. 25. Jahre, Theorie des kommunikativen Handelns", in *WestEnd. Neue Zeitschrift für Sozialforschung*, 3, 2006, n. 2, p. 97-113.

teorias democráticas, a esfera política não deve ser entendida ao modo de uma corte suprema em que, em última instância, se decide autonomamente sobre como devem ser as condições a ser reguladas em sintonia com o Estado de direito, nas duas outras esferas de ação; a relação entre as três esferas é muito mais complicada, pois a realização da liberdade social na vida pública democrática está, por sua vez, relacionada à condição de que os próprios princípios estejam realizados, ao menos até certo ponto, também nas esferas das relações pessoais e da economia de mercado. Nessa medida, a construção deliberativa da vontade, que deve estar amplamente nos diversificados fóruns da vida pública, impuseram-lhe de antemão certos limites; ela só faz justiça a seus próprios princípios de legitimação quando aprende, num processo de reiterado debate acerca das condições de inclusão social[394], que as lutas pela liberdade social devem ser travadas nas outras duas esferas.

Mas, antes de explicar o contexto de remissões entre as distintas esferas de eticidade democráticas, é preciso demonstrar por que a instituição da vida público-política, surgida no século XIX, é um sistema de ação de liberdade social. À primeira vista se lhe opõe a percepção de que o âmbito característico para um debate público sobre as diferenças de opinião advém, em nossas sociedades atuais, da generalização social dos direitos liberais da liberdade e, assim, só pode ser entendida como uma encarnação institucional da liberdade individual; pode parecer que, tão logo são impostas obrigações de papéis complementares a essa vida

---

394 Tomo a ideia de tal "iteração" como mecanismo de aprendizagem da vida pública democrática de Seyla Benhabib, *Kosmopolitismus und Demokratie. Eine Debatte*, Frankfurt am Main, 2008, em especial p. 64-6.

pública democrática, ela é alijada de seu traço típico de possibilitar, por meio dos direitos fundamentais, a construção privada da opinião no reflexo das controvérsias publicamente debatidas. A fim de opor a objeção assim descrita, proceder-se-á aqui, num primeiro passo, (a) à reconstrução normativa do desenvolvimento histórico da vida pública democrática até a atualidade, de modo que este revele ao mesmo tempo seus déficits atuais refletidos em sua dependência das práticas comunicativas; (b) num segundo passo, é paralelamente possível seguir também a evolução do Estado de direito moderno até nossos dias, para assim analisar o Estado atual da liberdade social; (c) por fim, devo retornar às relações de dependência recíproca entre as esferas éticas individuais e procederei a um esboço, para exemplificar, sobre como deveria conformar-se hoje uma cultura política da eticidade democrática.

a) Vida pública democrática

Ainda que só se possa falar de uma vida pública democrática na história política da Europa Ocidental a partir da segunda metade do século XIX, é conveniente começar a reconstrução normativa dessa esfera institucional com suas protoformas burguesas ou "literárias"; afinal, toda a ideia da necessidade de uma esfera pública que esteja além do poder de disposição do Estado para nele construir, de maneira livre e não coercitiva, uma opinião política num intercâmbio discursivo é expressão e forma de execução do levante revolucionário da burguesia contra o domínio ancestral da nobreza. Nesse sentido, ao longo do século XVIII, nos países desenvolvidos da Europa Ocidental, surge uma "vida pública", que ainda não se compreende como fonte da legitimidade democrática do agir estatal, mas como fórum de uma formação da vontade entre cidadãos economicamente independentes, dirigida e no sentido contrário ao do ordenamento estatal tradicional[395]. Sob a proteção dos direitos da liberdade, que gradualmente ampliam seu alcance, constrói-se, entre a esfera privada da família patriarcal e o poder do governo, um espaço social interno onde os representantes masculinos das camadas que dispõem de propriedade econômica se reúnem para chegar a um entendimento acerca de questões de interesse mútuo, usando periódicos e revistas, que então surgem em grande número[396]. Ainda que essas formas de comunicação em princípio estivessem reservadas à burguesia economicamente independente e munidas do propósito de questionar o exercício do poder político da corte ou dos príncipes, nelas se manifesta de maneira preliminar um novo princípio de legitimidade que revelará enorme potencial explosivo apenas décadas depois: toda atividade de governo, portanto, todo exercício da faculdade de decidir sobre o bem-estar interno e externo de uma comunidade política logo terá de se entender com aquela "opinião pública" manifestada na disputa discursiva dos argumentos nos fóruns cujo público era composto de particulares[397].

Mas antes que se pudesse articular e, especialmente, institucionalizar pública e socialmente tal princípio geral de democracia

---

395 Para esse tema e para o seguinte, cf. Habermas, *Strukturwandel der Öffentlichkeit*, op. cit.
396 Ibidem, § 3; cf. também Hannah Barker e Simon Burrows (orgs.), *Press, Politics and the Public Sphere in Europe and North America, 1760-1820*, Cambridge, 2002.
397 Sobre o conceito de "opinião pública", cf. Habermas, *Strukturwandel der Öffentlichkeit*, op. cit., cap. IV.

na Europa Ocidental, foi necessária uma série de transformações sociais, políticas e jurídicas que aqui só se pode reconstruir de maneira parcial. Aquela vida pública surgida no decorrer do século XVIII nas grandes cidades da Europa continental e na Inglaterra, se no princípio era um tanto "literária", logo passou a se politizar cada vez mais, e num primeiro momento, como já dissemos, era acessível somente aos membros masculinos das camadas detentoras do capital: como podemos conjecturar, discutia-se principalmente sobre temas de interesse comum de seus ramos de negócios, mas também eram tratadas questões políticas e culturais de escopo mais abrangente, tal como iam sendo refletidas pelos diários, para assim poder formar um juízo generalizável. Por mais inimaginável que fosse a tais clubes a admissão, em suas discussões, de homens de estrato social inferior ou mesmo de mulheres situados entre a esfera familiar e a autoridade feudal, seguia-se a lei tácita de incluir todos os interessados por seus temas. Na verdade, o raciocínio público a que se remetiam com relação à arte, às maneiras burguesas e às normas políticas os conduziria, ao final, por meio da recíproca relativização de seus pontos de vista individuais, a juízos que satisfizessem à exigência de correção geral, válida para todos[398].

Certamente, não apenas os preconceitos de seu tempo impediram os representantes dessas primeiras formas de vida pública burguesa de seguir os princípios por eles próprios elaborados e admitir o ingresso de outros grupos e classes sociais. O fato de, no século XVIII, os direitos liberais da liberdade pouco a pouco se assentarem na maior parte dos países da Europa Ocidental,

---

398 Ibidem, p. 118 s.

sem se estender de igual maneira a todos os membros da sociedade, teve efeito muito mais forte sobre a prática da exclusão social, considerada quase natural: as mulheres e os trabalhadores diaristas — em geral, todos os que não fossem independentes economicamente — quase sempre eram excluídos dos direitos elementares de liberdade de contratação e de trabalho, de modo que não dispunham do estatuto de cidadão de pleno direito. Se é verdade que esses membros da sociedade tiravam proveito das crescentes liberdades de imprensa e de opinião, que eram energicamente impulsionadas sobretudo na Inglaterra e possibilitaram o surgimento da vida pública burguesa, estavam temporariamente excluídos de suas práticas de intercâmbio deliberativo de opiniões. A naturalidade com que somente os homens da classe economicamente independente tomavam parte em tais processos mediadores da formação da vontade pública era desvirtuadora não apenas por fazer que o comum então surgido das convicções individuais fosse considerado sempre universalmente "correto", mas também levava à completa ignorância em relação a todas as vidas públicas que se estabeleciam de maneira paralela, mais tarde chamadas de "plebeias". Ora, durante o século XVIII foram criadas, nas classes inferiores da sociedade de então, entidades sociais em que eram debatidos temas de interesse público sem que se exigisse uma pretensão de validade geral para os resultados dessas discussões comuns.

Em comparação às instituições homólogas da sociedade burguesa, as associações, as caixas de provisão e as organizações de beneficência, que já na segunda metade do século XVIII surgiam entre os artesãos e os primeiros assalariados — e também somente os homens eram membros — certamente não possuíam consciência de progresso ilustrada nem universalidade representativa. Como vimos, em conexão com o surgimento de um mercado de trabalho (Capítulo III. 2 [c]), elas surgiam das exigências de superação da necessidade extrema, serviam ao auxílio mútuo e já organizavam, de acordo com as possibilidades, as primeiras greves e lutas de trabalhadores onde, com o auxílio dos costumes, do cancioneiro próprio e de rituais assentados, se pôde criar algo como uma subcultura, que certamente foi benéfica para o aumento da autoestima coletiva[399]. Mas, apesar da proximidade das fábricas e da grande importância das experiências dos trabalhadores, também tinha lugar nessas comunidades nascidas da necessidade certa tradição do debate e do intercâmbio de opiniões. Ali, apenas o grau da instrução cultural era menor que o dos círculos burgueses, mas não o peso dos temas tratados; também se discutia — ainda que não fossem nos salões ou nos cafés, mas nos locais comunitários ou nas tabernas — sobre os desafios da vida de labuta, assuntos de importância geral e política, ponderava-se em conjunto sobre as normas do convívio social e questionava-se a legitimidade da autoridade feudal[400]. Ainda antes da Revolução Francesa, com suas consequências sobre as "convulsões democráticas" (Jürgen Osterhammel) da primeira metade do século XIX, estabelecera-se também na esfera intermediária entre o âmbito privado da família e o governo do

---

399 Cf., para a Alemanha, Andreas Grießinger, *Das symbolische Kapital der Ehre. Streikbewegungen und kollektives Bewußtsein deutscher Handwerksgesellen im 18. Jahrhundert*, Frankfurt/Berlim/Viena, 1981; para a Inglaterra, claro: Thompson, *Die Entstehung der englischen Arbeiterklasse*, vol. I, op. cit., p. 447-59.

400 Ibidem, sobretudo p. 449-53; uma fascinante pesquisa sobre tais formas plebeias da vida pública no século XVIII é proporcionada por Arlette Farge, *Lauffeuer in Paris. Die Stimme des Volkes im 18. Jahrhundert*, Stuttgart, 1993 (devo a indicação desse livro a Yves Sintommer).

Estado feudal uma vida pública "proletária" na qual, com a mesma veemência moral, mas menor pretensão à universalidade, se questionavam os fundamentos de legitimidade de toda a dominação existente. E não demoraria muito para que nessas comunidades de discussão, surgidas da necessidade extrema, as ideias fundamentais da burguesia encontrassem forte ressonância e que dali em diante pudessem ser entendidas como órgãos na esfera de formação da sociedade civil[401].

Quando, no apogeu da Revolução Francesa e antes da disseminação do Terror, foram anunciados os Direitos Universais do Homem, as condições para essas diferentes vidas públicas viram consideráveis melhoras graças à irradiação desses direitos por toda a Europa. Dali em diante, com a ideia da igualdade de todos os cidadãos como princípio, elas dispunham cada vez mais dos meios intelectuais para obter um estatuto jurídico legítimo. Se o século XVIII foi uma época de universalização dos direitos liberais da liberdade, Thomas Marshall mostrou claramente que o século XIX seria, antes de tudo, um período de conquistas dos direitos políticos de participação[402]. As diferentes vidas públicas que descrevemos, quer tenham sido relacionadas mais à cultura ou mais ao mundo do trabalho, sejam elas "burguesas" ou "proletárias", não tinham em comum apenas fóruns para discussão de diferenças de opinião em torno da organização social a que aspiravam; o que compartilhavam, em diferentes graus, era também a experiência de que os resultados de suas deliberações intersubjetivas,

---

401 Cf. Geoff Eley, "Nations, Publics, and Political Cultures. Placing Habermas in the Nineteenth Century", in Craig Calhoun (org.), *Habermas and the Public Sphere*, Cambridge, Mass., 1992, p. 282-339, aqui: p. 304.
402 Marshall, *Staatsbürgerrechte und soziale Klassen*, op. cit., p. 42 s.

apesar de toda a publicidade, não tinham consequências dignas de nota para o exercício político do poder, pois se carecia de toda e qualquer possibilidade de influência legítima sobre o poder do Estado em questão. Na Inglaterra, desde a Revolução Gloriosa certamente existia, além da Coroa, um parlamento ao qual eram confiadas tarefas legislativas, mas em sua composição era estritamente regido pela camada mais alta, a dos proprietários de terras, que conseguia se isolar da "*public opinion*", refletida numa imprensa bastante ativa, até pouco antes do final do século XVIII[403]. Dispunham de bem menos peso político aquelas vidas públicas que de modo geral coexistiam, mas raramente se tocavam, onde ainda não se tinha dado o passo para a parlamentarização do poder estatal; considerando que o governo dos príncipes ou dos monarcas por princípio não era representativo, carecia-se já da própria ideia de um possível destinatário político, ainda que as deliberações e disputas conjuntas em última instância indicassem exclusivamente o descentramento do exercício do poder. Com a Revolução Francesa ou, mais precisamente, a queda definitiva de Napoleão, essa desfavorável situação das vidas públicas existentes se modificou, porque em quase toda a Europa Ocidental iniciava-se um processo de "constitucionalização" que, pela via ou de uma democratização do direito de voto, ou de uma parlamentarização do sistema político, conduziu à ampliação da participação democrática: em alguns países, como a Alemanha, o direito de voto ativo foi paulatinamente ampliado para todos os homens de determinada faixa etária, sem que a isso correspondesse um aumento de poder dos parlamentos eleitos democraticamente,

---

[403] Sobre a situação na Inglaterra, cf. Habermas, *Strukturwandel der Öffentlichkeit*, § 8.

enquanto em outros países, no mesmo período, como a Inglaterra, o direito de voto se manteve restrito a apenas uma parte dos homens adultos, em razão das qualificações de patrimônio, mas o parlamento dispunha de um poder de decisão incomparavelmente maior[404]. Em todo caso, no fim do século XIX, os cidadãos — mas não ainda as mulheres e os assalariados, em menor medida que os cidadãos de posses —, por meio do direito de voto "universal", mas também com o direito de reunir e formar associações, passaram a contar com uma série de possibilidades para influir de maneira legítima, e assim modificaram radicalmente o papel, a composição e o caráter daquelas vidas públicas já ativas. A partir dali relacionaram-se muito mais entre si em suas áreas e temas de interesse, pois cada vez mais podiam entender a si mesmos como órgãos que, surgidos junto com os esforços constitucionais, atuavam no mesmo contexto político dos Estados nacionais[405].

Os três referidos direitos que, com alguma demora e alguns matizes, foram adotados em todas as constituições de todos os países da Europa Ocidental tão logo começavam a se ver como Estados nacionais tinham uma estrutura normativa compreendida de maneira bem diferente da dos direitos de liberdade já estabelecidos. É verdade que durante todo o século XIX houve

---

[404] Sobre as diversas vias da democratização política na Europa Ocidental, cf. Wolfgang Reinhard, *Geschichte der Staatsgewalt*, Munique, 1999, cap. v.1.

[405] Cf. Eley, "Nations, Publics and Political Cultures", op. cit., p. 289-339; sobre o esvanecimento do papel da nação ou do Estado nacional por Habermas quando trata do estabelecimento das vidas públicas a incluir mais de uma classe, cf. Lennart Laberenz, "Die Rationalität des Bürgertums. Nation und Nationalismus als blinder Fleck im Strukturwandel der Öffentlichkeit", in idem (org.), *Schöne neue Öffentlichkeit. Beiträge zu Jürgen Habermas' „Strukturwandel der Öffentlichkeit"*, Hamburgo, 2003, p. 130-70.

certa tendência a considerar esses direitos políticos, sobretudo o de voto, como mero "fruto subordinado" (Thomas Marshall) dos direitos liberais, já que ambos, em muitos lugares, continuavam ligados à posse de um patrimônio econômico. Esse atrelamento interno ao estatuto econômico foi suprimido de quase todas as constituições no máximo até 1918, — somente às mulheres ainda se negava o direito de voto universal em muitos Estados —, e assim era necessário compreender retrospectivamente que, com os direitos políticos, se estava criando um instrumento normativo bastante diferente do que se tivera com os direitos de liberdade. Enquanto estes, desde o início, indicavam uma abertura ao membro individual da sociedade de uma zona de proteção de liberdade de arbítrio privado, os direitos políticos não podiam ser interpretados segundo esse modelo, pois deveriam capacitar para fazer algo que não se podia fazer sozinho ou numa atitude de retração individual: o voto significava, mesmo quando muito parecesse afirmar que era "secreto"[406], consumar um ato de decisão que, em princípio, podia ser justificado ante todos os demais partícipes do direito à medida que devia se referir ao bem comum de toda a comunidade[407]. Nesse sentido, os direitos políticos, e mesmo o direito de voto num âmbito individual, não se dirigia ao indivíduo como indivíduo, mas ao cidadão como membro de uma comunidade de direito democrática; este

---

406 Com relação às grandes diferenças no direito eleitoral dos países europeus no século xix, cf. Daniele Carameni, *Elections in Western Europe since 1813. Electoral Result by Constituencies*, Londres, 2004; Renihard, *Geschichte der Staatsgewalt*, op. cit., p. 431-5.
407 Sobre os argumentos favoráveis a uma votação pública, ver o estudo, bastante interessante, de Hubertus Buchstein, Öffentliche und geheime Stimmabgabe. *Eine wahlrechtshistorische und ideengeschichtliche Studie*, Baden-Baden, 2000.

não deveria ser eximido das imposições de justificação de seu ambiente político-moral, com o auxílio dos direitos liberais de liberdade, mas só se capacitaria a tal comunicação deliberativa com o fim de delegar suas resoluções subjetivamente verificadas a um grêmio previsto para tal. O que o direito universal de voto não poderia ocultar, já que ao mesmo tempo tinha de proteger o cidadão destinatário das influências ilegítimas, era claramente visível nos dois outros direitos políticos nascidos no século XIX: com o direito de reunião e de associação política, na maioria dos países da Europa Ocidental criavam-se as condições necessárias para que os cidadãos se organizassem sob a proteção do Estado, relacionando-se de maneira comunicativa, para que, em público, pudessem expressar suas convicções discursivamente ajustadas. No decorrer do século XVIII, com base na mera pretensão das distintas vidas públicas cujas opiniões discursivamente averiguadas a política estatal acolhesse, garantia-se à vida público-política o direito de, em amplas redes de associações, determinar os princípios de toda a ação de governo.

A julgar pelo resultado desse longo e conflituoso processo no qual o arcabouço dos direitos fundamentais dessa vida público-política no século XIX foi conseguido ou por luta revolucionária, ou por concessões de cima, é possível conceber esse processo como uma preparação da via institucional para uma terceira esfera de liberdade social. Por meio do gradual entrecruzamento do direito universal ao voto com os direitos de reunião e de associação política, estabeleceram-se, de maneira mais espontânea que intencional, as condições comunicativas sob as quais um público de cidadãos podia concordar, discursivamente e em associações voluntárias, acerca de quais princípios políticos deviam ser postos em prática pelas corporações representativas da legislação parlamentar. Tal como já se tinha nas esferas das relações pessoais e da ação econômica, institucionalizava-se aqui, no coração das constituições dos Estados nacionais democráticos que então surgiam, uma ideia de liberdade que já não permitia uma interpretação meramente individualista; em vez disso, o cidadão individual devia chegar à sua nova liberdade de legislação política formando uma opinião verificada intersubjetivamente no intercâmbio e na controvérsia discursiva com outros cidadãos, acerca dos objetivos que a representação do povo deveria perseguir a partir dali[408]. Essa esfera de uma formação da vontade universal surgiu com a diferenciação entre os distintos papéis que, tomados como modelos, complementavam-se e podiam ser desempenhados nas distintas "vidas públicas" do século anterior, para os quais não existiam fundamentos jurídicos: cada participante das associações políticas, que começavam a surgir em grande número sob a proteção do direito constitucional, deveria tanto poder se pôr no lugar de um orador público quanto no de um ouvinte público, ou seja, de acordo com a situação, tinha de contribuir com argumentos diante de um público, num dos casos, e avaliar argumentos na condição de público, no outro. Nas práticas sociais que começaram a se perpetuar com o exercício desses papéis manifestava-se um princípio de reconhecimento recíproco que, após séculos de paternalismo político e diferenças estamentais, tinha de ser totalmente novo para todos os implicados: a partir daquele momento, todos os membros adultos da

---

[408] Com relação à conexão entre a autonomia privada e a pública, cf. Habermas, *Faktizität und Geltung*, op. cit., cap. III.I

sociedade (e, num primeiro momento, somente do sexo masculino) deviam reconhecer uns aos outros como cidadãos de iguais direitos num Estado nacional, uma vez que, na formação de uma vontade democrática, o argumento de um tinha tanto peso como de qualquer outro.

Entretanto, de modo algum se deve idealizar a disseminação dessas práticas então surgidas e seus traços fundamentais. Da mesma forma que a ideia romântica de liberdade social nas relações pessoais não se realizou de imediato no século XIX, tampouco o princípio democrático de uma vida pública emancipada, com ramificações associativas, adquiriu realidade logo após seu surgimento. É bem verdade que nas sociedades cultas e nas tabernas "plebeias" do século XVIII já se havia ensaiado práticas de deliberação pública; é bem verdade que essas práticas haviam encontrado seu arcabouço institucional nos direitos de participação política, mas naquele momento a ideia de uma formação não coercitiva da vontade entre cidadãos de direitos iguais continuava a ser uma pretensão objetiva e efetiva nas lutas sociais, mas ainda sem realidade social. As fronteiras culturais entre meios específicos de cada classe existiam em todos os lugares em que ainda não se constituíra uma consciência do pertencimento comum a um único Estado; em tais reinos, divididos politicamente em muitas unidades, carecia-se de um espaço de comunicação que abarcasse tudo e no qual as vidas públicas locais podiam se encontrar[409]. Por isso, em meados do século XIX tampouco se pode falar na institucionalização bem-sucedida de uma esfera da sociedade civil na Europa Ocidental;

---

409 Cf. as indicações em Osterhammel, *Die Verwandlung der Welt*, op. cit., p. 850-6.

continuavam faltando mentalidades necessárias para tanto, com uma postura interiorizada de igualdade política, e, também, as condições jurídicas necessárias, e pode-se pensar num direito de voto realmente universal[410].

A visão comedida da esfera da vida pública democrática que então apenas nascia também deixa claro o equívoco de se reduzir as práticas que lhe estavam relacionadas ao dar-e-receber público dos argumentos passíveis de ser universalizados. Precisamente, aquela prolongada fase inicial de uma luta pelos direitos de participação política, quando ainda era necessário erguer barricadas em combates de rua e reproduzir desajeitadamente o material de propaganda, mostra nitidamente o fato de que o intercâmbio democrático de opiniões incluía sempre também o substrato material do trabalho político tangível: a preparação técnica para organizações de discussão, a mobilização de simpatizantes, a execução organizativa de manifestações, incluindo a produção de folhetos, são todas tarefas cujo cumprimento é necessário, por divisão de trabalho, para o processo democrático da formação não coercitiva de uma vontade, tal como exigem estritamente os debates públicos[411]. Se entre os cidadãos não houvesse a disposição para levar adiante também atividades "inferiores" e não discursivas desse tipo, o processo discursivo de intercâmbio de opiniões logo se paralisaria, já que estas não teriam oportunidade de atrair atenção pública; as ações técnicas — pregar cartazes, alugar salas, organizar manifestações —, num

---

410 Uma visão geral é oferecida por Reinhard, *Geschichte der Staatsgewalts*, op. cit., p. 431-4.
411 Sobre isso, uma contribuição muito interessante é a de Michael Walzer, "Deliberation ... und was sonst?", in idem, *Vernunft, Politik und Leidenschaft*, Frankfurt am Main, 1999, p. 39-65.

primeiro momento, devem ser realizadas de maneira cooperativa, para que o indivíduo então possa exercer sua liberdade de legislação política pela via da comunicação com todos os demais sobre os princípios que defenderão. Nessa medida, a liberdade social praticada pelos membros da sociedade na esfera institucional da vida pública democrática abrange muito mais do que apenas a adoção recíproca dos papéis do orador e do ouvinte; ela também vive sempre da realização de tarefas instrumentais, compostas de tal modo que, juntas, servem para o intercâmbio vital de opiniões concorrentes.

Desde meados do século XIX, a evolução dessa esfera da vida público-política foi levada adiante sobretudo pelos dois processos, imensamente dinâmicos, da modificação dos espaços de comunicação políticos, por um lado, e do crescimento da tecnologia de meios, por outro. No início, quando as diferentes vidas públicas específicas de classe quase não contavam com direitos como o de influir nas ações do governo mediante opiniões negociadas democraticamente por elas, apenas na França e na Inglaterra havia cenários a abarcar uma vida política; já no século XVIII os limites de uma comunicação puramente local haviam se desfeito, já que Londres e Paris se converteram em centros culturais onde tudo o que parecia ter importância em todo o país tinha de ser reconhecido e tratado[412]. Em muitos outros países da Europa Ocidental, o surgimento de espaços de comunicação comparáveis só pôde ocorrer quando a Revolução Francesa trouxe as ideias de igualdade política, cuja aplicação jurídica exigia a criação de comunidades artificiais, "imaginadas", nas quais os

---

412 Osterhammel, *Die Verwandlung der Welt*, op. cit., p. 855.

membros poderiam perceber uns aos outros, com direito a relações igualitárias[413]; ideias desse tipo mal haviam se instalado culturalmente e começaram a se formar, em todos os lugares onde não havia Estado-nação, como Alemanha e Itália, poderosos movimentos nacionais, cuja consequência foi a comunicação política começar a se desprender dos horizontes de entendimento locais, assumindo cada vez mais uma forma que abarcou toda uma população[414]. Uma vida público-política, entendida como esfera discursiva da formação democrática da vontade de um povo que se vê como soberano, tem seu surgimento factual somente nos Estados nacionais do século XIX; seus espaços, de limites imprecisos para dentro e para fora, permitem identificar no futuro temas de interesse comum e, na continuidade, negociar publicamente. O movimento trabalhista nos diferentes países, ainda que não sem provas de fogo e discussões acaloradas em seu próprio seio, também se insere nesse contexto político e assim faz prevalecer a lealdade nacional de seus membros ante sua vocação internacional[415]. Tanto para o bem como para o mal, a partir do século XIX a existência de uma esfera democrática de formação da vontade continua atrelada à condição cultural da "identidade" nacional de um "povo"; somente à medida que os cidadãos aprendem a se

---

[413] Sobre esse processo, cf. Benedict Anderson, *Die Erfindung der Nation. Zur Karriere eines erfolgreichen Konzepts*, Frankfurt/Nova York, 1988.

[414] Sobre o entrelaçamento da formação do Estado nacional e da democratização, Reinhard, *Geschichte der Staatsgewalt, op. cit.*, cap. v.2. Uma análise sistemática do surgimento de espaços de comunicação nacionais e, com eles, das primeiras formas de vida públicas que deram conta de toda a população é proporcionada por Karl W. Deutsch, *Nationalism and Social Communication. An Inquiry into the Foundations of Nationality*, Cambridge, Mass., 1966, sobretudo caps. 2, 3 e 4.

[415] Cf. para a Alemanha Werner Conze/Dieter Groh, *Die Arbeiterbewegung in der nationalen Bewegung. Die deutsche Sozialdemokratie vor, während und nach der Reichsgründung*, Stuttgart, 1966.

conceber como membros de um Estado nacional faz-se possível, a partir dali, desconsiderar suas diferenças pré-políticas e mensurar-se pela duvidosa ilusão de estar afetados da mesma maneira pelos mesmos processos.

Certamente, esse primeiro grau na evolução da vida público-política não teria sido possível se não se tivesse criado, ao mesmo tempo, uma tecnologia da comunicação que permitisse cobrir as distâncias espaciais e auxiliar na circulação de informações. Já à época dos primórdios das vidas públicas da burguesia, ainda carentes de influência política, a imprensa então incipiente possibilitou comunicar, em distintos pontos de um mesmo país, os mesmos acontecimentos na economia, cultura e política[416]; e também as associações das classes baixas, nascidas da necessidade e com atuação local e limitada, só podiam se comunicar entre si mediante brochuras que, contendo informações sobre suas disposições de espírito e intenções, circulavam pelas comunidades locais[417]. Ao longo do século XIX, com o surgimento do arcabouço constitucional para uma esfera público-política em sentido estrito, que possibilitava um público unificado num Estado nacional se empenhar em uma formação democrática de opinião, é claro que a demanda por tais meios teve de crescer enormemente; quanto maior a intensidade com que a formação da vontade começava a se soltar dos cenários concretos de uma reunião de cidadãos presentes e se estender à massa anônima de todo o povo de uma nação, mais intensamente se dependia da produção técnica de um intercâmbio virtual entre oradores e

---

416 Habermas, *Strukturwandel der Öffentlichkeit*, op. cit., p. 77 e s.
417 Thompson, *Die Entstehung der englischen Arbeiterklasse*, op. cit., tomo I, cap. XII.

ouvintes, autores e leitores. Em princípio, essa tarefa era realizada somente por meio de produtos impressos, isto é, da prensa de jornais e revistas e das editoras de livros; estas, após um começo difícil em razão da censura, ascenderam rapidamente, convertendo-se no meio dominante de formação de opinião nos espaços de comunicação da vida público-política constituídos em âmbito nacional; as empresas jornalísticas logo se adaptaram às novas classes de leitores, tendo havido um afastamento de sua orientação para um público de formação burguesa e o atendimento gradual das necessidades de informação e de entretenimento das classes baixas. A gama de temas então tratados certamente era mais ampla e difusa do que a das camadas burguesas do primeiro momento, mas eventualmente podiam atrair a atenção de todo o povo de uma nação, já que eram feitos pela medida das problemáticas e dos acontecimentos definidos de maneira "nacional". Em tais momentos resplandecentes da vida público-política do final do século XIX — e, em seu conjunto, eles foram bastante raros —, as pessoas se comunicavam, ignorando as diferenças de classe, sobre artigos na imprensa diária sobre como se deveria assimilar coletivamente a derrota numa guerra ou se a ampliação de uma rede de estradas de ferro que cobrisse todo o território nacional seria de interesse geral[418].

No entanto, em alguns pontos desses acalorados debates de âmbito nacional se manifestava o perigo do benefício que essas primeiras formas de vida público-política tinham obtido na

---

[418] Como primeiro exemplo, cf. a França depois de 1871: Wolfgang Schivelbusch, *Die Kultur der Niederlage*, Berlim, 2001, cap. III; para a discussão pública sobre a estrada de ferro, cf., idem, *Geschichte der Eisenbahnreise. Zur Industrialisierung von Raum und Zeit im 19. Jahrhundert*, Frankfurt am Main, 2000.

Europa Ocidental por meio de sua inclusão no Estado nacional. Muito embora o arcabouço Estado-nação em princípio só fazia criar a estrutura de ordenamento jurídico na qual devia imperar igualdade política entre os cidadãos, isso não protegia esse arcabouço de outras interpretações nas quais critérios como o pertencimento a um povo natural ou mesmo a uma raça exerceram papel decisivo. Já na atmosfera hostil, até mesmo agressiva, que caracterizava a opinião pública de ambos os lados durante a Guerra Franco-Prussiana expressou-se toda a ambivalência das vidas públicas daqueles decênios, concebidas exclusivamente como pertencentes a Estados-nação; com tanto ou maior força manifestou-se ainda um escândalo político que, como quase nenhum outro, envolveu toda uma nação num inflamado debate público: o Caso Dreyfus, na França do final do século XIX[419]. Quando, no ano de 1894, o oficial judeu do Estado Maior Alfred Dreyfus, acusado de espionagem, foi condenado por um tribunal militar francês, rapidamente veio à tona, nas disputas que daí surgiram e abarcaram quase todas as camadas da população, um ressentimento antissemita fundado nas ideias de um vínculo natural, em última instância biológico, dos "franceses" unidos na nação. Foram o clero católico e os grupos antirrepublicanos de dentro dos comandos do exército que, valendo-se do auxílio de uma imprensa submissa, souberam instigar com mais habilidade as ideias nacionalistas e não hesitaram em suscitar a desvairada lenda da existência de um complô judeu internacional[420]. Não demorou muito para que também as camadas desclassificadas

---

419 Sobre isso e a sua continuidade, cf. a impactante análise de Hannah Arendt em *Elemente und Ursprünge totaler Herrschaft*, Frankfurt am Main, 1955, cap. I.4 [*As origens do totalitarismo*, São Paulo, Companhia das Letras, 2013].
420 Ibidem, p. 171 s.

da população francesa, a que Hannah Arendt chamou "turba"[421], tomassem parte no exaltado conflito, começando a aterrorizar pessoalmente o pequeno grupo de partidários de Dreyfus, os chamados *dreyfusistas*; em parte organizados pelo Estado maior do exército francês, em parte instigados pelos periódicos reacionários, essas camadas passaram a perseguir as pessoas que defendiam publicamente o oficial judeu, lançar pedras contra a casa de Émile Zola ou atacar outros defensores no meio da rua[422]. A vida público-política, surgida há pouco tempo com a concepção de uma inclusão igualitária de todos os cidadãos (e cidadãs) no autogoverno democrático de um Estado nacional constituído por direitos fundamentais, subitamente assumia aqui, no país de seu nascimento revolucionário, uma face bem diferente; as associações políticas, que deviam ser os órgãos da construção geral da opinião e da vontade, da noite para o dia fizeram-se tropa de choque de uma xenofobia que tinha origem numa concepção naturalista do pertencimento social.

Como há muito se sabe, os processos políticos posteriores à condenação de Dreyfus são apenas uma débil manifestação dos movimentos de ódio antissemita que se espalhariam sobretudo na Alemanha do século XX. A partir desse momento, em quase toda a Europa, com exceção dos países escandinavos, era possível encontrar atitudes extremamente nacionalistas na esfera público-política, que revelavam a disposição a excluir dos direitos civis grupos que se definissem como estrangeiros[423]. Como hoje

---

421 Ibidem, p. 170-85.
422 Ibidem, p. 175 s.
423 Uma tentativa altamente interessante de sistematização das causas dessa mudança é apresentada por Ernest Gellner em *Nationalismus und Moderne*, Berlim, 1991, sobretudo cap. VI e VII.

se pode dizer, com um olhar retrospectivo, essa ambivalência fundamental na instituição da vida pública aparentava-se a uma profunda falta de clareza acerca da natureza da unidade política na qual os membros da sociedade, mediante reconhecimento recíproco, começaram a se formar como cidadãos igualitários em um "nós" plural de formação da vontade. Por um lado, parecia claro que a condição de membro só podia ser mensurada a partir da pertinência formal, regulada por procedimentos, a um Estado nacional; por outro, porém, da figura assim construída se poderia facilmente extrair, a qualquer momento, o "estatal", de modo que ser membro resultaria unicamente do pertencimento a uma "nação"; e quanto mais intensamente esse "nacional" fosse entendido, de maneira essencialista, como um povo definido cultural ou biologicamente, mais fácil se tornava privar determinados grupos dos direitos de cidadania, com base na carência daquelas qualidades coletivas[424]. A fundação dos Estados nacionais liberais no século XIX — na Inglaterra e França a partir da transformação política dos Estados territoriais já existentes, na Alemanha e Itália mediante movimentos de unidade nacionais e na Áustria e Hungria, por fim, pelo desmantelamento de grandes Estados supranacionais[425] — deve assim ser considerada, em suma, ambiguamente: ela continuou a ser tanto condição para uma vida público-política como fonte de um nacionalismo ameaçador. Na maior parte dos casos, o que se revelaria decisivo ao caminho

---

[424] Panorama bastante interessante sobre o momento, o lugar e o modo em que, durante o século XIX, o nacionalismo se converteu em racismo é o apresentado por George M. Frederickson, *Rassismus. Ein kritischer Abriß*, Stuttgart, 20011, sobretudo p. 70-134.

[425] Com relação a essas diferenciações, cf. Reinhard, *Geschichte der Staatsgewalt*, op. cit., p. 446 e s. Para fazer a diferenciação dessas três vias, Reinhard se apoia em Theodor Schieder, *Nationalismus und Nationalstaat*, Göttingen, 1991.

para se tornar uma nação foi a questão sobre se as relações entre os cidadãos eram entendidas como expressão de alguma unidade pré-política, étnica ou biológica, ou, então, como encarnação dos novos princípios gerais de liberdade e igualdade. Se o primeiro caminho fosse seguido, como na Alemanha, onde um conceito naturalista de "povo" tinha de substituir a carência de unidade política, deixava-se a porta entreaberta para um nacionalismo definido de maneira radical[426]; mas se a segunda via fosse transitada, como foi o caso da França durante muito tempo, com a ideia da República determinando a unidade do povo-cidadão, permitia-se à nação resistir a seu próprio poder.

Um exemplo imponente da tentativa de estabelecer um conceito político do *demos* à sombra do Caso Dreyfus na França do *fin du siècle* são as lições de Durkheim sobre a "moral cidadã"[427]. Seus escritos com frequência nos têm servido de ponte entre a doutrina da eticidade de Hegel e a atualidade, e também aqui, quanto à reconstrução normativa da vida pública democrática, novamente podem nos auxiliar de maneira decisiva. Em suas lições da *Physique des moeurs et du droit*, que começou a ministrar em Bordeaux, em 1896, Durkheim ocupa-se, em sua parte central, do que chama de "moral cidadã"; por esse conceito ele pretende abranger todas as normas morais, escritas e não escritas, cuja observância capacita os membros de um Estado democrático, a despeito de seu mútuo respeito a suas diferenças individuais, a tomar parte em deliberações e negociações compartilhadas

---

[426] Arendt, *Elemente und Urspünge totaler Herrschaft*, op. cit., p. 254-63; além disso: Helmuth Plessner, *Die verspätete Nation* (1959), Frankfurt am Main, 1974.
[427] Durkheim, *Physik der Sitten und des Rechts*, Frankfurt am Main, 1999, lições 4 a 7.

sobre os princípios estatais de vinculação geral[428]. Mas antes que Durkheim pudesse determinar individualmente os deveres dos cidadãos, era preciso que ele se voltasse a um problema que parecia mais urgente, relacionado ao Caso Dreyfus, então ainda candente: que tipo de sentimentos poderiam motivar os membros de uma sociedade a colocar suas preferências individuais atrás do bem-estar da comunidade democrática, fazendo-os batalhar juntos por seu desenvolvimento numa prosperidade[429]? Em referência à instituição da vida pública democrática, que Durkheim no mesmo contexto já traz à baila, a pergunta é: de que fonte provêm os sentimentos solidários que seriam necessários para vincular cidadãos, que de outro modo teriam atitudes muito distintas, à tarefa conjunta do debate público?

Seguramente, não será exagero supor que na resposta de Durkheim à pergunta que ele próprio se faz existe uma primeira proposta da ideia de um patriotismo constitucional[430]. O diagnóstico com que se iniciam suas reflexões sobre a necessidade de complementaridade afetiva de todas as vidas públicas democráticas é, antes de tudo, sóbrio: uma vez que os cidadãos estão dispostos a participar ativamente da formação da opinião num Estado democrático somente se considerarem os objetivos e valores desse Estado dignos de ser perseguidos, ou mesmo defendidos, sempre é necessária certa dose de "patriotismo", portanto, uma obrigação diante do bem-estar da própria comunidade

---

428   Ibidem, lição 5.
429   Ibidem, p. 106.
430   Sobre a história e o conceito do patriotismo constitucional, cf. Jan-Werner Müller, *Verfassungspatriotismus*, Berlim, 2010. É de maneira completa que Müller, no entanto, elimina essa ideia de sua apresentação histórica da pré-história intelectual dessa ideia, como, por exemplo, as importantes reflexões de Durkheim.

emocionalmente ancorada[431]. No entanto, já no passo seguinte, Durkheim admite que a existência de tais inclinações patrióticas poderia estar associada ao risco de submeter todos os princípios morais universais aos "objetivos nacionais" e, consequentemente, de declarar inimigo todo grupo especificado como "externo", "como se apenas se pudesse", diz ele laconicamente, "demonstrar a vinculação com o grupo patriótico a que pertence [...] se esse grupo estiver em situação de conflito com outro grupo"[432]. Para evitar a referida tendência a um nacionalismo agressivo, Durkheim procura, no último passo de seu raciocínio, posicionar o patriotismo, que considera necessário, sobre o fundamento, bem diferente, de um universalismo moral. A seus olhos, isso só é possível se, como objetivo emocionalmente aceitável dos Estados democráticos, conceber-se a realização particular, caso a caso, dos objetivos gerais da humanidade de liberdade e justiça: "Enquanto houver Estados, haverá um amor próprio social, e nada é mais legítimo do que isso. Mas as sociedades poderiam empregar seu amor-próprio e sua ambição na tarefa de ser mais justas, mais bem organizadas e em ter a melhor constituição moral, e não em ser as melhores ou mais ricas"[433].

Em suas páginas precedentes, Durkheim já havia feito constar o elo que faltava nessa formulação, que é a referência à encarnação daquelas normas morais universalistas nas constituições dos Estados democráticos; de diversas maneiras ele ressaltara que os Estados nacionais nascidos da Revolução Francesa baseavam-se em constituições ancoradas na Proclamação dos Direitos Universais do

---

431 Durkheim, *Physik der Sitten und des Rechts*, op. cit., p. 107 s.
432 Ibidem, p. 109 s.
433 Ibidem, p. 110.

Cidadão. Assim, o pensamento com que Durkheim espera afastar o perigo sempre presente de uma viragem para um nacionalismo excludente resulta numa forma antiga do que hoje comumente se denomina "patriotismo constitucional": por meio deste, os cidadãos poderiam sentir-se afirmados em sua pertinência política e, assim, poderiam saber-se relacionados emocionalmente uns com os outros, aprendendo a entender as constituições de suas comunidades democráticas como estímulo para realizar, de maneira cada vez melhor, os princípios morais universalistas que nelas são proclamados à luz de suas próprias experiências históricas. Durkheim é de tal modo consciente da necessidade de se referir ao "orgulho nacional" para explicar a disposição individual à conformação democrática conjunta que ele próprio não teme a ideia de uma concorrência moral entre os Estados democráticos: segundo a concepção de Durkheim, quanto mais claramente o cidadão tiver diante dos olhos que, na realização política dos princípios constitucionais, trata-se de sobrepujar moralmente os demais e de países que lutam pelo próprio aperfeiçoamento, é com mais decisão e compromisso que se militará pela causa comum[434].

Durkheim, no final do século XIX, adentrou em terreno teórico desconhecido não apenas com essas reflexões sobre o patriotismo constitucional; a parte de suas lições sobre a "moral cidadã", dedicada ao papel da vida pública democrática, também estava bem adiante de seu tempo, pois nela se encontram definições que fazem pensar no escrito pioneiro de John Dewey, publicado trinta anos depois[435]. Como vimos, nesse ínterim haviam-se

---

[434] Ibidem, p. 109.
[435] John Dewey, *Die Öffentlichkeit und ihre Probleme*, Bodenheim, 1996.

formado, em muitos países da Europa e graças aos esforços sintetizadores e constitucionais do Estado nacional, as primeiras formas de uma vida pública a abranger mais de uma classe social, em cujos fóruns, no mínimo, os membros varões da sociedade podiam ter alguma participação na tomada de decisões políticas. Certamente, durante algum tempo, alguns desses espaços nacionais de comunicação foram palco de ideias nacionalistas e eventualmente racistas; outros deles, por sua vez, careciam de uma rede suficientemente densa de associações civis e partidos políticos para, de fato, poder se converter em local de encontro para debates mais amplos. De modo geral, contudo, instaurara-se um processo de institucionalização de uma cultura da discussão, na qual se podia decidir publicamente sobre as vantagens e desvantagens de objetivos políticos. Ao mesmo tempo, não obstante, era nítido carecerem de tentativas de dotar as vidas públicas estabelecidas de um conceito de si mesmas, por mais que nos círculos ilustrados da Alemanha se pudesse pensar no princípio de publicidade de Kant[436], por mais que na França, com as considerações de Tocqueville sobre a sociedade civil[437] dos Estados Unidos, e na Inglaterra, com as alegações de John Stuart Mill em favor de uma revivescência da diversidade de opiniões[438], já existisse os acessórios para uma teoria da vida pública, mas indubitavelmente se carecesse de uma definição consistente e abrangente do papel político das vidas públicas nas sociedades democráticas. Durkheim evidentemente quis corrigir esse déficit

---

436 A esse respeito, cf. Habermas, *Strukturwandel der Öffentlichkeit*, op. cit., cap. IV, § 13.
437 Alexis de Tocqueville, *Über die Demokratie in Amerika*, Zurique, 1987 [*A democracia na América*, 3. ed., São Paulo, Martins Fontes, 2005].
438 John Stuart Mill, Über die Freiheit, Leipzig/Weimar, 1991.

intelectual, já que durante muitos anos dedicou boa parte de suas lições para instruir sua aluna sobre a imprescindível função do debate público no processo político[439]. A ideia da vida pública democrática que o sociólogo procura delinear se assemelha à que Dewey desenvolverá décadas depois, pois ela também se refere inteiramente à mais-valia epistêmica de um processo de reflexão o mais inclusivo possível e que se consuma publicamente[440].

Toda ação de governo é, antes de tudo, o resultado de um esforço cognitivo — assim inicia Durkheim sua argumentação — e se assenta na observação e no controle para solucionar problemas sociais de maneira inteligente; nesse sentido o Estado é, como designado em sua terminologia típica, o "órgão [especializado] do pensamento social"[441]. No entanto, Durkheim prossegue afirmando que o processo intelectual aqui instalado se dará sob condições altamente restritas enquanto aos atores responsáveis não for possível fazer um quadro suficientemente claro dos problemas sociais; nos sistemas centralistas, os governantes estão isolados do restante da sociedade como que por "comportamentos estanques"[442], de modo que não podem ter nenhum conhecimento empírico dos processos reais na vida social. Durkheim conclui que essa barreira epistêmica só pode ser eliminada à medida que sejam criadas pontes de comunicação entre órgãos de governo e população, pelas quais as informações possam chegar não apenas de cima para baixo, mas também de baixo para cima, da "massa coletiva" até os

---

439 Durkheim, *Physik der Sitten und des Rechts*, op. cit., sétima lição.
440 Sobre tal "justificação epistemológica" da democracia: Hilary Putnam, "A Reconsideration of Deweyan Democracy", in idem, *Renewing Philosophy*, Cambridge/Mass. 1992, p. 180-200.
441 Durkheim, *Physik der Sitten und des Rechts*, op. cit., p. 115.
442 Ibidem, p. 116.

cumes da administração estatal; e quanto mais amplo for o círculo dos que possam tornar públicas suas preocupações e urgências graças a tais canais de informação, portanto, quanto mais pessoas estiverem incluídas no intercâmbio público de experiências entre ambos os lados, mais inteligentes deveriam ser as soluções com que o Estado procuraria enfrentar os problemas que se impusessem à sociedade. Porém, tão logo esse tipo de processo de informação recíproca assumir uma forma reflexiva e se transformar em deliberações comuns acerca de assuntos compartilhados, a inteligência das soluções estatais aos problemas aumentará ainda uma vez, visto que então se estará reciprocamente sujeito a um controle intelectual, que forçará à consciência pública todo aquele que puder conduzir a uma reação refletida para os problemas sociais. Somente a partir desse limiar, no qual as instituições públicas da "deliberação" e da "ponderação"[443] estejam socialmente institucionalizadas, é que Durkheim fala em "vida pública democrática"; ela é a garantia epistemológica de que em sociedades complexas, com divisão de trabalho, a ação política tenha capacidade de resolver os problemas de forma racional: "Todo mundo se coloca os problemas com que se deparam os governantes, todo mundo reflete sobre eles ou pode fazê-lo. Num retorno natural, assim sendo, todas as reflexões dispersas assim produzidas atuam sobre esse pensamento governamental do qual emanam. A partir do momento em que o povo se questiona dos mesmos problemas que o Estado, para resolvê-los o Estado já não pode fazer abstração do povo [...]. Daí a necessidade de consultas mais ou menos frequentes e regulares"[444].

443   Ibidem.
444   Ibidem, p. 118.

Entretanto, uma ênfase tão forte no papel cognitivo das vidas públicas democráticas obscurece o fato de que estas, de acordo com sua ideia normativa, também deveriam constituir uma esfera de liberdade social: ancorado de maneira rudimentar nas constituições, o direito do povo de, num intercâmbio público de opiniões, conciliar os princípios a que o governo deveria chegar foi pensado não só como instrumento para o aumento da capacidade política de resolver problemas, mas também e justamente para fazer vigorar aquelas condições de comunicação sob as quais podem se aclarar e realizar, de maneira não coercitiva e mediante a adoção recíproca dos papéis de orador e ouvinte, as próprias intenções políticas. Nas lições de Émile Durkheim, quase não se fala nessa promessa de liberdade inerente à vida política democrática. Já nos escritos de Dewey ela será tratada de maneira mais firme, porém sempre sob signos sociais e culturais que terão intensamente se transformado em comparação à época do fundador da sociologia francesa.

Para Durkheim, a mídia crucial para a formação da opinião e da vontade pública era a imprensa de jornais e revistas; certamente ele também sempre ressaltou, com relação ao Caso Dreyfus, que sem a circulação desse material impresso não teria sido possível, para um público anonimizado, exercer a reflexão coletiva que ele via na tematização da vida pública[445]. Se já antes do fim do século, em quase todos os países da Europa, havia uma rede pública de telefones, a verdade é que ela era usada mais para o intercâmbio de assuntos privados do que para a discussão

---

445 Cf., por exemplo, ibidem, p. 120.

de questões políticas[446], e também o telégrafo, empregado nos Estados Unidos já desde 1850, servia sobretudo ao rápido intercâmbio de dados nas operações comerciais, mas não para a difusão de informações na esfera da vida público-política[447]. Uma nova revolução das tecnologias da comunicação, que transformou de forma duradoura as condições de troca de informações e opiniões, só aconteceria com a introdução do rádio; as condições técnicas para essa nova mídia tinham sido criadas já antes da Primeira Guerra Mundial, mas nos países da Europa Ocidental as primeiras grandes estações não funcionariam antes do início dos anos 1920. Se os sentimentos nacionalistas acumulados nas vidas público-políticas, sobretudo na Alemanha da época, haviam se difundido especialmente com o auxílio da imprensa, mobilizações comparáveis se poriam em ação logo adiante, com muito mais força, por meio do rádio[448].

De modo quase paradoxal, o fato de, na maioria dos países europeus, as estações de rádio terem sido postas sob controle estatal para que as emissoras assumissem o tipo de poder exercido pela indústria de jornais desempenhou um papel importante nesse desenvolvimento. Ao organizar essa nova tecnologia de mídia como corporações públicas ou semipúblicas, esses países procuraram evitar os processos econômicos de concentração, que já vinham obtendo lugar havia meio século sob condições capitalistas de propriedade privada, o que levou ao surgimento

---

446 Cf. Horst A. Wessel, "Die Rolle des Telefons in der Kommunikationsrevolution des 19. Jahrhunderts", in Michael North (org.), *Kommunikationsrevolution. Die neuen Medien des 16. Und 19. Jahrhunderts*. Colônia/Weimar/Viena, p. 101-8.
447 Jorma Ahvenainen, "The Role of Telegraphs in the 19th-Century Revolution of Communications", in North (org.), *Kommunikationsrevolution*, op. cit., p. 73-80.
448 Cf., de modo geral, Heinz Pohle, *Das Radio als Instrument der Politik*, Hamburgo, 1955.

de poderosas empresas monopolistas com possibilidades quase incontroláveis de influência política[449]. Na primeira década após seu estabelecimento, portanto, durante a República de Weimar, essa forma de organização da atividade radiofônica mostrou os efeitos desejados: na Inglaterra, França e Alemanha começaram a funcionar uma série de estações controladas pelo Estado a fim de cumprir com a tarefa publicística de informar e formar a opinião pública; como sabemos pelos escritos de Walter Benjamin[450], essas estações de rádio muitas vezes foram pioneiras na exploração de inovações estéticas, com as quais contribuiu a irrupção de novos formatos, como as reportagens diárias e a novela radiofônica. Em relação ao jornal, o rádio parecia mais adequado à transmissão midiática numa vida pública bastante ramificada, pois oferecia a possibilidade de incluir as reações do ouvinte diretamente na transmissão. Isso possibilitou que se desse lugar a formas de troca espontânea de opiniões como só se tem na interação de pessoas fisicamente presentes, por isso, nesses primeiros anos da radiodifusão, incontáveis experimentos contribuíram para imprimir vitalidade à formação da vontade democrática, e para tanto se procurou incentivar o público a assumir o papel de orador[451].

449 Habermas, *Strukturwandel der Öffentlichkeit*, op. cit., p. 282 s.
450 Walter Benjamin, "Hörnmodelle", in idem, *Gesammelte Schriften*, vol. IV, 2, Frankfurt am Main, 1972, p. 627-720. Sobre isso, cf., em toda a sua extensão, Sabine Schiller-Lerg, "Die Rundfunkarbeiten", in Burkhardt Lindner (org.), Benjamin-Handbuch. *Leben-Werk -Wirkung*, Stuttgart, 2006, p. 406-20.
451 Em vez de muitas outras referências, citemos aqui simplesmente a recomendação de Bertolt Brecht a um imaginário diretor de estação de rádio: "Além disso, você pode organizar aqui, diante do microfone, em vez de comunicados mortos, entrevistas reais em que os entrevistados tenham menos oportunidade de pensar mentiras cuidadosas, como as que podem fazer para os jornais. Muito importantes seriam as disputas entre renomados especialistas. Tanto em grandes como em pequenos espaços você pode organizar comunicados com discussão". Brecht, "Vorschläge für den Intendanten des Rundfunks" [1927], in *Gesammelte Werke*, vol. XVIII, Frankfurt am Main, 1967, p. 121-3, aqui, p. 122.

Como veremos, esse otimismo inicial logo começou a esmorecer, quando os órgãos governamentais da Alemanha nacional-socialista passaram a fazer uso sistemático da rádio pública como instrumento de sua propaganda política[452]; se a imprensa escrita já havia perdido sua inocência original, já que sob as condições da constituição de monopólios ela podia ser usada para a manipulação da opinião, ver-se-ia claramente, com a consolidação fascista da radiofonia, que a vida de uma organização pública das mídias também trazia riscos para a formação da opinião e da vontade democrática[453].

É nesse período de turbulenta transformação das estruturas da vida pública — bem antes de a rádio pública começar a se instrumentalizar politicamente e depois que o poder econômico passou a ganhar espaço na indústria de jornais e revistas, em meio aos processos de ampliação dos direitos sociais de participação política a grupos até então excluídos, acompanhado do ressurgimento de ideias nacional-socialistas nas democracias ocidentais — que o escrito em que John Dewey se ocupa do tema da vida pública democrática é publicado. Ainda que o contexto intelectual de suas intervenções seja bem diferente — ele reage a dois livros de Walter Lippmann, nos quais se fala a favor de uma democracia elitista[454] —, no ponto central de sua argumentação, sem o dizer, ele coincide com a intenção essencial de Émile Durkheim: assim

---

[452] Ansgar Diller, *Rundfunkpolitik im Dritten Reich* (Rundfunk in Deutschland, vol. II), Munique, 1980.

[453] A situação foi diferente nos Estados Unidos, onde a radiodifusão desde o início se organizou em forma de empresas privadas. Faz referência a essa situação a famosa análise de Theodor W. Adorno: "The Psychological Technique of Martin Luther Thomas' Radio Addressess", in *Gesammelte Schriften*, vol. IX.I, Frankfurt, 1971, p. 7-141.

[454] Para esse pano de fundo, comparar com Robert B. Westbrook, *John Dewey and American Democracy*, Ithaca, 1991, p. 293-300.

como o sociólogo francês, Lippmann entende a democracia como uma "forma de governo da reflexão" (Durkheim), que, segundo os próprios padrões epistêmicos, funciona melhor quanto maior for o número de membros da sociedade que nela estejam incluídos mediante processos públicos de deliberação e formação da vontade. Dewey teria aprovado mesmo a assombrosa conclusão de Durkheim, segundo a qual "a superioridade da democracia" consiste, antes de tudo, em "se libertar", num esforço conjunto, das "leis das coisas" e traduzi-las em condições que beneficiem o agir razoável[455]. Em todo caso, em seu escrito há passagens suficientes para inferir que, segundo ele, a democracia é a forma de governo superior porque faz uso da inteligência de todos os sujeitos implicados na superação reflexiva dos problemas da sociedade[456]. Mas Dewey se resguarda de fazer uma justificação exclusivamente epistemológica da democracia pela ideia, defendida desde sua juventude, de que a ação conjunta cooperativa na formação da vontade pública é, em princípio e antes de tudo, tanto o meio como também o fim da autorrealização individual[457]. Em seu livro sobre a "vida pública", Dewey expressa essa ideia da liberdade social de maneira especialmente clara ao criticar a crescente comercialização dos meios de comunicação.

No quinto capítulo de seu ensaio, depois de apresentar suas célebres ideias de que, lembrando Durkheim, a vida pública

---

[455] Durkheim, *Physik der Sitten und des Rechts*, op. cit., p. 131.
[456] Cf. sobretudo ibidem, p. 117-22.
[457] Cf. sobretudo John Dewey, "The Ethics of Democracy" in idem, *The Early Works*, vol. I, Carbondale/Edwardsville, 1969, p. 227-49; sobre esse inteiro complexo temático, cf. meu artigo "Demokratie als reflexive Koooperation. John Dewey und die Demokratietheorie der Gegenwart", in Axel Honneth, *Das Andere der Gerechtigkeit. Aufsätze zur praktischen Philosophie*, Frankfurt am Main, 2000, p. 282-309.

democrática constitui um tipo de comunidade experimental de investigação que desenvolve as condições de uma convivência pacífica e, a partir dela, faz uma ideia comum do que é desejável e digno de aspiração na política[458], Dewey faz referência às condições sociais de um intercâmbio de opinião desse tipo, livre e isenta de coerções. Além dos requisitos constitucionais da liberdade de opinião e da participação política, cuja restrição significaria uma violação da máxima do "governo do povo", ele está convicto de que importa, sobretudo, a "arte" de dispor as condições de comunicação social, de modo que "uma livre [...] circulação de ideias" se fizesse possível[459]; fala-se aqui de "arte" porque são necessárias habilidades maiores, que devem ser aprendidas para se encontrar vias de apresentação de circunstâncias de relevância pública que possam permitir reconhecer o desafio social por trás da "casca de consciência convencionalizada e rotineirizada"[460]. Antes que Dewey comece a delinear os traços fundamentais de tal "arte" da comunicação pública, ele trata primeiramente da distância que separa as condições presentes do ideal indicado; e aqui, na crítica à manifestação de decadência da vida pública de seu tempo, de maneira indireta aparecem as ideias normativas de liberdade social que até agora vínhamos desconsiderando na justificação da esfera pública da formação sem coerções por Durkheim e Dewey.

No diagnóstico que faz de seu tempo, Dewey lamenta o crescimento da "apatia" em sua pátria[461] e constata com irritação a

---
458 Dewey, *Die Öffentlichkeit und ihre Probleme*, op. cit., p. 129.
459 Ibidem, p. 144.
460 Ibidem, p. 155.
461 Ibidem, p. 109.

disseminação de tendências nacionalistas nas vidas públicas nacionais da Europa Ocidental[462], mas nenhuma das duas é o que mais o intranquiliza quanto ao estado da formação da vontade pública; para ele, porém, o peso maior está no fato de os órgãos responsáveis pela transmissão midiática do intercâmbio de opiniões, em primeiro lugar a imprensa escrita, que ele considera mais importante do que a incipiente radiodifusão, evoluírem de modo completamente contraditório com sua tarefa real. De sua perspectiva, nas décadas precedentes, basicamente desde meados do século XIX, ocorreu uma transformação estrutural na indústria de jornais e revistas, relacionada à pressão competitiva e não regulada que representava um fardo para as editoras até então orientadas pelo público; sob a coerção de aumentar as tiragens e fazer a demanda crescer, os órgãos de imprensa se converteram em empresas capitalistas que, então, deviam poder vender seus produtos segundo um ponto de vista mercadológico. Em consequência dessa comercialização, como o indica Dewey em diversas passagens de seu estudo[463], tanto as relações de trabalho dentro das empresas como os modos de comunicação das notícias dos jornais e revistas modificaram-se consideravelmente: restringiu-se a autonomia editorial dos redatores e repórteres, que passaram a trabalhar como empregados que recebiam diretrizes numa empresa hierarquicamente organizada, e a seleção e apresentação de matérias dava-se quase exclusivamente segundo critérios de rápida estimulação do interesse do comprador. Num

---

462 Ibidem, p. 115-45. Nesse contexto, porém, Dewey estranhamente não menciona o racismo, que para a vida público-política de seu país representa um desafio comparável.
463 Cf., por exemplo, ibidem, p. 144 s., 152 s.

enunciado que surpreende por parecer muito atual, Dewey resume o que constitui o significado da "publicidade" em seu tempo: "anúncios, propaganda, intromissão na vida privada, apresentação de acontecimentos correntes de um modo que violenta toda conexão lógica com a ação, deixando-nos com as impertinências e os abalos isolados que constituem a essência das 'sensações'"[464].

Nessa crítica à mercantilização da imprensa, até em suas formulações particulares, Dewey está em inteira consonância — ele fala não apenas na criação artificial de "sensações", mas também na produção de "distrações" na vontade[465] — com o diagnóstico demolidor que alguns anos mais tarde Max Horkheimer e Theodor W. Adorno fariam da "indústria cultural"[466]; a diferença entre ambos os enfoques certamente consiste em Dewey medir o estado da indústria das notícias segundo o ideal da comunicação midiática de uma livre troca de opiniões, enquanto os dois autores da teoria crítica orientam-se mais pelo modelo da arte autônoma. Para Dewey, as mencionadas situações podem ser descritas como a essência de uma "patologia social"[467], como ele diz, já que a elaboração de matérias jornalísticas a predominar neste momento nos órgãos da imprensa contradiz tudo o que efetivamente se tem defendido na cultura democrática: sua missão, mesmo a inteira justificação de sua existência, deveria ser informar os cidadãos, de maneira clara e compreensível, sobre quais novas circunstâncias da vida social eles deveriam razoavelmente considerar em sua busca, comum, da vontade; em vez disso, limitam-se quase

---

464 Ibidem, p. 144.
465 Ibidem, p. 145.
466 Horkheimer/Adorno, *Dialektik der Aufklärung. Philosophische Fragmente*, op. cit., p. 128-76.
467 Dewey, *Die Öffentlichkeit und ihre Probleme*, op. cit., p. 145.

exclusivamente a apresentar os acontecimentos que produzam a maior comoção possível — e Dewey menciona exemplos que parecem extraídos de nossa atualidade: "delinquência, tragédias, escândalos familiares, disputas e conflitos interpessoais"[468]. O desvio do ideal de uma cobertura jornalística objetiva, informativa e sociológica tem para Dewey consequências tão nocivas e fatais porque se impede, assim, o início da formação de uma vida pública; ora, isso exigiria que um grupo de pessoas surgido de um entrecruzamento de suas ações individuais chegasse a fazer ideia das "consequências" de suas "atividades sociais" para si e de quais destas podem ser consideradas dignas de serem desejadas de maneira realmente unânime; somente quando o grupo já tiver chegado a um entendimento desse tipo sobre a valoração das consequências do agir associado é que se pode efetivamente falar em um "nós" de uma vida pública[469]. Se esse grupo é tão abrangente quanto a população das sociedades organizadas em Estados nacionais, cujos membros já não podem se encontrar cara a cara, ainda que suas ações estejam reciprocamente entrecruzadas em alta medida, então a valoração conjunta deve ser transmitida com o auxílio dos meios jornalísticos; portanto, para Durkheim, o jornal, a revista e o rádio servem, em princípio e sobretudo, ao objetivo de difundir informações sobre acontecimentos sociais que permitem a um público anônimo ter clareza sobre as consequências da própria ação, de modo que se possa assumir uma postura acordada em conjunto ante tais consequências. Dewey chama, conjuntamente, todos os processos comunicativos que

---

468 Ibidem, p. 152.
469 Ibidem, p. 131.

permitem aos membros das "grandes sociedades", com o auxílio dos meios noticiosos, colocar-se na perspectiva de um "nós" desse tipo (da valoração das consequências da ação) de "vida pública democrática"; para ele, essa é uma forma de liberdade social à medida que possibilita ao indivíduo levar a termo sua intenção de melhorar as próprias circunstâncias de vida em intercâmbio com todos os demais membros da sociedade.

No entanto, Dewey formulou sua ideia de liberdade social de maneira muito mais enfática do que se expressa nessa diluída descrição. A mencionada "arte" da comunicação, agora sabemos de maneira mais precisa, exige dos meios uma atualização "sutil" e "delicada" das consequências ainda desconhecidas da convivência social, nada menos que uma liberação da inteligência criativa de todos os membros da sociedade. Se cada cidadão, com o auxílio da mídia, estivesse em condições de trazer suas próprias propostas às deliberações públicas acerca dos instrumentos adequados ao aperfeiçoamento da comunidade, assim, na perspectiva de Dewey, se teria chegado àquele estado de cooperação não coercitiva que realmente merece o nome de "liberdade democrática". A obra de Walt Whitman[470], oscilando entre a evocação da natureza e da comunidade, é invocada por Dewey ao procurar resumir essa ideia de uma liberdade mediante a comunicação pública: "quando a era das máquinas aperfeiçoar seus maquinários [isto é, os meios de comunicação] dessa maneira, eles se farão instrumento da vida, de não seu despótico senhor. A democracia mostrará então o que nela se esconde, pois democracia

---

470 Cf. Walt Whitman, *Grabsblätter* (1891/92), Munique, 2009 [*Folhas de relva*, São Paulo, Iluminuras, 2005].

é um nome para uma vida em comunhão livre e enriquecedora. Teve seu visionário em Walt Whitman. Encontrará sua realização quando a investigação social livre estiver indissoluvelmente ligada à arte da comunicação irrestrita e enternecedora"[471]. Se desses enunciados deixamos os elementos devidos ao vitalismo democrático de Whitman, resta uma definição relativamente sustentável da liberdade social na esfera civil da vida pública: tão logo os meios de comunicação satisfaçam às exigências de sua tarefa de trazer todos os conhecimentos necessários para o tratamento dos problemas sociais de modo que seja universalmente compreensível, os membros da sociedade, sob a condição de iguais direitos de liberdade e participação, estariam na situação de deliberar entre si, explorando as vias adequadas de solução, e também de cooperar no aperfeiçoamento experimental de sua comunidade.

Mas a época em que John Dewey publicou seu estudo sobre a vida pública democrática, portanto, em torno da década de 1930, podia ser tudo, menos adequada a lhe dar uma oportunidade de realização social aos ideais ali formulados. Se nos ativermos aos indicadores usados até aqui — a dimensão e o grau de generalização dos direitos políticos, a existência de espaços de comunicação a abarcar mais de uma classe social e o nível de desenvolvimento da tecnologia de mídia —, ter-se-ia a impressão de que a institucionalização de uma esfera civil da formação da vontade democrática seguia por uma via bem-sucedida. A Primeira Guerra Mundial impulsionara a extensão do direito universal ao voto às mulheres; o exemplo de muitos países escandinavos, que já antes disso tinham introduzido o direito feminino ao voto, foi

---

[471] Dewey, *Die Öffentlichkeit und ihre Probleme*, op. cit., p. 155.

seguido pela Holanda e Rússia em 1917 e pela Alemanha, Áustria, Polônia, Suécia e Tchecoslováquia em 1918; pelos Estados Unidos em 1920 e pela Grã-Bretanha em 1928 — os últimos a fazê-lo foram a França (1944) e a Suíça (1971)[472]. Entretanto, na maior parte dos países citados existia, seguramente incentivado pelas experiências unificadoras da guerra mundial sofrida em conjunto por cada país, um amplo espaço de comunicação estabelecido de maneira concêntrica em torno do centro gravitacional da respectiva capital: as informações relevantes para a vida pública que circulavam na capital, graças aos meios de comunicação, chegavam de um dia para o outro às províncias mais distantes; e os acontecimentos políticos importantes que nelas se davam eram captados pelas agências de notícias da capital, e dali enviava-se a informação aos elos intermediários locais. Essa rápida circulação de informação dentro dos limites da nação era garantia por uma tecnologia de meios, que nesse período se desenvolvera em grande medida e abarcava, além do telégrafo, o telefone, os jornais, as revistas e também o rádio; este, sobretudo, foi difundido muito rapidamente como "receptor do povo" — como se diz muito apropriadamente em alemão —, estando, para tanto, também em condições de fazer circular entre a população notícias mais complexas e tomadas de posição políticas.

Detrás desses dados brutos, no entanto, ocultavam-se realidades sociais deploráveis e orientações políticas, que lançariam uma luz substancialmente mais sombria sobre as vidas públicas nacionais da época. Em alguns países europeus havia minorias nacionais ou étnicas excluídas da vida pública democrática tão

---

[472] A respeito desses dados, cf. Reinhard, *Geschichte der Staatsgewalt*, op. cit., p. 434.

somente porque foram privadas dos direitos políticos; e mesmo quando lhes eram concedidos tais direitos fundamentais, elas raramente tinham quaisquer prospectos realistas de fazer que suas próprias crenças contribuíssem para o processo de formação discursiva da vontade, em razão do aberto menosprezo a suas peculiaridades culturais[473]. Para as mulheres, a situação era semelhante na maioria dos países: a despeito do sufrágio universal, certamente sob a pressão dos movimentos reformistas, elas pouco podiam assumir papel ativo nos debates públicos. Um misto de preconceitos masculinos, vinculação coercitiva ao papel de donas de casa e autoconcepções internalizadas garantia que a vida pública democrática se mantivesse em território masculino, no qual as mulheres pouco intervinham, fosse como intelectuais ou como artistas, ou então coletivamente, em grupos feministas[474]. A essas exclusões mais ou menos formalizadas somava-se o fato de que, no período entreguerras, os espaços de comunicação, restringidos ao âmbito nacional, delineavam-se seguindo fortemente as linhas divisórias de classes ou camadas. Muitos ambientes sociais, apesar da força centralizadora do Estado nacional, contavam com suas próprias pequenas vidas públicas, em cujos nichos, com o auxílio da circulação de brochuras e jornais, ocasionalmente eram cultivadas ideias muito distintas do consenso imperante. Ainda que a divisão ali estabelecida da vida público-política também trouxesse a vantagem de oferecer uma possibilidade de sobrevivência a concepções minoritárias — basta

---

[473] Como visão panorâmica, cf. Arendt, *Elemente und Ursprünge totaler Herrschaft*, op. cit., p. 402-34.

[474] Cf., por exemplo, Anne-Marie Sohn, "Zwischen den beiden Weltkriegen. Weibliche Rollen in Frankreich und England" in Duby/Perrot (org.), *Geschichte der Frauen*, op. cit., vol. v (século xx), p. 111-39.

pensar na bizarra conservação do monarquismo na República de Weimar[475] —, ela conduzia, não raro, a um descentramento tão grande em relação à opinião pública que já não se podia estabelecer entre os partidos um solo comum de formação da vontade geral. Nessa alienação das disputas da opinião pública entrevia-se, pela primeira vez nos anos anteriores à tomada do poder pelos nacional-socialistas, o que então se converteria num constante desafio para as democracias liberal-democráticas: enquanto não se garantisse, pela via da representação nos meios de um espectro suficientemente plural de opiniões, a existência de uma relação equilibrada entre as forças centrífugas e centrípetas no seio da esfera da formação da vontade pública, elas estariam constantemente expostas ao risco de uma fragmentação social, já que os grupos divergentes estariam forçados a erigir vidas públicas que se autoisolariam em nichos.

Durante esse mesmo período, contudo, percebia-se também uma preocupação com o risco oposto, isto é, o de uma forte homogeneização da vida pública democrática, visível nos diagnósticos críticos, dirigidos aos efeitos conformistas dos meios de massas; não apenas a imprensa, mas também os novos meios eletrônicos, primeiramente o rádio e logo depois o cinema, evoluíam, aos olhos de muitos intelectuais contemporâneos, de forma que contradizia a tarefa de uma comunicação de informações e conhecimentos relevantes para a vida pública. Como vimos, no fim da década de 1920 John Dewey já estava plenamente convencido de que a imprensa de jornais e revistas nos Estados Unidos estava

---

[475] Sobre isso, cf. Robert S. Garnett, *Lion, Eagle, and Swastika: Bavarian Monarchism in Weimar Germany, 1918-1933*, Nova York, 1991.

sujeita às coerções capitalistas de lucro que a tornavam mais interessada num estímulo à distensão do que na produção de uma postura de raciocínio crítico; mesmo considerando que isso fosse, num primeiro momento, mera especulação, Dewey concluíra dessa evolução que esse estímulo poderia incentivar um "otimismo superficial" em amplos setores da população, o que revestiria toda situação de crise com a cobertura sentimental do destino puramente pessoal[476]. Na Europa Ocidental, onde os periódicos haviam conservado um nível de comprometimento comparativamente alto, pois contavam com uma ampla gama de leitores nos centros culturais, nesse mesmo período chegava-se a conclusões semelhantes quanto ao rádio e ao cinema, este recém-surgido: no curso de poucos anos, o rádio, no qual haviam se concentrado as já mencionadas expectativas de uma retroalimentação democrática a princípio, perdera o brilho inicial quase inteiramente, não apenas por parecer estar, cada vez mais, a serviço da diversão, mas também porque reduzira notoriamente a distância em relação ao receptor, tornando-o, assim, um alvo mais fácil para a manipulação política do que o jornal, por exemplo, podia fazer[477]; com relação ao cinema, também, cuja difusão maciça iniciou-se nos anos 1920, passou a existir um ceticismo generalizado com base na avaliação de que esse novo meio transmitia a uma classe média, aficionada por cultura, um mundo fictício, de conto de fadas, que idealizava a realidade social[478]. De modo geral, entre os

---

476 Dewey, *Die Öffentlichkeit und ihre Probleme*, op. cit., p. 145.
477 Essa mudança na avaliação da radiodifusão é bastante nítida em Siegfried Kracauer, "Literatur und Rundfunk", in idem, *Werke*, vol. v. III ("Essays, Feuilletons, Rezensionen 1928-1931"), Berlim, 2011, p. 612-5.
478 Cf., de maneira exemplar: Siegfried Kracauer, "Der heutige Filme und sein Publikum", in idem, *Werke*, vol. 6.2 ("Kleine Schriften zum Film 1928-1931"), Frankfurt am Main, 2004, p. 151-66.

intelectuais da época havia uma tendência a atribuir aos meios velhos e novos o que logo depois viria a ser chamado por Horkheimer e Adorno de "indústria cultural": o rádio, o cinema e, ao menos segundo Dewey, a imprensa escrita em seu estado atual pareciam mais inclinados a despertar uma disposição ao conformismo em grande parte do público do que dispostos a estimular uma deliberação não coercitiva na vida pública.

Se adicionarmos a esses diagnósticos críticos o que antes se dizia do risco da fratura e dos diferentes mecanismos de exclusão, a vida pública democrática nos países ocidentais no início dos anos 1930 oferecia uma imagem altamente desestimulante: não era o caso de se falar numa expansão significativa da liberdade prometida pelo princípio da formação da vontade democrática, pois muitos grupos da população continuavam excluídos, fosse jurídica, fosse formalmente, do necessário intercâmbio de opiniões, enquanto outros, por autoisolamento cultural, negavam-se a participar, e o "meio" social, por fim, demonstrava pouco interesse, pois, em termos gerais, haviam sucumbido às promessas de privatização dos meios de massa. Certamente, esse quadro é bastante esquemático, e está claro que não faz justiça a todas as atividades, disputas e controvérsias no seio da esfera pública da formação da vontade. Mas, no âmbito do contexto de nossa reconstrução normativa da esfera pública democrática, ele pretende ser apenas um esboço tipificante de um estágio histórico intermediário, que devemos ter em mente para avaliar adequadamente o atual estágio dessa esfera.

Além disso, o quadro esboçado permite surgir, na liberdade ancorada na esfera pública, algo que a diferencie das liberdades sociais nas esferas das relações pessoais e da ação econômica. Quando procuramos visualizar as causas das restrições feitas àquelas liberdades nas vidas públicas marcadas pelo nacional-socialismo durante os anos 1920, aparecem-nos não apenas impedimentos jurídicos ou informais, sancionados pelo Estado ou de ação cultural; em vez disso, o que se tem é que parece faltar a muitos membros da sociedade a disposição motivacional para tomar parte na disputa pública de opiniões e no processo de formação da vontade. Essa esfera, na qual nos complementamos reciprocamente como cidadãos que argumentam politicamente, não é um complexo institucional ou uma instituição relacional da qual temos de participar como se fosse dado e natural, com base em necessidades ou por interesses de importância vital. Se quisermos estar sempre incluídos nas outras duas esferas da liberdade social, porque os desejos ou coerções "naturais" de sobrevivência material nos incitam a isso, é aqui, na esfera da formação da vontade democrática, que temos de nos decidir a participar. É por isso que apenas nesse último passo de nossa reconstrução normativa surge um problema com o qual não pudemos nos confrontar até então: o desinteresse puro e simples quanto às liberdades institucionalmente prometidas. Em seu escrito, o conceito com que Dewey caracteriza esse risco é a "apatia"[479]; outras expressões que mais tarde designariam algo semelhante são "privatização" ou "despolitização". Então, vez ou outra encontraremos tais termos se seguirmos o desenvolvimento da vida pública democrática até a atualidade.

Pouco depois do estágio intermediário aqui descrito, sobreveio uma interrupção no vacilante processo de institucionalização das vidas públicas democráticas; em 1933, com os nacional-

---

[479] Dewey, *Die Öffentlichkeit und ihre Probleme*, op. cit., p. 109.

socialistas, um partido político cuja capacidade de mobilizar as massas logo levaria toda a Europa à catástrofe tomara o poder na Alemanha. No Caso Dreyfus, o perigo de que os foros da vida público-política pudessem de repente se converter em arenas de demonstração de uma vontade popular nacionalista havia se instalado nas democracias europeias. Mas no Império Alemão, com a tomada de poder pelos nacional-socialistas, houve uma refuncionalização de velocidade, perfeição e brutalidade sem paralelos na história recente[480].

Em poucos anos, valendo-se do terror político e da propaganda política, os novos donos do poder conseguiram de tal maneira avivar na população alemã os sentimentos de ressentimento nacional e antissemitismo, oriundos da República de Weimar, que estes puderam ser mobilizados para bloquear o espaço público a todos os grupos classificados como "de outra espécie" ou hostis. Como já se mencionou, a rádio pública, que rapidamente foi submetida à autoridade do Ministério da Propaganda a fim de que habilmente fossem inseridos mensagens e slogans nacionalistas em programas de entretenimento extremamente populares, desempenhou um papel muito importante na geração desse processo violento de criar uma "comunidade nacional", que não obstante recebeu amplo apoio[481].

Mais tarde, a onipresença eventualmente posta em cena de tal comunidade nacional e sua permanente visibilidade no espaço

---

480 Arendt, *Elemente und Ursprünge totaler Herrschaft*, op. cit., cap. III; análise diferente é a de Franz Neumann, *Behemoth. Struktur und Praxis des Nationalsozialismus 1933-1944* (1944, 2ª edição ampliada), Frankfurt am Main, 1977.
481 Cf. em especial Diller, *Rundfunkspolitik im Dritten Reich*, op. cit., e Inger Marßolek e Adelheid von Saldern (orgs.), *Zuhören und Gehörtwerden I. Radio im Nationalsozialismus*, Tübingen, 1998.

público — basta pensar nas marchas de massas perfeitamente ensaiadas, na estética cinematográfica de Leni Riefenstahl e no uso ritual da música clássica — já foram descritas como quintessência da "vida pública fascista[482]. O emprego dessa categoria, não obstante, anuvia o fato de que aqui a remissão à liberdade de opinião e à formação da vontade sem coerções, inerente a todo "público", desde o início da sociedade moderna nem mesmo era fingido, mas totalmente substituído pela encenação de uma vontade popular unificada; por isso, no contexto do nacional-socialismo, seria melhor abrir mão desse conceito completamente e, em seu lugar, falar do novo surgimento de uma "comunidade nacional" criada pela propaganda e apresentada em todo o mundo com o auxílio dos meios disponíveis. A ambivalência da vida público-política que emergia em meados do século XIX, quando o círculo de participantes legítimos começava a ser reduzido a cidadãos pertencentes à "nação", tornava-se agora, pela primeira vez, um extremo possível. Aquele que comprovadamente podia ser considerado alemão com base em sua ascendência "natural" estava habilitado a participar do que, apesar das medidas ditatoriais, era descrito como formação de uma vontade popular.

A violenta destruição de toda a vida pública efetiva na Alemanha, iniciada com a exclusão jurídica dos judeus da esfera civil, desencadeou reações políticas em toda a Europa, e com elas foram paralisados prontamente todos os esforços para ampliar as margens de ação da democracia. Se antes da tomada do poder pelos nacional-socialistas já se havia instaurado um regime

---

[482] Cf. o caderno temático "Faschistiche Öffentlichkeit", da revista Ästhetik und Kommunikation, 7 (1976).

totalitário na Itália e a guerra civil na Espanha começara com o golpe militar de Franco em 1936, nenhum desses processos teria efeito tão desastroso sobre a cultura democrática dos países vizinhos como o nacional-socialismo: os planos para uma eliminação em massa dos judeus, inicialmente mantidos em segredo, mas cada vez mais visíveis, as intenções apenas mascaradas de levar adiante uma política de conquistas bélicas, o bizarro pacto com Stalin, puramente estratégico, foram todos sinais de alarme que não podiam ser ignorados e desencadearam medidas políticas de precaução nos Estados liberais da Europa, que —voluntariamente ou como reação — no mínimo colocavam em risco as liberdades e possibilidades de participação democrática existentes até aquele momento. Ao irromper a Segunda Guerra Mundial, com a tomada da Polônia pelo exército alemão, perdiam-se definitivamente todas as oportunidades de se chegar a uma formação da vontade pública sem coerções; das associações voluntárias e instituições civis que, antes, como órgãos de comunicação críticos, haviam constituído a esfera da vida pública democrática, muitas vezes restavam apenas grupos de resistência nacionais ou associações de partidários, e a tarefa de defender o Estado de direito e a democracia teve de ser tomada a cargo pelos exércitos e serviços secretos de forças aliadas.

A maioria dos países civilizados reagiu aos crimes contra a humanidade imputados ao "Terceiro Reich", após a Segunda Guerra Mundial, fundando as Nações Unidas. Em 1948, quando a Assembleia Geral aprovou a Declaração Universal dos Direitos Humanos, a proteção das vidas democráticas nos países ocidentais melhorou sensivelmente, pois passava a existir, então, um nível de proibições e preceitos codificados no direito internacional que prevalecia sobre os direitos fundamentais afiançados em cada um dos Estados[483]. Se o Estado nacionalista tinha sido capaz de limitar arbitrariamente os direitos de liberdade e participação consagrados na constituição de Weimar sem ter de se entender com sanções legitimadas pelo direito internacional, agora se impunha uma primeira restrição, ainda que rudimentar, a tais margens de ação da soberania estatal. Num futuro, os direitos fundamentais, garantidos pelas constituições dos Estados de direito na Europa Ocidental, permaneceriam relativamente intactos, ainda que, eventualmente, também houvesse graves violações e, nos países vizinhos, continuassem a existir ditaduras quase livres de qualquer obstáculo. A Declaração dos Direitos Humanos das Nações Unidas, contudo, não apenas fortaleceu o contexto da formação da vontade democrática nos países signatários, mas também abriu margens para ações civilizatórias além das fronteiras nacionais. Uma das primeiras organizações não governamentais fundada em solo europeu visando vigiar o respeito aos direitos fundamentais e tornar públicas suas violações foi o Tribunal Russell, criado em 1966 por Bertrand Russell, que assumiria papel pioneiro para práticas futuras contribuindo na exposição pública de arbitrariedades e terror político por parte dos Estados.

Se assim ficavam relativamente asseguradas as condições jurídicas para uma formação da vontade democrática nos Estados de direito europeus após a Segunda Guerra Mundial, num futuro próximo se teria a ameaça de perigos e impedimentos de outra natureza. Recordemos os indicadores usados anteriormente —

---

[483] Cf. o artigo correspondente em Rüdiger Wolfram, *Handbuch Vereinte Nationen*, Munique, 1991.

extensão dos direitos políticos, existência de espaços de comunicação abrangendo mais de uma classe social, estágio da tecnologia de meios —, acrescentando a eles um quarto elemento, que é o do grau de participação das atividades civis, do qual já falamos ao tratar de John Dewey: assim se verá claramente que uma apatia da população, aumentada pelos meios, num primeiro momento se interpunha a uma maior expansão da liberdade social nessa esfera, ao menos do ponto de vista de importantes intelectuais. De uma visão retrospectiva, continua a ser espantoso o quanto coincidem as duas análises substanciais da vida pública feitas nos anos 1950 por Hannah Arendt e Jürgen Habermas[484]; nesse diagnóstico de época, apesar de todas as diferenças de derivação histórica e da concepção da "vida pública", eles coincidem na afirmação de que sua existência como esfera da comunicação política à época estava ameaçada, sobretudo porque começavam a imperar as atitudes de consumismo privado.

Na década posterior à Declaração dos Direitos Humanos, certamente seria equivocado afirmar que um sentimento de apatia política prevalecia em todos os países da Europa Ocidental; ainda que na Alemanha Ocidental se possa dizer, a princípio, que havia uma tendência geral a se distanciar da política e se retrair para a esfera privada, e isso se refletiu num opressivo silêncio diante dos crimes que acabavam de ser cometidos, na Grã-Bretanha e na França novamente vinham à tona intensos debates públicos, já que os anos do pós-guerra davam a oportunidade de um novo início político e exigiam decisões que marcariam uma postura assumida pela sociedade. Não era muito diferente

---

[484] Arendt, *Vita Activa*, op. cit.; Habermas, *Strukturwandel der Öffentlichkeit*, op. cit.

a situação nos Estados Unidos, onde o movimento dos direitos civis se dedicava a atacar o racismo e as discriminações associadas. Não se pode dizer que uma relutância geral da população em discutir problemas político-práticos e um afastamento geral do espaço da formação da vontade democrática tenham levado Arendt e Habermas, em igual medida, a alertar quanto ao perigo de um esvaziamento privatista da vida pública. O quadro certamente muda quando se considera que, no mesmo período, como vimos, com a gradativa recuperação do padrão de vida, atitudes de consumismo individual passaram a proliferar em grande medida; desconhecendo fronteiras de países e de classes sociais, prevalecia a tendência, como nunca antes, a querer compensar os anos de privação pela guerra com a compra de grandes quantidades de bens de consumo que sinalizavam segurança e conforto. A essas circunstâncias, que Arendt e Habermas colocaram no centro de seus diagnósticos críticos, somou-se o fato de que os meios de comunicação de massa pareciam afastar-se cada vez mais da tarefa que se lhes havia assinalado; juntamente com o rádio e o cinema, aparecia nesse período um terceiro meio de comunicação, a televisão, cujos efeitos privatizantes e manipuladores, de acordo com as primeiras análises, eram muito mais amplos do que os dos meios que já circulavam; com a televisão, o entretenimento e a informação pareciam se confundir ainda mais, a inundação de imagens distraía ainda mais a consciência, a atitude dos receptores era mais passiva e a influência da propaganda, mais poderosa[485].

---

[485] Cf. Theodor W. Adorno, "Fernsehen als Ideologie" (1953) in idem, *Gesammelte Schriften*, vol. x.2, Frankfurt am Main, 1977, p. 518-22.

Mesmo que, nas análises de Arendt e Habermas, quase não se faça menção a essas primeiras reações — em *A condição humana* não há referência à televisão, e na *Mudança estrutural da opinião pública*, apenas em três passagens —, elas devem ter contribuído de maneira silenciosa, porém intensa ao pano de fundo da avaliação extremamente negativa dos meios de comunicação de massa: nenhum dos dois autores acreditava que o rádio, o cinema ou a televisão tivessem a capacidade de esclarecer, mediante informativos críticos a um público anônimo, quais pontos de vista se deve considerar para a formação pública da opinião e da vontade. A avaliação cética dos acontecimentos na imprensa diária, compartilhada por Arendt e Habermas, não obstante contribuiu para que ambos se convencessem de que uma insidiosa reprivatização da vida público-política estava em curso: essa esfera de liberdade social, pensada originalmente como lugar da resolução comunicativa da disputa política (Arendt) ou da deliberação raciocinada sobre objetivos generalizáveis (Habermas), parecia converter-se em ponto de encontro de consumidores atuando unicamente de maneira privada.

Seria inútil aqui fazer referência aos acontecimentos histórico-políticos que, mesmo na época, contradiziam esse prognóstico de decadência: já mencionamos o movimento dos direitos civis nos Estados Unidos, que conseguira converter o racismo de Estado em tema dos meios de comunicação de massa nos anos de publicação de ambos os livros; o fato de ter havido uma forte presença de alternativas socialistas nas vidas públicas nacionais da França e da Grã-Bretanha também poderia ser mencionado no mesmo contexto. As análises de Arendt e Habermas devem-se à excessiva ênfase normativa de um modelo de partida cuja dissolução ambos tinham em vista de maneira tão marcada que, diante disso, outras tendências, fossem de confirmação ou oposição, perderam terreno empírico. Entre as circunstâncias que afirmavam seus diagnósticos pessimistas estava o fato de que os membros das classes sociais inferiores tinham, naquele momento, dificuldades maiores do que na época anterior ao nacional-socialismo para chegar com seus temas e urgências aos meios de comunicação de massa, pois já não contavam com a imprensa organizada de uma vida público-proletária contrária. Só então, após um aumento sem precedentes do padrão de vida e, assim, a equiparação das formas de vida, começou a se desfazer a cultura distintiva do movimento operário[486], com claras manifestações da seletividade social da informação nos meios, e se originou a intenção de muitos autores, em fins dos anos 1950 e início dos 1960, em criar um gênero literário que desse lugar, na vida público-política, aos assuntos diários das classes baixas[487].

Entre as evoluções sociais que mais claramente contradizem os diagnósticos de Arendt e Habermas encontra-se o gradual reacender dos debates públicos, que em muitos países pouco a pouco colocou um fim à década de elaboração das consequências da guerra: nas virulentas controvérsias existentes na República Federal da Alemanha acerca do "rearmamento" ou, pouco tempo depois, nos planos sobre uma legislação de emergência,

---

[486] Sobre esse desenvolvimento, para a Alemanha, cf. Mooser, *Arbeiterleben in Deutschland 1900-1970*, op. cit., cap. IV.
[487] Como exemplo indico somente Alan Sillitoe na Inglaterra (*Samstagnacht und Sonntagmorgen*, [1958], Zurique, 1970; *Die Einsamkeit des Langstreckenläufers* [1959], Zurique, 1967), que desencadeou toda uma onda de romances e filmes proletários em fins dos anos 1950. Para a Alemanha, cf., entre outros, Max von der Grün, *Irrlicht und Feuer*, Rechlinghausen 1963, romance a que remonta a criação do grupo "Gruppe 61".

nos conflitos de participação militar na França disputando a legitimidade da política colonialista no norte da África, na luta que irrompeu na Inglaterra sobre o futuro da política econômica — em todos esses conflitos insinuava-se uma revitalização da vida pública democrática, que visívelmente se opunha à tese de uma privatização crescente, de uma apatia da cidadania alemã. Também a questão crítica dos meios de comunicação de massa, indutora de problemas, era o que melhor sugeriam Arendt e Habermas em amplas passagens de suas obras: nos países da Europa Ocidental, não apenas o rádio e a televisão estavam inteiramente em mãos públicas e sujeitos a disposições jurídicas específicas, nas quais as experiências negativas com a máquina de propaganda nacional-socialista traduziam-se na não permissão de nenhuma influência do setor político sobre elas, devendo-se reservar parte da programação, de maneira expressa, para informação apartidária. Não apenas a imprensa estava em um nível satisfatório, de modo geral — considerando que era comum, após a guerra mundial, a fundação ou refundação de jornais e revistas por pequenas empresas, e, mesmo assim, não ter se iniciado nenhum processo de monopolização econômica: ainda que não fosse o órgão sensível de uma vida pública esclarecida como queria Dewey, era suficientemente diferenciada e ávida para dar expressão às classes média e alta; sobretudo as vanguardas estéticas da Europa Ocidental, que tanto temeram, durante a época da dominação nazista, a repressão de seu espírito de inovação e suas ânsias de experimentação, passaram a empregar essas forças no cinema, no teatro e mesmo no rádio de maneira explosiva, onde encontraram formas de representação novas, até então não provadas — recordemos a menção ao cinema neorrealista italiano, às obras existencialistas na França e à série revolucionária de obras da radiodifusão alemã. Eram todas obras de arte que tocavam um público culto e forçavam-no a reagir, sem que isso fosse mencionado nos estudos de Arendt ou Habermas[488].

Se todas essas tendências assim esboçadas pudessem valer como indícios a deixar claro que os prognósticos de decadência de Arendt e Habermas fundavam-se numa certa estilização de uma forma tradicional da vida pública, essa fixação normativa no futuro serviria como comprovação de seu lado bom, pois ambos os autores viram que a esfera pública tradicional serviria como demanda e padrão crítico a acompanhar todos os demais desenvolvimentos históricos. E estamos certos em presumir que a categoria da vida pública discursiva de Habermas teve precisamente esse tipo de influência nos anos 1960 e 1970, enquanto a categoria do "espaço público" de Arendt se tornaria mais influente nos anos 1980, quando a resistência civil contra as ditaduras do partido comunista começava a tomar forma na Europa Oriental.

É evidente que Habermas obteve seu conceito de uma vida pública raciocinante com o auxílio dos salões literários e dos círculos de discussão da burguesia do século XVIII. Em sua análise estrutural histórica, ele não continuou investigando a questão sobre como essas práticas de uma formação da opinião e vontade pública socialmente universalizadas, no século seguinte, puderam se

---

[488] Em razão dessa importância da arte para a revitalização da vida pública, poder-se-ia estar inclinado a acrescentar a "liberdade estética" — para o caso de ela representar uma categoria autônoma de liberdade — à esfera da vida pública democrática e certamente como seu outro lado, que minava a tendência ao conformismo. Essa concepção é sustentada por Juliane Rebentisch, em estudo altamente instigante, a ser publicado em breve: *Die Kunst der Freiheit. Zur Dialektik demokratischer Existenz*, Berlin, 2012.

converter numa análise estrutural frágil de democracias nacionais, mas de maneira direta ele estendia a ponte para o século XX, para constatar nele um processo de erosão daquele modelo de partida. Esse modo de proceder, além dos muitos obstáculos que apresentou — o ocultamento do enquadramento nacional não permitiu que se visse o perigo da refuncionalização nacionalista[489] —, teve a grande vantagem de poder ver as normas e os ideais originariamente associados à formação da vontade pública, em certa medida, de maneira pura e historicamente ainda imaculada. De modo mais convincente do que John Dewey lograra antes dele, e certamente de modo mais decisivo do que todos os autores que vieram depois, Habermas soube isolar, na figura histórica da vida pública burguesa, uma conexão entre obtenção de conhecimento e de liberdade, a qual, então, não mais abandonaria a autoconcepção das sociedades democráticas liberais. Sem entrar em detalhes[490], a ideia central do estudo de Habermas consiste em que a identificação reivindicada pela burguesia do século XVIII entre "opinião pública" e racionalidade de ação política só podia ser mantida de maneira crível e isenta de contradições se todos os afetados pelas decisões pudessem ser pensados, em último termo, como partícipes numa formação de opinião e vontade isentas de coerções. Por isso, desde o início houve uma conexão intrínseca entre a tentativa de racionalizar a política mediante

---

[489] Cf. novamente Lennart Laberenz, "Die Rationalität des Bürgertums. Nation und Nationalismus als blinder Fleck im Strukturwandel der Öffentlichkeit", in idem (org.), *Schöne neue Öffentlichkeit: Beiträge zu Habermas' „Strukturwandel der Öffentlichkeit"*, op. cit., p. 130-70.

[490] Sobre a relação entre o conceito de vida pública, linguagem e princípio do discurso em Habermas, cf. Maeve Cooke, *Language and Reason: A Study of Habermas' Pragmatics*, Cambridge, Mass., 1994.

um raciocínio comum, por um lado, e a ideia da liberdade comunicativa, por outro lado, já que as decisões políticas só podiam ter uma pretensão de razoabilidade e correção se todos os cidadãos, com iguais direitos e isenção de coerções, tivessem colaborado no processo pelo qual se chegou a elas[491]. Certamente, essa concepção de uma vida pública deliberativa se parecia muito com o pensamento que Dewey desenvolvera em seu escrito, muito embora a abordagem histórica de Habermas pela primeira vez tenha elucidado que a ideia de uma cooperação na vida pública democrática não era simplesmente uma formação assentada em boas intenções, mas representava uma demanda, já institucionalizada, que valeria enquanto a ação política se pretendesse racional.

Muito embora não se possa afirmar que tenha havido influência direta, a crítica que, considerando esses ideais normativos, Habermas fizera ao estado dos meios de massa no pós-guerra relacionou-se, certamente subliminarmente, com a formação de um primeiro confronto público com a imprensa e a televisão no início dos anos 1960. Em todo caso, pouco após o lançamento de *Mudança estrutural na esfera pública*, surgiu um movimento crítico cujo objetivo era apontar as tendências conformistas e manipuladoras na paisagem dos meios de comunicação, que naquele ínterim mudara substancialmente. Nesse período, a vida pública democrática viu-se diante de uma série de novos desafios, dos quais, num primeiro momento, se tematizou apenas o crescente poder dos meios, enquanto os outros passaram despercebidos. Com os Tratados de Roma de 1957, criou-se uma Comunidade Econômica Europeia, na Europa Ocidental, à qual se seguiu uma

---

[491] Habermas, *Strukturwandel der Öffentlichkeit*, op. cit., § 7.

integração política mais intensa, sem que de modo algum se lançasse o problema, a ela associado, sobre a necessária abertura das cidadanias, que até aquele momento se constituíam nos Estados nacionais[492]. Desde meados dos anos 1950, o mais tardar, começaram a chegar a muitos países da Europa Ocidental membros das colônias que tinham obtido soberania de Estados (Inglaterra, França, Bélgica) ou de trabalhadores imigrantes recrutados no exterior (República Federal da Alemanha), e a isso se vinculava, cedo ou tarde, a pergunta sobre se aqueles novos membros da sociedade deveriam ser incorporados nos processos de autodeterminação democrática e como fazê-lo[493]. Por fim, mais ou menos ao mesmo tempo se iniciou — primeiro lentamente, depois como consequência de uma crescente consciência de si mesmas, mas de maneira intensa — um fluxo de mulheres para o mercado de trabalho, de modo que a divisão tradicional entre uma esfera privada determinada pelas mulheres e uma vida pública dominada pelos homens cada vez mais só se mantinha como fachada, devendo-se buscar vias para uma nova ampliação da determinação da vontade democrática[494]. Todos esses novos desafios, que, de acordo com nossos indicadores, afetavam as dimensões do grau de inclusão dos direitos políticos de participação dos cidadãos e da extensão dos respectivos espaços de comunicação, não foram assumidos

---

[492] Uma reação relativamente prematura a esse problema é a que se tem no artigo de Raymond Aron, que de modo geral é bastante cético: "Kann es eine multinationale Staatsbürgerschaft geben?" (1974), in Heinz Kleger (org.), "Transnationale Staatsbürgerschaft geben?" (1974), *Transnationale Staatsbürgerschaft*, Frankfurt am Main, 1997, p. 23-41.

[493] Como exemplo para esse problema, cf. Nina Glick Schiller, Linda Basch e Christina Blank-Szanton, *Towards a Transnational Perspective on Migration: Race, Class, Ethnicity and Nationalism Reconsidered*, Nova York, 1992.

[494] Sobre esse problema, cf. Nancy Fraser, "Neue Überlegungen zur Öffentlichkeit. Ein Beitrag zur Kritik der real existierenden Demokratie", in *Die halbierte Gerechtigkeit. Schlüsselbegriffe des postindustriellen Sozialstaats*, Frankfurt am Main, 2001, p. 107-50.

pelo movimento estudantil que pouco a pouco se formava nos anos 1960; na Alemanha, na França e na Grã-Bretanha, apesar da visível discriminação dos imigrantes políticos ou econômicos, manteve-se uma postura cerrada perante questões de inclusão jurídica e o problema da exclusividade da vida público-democrática no início parecia não ser levada a sério. Nessa medida, para o movimento estudantil, que se impôs o objetivo de uma ampliação daquela forma especial de liberdade social estabelecida, na esfera pública, mediante a institucionalização da ideia da formação de opinião e vontade sem coerções, importava de maneira quase exclusiva fazer uma crítica radical à manipulação da opinião por parte dos meios de massa dominantes; nesse terreno, dos escandalosamente crescentes processos de concentração na imprensa e da insidiosa trivialização da transmissão pública de notícias, o estudo de Habermas sobre a vida pública obteve grande repercussão, fosse diretamente, por suas conferências, fosse pelo boca a boca.

O debate travado pela vida pública acerca de suas próprias condições de existência passava a encontrar, assim, com o tratamento do estado dos meios de comunicação de massa, um duradouro ponto central; diante dele, os problemas candentes, como o das condições jurídicas fundamentais ou culturais para o acesso à formação da vontade democrática, ficavam em segundo plano. Na série de questionamentos à aptidão democrática das mídias, a crítica do movimento estudantil da Alemanha Ocidental ao poder de monopólio da imprensa da editora Springer foi o ato inaugural[495]; tudo o que Habermas já havia descrito em seu

---

495 Cf. a interessante retrospectiva de Peter Schneider, *Rebellion und Wahn – Mein '68*, op. cit.

estudo, como a tendência à "personalização" dos acontecimentos políticos relevantes e a diluição dos limites entre o privado e o público que ela acarretava, era levado a cabo com tamanha perspicácia pelos jornais e revistas dessa editora que o fracasso desta em seu dever democrático de informar era inquestionável. A crítica que de imediato se passara a fazer na República Federal da Alemanha e em muitos outros países da Europa quanto ao efeito privatizador da televisão parecia copiada do estudo de Habermas, ainda que ele não tratasse especificamente dessa nova mídia; a mesma esperança que trinta anos antes despertara os efeitos de retroalimentação democrática do rádio, de início, também despertara nesse momento[496], logo dando lugar a um crescente ceticismo e, finalmente, a uma enorme reserva, já que mesmo a televisão pública começava a sucumbir à pressão do aumento do número de telespectadores e, assim, à dependência da indústria publicitária. Desde então, portanto, desde o final dos anos 1960, converteu-se num componente fixo da autotematização da vida pública democrática a questão sobre até que ponto, na estrutura de seus programas e em suas formas de apresentação, o mais influente de todos os meios de comunicação de massa satisfaz plenamente às necessidades de distensão despolitizadora ou, num sentido inverso, também cumpre funções de intercâmbio de opiniões informadas.

Durante mais de trinta anos o debate se assemelhou a um movimento pendular entre o sim e o não, pois, a cada fase em que os efeitos estupidificantes da televisão aparentemente eram comprovados de modo convincente, logo surgia uma contrapartida

---

[496] Raymond Williams, *Television: Technology and Cultural Form*, Londres, 1974.

sociológico-cultural em que o seu potencial subversivo e emancipatório era indicado[497]. Isso se estendeu até a diluição dos limites do mercado dos meios de comunicação na Europa Ocidental começar a revelar, sem margem a dúvidas, que a disposição monopolista das emissoras podia se traduzir diretamente em influência política e condução da opinião; hoje, como ainda veremos, em face da fácil transposição do poder midiático em soberania de governo, o puro e simples sentimento de horror prevalece ante o pouco que a televisão, amplamente privatizada, pode fazer quanto à sua incumbência original de informar e esclarecer o público.

Com relação a essas questões de política de mídia, para cuja resposta pode-se recorrer diretamente aos estudos correspondentes de Dewey ou Habermas, o outro complexo temático das condições de acesso jurídicas e culturais às vidas públicas, que continuavam a ser entendidas como nacionais, fora relegado, como vimos, a segundo plano. Por um lado, o fluxo cada vez maior de membros de outras culturas e etnias aos países economicamente prósperos da Europa Ocidental e, por outro lado, os protestos do então instaurado movimento feminista, cada vez mais ruidosos e voltados contra a exclusão, se não jurídica, informal das cidadãs na formação de uma vontade pública, já no curso da década de 1970 começaram a se converter em desafios que exigiam uma nova definição do "nós" na autodeterminação democrática. Como vimos, esse "nós" primeiro tinha se constituído

---

[497] Para um resumo dessas discussões, cf. Douglas Kellner, "Kulturindustrie und Massenkommunikation", in Wolfgang Bonß e Axel Honneth (org.), *Sozialforschung als Kritik*, Frankfurt am Main, 1982, p. 482-515, e Angela Keppler, "Drei Arten der Fernsehkritik", in Barbara Becker e Joseph Wehner (orgs.), *Kulturindustrie Reviewed. Ansätze zur kritischen Reflexion der Mediengesellschaft*, Bielefeld, 2006, p. 183-90.

num amplo processo de institucionalização de uma vida pública nacional em cujos espaços de comunicação de início inseriam-se apenas os membros masculinos das camadas que dispunham de propriedade, pois só eles possuíam o requisito necessário para aceder ao direito de voto individual. Depois de os homens das classes assalariadas também terem conseguido o direito de voto, que demorou até o início do século XX na maioria dos países europeus, esse "nós" abrangia oficialmente todos os cidadãos de uma comunidade entendida como Estado nacional, mas sob a superfície continuava a atuar uma série de mecanismos culturais de exclusão a fazer que muitos membros das camadas inferiores se abstivessem de fazer ouvir sua voz no intercâmbio público de opiniões. Entre os requisitos a serem cumpridos para que efetivamente encontrassem ouvidos no processo de formação da vontade democrática estavam não só os correspondentes atributos jurídicos de uma cidadania plena, mas também o domínio daqueles estilos de comportamento cultural que Pierre Bourdieu mais tarde consolidou no conceito de "*habitus* burguês"[498]. Essa discriminação informal foi tanto mais intensificada pela seletividade temática e estilística dos meios de comunicação de massa, que estes tinham de transmitir o intercâmbio político de opiniões por sobre os centros de comunicação locais e específicos de classe; aqui vinham se apresentar, não raro, fosse na mídia impressa ou no rádio, aqueles pareceres e convicções que, quanto ao conteúdo ou modo de apresentação, correspondiam

---

[498] Pierre Bourdieu, *Die feinen Unterschiede. Kritik der gesellschaftlichen Urteilskraft*, Frankfurt am Main, 1982, parte 3, cap. 5. Para o processo de intercâmbio democrático de opiniões, cf. também, idem, *Die verborgenen Mechanismen der Macht. Schriften zu Politik und Kultur*, Hamburgo, 1992.

a um consenso básico, garantido mediante hegemonia cultural. Como contrapeso a esse domínio, as vidas públicas contrárias, formuladas pelo movimento trabalhista, tinham de atuar mediante o desenvolvimento de um espaço e alguma atenção midiática à articulação de opiniões divergentes. Porém, muitas vezes, a única consequência disso era um maior isolamento das visões já marginalizadas.

À medida que a esse "nós" da formação da vontade democrática, altamente escalonado, as mulheres também se juntaram, de maneira formal e por meio do reconhecimento de seus direitos políticos — num processo de lutas sociais que em alguns países se estenderia até depois do término da Segunda Guerra Mundial —, os mecanismos culturais de exclusão que já operavam anteriormente foram empregados de maneira mais intensa e flagrante: se até o momento se havia negado sub-repticiamente aos homens das camadas mais baixas a capacidade de tomar parte no intercâmbio público de opiniões, pois supostamente lhes faltava a educação necessária, as mulheres, de maneira quase oficial, foram afetadas pelo preconceito de que não estariam qualificadas para tal participação em razão de seu compromisso com os afazeres da casa e da maternidade, que lhes impediriam a visão das questões políticas. Essas atribuições contavam com vigor cultural já ao adentrar os anos 1960, chegando a ser expressamente confirmadas nos debates dos parlamentos nacionais, de modo que, não obstante os direitos conseguidos até aquele momento, não se podia dizer que as cidadãs estivessem realmente incluídas no "nós" da vida pública democrática — basta um passar de olhos nos relatos autobiográficos de mulheres políticas ou jornalistas que iniciaram sua carreira no pós-guerra para ver como, de maneira despreocupada e natural, se lhes negava toda capacidade de formação de uma opinião pública[499]. Só mesmo quando surgiram os primeiros grupos de resistência feminina, na carona do movimento estudantil, é que se iniciou um lento processo de público descrédito desses estereótipos fundamentados em concepções naturalistas. É claro que, de modo geral, isso significou apenas a substituição de preconceitos sustentados a viva voz por mecanismos de exclusão a operar de maneira oculta e que, já meio século antes, sob a forma de um controle de hábitos e de bom comportamento, haviam impedido os homens das classes baixas de participar do intercâmbio da opinião pública: em vez de terem negada sua capacidade de contribuir substancialmente à formação da vontade democrática dos homens, as mulheres eram informalmente excluídas do círculo do público raciocinante, geralmente apenas com base numa carência de poder de decisão política e sensatez não comprovada, e, de modo geral, de atributos de competitividade, definidos em relação aos homens[500]; no melhor dos casos, continuavam a ser consideradas destinatárias, mas não coprodutoras da autolegislação no enquadramento nacional.

Quase ao mesmo tempo que os movimentos feministas começaram a atacar esse poder de definição masculino sobre o "nós" da

---

[499] Cf., como exemplos, Simone Veil, *Und dennoch leben. Die Autobiographie der großen Europäerin*, Berlim, 2009, p. 120 s.; Annemarie Renger, *Ein politisches Leben. Erinnerungen*, Stuttgart, 1993, p. 237-47; Hildegard Hamm-Brücher, "Politik als Frauenberuf – ein Erfahrungsbericht", in Maybrit Illner, *Frauen an der Macht*, Munique, 2005, p. 55--66; Heli Ihlefeld, *Auf Augenhöhe oder wie Frauen begannen, die Welt zu verändern*, Munique, 2008, sobretudo cap. II.

[500] Cf., por exemplo, Pierre Bourdieu, "Die männliche Herrschaft", in Irene Dölling e Beate Krais (orgs.), *Ein alltägliches Spiel. Geschlechterkonstruktion in der sozialen Praxis*, Frankfurt am Main, 1997, p. 153-217.

vida pública democrática, pela primeira vez era sacudido seu fundamento nacional, até então considerado inteiramente natural. Até aquele momento, na história dos Estados constitucionais da Europa Ocidental quase não se questionava se os cidadãos provenientes de outras culturas deviam ser considerados participantes da autolegislação pública. Evidentemente, também no passado, quando a mão de obra escasseava, houvera imigração de regiões pobres de dentro da Europa, como da Polônia para a região do Ruhr na segunda metade do século XIX, porém essa chegada de estrangeiros não suscitara problemas legais de integração de cidadania, já que as massas assalariadas dos países receptores ainda não contavam com os direitos de coparticipação democrática[501]; a democracia era ainda, em ampla medida, dos cidadãos prósperos. Na década de 1970, quando começou a haver um intenso crescimento do fluxo de imigrantes de outras culturas e etnias para a Europa Ocidental, a situação era bem diferente, pois todos os membros das sociedades locais, a partir de uma idade determinada por lei, contavam com toda a gama de direitos civis. A privação desses direitos a cidadãos de outra origem podia se justificar fazendo-se referência a desigualdades jurídicas existentes, como, primeiramente, a discriminação — de início considerada natural — dos incapazes de independência econômica ou então, mais tarde, das mulheres, de modo que, com a consequência das implicações normativas, a pergunta que se impunha era sobre se

---

501 Sobre a imigração de mineiros poloneses para a região do Ruhr após 1870-1945, *Soziale Integration und nationale Subkultur einer Minderheit in der deutschen Industriegesellschaft*, Göttingen, 1978. Quanto à situação jurídica das minorias nacionais na Alemanha durante o século XIX, cf. também Hans Henning Hahn e Peter Kunze (orgs.), *Nationale Minderheiten und staatliche Minderheitenpolitik in Deutschland im 19. Jahrhundert*, Berlim, 1999.

não se deveria abandonar o vínculo do "nós" da autodeterminação democrática por uma cultura de base nacional[502]. Já havíamos encontrado ideias desse tipo em Durkheim, quando ele recomendava às autoridades democráticas de seu tempo a orientação por um tipo de "patriotismo constitucional", a fim de evitar o risco de que vicejasse um nacionalismo agressivo, excludente, da solidariedade nacional dos cidadãos; e agora, setenta anos mais tarde, sua recomendação se converte numa quase questão de sobrevivência das democracias ocidentais, pois a união dos cidadãos entre si já não podia se nutrir de uma cultura nacional comum, em razão da necessária inclusão dos imigrantes. Como vimos no curso de nossa reconstrução até aqui, a ideia da vida pública democrática na inclusão, no processo de livre formação da vontade acerca do ordenamento político futuro de todos os que se podem ver afetados, de um modo ou de outro, foi determinada pelas decisões ali tomadas. Desde o início, esse processo democrático dependia de uma cultura política comum e das lealdades associadas a ela, já que de outro modo não teria sido possível fazer as disposições individuais cooperarem na formação da vontade e, se fosse o caso, as decisões majoritárias diferentes da própria convicção serem aceitas; mas não havia nenhum argumento que radicasse em torno da mesma questão, fosse inerente à ideia da vida pública democrática como tal, sustentasse que a imprescindível cultura geral tivesse necessariamente um caráter nacional, como se a soberania do povo se fizesse una com a identidade nacional do povo de uma nação. Países de imigração tradicionais, como os

---

502 Sobre isso e o que segue, cf. Habermas, "Die postnationale Konstellation und die Zukunft der Demokratie", in *Die postnationale Konstellation. Politische Essays*, Frankfurt am Main, 1998, p. 91-169, sobretudo p. 105-22.

Estados Unidos e o Canadá, deram um exemplo bem diferente, o qual agora, evidentemente, tinha de chegar a países da Europa Ocidental com a intenção de abrir suas culturas políticas, até então determinadas por homogeneidades nacionais, a ponto de dar guarida a cidadãos que, se não compartilham da mesma origem, estariam afetados por decisões tomadas democraticamente.

No entanto, na década de 1970 ainda não se chegara a uma consciência clara dos desafios aqui descritos. As correntes migratórias, frequentemente compostas por familiares que seguiam os primeiros imigrantes, os quais haviam sido aliciados ou tolerados, estavam, porém, dentro de limites que permitiam aos responsáveis políticos e aos atores civis se fecharem no problema que já se esboçava. O movimento estudantil, que continuava a existir sob a forma de pequenos grupos ou novos partidos, tampouco adotou o tema, uma vez que a exclusão dos estrangeiros ou das mulheres da vida pública democrática jamais lhes constituíra um elemento a incitar revolta política; isso faria os críticos posteriores acusarem-lhes de nacionalistas ou patriarcais. Somente quando os fluxos migratórios continuaram a crescer, na década seguinte, o problema não podia mais ser ocultado e passou a ter extensão, peso e visibilidade cada vez maiores, pois, além do crescente grupo de migrantes, outras minorias, em certa medida de culturas nativas, passaram a reivindicar sua inclusão no processo democrático de formação da vontade, sem menosprezo à sua identidade coletiva. Nesse ínterim, o movimento feminista conquistara poder suficiente para atacar publicamente os mecanismos de exclusão que continuavam a predominar; na esteira desse movimento, as minorias sexuais puderam se organizar para reclamar a consideração de suas especificidades culturais na cultura majoritária[503]. No curso de dez anos, o problema inicialmente periférico sobre como os imigrantes de etnias e culturas estranhas deveriam ter acesso à vida pública democrática em sua nova pátria converteu-se na prova de resistência e de valor do "multiculturalismo": "a cultura nacional, estendida para constituir uma 'cultura da maioria' tinha de aprender", assim diz Habermas, "a desprender-se de sua fusão, historicamente constituída, com a cultura política *geral*, se todos os cidadãos, em igual medida, podem se identificar com a cultura política de seu país"[504].

A essa altura, é provável que seja adequado interromper brevemente nossa reconstrução normativa a fim de obter um panorama das condições da liberdade social na esfera da vida pública democrática revelada até aqui. Se há uma lição central a ser aprendida com as lutas sociais e políticas que, durante quase duzentos anos, foram travadas em favor da realização da liberdade comunicativa dentro do novo espaço da conformação da vontade democrática que podemos reconstruir, essa lição é de que não se chega absolutamente à concessão, por parte dos Estados, dos direitos individuais de expressar a própria opinião e participar politicamente; se a garantia constitucional desses direitos é condição necessária para poder participar do processo democrático da autolegislação coletiva juntamente com todos os afetados pelas futuras decisões políticas, a inclusão factual nessas práticas de formação da vontade é defrontada com uma série de impedimentos que se apenas

---

[503] Sobre isso, cf. Axel Honneth, "Umverteilung als Annerkennung. Eine Erwiderung auf Nancy Fraser", in Nancy Fraser/idem, *Umverteilung oder Annerkennung. Eine politisch-philosophische Kontroverse*, Frankfurt am Main, 2003, p. 129-224, aqui p. 201.

[504] Habermas, "Die postnationale Konstellation und die Zukunft der Demokratie", op. cit., p. 114.

paulatinamente manifestaram no curso da aplicação autorreferencial do princípio de soberania do povo[505]. Mas se continuarmos a nos ater aos pontos de vista que antes diferenciáramos, então, na sucessão histórica pela qual se tomou consciência deles, é possível mencionar os seguintes requisitos que hoje podem ser considerados indispensáveis a um exercício igualitário da liberdade social na vida pública democrática: além da *primeira condição* das garantias jurídicas requeridas, é necessária, *em segundo lugar*, como se demonstrou na transformação de uma vida pública "burguesa" em "democrática" — conforme exigência do novo princípio da soberania do povo — a existência de um espaço de comunicação geral que supere as divisões de classes e possibilite o estabelecimento de um intercâmbio de opiniões aos diferentes grupos e às diferentes classes afetadas, pela via de decisões políticas. No início, ou seja, ao longo do conturbado século XIX, criou-se tal espaço de atenção e implicações comuns mediante os Estados constitucionais que, carregados de identidade nacional, se constituíram na modernidade europeia e revelavam suas desvantagens sempre que o nacionalismo promotor do comum se tornava nacionalismo excludente. De lá para cá, em razão das interdependências globais das deliberações de governo de um Estado nacional, os afetados já não eram apenas seus próprios cidadãos; as decisões dos Estados individuais de modo geral dependem muito mais de arranjos

---

[505] Mensuradas segundo o conceito de vida pública de Bernhard Peters (*Der Sinn von Öffentlichkeit*, Frankfurt, 2007), extremamente sóbrio e cético, as cinco condições seguintes constituem, em essência, requisitos impossíveis de se satisfazer, mas sem elas não apenas a ideia de conceber a vida pública democrática como uma esfera de liberdade social deixaria de ter valor, mas também todo sentido de orientação para as anomalias e limitações da vida pública se perderia. O mesmo Bernhard Peters admite-o em algumas passagens.

e acordos internacionais, de modo que, à exceção da "congruência entre participantes e afetados" (Habermas), a vinculação começa a perder a validade, a qual já teve sentido, da necessidade de comunicação democrática nas fronteiras do Estado nacional. Ainda que, mesmo hoje, em casos de crises internacionais ou catástrofes naturais, vemos novamente um recentramento dos debates públicos no espaço comunicativo limitado pela nação — nesse sentido não se deve enfatizar em excesso as manifestações de sua dissolução no presente —, em longo prazo esse espaço parece se desenvolver numa dupla direção, de transnacionalização, por um lado, e de ampliação temática, por outro.

Se a existência de um espaço comum de comunicação desse tipo significa apenas que os participantes da formação da vontade democrática podem identificar quais processos determinados são de interesse comum, o debate público em torno de sua avaliação política em sociedades de grande extensão espacial só pode ocorrer pelos meios de comunicação. Portanto, *em terceiro lugar*, é necessário, como se manifestara em fins do século XIX — quando o avanço dos interesses capitalistas pelo lucro na imprensa produziu uma primeira rodada de maciça "popularização" de diários e revistas — um sistema altamente diferenciado de meios de comunicação de massa que, por meio de um elucidativo esclarecimento acerca do surgimento, das causas e do espectro de interpretação dos problemas sociais, trouxe ao público a capacidade de formar a opinião e a vontade pela via da informação[506]. Já faz

---

[506] Cf. Michael Gurevitch e Jay G. Blumler, "Political Communication Systems and Democratic Values", in Judith Lichtenberg (org.), Democracy and Mass Media, Cambridge/Mass. 1990, p. 269-89. Sobre isso, também Habermas, *Faktizität und Geltung*, op. cit., p. 451-8.

quase oitenta anos que John Dewey, como vimos, concebeu a ideia de uma "arte da comunicação" que, quanto ao jornalismo, se amoldava precisamente a essa *terceira condição* da liberdade social: num espaço de comunicação, para que os membros de um público anônimo — os quais, para Dewey, seriam evidentemente os cidadãos de um Estado nacional — estivessem em condições de construir entre si, mudando os papéis de orador e ouvinte, uma opinião o mais coincidente possível quanto à solução desejável para os problemas sociais, é imprescindível que, desse ponto de vista, os meios de comunicação de massa aprendam a usar uma linguagem especial que, a um só tempo, se ajuste ao problema a partir da perspectiva sociológica, seja compreensível e ilumine o contexto, mas possa ser compreendida por todos. O nível da tecnologia, que hoje alcançou os meios impressos, radiofônicos e da imagem, poderia permitir destrezas desse tipo de um modo quase lúdico. O rádio e a televisão, em particular, à medida que estão sujeitos aos padrões éticos da mídia e não totalmente subordinados às coerções capitalistas de lucro, poderiam proporcionar uma série de oportunidades para se realizar a investigação de situações sociais problemáticas sob a forma de "experimentos de grupo"[507], tornando, assim, a investigação compreensível para um grande público. Atualmente, nos países da Europa Ocidental, a evolução real desses meios tem orientação bem distinta, pautada por uma dependência crescente das formas de produção privadas e da indústria da propaganda, da qual resultam margens cada vez menores para a ética profissional dos responsáveis pela

---

[507] Friedrich Pollock, *Gruppenexerpiment. Ein Studienbericht*, Frankfurt am Main, 1955, sobre a relação desse método com a "opinião pública", cf. sobretudo p. 17-24.

comunicação. John Dewey foi apenas o primeiro de uma ampla série de intelectuais a tentar identificar o processo de comercialização dos meios de massa e a conversão da imagem profissional do jornalista, de informador do que é relevante para o público, a "*entertainer*" condescendente[508]. Se é provável que a difusão explosiva da internet, de uma terceira geração, digital, e dos meios de comunicação irá se contrapor à evolução antes descrita pela via de uma "socialização" das atividades jornalísticas e de interações mediadas pelos meios, eis uma pergunta a que devemos retornar ao concluir nossa reconstrução normativa.

Uma *quarta condição* da liberdade social na vida pública democrática, com a qual deparamos em nossa reconstrução idealizante, é a disposição, por parte dos cidadãos participantes da formação discursiva da vontade, em realizar prestações de serviços não remunerados para preparar e realizar apresentações de opinião diante do público. Não raro, as teorias correntes da democracia alimentam a ficção de que o intercâmbio de opiniões necessário ao objetivo da construção democrática limita-se apenas aos atos reflexivos de falar e escutar, muito embora, em geral, enfatizem que, para um debate vivo sobre visões alternativas, os instrumentos das assembleias públicas e mesmo a desobediência civil também contam[509], não se mencionando na maioria das vezes a participação das atividades materiais de mediação. A ideia da disputa de opiniões e da negociação discursiva quase sempre é tomada do modelo de conversa entre pessoas presentes,

---

508 Além de Dewey, cujas descrições aqui já receberam menção, cf., por exemplo, Georg Lukács, "Die Verdinglichung und das Bewußtsein des Proletariats", in *Geschichte und Klassenbewußtsein* [1923], Werke, vol. 2, Neuwied/Berlin, 1968, p. 257-397, aqui: p. 275.
509 Cf., por exemplo, Habermas "Ziviler Ungehorsam – Testfall für den demokratischen Rechtsstaat", in *Die neue Unübersichtlichkeit*, Frankfurt am Main, 1985, p. 79-99.

ao qual logo se acrescentam meios técnicos de comunicação, que transferem o modelo à grande massa do povo anônimo de um Estado, sem que essa generalização considere a medida na qual a deliberação mediada pelos meios depende também de uma retroalimentação simbiótica com interações concretas, próximas da experiência[510]. Ainda que os meios de massa estivessem constituídos de maneira ideal, a disputa pública de opiniões rapidamente se estancaria se deixasse de existir, por um longo período de tempo, a disposição dos participantes em reconcretizar a comunicação. Nesse sentido, para que os cidadãos pudessem exercer juntos a liberdade de uma autolegislação democrática, é preciso que façam mais que simplesmente assumir os papéis de oradores e ouvintes, autores e leitores; é imprescindível também a disposição individual em tirar a vida pública do estado ameaçador de assoreamento em que se encontram todas as disputas de opinião e, com a voluntária divisão das tarefas dos serviços civis, adotar voluntários que trabalhem para a elaboração material e para a realização de reuniões presenciais[511].

Entretanto, a exigência aqui esboçada permite que se veja ainda mais claramente quão decisiva é a *quinta condição* da liberdade social na esfera da vida pública democrática, com a qual nos deparamos no curso de nossa reconstrução normativa. O motivo para se tornar consciente dessa condição era o risco da apatia política, que, diagnosticado por John Dewey, remetia a propensões à decadência de uma cultura política de compromisso civil. Diferentemente das outras esferas da liberdade social, como vimos,

---

510   Sobre o significado de tais "mecanismos simbióticos", cf. Niklas Luhmann, *Macht*, Stuttgart, 1975, sobretudo p. 61-4.
511   Cf. novamente Walzer, "Deliberation... und was sonst", op. cit.

a participação na vida pública democrática e, com ela, o exercício da liberdade ali radicada requerem uma decisão individual de colocar os objetivos privados depois do bem-estar comum e assim, de forma cooperativa, trabalhar com os demais tendo em vista uma melhoria das condições sociais de vida. Nas democracias modernas, geralmente, os motivos para tal compromisso público advêm, como já sabia Durkheim, das forças coesivas de uma solidariedade cidadã que obriga os membros a se sentir responsáveis uns pelos outros e, em caso de necessidade, fazer sacrifícios. Por conseguinte, a existência de uma cultura política que a todo tempo alimente e alente tais sentimentos de solidariedade é o requisito elementar de uma vitalização e, até mesmo, um acionamento da vida pública. Para que essa esfera não se mantenha num espaço vazio, onde os direitos fundamentais anteveem como território de autolegislação do povo, porém inanimado e não utilizado por seus membros para expressar suas opiniões, é necessário o compromisso dos cidadãos, os quais, apesar de serem estranhos entre si, são conscientes do que têm politicamente em comum. No passado dos Estados europeus, como vimos, tal consenso geral por muito tempo esteve garantido pela hegemonia cultural dos grupos dominantes, os quais, por essa via, podiam controlar o acesso à expressão pública da opinião. A identidade nacional, que até pouco tempo constituía a única fonte de toda solidariedade cidadã, num primeiro momento do século XIX, era definida em seu conteúdo normativo quase exclusivamente pelos membros do sexo masculino das classes burguesas[512]; mais

---

[512] Sobre isso, cf. também o penetrante capítulo "Bürger und Quasi-Bürger" in Osterhammel, *Die Verwandlung der Welt*, op. cit., p. 1079-104.

tarde, veio a ser constituída também pelos homens assalariados até sucumbir à pressão do movimento feminista e dar lugar a uma interpretação muito mais ampla. Nos dias atuais, em razão da pluralização que sobreveio às formas de vida, essa base nacional da solidariedade cidadã está se dissolvendo, e assim iniciou-se um movimento de busca, em parte bizarro, em parte produtivo, por meio do qual formas ainda mais abstratas da solidariedade podem preservar a coesão cultural dos cidadãos. Ao final de nosso transcurso reconstrutivo, veremos como a ideia do patriotismo constitucional[513], já estudada por Durkheim e continuada por Habermas, que se remetia a Dolf Sternberger, talvez possa ser preenchida com conteúdos narrativos de tal modo que perca algo de sua palidez emocional, de sua tendência ao que é digno de ser aspirado apenas no âmbito moral.

É claro que essas cinco condições não esgotam todos os requisitos sociais que permitiriam hoje, a todos os membros das sociedades ocidentais, culturalmente cada vez mais heterogêneas, fazer uso efetivo dos direitos fundamentais constitucionais de tomar parte na autolegislação democrática; além de um espaço de comunicação suficientemente abrangente, além de um sistema de meios de massa que informam qualitativamente, a disposição de tomar parte ativamente em uma cultura política capaz de manter vivas essas virtudes democráticas em todos os participantes, seguramente há também as medidas político-sociais que garantiriam a cada interessado o sustento vital, necessário para uma expressão da opinião na vida pública à isenção de coerções.

---

513 Sobre a concepção de Sternberger, cf. as contribuições reunidas no volume x de seus *Schriften*, Frankfurt am Main, 1990.

Como bem se pode ver, nesse ponto se tocam as liberdades sociais projetadas no horizonte pela instituição da vida pública democrática com as liberdades sociais normativamente prometidas pelo mercado capitalista: os impedimentos sociais hoje existentes ao exercício, com igualdade de oportunidades e dos direitos de cidadania distribuídos de maneira uniforme, também teriam sido eliminados do lado econômico se fossem realizados, ao menos parcialmente, os princípios de legitimação do mercado capitalista e vigorassem condições de aproximação de reciprocidades isentas de coerções na satisfação dos interesses econômicos. Tão logo chegarmos à conclusão de nossa reconstrução da esfera da formação da vontade pública veremos qual coação normativa resultará, para a autolegislação democrática, dessa conexão intrínseca de ambas as esferas.

Se agora retomarmos o fio de nossa reconstrução normativa de onde o deixáramos, portanto no período dos anos 1980 — antes desse panorama das condições da liberdade social na vida pública democrática —, saltará aos olhos, além das circunstâncias já mencionadas, o fato de a teoria da vida pública elaborada por Hannah Arendt ter recobrado ainda maior importância, quase suplantando a de Habermas. A mudança de orientação das teorias políticas esteve em grande parte relacionada ao fato de que à época, nas ditaduras comunistas da Europa Oriental, começava a se formar uma resistência civil da qual a concepção de Arendt seria um melhor meio de interpretação. De maneira muito mais intensa que Habermas, que se interessara sobretudo pelas implicações normativas da vida pública burguesa, Arendt, numa série de passagens de seu estudo, investigou o papel dinâmico, mesmo revolucionário, assumido muitas vezes no processo histórico da conquista do espaço público por parte da população: desse modo, seus exemplos para uma forma conquistada de vida pública eram, quando não se desviavam para o mundo da antiga pólis, a revolução dos Estados Unidos ou as insurgências dos conselhos de trabalhadores, com os quais se queria mostrar a possibilidade de rapidamente inaugurar uma esfera de liberdade comunicativa, bastando que um grupo de pessoas de mesmo parecer lutasse de maneira suficientemente decidida para tal[514]. Esse modelo de "associação" da vida pública, como Seyla Benhabib chamou para enfatizar a diferença quanto ao modelo defendido por Arendt de uma vida pública baseada em uma automanifestação representativa e individual[515], parecia conter tudo o que se poderia exigir para revestir as forças da resistência na Europa Oriental de uma ideia encorajadora de seu próprio poder de conformação: como se pode ler em Hannah Arendt, tão logo uma associação suficientemente grande de pessoas estivesse decidida a se apropriar de espaços de comunicação pública sobre assuntos que lhes diziam respeito, a relação de forças nos sistemas politicamente autoritários, anquilosados, tinha de se deslocar em favor de uma sociedade civil democrática. Pelo desvio das ditaduras comunistas, onde tais ideias evidentemente foram assumidas avidamente, contribuindo com a autolocalização política de diferentes grupos opositores[516], esse modelo de

---

514 Hannah Arendt, Über die Revolution (1963), Munique, 1974.
515 Seyla Benhabib, "Modelle des ‚öffentlichen Raum'. Hannah Arendt, die liberale Tradition und Jürgen Habermas", in idem, *Selbt im Kontext. Kommunikative Ethik im Spannungsfeld von Feminismus. Kommuniarismus und Postmoderne*, Frankfurt am Main, 1995, p. 96-130, sobretudo p. 101 s.
516 Cf. as respectivas contribuições em John Keane (org.), *Civil Society and the State: New European Perspectives*, Londres, 1998. Rainer Deppe, Helmut Dubiel e Ulrich Rödel (orgs.), *Demokratischen Umbruchs in Osteuropa*, Frankfurt am Main, 1991.

"associação" foi novamente remetido às democracias ocidentais, para que novamente se revivesse o paralisado debate acerca dos requisitos sociais para uma vida pública de bom funcionamento. De maneira mais intensa do que vinte anos antes, quando a concepção habermasiana dominava amplamente o debate político, naquele momento se enfatizava sobretudo o fato de a formação da vontade democrática depender das associações de participação livre, não estatais, que vez por outra eram capazes de abastecer a disputa pública de opiniões "a partir de baixo", com novas motivações e propostas criativas[517]. No curso da discussão assim desencadeada, não raro a categoria da "vida pública" fundiu-se tão estreitamente ao conceito bem mais difuso da "sociedade civil"[518] que se corria o risco de perder de vista as precondições de direitos fundamentais, de ética de meios, que do normativamente eram muito exigentes. Entre os muitos requisitos institucionais que Habermas mencionara como imprescindíveis para o livre exercício, em igualdade de direitos, da soberania do povo na vida pública, frequentemente restavam apenas as associações civis e os fóruns cidadãos mais ou menos organizados, sem que visse com clareza como estes por si só estariam em condições de romper o poder dos meios e combater as discriminações sociais que continuavam a existir[519].

---

517 John Keane, *Democracy and Civil Society: on the Predicaments of European Socialism, the Prospects for Democracy, and the Problem of Controlling Social and Political Power*, Londres, 1998.
518 Cf. minhas considerações em "Fragen der Zivilgesellschaft", in *Desintegration. Bruchstücke einer soziologischen Zeitdiagnose*, Frankfurt am Main, 1994, cap. VIII, p. 80-9.
519 Uma tentativa de unir ambos os conceitos, o da "sociedade civil" e o da "vida pública democrática" num enfoque único, histórico e sistemático, é empreendida por Jean Cohen e Andrew Arato: *Civil Society and Political Theory*, Cambridge, Mass., 1992. Essa concepção continua a ser importante para um esclarecimento das condições de existência das vidas públicas democráticas.

Pode bem ser a queda da fé exagerada na vitalidade e a força inovadora de tais associações voluntárias que levou, durante os anos 1990, a alguns diagnósticos moderados segundo os quais os acalorados debates políticos sobre a "sociedade civil" assorearam-se com a mesma rapidez que haviam surgido na década anterior. As mudanças revolucionárias na Europa Oriental e Central, cuja origem na resistência aos movimentos pacíficos por direitos civis não pode ser desprezada, conduziram ao estabelecimento de condições democráticas formais nas quais, não obstante, as associações que antes haviam formado opinião perderam rapidamente seu papel central, sob a pressão de uma rápida e integral capitalização da economia. Na Europa Ocidental e nos Estados Unidos, mais ou menos ao mesmo tempo e não muito tempo antes ou depois da queda da "Cortina de Ferro", surgira uma série de estudos empíricos sugerindo que a atividade e o número de membros dessas organizações civis eram substancialmente menores do que se esperara apenas uma década antes. Assim, em linhas gerais, a explicação sociológica afirmava que o grau de individualização aumentara em tal medida nos países ocidentais que a disposição dos membros da sociedade em se comprometer publicamente e cooperar politicamente desaparecia com rapidez[520]. A força sugestiva dessas duas imagens — de uma debilitação forçada do movimento cidadão no Leste Europeu e uma crescente privatização dos cidadãos no Ocidente — era suficiente para, num curto espaço de tempo, acabar com todas as esperanças surgidas na década

---

520 Cf., como exemplo, Robert Putnam, *Bowling Alone. The Collapse and Revival of American Community*. Nova York, 2000; Robert N. Bellah, entre outros, *Gewohnheiten des Herzens. Individualismus und Gemeinsinn in der amerikanischen Gesellschaft* (1985), Colônia, 1987.

de 1980 quanto à existência de uma sociedade civil com capacidade de resistência e uma civilidade sempre vibrante. Ainda que a categoria da sociedade civil já desde os anos 1990 não tivesse perdido sua importância para a pesquisa individual de cada disciplina acadêmica, onde ela continuava a valer como marcador de lugar conceitual para as formas de tratamento e de organização de uma vida pública democrática[521], ela já havia perdido sua força magnética, seu nimbo quase revolucionário. Nas discussões intelectuais e jornalísticas sobre o estado da vida pública, continuavam a aparecer os temas a que antes já se chamara a atenção, com a ameaçadora apatia das "massas" e a crescente despolitização.

A rápida ascensão e declínio da ideia da sociedade civil certamente era também sinal de advertência para o fato de que todo tratamento teórico da vida pública estava sob crescente risco de sucumbir a uma dependência desorientadora, paradoxal, de certas evoluções em seu próprio âmbito. Nesse ínterim, o poder da formação de opinião dos meios de comunicação de massa crescera de tal maneira — pela enorme ampliação de seu âmbito de influência, pela assimilação das estratégias de elaboração da informação e pela resultante e crescente intensificação do direcionamento da atenção — que, para muitos receptores, se tornou cada vez mais difícil distinguir entre a imagem da realidade social advinda de uma construção midiática e a realidade mesma; já há muito a televisão e os jornais podiam fazer que um tema, se posicionado com habilidade, migrasse, como que conduzido por mão invisível, por todos os canais ou suplementos culturais,

---

[521] Cf. o inventário mais sóbrio em Jürgen Habermas, "Vorwort zur Neuauflage 1990", in *Strukturwandel der Öffentlichkeit*, op. cit., p. 11-50, aqui: p. 45-58. Tanto mais cético é Peters, *Der Sinn von Öffentlichkeit*, op. cit., p. 34.

dando lugar a pseudomundos que, inversamente, logo passariam a influir nos debates na política e mesmo na ciência. Também o fato de a crescente individualização das biografias e das orientações de valores no Ocidente ter conduzido a uma completa extinção de todo compromisso público era, em grande medida, produto da referida construção da realidade autorrefencial dos meios de comunicação de massa e outras organizações formadoras de opinião. Sem dúvida, se há suficientes indicadores empíricos sugerindo uma disseminação social de atitudes privatistas, orientadas tão somente pelo próprio progresso, foram os efeitos intensificadores e dramatizadores da informação trazida pelos meios que deram origem à explosiva tese de que a mobilização a partir de assuntos que afetassem toda a sociedade passava por forte declínio, com cada membro interessado apenas em sua felicidade individual; na verdade, nem mesmo o número de membros das associações de lazer e de política caíra de maneira alarmante, nem a disposição para os gastos privados retrocedera de maneira visível[522]. Nessa medida, pode-se dizer sem exagero que houve, tanto no início como no final do breve período de uma eufórica evocação da "sociedade civil" e de suas forças de resistência, uma ficção criada pela mídia: de início sucumbira-se à ideia, não comprovada empiricamente, de que, assim como na Europa Oriental, na Europa Ocidental também havia uma potente rede de associações civis de compromisso permanente; essa ideia fictícia, não obstante, fora abandonada tão logo a imagem de uma crescente privatização dos cidadãos começou a rondar os meios de massa.

---

522 Para a Alemanha, cf. os dados sobre adesões a associações civis em Wolfgang Vortkamp, *Integration durch Teilhabe. Das zivilgesellschaftliche Potenzial von Vereinen*, Frankfurt am Main, 2008, sobretudo cap. IV.

Pela primeira vez, uma teoria da vida pública democrática caía nas armadilhas da autotematização de seu objeto e enredou-se nas ideias que a vida pública tinha de seu próprio estado, durante um breve período, pelas interpretações da realidade que circulavam nos meios de massa e nos grupos de pesquisa (*thinks tanks*).

Deve-se ver, nessa crescente capacidade dos meios de massa e de outros dispositivos geradores de ideias para compor descrições virtuais da realidade social mediante uma intensificação recíproca dos mesmos temas que logo produzirão impacto no comportamento do público, certamente um dos maiores desafios ao qual a esfera da vida pública democrática desde, pensando *grosso modo*, os anos 1990 está exposta. Não que antes já não houvesse tendências a uma construção autorreferencial da realidade nos jornais, na televisão e no rádio, mas somente nesse período, com a liberalização europeia do acesso aos meios eletrônicos e o aumento da concorrência no mercado da imprensa escrita, teve início um processo que aumentou a pressão para que os índices de audiência ou as tiragens crescessem, de tal modo que tiveram de produzir temas de impacto, que ganhassem a atenção geral pelo fator surpresa. E sob a obrigação de, por motivo de concorrência, não deixar passar em branco histórias que pudessem atrair a atenção, tais temas logo se disseminavam pelos demais órgãos de comunicação de massa para, ao final, fazer surgir uma realidade puramente fictícia, encerrada em si mesma, que, justamente por seu caráter fictício, era impenetrável ao público[523]. É nessas

[523] Sobre a televisão, cf. Pierre Bourdieu, Über das Fernsehen, Frankfurt am Main, 1998 [*Sobre a televisão*, Rio de Janeiro, Zahar, 1997]; sobre o exemplo dos Estados Unidos, cf. o excelente trabalho de Hal Himmelstein, *Television Myth and American Mind*, Westport, 1994 (2ª edição), sobretudo cap. VII, com um olhar aos programas noticiosos. Além disso: Patrick Rössler, *Agenda-setting. Theoretische Annahmen und empirische Evidenzen einer Medienwirkungshypothese*, Opladen, 1997.

tendências à virtualização dos meios tradicionais que certamente, segundo os critérios inerentes à vida pública democrática, devem ser consideradas anomalias, já que não só não há informação suficiente, mas também se gera uma realidade autorrefencial, que vemos uma enorme dificuldade para realizar uma reconstrução normativa como a que empreendemos aqui; pois, de maneira muito mais intensa do que em outras esferas, é na esfera social da informação midiática, precisamente, que os processos de comunicação da esfera pública, cuja situação atual nos interessa, estão revestidos de descrições de condição sempre novas e sempre mais dramatizadas de formas diferentes, de modo que não é fácil separar o joio do trigo e tomar conhecimento, de maneira relativamente sóbria, dos acontecimentos reais — basta pensar no modo como, nas últimas décadas, a imagem pública do modo como se acercam dos problemas da integração cultural dependeu das respectivas cores e da ênfase que os próprios meios de massa deram a ela. Para não recair nesses efeitos de retroalimentação, é necessário, ao completar nossa reconstrução normativa da esfera pública, ter um cuidado empírico e uma moderação, que não foram necessários nas outras esferas na mesma medida[524].

Os diferentes desdobramentos sociais que no último quarto de século modificaram substancialmente, ainda mais uma vez, a forma de consumação da formação da vontade democrática na esfera social podem ser resumidos com a devida cautela somente

---

524 Justamente sob o ponto de vista do ceticismo e da moderação aqui reclamados, é especialmente lamentável que Bernhard Peters não tenha podido concluir seu estudo sistemático, e de fôlego, sobre a "vida pública"; afinal, para chegar a uma descrição o mais realista possível da vida pública democrática, como nenhum outro ele procurou evitar tendências alarmantes ou normativamente idealizadoras. Sobre as intenções do estudo planejado, cf. Hartmut Weßler e Lutz Wingert, "Der Sinn von Öffentlichkeitsforschung: Worum es Bernhard Peters ging. Eine Einleitung", em Peters, *Der Sinn von Öffentlichkeit*, op. cit., p. 11-27.

se forem descritos como processos entrecruzados, tendo-se, por um lado, a crescente concentração do poder e a estratificação da vida pública e, por outro, a sua maior abertura e vitalidade. Em face da situação apresentada, a pergunta crucial que hoje se faz é se não estaria surgindo, ou ao menos assim se pode pensar, uma cultura política que pudesse integrar essas tendências antagônicas na medida da necessidade da autolegislação pública. Já se fez referência a um dos processos que, há algum tempo, tem levado a uma maior concentração — e mesmo a uma maciça heteronomia — do intercâmbio de opiniões públicas no que diz respeito à fabricação midiática de artefatos sociais; em vez de detectar problemas sociais de maneira cautelosa, como esperava Dewey, são transmitidas imagens desses problemas, fortemente carregadas a fim de despertar a curiosidade, tão somente em função de cativar a atenção e ganhar na luta pela concorrência econômica. Certamente, haverá consideráveis exceções a essa regra, ou seja, jornais, canais televisivos ou emissoras que, com responsabilidade ética, continuam a tomar como sua a tarefa de investigar, da melhor maneira possível, os acontecimentos sociais a fim de dar ao público a possibilidade de assumir posições de maneira informativa e reflexiva. É provável que, nesses órgãos obstinados, as oportunidades de se manter fiéis ao seu dever democrático de informar, de maneira apartidária e esclarecedora, são tanto maiores quanto mais independente for seu modo de administrar a influência das associações políticas ou os interesses capitalistas privados. Segundo experiências históricas na última metade do século XX, independência desse tipo só pode ser garantida em longo prazo se os correspondentes órgãos de comunicação de massa estiverem submetidos a uma constitucionalização público-jurídica, como foi o caso nos primórdios do rádio e da televisão em muitos países europeus — um passar de olhos nos programas dessas emissoras é o suficiente para ser ter uma ideia da enorme distância que continua a separá-los dos canais puramente comerciais, ainda que também nestes continue a haver uma tendência consistente à tabloidização[525]. Nessa medida, ao intercâmbio democrático de opiniões se imporia, cedo ou tarde, a pergunta sobre se, tendo em vista a situação de ameaça de quase todos os jornais independentes da Europa, não se deveria buscar os caminhos para uma institucionalização público-jurídica também para a imprensa[526]; para tais futuros debates, poder-se-ia usar como exemplo intimidador o caso da Itália, onde as mais sombrias visões do capítulo da "indústria cultural" da *Dialética do esclarecimento* são hoje literal realidade, uma vez que ali, de maneira bem-sucedida, se transferiu a disposição oligopolista do poder dos meios a uma soberania estável de governo[527].

Os recentes acontecimentos na Itália deixam claro que mesmo as democracias estáveis da Europa Ocidental não estão seguras contra o risco de uma "desidratação" da esfera pública quanto à formação da vontade: quando empresas orientadas meramente pela obtenção de lucro se apossam dos meios de massa[528], mesmo

---

525 Uma forte defesa do enquadramento público jurídico dos meios de massa foi lançada por Cass R. Sunstein tendo como exemplo a televisão: "Das Fernsehen und die Öffentlichkeit", in Lutz Wingert e Klaus Günther (orgs.), *Die Öffentlichkeit der Vernunft. Festschrift für Jürgen Habermas*, Frankfurt am Main, 2001, p. 678-701.
526 Cf., por exemplo, Habermas, "Medien, Märkte und Konsumenten – Die seriöse Presse als Rückgrat der politischen Öffentlischkeit", in idem, *Ach, Europa. Kleine politische Schriften XI*, Frankfurt am Main, 2008, p. 131-7.
527 Horkheimer/Adorno, *Dialektik der Aufklärung*, op. cit., p. 128-76.
528 Cf. as exemplares análises em Gian Enrico Rusconi, Thomas Schlemmer e Hans Woller (orgs.), *Berlusconi an der Macht*, Munique, 2010. Vale ser lido, também, um relato de orientação jornalística: Birgit Schönau, *Circus Italia. Aus dem Inneren der Unterhaltungsdemokratie*, Berlim, 2011.

a garantia público-jurídica da diversidade de opiniões não pode fazer muito para melhorar a situação do público democrático. Aqueles órgãos do complexo midiático que continuam cumprindo com sua tarefa democrática não apenas devem continuar abastecendo seu círculo de leitores, ouvintes ou telespectadores esclarecidos de informações contextuais e gerais como, inversamente, devem poder pensá-los como contraparte crítica e disposta a aprender, uma vez que a relação entre os meios de comunicação e os receptores, desde o início, foi apresentada — o termo "comunicação" bem o revela — menos como um passar unilateral de informações e mais como um intercâmbio recíproco, no qual receptor deveria dar ao produtor sugestões sobre o tipo de saber requerido. No entanto, o êxito de tal processo de ilustração recíproca analisa-se pela medida com que o público dispõe da capacidade de aprendizagem e de crítica para influir no processo de informação com as indicações correspondentes. Quanto mais estreito for o círculo dos que dispõem de tais capacidades, com mais intensidade o processo de comunicação se deslocará socialmente para cima e tanto mais se converterá num assunto exclusivo das camadas cultas. A parte dos meios de comunicação de massa que ainda se sente obrigada pelo código profissional inexoravelmente se dirige a um estado de tamanho encapsulamento elitista — que não é comparável ao que ocorreu na primeira metade do século XX, já que ainda existia, à época, um contrapeso cultural de uma vida pública do movimento operário. Os jornais europeus de qualidade e parte dos programas que formam opinião na TV e no rádio públicos perderam hoje todo o contato com uma parcela crescente da população, já que esta carece ou dos requisitos educativos, ou de mobilidade financeira, ou, mesmo, do tempo necessário para dedicar atenção aos conteúdos informativos e esclarecedores[529].

O outro lado dessa estratificação da imprensa escrita, do rádio e da televisão, no qual os órgãos situados "acima" não estão livres de tendências à autorreferencialidade midiática, é o do contínuo e exuberante crescimento de um "mercado das classes baixas" à parte de outros mercados. Se há um século, na Inglaterra, França ou Alemanha, era possível estabelecer, nas classes despossuídas da população, uma vida público-midiática autônoma, dotada de consciência de classe, hoje se alastra um jornalismo de entretenimento, maciçamente financiado pela indústria publicitária, cujo enfoque friamente calculado nas necessidades de mero espairecimento não tem legitimidade democrática nem mesmo na forma. Cada vez mais se fortalece a expansão econômica desse setor — que na Alemanha se chama "televisão das classes inferiores" por grupos que se sentem superiores em razão de sua educação — por não existirem, nem do lado do Estado, nem do setor privado, iniciativas claras de integração das correntes migratórias crescentes no horizonte remanescente de uma comunicação midiática; parentes dos imigrantes, por não contarem com os conhecimentos linguísticos e culturais necessários, têm de se servir da informação de seus países de origem ou então recorrer às ofertas midiáticas cujas formas de apresentação primitivas, baseadas sobretudo em estímulos visuais, facilitem o acesso aos conteúdos. O recurso exclusivo do som e, assim, a carência de todo estímulo visual também explicam a razão de o rádio ser,

---

529 Como exemplo, cf. Benjamin J. Page, *Who Deliberates? Mass Media in Modern Democracy*, Chicago, 1996.

mesmo com a abertura da rede eletrônica em toda a Europa, o único meio de massa que não foi totalmente arrastado pela espiral cultural descendente a que conduziu uma indústria do entretenimento orientada pelo lucro — e ao menos nesse ponto Bertolt Brecht tinha razão ao supor que o rádio, com sua concentração na audição, seria relativamente imune aos interesses de lucro capitalistas. Por conseguinte, os espaços de comunicação nacionais em que se movem os meios de massa do século XX, em sua maioria, proporcionam[530] a imagem de um pino de boliche, em cuja extremidade superior há o círculo bastante pequeno das camadas interessadas, de formação acadêmica, as quais, com o auxílio de uma informação relativamente confiável, podem se comunicar acerca dos desafios sociais, enquanto as camadas na base alargada, de formato cilíndrico, são pouco abastecidas com informações necessárias; onde esse pino se estreita, entre seus extremos, há um limite invisível que separa os grupos midiaticamente incluídos na formação deliberativa da vontade dos grupos mais amplos, que estão excluídos dela. Entretanto, essa imagem está incompleta, uma vez que os espaços de comunicação nacionais hoje, como já mencionamos, estão abertos e perfurados, pois cada vez mais são trocadas, discutidas e avaliadas informações politicamente relevantes em redes que se ampliam continuamente, para além de fronteiras nacionais; assim, a estratificação social interna da esfera pública encontra a oposição de uma série de tendências em direção à formação de públicos amplamente hierarquizados numa escala global.

---

530 A esse respeito, cf. as observações de Bernhard Peters, "National und transnationale Öffentliche – eine Problemskizze", in idem, *Der Sinn von Öffentlichkeit*, op. cit., p. 283-97.

Os precursores de tais comunidades de comunicação transnacionais foram, evidentemente, as organizações não governamentais, que a partir da última década do século XX surgiram em grande número e contaram com a crescente interdependência de ação de Estados individuais, encarregando-se — como associações de pessoas movidas por uma mesma forma de pensar e tratar situações injustas, escandalizando-se diante delas — de extrema necessidade ou irregularidades que não podem ser solucionadas no âmbito nacional. A influência do espectro das formas assumidas por esse *novo* ator coletivo nas cenas públicas estende-se desde editoriais não comerciais, que de um mesmo lugar e com o auxílio de informantes investigam e documentam violações aos direitos humanos em todo o mundo — mencionemos a excepcional série de publicações *Voice of Witness*[531], fundada por Dave Eggers, entre outros — até as grandes organizações, que atuam, no âmbito internacional, como interlocutores oficiais em certas negociações, como a Anistia Internacional, o Médicos sem Fronteiras ou o Greenpeace. É evidente que a institucionalização rápida e bem-sucedida dessas organizações não governamentais de ação global não teria sido possível se nesse período de fundação não tivesse assentado em todo o mundo, com incrível rapidez, um meio de comunicação novo e muito superior em velocidade, ubiquidade e espontaneidade a todos os meios de massa até então conhecidos: com a internet, baseada na tecnologia digital, foi de maneira quase lúdica que as fronteiras nacionais da comunicação pública puderam ser transpostas, e o

---

531 Cf. a lista de publicações citada ao final do último romance *Zeitoun* (2009, versão alemã: Colônia, 2011), investigado por Dave Eggers, p. 363 e s.

intercâmbio global de informações passou a ser de controle tão difícil que não se pode prever suas consequências para a reconfiguração da relação entre a vida pública contida nos Estados nacionais e as vidas públicas transnacionais.

Ao indivíduo particular, tomado em sua existência fisicamente isolada diante do computador, a internet permite comunicar-se instantaneamente com um grande grupo de pessoas em todo o mundo, e o número desses indivíduos, em princípio, é limitado apenas pela própria capacidade de elaboração e atenção; uma vez que esses processos de comunicação carecem de controle, ainda que não completamente, eles podem servir a um intercâmbio quanto aos temas mais diversos, de assuntos privados a intrigas criminosas, e é claro que conteúdos público-políticos não lhes são inerentes. No entanto, o uso político da internet hoje parece ter-se ampliado e consolidado, de modo que em nível internacional existe uma quantidade inabarcável de vidas públicas interconectadas pela via digital, cuja duração, extensão e função variam consideravelmente: algumas vezes podem ser desmontadas em poucos dias, quando se trata de um acontecimento temporalmente situado, por exemplo; outras vezes, concentram-se de forma tão intensa num único tema relevante da vida pública que, com o tempo, funcionam como uma sociedade secreta, indeterminada quanto à sua composição pessoal[532]. Os limites externos, fluidos, que não podem ser estimados nem por seus próprios membros, são um traço característico dessas novas vidas públicas na rede, como também o é sua capacidade de

---

[532] Boa descrição é a que se encontra em Stefan Münker, *Emergenz digitaler Öffentlichkeit*, Frankfurt am Main, 2009.

estar apartadas de todos os espaços de comunicação nacionais: nos processos de comunicação que se proliferam, a qualquer momento é possível se conectar a outros participantes, com um inglês assimilado com dificuldade, e, com as contribuições destes, fazer que eles se acelerem sem que sua origem tenha a menor importância — ao menos em tese —, razão pela qual as comunidades que ali têm lugar sequer são transnacionais, mas integral e confusamente deslocalizadas.

O preço a pagar pela ausência de fronteiras e lugares das vidas públicas nas redes é que, evidentemente, caducam todas as suposições de racionalidade que continuam a existir nos processos de formação de vontades sob o enquadramento do Estado nacional, pelo menos onde, seja no processo de comunicação virtual ou na conversa entre pessoas presentes, a própria opinião deve ser verificada nas tomadas de posição da contraparte, que pode ser generalizada ou concreta. No caso da leitura de um jornal realmente comprometido com seu dever, ou quando se assiste a um programa televisivo sobre política, o espectro das opiniões reproduzidas — ou, no caso de uma conversa política, a reação dos implicados —, que de maneira ideal é equilibrado, em certa medida comprova a capacidade de generalização do juízo individual e, só dessa maneira depurada, aflui para a formação da vontade pública. Em muitíssimos fóruns hoje existentes na *World Wide Web*, com suas vidas públicas tanto mais difusas, parece haver uma tendência a se carecer dos controles de racionalidade mesmo os mais rudimentares, não só porque a todo momento pode haver uma interrupção na comunicação, mas também porque os interlocutores anônimos não necessariamente precisam responder. Certamente, isso não é menos verdade para as comunidades altamente especializadas da rede, nas quais o conhecimento específico e o compromisso necessário estabelecem coerções de racionalidade comparáveis, mas é tanto mais verdadeiro para comunidades da internet sem limitações de acesso que possam ser percebidas por seus membros, nas quais podem circular as posições mais absurdas sem suscitar comentário algum. Nesses lugares, a formação da vontade ocorre não apenas de maneira amorfa e carente de toda pressão por justificação racional, mas também proporciona espaço para todo tipo de opiniões individuais e movimentos coletivos de caráter apócrifo e antidemocrático.

Na Europa Ocidental, a internet em princípio cria um acesso renovado para se chegar a formas públicas da formação da vontade para os grupos cada vez maiores que, por razões já analisadas, são excluídos dos processos de comunicação sobre temas relevantes mediados pelos meios clássicos. Se houver algum conhecimento digital e um computador, o que em tempos de dificuldades econômicas não é algo assim tão evidente, então se pode chegar, sem dificuldades, às informações políticas desejadas e conectar-se às comunidades preferidas da rede. Entretanto, pela investigação empírica não fica claro quais serão, em longo prazo, as consequências políticas do aumento do uso das plataformas digitais; além da tese de um crescente alheamento dos temas políticos relevantes pelo uso da internet e a tese oposta — a revitalização da formação da vontade democrática justamente em razão dela —, temos a hipótese plausível de que haveria uma divisão digital, isto é, uma divisão social na forma como essa nova mídia é empregada, que apenas reforçaria diferenças existentes no grau da participação democrática[533]. Ainda que neste momento não se possa chegar a uma certeza empírica — é provável que se trate daquelas questões que não podem ser respondidas sem um misto de hipóteses generalizadoras —, não se duvida de que quando há um uso político participativo da internet, as redes de comunicação formadas, bem como os temas nelas buscados, transcendem os limites dos países, beneficiando mais a formação da vontade transnacional do que aquela enquadrada pelos Estados nacionais. Como nenhum outro meio de massa, o computador, em razão da falta de localização de todas as interações por ele mediadas, se adapta a fazer surgir vidas públicas com temas ou orientações específicas que percorrem de maneira transversal os fóruns tradicionais do processo democrático e, portanto, contribuem para um posterior descentramento. No entanto, cabe mencionar aqui que em Estados repressores é a internet que contribui, não raro e de maneira decisiva, para o surgimento de uma vida pública contrária num contexto nacional. Para se ter uma viva impressão desse efeito, basta pensar nas recentes revoltas no Egito ou na resistência civil no Irã ou na China.

Assim, se os efeitos políticos da internet forem empiricamente avaliados, e podem sê-lo no sentido de uma ativação ou

---

[533] Para a primeira tese, cf., por exemplo, Anthony G. Wilhelm, *Democracy in the Digital Age*, Londres, 2000; com relação à tese da "revitalização": Lawrence K. Grossman, *The Electronic Republic*, Nova York, 1995; para a tese sobre a "brecha digital": Pippa Norris, Digital Divide, Cambridge/Nova York, 2001; Heinz Bonfadelli, "The Internet and Knowledge Gaps: A Theoretical and Empirical Investigations", in *European Journal of Communication*, 17, 2002, caderno 1, p. 65-84. Uma boa visão panorâmica dessa discussão tão ramificada é proporcionada por Martin Emmer e Gerhard Vowe, "Mobilisierung durch das Internet. Ergebnisse einer empirischen Längsschnittuntersuchung zum Einfluß des Internets auf die politische Kommunikation der Bürger", in *Politische Vierteljahresschrift*, 45, 2004, n. 2, p. 191-212. Os resultados empíricos apresentados por ambos os autores indicam a existência de um "círculo virtuoso", que diz que as disposições já existentes para uma participação política mediante o emprego da internet só se intensificam: idem, p. 207 s.

desmobilização, suas forças deslocalizantes revelam-se, na atual conjuntura, o mais forte motor da necessária transnacionalização da formação pública da opinião e da vontade. A crescente interdependência dos Estados e a perda de soberania para os governos nacionais que lhe vem associada e a internacionalização das relações de intercâmbio econômico, social e cultural, acarretam, como vimos, uma necessidade de legitimação democrática que já não pode ser coberta pelas formas de comunicação existentes até o momento. Uma vez que o coletivo da autolegislação pelos Estados nacionais já há algum tempo não coincide com o círculo dos realmente afetados pelas decisões políticas, faz-se tanto mais necessária a constituição de vidas públicas transnacionais no seio das quais as decisões a tomar sejam conhecidas, determinadas e legitimadas em conjunto[534]. Certamente, há outros acontecimentos a impulsionar e acelerar a ampliação desses fóruns de formação da opinião pública para além das fronteiras nacionais: o turismo de massa não apenas leva a uma difusão mundial de estilos de vida culturais, na maioria das vezes influenciados pelos Estados Unidos, como estimula também o intercâmbio de ideias, a transcender fronteiras, acerca do bom e do politicamente correto. A internacionalização da transmissão de notícias nos meios clássicos, que cresceu consideravelmente na última década, aumenta o conhecimento recíproco dos problemas que só podem ser solucionados em discussão conjunta — mas, por toda sua forma de operar, nenhum outro meio poderia ser hoje mais adequado a formar comunidades de comunicação transnacionais que a internet.

---

[534] Sobre isso cf. Peters, "Nationale und transnationale Öffentlichkeit", op. cit., p. 288-95.

No entanto, as forças centrífugas dessa nova mídia são grandes a ponto de contribuir para as tensões no seio das democracias dos Estados nacionais. Disséramos que, usada politicamente, a internet promove um deslocamento externo do intercâmbio democrático de opiniões, mediante a entrada em fóruns de discussão e redes interativas para os quais o tempo e o espaço já não representam limites; mas, ao mesmo tempo, a formação da vontade pública dentro das fronteiras possivelmente carecerá de energias e disposições solidárias, necessárias para uma contraposição ao efeito da crescente estratificação, e mesmo da fragmentação do público. Essas mesmas circunstâncias poderiam ser expressas com o auxílio de alguns indicadores a que continuamente recorremos aqui, quando dizemos que a ampliação e a eliminação das fronteiras do espaço político de comunicação, possibilitadas pela via digital, poderiam ter a consequência paradoxal de destruir, ou ao menos enfraquecer, a cultura política nas democracias maduras, o que até agora motivava os esforços morais de inclusão de todos os cidadãos no espaço da autolegislação coletiva. O processo orientado para o reavivamento de uma vida pública transnacional não apenas se entrecruzaria com o outro processo, que exclui parcelas cada vez maiores da população dos processos nacionais de formação da vontade, mas estaria em estrita contradição com ele, já que provocaria um esgotamento dos recursos normativos que antes permitiam imaginar uma coesão solidária dos cidadãos[535]. Se assim não fosse, se os processos analisados efetivamente estivessem contrapostos

---

535 Uma análise teórica da justiça, porém não uma análise sociológica da mídia, com relação a esse processo de uma crescente lacuna entre as vidas públicas desterritorializadas e as minorias excluídas nos Estados nacionais é proporcionada por Paul Dumouchel, *Le sacrifice inutile. Essai sur la violence politique*, Paris, 2011, cap. 6.

de forma rigorosa, hoje se desenvolveria, passando pelas classes baixas ameaçadas de marginalização política — o novo proletariado dos serviços, os grupos de imigrantes e os que recebem auxílio social —, um espaço transnacional cujos efeitos, se houvesse isenção de fronteiras de formação democrática da opinião e da vontade, não lhe renderiam benefícios quanto ao lugar onde se encontram e quanto a suas respectivas situações de necessidade. A liberdade social da autolegislação democrática aumentaria para um grupo, o das elites de orientação cosmopolita, enquanto se reduziria para os demais grupos, em razão da falta de acesso aos temas e informações relevantes. Certamente, a pergunta sobre a contraposição de ambos esses processos será respondida quando se puder estimar, de maneira precisa, as perspectivas para uma cultura que surge a partir da transnacionalização política da inclusão democrática; antes de tratar disso brevemente nas considerações finais, devemos verificar, reconstrutivamente, o modo como os processos de transnacionalização foram descritos na instância que, desde o início, foi pensada como órgão de cumprimento da liberdade democrática da autolegislação: o Estado democrático de direito. O desempenho atribuído normativamente a essa esfera institucionalizada pode ser vislumbrado tão logo nos dediquemos a outra condição, que em certa medida pode ser considerada a *sexta condição* da liberdade social da formação democrática da liberdade, que até o momento não apareceu como requisito separado por estar implícita e parcialmente contida na primeira condição: na execução de suas práticas sociais, os membros da sociedade que se complementam numa querela de opiniões comunicativas devem poder contar com a ideia de que suas formações de vontade não são suficientemente efetivas a ponto de poder ser implementadas na realidade social

— o órgão social que lhes garantirá tal efetividade a suas convicções é, desde o início das revoluções políticas dos séculos XVIII e XIX, o Estado democrático de direito.

b) Estado democrático de direito

Diferentemente do que Hegel pretendeu representar na última parte de sua *Filosofia do direito*, onde esboçou os fundamentos de uma monarquia constitucional, sob ampla abstração de todas as possibilidades de influência dos cidadãos, o Estado moderno a partir da Revolução Francesa foi pensado, sobretudo pelos contemporâneos esclarecidos, como um "órgão intelectual", nas mesmas palavras usadas por Durkheim e Dewey, por meio do qual se devia implementar, de maneira inteligente e pragmática, a vontade do povo democraticamente negociada. Nas discussões dos séculos XIX e XX sobre o Estado de direito, diversas interpretações foram dadas ao princípio de recurso estatal à formação da vontade pública, algumas das quais se orientando mais pelo papel plebiscitário indicado por Rousseau e outras, por um papel que, delineado pelo liberalismo clássico, apresentava-se como puramente representativo das corporações legislativas. Na tradição que pauta o presente estudo, é estabelecido que as instituições governamentais implementam o resultado da liberdade social exercida pelos cidadãos que chegam a um entendimento recíproco. O modelo interpretativo, assim entendido por Durkheim, Dewey e Habermas, foi concebido segundo outro modelo, que não é plebiscitário nem representativo[536].

---

536 Para o presente e para o que segue, cf. Habermas, *Faktizität und Geltung*, op. cit., p. 208-37.

Segundo esse terceiro modelo, para o qual — e é o caso de repetir para que se entenda melhor — são decisivas a ideia de um tornar possível e um realizar pelo Estado da liberdade social, o resultado da formação da opinião e da vontade públicas não é uma unidade hipotética que as autoridades do Estado devem meramente pôr em prática, nem mesmo, por sua não confiabilidade empírica, é algo que deve ser levado à razão pela via representativa. Sob a condição de uma vida pública que seja efetivamente capaz de funcionar e satisfaça às suas próprias exigências normativas, deve-se construir um consenso passível de sempre ser revisado e, se necessário for, viabilizado por compromissos, em processos de formação da vontade pensados como programas de investigação permanente (Durkheim/Dewey) ou de discussão (Habermas), cujas indicações de orientação sejam logo transformadas em decisões vinculantes pelas corporações legislativas politicamente responsáveis, respeitando-se estritamente os processos democráticos. Nessa concepção do Estado, em primeiro lugar se retira toda a atenção normativa dos órgãos estatais, transferida para as condições de uma autolegislação isenta de coerções entre cidadãos, ou seja, para a esfera que acabamos de reconstruir normativamente. Enquanto as atividades de investigação ou as deliberações não se dão sob as condições de uma participação em igualdade de direito, com informação suficiente e com a maior liberdade possível para todos os implicados — estão convencidos disso tanto Durkheim e Dewey como também Habermas —, toda decisão tomada em nome do povo nos Estados modernos estará submetida à enorme objeção de não contar com suficiente legitimidade democrática. Resulta dessa inversão da relação lógica de justificação e dependência — não é o Estado que justifica e cria a vida pública, mas esta é que cria o Estado, como Dewey afirma expressamente[537] — que todos os elementos previstos para a organização do Estado constitucional moderno, isto é, a sua constituição jurídica e a divisão de poderes, devem ser entendidos a partir das tarefas, que a ele cabem, de pressupor, proteger e implementar a formação da vontade dos cidadãos ao mesmo tempo. Já para Durkheim, a primeira e essencial atividade do Estado consiste em institucionalizar e ampliar os direitos que os cidadãos em princípio se concederam uns aos outros para o propósito de uma autolegislação isenta de coerções[538]; Habermas, duzentos anos depois, fundamentou a divisão dos poderes entre os órgãos estatais do Executivo, do Legislativo e do Judiciário com base na ideia de um controle recíproco que deve servir tão somente para que se ponha em prática, de maneira comprovável e neutra, a opinião majoritária do povo, negociada deliberativamente[539]. Em definições desse tipo, o Estado moderno é concebido a partir da condição, anterior a ele no pensamento, de uma liberdade social dos membros da sociedade, que em seu discernimento se reconhecem reciprocamente: representa o "órgão reflexivo" ou a rede de instâncias políticas com cujo auxílio os indivíduos que se comunicam entre si procuram converter em realidade suas ideias, obtidas pela via "experimental" ou "de liberativa", acerca das soluções que sejam moral e materialmente adequadas aos problemas sociais.

Ora, nenhum dos três autores, evidentemente, jamais se convenceu de que o comportamento factual dos órgãos de Estado

---

537 Dewey, *Die Öffentlichkeit und ihre Probleme*, op. cit., p. 46, p. 53.
538 Durkheim, *Physik der Sitten und des Rechts*, op. cit., lição 5, sobretudo p. 89.
539 Habermas, *Faktizität und Geltung*, op. cit., p. 209-37.

pudesse realmente ser explicado segundo o modelo delineado; sabe-se que Durkheim era bastante cético quanto ao Estado francês de seu tempo[540]; Dewey, como vimos, responsabilizava, ao menos em parte, a diluição, pelo Estado, dos limites do mercado capitalista pelos perigos que ameaçavam a vida pública[541]; já Habermas posiciona o atual déficit democrático no centro de toda a sua teoria política[542]. Em todos esses casos, a ideia normativa de um ancoramento do Estado de direito na formação da vontade comunicativa de seus cidadãos deve servir unicamente como um guia que permite mensurar empiricamente até que grau os órgãos estatais cumpriram a tarefa que lhes foi atribuída, mas considerando que essa diretriz há muito foi historicamente institucionalizada e nessa medida tem efeitos de legitimação. O que está em questão aqui não é uma concepção idealizante, ou uma superação da realidade mediante um conceito meramente moral, mas tão somente o resultado histórico de uma ideia que, em seus princípios, é aceita na Europa Ocidental desde a Revolução Francesa. Para nós, um procedimento desse tipo significa que podemos estabelecê-lo, de sua parte, como um guia metódico de nossa própria reconstrução normativa. Com o intuito de considerar o Estado moderno, em razão de suas condições de legitimação, um "órgão" ou uma corporação encarregada da implementação prática de resoluções democraticamente negociadas, temos um instrumento que nos possibilita determinar as oportunidades

---

540 Cf. Durkheim, *Physik der Sitten und des Rechts*, op. cit., p. 135-9.
541 Dewey, *Die Öffentlichkeit und ihre Probleme*, op. cit., p. 152 s. É de modo bem mais pormenorizado que Dewey apresenta suas reflexões críticas sobre o capitalismo em "Liberalism and Social Action", in *The Later Works*, vol. II, 1935-1937, Carbondale/Edwardsville, 1991, p. 1-65.
542 Isso desde o escrito *Legitimationsprobleme im Spätkapitalismus* (Frankfurt am Main, 1973) até *Faktizität und Geltung*, op. cit., p. 516-37.

de realizar a liberdade social na esfera da atividade de Estado. Da perspectiva de uma historiografia realista, moralmente sóbria, a evolução do Estado moderno, desde a sua fundação, apresenta-se apenas como um contínuo processo de crescimento de um poder fragilmente legitimado. No curso de nossa reconstrução normativa, vez por outra nos deparamos, sem mencioná-los expressamente, com acontecimentos ou processos históricos que, de maneira retrospectiva, vêm apenas confirmar um progressivo aumento do poder de disposição dos órgãos estatais; isso se iniciou com a constatação do uso estatal dos impostos para fins bélicos, indiretamente se manifestou pela união forçada de distintos povos e etnias para formar um Estado-nação, foi vislumbrado na admissão circunstancial das aspirações coloniais, mencionado nas referências a medidas de controle do Estado social, para resultar, por fim, na apresentação da mobilização estatal da população alemã para o genocídio no nacional-socialismo. Se se procede à abstração dessas tendências opostas, mantendo-se o foco no que esses acontecimentos têm em comum, isto é, a contínua expansão da autoridade e do controle do Estado, evidencia-se a história do Estado democrático de direito como um processo de perversão de um aparato originalmente pensado como meio e fim em si mesmo: uma grande organização ocupada exclusivamente com a ampliação do próprio poder. A diferença entre o Estado social da época "social-democrática" pela qual temos passado e o Estado totalitário do Terceiro Reich, para dizê-lo com exagero, está unicamente no emprego, num caso, de instrumentos "brandos" e, no outro, de instrumentos "duros" de controle dos "súditos"[543]. No entanto, o preço de tal perspectiva externa radical, o benefício

---

543 Cf. as surpreendentes formulações em Reinhard, *Geschichte der Staatsgewalt*, op. cit., p. 29.

que obviamente consiste em estar imune a quaisquer ilusões, é significativo, já que nos priva de quaisquer possibilidades de avaliar esses acontecimentos e, acima de tudo, proceder a distinções normativas entre elas; se não se relacionar, ao menos de maneira contrafactual, o Estado de direito moderno à tarefa da proteção e do respeito à formação da vontade pública, corre-se o risco de não poder nem mesmo valorar progressos e retrocessos, conquistas e anomalias normativas na esfera de ação do Estado.

Ao assumir a perspectiva contrária, ou seja, a perspectiva normativa em que se manifestam, no Estado moderno, suas obrigações de legitimação, os traços, aqui já referidos, de um exercício de poder e uma atividade de controle unilaterais simplesmente não podem ser negados; mas em seu papel e significado históricos ele se modifica porque agora aparecem não mais como indicadores de uma tendência intrínseca ao aumento de poder, mas de um uso ilegítimo, frequentemente ligado a interesses, de uma autoridade meramente tomada de empréstimo por coerção e poder. É em dois pontos de seu âmbito de atividade, atribuídos democraticamente, que o Estado de direito está mais propenso a que se desvirtue o uso do monopólio do poder que lhe foi transferido. Por um lado, é apenas de maneira incompleta ou mesmo seletiva que ele pode exercer a função que lhe foi imposta, segundo o modelo de Estado descrito no início, de proteger e ampliar uma esfera pública de formação da vontade democrática; por outro, só pode procurar levar à prática os resultados de tal autolegislação discursiva de maneira meramente unilateral ou mesmo "partidária"; quanto mais elevada e determinada a seletividade do Estado quanto a seu recurso à vida pública democrática desses dois pontos, tanto mais, como se pode supor, ele falhará em sua tarefa legítima e, possivelmente, só atuará como "órgão de cumprimento" de interesses particulares na sociedade[544]. É evidente que um modelo desse tipo, que tão somente aponta para a seletividade, continua sendo incompleto à medida que descarta a possibilidade de os órgãos estatais, de sua parte, poderem atuar sobre os processos de formação da vontade democrática com instrumentos de influência direta ou indireta; o uso da rádio pública para propósitos de propaganda fascista ou do terror político no Estado nacional-socialista foi apenas um exemplo extremo de um papel ativamente repressor do Estado, com o qual deparamos em nossa reconstrução normativa da vida pública democrática — a eles seria possível acrescentar muitos outros casos de uma prática de violência extrajurídica dos Estados modernos, que se pretendem "democráticos"[545]. Porém, mesmo para essa terceira possibilidade de desnaturalização do Estado, de seu emprego para submeter a opinião pública ou influir deliberadamente sobre ela, temos que essa "desnaturalização" e, assim, o meio de exercício legítimo do poder só podem se manifestar se a perspectiva normativa de uma necessidade de legitimação democrática da ação do Estado for assumida. Se o fundamento de tal conceito de Estado de direito

---

544 Utilizo aqui o instrumentário desenvolvido há quarenta anos por Claus Offe sobre a "seletividade específica de classe" da ação estatal, para que sirva à tarefa de uma reconstrução normativa do Estado de direito: Offe, "Klassenherrschaft und politisches System. Zur Selektivität politischer Institutionen", in *Strukturprobleme des kapitalistischyen Staates*, Frankfurt am Main, 1972, p. 65-105. Também bastante útil é Peters, "Staat und politische Öffentlichkeit als Formen sozialer Selbstorganisation", in idem, *Der Sinn der Öffentlichkeit*, op. cit., p. 31-54, aqui: p. 49 s.

545 Cf. o instrutivo panorama que nos proporciona Alf Lüdtke, em forma de resenha geral: "Genesis und Durchsetzung des ‚modernen Staates', Zur Analyse von Herrschaft und Verwaltung", in *Archiv zur Sozialgeschichte*, 20, 1980, p. 470-91. Sobre o exercício do poder colonial por Estados constitucionais, cf. como exemplo Susanne Kuß, *Deutsches Militär auf kolonialen Kriegsschauplätzen. Eskalation von Gewalt zu Beginn des 20. Jahrhunderts*, Berlim, 2010.

na retrospectiva histórica, por exemplo, na teoria do poder de Foucault ou na historiografia "realista"[546] desaparecer, então tanto as "seletividades" como as violências extrajurídicas podem ser consumações totalmente normais do Estado moderno.

Em perspectiva normativa, na qual haja margem suficiente para perceber esses fenômenos contrapostos, poderemos reconstruir brevemente a história do Estado moderno seguindo o fio da realização da liberdade social sem incidir em ilusões morais. Já o ponto histórico no qual temos de tomar os fios de reconstrução desse tipo nos ensina também sobre o "ilusório Estado do interesse 'geral'" a que se referiram laconicamente Marx e Engels n'*A ideologia alemã*[547]: na transição da monarquia absolutista para o Estado constitucional moderno no primeiro terço do século XIX, foram criados aparatos estatais fortemente centralizados, com burocracias organizadas de maneira rigorosa, em quase todos os países da Europa Ocidental, seguindo o modelo da República Francesa. Se esses aparatos deveriam teoricamente atuar para o bem de todo o povo, na prática, em razão de seus poderes plenos não midiatizados, com muito mais facilidade podiam ser aproveitados pelas classes dotadas de poder econômico para fazer valer seus próprios interesses. Todas as atividades administrativas e de garantia da reprodução que deveriam ser realizadas pelas instâncias políticas consistiam essencialmente em sintetizar para então im-

---

[546] Cf., por exemplo, Michel Foucault, Überwinden und Strafen. Die Geschichte des Gefängnisses, Frankfurt am Main, 1976 [*Vigiar e punir*. Nascimento da prisão. 41. ed., Petrópolis, Vozes, 2011]; sobre isso, de maneira crítica, cf. Axel Honneth, *Kritik der Macht. Reflexionsstufen einer kritischen Gesellschaftstheorie*, Frankfurt am Main, 1989, cap. VI. Sobre a "historiografia realista" do desenvolvimento do Estado moderno, cf., por exemplo, Reinhard, *Geschichte der Staatsgewalt*, op. cit., cap. V.

[547] Karl Marx/Friedrich Engels, "Die Deutsche Ideologie" (1845/46), in idem, *Werke*, vol. 3, op. cit., p. 9-530, aqui p. 34.

plementar, na França e na Inglaterra, o que a burguesia, ou uma elite dominante composta de nobres e burgueses, considerava importante e benéfico. Essas novas conformações estatais, cujas atribuições, dependendo do país, estavam mais fortemente ancoradas nos parlamentos nacionais, em órgãos de governo relacionados entre si segundo uma divisão de poderes ou em casas de príncipes monárquicos, apenas gradativamente passaram a ser dotadas de constituições de direitos fundamentais, que deveriam fazer dos súditos da sociedade estamental feudal cidadãos com iguais direitos de comunidade democrática[548]. Em nossa reconstrução da vida pública democrática, no entanto, vimos como eram escassos, exclusivos e formais os direitos civis concedidos à época na maioria dos países, os quais só eram concedidos a homens: na França, por exemplo, que em 1791, depois da Revolução, já tinha uma constituição, cerca de três sétimos de todos os homens detinham o exclusivo direito ao voto, em razão da falta de independência econômica[549]. Para a primeira metade do século XIX, não se pode falar numa vida pública intacta, nem ao menos semi-intacta, no sentido de uma esfera social em que poderia ter se formado, com base na controvérsia, uma vontade comum entre cidadãos; em todo caso, somente os membros homens da burguesia ou da nobreza[550] estavam representados, os quais dispunham, naturalmente, de outras vias — não discursivas — de influenciar

---

548 Sobre os diferentes caminhos para a criação de constituições na Europa Ocidental, cf. Reinhard, *Geschichte der Staatsgewalt*, op. cit., p. 410-26.
549 Ibidem, p. 413-32.
550 Um panorama ilustrativo da Alemanha nos dá Jürgen Kocka, "Zivilgesellschaft in historischer Perspektive", in idem, *Arbeiten and der Geschichte. Gesellschaftlicher Perspektive*, in idem, *Arbeiten an der Geschichte, Gesellschaftlicher Wandel im 19. und 20. Jahrhundert*, Göttingen, 2011, p. 191-202; cf. em toda sua extensão: Nancy Bermeo e Philip Nord (orgs.), *Civil Society before Democracy. Lessons from Nineteenth Century Europe*, Lanham, 2000.

na política, enquanto os membros das classes assalariadas, apesar de contarem com associações de formação de opinião, estavam separados das vias formais de influência dos parlamentos ou das corporações constitucionais. É evidentemente enganosa, também, a ideia de que nesse período o Estado moderno atentara apenas seletivamente aos resultados de uma formação da vontade democrática: tal seletividade, da elaboração dos temas e da informação, se fazia necessária, uma vez que os interesses políticos eram articulados de maneira pública e perceptível apenas pelas poucas classes que detinham a liderança econômica.

O lado obscuro dessa implementação linear e de pobre seleção dos interesses específicos de classe por parte dos Estados constitucionais recém-estabelecidos — que, vistos assim, eram Estados "burgueses" no sentido puramente exclusivo do termo — constituiu o exercício da violência, fosse ela policial ou militar, em todos os casos, disposta do centro para as margens e no disciplinamento das classes assalariadas[551]. Certamente, o grau de aplicação de tais instrumentos físicos de coação variava muito de um país para o outro; em alguns casos, estavam contemplados pelas constituições já existentes, enquanto em outros estavam muito além de suas margens de discricionariedade, mas em quase nenhum lugar da Europa Ocidental as demandas de participação e de direito de voz das classes proletárias deixaram de ser reprimidas com violência. As relações de forças modificaram-se paulatinamente em favor de um papel

---

[551] Cf., por exemplo, Alf Lüdtke, "The Role of State Violence in the Period of Transition to Industrial Capitalism: the Example of Prussia from 1815-1848", in *Social History*, 4, 1979, n. 2, p. 169 e s. Sobre a bibliografia relacionada a esse tema nos informa ibidem, "Genesis und Durchsetzung des ‚modernen Staates'".

mais expressivo da representação popular sob a pressão desses movimentos políticos, que consistiram, em alguns países, em coalisões entre os representantes do movimento operário e a burguesia, pois os membros das classes economicamente independentes também estavam excluídos de toda participação democrática. Se mesmo na França — a mãe europeia da ideia de uma autolegislação democrática — até 1830 se impunha uma interpretação dualista da nova constituição, segundo a qual os órgãos de representação parlamentar deviam estar subordinados a um monarca, como *pouvoir neutre*, que imporia limites aos tais órgãos se necessário fosse[552], teve início um ímpeto de parlamentarização, que logo abrangeria muitos outros países com a Revolução de Julho daquele ano. O papel legislativo das representações populares nos respectivos parlamentos foi revalorizado e o do monarca, de modo correspondente, diminuído, de modo que pela primeira vez se podia bem distinguir, na Inglaterra, França, Bélgica ou Holanda, a conformação institucional de um Estado democrático de direito que, se era revestido de elementos monárquicos, já se ancorava já no princípio de autolegislação do povo[553]. Apenas a Alemanha ficou provisoriamente isolada dessa incipiente parlamentarização do sistema político, já que até 1918 ela adotou a peculiar e instável via da subordinação constitucional da formação da vontade democrática ao princípio monárquico[554].

Entretanto, essa democratização dos Estados constitucionais

---

552 O autor chave dessa doutrina é Benjamin Constant, "Grundprinzip der Politik", in *Werke*, vol. IV, Berlim, 1972, p. 9-244, cap. II
553 Reinhard nos informa sobre as diferentes vias de desenvolvimento em *Geschichte der Staatsgewalt*, op. cit., cap. V. I.
554 Ibidem, p. 426-31.

europeus, impulsionada pelas convulsões políticas e pelos reforços intelectuais, não encontrou paralelo na valorização e diluição dos limites da vida público-política como esfera de formação da vontade isenta de coerções; desse modo, talvez se pudesse dizer que quanto mais intensamente a função legislativa das corporações parlamentares se ampliava, mais intensamente os mecanismos de seleção específicos de classe a que aqui já nos referimos começavam a surtir efeitos na segunda metade do século XIX. Os órgãos legislativos desses Estados, que paulatinamente se democratizavam, pouco ou nada fizeram para possibilitar a participação, fosse pela via organizativa, fosse pela jurídica, na formação da vontade pública dos membros das classes assalariadas. Naquele período, no entanto, se na maioria dos países havia a habilitação legal para a criação de partidos políticos como órgãos intermediários entre a sociedade civil e o Estado, para complementar ou substituir as antigas associações de notáveis — isto é, a mais pura expressão de uma intacta dominação de classe —, em quase toda parte negava-se o direito de existência pública às organizações do movimento operário. O direito ao voto continuava a estar reservado aos membros do sexo masculino das classes economicamente independentes; os levantes políticos "de baixo", com o objetivo de obter voz e participação democráticas, muitas vezes eram reprimidos, e para isso se recorria ao poder militar; até hoje é lendário, ao modo de um signo histórico kantiano, o desmantelamento da Comuna de Paris em 1871[555]. Porém, mesmo em lugares onde as manifestações da vontade das

---

[555] Marx já sabia da importância histórica dos levantes da época em Paris: "Der Bürgerkrieg in Frankreich", in Marx e Engels, *Werke*, vol. 17, p. 313-65; cf. também Piotr L. Lawrow, *Die Pariser Kommune vom 18. März 1871. Geschehnisse – Einfluß – Lehren*, Münster, 2001.

classes despossuídas do proletariado industrial, dos camponeses ou dos primeiros empregados alcançavam representação pública — apesar de todas as práticas de marginalização que eram exercidas com naturalidade e ainda que houvesse muitas vidas públicas contrárias e uma imprensa de massa de grande tiragem —, seus respectivos interesses, sempre em razão de pretextos dos mecanismos de seleção, eram levados em conta pelos grêmios parlamentares em escassa medida. Antes de tudo, o que se denominava, de modo geral, "questão social" só chegava a ser debatido nos parlamentos "burgueses" pelo reduzido recorte temático posto em debate depois de o tema ter passado pelos sistemas de filtragem do cânone de valores caracterizado pelas bitolas nacionais e da lógica processual burocrática[556].

Durante esse período, ou seja, o último terço do século XIX, consumou-se uma acelerada diferenciação e um "reflorestamento" institucional dos diferentes órgãos do incipiente Estado de direito. O crescimento do poder dos parlamentos nacionais foi acompanhado de um processo de centralização e fortalecimento das autoridades administrativas, pois com o espectro de atenção dos subordinados, que aumentavam sob a pressão pública, crescia também o número das tarefas a ser realizadas pelo Estado; apenas na Alemanha, que como a Itália conquistara, nesse ínterim, a unificação nacional, foi criada ao menos meia dúzia de novas repartições oficiais logo depois da fundação do Império, que deviam cumprir, sob a supervisão do governo monárquico, funções para as quais até então não se detectara necessidade de

---

[556] Sobre isso cf., para a Alemanha: Tennstedt, *Vom Proleten zum Industriearbeiter*, em especial a parte D; para a França, Castel, *Die Metamorphosen der sozialen Frage*, op. cit., em especial cap. v.

administração especial[557]. Nessa expansão da autoridade administrativa e sua relativa independência quanto aos outros dois órgãos do Estado, processos de uma diferenciação política que haviam iniciado pouco antes, esboçava-se nas nações exististentes na Europa Ocidental a criação de um novo tipo de atividades estatais, que então marcariam a evolução do Estado democrático de direito. Ainda que os governos dos países europeus tivessem interferido na esfera econômica e na infraestrutura social de maneira mais enérgica do que a imagem do Estado do *laisser-faire* podia sugerir, abrindo vias de comunicação necessárias numa implementação sintetizante dos interesses capitalistas de lucro, atuando de maneira compensatória para cobrir as necessidades de amplas camadas da população ou realizando campanhas de conquista colonial[558], essa política indireta de ordenamento em forma de intervenções ativas ocasionais convertia-se agora numa duradoura política de condução mediante intervenção. A pergunta sobre se essa transformação dos Estados até então puramente "burgueses" — expressa, sobretudo, em prestações de assistência político-social — deve-se a uma crescente necessidade de controle ou à assimilação parlamentar de uma pressão pública e já foi aqui tratada quanto à história do mercado de trabalho; é provável que a verdade esteja a meio caminho das atribuições do

---

[557] Cf. Jürgen Kocka, "Nation und Gesellschaft in Deutschland 1870-1945", in Kocka, *Arbeiten an der Geschichte*, op. cit., p. 241-55, sobretudo p. 243 e s. De modo geral, sobre a evolução do sistema político no Império Alemão, cf. Hans-Ulrich Wehler, *Das Deutsche Kaiserreich 1871-1918*, 1973.
Cf. Dennis Sherman, "Governmental Responses to Economic Modernization in Mid-Nineteenth Century France", in *Journal of European Economic History*, 6, 1977-8, p. 717-36; no todo: Polanyi, *The Great Transformation*, p. 187-208.

[558] Hans-Jürgen Puhle, "Vom Wohlfahrtsausschuß zum Wohlfartsstaat", in Gerhard A. Ritter (org.), *Vom Wohlfahrtsauschuß zum Wohlfahrtsstaat. Der Staat in der modernen Industriegesellschaft*, Colônia, 1973, p. 29-68.

Estado de direito, que é coagida e ao mesmo tempo possibilitada pela resistência do movimento operário.

O nascimento de uma política social de Estado, como a que foi substancialmente preparada na década de 1880 com a introdução de um sistema de seguridade social no Império Alemão, fez as possibilidades de participação política das massas assalariadas apresentarem um pequeno crescimento no final daquele século, mas seus efeitos para a democracia não devem ser superestimados. A garantia de uma subsistência econômica, que naquele período começou a ser adotada pelos países da Europa Ocidental em casos de desemprego, enfermidade ou velhice[559], aumentava o campo de ação para as atividades políticas na esfera pública e fortalecia os sentimentos de pertencimento nacional, ainda que, de modo geral, não se fizesse acompanhar nem de uma ampliação consistente do direito de voto, nem de medidas direcionadas à garantia legal do livre intercâmbio de opiniões. Os Estados constitucionais modernos, que, segundo sua ideia institucionalizada, têm a obrigação de incluir todos os cidadãos nos processos de formação da vontade democrática, em sua legislação continuam dependentes de um acordo relativamente limitado que, mediado pelo parlamento, dá-se entre as elites econômicas, os partidos burgueses e o governo. Não foi insignificante o modo como burocracias cada vez mais alienadas dos aparatos estatais contribuíram para a continuidade da exclusão política das classes assalariadas e, assim — é preciso dizer mais uma vez —, da persistência do domínio de uma classe política.

---

559 De modo geral, cf. Wolfgang Schluchter, *Aspekte bürokratischer Herrschaft*, Munique, 1972.

Por mais que essas autoridades estatais, de acordo com sua definição jurídico-constitucional, fossem pensadas como instâncias de aplicação neutra das atribuições legais e estivessem subordinadas ao controle do governo e do parlamento, elas proporcionaram sempre decisões políticas da parte dos grupos de pessoas que as exerciam em cada caso[560]. Uma casta de funcionários, cujos membros eram em geral oriundos da burguesia média sem ter interiorizado ideias de igualdade democrática, não raro tendia, em seu cotidiano burocrático, a se aproveitar dessa liberdade de arbítrio para consolidar suas próprias posições de poder ou as de sua classe de origem. Em fins do século, os membros das classes mais baixas viram-se defrontados com experiências semelhantes, de arbitrariedade sistemática e específica de uma classe, como as que se davam no tratamento com as autoridades administrativas, incluindo-se aí seus confrontos com a Justiça. Assim como o aparato administrativo, nos órgãos estatais, a Justiça, já desde seus fundamentos constitucionais, era pensada como uma instância neutra, cuja tarefa deveria consistir na aplicação, em conformidade com o direito, das decisões governamentais tomadas de maneira democrática quanto à multiplicidade de conflitos sociais: para cada caso individual, "com autoridade", mas à luz de leis promulgadas, a justiça devia decidir "o que em cada caso é justo ou injusto"[561]. Aqui, como também na esfera da ação burocrática, a margem para considerações era tão grande que, com base na origem social dos funcionários do sistema jurídico, esta podia ser usada em benefício de uma estabilização da dominação da

---

[560] Cf., em geral, Wolfgang Schluchter, *Aspekte bürokratischer Herrschaft*, Munique, 1972.
[561] Habermas, *Faktizität und Geltung*, op. cit., p. 229.

classe burguesa. Até hoje, o discurso da "justiça de classes" reflete as experiências das classes despossuídas, que, remontando ao fim do século XIX e início do XX, mostra-se impotente diante de um sistema judicial motivado por preconceito, hostilidade e um interesse de dominação que se pode claramente reconhecer[562].

A essa altura, é recomendável interromper nossa tão sumária reconstrução para nos atermos a um resultado parcial de importância normativa. No decorrer do século XX, o Estado moderno ainda não havia se desprendido de sua origem histórica situada num movimento emancipatório burguês, que lutara pelo reconhecimento de seu poder político; a eliminação da sociedade estamental feudal pela Revolução Francesa gradualmente conduziu à institucionalização, em quase todos os países europeus, do novo princípio de legitimação da soberania popular. Dali em diante, o exercício legítimo do poder do Estado encontrava-se atrelado à condição de uma formação da vontade democrática entre todos os cidadãos; ainda assim, os homens assalariados e a totalidade das mulheres continuavam excluídos da prometida liberdade de autolegislação deliberativa. Entretanto, durante esse mesmo período, a própria pretensão normativa desse sistema de dominação política modificado evidenciara enormes efeitos organizacionais, e, sob a pressão dos esforços de intelectuais reformistas, os órgãos governamentais passaram a ser separados

---

[562] Significativo para esse tema é sobretudo: Detlef Joseph (org.), *Rechtstaat und Klassenjustiz. Texte aus der sozialdemokratischen "Neuen Zeit", 1883-1914*, Freiburg/Berlim, 1996. De maneira fundamental e bastante esclarecedora, trata-se da possibilidade da justiça de classe em Ernst Fraenkel, "Zur Soziologie der Klassenjustiz", in *Zur Soziologie der Klassenjustiz*, Darmstadt, 1968, p. 1-41. Um caso célebre, que hoje se tornou controverso, é o dos trabalhadores Nicola Sacco e Bartolomeo Vanzetti, condenados à pena capital; cf. o trabalho de Felix Frankfurter, *The Case of Sacco and Vanzetti: a Critical Analysis for Lawyers and Laymen* (1927), Nova York, 2003.

mais claramente entre si e postos numa relação rudimentar de controle recíproco, incrementando assim as atribuições dos parlamentos (burgueses) com relação ao chefe de governo (geralmente monárquico) e, por fim, admitindo partidos políticos como órgãos intermediários da formação da vontade. Além disso, a formação dos Estados nacionais, que nesse momento acontecia em toda a Europa, assegurava que, com a existência de uma cultura hegemonicamente definida, não obstante aceita por todas as classes, eram criadas as condições intelectuais sob as quais os membros da comunidade política poderiam se perceber mutuamente como cidadãos inter-relacionados e comprometidos com o bem-estar uns dos outros. Quando, aproximando-se do fim do século, sob a pressão do movimento operário, foram tomadas medidas visando ao estado de bem-estar social em diferentes países, o que conferia alguma substância material aos direitos civis já existentes, parecia, ao menos para o setor dos assalariados, que a perspectiva de inclusão na autolegislação democrática estaria certa. Certamente, o direito de voto ainda estava sujeito a certas qualificações educacionais ou de independência econômica em alguns países, mas estava claro que a transposição dessas últimas barreiras, formais, seria apenas questão de perseverar na luta pelas demandas jurídicas historicamente não resolvidas. Porém, nesse momento histórico, em fins do século, surgia um novo obstáculo ao Estado de direito, cujo significado para a valoração de sua real capacidade de funcionamento não pôde ser subestimado: mesmo com a igualdade de direitos entre os cidadãos, havia gravíssimas discriminações contra setores da população, pois atitudes democráticas ainda não haviam sido suficientemente estabelecidas na burocracia do governo e nas cortes, condição necessária para uma aplicação justa e equitativa das leis. Os conceitos de "justiça de classe" e de "arbitrariedade da autoridade", surgidos na luta de resistência política, assinalavam a possibilidade de que os hábitos e perspectivas do pessoal dos órgãos estatais já tivessem se estabelecido com os padrões formais das reformas jurídicas; entre os princípios de legitimação do Estado de direito e sua realização política se abria não apenas o abismo das demandas jurídicas ainda não contempladas, mas também o das atitudes e costumes institucionais que ainda não haviam vingado. Desse modo, revela-se equivocada qualquer concepção do Estado democrático de direito que tenha como centro de sua atenção normativa os requisitos jurídicos de função de uma formação da vontade deliberativa e de um exercício de poder democraticamente legitimado; em vez disso, é necessária uma consideração dos componentes não jurídicos, como costumes e estilos de comportamento, para não se perder de vista que, nos órgãos executivos do Estado — polícia, Justiça, burocracia e mesmo forças armadas —, os princípios da igualdade de direitos podem ser praticados de maneira mais ou menos adequada, seja de maneira democrática, seja de maneira autoritária[563].

O final da Primeira Guerra Mundial, cujos eventos antecedentes e transcurso bem tinham mostrado até onde o Estado moderno, pelo crescimento de seu poder, era capaz de mobilizar massas da população e instrumentos militares de destruição, representa

---

[563] A partir dessa visão, Avishai Margalit desenvolveu as hipóteses fundamentais de sua teoria sobre uma "decente society": *Politik der Würde. Über Achtung und Verachtung*, Berlim, 1997. Remetendo-se a John Dewey, Martin Hartmann destaca também a necessidade de atentar mais para os estilos de comportamento praticados nas instituições políticas: *Die Kreativität der Gewohnheit. Grundzüge einer pragmatischen Demokratietheorie*, Frankfurt am Main, 2003, sobretudo a parte II.

um corte profundo na história aqui reconstruída, uma vez que, com as revoluções, os levantes ou as reformas políticas posteriores ao resultado derrotado ou vitorioso da guerra, foram acionadas medidas político-sociais que deviam garantir maior inclusão das classes assalariadas no processo democrático. Muito embora a Europa continuasse um mosaico de constituições politicamente muito diferentes, de maior ou menor orientação parlamentar — monarquias liberais como Bélgica, Hungria ou Polônia, repúblicas democráticas como Alemanha ou França, monarquias constitucionais com sérias tensões internas como Espanha ou Portugal, onde logo depois ditaduras fascistas chegariam ao poder —, em lugar algum se podia negar a legitimidade da luta pela igualdade política. Como vimos, uma consequência quase natural dessa percepção alterada seria a extensão do direito de voto às mulheres na maioria dos países europeus; e como também já constatamos, uma inclusão jurídica naquele momento pouco ou nada alteraria os efeitos culturais dos mecanismos de exclusão.

Nesse mesmo período, os esforços para voltar a limitar politicamente ou, pelo menos, questionar intelectualmente o crescimento de seu poder em face do transcurso catastrófico da Primeira Guerra Mundial se opunham às tendências a ampliar as atribuições jurídicas do Estado moderno. Provavelmente ali teve início o peculiar movimento ambíguo que acompanharia o desenvolvimento do Estado de direito a partir de então e, em nome do princípio de legitimação subjacente a uma autolegislação democrática, demanda e torna a questionar uma ampliação das atribuições do Estado a um só tempo. O fato de os Estados constitucionais — incluindo o Império Alemão, com sua constituição democrática rudimentar — terem estado, antes da guerra, em condições de mobilizar grandes setores da população para seus objetivos bélico-políticos e também o enorme volume de armas empregadas suscitaram em muitos intelectuais as primeiras dúvidas acerca do sentido normativo da nova conformação dos Estados. A questão do que se discutia, mais do que a cultura de pano de fundo nacional desses Estados democráticos, é por si só problemática. Debatia-se a tendência, que lhes parecia inerente, a um intervencionismo administrativo e a uma autoridade soberana. Entre as muitas discussões travadas acerca dessa matéria decisiva logo após a Primeira Guerra Mundial, uma das mais elucidativas foi, sem dúvida, a entabulada por Sigmund Freud e Hans Kelsen a meia voz.

Em 1921, com seu estudo *Psicologia das massas* e análise do eu[564], Freud indubitavelmente pretendeu responder aos processos que tiveram lugar durante a Primeira Guerra Mundial e antes dela, tentando explicar a facilidade com que os aparatos de poder estatal conseguiram mobilizar grandes setores da população. A negligência quanto aos fatores psicológicos nos exércitos, como revela um olhar de relance no "militarismo prussiano", "não é apenas uma carência teórica, mas também um perigo político"[565]. A solução para o enigma quanto ao motivo de as pessoas serem tão facilmente influenciáveis em reuniões em massa, era visualizada por Freud sobretudo na identificação resultante de se relacionarem uns com os outros, em afeição admirativa e respeitosa, com o mesmo objetivo, sacrificando assim seu ideal de eu como indivíduos[566]. Com a perda dessa instância reflexiva, extingue-se toda capacidade de distanciamento e crítica, o que

---

564 Sigmund Freud, "Massenpsychologie und Ich-Analyse" (1921), in idem, *Gesammelte Werke*, vol. XIII, Frankfurt am Main, 1972, 7ª ed., p. 71-161.
565 Ibidem p. 103.
566 Ibidem, p. 128.

faz que se tornem coletivamente receptivos, de maneira quase submissa, com relação a todas as ordens imagináveis que partam do objeto de amor, entendido como "líder" ou "chefe". Entretanto, Freud considerava essa hipótese problemática, já que nem os exércitos, nem as Igrejas, nem mesmo os Estados representavam fenômenos de massa de vida curta, mas organizações permanentes ancoradas em expectativas normativas, nas quais o comportamento individual é controlado por meio de uma série de "normas da eticidade"[567], consideradas legítimas, que devolvem aos sujeitos alguns dos atributos reflexivos de autoconsciência perdidos em uma massa puramente móvel, espontâneo[568]. Seja como for, com base nessa diferença, Freud não concluiu que em ambos os tipos de massa vigoram regularidades qualitativamente distintas; como numa metáfora tornada célebre, ele observou que as massas surgidas do nada são obedientes "em relação a essas últimas (ou seja, às massas organizadas), o mesmo que as ondas breves, porém altas, na imensidão do mar"[569].

Com base nessas observações psicológicas de grupo, Freud concluiu que os Estados com atribuições universais e, de modo correspondente, dotados de fortes competências jurídicas representam um risco civilizatório quando estão normativamente ancorados em constituições democráticas. Sua onipresença, seu monopólio das soluções aos mais diversos problemas da vida converte-os em configurações institucionais apropriadas para a veneração espontânea, por parte de uma multiplicidade de indivíduos, como "objeto de amor", trespassando-se assim todas as barrei-

---

567 Ibidem, p. 89.
568 Ibidem, p. 94.
569 Ibidem, p. 90.

ras à transformação desses indivíduos em massa arbitrariamente controlável. Se essas massas móveis, cujos membros se sentem sem separação alguma, eram tão somente, como dissera Freud, as ondas "altas" que podem se armar a qualquer momento no mar calmo das associações de massas institucionalmente reguladas, o Estado de direito moderno era uma configuração desse tipo particularmente perigosa, pois, em razão de sua maior possibilidade de intervenção, continha uma energia de vinculação maior e mais incontrolável que as dos Estados mais antigos, bem menos centralizados[570]. Apenas um ano depois de Freud ter ao menos indicado conclusão tão pessimista, o notável jurista Hans Kelsen respondeu com uma crítica exaustiva, de quase cinquenta páginas, publicada na revista psicanalítica *Imago*[571]. Os pormenores com que ele se dedica ao tema sugerem que suas intenções eram mais que puramente teóricas e que ele buscava também um objetivo político, ao se opor à ameaçadora perda de confiança no Estado constitucional e enfatizar sua confiabilidade normativa.

Apesar de Kelsen constantemente enfatizar sua admiração por Freud, no centro de sua crítica encontra-se a distinção que ele faz entre massas de vida curta e massas estavelmente organizadas, entre aquelas que surgem de maneira espontânea e aquelas contidas normativamente. Para o jurista, essa diferenciação parece demasiadamente frágil, já que deixa de considerar que no segundo caso já não se trata de um fenômeno "psicológico"[572]. A partir do momento em que uma quantidade de indivíduos

---

[570] Sobre a teoria política de Freud, cf., entre outros, José Brunner, *Psyche und Macht. Freud politisch lesen*, Stuttgart, 2001, em especial parte II.

[571] Hans Kelsen, "Der Begriff des Staates und die Soziapsychologie. Mit besonderer Berücksichtigung von Freuds Theorie der Masse", in *Imago*, vol. VIII (1922), caderno 2, p. 97-141.

[572] Ibidem, p. 119.

se unifica como membros organizados numa estrutura de um Estado, sua relação recíproca já não pode ser entendida segundo o modelo dos "vínculos afetivos", pois, no lugar de tais comunitarizações provenientes de fontes associadas à libido, surgem agora relações puramente jurídicas, cuja característica peculiar reside em que os sujeitos se identificam uns com os outros somente quando se relacionam juntos, racionalmente e tendo o Estado como uma "ideia diretriz"[573]. Segundo Kelsen, essa "sublimação" de seus vínculos sociais, como talvez se possa dizer, faz que não se tenha aquela "regressão" que, na visão de Freud, é característica de todo tipo de formação de massas. A reflexão crítica de adultos normais se mantém intacta, já que o Estado tem de ser entendido justamente como um ideal de eu, mas não como objeto de amor interiorizado do indivíduo. Só se pode reconhecer a peculiaridade das relações jurídicas promovidas pela autoridade estatal, assim resumia Kelsen sua objeção, se se considerar a "validade do dever ser"[574] das normas, fundamentalmente distinto do efeito empírico dos vínculos libidinosos.

Essa crítica, que certamente resultaria numa distinção categorial entre relações sociais normativamente reguladas e as que se nutrem do afeto, teve um impacto bastante inofensivo ante as imagens invocadas por Freud das massas irracionais e descontroladas, que ele muito obviamente tomara do período do imediato pré-guerra. No entanto, Kelsen conseguiu proteger a ideia normativa do Estado de direito moderno das suspeitas que sobre ele fazia pesar a psicanálise, uma vez que a distância entre a autori-

---

[573] Ibidem, p. 123.
[574] Ibidem, p. 124.

dade estatal e a vinculação afetiva com o líder parecia ser apenas gradual. Enquanto um Estado democrático de direito desse tipo estivesse intacto — é isso o que Kelsen queria, em última instância dizer —, as atitudes normativas dos cidadãos não dariam lugar à redução das capacidades reflexivas do eu; assim, de sua perspectiva, as condições históricas a suscitar dúvidas sobre a legitimidade dos Estados modernos demandariam esforços mais intensos para revitalizar os princípios do Estado de direito nas instituições.

É claro que, no início dos anos 1920, Hans Kelsen não era o único a defender o Estado democrático de direito ante as dúvidas surgidas da experiência do entusiasmo bélico e da xenofobia criados pelo Estado. Muitos teóricos do direito, não raro partindo de Kelsen, alardearam-se a demonstrar os fundamentos democráticos da legitimação do Estado moderno para ressaltar, assim, a diferença de todo aproveitamento meramente instrumental ou manipulativo do monopólio estatal do poder; e poucos anos se passaram até que um grande círculo de juristas e políticos sociais de toda a Europa tomasse por requisito essencial que uma nova reforma constitucional fortalecesse os direitos sociais das classes despossuídas de tal maneira que todo cidadão poderia tomar parte na autolegislação democrática, excluindo-se assim todo risco de uma aceitação meramente passiva das decisões de governo[575]. De igual importância para os esforços da teoria do direito e a autoconcepção normativa dos Estados europeus foi o fato

---

[575] Cf., para o caso da Alemanha, de maneira notável: Heimann, *Soziale Theorie des Kapitalismus*, op. cit., sobretudo a seção 4; Franz Neumann, "Die soziale Bedeutung der Grundrechte in der Weimarer Verfassung", in *Wirtschaft, Staat, Demokratie. Aufsätze 1930-1954*, Frankfurt am Main, 1978, p. 57-75; para a França, argumenta em direção semelhante o discípulo de Durkheim Emmanuel Lévy, *La visión socialiste du droit*, Paris, 1926. Bastante informativo a esse respeito, cf. Bruno Karsenti, "La vision d'Emmanuel Lévy", in *La société en personnes*. Études durkheimiennes, Paris, 2006, p. 115-43.

de os governos das potências vitoriosas parecerem ter aprendido uma lição acerca das causas e do transcurso da Primeira Guerra Mundial. Seguindo uma proposta do presidente dos Estados Unidos, Woodrow Wilson, já durante a guerra foram elaborados planos para estabelecer uma espécie de organização mundial que garantisse a paz, no futuro. O plano ganhou vida depois de 1918, levando à criação da Liga das Nações em 1920. Essa organização internacional, além da garantia da paz, assumira bem-intencionadamente a tarefa de proteger as minorias nacionais, mesmo sem grande êxito em suas atividades — não conseguiu evitar que o Japão invadisse a China nem que a Itália conquistasse a Etiópia. O simples fato de essa organização existir foi interpretado como um primeiro sinal de que os países conheciam os perigos de uma soberania ilimitada de seu agir e que, pelo menos, tinham intenções de levar adiante uma primeira restrição. Ambos os problemas, cujo controle a Liga das Nações pusera no centro de suas preocupações, constituíam um permanente potencial de conflito para a comunidade internacional de nações dali para um futuro próximo: em algumas ocasiões, os Estados constitucionais modernos continuariam a empregar seus instrumentos de poder, altamente centralizados, para a ocupação bélica de territórios movida por interesses geopolíticos ou econômicos, e mesmo em países democráticos a situação das minorias nacionais ou étnicas ainda estaria sob ameaças tão graves que obrigatoriamente eram levantadas questões de sanção internacional, quando não de intervenção militar.

Contudo, nos países da Europa Ocidental, certamente foram dois outros problemas que dominaram o centro das disputas sobre a viabilidade dos Estados democráticos de direito no período da República de Weimar. Por um lado, em repúblicas democráticas parlamentares, graças aos direitos políticos e sociais de participação garantidos pelo Estado, vidas público-políticas relativamente estáveis puderam se desenvolver, nas quais, de acordo com a urgência dos problemas, também participava ativamente grande número de cidadãos. Como órgãos de mediação entre essa esfera civil e as corporações parlamentares funcionavam os partidos, que dispunham de um poder de organização próprio, e as associações de interesses compartilhados, que desfrutavam de apoio entre a população e se dividiam em todo o espectro das convicções políticas representadas na população. No entanto, quanto maior o espectro dos interesses e das ideias representadas, quanto mais intensamente as associações socialistas ou comunistas determinavam a formação da vontade pública, menos apropriado à integração política de todos os cidadãos se revelava o nacionalismo anterior à guerra, definido como "burguês" ou militar. A base nacional dos Estados constitucionais, que no século anterior possibilitara a unificação social desses Estados, entrou cada vez mais em conflito com a própria ideia de democracia no curso das décadas de 1920 e 1930, já que sua promessa normativa consistia justamente em vincular a legitimidade da ação do Estado à autolegislação de todos os cidadãos, independentemente de suas convicções culturais. Nesse período, em quase todos os países da Europa Ocidental — e não apenas na Alemanha, onde o problema se impunha de modo mais veemente, em razão do Tratado de Versalhes, sentido como humilhação coletiva — crescia uma direita nacional que não reconhecia a república democrática parlamentarista como "continuadora da história nacional"[576]. Como resultado dessa dinâmica, o Estado democrático constitucional pouco a pouco foi perdendo seu substrato cultural, sem que fosse possível reconhecer, em nenhuma das partes envolvidas, as fontes para, no futuro, o Estado buscar a matéria para a integração política de uma população cada vez mais heterogênea.

Além desse problema de uma cultura geral sentida como inadequada e, por isso, combatida virulentamente, uma segunda fonte de conflito logo seria encontrada na necessária neutralidade da ação do Estado. Em razão da falta de uma sociedade civil de bom funcionamento e pluralista, a seleção específica de classe, desempenhada pelo respectivo sistema de governo, em momento algum foi capaz de ser tema de um debate real no seio da vida pública democrática. Se certamente havia uma grande quantidade de tais mecanismos de favorecimento e seleção, os órgãos estatais se ajustavam, apesar de sua independência institucionalizada — não apenas em sua composição pessoal, mas também em seus modos de proceder e em suas inquestionadas premissas de ação —, à tarefa de garantir os interesses de classe "burgueses"; porém, essa seletividade dava-se em certa medida de maneira quase silenciosa, já que o lado contrário não dispunha dos meios para uma objeção defendida universalmente e, por isso, frequentemente lhe restava a via da escandalização política, no seio de uma vida pública contrária mais ou menos

---

[576] Kocka, "Nation und Gesellschaft in Deutschland 1870 bis 1945", op. cit., p. 254. Para a França, cf. Michael Hoffmann, *Ordnung, Familie, Vaterland. Wahrnehmung und Wirkung des Ersten Weltkriegs auf die parlamentarische Rechte im Frankreich der 1920er Jahre*, Munique, 2008, especialmente parte III; para a Grã-Bretanha, Martin Pugh, „Hurrah for the Blackshirts!". *Fascists and Fascism in Britain between the Wars*, Londres, 2005.

isolada. É claro que esse quadro se modificara de forma notável com os avanços reformistas no fim da Primeira Guerra Mundial: existiam agora as sociedades civis e os parlamentos para passar a ter uma atenção pública, combatendo a unilateralidade estrutural dos órgãos de Estado ou a destematização por parte dos órgãos de Estado. Portanto, um tópico frequente do debate político dos anos 1920 e 1930 foi a questão sobre se e em que medida a ação do governo era determinada por certos interesses de classe "burgueses" ou "capitalistas". Esse comprometimento não se manifestava apenas em decisões individuais ou no estilo de comportamento de órgãos executivos específicos ("justiça de classe"), mas já em decisões relativamente inalteráveis que eram postas fora do alcance da discussão pública e serviam como diretrizes para a ação do sistema político. Basta pensar no papel significativo desempenhado pela questão da "propriedade privada" em debates travados na esfera pública e no parlamento, cujo papel político parecia decidir a questão da dominação política de classe no âmbito do Estado[577]. O que durante todo o século XIX era aceito quase naturalmente por grandes setores de uma população impotente e foi apresentado por Marx como mera banalidade teórica (e entenda-se aqui o fato de o Estado [de direito] moderno, não obstante sua pretensão à universalidade, não ter sido mais que o instrumento da imposição de interesses de classe burgueses, particulares) já não era algo a se tolerar, convertendo-se em tema de debate público. Poder-se-ia dizer que os Estados da Europa Ocidental, mediante a paulatina institucionalização

---

577 Cf., por exemplo, Otto Kirchheimer, "Eigentumsgarantie in Reichsverfassung und Rechtssprechung" (1930), in *Funktionen des Staates und der Verfassung. 10 Analysen*, Frankfurt am Main, 1972, p. 7-27.

de seus próprios fundamentos de legitimação — da universalização dos direitos civis sociais e políticos —, haviam preparado o caminho para submeter seus modos de funcionamento ao debate público de opiniões.

Contudo, por trás da questão, discutida com virulência, sobre se os Estados existentes serviam essencialmente à imposição de imperativos de lucro capitalistas, ocultava-se o problema, já mais fundamental, da neutralidade ética do ordenamento jurídico e da política. Segundo sua autoconcepção normativa, os Estados democráticos de direito deviam poder se entender como órgãos políticos que, segundo procedimentos universalmente aceitos, transformavam os resultados da formação da vontade pública em resoluções concretas, tomando-as logo como diretrizes de toda sua resolução de problemas: mas, em princípio, nem na legislação, nem nas medidas políticas devem prevalecer as orientações de valor concretas de um grupo particular; em vez disso, o Estado deveria comportar-se da maneira mais apartidária e neutra possível perante todas as concepções de bem, ao menos enquanto estas fossem controversas para a própria população. Certamente, a fragilidade desse compromisso de neutralidade dos Estados democráticos de direito já se evidenciara durante todo o século XIX; a minoria católica no Império Alemão, por exemplo, sentia-se sempre excluída da constituição, já que esta assumira caráter nitidamente prussiano e protestante após a fundação do Império, em 1871[578]. Mas os debates que, antes da Primeira Guerra Mundial, versavam sobre a impregnação ética dos Estados de direito

---

578 Wilfried Loth, *Katholiken im Kaiserreich. Der politische Katholizismus in der Krise des wilhelminischen Deutschlands*, Düsseldorf, 1984.

em diferentes países limitavam-se, de modo geral, a minorias religiosas, distanciando-se de uma vida pública mais ampla, já que as condições jurídicas e culturais para sua existência não haviam sido criadas. No entanto, à época da República de Weimar, nos debates que versavam sobre a base classista do Estado moderno (nas ruas e também nos parlamentos da Grã-Bretanha, da França ou da Alemanha), essa questão da neutralidade ética passou do pano de fundo para o primeiro plano da vida pública; afinal, a decisão prévia e "estrutural" da ação do Estado em favor dos imperativos capitalistas de lucro, sobre os quais os partidos discutiam tão intensamente, não podia ser entendida apenas no sentido da atenção preferencial a interesses determinados, específicos de grupo, mas de toda uma forma de vida, precisamente "capitalista". No problema aparentemente insignificante sobre se seria possível estabelecer nas constituições dos Estados democráticos um direito à propriedade privada, evidenciaram-se pela primeira vez a toda a população o grande significado e o enorme impacto do princípio da neutralidade ética da ação do Estado.

Talvez não seja um equívoco relacionar as causas históricas do último fracasso dos Estados democráticos de direito centro-europeus à dinâmica fatal com que foram reciprocamente se intensificando os dois focos de conflitos acima esboçados: sob a pressão dos conflitos sociais em torno do caráter de classe da política estatal, radicalizava-se, por um lado, um tipo de nacionalismo que já tinha deixado de funcionar de maneira integrativa para cada vez mais se converter em ideologia nacionalista de uma elite dominante até então inquestionada; isso, por outro lado, aumentava a desconfiança profunda de alguns setores do movimento operário quanto à neutralidade do Estado democrático de direito, de modo que os dois centros de tensão não apenas passaram a ser reciprocamente dependentes, como também passaram a se intensificar um ao outro[579]. A direita nacional, que, como vimos, de modo algum era peculiaridade alemã durante o período entreguerras, a partir da dinâmica dessa escalada de conflitos elaborou planos para revisar tanto a situação das relações internacionais como também a da constituição democrática do Estado. Ambas as revisões deviam ser adaptadas às exigências advindas da necessidade de continuar uma história nacional de um "povo" entendido como natural, necessidade que fora temporariamente interrompida por inimigos "internos" e "externos". Com a ascensão de Hitler ao poder, essas intenções nacionalistas se tornaram realidade, e foi possível drenar o outro foco de tensão de conflitos sociais de classe por meio da violenta criação de uma comunidade nacional ideológica que excluísse e, por fim, aniquilasse todas as minorias "estranhas ao povo". Assim, estavam excluídas todas as oportunidades de ampliação e ainda mais de estabilização do Estado democrático de direito também nos outros países da Europa Ocidental. Não apenas a direita existente nesses países simpatizava de maneira mais ou menos explícita com os planos de Hitler, de modo que este obtinha apoio externo, como a própria maioria democrática logo foi arrastada para o horror de uma guerra mundial que, desencadeada pela Alemanha, superou a brutalidade, a desumanização e o número de vítimas da Primeira Guerra Mundial. Para a nossa reconstrução normativa de todas as esferas de liberdade institucionalizadas em sociedades liberais democráticas, esse período de tirania

---

[579] Ao menos é assim que dá a entender a tese desenvolvida por Jürgen Kocka, com seu chamativo enfoque "Nation und Gesellschaft in Deutschland 1870-1945", op. cit.

nacional-socialista mantém sempre o "outro" que não pode ser integrado ao seu próprio ponto de vista. Nesse "outro", a história do progresso orientada pelo fio condutor da realização social de liberdade individual deve sempre reconhecer quão frágil, tênue e fácil de romper é a linha que tenta envolver todas as anomalias, uma vez que toda ampliação da liberdade parece trazer semelhantes riscos de angústia e medo diante dela própria[580].

Ainda que, após a desintegração da ditadura de Hitler e, assim, o fim da Segunda Guerra Mundial, os ânimos e esforços sociais parecessem indicar outra direção para muitos países europeus, mantiveram-se os dois focos de conflito do Estado democrático de direito provenientes da República de Weimar, por mais que, em princípio, assumissem forma bem mais debilitada. Antes de 1950, e não apenas na Alemanha vencida e arruinada, mas também na Grã-Bretanha e na França, havia planos de quebrar a prioridade estrutural dos interesses de lucro capitalistas mediante a socialização de grandes empresas, o que garantiria a neutralidade das restabelecidas estruturas parlamentares[581]. Mas raramente se chegou a dar os primeiros passos na implementação de tais planos, que, como na Alemanha Ocidental, fracassaram por objeção das forças de ocupação e malograram pelas coerções de uma urgente reativação econômica. Não obstante, como vimos, na maioria desses países logo se registraram tendências a um fortalecimento do intervencionismo estatal, que, quando não levavam a uma revogação das coerções de lucro capitalistas,

---

580 O melhor estudo nesse contexto ainda é o de Erich Fromm, *Die Furcht vor der Freiheit* (1941), Stuttgart, 1983 [*O medo à liberdade*, 14. ed., Rio de Janeiro, Guanabara, 1986].
581 Quanto a isso, cf. Göran Therborn, *Die Gesellschaften Europas* 1945-2000, Frankfurt am Main, 2000, p. 39 s.

ao menos faziam moderá-las. Na vida pública democrática, ao menos em seus requisitos legais formais, a falta de credibilidade do ordenamento econômico capitalista logo voltou a ser tema corrente mesmo nos países que tinham estado sob regimes totalitários, mas não a impregnação "ética" do Estado de direito por parte da cultura particular ou a orientação de valores do capitalismo; muito mais passou a prevalecer, incentivada ou pela experiência do triunfo nacional, ou pela vergonha da culpa coletiva, certa confiança na capacidade de funcionamento dos órgãos do Estado, no sentido de um prolongamento da liberdade comum da autolegislação democrática na programação dos aparatos políticos — uma ilusão, certamente, mas ainda assim um elemento de realidade social. Certamente, isso não significava que, então, de uma vez por todas, tivessem sido sanadas todas as dúvidas acerca da implementação neutra da formação da vontade democrática por parte dos órgãos estatais previstos para esse fim; seria necessário, como irá se evidenciar, os menores sinais de uma nova seletividade da política estatal em favor dos interesses de lucro capitalistas para que se avultasse novamente a desconfiança histórica. Os conflitos surgidos durante a República de Weimar, quando as tensões entre o ordenamento econômico capitalista e o Estado constitucional democrático foram discutidas pela primeira vez, estavam longe de ser eliminados, apenas esfriaram por algum tempo.

O outro conflito virulento no período entreguerras, o da compatibilidade entre nacionalismo e Estado de direito, entre ideologia nacionalista e universalismo republicano, contudo, também persistiu implícito nos países da Europa Ocidental após o fim da ditadura de Hitler, sem que naquele momento se prenunciasse uma solução. As tradições militaristas e autoritárias, que antes haviam nutrido o pensamento radical da direita nacional, sofreram uma derrocada cultural em razão das experiências da guerra; na Alemanha e na Áustria, sob a pressão das forças de ocupação, empenharam-se esforços especiais para quebrar a posição de privilégio da nobreza militar, que contribuíra muito para a radicalização das orientações nacionalistas. Para além de tais esforços de secar as antigas fontes de nacionalismo ético, não se tinha uma visão clara sobre como seria o futuro do contexto cultural dos Estados constitucionais democráticos. Na Grã-Bretanha e na França, a reestruturação econômica e política foi inicialmente empreendida com um espírito de renovado orgulho nacional; na Alemanha, ao contrário, prevalecia um silêncio opressivo ante o passado recente[582], de modo que a integração política se deu, num primeiro momento, pela via negativa da inclusão numa comunidade muda com um destino comum, antes que os êxitos iniciais de reconstrução econômica permitissem o surgimento de uma atmosfera de consumismo privado. A Declaração Universal dos Direitos Humanos, acordada pelas recém-fundadas Nações Unidas em 1948, foi capaz de impor um limite normativo à despreocupada forma com que eram retomadas as velhas pretensões de soberania nos Estados nacionais; uma vez que, a partir desse momento, os direitos fundamentais garantidos por cada Estado agora poderiam ser examinados internacionalmente, a autoconcepção cultural de cidadãos nos países da Europa Ocidental já não podia continuar a ser "nacional" no mesmo sentido de antes da Segunda

---

582 Alexander Mitscherlich e Margarete Mitscherlich, *Die Unfähigkeit zu trauern. Grundlagen kolletiven Verhaltens*, in Alexander Mitscherlich, *Gesammelte Schriften*, vol. IV, Frankfurt am Main, 1983.

Guerra. Pretendia-se que a compreensão de sua própria história política contivesse uma perspectiva externa moral, com base na qual seria possível avaliar se a respectiva legislação estava em consonância com o catálogo supraordenado dos direitos humanos. Quanto à gradual deslegitimação da antiga noção de Estado-nação, mais importante do que a perspectiva externa, agora institucionalizada, eram os movimentos de independência que se instauravam nas colônias de alguns Estados europeus pouco depois do final da guerra. A luta pela libertação que países da Ásia e África, política e economicamente subjugados, passaram a conduzir contra as potências colônias europeias a partir de 1945 não apenas sacudia a crença na superioridade de suas próprias instituições, mas submetia, sobretudo, a provações internas a política de fundamentação inteiramente racista exercidas pelas grandes potências até então[583]. A Guerra da Argélia, que levou a França à beira de uma guerra civil nos anos 1950, desencadeou um amplo movimento contrário a um orgulho nacional que acabara de ser vivenciado e que na Grã-Bretanha alimentava crescentes dúvidas quanto à moralidade exemplar de sua própria história nacional. Quando, algum tempo depois, cresceu a corrente migratória das colônias libertas para as outrora metrópoles colonizadoras, com as quais acabaram se familiarizando culturas estilos de vida muito distintos, impô-se aos órgãos de Estado e à vida público-política a pergunta sobre se também, no futuro, a integração política dos cidadãos podia se nutrir das velhas fontes, cuja disposição era de fundamentação nacionalista. A tensão entre nacionalismo e Esta-

---

[583] Um bom panorama é proporcionado por Reinhard, *Geschichte der Staatsgewalt*, op. cit., p. 500-8.

do de direito, que logo depois da guerra parecia ter se debilitado em face dos êxitos do Estado-nação, tornava a surgir e só cresceu em todos os países da Europa Ocidental[584].

Mas, antes que esses dois conflitos irrompessem novamente, os aparatos estatais de todos os países da Europa Ocidental desenvolveram capacidades de intervenção cada vez maiores; as tarefas do Estado expandiram-se consideravelmente, uma vez que as obrigações maiores em razão do Estado de bem-estar tinham de ser permanentemente harmonizadas com as crescentes necessidades das empresas capitalistas de segurança para suas condições de lucro. Em consequência disso, nos países que ainda não tinham soberanias de intervenção do Estado fortemente centralizadas, a exemplo da França pouco depois da guerra, gradativamente foram criados mecanismos de ajuste entre governo, associações empresariais e sindicatos que deviam melhorar a eficácia da atividade estatal planejada por meio de um sistema de representações de interesses, cujo modo de operar era transversal ao dos parlamentos — a "ação concentrada" na Alemanha Ocidental, a "cooperação social" na Áustria e o "National Economic Development Council" na Grã-Bretanha são alguns exemplos[585]. A pretensão dessas formas de um "corporativismo liberal", como logo foi denominado esse novo sistema de direcionamento estatal[586], estava em aumentar o serviço do bem-estar geral mediante ação política, em antecipação a um processo democrático

---

584 Cf. Therborn, *Die Gesellschaften Europas 1945-2000*, op. cit., parte II, cap. I.
585 Um excelente relato sobre algumas dessas estratégias de aumento da efetividade de planificação estatal encontram-se em Fritz W. *Scharpf, Plannung als politischer Prozeß*, Frankfurt am Main, 1973.
586 Para a Alemanha, cf. Wolfgang Streeck, *Korporatismus in Deutschland. Zwischen Nationalstaat und Europäischer Union*, Frankfurt am Main, 1999, parte I.

de formação da vontade. Na verdade, porém, essas alianças não raro apenas precediam o debate parlamentar e eram um modo de fazer que ambas as partes renunciassem a seu potencial de obstruir os interesses uma da outra, para, assim, reduzir ou eliminar conflitos sociais. O êxito desses arranjos corporativistas, que consistiam basicamente em instrumentos "paraconstitucionais" de direcionamento político, dependia, em ampla medida, da efetiva satisfação dos efeitos desejados de garantir tanto o Estado de bem-estar como as condições de acumulação capitalista. Se o instrumental não conseguisse alcançar um desses objetivos, ou a população ficaria desapontada e questionaria a sua legitimidade, ou as empresas tornariam a insistir em seus próprios lucros. Em todo caso, desde o início o novo sistema de direcionamento estatal estava, nas palavras de Claus Offe, "numa relação de concorrência teórica constitucional com o 'verdadeiro' canal da formação de uma vontade de Estado"[587], já que pretendia negociar diretrizes de ação política, adiantando-a ou evitando-a, que demandariam a aprovação democrática.

Se, à luz dos princípios fundamentais do Estado de direito, o surgimento do corporativismo estatal pode ser descrito como uma anomalia normativa, esta só pôde ser assim percebida pela consciência pública a partir da década de 1980, quando se pronunciava de maneira mais intensa a crise financeira do Estado. Enquanto os órgãos políticos pudessem continuar a cumprir as crescentes tarefas de gestão de uma satisfação simultânea, as de-

---

[587] Claus Offe, "Unregierbarkeit. Zur Renaissance konservativer Krisentheorien", in *Herausforderungen der Demokratie. Zur Integrations- und Leistungsfähigkeit politischer Institutionen*, Frankfurt am Main, 2003, p. 42-61, aqui p. 50; cf. também Habermas, *Faktizität und Geltung*, op. cit., p 523 s.

mandas legitimadas pelo Estado social e os interesses de lucro capitalistas, com o auxílio dos meios financeiros (tornados necessários e elevados por impostos e taxas), o fato de as decisões se deslocarem às antessalas das negociações corporativistas parecia ser ao menos tolerado por uma população que, de modo geral, disso se beneficiava. Certamente, a inquietação política e o descontentamento social alastravam-se rapidamente quando, apesar desses acordos, em algum momento, setores da economia enfrentavam problemas ou, apesar de tais consultas prévias, experimentava-se uma violação da consciência da segurança e do meio ambiente; de modo característico, esta se dava em âmbitos temáticos pelos quais nenhuma das partes implicadas na negociação (associações empresariais, sindicatos, partidos, corporações) se sentia responsável, mas a legitimidade desse procedimento paraconstitucional como tal não era explicitamente questionada de maneira explícita pela maioria democrática, de acordo com quaisquer indicadores imagináveis. Isso começou a mudar lentamente na década de 1980 em razão de um crescente desequilíbrio entre rendimentos decrescentes e tarefas a executar pela via monetária; começou-se a adentrar uma crise financeira, e por ela cada vez menos se instaurou uma satisfação uniforme de todos os ilegítimos até então considerados legítimos[588], pois agora funcionava uma dinâmica pela qual a redução das medidas de bem-estar social e o "fluxo de capitais" — isto é, a migração da produção e da distribuição para países com mão de obra mais barata e carga tributária menor — reforçavam-se de modo recí-

---

588 O primeiro a analisar essa crise financeira do Estado tomando como exemplo os Estados Unidos foi James O'Connor, *Die Finanzkrise des Staates*, Frankfurt am Main, 1974.

proco. Esse processo, à luz do consenso básico vigente até aquele momento, foi interpretado pelo público como resultado de um "fracasso" por parte do Estado. Desde então, a população dos países da Europa Ocidental têm percebido uma tensão entre o ordenamento econômico capitalista e o Estado democrático de direito, e essa consciência se articula de maneira mais ou menos clara; contudo, ela se manifesta menos em protestos políticos do que em atmosferas opressivas do chamado "desencanto com a política": há uma desconfiança difusa, ainda que não totalmente infundada, de que por trás de toda decisão que se defina como democrática haveria um acordo informal.

Essas tendências a um distanciamento público de toda política mediada pelo Estado — que não deve ser confundida com a "apatia" da vida pública, aqui já abordada e tematizada por John Dewey, por não estar enraizada numa falta de interesse, mas na experiência de uma desconfiança — tiveram impulso adicional pelo fato de ter havido, nos últimos anos, quase total ausência de processos organizados de acordos corporativistas. O lugar dessas negociações, informais porém passíveis de ser compreendidas por meio das respectivas associações de interesse, foi ocupado, em muitos países da Europa Ocidental, por um sistema de lobismo desenfreado, no qual o êxito da influência mensurava-se ou pela intensidade do potencial de obstrução passível de ser mobilizado, ou pelo volume de retornos econômicos que se tem em vista[589]. Seguindo o modelo político dos Estados Unidos, decisões políticas são cada vez mais retiradas do âmbito legislati-

---

589 Para a Alemanha, cf. a excelente coletânea de Thomas Leif e Rudolf Speth (orgs.), *Die fünfte Gewalt. Lobbyismus ind Deutschland*, Wiesbaden, 2006.

vo parlamentar ou lhes são relegadas de modo apenas aparente, para que em seu lugar se chegue aos entendimentos necessários com as grandes associações econômicas num espaço de acordos ocultos que, se próximo ao governo, não pode ser democraticamente monitorado. Essas práticas paternalistas fazem lembrar os tempos da democracia dos honoráveis e não raro são escondidas: mostram ao público, pelos meios de comunicação, a figura do chefe de governo como uma pessoa que, no exercício de todas as virtudes do homem público, com poder de decisão e visão ampla, deve corajosamente, em caso de situações difíceis, tomar decisões com base em suas próprias convicções. A suspensão dos processos democráticos, dependente da relação recíproca entre parlamento e vida pública, corresponde hoje à crescente estatização dos partidos políticos. Pensados originalmente como órgãos associativos para contribuir na formação da vontade política por meio da exposição argumentativa das convicções normativas e de processos de socialização orientados nesse sentido, os partidos se converteram hoje em uma ampla associação burocrática — cuja conversão estrutural é descrita em seus primórdios por Robert Michels[590] — visando recrutar pessoal para ocupar cargos políticos. Certamente, também aqui sempre há exceções — todo partido recém-fundado tem em seu início algo da força e do frescor de um movimento moral coletivo[591] —, mas, na média, os partidos há muito já constituem "cartéis de poder" que, indo muito além do Estado (Habermas), procuram instrumentalizar

---

590 Robert Michels, *Zur Soziologie des Parteiwesens in der modernen Demokratie* (1901), Stuttgart, 1970.
591 Cf. o estudo de caso sobre a origem dos Verdes: Andreas Pettenkofer, *Die Entstehung der grünen Politik. Kultursoziologie der westdeutschen Umweltbewegung*, Frankfurt am Main, 2011.

a vida público-democrática a seu bel-prazer e, assim, dar postos influentes e de altos rendimentos a seu pessoal.

Ao reunir todos esses desenvolvimentos recentes, reconhecendo neles o modelo de um crescente desacoplamento entre o sistema político e a formação da vontade democrática, deve-se então supor que por trás do que se denomina hoje, como lema, "desencanto com a política" há uma formação reativa bastante distinta e de conteúdo normativo bem maior; retomando as síndromes de atitude que havíamos encontrado nas massas assalariadas da República de Weimar, nos dias de hoje novamente prevalece, em amplos setores da vida público-política, a suspeita de que os órgãos estatais não estão comprometidos com o princípio da máxima neutralidade, como demandaria a constituição democrática. Entretanto, essa desconfiança atual diferencia-se de todas as precedentes por seu maior grau de mera atribuição abstrata e, assim, de clareza substancialmente menor: se, há oitenta ou cem anos, ainda era possível identificar processos concretos nos quais há seletividade do aparato de Estado com relação a uma classe, hoje essa parcialidade da ação estatal em favor das condições de lucro capitalistas parecem escapar totalmente à visão pública, pois as considerações necessárias às corporações parlamentares ou não são tematizadas, ou, em casos sérios, são justificadas por remissão a coerções objetivas[592]. Ao que tudo indica, a mera suspeita, substanciada por ocasionais investigações jornalísticas, de que decisões individuais de Estado redundam em privilégio sistemático dos interesses econômicos é suficiente

---

592 Para toda essa evolução da política, cf. Colin Crouch, *Postdemokratie*, Frankfurt am Main, 2008.

para que os cidadãos se retirem das arenas oficiais da formação da vontade política, nem tanto em razão de uma crescente privatização, tampouco pelo desinteresse político, mas pelo discernimento sóbrio de que a liberdade social da autolegislação democrática não se prolonga nos órgãos do Estado de direito previstos para tal fim.

Uma saída para essa crise do Estado de direito democrático seria oferecida hoje tão somente pelo agrupamento do poder público de entidades, movimentos sociais e associações civis com o intuito de, num esforço coordenado, pressionar fortemente o poder legislativo parlamentar para a adoção de medidas de reintegração do mercado capitalista (cf. parte C, cap. III, seção 2); afinal, nos últimos 25 anos, quanto mais se ampliou a margem de ação das empresas para perseguir exclusivamente seus interesses de lucro, de maneira tanto mais intensa as instâncias estatais, de sua parte, ao que parece, passaram a incorrer no incrementado potencial de obstrução daquelas. No entanto, nesse período o surgimento de um poder contrário, público e pluralista enfrenta hoje o obstáculo de que os recursos necessários de uma cultura geral esgotam-se pouco a pouco; a forma e integração política do Estado-nação, que no passado pôde acionar os motivos morais para tal agrupamento de forças distintas, hoje se depara com seus limites em razão dos processos de globalização e de migração internacional, sem que haja fontes alternativas de solidariedade cidadã.

O tema relativo a uma tensão entre o nacionalismo e o Estado de direito, que à época da República de Weimar marcara intensamente os debates políticos na Europa e ficara relegado a segundo plano após o final da Segunda Guerra Mundial, impunha-se fortemente à consciência pública a partir da década de 1970.

O motivo não era apenas o aumento da migração para os países ricos da Europa Ocidental — que foi em parte desejada e tolerada, enfrentou malograda resistência e logo faria incrementar a heterogeneidade ética e cultural da população —, mas também, sobretudo, sua sucessiva concentração que resultaria na nova formação da União Europeia. Com essa comunidade transnacional — cuja autoconcepção continuamente se alterna entre Estado confederado e confederação de Estados, colocou-se em acordo quanto a uma série de áreas de estreita cooperação nos anos 1970-80 e, já em 1984, se impôs uma constituição comum com um governo europeu e um parlamento em duas câmaras[593] —, o fim do Estado nacional soberano de feição clássica parecia se consumar, de modo que a questão sobre a relação entre a autolegislação democrática e o Estado de direito deveria ser posta em termos inteiramente novos. A soberania da formação da vontade pública, que era eixo gravitacional e central normativo de todas as constituições democráticas, visivelmente não poderia persistir em uma cidadania integrada em Estados-nação, já que suas corporações políticas cederam parte de seu poder soberano a uma comunidade supraestatal, cujas decisões futuramente afetariam todos os membros dos países implicados; ao ato da criação de um novo governo central europeu dotado de uma constituição democrática devia seguir, num primeiro momento e da perspectiva de quase todos os Estados implicados, um processo de erosão das fronteiras das autolegislações públicas, que já não incidiriam mais dentro dos territórios

---

593 Sobre a história do surgimento e da evolução da Comunidade Europeia, cf. Reinhard, *Geschichte der Staatsgewalt*, op. cit., p. 525-35.

nacionais, mas de maneira transversal a eles, entre os cidadãos de todos os Estados-membros.

No entanto, desde o início esse projeto enfrentou uma série de obstáculos consideráveis ante os quais, é preciso admitir, a Comunidade Europeia até hoje não tem prevalecido. Considerando que, por um lado, a desejada ampliação da autolegislação democrática a uma cidadania "europeia" demandava ampla equiparação dos direitos políticos e sociais, já que a formação da vontade, obviamente, tinha de se dar sob condições de igualdade de direitos, por outro lado era necessário o estabelecimento de uma cultura geral, pois somente a força de integração desta estaria em condições de acionar as solidariedades demandadas entre os cidadãos. Em face do dilema de renunciar a uma integração política para além do Estado nacional, ao preço de consideráveis disparidades sociais entre os Estados-membros, ou esperar, apesar das dificuldades culturais e dos esforços de equiparação jurídica, para que surjam os vínculos de solidariedade a se estender por toda a Europa[594], até agora a maioria dos Estados europeus decidiu-se pela primeira alternativa; mas assim, no momento, o caminho parece estar livre apenas para uma integração da Comunidade Europeia ainda negativa, a possibilitar exclusivamente o comércio irrestrito, para cujo fim, como disse Claus Offe, "o cidadão europeu poderia contar somente com os direitos conferidos a um participante do mercado (neo)liberal"[595]. A esse ponto, até mesmo ambas as tensões reconstruídas por nós num período

---

594 Com relação a esse dilema, cf. a excelente monografia de Claus Offe, "Demokratie und Wohlfahrtsstaat. Eine europäische Regimeform unter dem Streß der europäischen Integration", in idem, *Herausforderungen der Demokratie*, op. cit., p. 239-73.
595 Ibidem, p. 251.

de oitenta a noventa anos — trata-se das tensões do Estado democrático de direito com o nacionalismo, por um lado, e com a forma de economia capitalista, por outro — estão relacionadas como que num círculo vicioso: quanto mais nitidamente a integração política da Comunidade Europeia seguir adiante, apenas com a manutenção de uma formação da vontade em cada caso demarcada por um Estado-nação, tanto mais a transnacionalização dos direitos cidadãos se limitará a uma garantia dos direitos exclusivamente liberais de liberdade, e isso resultaria na supressão do fundamento das aspirações coletivas a uma nova reinserção do mercado dentro do Estado social[596].

A relação de tensão entre o nacionalismo e o Estado de direito continua sem resolução, apesar de tudo — não apenas a união política dos Estados europeus, mas também a crescente heterogeneidade de suas populações — impelir na direção de um desprendimento da formação da vontade democrática e de seus órgãos políticos em relação aos fundamentos da identidade nacional; em toda parte faltam ideias acerca de como poderia ser a integração política dos cidadãos, que há muito já não decidem sobre seu destino e sorte para além das relações internas culturais de uma "nação". A ideia do patriotismo constitucional, com a qual várias vezes nos deparamos durante nossa reconstrução normativa, tem, por ora, bem pouca força de atração afetiva para poder valer como alternativa à forma de Estado nacional da solidariedade cidadã; falta-lhe a concreção histórica, falta-lhe um relato de êxitos e fracassos coletivos em cuja luz os cidadãos

---

[596] A esse respeito, é interessante a contribuição de Christian Joppke, "The Inevitable Lightening of Citizenship", in *Archives Européenes de Sociologie*, LI, 2010, caderno 1, p. 9-32.

poderiam se entender como uma comunidade de destino obrigada a um apoio recíproco. Nessa medida, ao final de nosso trajeto pelos processos de uma realização social da liberdade jurídica, moral e social, somos confrontados com a pergunta sobre de onde devem provir os recursos morais que poderiam possibilitar, a uma cidadania democrática, a oposição a todas as anomalias que diagnosticamos até aqui.

c) Cultura política: uma perspectiva

Nossa reconstrução normativa das esferas sociais ou das instituições relacionais em que estão institucionalizadas certas formas de uma liberdade tanto individual quanto comunicativa nas sociedades modernas do Ocidente resultou na apresentação e revisão do complexo da formação da vontade democrática, e com boas razões; afinal, segundo uma convicção hoje compartilhada, a partir da autolegislação que se tem nessa esfera espera-se também uma regulação político-jurídica das outras esferas de liberdade, de modo que tal regulação ao mesmo tempo constitui o centro ativo do ordenamento institucional como um todo. Porém, como temos visto no curso de nossa trajetória normativamente estilizada, tal concepção depara com dificuldades consideráveis quando a ideia de centro é tomada de modo excessivamente literal, dela derivando a noção de um poder criador do processo democrático. As dificuldades se iniciam quando, em retrospectiva histórica, evidencia-se que as circunstâncias só poderão ser modificadas nas outras esferas institucionais mediante instrumentos do Estado de direito: nem no âmbito institucional das relações pessoais, nem no das transações econômicas, ambas subordinadas às suas próprias normas autorreferenciais, as oportunidades de realização dos princípios fundamentais pela via de intervenções jurídico-políticas têm melhorado de maneira clara. Como vimos, de modo geral, o que se tem é que tais progressos resultaram unicamente de transformações mediadas por conflito na percepção e na mobilização coletivas dos respectivos princípios de liberdade. Frequentemente, o direito teve aqui tão somente a função de uma legalização posterior de melhorias a que já se chegou por meio da luta, mas essa fixação estatal ocasionalmente ou não era possível, ou era desnecessária, e assim os progressos bem logrados refletiram-se apenas em modificações de costumes e práticas. O motor e o meio dos processos históricos da realização dos princípios da liberdade institucionalizada não é o direito, ao menos não em primeiro lugar, mas as lutas sociais pela adequada compreensão desses princípios e as mudanças de comportamento daí resultantes. Por isso, a orientação das teorias da justiça contemporâneas pelo paradigma do direito também é um equívoco; é o caso de se considerar muito mais, em igual medida, a sociologia e a historiografia, já que é inerente a essas disciplinas dirigir sua atenção às mudanças do comportamento moral cotidiano.

A outra dificuldade que surge quando o processo democrático encontra-se dotado do poder de determinar e realizar a liberdade individual segundo o Estado de direito é que, nesse caso, já não se percebe a sua própria dependência das condições de uma liberdade já realizada de modo rudimentar nas esferas sociais que a cercam. Certamente, não necessitaríamos que uma reconstrução normativa apreendesse em que medida o aperfeiçoamento de uma vida pública democrática se alimenta de condições sociais que ela por si própria não poderia produzir.

Nem as relações familiares de hoje, relativamente democráticas e pautadas por certa igualdade jurídica, nem os esforços ocasionais em "socializar" mais intensamente a esfera do consumo ou o mercado de trabalho — ambas condições para uma participação sem coerções na formação da vontade pública — podem, de modo puro e simples, se atribuir as iniciativas de um poder legislativo democrático, mas se devem sobretudo às lutas pela realização social da promessa de liberdade, obstinadamente inerente às respectivas esferas de ação. Se abstrairmos desses diagnósticos históricos e extrairmos conclusões gerais, chegaremos à tese de que as oportunidades de inclusão de cada membro da sociedade no processo democrático, em igualdade de direitos, crescem na exata medida em que, nas esferas vizinhas das relações pessoais e do mercado econômico, são liberados e realizados princípios institucionalizados da liberdade social em cada caso; para usar a linguagem dos debates atuais sobre a justiça política, as teorias sobre uma democracia deliberativa devem pressupor circunstâncias "justas", ou seja, conformes a seus próprios princípios, na esfera econômica e nas famílias, e não se pode considerá-las resultado de um processo que seja, ele próprio, foco dessas teorias[597]. A ideia da "eticidade democrática" considera esse fato quando tem por dada a democracia somente onde efetivamente se praticaram os princípios de liberdade institucionalizados nas diferentes esferas de ação e onde esses princípios estão sedimentados em práticas e costumes; entre as respectivas esferas, portanto, temos a mesma

---

[597] Para a economia, cf. a destacada monografia de Joshua Cohen, "The Economic Basis of Deliberative Democracy", in *Social Philosophy & Policy*, 6, 1989, n. 2, p. 25-50; para a família, cf., entre outros, Beate Rössler, *Der Wert des Privaten*, Frankfurt am Main, 2001, em especial p. 302 e s.

relação de reciprocidade contributiva que em cada uma delas se produz entre as atividades especificadas pelo papel de cada um dos indivíduos, unidos em um "nós".

A contradição que parece surgir nesse ponto — por um lado, a formação da vontade democrática pressupõe certas condições de liberdade e, por outro, deve ser pensada como aberta em seus resultados e, assim, promotora da liberdade — só pode ser resolvida se a legislação pública for entendida como um processo de aprendizagem orientado normativamente, no qual se trata de presentificar e alcançar liberdades antecedentes, radicadas em outro lugar, como condição de sua própria realização. A esfera política da formação democrática da vontade só corresponde à pretensão normativa de uma inclusão não coercitiva de todos os implicados quando seus participantes aprendem que as lutas sociais pela reivindicação à liberdade institucionalizada nas outras esferas de ação merecem ser apoiadas porque representam as condições de sua própria liberdade. O sistema social da eticidade democrática constitui uma complexa rede de dependências recíprocas, na qual a realização da liberdade numa esfera de ação depende de que nas outras esferas também sejam realizados os princípios de liberdade fundamentais em cada caso; o participante livre no mercado, o participante de uma cidadania autoconscientemente democrática e o membro da família emancipado são figuras que representam, para a esfera correspondente, ideais institucionalizados em nossa sociedade a se condicionar reciprocamente, uma vez que as propriedades de um, em última instância, já não podem ser realizadas sem as dos outros dois.

Por conseguinte, a esfera da formação da vontade democrática tem prioridade em relação às outras duas esferas apenas por duas razões: em primeiro lugar, de acordo com os princípios constitucionais modernos, os órgãos do Estado de direito investem-se do poder legítimo em virtude do qual as mudanças que a sociedade conseguiu em diversos âmbitos de ação podem ser transformadas em fatos sancionados e, assim, em garantias jurídicas; a autolegislação democrática e o Estado de direito a ela associado constituem, em meio a outros centros ancorados em normas independentes de liberdade, um centro especialmente destacado no institucional, porque só ele está investido do poder, reconhecido por todos, para interromper o fluxo das discussões que se dão em outra parte e, com o auxílio de estatutos jurídicos, fixar seus resultados. Além disso, em segundo lugar, apenas a esfera da formação da vontade democrática encontra-se estabelecida, segundo seu princípio de liberdade, como um lugar de autotematização reflexiva. Nas outras duas esferas sociais, tais mecanismos discursivos podem se constituir, a qualquer momento, como consequência de lutas e discussões — o que vimos tanto nas recentes mudanças na família como nas conquistas transitórias da economia capitalista —, mas não são institucionalmente previstos nessas esferas desde o início. Essa distinção resulta das diferenças entre as formas sociais da liberdade, institucionalizadas nas respectivas esferas: somente na esfera democrático-política a interação dos sujeitos consiste num intercâmbio recíproco de argumentos, ou seja, num processo reflexivo, enquanto nas outras duas esferas o trabalho cooperativo encontra-se estabelecido primeiramente como complementação recíproca de ações práticas, que apenas de modo secundário podem ser suplementadas por mecanismos reflexivos — por exemplo, quando a harmonização de contribuições complementares for tema de uma negociação isenta de coerções. Esses mecanismos discursivos em princípio podem ser institucionalizados no âmbito das relações pessoais ou no das transações econômicas, para fazer que a distribuição das obrigações recíprocas dependa de uma deliberação reflexiva entre todos os implicados — e aqui então estaríamos falando numa "democratização" da família ou da economia. No âmbito da formação da vontade pública, esses mecanismos constituem o substrato e o esqueleto das próprias liberdades prometidas: aqui somos instados unicamente a buscar, sob a forma de discursos, uma ideia comum de como vemos os desafios considerados problemas de desenvolvimento social pelos órgãos estatais previstos para tal fim. Também por essa reflexividade institucionalizada, na qual a interação comunicativa serve tão somente para a suspensão do dado como natural, a esfera político-democrática tem, em nossas sociedades, certa prioridade diante das outras duas esferas de ação que também se nutrem das ideias de liberdade social: na formação pública da vontade, de acordo com sua pretensão, tudo que, em razão de opressão política ou de anomalias, estiver fora do debate pode e deve ser convertido em tema.

Entretanto, como vimos, o processo democrático, por sua vez, está agora sob certa necessidade normativa, pelo fato de só se ajustar à sua própria pretensão de liberdade quando encoraja e fortalece, ao mesmo tempo, as aspirações à liberdade nas outras duas esferas de ação, pois os membros da sociedade estão incluídos na formação da vontade pública em igualdade de direitos, isentos de coerções e autoconscientes quando mais avançada estiver a realização da liberdade social nas relações pessoais e nas transações econômicas. Nesse sentido, os que deliberadamente buscam informar-se e comunicar-se acerca do bem-estar de sua comunidade no papel de cidadãos não podem ser simplesmente indiferentes às condições sociais das outras duas esferas; pelo contrário, tais cidadãos estão sujeitos a uma peculiar coerção resultante das normas autorreferenciais do processo democrático, que os obrigam a tomar partido de tudo que, em dado momento histórico, se acomodar à realização de princípios institucionalizados da liberdade. Sem esse elemento de parcialidade moral, sem tal sentido de sua orientação moral, talvez se pudesse dizer mesmo que a liberdade da formação da vontade democrática se desvincula das outras liberdades sociais com as quais formou uma rede institucional de dependências recíprocas já desde o início das sociedades modernas; e toda teoria democrática que não visualize essa conexão, privando assim o processo democrático de todo critério normativo, não será capaz de apreender o significado especial dessa esfera como instância reflexiva entre as outras esferas de ação[598].

Certamente, o que acabamos de chamar "parcialidade moral" ou "sentido de orientação moral" suscita demandas particulares quanto ao feixe de motivos vinculantes que, como elementos de uma cultura de pano de fundo, possibilita o processo de formação da vontade na esfera pública democrática. Durante toda a nossa reconstrução normativa dessa última esfera, sempre tornamos a ver que em primeiro lugar foi necessário um pertencimento a uma comunidade entendida como "nação" para que os cidadãos

---

598 Penso aqui, sobretudo, nas teorias da democracia alinhadas a Claude Lefort e Hannah Arendt, que hoje despertam grande interesse. Sobre a teoria da democracia de Claude Lefort, cf. "Die Frage der Demokratie", in Ulrich Rödel (org.), *Autonome Gesellschaft und libertäre Demokratie*, Frankfurt am Main, 1990, p. 281-97; sobre o contexto teórico, cf. também Oliver Marchart, "Die politische Theorie des zivilgesellschaftlichen Republikanismus: Claude Lefort und Marcel Gauchet", in André Brodocz e Gary Schaal (orgs.), *Politische Theorien der Gegenwart II*, Opladen, 2006, p. 221-5.

(e mais tarde as cidadãs) adquirissem, reciprocamente, confiança e solidariedade suficientes para crescer capazes de ser autores da autolegislação coletiva; sem o sentimento de pertencimento a uma comunidade "nacional", seja por nascimento, seja por naturalização, não teriam a disposição motivacional necessária para, sem queixas, cumprir com obrigações, suportar perdas pessoais ou fazer sacrifícios, que a todo momento podem resultar como consequências da formação da vontade democrática. Nesse sentido, como podemos resumidamente dizer seguindo Claus Offe, a "nação" representa um esquema interpretativo cultural que possibilita aos cidadãos, mesmo antes de reconhecer qualquer autoridade política, reconhecer uns aos outros "como suficientemente 'motivados' (dignos de confiança) e não indiferentes (solidários)"[599]. Mas, seguramente, seria exagerado e historicamente equivocado assumir que as relações de reconhecimento produzidas por uma cultura nacional submetessem também a parcialidade moral, anteriormente referida como coação frágil do processo democrático; se, sob condições históricas especiais, o sentimento de pertencimento nacional desperta a disposição, mesmo entre cidadãos não implicados, de lutar por melhorias nas relações na família ou no mercado de trabalho capitalista e apoiar a emancipação feminina ou a abolição do trabalho degradante, isso jamais foi a regra e muito menos lei inerente à formação da vontade pública. Não obstante, a integração política delineada pelo Estado-nação assegurava que houvesse atenções distribuídas a todas as esferas de ação relevantes, e cada uma delas devia ser vista como responsabilidade comum; essas obrigações solidárias

---

[599] Offe, "Demokratie und Wolhfahrstaat", op. cit., p. 245.

estendiam-se, para além do cidadão, ao membro da família e ao sujeito laboral, pois em todos esses papéis o indivíduo não apenas se mantinha membro da comunidade nacional, mas, em princípio, também fazia a sua parte na reprodução da sociedade. Em suma, a cultura política do nacionalismo caracterizou-se por uma visão totalizante da rede das esferas de ação institucionalizadas, que conferia à vida pública que agisse nesse espírito a tarefa de defender as questões de cada uma delas e de se interessar por elas.

Com a tendência à perda de soberania dos Estados individuais e a crescente heterogeneidade de suas populações, essa cultura de pano de fundo nacional vai perdendo, pouco a pouco, a importância natural que tinha nos países membros da Comunidade Europeia. Se o Estado-nação e a história nacional ainda constituem figuras de identificação a desempenhar um papel integrativo, em períodos de crise elas sempre adquirem poder de validade e certamente não se esvanecerão totalmente num futuro próximo; ainda assim, o projeto de uma união democrática, e não apenas econômica da Europa, logo demandará uma amplificação do contexto referencial de integração política. No entanto, é claro que isso logo suscita a questão sobre de onde proveriam os recursos para tal nova cultura europeia de formação da vontade pública. Para dizer o mínimo, a essa nova cultura se deveria transferir todas as funções antes desempenhadas pela noção historicamente enraizada de pertencimento nacional ao Estado-nação individual: a criação de relações de reconhecimento com base em confiança e solidariedade, bem como a produção de atenções distribuídas de acordo com todos os campos de ação moralmente sensíveis, que toquem na liberdade do indivíduo. Em face das dificuldades em encontrar os primeiros indicadores de tal cultura em solo europeu, não surpreenderia o fato de hoje prevalecer certo ceticismo com relação às possibilidades de uma integração verdadeiramente democrática da Europa[600]. Apesar de, em quase toda parte, ter se passado a admitir que somente uma vida pública de formação da vontade política que transcenda as fronteiras nacionais e abarque mais de um país pudesse fazer frente aos riscos associados a um tipo de unificação com base unicamente no livre-comércio e nas transações econômicas, foram abandonadas, nesse ínterim, quase todas as ideias ou invocações de um "demo" europeu.

A essa altura poderíamos invocar uma imagem distinta e mais favorável do caminho de reconstrução que tomamos em nosso tratamento histórico das diferentes esferas de liberdade. Não que esse tipo de retrospectiva possa nos levar a esperar que, pelo menos na Europa Ocidental, estejamos em uma via de progresso contínuo rumo à ampliação das liberdades individuais e sociais; justamente no passado recente nos deparamos com todo um excesso de ameaças sociais — a que chamamos "anomalias sociais" com referência aos subjacentes princípios normativos de liberdades — para que houvesse motivo para supor uma progressão automática desse tipo. Porém, muito mais decisivo para a pergunta que nos interessa é o fato de nenhum dos cursos de desenvolvimento das diferentes esferas de liberdade institucionalizada, quer representem progressos ou retrocessos normativos, poder ser descrito sem que fossem relacionados ao mesmo tempo

---

[600] Uma posição cética é assumida por Dieter Grimm, *Braucht Europa eine Verfassung?*, Munique, 1995; as oportunidades de criação de uma vida pública europeia são investigadas empiricamente por Michael Brüggerman et al., "Segmentierte Europäisierung. Trends und Muster der Transnationalisierung von Öffentlichkeiten in Europa", in Peters, *Der Sinn der Öffentlichkeit*, op. cit., p. 298-321.

aos processos ou acontecimentos produzidos nos diferentes países da Europa Ocidental: em solo europeu, a relação conflituosa (muitas vezes interrompida de forma violenta) da realização das liberdades, institucionalizada ao modo de princípios integrativos e legitimadores nas esferas constitutivas de ação com a irrupção cultural e social para a modernidade, aconteceu numa trama de relações de interação e intercâmbio tão densa que nenhum acontecimento num país deixava de ter impacto em outro, nenhum choque social deixava de levar a enfrentamentos também para além das fronteiras nacionais. No seio da Europa, ou, como dizemos sempre de maneira cautelosa, no seio da Europa Ocidental, a luta pela satisfação das expectativas normativas estimuladas no fim do século XVIII — uma vez que as relações jurídicas, a compreensão da moral, as relações pessoais, o intercâmbio econômico e o domínio político foram reorganizados em ideias particulares de liberdade — desde o início se deu num espaço de comunicação transnacional, que facilmente transcendia as fronteiras nacionais. É claro que essa caixa de ressonância nem chega perto da rede de interação necessária para uma formação da vontade pública democrática, mas, por mais de duzentos anos, ela foi suficiente para projetar ondas de indignação de um país a outro e, ao mesmo tempo, produzir reações de oposição: nem a Revolução Francesa ou a Comuna de Paris foram processos exclusivamente "franceses", nem a tomada de poder por Franco foi um desafio apenas para a Espanha livre. Todas essas estações de uma luta pela realização de normas da liberdade já institucionalizadas — por isso a analogia com os "símbolos históricos" de Kant — constituem acontecimentos históricos aos quais hoje a maior parte da população europeia lança um olhar retrospectivo com o mesmo sentimento, seja de aprovação entusiasmada, no caso dos esforços para emancipação, seja de desprezo, no caso de ambições limitadores da liberdade. Por isso, já há algum tempo, sobre as fronteiras nacionais, esses juízos unânimes se somam a uma memória coletiva na qual tudo o que contribuiu para incentivar liberdades institucionalmente prometidas é indicado como sinal de progresso social. A narrativa histórica que surge desse arquivo de triunfos e derrotas na luta comum pela liberdade contém muito mais acontecimentos e processos históricos do que os que se poderia deduzir da bem-sucedida luta pela realização das normas constitucionais em cada caso; ali também estão registradas as conquistas na luta contra condições indignas de trabalho ou contra imposições de papéis a mulheres, as quais, tomando-se o texto das constituições europeias, não podem simplesmente ser lidas como exigências morais. Se a ideia do patriotismo constitucional se mantém estritamente ligada tão somente ao meio do direito, o patriotismo inerente ao arquivo europeu de ambições de liberdades coletivas encontra-se orientado para a realização de todas as promessas de liberdade institucionalizadas nas diferentes esferas sociais. Em tempos em que as defesas das pretensões à liberdade já conquistadas e a luta pelas ainda não satisfeitas demandariam, mais que qualquer outra coisa, uma vida pública comprometida e transnacional, resta-nos não muito mais que a esperança de, no substrato dessa consciência da história, fazer possível o desenvolvimento de uma cultura europeia de atenções compartilhadas e solidariedades ampliadas.

ÍNDICE REMISSIVO

Anomalia (anomia) 126, 219, 234-5, 328, 336, 339, 347, 359, 369, 371, 382, 419, 424, 473, 483-5, 570, 589, 616, 621, 630, 635, 639

Associação 35, 37, 143, 248, 308, 371, 381, 474, 498, 564-5, 624

Cidadania 78, 408, 410, 508, 541, 545, 549, 552, 563, 627-8, 630, 633

Comunicação 69, 81, 139, 140-1, 149, 151-2, 154, 160, 162, 167, 169, 184, 197, 212, 243, 247, 253, 276, 292, 300, 302, 310, 314, 322, 327, 329, 333, 415, 417, 422, 475-6, 490, 498, 500, 502-5, 513-4, 516-7, 520-3, 525-9, 535, 537-41, 544-9, 556-60, 562, 564, 567-71, 573-82, 597, 624, 640

Comunidade 21, 31, 35, 37, 69, 70, 77-8, 94, 97, 119, 182, 192, 197, 208, 225, 244, 267-8, 272, 284, 296, 304, 316, 320-1, 323, 337, 359-60, 394, 440, 482, 485, 490, 493-4, 497, 502, 504, 510, 512, 521, 525-6, 533-4, 544, 549, 576, 578-9, 581, 592, 601, 609, 615, 618, 627-30, 635-8

Conflito 41, 43, 60, 136-7, 140-1, 155, 161, 164, 168, 170, 173, 189-92, 194-6, 198-9, 202-10, 213-5, 239-40, 263, 279, 287, 291, 295, 316, 318, 343, 350, 394, 426-7, 433-4, 441, 448, 460, 475, 478, 507, 511, 524, 541, 599, 609-11, 614-7, 620-1, 631

Cooperação 13, 56, 74, 79, 95, 97-8, 115, 130, 143-4, 158, 210, 233, 295, 322, 324, 334, 340, 357, 359-60, 362-3, 368, 442, 445, 453, 460, 475, 482-3, 525, 544, 620, 627

Democracia 164, 321, 456, 486, 490, 513-4, 519-20, 525, 529, 533-5, 543, 552-3, 559, 561, 565, 572, 582, 598, 610, 624, 632
Direito 9, 15
– liberdade
– participação política 146, 500-1, 519, 521, 598
– participação social 143
Divisão do trabalho 24-5, 30-1, 287, 289, 296, 308, 335, 342, 344, 362, 364, 372, 423, 459, 478

Emancipação 37, 166, 262, 637, 641
Emancipação feminina, feminismo 37, 166, 262, 288, 637
Eticidade 15, 27-30, 32-3, 81, 109, 111, 117-20, 130-1, 191-3, 257, 282, 353, 418, 483, 485-6, 488-9, 509, 605, 632-3

Facticidade 15, 18, 23, 120, 211, 213, 233, 326, 371
Família, relação familiar 118, 163, 173, 189, 223, 226, 241, 247, 249, 258, 261, 263-4, 271-2, 274, 279, 283-324, 331, 376, 405, 429, 472, 484, 490, 493, 632-5, 637-8

Igualdade de oportunidades 74, 336, 344, 362, 369, 437, 445, 463, 478, 484, 563
Instituição(ões) 12, 15-19, 21, 23-5, 27, 30-2, 35, 79-82, 84-90, 93-5, 97-104, 106-7, 109-14, 117-20, 123-6, 130, 134, 163, 176, 194, 219, 224, 226, 228, 233, 235, 242, 245-6, 254-6, 259, 261-2, 268, 279, 282, 289, 300, 310, 313, 322, 324-6, 328, 340, 342, 350, 352, 359, 390, 396, 421, 426, 434, 436, 441, 463, 471, 473, 479, 486, 488, 492, 508, 510, 515, 532, 535, 563, 584, 608, 619, 630

Justiça 9-11, 15-7, 19, 21-7, 29, 31-3, 36-41, 45, 50, 52, 54-6, 58, 73-81, 104, 107, 109-12, 114-5, 117-8, 120-5, 127, 129-32, 158, 162-3, 166, 219-20, 336, 342, 355, 368, 370, 390, 429, 463, 472, 488, 511, 531, 582, 599-600, 602, 612, 631-2
Justificação 23, 39, 49, 54, 106, 149, 154, 162, 181, 183, 196, 202, 209, 220, 233, 302, 343, 394, 406, 419, 430, 462, 498, 514, 520-1, 523, 579, 585

Legitimidade normativa 35

Mecanismos 20, 328, 346, 350, 355, 360-1, 363, 368-9, 371, 375, 379, 381, 383, 387, 404, 413, 418, 421, 430, 432, 437,

441, 455, 457-8, 531, 549-51, 554, 560, 595-6, 603, 611, 620, 634-5

Mercado(s) 30, 88-9, 118, 133, 157, 226, 233, 236-7, 245-6, 282, 290, 294, 302, 325-64, 366-75, 377-88, 390-405, 407, 409-11, 413-4, 416-9, 421-4, 426-35, 437-8, 440-2, 444-7, 451-4, 456-60, 462-3, 465-6, 468-73, 475-85, 487-8, 493, 522, 545, 548, 563, 569, 574, 587, 597, 626, 628-9, 632

Movimento estudantil (1968) 405-8, 546, 551, 554

Movimento trabalhista 390, 392, 397, 434-6, 439, 446, 448, 452-3, 457, 459, 475, 503, 550

Normas 19-21, 23, 32, 38, 70, 120-2, 126, 147, 150-1, 157-8, 163-5, 176, 183, 189-95, 197, 200-1, 205-9, 211-2, 214-5, 219-20, 223, 226, 228, 232, 234, 243, 250, 256, 269-70, 301, 305-6, 338-42, 346, 348, 351-2, 354, 356-7, 362, 368, 370, 381, 408, 411, 418, 422, 485, 491, 493, 509, 511, 543, 605, 607, 631, 634, 636, 640-1

Papéis sociais 126, 177, 228-9
Patologias 11, 126, 157-60, 172, 177, 193, 209-10, 212, 216-8, 234-5, 342

Poder 62, 135, 152, 163, 181, 184, 218, 262-3, 289-90, 292, 294, 302, 311, 322-3, 363, 367, 387, 392, 397, 402-3, 405, 407-10, 415-8, 421-2, 436, 438, 454, 459, 462, 479, 485, 489-90, 495-6, 509, 517, 519, 529, 533-4, 544, 546, 548, 551, 554, 564-5, 567, 571-2, 586, 588-92, 595-6, 599-600, 602-4, 608-10, 615, 624, 626-7, 630, 632, 634, 638, 640

Práticas 15, 18, 20-4, 26-8, 30, 32, 82, 86-8, 90, 93-5, 97, 101-2, 106, 109, 116, 119, 126-7, 130, 138, 141, 145-6, 148, 152, 157-8, 168, 171, 175-6, 184-5, 187-8, 194-5, 200, 206, 208-11, 224-5, 228-9, 233-4, 239-40, 242-5, 247-9, 253, 255-6, 259-66, 269, 281, 300, 302-3, 306, 315, 317-8, 324, 326, 373, 383, 392, 394, 399, 405, 412, 418, 429, 449, 472-3, 489, 492, 499, 500-1, 536, 542, 555, 583, 585-7, 589-91, 596, 624, 631-2, 634

Progresso 113-4, 272, 277, 279, 369, 395, 420, 438, 445, 478, 493, 568, 589, 616, 631, 639, 641

Reciprocidade 93, 103, 107, 109, 269, 275, 304, 374, 389, 411, 421, 480, 486, 563, 633

Reconhecimento 12, 31, 37, 85-90,

ÍNDICE REMISSIVO

92-8, 102, 109-13, 117-8,
124-5, 147-8, 150-1, 176, 195,
197-8, 207-8, 210, 225-8, 233,
241, 260, 285-6, 289-91, 293,
295, 303, 312, 324, 326, 328,
338, 348, 350, 359, 362, 374-5,
379, 393, 424, 445, 447-8, 461,
463-4, 471, 478, 499, 508, 550,
600, 637-8

Reconstrução normativa 10, 24-30,
32-3, 39, 108, 110, 125-6, 130,
142, 226, 232-3, 237, 241, 272,
321, 326-8, 368-9, 403, 417,
423, 426, 434, 455, 475, 483,
486, 489, 509, 531-2, 555, 559
-60, 563, 570, 587-8, 590, 615,
629-31, 636

Revolução Francesa 37, 493, 494-5,
502, 511, 584, 587, 600, 640

Solidariedade 78, 305, 319, 336-7,
339-41, 344, 348, 361-3, 368,
371, 436, 457, 553, 561-2, 626,
628-9, 637-8, 641, 643

Trabalho 9, 12-3, 16, 24-5, 30-1,
96-8, 133, 166, 244, 256, 277,
279, 281, 285, 287-90, 293-4,
296, 302, 308, 319-20, 326,
329-31, 334-5, 338, 342, 344-5,
347-52, 355, 357, 362-7, 372,
381, 385, 389, 410, 423-35,
437-42, 444-5, 447-56, 458-9,
461-8, 470-9, 483-5, 492-4,
501, 515, 522, 545, 569, 597,
600, 632, 634, 637, 641

Valor(es) 9-10, 19-30, 32-36, 40,
52, 114, 121-5, 138-9, 147,
149, 156, 163-5, 169, 172, 177,
180, 192, 194, 203, 208-11,
215, 220, 242, 251-2, 254, 292,
298, 301, 321, 331, 335, 341-2,
350-1, 354-8, 365, 371, 392,
401, 408, 411, 416, 424, 440,
442, 445, 449, 461, 469, 510,
555, 568, 596, 613, 617,

Vida pública 261, 265, 323, 444,
486, 488-9, 491-2, 494, 500-2,
508-10, 512-6, 518, 519-21,
524-9, 531-2, 534-5, 537-8,
541-7, 549-50, 552-6, 559-65,
567, 569-71, 573, 577, 580,
582, 585-7, 589-90, 592, 611,
614, 617, 623-4, 631, 638-9,
641

1ª edição 2015 | **1ª reimpressão** junho de 2021 | **Fonte** Book Antiqua
Papel Avena 70 g/m² | **Impressão e acabamento** Bartira